PAULA BYRNE

Perdita

THE LIFE OF MARY ROBINSON

パーディタ

メアリ・ロビンソンの生涯

ポーラ・バーン

桑子利男・時実早苗・正岡和恵 訳

作品社

パーディタ――メアリ・ロビンソンの生涯◉目次

謝辞

英国アカデミーには、多額の研究援助金を賜ったことに対して、心より感謝申し上げたい。お陰で挿絵、許諾、マイクロフィルム、写真複写にかかった費用、それに旅費を工面することができた。

以下に挙げる研究者、公文書保管人、図書館員の方々には、多方面にわたる助力を得た。ここに深く感謝申し上げる。アイリーン・アンドリューズ、マシュー・ベイリー、ジェニー・バッチャラー、ピーター・ビール、ジェーン・ブラッドリー、シアン・クックシー、ヒラリー・デイヴィーズ、エリザベス・ダン、ジュリー・フランダーズ、アマンダ・フォアマン、フローラ・フレイザー、テッド・ゴット、ケイティ・ヒックマン、アリソン・ケネディ、ジャクリーヌ・ラビー、トム・メイベリー、ジュディス・パスコー、シャーロット・ペイン、マシュー・パーシヴァル、リンダ・ピーターソン、マギー・パウウェル、デイヴィッド・ローズ、アンジェラ・ローゼンタール、ウェンディ・ロワース、ディエゴ・サッリャ、ヘレン・スコット、シャロン・セッツァー、スティーブン・テイバー、テレサ・テイラー、ウィリアム・セント・クレア、ジュディ・サイモンズ、ジェシカ・ヴェイル、スティーヴ・ウーフ、ジョージアナ・ジーグラーの各氏。

以下に挙げる各機関から提供いただいた資料は、この伝記を書く上で必要不可欠のものであった。オックスフォード大学ボドレー図書館、ブリストル中央図書館、ブリストル公文書館、英国図書館（特に原稿保管室のマシュー・ショー氏、および、あれこれと助けていただいた、コリンデイルにある新聞資料部のスタッフ諸氏には謝意を表したい。当新聞部門に収蔵された諸資料は、この伝記を執筆する上で最も重要な参考資料となった）、大英博物館版画・素描部門、ケンブリッジ大学図書館、チョートン・ハウス図書館、ワシントンD．C．のフォルガー・シェイクスピア図書館、ギャリック・クラブ図書館（特にマーカス・リズデル氏）、ハーバード大学演劇コレクション、ホートン図書館、ハーバード大学（特にルーク・デニス氏）、ハートフォードのハートフォードシャー公文書・地域研究所、カリフォルニア州サン・マリノのハンティントン図書館、リヴァプール公文書館、ニューヨーク公立図書館（アスター、レノックス、ティルデン財団）のフォルツハイマー・コレクション（特にスティーブン・ワグナー氏には感謝したい）、王室古文書館および王室コレクション（特に文書係のパミラ・クラーク氏）、ストラットフォード・アポン・エイヴォンのシェイクスピア生誕地財団、ストラットフォード・アポン・エイヴォンのシェイクスピア協会、サリー公文書館、ロンドンの演劇博物館、ロンドンのウォレス・コレクション、ウォリック大学図書館、シティ・オブ・ウェストミンスター古文書センター、ロンドンのウィット・ライブラリー。

海軍少将ピーター・アンソン卿とデイム・エリザベス・アンソン夫妻には、皇太子とメアリ・ハミルトンとの間の書簡閲覧と本書への引用をご快諾いただいたことに対し、心よりお礼申し上げたい。また、お宅に滞在させていただき、種々の便宜を賜ったことに対しても、深く感謝したい。メアリ・ロビンソンの『回想録』元原稿保管場所のスタッフ各位にも同じように感謝したい。また、元原稿の受託者各位には、本書への引用をお許しいただいたことについて、同様の感謝を申し上げたい（特にロドニー・メルヴィル氏）。ニコラス・チャブ師には、師の祖先ジョン・チャブが描いたメアリの肖像画の存在をご教示いただいた。感謝する。カレーの旅行案内所のエレーヌにもお礼を申し上げる。また、グレアム・デニス氏（エングフィールド・グリーンのブラックロック書店）には、メアリのコテージを探す際、現地の情報をご提供いただいた。感謝申し上げる。

私の類まれなエイジェントであるアンドリュー・ワイリーとセアラ・チャルファントに感謝申し上げたい。本を出版していただいた方々、ロンドンのハーパーコリンズ社のマイケル・フィシュウィック、ケイト・ハイド、そしてニューヨークのランダム・ハウス社のスザンナ・ポーター、またハーパーコリンズ社写真部門のジュリエット・デイヴィスに感謝申し上げる。コピー・エディターのキャロル・アンダーソンには、その入念な原稿整理と編集の仕事に対して、深く感謝したい。

友人であり研究助手でもあるエロイーズ・セネシャルには大変お世話になった。彼女は献身的な努力を払って私を助け、支えてくれた。コリンデイルの暗室では十八世紀の新聞を何日間も連続していっしょに閲覧した。また、ロンドンのパブではメアリ・ロビンソンについて活発な議論を交わした。クリス・クラーク博士には、その周到なリューマチ熱研究に対し、心よりの感謝を捧げたい。レイチェル・ボルジャーには原稿をはじめから終わりまで読んでいただき、貴重な助言とコメントをいただいた。衷心より感謝申し上げる。クロフト・スクールの保母のみなさん、特にトレイシー・リグビー、サリー・マナーズ、ベヴ・クラークには、いろいろな面でご支援をいただいた。御礼申し上げる。

私の仕事に惜しみない関心を寄せてくれた友人諸氏、とりわけフィル・デイヴィスとジェーン・デイヴィス、ポール・エドモンドソン、ケルヴィン・エヴェレストとフェイス・エヴェレスト、キャロル・ラター、スタンリー・ウェルズには感謝したい。コレット、クリス、デイヴィッド、クレア、ジョー、レイチェルら、私の兄弟姉妹、また、素晴らしい両親ティムとクレアにも感謝したい。私の子供たち、トムとエリーは、特に研究旅行で不在中、驚くべき忍耐力を示してくれた。二人には感謝するとともに、愛情を捧げたい。いちばん感謝しなければならないのは、夫であり親友でもあるジョナサン・ベイトだ。かくも長期間にわたってロビンソン夫人といっしょに過ごす喜び、苦痛、特権を、我慢して引き受けてくれた。あなたには敬意を表するとともに、その忍耐力と叡智に感謝する。祖母（同姓同名でメアリ・ロビンソンという名前だが、血縁ではない）は、生まれてこの方、私にとってひらめきの源であり続けてくれた。本書が完成する一週間前に他界したが、もし生きていたなら、メアリの物語を楽しんで読んでくれたに違いないと確信する。本書を彼女に捧げる。

昨晩の芝居は実に楽しかったし、その中の二つの場面にとりわけ感動しました。というのも、僕は見たことのないような美しい女性の登場に、ことに興味を惹かれたからです。彼女はすばらしく繊細な演技をしたので、僕は涙してしまいました。

（英国皇太子ジョージ）

イギリスにおいて、ロビンソン夫人ほど、噂の的になりながら、その実像が知られてない女性はいない。

（一七八四年四月二三日付『モーニング・ヘラルド』紙）

故メアリ・ロビンソンとは懇意にしていた。才気溢れる女性で、一時期は美しきパーディタの異名をとっていた。……同時代で最も興味を惹かれた女性だった。

（サー・リチャード・フィリップス、出版者）

彼女は紛うかたなき天才的な女性です。……彼女ほど豊かな精神を持った人間に出会ったことがありません。精神の内実は玉石淆交です。それは認めます。だが、その精神が、溢れんばかりの豊かさを持っていることに変わりはありません。

（サミュエル・テイラー・コールリッジ）

私には情況に合わせて変幻自在に姿を変える才能がある。

（メアリ・ロビンソン「シルフィド」の筆名で）

凡例

一、本書はPaula Byrne. *Perdita : The Life of Mary Robinson*. London :HarperCollinsPublishers, 2004の全訳である。ただし、訳者あとがき、メアリ・ロビンソン略年譜、索引は邦訳版のために新たに作成した。

一、底本の引用符は「 」で示した。( )、【 】は底本を踏襲したが、( )は単純な言い換えや補記に用いた場合もある。〔 〕は訳者による補足である。著者による原註は、章ごとの連番の註には＊印を付し、本文中の番号のない註には※を付して、底本の体裁通り、それぞれ巻末と邦訳版の当該個所に示した。

一、原文のイタリック部分には、性質に応じて『 』(書名、新聞雑誌名、美術作品名等)、傍点(強調)を用いた。まとまった語句や術語には〈 〉を用いた。

一、固有名の片仮名表記は原音主義を旨としたが、慣用を優先した場合もある。

一、原文の——で示されている伏字部分は、日本語としての読みやすさを考慮して邦訳版では原則として＊を用いた。

パーディタ——メアリ・ロビンソンの生涯

プロローグ

それは、一七八三年の、ある夏の夜更けのことだった。一人の若い女性がロンドンを離れ、ドーヴァーへ向かう街道を通って、恋人の後を追った。彼女はその晩、オペラ・ハウスの専用ボックス席で、恋人が来るのをずっと待っていた。しかし、恋人は現れなかった。そこで、召使いをやって、恋人の行きつけの場所をあちこち探させた。ブルックスやウェルティーズといった、あまり評判のよくない賭博場、それに皇太子、チャールズ・ジェイムズ・フォックス、モールデン卿など、彼の友人たちの家だ。午前二時、報せが入った。恋人は、債権者から逃れるため、すでに大陸に向けて出発した後だと。すっかり気が動顚してしまい、後先のことも考えずに駅馬車を雇うと、ドーヴァーへ急がせた。この決定が後に深刻な結果を、この若い女性にもたらすことになる。ほかならぬこの女性こそ、「パーディタ」の異名をとり、ロンドン社交界で毀誉褒貶相半ばする、メアリ・ロビンソンその人だったのである。

馬車の中で、彼女の体は、ある異変に見舞われる。※おまけに、ドーヴァーでは恋人に会えなかった。恋人はサウサンプトンから船出した後だった。彼女の人生は、これを機に大きな節目を迎える。

彼女は旧姓をメアリ・ダービーと言い、結婚したときはまだ一〇代の花嫁だった。出産後、債務者監獄での生活を余儀なくされる。だが、その後、メアリ・ロビンソンという新しい名のもと、デイヴィッド・ギャリックから目をかけられることになる。ギャリックといえば、当世の花形役者だ。彼女自身もドルーリー・レイン劇場で人気女優となった。英国随一の美人という評判が広まった。若き英国皇太子――後に摂政、その後国王ジョージ四世となる――がパーディタ役の彼女を見初めた。そして恋文を送り始めた。署名には「フロリゼル」とあった。かくしてメアリは、皇太子の数多くの愛人第一号という、怪しげな名誉を手に入れることとなった。

女性は家庭に閉じこもって暮らすのが普通の時代、メアリは社会的脚光を浴びて暮らした。舞台で人々の注目を集める一方、英国王立美術院や、肖像画を描いてもらった画家たちのアトリエの壁面からは、逆に人々を見つめ返した。そんな画家の一人にサー・ジョシュア・レノルズがいる。画壇におけるレノルズの地位は、劇壇におけるギャリックのそれに匹敵した。一八世紀、今日のテレビの役割を果たしたのが、版画店のショー・ウィンドウを飾る諷刺画だ。皇太子に愛されたことをきっかけに、メアリは諷刺画の画面を賑わすことにもなった。選挙運動家として頭角を現すようになると、メアリの悪評は高まった。矢継ぎ早に、いろいろな男たちの愛人となる。カリスマ性という点では当世並ぶ者のない政治家チャールズ・ジェイムズ・フォックス、アメリカ独立戦争での活躍から、「人殺し《ブッチャー》」タールトンの異名をとる、バナスター・タールトン中佐。皇太子、政治家、戦争で大活躍した英雄と、このように並べてくれれば、メアリが「セレブリティ」（この語は当時よく使われた。とりわけメアリはよく使った）そのもののような女性だったとしても、なんの不思議もない。

いちばんの売りはその肉体だった。パリから最先端のドレスを身に纏って帰ってくると、社交界はこぞって真似ようとした。買物に行けば渋滞が起きた。とすれば、その肉体が称讃と羨望の的でなくなったとき、どうすればよいというのか。

幸いなことに、もう一つ売物があった。声だ。一〇代のころ、すでに詩を出版していた。舞台の経験から、シェイクスピアの台詞にも通暁していて、それを巧みに朗誦することができた。そこで、少しず

※メアリの生涯に起こった多くの出来事と同様、この事件に関しても、事情は必ずしも明らかではない。一五章を参照。

つ健康が回復してくると、今度は著述家として再出発することになる。女優から作家へと転身すると、声を文字に定着させる試みを、広範な領域にわたって進めてゆく。多種多様な筆名が使われたことからも、それは明らかだ。ホラス・ジューヴナル、タビサ・ブランブル、ラウラ・マリア、サッポー、アン・フランシス・ランドルといった筆名が使われた。長篇小説七作（第一作目は大ベストセラー）、政治論文二篇、随筆七篇、戯曲二篇、これに加えて、数百篇を下らない詩が完成された。*1

女優、エンターテイナー、そして作家、醜聞のネタにはこと欠かず、流行の最先端を行く偶像的存在、セックス・シンボルでもあり、ゴシップ欄の常連、自分を売り込むことに長け……と、こう見てくると、メアリが〈一八世紀のマドンナ〉と呼ばれるのも頷けよう。*2だが、セレブリティにはもう一つの側面があることを忘れてはならない。忘却だ。一つの社交シーズンに、画壇の寵児ともいうべき四名の画家（サー・ジョシュア・レノルズ、トマス・ゲインズバラ、ジョン・ホップナー、ジョージ・ロムニー）に肖像を描いてもらったのは、メアリ・ロビンソンだけだ。ところが、亡くなって数年もすると、ゲインズバラが描いてくれた肖像画は、『犬を連れた貴婦人の肖像』という題で、固有名詞を欠いたまま目録に載せられる。二〇世紀、伝記という芸術形式はふたたび脚光を浴びることになった。また、女性著作家への関心も、かつてないほど高まった。にもかかわらず、メアリ・ロビンソンの伝記は一つも存在しなかったのである。第二次世界大戦前、メアリはフィクション的な扱いにふさわしい女性としか考えられていなかった。歴史ロマンスや、『妙なるパーディタ』、『失われた者』といった官能通俗小説が、メアリの活躍の舞台だったのだ。一九五〇年代になっても、彼女は、自分がフランスまで追って行こうとした恋人の伝記の中で、脇役を務めたにすぎない。※ジョージ四世とその女性関係を扱ったある本などは、メアリに言及すらしていない。メアリは最初の愛人で、その後も生涯、ジョージ四世とメアリは接触を保っていたにもかかわらず、だ。*3一九九〇年代になってようやく、フェミニスト学者たちがメアリ・ロビンソンの文学活動を真剣に再評価し始める。だが、彼女たちの著作が読み手として想定していたのは、ロマン主義の時代を研究する学者や学生に限られていた。*4

晩年、メアリ・ロビンソンが自伝を書き始めたとき、そこには二つの相反する衝動が作用していた。一方には、若い頃のスキャンダラスな自分自身を見つめ直してみたいという思いがあった。自分はイギリスで最もひどい目にあった女だ。だから、英国皇太子との関係でも、自分の側からの見方で、これを記録に残しておきたかった。しかし、同時に、まったく違った自分自身の姿も、憶えておいてもらいたかった。つまり、文学者としての自分の姿だ。自伝を書き進めるにあたって、手元には、同世代の最も優れた精神の持ち主たち（サミュエル・テイラー・コールリッジ、ウィリアム・ゴドウィン、メアリ・ウルストンクラフト）からの手紙があった。それらの手紙は、メアリが「天才的な女性」（コールリッジの言葉）であることを保証していた。普通、王族とのセックス・スキャンダルと文学活動の記録とが、同じ本の頁に肩を並べて記されることはない。しかし、伝記の主人公が「ドルーリー・レインのロビンソン夫人」から「天下に名高いパーディタ」、さらには「作家メアリ・ロビンソン」へと、めまぐるしく変身を遂げた人物である以上、それは避けられないことだ。

この伝記を書くにあたっては、調査のため、ロンドン北部コリンデイルまで足を運び、大英図書館新聞資料部で、『モーニング・ヘラルド』紙の小さな活字で印刷したゴシップ欄を調べたり、メアリが生

※ロバート・バス『緑衣の竜騎兵――バナスター・タールトンとメアリ・ロビンソンの生涯』（ニューヨーク、一九五七年）――表題が示すとおり、タールトンの軍歴に主眼が置かれている。著者バスは古い資料をよく探索していて、それはそれで評価できるが、転記ミスがきわめて多い。また、重要な事件の日付を間違える、魅力的な新聞記事を数多く見落とす、回想録その他の資料中にある言及に気づかない、といったミスも多い。不正確な記述が正確な記述を上回っているといっても過言ではない。たとえば、の話だが、バスが、ある年の一一月、かくかくしかじかの記事が『モーニング・ポスト』紙に掲載されたと書いている場合、その記事は、実際には一二月、『モーニング・ヘラルド』紙に掲載されたと思って間違いない。

まれたブリストル大聖堂の、ゴシック建築の回廊を訪ねたりした。私はメアリの肖像画の下に立って、その比類ない姿に見入った。肖像は、オックスフォード・ストリートの賑わいから一歩奥に入った、ウォレス・コレクション所蔵のもの、また、立派な邸宅に保管されているものと、いろいろだった。邸宅も、広壮きわまりないもの（ワズドン・マナー）から、ゆったりと寛げる居心地の良さそうな邸（チョートン・ハウス）まで、さまざまだった。大英博物館の版画室では、諷刺画に描かれたメアリの姿を眺めた。それはどぎつく、ときには卑猥に描かれていた。インターネットからは、すっかり忘れ去られた政治パンフレットをダウンロードした。メアリはこの分野でも大いに活躍していた。ニューヨーク公立図書館では、五番街の車の音が聞こえてくる部屋で、メアリの最晩年の手紙を筋道を立てて整理する作業をした。亡くなる前の数か月間のメアリの心情が、そこにはよく表れていた。というのも、メアリは、病や麻痺と戦いながら、最後まで旺盛に書き続けたからである。

これまで陽の目を見ることのなかった手紙や原稿の類を、思いがけない場所で発見した。サリーの個人宅では、ボール紙の紙挟みを開けたところ、中から出てきたのは、ドルーリー・レインで「パーディタ」を目にした晩のことを書いている、皇太子の文章。まさに翌日書いたもので、一目惚れして頭に血が上った様子がありありと窺える。ギャリック・クラブでは、女優メアリを世に送り出した偉大な演劇人たちの肖像画の中に、一通の手紙を発見した。手紙の中では、ワーズワスとコールリッジ作『リリカル・バラッズ』の向こうを張る詩集を出版しようと、メアリはあれこれ計画を練っている。イギリスで最も厳重に警備された私邸の一つ――固有名詞は伏せなければならない――では、『回想録』のオリジナル原稿が見つかった。出版されたものとは微妙な違いがある。この並外れた女性の、完璧に均整のとれた顔、また文章から伝わってくるいきいきとした声が、しだいに、私にとって親しみ深いものとなっていった。とはいえ、この本のために調査をしている最中、いろいろな領域の人から尋ねられたのは、誰についての本を書いているのか、という質問だった。一八世紀のメアリ・ロビンソンについて書いている、と答えると、たいていの人がきょとんとした顔をした。そういうわけで、私はこの伝記の中で、メアリの生涯、その生きた世界、行った仕事を、再構築しようと試みた。と同時に、メアリが同時代人の一人から、「同時代で最も興味を惹かれた女性[*5]」と呼ばれるに至った事情を、説明しようとしたのである。

第一部　女優

サー・ジョシュア・レノルズが描いたメアリ・ロビンソン（1782 年）

第一章「嵐の晩に」

最も尖鋭な知性、最も誇るべき知的営為というものは、えてして鄙びた場所で活動する、一握りの人々の中から現れ出た。ブリストルとバースからは、それぞれ、天才的人物が輩出してきた。

メアリ・ロビンソン「英国帝都における風俗、社会その他の現況」

ホラス・ウォルポールはブリストルという都市を店舗になぞらえ、「店の規模は大きいが、見たこともないほど薄汚れている」と述べた。都市の規模はロンドンに次いで二番目、産業と市民の商才で世に知られていた。「ブリストル市民は金儲けが生きがいのようだ」[*1]といわれた。通りや市場は人々でごった返し、コレッジ・グリーンと呼ばれる、ブリストル大聖堂前の公園緑地では、裕福な紳士淑女たちが菩提樹の木陰を散策する。見上げれば空をカモメが舞っている。市の中心を貫いて一本の川が流れ、そこには数多くの船が浮かんでいる。これらの船のおかげで、ブリストルは世界に名だたる貿易の中心地にまでのし上がったのだった。砂糖が主要な輸入品目だった。しかし、アフリカ発アメリカ行き奴隷船の、ブリストル寄港を告げる記事が、『ブリストル・ジャーナル』の紙面をにぎわすことも珍しくはなかった。ときには一部の奴隷が国内用にそのままブリストルに留め置かれた。セント・オーガスティン小教会の教区記録には、「ブリストル」という名の黒人の洗礼記録が記載されている。同じ頁には、もうひとつ、別の記載が見出される。ニコラス・ダービー、ヘスター・ダービー夫妻の娘ポリー（メアリの別称）、一七五八年七月一九日洗礼、と。[*2]

ニコラス・ダービーは貿易商協会の中心メンバーだった。この協会はキング・ストリートに面した商業会館に拠点を置いていた。貿易業者の業界団体で、ブリストルの商業活動の中核をなす組織だった。大劇場、演奏会、コーヒー・ハウス、書店、出版社といったブリストルの活発な文化的活動を支えたのも、商人たちだったのである。ブリストル出身の最も有名な文学者が生まれたのは、メアリの誕生からさかのぼること、わずか五年にすぎない。ワーズワスのいわゆる「驚くべき少年」、トマス・チャタートンは英詩の世界の神童だった。一七歳で自殺（もしくは誤って毒を服用し、死亡）してしまったが、その後ほどなくして彼の詩は一大センセーションを巻き起こした。シェリーやキーツにとってチャタートンは憧れの的だった。メアリ・ロビンソンもサミュエル・テイラー・コールリッジも、チャタートンに捧げる詩を書いている。

コールリッジ自身、ブリストルとは浅からぬ因縁がある。コールリッジの友人であり、詩人仲間でもあるロバート・サウジーは、破産した亜麻布商人の息子だったが、そのサウジーもまたブリストルの出身だ。コールリッジとサウジーは若い頃、ブリストル出身のフリッカー姉妹と結婚している。また、メアリが生まれた家から目と鼻の先にあるコレッジ・グリーンで、彼らの「パンティソクラシー」計画は産声を上げたのだった。サスケハナ川流域にコミューンを建設しようとした、あの計画である。

メアリは『回想録』の冒頭で、みずからの生誕の地を描写している。描き出されるのはブリストル市内の、ある丘陵地近くの情景だ。そこには昔、聖アウグスティヌス修道会に属する修道院が、教会堂に隣接して建っていた。

この場所に、一軒の私邸が建てられた。素朴な造りの部分もあれば、近代的な建築様式の部分もあった。家の前には狭い庭があり、その門を開けると教会堂の緑地（現在はコレッジ・グリーンと呼ばれる）に出た。家の西側は教会堂に隣接、裏はアウグスティヌス会修道院当時の古い回廊によって支えられていた。これくらい魂をもの悲しい瞑想に誘う環境は、古い遺跡の中にも、ほかにはまず見当たらないのではあるまいか。

彼女はもともと修道院の一部だった部屋でこの世に生を享ける。回廊の真上の部屋だ。「窓は観音開きで、そこから射し込む光は昼でもなお薄暗く」、ゴシック的な雰囲気を醸し出していた。部屋にたどりつくには「狭い螺旋階段を登らなければならない。この階段の登り口に、鉄の大きな釘を打ちつけた扉があり、これを開けると薄暗い回廊に通じていた。回廊はひっそりと静まり返り、どこまでも続いているようだった」。将来ゴシック小説のベストセラー作家となる女性にとって、この世に生を享ける場所としては、これ以上のものはあるまい。『回想録』に嘘がないとすれば、メアリが生まれた晩の天候も、将来を予感させるに十分なものだった。「母の口から何度も聞いた。あんな荒れた天気は初めて経験したと。教会堂の尖塔の周りでは、闇の中を強風が音を立てて吹き荒れていた。部屋の観音開きの窓には、滝のような雨が打ちつけた」。そしてメアリはこう続ける、「爾来、私の人生には絶えることなく嵐が吹き荒れた」。*3

大聖堂に付属したこの住居は、ヴィクトリア朝期、ブリストル大聖堂の身廊を拡張するにあたって取り壊された。だが、ブリストル大聖堂聖歌学校の中庭に立つと、いまでも、メアリの生家の真下にあって、これを支えていた回廊が一望できる。すぐ隣は現在公立図書館になっていて、そこに収蔵された古い一枚の版画にメアリの生家が描かれている。これを見ると、メアリの生家は、大きなゴシック様式の窓と大聖堂本体の巨大な塔の下に、しっかり抱かれるようにして建っていたことがよくわかる。

一家はアイルランド系だった。メアリの曾祖父はアイルランドの土地財産を相続するため、マクダーモットからダービーに改名した。ニコラス・ダービーはアメリカに生まれ、ベンジャミン・フランクリンの血縁であると言った。*4 若い頃はニューファウンドランドのセント・ジョンズ市で漁業に従事した。メアリ自娘は父親を評して、「強靭な意志、高邁な精神、激しい気性」の持ち主だったと述べている。メアリ自身もこれらの性格を受け継いでいると言えよう。[*5]

メアリは社会的地位とか階級といった事柄には敏感に反応した。『回想録』の中では商人階級の体面をことさらに強調している。メアリの父親は貴族階級の知遇を得ることに、ある程度成功している。未公刊の手稿の中で、メアリは「大法官ノーシントン卿は自分の名づけ親だった」こと、また命名式のさいは「バーティー・ヘンリー閣下がノーシントン卿の代理を務めた」[*6]ことを誇らし気に語っている。

メアリの母親ヘスター（旧姓ヴァナコット）はサマーセットの小さな村ドニヤットで、一七四九年七月四日、ニコラス・ダービーと結婚している。大恋愛の末の結婚だった。ヘスターは裕福な家柄の出で、グラモーガン州ボヴァートン城に居住したセイズ家の末裔、また哲学者ジョン・ロックの遠い親戚でもあった。明るく活発な娘で、皆から好かれ、求婚者にもこと欠かなかった。両親は資産家との結婚を期待したことだろう。ダービーとの結婚には反対した。

結婚して三年後の一七五二年、ニコラスとヘスターに男の子が誕生した。ジョンと名づけた。[*7]一七五五年一月には娘エリザベスが生まれた。エリザベスは二歳にもならないうちに天然痘で亡くなり、一七五六年一〇月、埋葬された。それから一年少々経った一七五七年一一月二七日、メアリが誕生した。※夫妻にとって、これは大きな慰めとなった。

ワクチン接種が実用化されるまでは、子供にとって、天然痘は死に至る恐ろしい病気だった。この病気で命を落としたのは、幼いエリザベスだけではなかった。おそらく弟のウィリアムも六歳で天然痘のために亡くなっている。メアリのもう一人の弟ジョージは生き永らえた。ジョージとジョンは二人とも無事成長し、「立派な」商人となって、イタリアのリヴォルノで商売をした。

ヘスターはやがて結婚が失敗であったことを悟る。夫ニコラスは仕事でニューファウンドランドに滞

※メアリの誕生年については曖昧な点が残る。このことに関しては補遺を参照。

在することが多く、家にはほとんどいなかった。一七五八年頃にはすでにニューファウンドランド定住に近い状況だった。商人仲間と、新しい教会建設計画に加わっていたのである。冬の数か月はブリストルに戻ったものの、メアリの子供時代、父親の影は薄かった。

ダービー家の男子は、髪は赤褐色、目は青で、眉目秀麗だった。メアリは父親似だった。子供の頃は顔色が「浅黒く」、目はギョロギョロし、小さくて繊細な顔形をしていたと自分では言っている。沈みがちでもの思いに耽る夢想的な子供で、教会堂の薄暗い雰囲気をむしろ積極的に楽しんでいた。育児室が広い側廊から至近距離にあったため、朝夕の礼拝時にはオルガンの響きが聞こえた。メアリは子供部屋から勝手に這い出して、螺旋階段の上に腰を下ろし、音楽に耳を傾けるのだった。「あのとき感じたゾクゾクするような感覚が今でもまざまざと甦ってくる。心を震わすあの音色、朗々と響く聖歌に自分の弱々しい声で唱和してみたいと願ったこと、そして教会の礼拝に接すると感じずにはいられない、あの荘厳な印象、こうしたものが生々しく甦ってくるのだ」。コレッジ・グリーンで兄弟たちと遊ぶよりは、教会堂に潜り込み、聖書台の下に座っているほうが好きだった。聖書台は大きな鷲をかたどって作られており、上には巨大な聖書が載っていた。メアリが自分から進んで教会堂の中に潜り込むのを躊躇《ためら》わせた、ただ一人の人物、それは厳格な会堂管理人だった。メアリはこの男をブラック・ジョンと呼んでいた。「髭を生やし、顔が黒かったから」[*8]であった。

字が読めるようになると、さっそく墓石や碑に刻まれた銘文や墓碑銘を暗唱した。七歳の頃にはもう、一八世紀によく作られた哀感溢れる詩をいくつか暗記していた。音楽も、詩と同様、もの悲しい調べをことさらに好んだ。

メアリは告白している。自分の人生に起こったいろいろな出来事は「鋭すぎる感受性が災いし、ますます悪い結果を引き起こすようになっていった、その足跡のようなものだ」と。ジェイン・オースティンが最初に出版した小説『分別と多感』が思い出される。飛び抜けて感受性の鋭いマリアンヌ・ダッシュウッドが、皮肉を込めて描かれている作品だ。孤独を好んだ若い頃のメアリ・ダービーとマリアンヌとの相似ぶりはひととおりではない。両者とも共通して病的な詩を好み、哀調を帯びた曲を演奏しては、暗鬱な気分に耽溺する。また、独りぼっちで瞑想に耽ったりもする。文筆家メアリは、つねに読み手を強く意識していた。『回想録』の中では自分を感受性の強い子供として描いているが、これはゴシック小説や感傷小説の読者層にアピールするのが狙いだった。同時にこの自己イメージは、ロマン主義的な文学者神話にも訴えかけた。生まれながらの天才で、早熟児としてめきめき頭角を現すものの、一方では孤独で、想像世界に逃避しがちな子供時代を送るという、あの文学者神話だ。

メアリは自分を「生まれつきの」天才のように描いているとはいえ、教育改革や、若い読者層を狙った出版物の増加からも恩恵を蒙っている。この時代、イギリス各地に中流階級の子女を対象とした私立学校が続々と誕生した。ブリストルは劇作家・小説家・福音主義的改革者、そして政論執筆者でもあったハンナ・モアの地元だ。淑徳で知れ渡ったハンナ、醜聞まみれで世に聞こえたメアリと、実に対照的な二人だが、両者は妙に似通った生涯を送った。二人ともブリストルに生まれ、デイヴィッド・ギャリックの庇護のもと、演劇の世界に足を踏み入れるも、のちに小説家に転じる。一七九〇年代になると、ともに女性教育をテーマにした論争に参加している。

メアリはモア姉妹が経営する学校に通った。お嬢さん学校で、一七五八年、教会堂裏手のトリニティ・ストリートに開校した。メアリの生家からはほんの数百ヤードしか離れていなかった。カリキュラムの中心は「フランス語、読み方、書き方、算数、針仕事」だった。生徒募集の宣伝文句には「舞踊教師がきちんと指導します」[*9]とも添えられていた。学校は大評判になり、四年後にはパーク・ストリート四三番地に移転する。丘陵の中腹、クリフトンという上品な界隈の近くだった。メアリが通っていた頃は、生徒数六〇名だった。モア姉妹のそれぞれがカリキュラムの各「部門」を、責任をもって分担した。

メアリに言わせれば、「見事な手さばきと手腕を発揮して、情熱的に」教えた。熱意と学識を兼ね備えたハンナは「みずからの時間を二つの、とても骨の折れる仕事に費やした。片や『若く初々しい精神を芽吹かせる』という仕事に。もう一方では、すでに深い教養を身につけた精神が能力をどれだけ発揮できるかを、優れた芸術作品を例にとって示すという仕事に」[*10]。

一七六四年夏、ブリストルは演劇熱に取り憑かれた。ロンドンから来た名優ウィリアム・パウエルがリア王を演じたのだ。その迫力はあの偉大なギャリックにも匹敵すると言われた。それから二年もしないうちに、パウエルは市中心部に落成した新劇場で、支配人と俳優を兼務することになった。半円形の観客席のある、イギリス最初の劇場だった。ボックス席も正面の正装席が九席、上階脇席が八席備わっていた。そのすべてに著名な劇作家や文学者の名前が刻まれていた。

新王立劇場落成を飾る第一シーズンの目玉はこれまた『リア王』で、パウエルが主役を張り、夫人のエリザベスがコーディリアを演じた。パウエルはこの頃すでにハンナ・モアと昵懇の間柄になっていて、ハンナは当上演のために威勢のよい前口上をものしている。ハンナの学校では、生徒一同、観劇に繰り出した。八歳のメアリ・ダービー、劇場初体験であった。メアリはこのときの「名優」の姿を鮮烈に記憶している。チャタートンもこのときのパウエルについてこう書いている、「汝は一つの役柄のうちにのみ留まる者にあらず、全体を支配する者なり」[*11]と。メアリはパウエル夫人エリザベスの演技にはあまり感銘を受けなかった。そのコーディリア役は「将来、自分も女優になりたいという気にさせるほどの輝きに欠けていた」[*12]。学校の友達の中にはパウエルの二人の娘や、女優となったプリシラ・ホプキンズがいた。プリシラ・ホプキンズはのちにジョン・ケンブルの妻、そして英国演劇史上最も有名な女優セアラ・シドンズの義理の妹となる女性だ。

ハンナ・モアの演劇熱はその後もやまなかった。『幸福の探求』という牧歌的な喜劇詩を書き、生徒たちに上演させた。女の淑徳や服従の勧めが説かれていて、将来執筆する反フェミニスト論の原型ともなっている。登場人物に野心満々の少女がいて、「女を委縮させている箍《たが》を打ち破り」、富と名声を追求しようとする。「ため息が出るほど名声が欲しかった。有名になりたくて身も細る思いがした。／ああ、ちやほやされたい。大切にされ、称讃の的になりたい。世間に名を知られたい」。少女のメアリ・ダービーがこの役を演じ別の登場人物からその志を咎められる、そんな場面を見たら、さぞや興味をそそられたことだろう。その登場人物はこんなふうに非難する、「彼女は男の特権を侵害したいというのか？……／というのも、女は身のほどをわきまえてこそ、光り輝くものなのだから」[*13]。

一八世紀が終わる頃、ハンナ・モアはすでに時代を代表する、最も手ごわい保守系論客に名を連ねていた。かつての教え子、あの悪名高いパーディタと関わりをもったことが悔やまれてならなかった。当世最も醜聞にまみれた女が、世の尊敬を一身に集める女性から、かつて教えを受けたという皮肉な事実、これを青鞜派のスレイル夫人が見逃すはずはなかった。「伝記を飾る逸話にもいろいろあるが、敬虔なるハンナ・モアが麗しき汚れ人パーディタの恩師であったという逸話ほど、強烈な印象を与えたものはほかにない」[*14]。メアリはメアリで、モア姉妹などに薫陶を受けなくても自分の文学的才能は十分に花開いたと、声を大にして述べている。メアリが強調するのは、自分の受けた教育が、結婚市場で必要というだけの、女のたしなみに過ぎなかったということだ。女に期待されるのは社会の飾りになること、一度結婚したら公の場で男と競い合ったりせず、しっかり家庭に収まって、慎ましやかに暮らすということだった。

メアリの父親は富裕な商人だったから、メアリ自身、金で買える特権は大いに利用した。有名な音楽家エドマンド・ブロドリップからは、父親に買ってもらった高価なカークマン・ハープシコードを使って音楽を習った。一家は前よりもっと大きくて品のよい邸宅に移った。ニコラス・ダービーが富の蓄積を誇示しようと、紳士らしい暮らしぶりにこだわったからである。高価な皿、豪勢な絹の家具、舶来ワイン、贅沢な食材をことさらに購入しようとした。「英国商人の特徴ともいうべき心からのもてなし」[*15]

にも執心した。自分の娘が最高のスタイルの暮らしができるよう、配慮を怠らなかった。メアリのベッドは豪華極まりない深紅のダマスク織、衣服はロンドンから取り寄せた、見事なキャンブリック〔光沢のある薄手の綿織物〕の素材で仕立てられた。一家は夏の数か月を、山の手クリフトン・ヒルの澄んだ空気の中で過ごした。こうしたダービーの「贅沢」嗜好は娘にも受け継がれることになる。

一方で、母親のダービー夫人のほうは心の支えとなった。メアリは一度も寄宿舎に入らず、自宅通学をした。この点、モア姉妹の学校に学ぶ女生徒たちの中では例外的存在だった。メアリは「世界一優しい母親のもとを、一晩たりとも離れて過ごしたことはなかった」。いまにして思えば、自分は甘やかされすぎた気がする。そんなふうにメアリは回想する。母親にもし欠点があったとすれば、それは「至れり尽くせり」だったことだ。子供たちを可愛がりすぎて駄目にしてしまうのだ。「服装から、身の回りの世話から、何から何まで、愛しい子供たちを異常なまでに猫可愛がりした」[*16]。夫ニコラス・ダービーが外国に滞在してばかりいて、ほとんど家にいなかったことを思えば、ヘスターがこれほどまでの愛情を子供たちに注いだのも驚くにはあたらない。不在がちな父親と甘い母親というのは、自分のような強情な娘にとっては危険な取り合わせであると、メアリはほのめかしている。

『回想録』を読むと、メアリは自分の幼年時代を、お伽話、つまりは失われた楽園のように描いている。メアリいわく、自分の人生は九歳のとき、大きな節目を迎えた、と。ニコラス・ダービーは、ニューファウンドランドの北の外れまで出かけ、漁をし、商売をして一生を過ごした。一七六〇年代初めには、貿易商協会の代弁者として活動し、ニューファウンドランドの防衛について政府に進言をした。この地は戦略上重要な前哨地で、七年戦争のとき、英仏が所有権争いをした土地だったからだ。一七六五年になると、ダービーは、メアリに言わせると「常軌を逸した」計画に、夢中になった。それは「奇想天外で危険な」計画だった。「なんと、ラブラドール地方沿岸で本格的に捕鯨をしたり、エスキモーに知識教養を身につけさせ、いろいろな仕事に使えるようにするという計画だったのだ」[17]。

この界隈は危険な地域だった。気象条件がきわめて厳しいことに加え、当該地域——ベルアイル海峡——は英国の領土になってまだ二年しか経っていなかった。しかしダービーには強力な後ろ盾があった。ニューファウンドランド総督であるチャタム伯ウィリアム・ピットをはじめ、「錚々たる面々」が、この計画を支持したと、メアリは書いている。事業は「前途有望」に見えた。ダービーが夢見たのは、自分の尽力で、英国領アメリカの捕鯨産業が、グリーンランドと肩を並べる日の来ることだった。

政府から認可が下りると、この計画を実行に移すためには、少なくとも二年間はアメリカに常駐する必要のあることを、彼は家族に告げた。アメリカ常駐と聞いて、ヘスターはぞっとした。北アメリカの荒涼とした土地は子供の住む場所ではない。だから、夫について行くとしたら、可愛い息子たちと娘は、英国に置いていかなければならないだろう。寄宿学校に入れて、学業を終えさせなければならない。もうひとつ、ヘスターは病的に海を恐れた。結局、子供たちとともに残ることにしたが、これが将来、結婚の破綻を招くことになる。ニコラスは予定どおり、アメリカに向けて出航した。長男のジョンはイタリアに渡り、リヴォルノの商社に入った。メアリ、ウィリアム、ジョージは、ヘスターと一緒にブリストルに留まった。

ニコラスは初めのうちこそ、愛情の込もった手紙を定期的に送ってよこした。しかしそれもしだいに間遠になり、届いても、しかたなく書いているような、おざなりの文面になっていった。あるときから、ぱったりと音信が途絶えた。そしてついに「恐ろしい秘密が明かされた」。愛人がいたのだ。エリナーといって、メアリも皮肉っぽく言っているように、「嵐の海でも、ものともせず」、喜んでダービーについて行くような女だった。エリナーは「アメリカの凍てついた荒野で、ダービーと二年間一緒に過ごすことを承知した」[18]。

ダービーは一五〇名の人員とともに、英国を後にし、海を渡ってシャトー湾に到着したのだった。その後、ケープ・チャールズで本部を任され、ここに住居、作業場、桟橋を建設する。当初、漁は好調に推移した。しかし、その後、現地のイヌイットに船を焼き討ちされ、命綱の塩を台なしにされてしまった。部下たちは内輪もめを起こし、沿岸で冬を越すことを拒否した。ダービーは一年後、捲土重来を期す。仲間の商人と組み、新たな人員を引き連れて戻ってきた。装備も前より洗練されていた。だが、またもや喧嘩騒ぎが起き、一七六七年夏には、殺人容疑で一〇人の逮捕者が出てしまう。そして同年一一月、ちょうどメアリが一〇歳の誕生日を迎える頃、ラブラドール計画は、無理やり息の根を止められることになる。冬のアザラシ漁に備えて準備をしていた人々を、別のイヌイットの集団が襲撃し、三名を殺害。ダービーの入植地は焼かれ、船も流された。船舶や装備の被害額は数千ポンドに及んだ。「約束の島」は「目も当てられない廃墟」と化した。ただし、メアリの描写は例によって誇張気味で、この殺人に関しても、実際は三名の犠牲者なのに、「数多くの部下」[19]が殺害されたと書いている。ダービーの支援者たちは資金的保障の約束を反故《ほご》にする。損害額はさらに大きく膨らみ、仲間の商人との協力関係も解消、ブリストルの自宅は売りに出される。

ブリストルでは、ヘスター・ダービーを次々と悲劇が襲う。夫がアメリカで愛人と同棲していることがわかったのは、大きな屈辱だった。夫の金銭的損失のため、路頭に迷う恐れもあった。また、メアリの六歳になる弟ウィリアムが、天然痘（はしかの可能性もあり）のために死去。ニコラスはロンドンに帰ってきても、愛人エリナーと同棲していた。だが、メアリの『回想録』手稿には、出版された版にはない興味深い付記がある。「父が連れ帰ったエスキモーの女と少年、それぞれ一名」[20]と。ニコラスには、もう一人愛人がいたのだろうか。そして、メアリにはイヌイットと混血の、腹違いの弟がいたということなのか。

メアリは父親の業績を誇りに思うと同時に、家族を見捨てたことに腹を立ててもいた。この二つの心情のあいだで、いつも苦悩していた。メアリは、父親が二通りの国民性を持っていたことを強調するが、そこにもこの、どっちつかずの心情が表れている。父親は勇猛果敢で、つねに新しいものを求める精神の持ち主だった。また、父は海の生活を愛していた。メアリは父のそのような気質を、アメリカの船乗りという出自に帰している。その一方、父親は共同体の屋台骨的存在、まさに「英国商人」そのものでもあった。メアリは父の愛人エリナーを非難した。妻子から離れ、遠いアメリカに一人でいる父の弱みにつけ込み、誘惑したからだ。メアリ自身はといえば、多感な年頃に貴重な教訓を得た。金と地位の切れ目は、縁の切れ目という教訓だ。羽振りのよいころには、よってたかってうまい汁に与ろうとした人たちが、いまは冷たく背を向け、一家は路頭に迷った。

一年後、ヘスターとメアリ、一人残った下の息子ジョージは、ロンドンの父親の住居に呼び出された。スプリング・ガーデンズというお洒落な界隈で、あの有名なヴォクソル・プレジャー・ガーデンズも近くにあった。ヘスターは夫がどんな態度をとるか、確信がなかった。「よそよそしい態度を保ったまま、冷ややかな軽蔑のまなざしをこちらに向けてくるだろうか、それとも後悔の念に苛まれ、申し訳なさそうにこちらを見つめるだろうか」[*21]。夫の「慇懃無礼な」手紙には、子供たちも一緒に連れてきてくれるよう「切にお願いする」とあった。これだけ読めば、これから起こることが、家族の再会というよりは、最後のお別れであることを、理解できてもよかったはずだ。

会うと、父親は涙に掻き暮れて、話もろくにできなかった。妻への抱擁には「愛情が込もっていなかった」。また、ヘスターにとって、それが夫からの最後の抱擁となった。初めは非難の応酬もあったが、それが過ぎてしまうと、ニコラスは今後の計画を説明し始めた。子供たちはロンドンの学校に入れる。妻はしかるべき聖職者の家に下宿する。自分はといえば、大西洋を渡ってアメリカに戻る。実際、ニコラスは翌年、ラブラドールに戻って新たな計画に着手し、前よりも大きな成功を収めた。今回は熟練したカナダ人の漁師を雇用していたからだ。

メアリの教育は第二の段階に入った。後年、物書きへの道を開くことになった教育だ。チェルシーの学校へ送られ、メリバー・ロリントンに教えを受けることになった。学識にも才気にも長けた女性だった。メリバーは学校教師の父親から男性と同じような教育を受けた。また、近代諸語、算術、天文学に加え、古典語にも通暁していた。この点、当時の女性としては、きわめて異例の存在だった。メアリは、後年、こうしたタイプの女性を時折、自分の小説に登場させている。普通は男の子しか受けられない教育を受け、その恩恵に浴した女性だ。メリバー・ロリントンは、まさしくそうした女性の典型と言えた。

メアリは師を崇拝し、受けた影響は、モア姉妹のそれとは比較にならないと述べている。「もし私が何かを学んだとしたら、それはすべて、この並外れた女性から教えられたものだ」[*22]。チェルシーで受けた古典教育を考えれば、メアリの作品は、長い目で見て、男性作家と同等の、丁重な扱いを受けてしかるべきであろう。『イギリスの女性たちへの手紙――精神的従属の不当性について』という女性論にはとりわけ、驚くほど幅広い古典への言及が見られる。

生徒と教師は親密な間柄となり、寝室も共有した。自分が読書好きになったのも、こうした関係がきっかけだったと、メアリは言う。「私はわき目も振らず、勉強した。そして、読書が好きになった。以来、私の読書好きは今日まで一貫して変わることがない」[*23]。女性たちは、互いに本を読んで聞かせ合った。メアリは詩作も始めた。そのいくつかは、債務者監獄収監中に出版された詩集処女作に収録されている。本人の回想するところによれば、メアリの知性が最初に花開くことになるのは、女ばかりの共同体の中で、そこにはメリバーと六人ほどの生徒たちがいる(メアリは明らかに先生のお気に入り)。尊敬すべきハンナ・モアとの関わりなど、できれば忘れてしまいたいくらいで、それよりもメアリの選択は、ロリントンを師と仰ぐこと。しかる後に、メアリはこう暴露している。ロリントンは始末に負えない大酒飲みだと。

メアリは同性からのひどい扱いをしばしば嘆いている。しかし、作家として生活していくうえで自分を支え、鼓舞してくれた女性に限っては、最大限の敬意を払っている。メリバー・ロリントンは、子供の自分がものを書き始めるに当たって、たいへん力になってくれた。同じように、ものを書いていくうえで最初の支援者になってくれたのが、少々怪し気な評判のある、もう一人の女性、デヴォンシャー公爵夫人ジョージアナだ。メリバーのアルコール依存症はもはや救いようがないし、ジョージアナのギャンブル依存症も同じくらい年季の入ったものだったが、それでもメアリはこの二人の女性を心から敬愛した。

メリバーは、自分がアルコール依存症になった経緯を説明した。メアリも、それなら無理もないと思った。夫が死んで、悲嘆のどん底に突き落とされたこと。厳格な父親からスパルタ教育を受け、ひどい目に遭ったこと。父親は再洗礼派で、白髭を蓄え、仮借のないものの言い方をした。ゆったりとしたローブ一枚だけ身に纏い、女生徒が学ぶ教室を歩き回った。その姿はまるで黒魔術師のようだった、と。女の子というのは、父親がそばにいると、必ず酒に手が伸びてしまうものなのだとメアリは思った。

メリバー・ロリントンの「年季の入ったアルコール依存症」は授業中でも例外ではなく、これが原因でチェルシーの学校は閉校に追い込まれる。その後しばらくして、メアリは夕暮れどき、通りで酒に酔った女乞食を見つけた。お金をくれてやった後で、女がこう言うのを聞いてびっくり仰天した。「まあ、可愛らしさは昔とちっとも変わりないじゃないか」。目が合い、相手が昔の師だとわかって、メアリはぞっとした。家に連れて帰り、綺麗な服を与えてから、いまどこに住んでいるか訊いた。メリバーは答えようとせず、何日かしたらまた訪ねてくると約束した。約束は果たされなかった。何年も経ってから、優秀ではあったが、アルコール依存症という欠点をもっていた自分の師が、チェルシー救貧院で、酔っ払いとしてこの世を去ったことを知る。

メアリは『回想録』で、自分は、肉体的には年齢以上に成長していたと書いている。背が高く、すらりとした体つきをしていた。一〇歳なのに、一三歳に見えたと述べている。ロリントン寄宿学校には一四か月在籍したが、この間、日曜日には欠かさず母親の許を訪れた。ある午後、お茶の時間に、父親の友人から結婚を申し込まれた。母親のヘスターは意表を衝かれ、いったい娘をいくつだとお思いなのでしょうか、と尋ねると、相手は、一六歳くらいでは、と答えた。娘はまだ一二歳であることを伝えると、相手は信じられないと言った。なにしろ、メアリは肉体的にも知的にも、人並み以上に成長していたからだ。では待ちましょう、と男性は言った。彼は海軍大佐で、二年間の航海にまさに出ようとしているところだった。自分は将来を嘱望されている、航海から戻ってくるまで独身でいてほしいとメアリに言った。それからほんの数か月後、男性は海でその生涯を閉じた。

　メアリが男性的欲望と初めて遭遇した話にも複数のヴァージョンがあり、いまのヴァージョンでは、メアリはまだ純潔を保っている。肉体こそ大人の女だが、まだ少女であることに変わりない。人気絶頂期の一七八四年に出版された最初の「伝記」では、だいぶ様子が違う。この『パーディタの回想録』は、情報源としての信頼性はあまり高くない。というのも（後で触れるように）、書かれた背景に政治的意図や猥褻な目的が隠されているからだ。とはいえ、匿名の筆者が、かなり事情に精通した人間から情報を得ていたことは間違いない。「編集者」が序文で言うには、「メアリの人生を取り巻く状況については、彼女の数年来の腹心から情報を提供された。メアリに対する新聞紙上の称讃も、多くは、その人物のペンのおかげを蒙っている」。これを読んで、すぐに思い浮かぶのが、『モーニング・ヘラルド』紙のヘンリー・ベイトで、メアリの人生において、重要な役割を果たした人物だ。『パーディタの回想録』の「編集者」によると、「以下の物語は、メアリ自身の口から語られたものと考えて差し支えない。純粋にプライヴェートな情報の多くは、間違いなく彼女から提供されたものばかりで、それ以外の情報源に由来する可能性はまずない[*24]」。ここに言われているとおりである場合もないわけではない。『パーディタの回想録』には、メアリの個人情報で、これまで公になったことのないものが掲載されていたりもするからだ。しかし、その点を除けば、この回想録なるもの、書かれている内容は、悪意に満ちた捏造ばかりと考えて差し支えない。

『パーディタの回想録』によると、メアリの初体験は、一家がロンドンに越してきて間もない頃、起こった。父親がヘンリーという若くて美男の海軍士官候補生を家に連れてきたらしい。ヘンリーは、メアリとの「二人だけのデート」や「散策」を許される。二人でテムズ川へ、ボートに乗りに出かけたりもした。あるとき、リッチモンドで軽い食事をしようとした。あいにく、ほかの部屋が全部塞がっていて、空いている部屋は寝室だけだった。主人は寝室で、二人にワインとビスケットを出す。部屋の真紅のカーテンが、「ほんのりと紅潮した」メアリの頬と好一対をなしていた。メアリは部屋に置かれたベッドを見て、ついつい顔を赤らめてしまったのだ。若い海軍士官候補生は、お決まりのとおり、メアリの手を取ると、白いベッドカバーの上に寄り添うように座らせた。「パーディタはふたたび頰を赤らめた。ヘンリーの口づけが紅潮を消し去った。パーディタはヘンリーの腕に身を任せた。こうして二人は抱き合ったままベッドに沈み込んだのだった。内側から湧き起る衝動に、抵抗のしようもなく、一瞬のうちに二人は法悦の世界へと入り込んでいった。そこでは、思考も感覚も、快楽を貪り合う中で、一つに融け合っていた[*25]」。

情事はしばらく続いたことになっている。その後、「陽気な水兵」は自分の船に呼び戻され、ふたたび姿を見せることはなかった。どう考えても「ヘンリー」は架空の存在で、例の海軍大佐の求婚の話に、尾鰭がついたようなものであろう。そもそもニコラス・ダービーは家族と疎遠になっていたわけだから、海軍士官候補生を家族に紹介するというのはありえない話だ。とはいえ、詩や空想冒険譚にどっぷり浸かっていたメアリが、一〇歳そこそこで、ある種の性の目覚めを体験するというのはありえない話ではなく、これを言下に否定するのは賢明とは言えまい。

メアリはバタシーにある、より正統的な寄宿学校へ移った。経営していたのはリー夫人といって、華やかさでは劣るが、「元気いっぱいの、常識的で、嗜みもある女性[*26]」だった。ニコラス・ダービーは、その後、教育費の仕送りをやめた。ヘスターはみずから道を切り開いてゆく決意を固め、リトル・チェルシーに女学校を創設した。一〇代のメアリは英語教師を務め、週日は散文や韻文の作文を担当、「祝日と日曜日の午後には聖書や道徳の本を講読した」[*27]。『回想録』の読者は、当世右に出る者のないスキャンダラスな女性が、道徳や宗教の教師をもって任じたことに、せいぜい苦笑するほかあるまい。メアリは生徒たちの服装管理も担当し、生徒たちの身じまいが召使いの手できちんと行われているかどうかに注意を払った。

一七七〇年、ニコラス・ダービーはまたトラブルに巻き込まれた。総額一〇〇〇ポンド分のアザラシの毛皮を市場に出そうとしていた矢先、一人の英国軍将校がラブラドールのダービーの漁場に乗り込んできて、用具ともども、そっくり押収してしまったのだ。理由はフランス人を雇用していたこと、イギリス製機材を使わず、フランス製のそれを使っていたことの二つだった。これが違法だというのだ。ダービーは頼る相手もいなかった。結局ロンドンに訴えるほかなかった。商務省に賠償を求め、カナダ人乗組員が実際はフランス国籍であることを知らなかったと主張した。この件は管轄外であると商務省は責任逃れをした。王座裁判所が品物を差し押さえた大尉に六五〇ポンドの損害賠償を命じたから、精神的には勝利を収めた。しかし、その金額が支払われる見込みはなかった。自分はこうして窮地に追い込まれる一方、疎遠になった妻はみずからの手で学校を開設していた。そんな妻の存在を、夫は当然ありがたく感じたはずと、誰しも思うに違いない。しかし、プライドがそれを許さなかった。「妻は自分自身が置かれた孤立無援の状況を、あからさまに世間に晒した。その露骨なやり方で、夫は自分の顔に泥を塗られ、夫婦の評判にも傷がついたと考えた」[*28]。あからさまな愛人との同居は棚に上げて、妻が、貧しい寡婦か独身女同然であることを世間に知られるのが、夫にはどうしても耐えられなかったのだ。夫は、ただちに学校を閉鎖することを要求した。開校後、まだ一年も経っていなかった。

ヘスターと子供たちはメリルボーンに転居した。チェルシー同様、ロンドン郊外の村で、人口も増え続けていた。だが、チェルシーと比べると、より都会的な雰囲気が漂い、急速に首都ロンドンの一部として認識されつつあった。メアリは教師から生徒に戻り、オックスフォード・ハウスで教育の最後の仕上げをした。この学校はメリルボーン大通りが始まるあたりにあって、メリルボーン遊園に隣接していた。ニコラス・ダービーと愛人エリナーはもっとお洒落な高級住宅街、グリーン・ストリートに居住していた。メイフェアのグローヴナー・スクエアもほど近く、紳士階級に加えて、商人や富裕な小売店主のあいだでも、ますます人気を高めている地区だった。

メアリは、母親と父親の生活様式の違いを強く意識していたに違いない。ときどき父親のお伴をして近くの野原まで散歩に出かけた。そんなとき、父親が告白したのは、愛人との「腐れ縁」を、むしろ悔やんでいるということだった。あまりにも長い時間をともに過ごし、あまりにも多くのものを二人で共有してしまったため、関係を断つことがもはや不可能なのだ、と。あるとき、そんな散歩の途中で、二人はノーシントン伯爵を訪問する。若い色男だが、道楽者で、政治家も務めていた。父親はかつてダービーのラブラドール・プロジェクトを支援した一人だった。二人は大歓迎された。メアリは、ノーシントン伯爵のいまは亡き尊父に、名づけ親をしていただいた娘であると紹介された。後年、メアリは、故ノーシントン卿のご落胤では、との噂が流れたときも、これを特に否定しなかった。ところで、このとき、若い伯爵はメアリを「礼の限りを尽くして」[*29]もてなしたという。

ニコラスがアメリカへ戻ると、ヘスターは子供たちをチャンセリー・レインのサウサンプトン・ビルディングズに転居させた。法律家の住む界隈で、裏手にはリンカーン法学院があった。ヘスターは、弁護士サミュエル・コックスの庇護を受けていた。たぶん、夫ニコラスとの離別が決定的になるに及んで、法律上の助言を求めたのが始まりだろう。男の「庇護下にある」と言えば、普通、性的関係を含意した。したがって、そこには仕事上の関係以上のものがあったと見て間違いなかろう。

メアリが演劇に関心を寄せるようになったのは、オックスフォード・ハウスで学んでいた頃のことだ。

家庭教師のハーヴィ夫人は、メアリが「演劇表現」の才能を持っていることを見抜き、芝居をやらせてみてはどうかと、ヘスターに勧めたのだ。当時、俳優は尊敬すべき職業とはみなされていなかったが、そのことも承知のうえで、そう勧めたのだ。「他人から後ろ指を指されない」女優もいるはずだと言って、ヘスターを説得した。ニコラスのほうは、明らかに疑念を抱いていた。海外での新たな企画のため、イギリスを後にするにあたり、妻には、背筋も凍るような、こんな命令を下した。「娘の名誉だけはしっかり守ってもらいたい。帰ってきたとき、娘の身に万一のことがあれば、命はないと思え」[*30]。

学校の舞踏教師は、コヴェント・ガーデン王立劇場のバレエ教師でもあった。メアリはこの人物を介して、トマス・ハルという俳優に紹介された。トマス・ハルは、メアリがニコラス・ロウの『ジェイン・ショア』（一七一四年）から一節を朗読するのを聞き、感心した。しかし、このオーディションからは何も生まれなかった。メアリは絶望しなかった。それを補って余りある、はるかに大きな好機が訪れてきた。母親ヘスターの後ろ盾サミュエル・コックスは、サミュエル・ジョンソン博士の知り合いだった。ジョンソンのかつての教え子で友人、デイヴィッド・ギャリックの門を開くには、それで十分だった。

ギャリックに会った頃のメアリは、どんな容姿をしていたろうか。子供の頃は色黒で、たぶんあまり器量もよいとはいえなかった。でも、いまではすっかり、年頃の美しい娘に成長していた。髪の毛は濃い色をした巻き毛で、目は薄い青。この容姿が、英国皇太子からサミュエル・テイラー・コールリッジに至るまで、男たちを魅了することになった。頬にはえくぼがあった。だが、メアリの美しさには、つねに捉えがたいところがあった。サー・ジョシュア・レノルズの弟子ジェイムズ・ノースコットが言うには、師の手になる肖像画ですら失敗作で、なぜなら、メアリの「至上の美しさ」は「とうていレノルズの手に負えない」[*31]ものだったからだ。

第二章　若き乙女、世に出る

ロンドンは商業の中心であるだけではない。ここでなら持てる才能を思いきり発揮したい、学問芸術を飾るいっさいを惜しみなく開示したい、人をそんな気持ちにさせる場所だ。

メアリ・ロビンソン「英国帝都における風俗、社会その他の現況」

ロンドンは世界に類を見ない都市だった。ブリストルの一〇倍以上の人口を擁する、ヨーロッパ最大の都市で、見るもの聞くものすべて極端なものばかりだった。富と汚穢、壮大と卑小とが肩を並べていた。当時は空前の消費主義の時代でもあった。仲間と娯楽が欲しければ、どこでも見つけることができた。コーヒー・ハウス、居酒屋、娼家、公園、プレジャー・ガーデン、劇場と、場所にはこと欠かなかった。なかでも、商店はその最たるものだった。イギリス人を商店主の国民であると切って捨てたナポレオンは正鵠を射ている。メアリが首都ロンドンにやって来る頃には、ロンドン市民の三〇人に一人が商店主だった。オックスフォード・ストリートだけで一五〇人以上いた。店先に飾られないものはなかった。銀細工師の店先には皿が積まれ、通りの手押し車には果実や香辛料の山ができていた。紅茶、コーヒー、砂糖、胡椒、煙草、チョコレート、布――要するに「帝国の産物」――が、大量に売られていたのだ。[*1] 版画店、書店、婦人用服飾品商、亜麻布商、絹物商、宝石店、靴屋、玩具屋、菓子屋が軒を並べていた。流行はロンドンから発信された。見つめ、見つめられる場所、それがロンドンだった。いわば都会という舞台であり、このことを最もよく理解していた一人がメアリだった。

若き詩人ウィリアム・ワーズワスは、ロンドンという街が備える劇場性に心を掻き乱された。自伝的作品『序曲』の「ロンドン滞在」のセクションでは、「練り歩くパレード」、「パントマイムが描くめまぐるしく移り変わる情景」、「巨大な舞台」、「見世物」について語るとき、胸騒ぎを隠せない。ロンドンの絢爛豪華は、中身のない偽物という気がしてならなかった。「色と光と形の乱舞」は「バベルにも比肩すべき喧騒と混乱」[*2]であり、憂慮すべきものだった。メアリ・ロビンソンも「ロンドンの夏の朝」という詩で都会のざわめきを描いているが、メアリの場合は、ワーズワスが忌み嫌ったものを、逆に心地よく感じている。

蒸し暑い煙に霞む、喧騒の街ロンドンで
夏の朝を迎えたなら、誰の耳にも飛び込んでくるのが
慌しい街のざわめき。熱くなった舗道では、
煤に汚れた顔の、襤褸《ぼろ》を纏った
煙突掃除の少年が、甲高い声で商売の叫び声を立てる。
それを聞いて、お手伝いの娘もようやく目を覚ます。玄関では
牛乳桶が音を立て、チリンチリンと鐘の音で
掃除夫がゴミをかき集めていることがわかる。その間、通りは
埃で向こうも見えないくらい。さて、聞こえてきたのは
貸馬車、荷馬車、手押し車の、やかましい音。
かと思えば、ブリキ屋、鞄屋、
研ぎ師、桶屋、耳障りな音を立てるコルク職人の店、
果物売りの荷車に、空腹誘う
野菜売りの声。各者各様の喧騒があたりに響く。

どこの店にも商品が並びはじめ、
水を撒いたばかりの舗道は
早朝の街を行く人々の足に、ひんやりと心地よい。*3

こうしてメアリは、掃除夫から、「帽子箱を抱えて、軽い足取りで歩く／小粋な娘」、そして通りの古着屋に至るまで、すべてのものに詩を見出している。

下は債務者監獄から、上は、王子の愛妾であるメアリのためにセント・ジェイムズ宮殿で開催されたパーティに至るまで、ロンドンの一切合財を、メアリは経験することになった。自分を売り込むことに長けた女として、また、服装であれ詩であれ、次に流行するものを巧みに言い当てる女として、メアリの名は良くも悪くも人々の口に上るようになった。だが、その一方で、一八世紀後半の都会文化の粋が、メアリにはよく見えてもいた。それはワーズワスには無理なことだった。新しい消費社会では、他人にはない自分だけの売物がなければ、生き残ることも成功することも不可能であることが、メアリにはよくわかっていた。文学という市場も、ロンドンの通りと同じくらい混雑していた。だから、自分の声を聞いてもらうためには、蛮勇や厚顔無恥も必要だった。特に女である場合はなおさらだった。

ギャリックと会うときには、メアリもさすがに緊張したに違いない。「帝王」デイヴィッドは独力で劇壇を作り変えてしまった男だ。舞台上では、誰にもなしえなかった自然な演技をした。舞台裏では、凄まじいエネルギーで上演のプロデュースにあたった。なによりも、俳優という職業を誰からも後ろ指を指されない地位にまで高めたのは、彼の功績だった。

一四歳のメアリは、アデルファイ・テラスにあるギャリックの豪邸に呼び出された。いまを時めくアダム兄弟設計の優雅な新居で、テムズ川を見下ろせる高台にあった。一家は越してきたばかりで、家具調度類も豪華なものばかりだった。メアリは、見事な柱を備えた広い玄関ホールから中に入ったことだろう。そして、二階の絢爛豪華な応接間に通される。見上げれば、石膏で造られた天井は手が込んでいた。中央を飾るのは、ヴィーナスを描いた丸いパネル。美神たちを描いた円形浮彫が九つ、これを周囲から囲んでいた。ギャリックは明るく元気いっぱいにメアリを出迎える。たちまちメアリの緊張も和らいだことだろう。妻エヴァ・マリア・ヴァイゲルは元踊り子で、いつもギャリックのそばに寄り添い、若い女性にはことのほか理解ある態度を示した。これは劇作家・小説家としてデビューする前のファニー・バーニーが同じ年、ギャリック家を訪れた際にも経験したことで、バーニーは次のように証言している。「ギャリック夫人は優しく丁寧に私たちを迎えてくれた。夫人はどんなときにもそういう態度で接してくれる」[*4]。

　美人には目がないギャリックのことだから、当然メアリの美しさには魅了された。メアリの声は、彼が若い頃贔屓《ひいき》にした女優で歌手のスザンナ・シバーを連想させた。おまけに、メアリの長くて形のよい脚も魅力的だった。もてはやされている「半ズボン〔男〕役」にはうってつけだ。ジョージ王朝時代の舞台で女優に要求されたのが、この「半ズボン役」だった。女性が長いドレスで全身をつねにすっぽり覆い隠している時代、男の子の服装をした女優は（シェイクスピアのロザリンドやヴァイオラ、そして一八世紀の喜劇に登場する同じような役柄の数々と同様）他に類のない見ものだった。女性の脚の形が、公衆の面前に晒されるのだ。

　ギャリックがメアリに見とれたからといって、変な下心からではけっしてなかった。劇壇で活動する女性にはとことん面倒見がよかったギャリックだが、そこに下心などなかった。会ったばかりの若いメアリに、可能性を看て取ったときも、まさしくそうだった。当時の社会は、女性が舞台に立つことを快く思わなかったし、女優という職業は売春婦同然にみなされた。そんな世の中にあって、ギャリックが女優や女流劇作家を庇護したのはきわめて異例だった。数々の若い女優をギャリックは「発掘」し、ハンナ・モアやハンナ・カウリーといった女流劇作家に売り出すチャンスを与えた。そのお返しに、こうした若い女性たちはギャリックとその妻を崇拝した。

自分が主演する『リア王』に、コーディリア役で出てみないか、その稽古を受けてみる気はないかとギャリックは勧めた。この『リア王』は王政復古時代にネイアム・テイトが改作したものをさらに独自に作り直したヴァージョンで、コーディリアが絞首刑になる代わりにエドガーと結ばれるというハッピーエンドが用意されていた。ギャリックもいまや五〇代、痛風や胆石に悩まされ始めていた。出演回数を抑え、体力の温存に努めていた。二五歳のときから演じているリア王だが、己れの一番の当たり役であるとともに、最も過酷な役柄の一つでもあった。長い俳優生活を送ってきたギャリックが、こうしてまったく無名の女優にコーディリア役を任せるというのは、思いきった賭けだった。二人はじっくり時間をかけて初舞台の準備をした。

とはいえ、稽古に終始したわけでもなかった。『回想録』を読むと、二人でメヌエットを踊ったり（ギャリックは踊りの達人でもあった）、お気に入りの流行歌を歌ったりしている、うっとりするような情景が描かれている。そのときの記憶は、メアリの心の中に鮮明に残った。「ギャリック氏と過ごした、あの楽しい時間をけっして忘れることはないだろう。人を畏怖させると同時に魅了する力を、ギャリック氏以上に持ち併せた人を、私は知らないといってよい」[*5]。欠点も見逃さなかった。「微笑は魅力的だが、ときどき落ち着きのない不機嫌な話し方をすることがあって、聞いているほうはとても不安になった。少なくとも私は、そういうときの不安な気持ちをいまでも忘れることができない」。ギャリックがむら気なのは、つとに知られるところだった。ファニー・バーニーの日記によると、ジョンソン博士はギャリックのむら気が、「めまぐるしく移り変わる、灼熱した気質」のせいだとしている。バーニーはギャリックが大好きで、その「輝きに満ちた鋭い眼光」には、ついついうっとりさせられたが、一方で、「ギャリックの態度に腹を立てる友人は後を絶たなかった」[*6]とも記している。その自己顕示欲に苛立つ友人もいたことだろう。ギャリックの友人オリヴァー・ゴールドスミスの言い方を借りれば、舞台ではいつもケレン味のない、自然で質朴な振る舞いをしたが、「舞台から一歩降りるや、彼は演技を始めた」[*7]。

ギャリックは自分を売り込むのが天才的にうまく、また、何ごとにつけ、驚くほど精力的だった。メアリのその後のキャリアを考えれば、ギャリック以上のお手本はなかったと言うべきだろう。メアリはギャリックを崇拝し、助言には真剣に従った。ギャリックからは、ドルーリー・レインに足しげく通い、デビュー前にその風習に馴染んでおくようにと言われた。メアリはたちまちギャリックの新しい愛弟子として認知され、大勢の崇拝者に取り巻かれることになった。セレブリティとはこういうものだということがはじめてわかった。その「ざわめき」(メアリの表現)は実に心地よかった。母親ヘスターは娘の人気ぶりに心中穏やかではなかったが、片やメアリは、名声と悪評とが紙一重の人生を巧みに泳ぎ切る自信があった。「自分が勝利する光景を、次から次へと、夢中で頭に思い描いた。想像の中では、評判に一点の穢れもこうむることなく、勝利の美酒に酔うことができた」[*8]。

ヘスターの心配は、娘が若い道楽者たちから、あまりに騒ぎ立てられすぎることだった。連中が劇場に足を運ぶ目的はただ一つ、デビューしたての若い清純な女優と火遊びをすることだけだ。ヘスターはある一人の男に、特に注意を払っていた。『回想録』では、品よく顔だちも整った将校(大尉)で、あえて名前は挙げていないものの、なかなかの家柄の出であると記している。求愛と結婚の申し込みがあったが、ヘスターはすぐに、この男が既婚者であることを探り出した。騙されていたことを告げられたメアリだが、軽く受け流した。「結婚に至らなかったことは、それほど残念とは思わなかった。もし結婚していたら、女優の道は諦めなければならなかっただろうから」。その頃、もう一人、金持ちの求婚者が現れている。しかし、祖父並みの年齢だったため、メアリも怖じ気をふるってしまった。メアリはすでに女優として生きることを決意していた。「芝居が、楽しい芝居こそが、人間の幸福を測るただ一つの尺度であると思われた」[*9]。

メアリには生まれながらにして男心をくすぐるところがあった。また、その美しさもあって、崇拝者がひっきりなしに現れた。最も執拗にメアリの気を引こうとした男たちの一人が、事務弁護士の見習いをしている、ある若い男性だった。メアリの家の、道を挟んだ向かいに住んでいた。窓辺に座っては、メアリの若々しい顔をじっと見つめていた。病身ではないかと思われるような、物憂げな様子をした若者で、「感受性」の強い女性にはもてはやされたことだろう。ダービー夫人がこれにどう対処したかというと、窓の、下側の鎧戸をいつも閉めたままにしておくことだった。「男を見たら誘惑者と思い、刻一刻と危険が差し迫っていると考えて」、娘が「しかるべき結婚をする」[*10]日を、首を長くして待ちわびた。

この見習い弁護士は、名前をトマス・ロビンソンといった。向かいの建物の、ヴァーノン・アンド・エルダートン弁護士事務所で訓練を積んでいた。友人（サミュエル・コックスのところで働く同業の後輩）に頼み込んで、グリニッジで開かれる晩餐会に、メアリと母親を招待してもらった。ただし、ロビンソン自身も出席することは隠しておいた。母親と娘が馬車の扉を開けたら、なんとそこにロビンソンが立っていて、二人に手を差し伸べていた。ヘスターは当然のことながら驚愕した。が、メアリのほうは、「どぎまぎした」だけだったと述べている。ただ、運よくメアリは晩餐会にふさわしい、一分の隙もない正装をしていた。今夜は、誰か男性を征服しそうな予感がしたからである。「当時は絹のドレスを着る習慣だった。その晩は空色のラスタリングのイブニング・ドレスを身に着け、同色のリボンをつけたチップ・ハットを被っていたと記憶する」[*11]。英国式イブニング・ドレスは飾り気のない、流れるようなシュミーズ・ドレスで、何年も前から、社交シーズンになると多くの女性が好んで身に着けた。メアリ自身が一七八〇年代に流行らせる、革新的な〈パーディタ〉風シュミーズ・ドレスと較べると、地味だった。ラスタリングとは光沢仕上げをした無地の絹織物で、夏用としてたいへん人気があった。また、流行のチップ・ハットは薄く削った柳やポプラ材から作られ、小粋に角度をつけて被った。

メアリの服装へのこだわりは、一見浅薄に映るかもしれない。しかしそれは流行というものの力を軽く見ているからだ。メアリは服装で自分がどれだけ違って見えるかにたいへん敏感だった。流行を抜きに、一八世紀後半の消費社会は語れない。店という店には既製服一式が売られ、あまり豊かでない人向けには、露店で古着が売られていた。絹、リンネル、綿製品がこれほどふんだんに買えたことはかつてなかった。ジャーナリズムと流行とは連動していた。たとえば『レイディーズ・マガジン』誌のような新しい月刊誌には、最新流行のスタイルが絵入りで詳しく解説してあった。婦人たちは、白黒の銅版画に彩色して指示書とともに送り、マンチュア〔スカートを膨らませるためのパニエの上に着用されるローブ〕を仕立ててもらうことさえできたのである。

メアリは、自分がいつ、どんな服装をしたか、事細かに回想するのが楽しくて仕方なかった。グリニッジで将来の夫と会った際の服装は会心の出来だったと思う。そのトマス・ロビンソンは晩餐会のあいだ、メアリからほとんど目を離さなかった。一行は早々に晩餐をすませると、ロンドンに帰った。ロンドンに着くと、ロビンソンの友人がメアリの新しい求愛者を絶讃した。「ロビンソンには年取った金持ちの叔父さんがいて、将来遺産が転がり込む見通しであること、仕事のほうでも前途有望であること、そして何より、私を熱烈に愛していること」[*12]を語った。どうやらロビンソンは、トマス・ハリスという裕福な仕立て屋の相続人になっているらしかった。トマス・ハリスはウェールズに莫大な資産を所有しているという。ヘスターは、娘のために実現させてやりたかった確かな結婚が、手の届くところまで来ているような気がした。

メアリの舞台デビューが近づいてくるにつれ、ロビンソンの求愛にも熱が入った。ロビンソンは、母親の承認を取り付けることが肝心であることを承知していた。それで、効果的な贈物を次々と送って、下にも置かずもてなし、歓心を買おうとした。ヘスターが特に好きだったのが「墓場派」の詩で、ジェイムズ・ハーヴィの悲哀に満ちた詩集『墓場の瞑想』(一七四六年刊)豪華版をロビンソンが持ってきてくれたときには、たいへんな喜びようだった。こうした心遣いにヘスターも「まんまと騙され」、結果として、ロビンソンはさらに株を上げる。今回はヘスターのお気に入りの息子ジョージがふたたび天然痘の脅威に晒されると、ロビンソンは「本命」視されるに至った。一家がふたたび天然痘の脅威に晒されると、ロビンソンは「疲れを知らない心遣い」を示した。こうした振る舞いを目のあたりにして、ヘスターはこう確信するに至る。ロビンソンは『世界でいちばん優しい、とびきりの男性！』で、愚行とも無縁、義理の息子にするには理想の男性[*13]であると。

これで母親のほうは片づいたかもしれないが、娘の征服にはまだしばらく時間がかかった。運がロビンソンの味方をした。ジョージの天然痘が治ったと思ったら、今度はメアリの番だった。これは求婚者の献身度を測る物差しのようなものだった。もしかしたら女性は命を落とすかもしれない。また、その美形が損なわれる怖れも、わずかながらあった。それでも求愛に翳りが生じたりはしないだろうか？しかしロビンソンは揺るがなかった。そして、「全身全霊を尽くして」メアリの心を粛々とつかもうとし、そうすることで、愛情が「欲得ずくではない」ことを証明しようとした。メアリから見れば、ロビンソンとは恋人同士というより、兄弟のような関係だった。「ロビンソンは兄弟のように一生懸命看病してくれた。その熱意に打たれ、感謝の念でいっぱいになった。後々の不幸の原因は、元はといえば、すべてそこにあったのだ[*14]」。

恋人と母親が力を合わせてかかってきたから、ひとたまりもなかった。手を変え、品を変え脅したりすかしたりして、結婚を実現させようとした。病気が治ったらロビンソンと結婚すると、母親から約束させられた。あの父親の脅迫の言葉が、何度も繰り返し口にされた。メアリが結婚を渋るのは、例の「道楽者の大尉」にまだ未練があるからだろう、などとも言われた。メアリの説得には飴と鞭が使われた。「ことあるごとに結婚を促され、ひっきりなしに念押しされたのが」、父親の例の誓いの言葉だった。

結婚をためらう唯一の理由は、結婚を機に、母親と離れ離れの生活を強いられるだろうことだった。だが、恋人は断固たる態度でこの障害を取り除いた。喜んで犠牲になろうと約束したのである。花嫁の母親と一緒に住んで、家事を取り仕切ってもらおうと言い張ったのだ。夫から見棄てられた自分の母親に、住む場所を提供しようという恋人を、メアリは拒絶できるはずもなかった。

『回想録』の中では、こんなふうに求婚の顚末が回想されている。ロビンソンの求愛計画に、母親が共犯者として加担したことになっているのも、相思相愛の結婚ではないことを印象づける狙いがある。だが、母親ヘスターに罪を着せるというのはいかがなものだろうか。ヘスターの心配はうわべだけのものではなかった。娘には、依怙地なところがあった。また、女優という仕事にも疑念を捨てきれなかった。夫ニコラスとその脅し文句のことも気懸かりだった。ロビンソンの、娘と結婚したいという気持ちに、嘘偽りはなかろう。メアリを選んだのは金目当てではない。というのも持参金はないし、結婚によって将来の展望が開けるというのでもなかったからだ。義理の母親といっしょに新婚生活を送るというのも、たいていの男は嫌がる。どうやらロビンソンは本気でメアリを愛しているようだった。入れ込み方も並たいていではなかった。天然痘のためにメアリの美形も台なしになる心配があったが、それでもロビンソンは求愛をやめなかった。天然痘という恐ろしい病気は、たとえ回復しても、最悪の場合、二目と見られぬ顔になってしまう。ロビンソンは、自分が感染する危険も顧みず、ジョージを看護し、メアリの面倒をみた。こう見てくると、ロビンソンが本気だったことには疑いの余地がない。

こうして流されるように結婚を承諾してしまったというのは、いかにもメアリらしくない。メアリは父親に似て向こう見ずなところがあった。また、母親の意志の強さも受け継いでいた。波瀾に満ちた生涯でメアリが行った行動のどれを取っても、そこには断固たる強い意志と気丈な性格とが覗える。だが、ロビンソンの求愛をついに受け入れたときには、病気で気が弱っていた。メアリがまだ病床にいるあいだに、現在のトラファルガー・スクエアにあるセント・マーティン・イン・ザ・フィールズ教会の日曜朝の礼拝で、三回続けて結婚予告が公示された。

一七八一年に出版されたある伝記には、ロビンソン一家のことが赤裸々に描かれている。しかも筆者は夫妻について、たいていのことなら知っているとも豪語する。この伝記によると、トマスがメアリとヘスターに自己紹介したとき、自分はしがない弁護士見習いではあるが、実は三万ポンドの資産がある紳士で、カーマーゼンシャー在住のハリス氏なる人物の唯一の相続人という触れ込みだったという。ハリス氏からは毎年五〇〇ポンドもらっており、将来はそれをはるかに上回る額の遺産がもらえる見込みである、と。この初期の伝記の書き手が言うには、メアリも母親も、この結婚話に飛びついたという。[*15]

ロビンソンから、婚約のことは内密にしてほしいと言われたときには、メアリも母親も、なにか変だと思ったのではないか。内密にしておく理由は二つあると言われた。見習い期間がまだ三か月残っているというのがまず一つ。もう一つは、メアリのほかにもう一人若い女性とつきあっていて、ロビンソンが独立し次第、結婚したいと言っているという。結婚を延ばすには、この機会を捉えるしかなかった。そこでメアリは、ロビンソンが成年に達するまで結婚は延期しようと言った。ロビンソンは断固として拒否した。すでに健康を回復し、容姿も損なわれていなかったから、メアリは女優になる望みをいままでも捨てていなかった。ギャリックは愛弟子を失う危険に瀕していることなど露知らず、上演日程の調整に余念がなかった。ロビンソンはヘスターが不安定な立場にいることに巧みにつけ込み、女優稼業反対の論陣を張った。娘が女優になると知ったら、ダービーはとうてい冷静ではいられないだろう。女優の「過酷な労働」に耐えきれず、メアリの健康も損なわれよう。ロビンソンはまた、同時代のモラリストたちよろしく、演劇に対する偏見を口にした。メアリは男の欲望の的となり、評判は地に堕ちるかもしれない。「舞台上では、芝居の魅力も相俟って、(メアリは)ますます蠱惑的な女性に見えてしまうからだ」。[*16]

迷っている暇はなかった。早くどちらかに決めなければならなかった。結婚予告を公示したのに、急遽これを撤回し、世間を騒がせるか、それとも女優の道を諦めて結婚するか。周りからの圧力は日々、高まっていった。立派な結婚の道を選ぶのか、評判の悪い女優稼業を選ぶのか、早く決断するようにと迫られた。そんな状況の中で、メアリもついに屈服する。「いまやロビンソン氏と母親とは結託して、女優の道へ進むことを断念させるべく説得にかかった。このことでは三日間というもの、休む暇もなく責め苛まれた。結婚予告を公示しながら、後になって契約の履行を躊躇していることが嘲笑の的にされた。あまりのことに、さすがの私も折れ、結婚に踏み切ったのだった」[*17]。

『回想録』のオリジナル原稿では、次の段落で、結婚式当日、祭壇に跪《ひざまず》いたときの気持ちを描写している。だが、後に修正を加え、段落をもう一つ書き加えた。付加された段落を読むと、女生徒同然のメアリが、感謝の念と親への服従心から、やむなく結婚せざるをえなかったさまが、説得力溢れる筆致で描かれている。メアリが言うには、結婚するまで自分は子供のような身なりをしていた、と（しかし、これはロビンソンと初めて会った日の服装描写と矛盾する）。見かけがあまりに子供っぽかったから、結婚して二年経っても、商店主たちからは人妻ではなく生娘と勘違いされ、お嬢さんと呼ばれたとも。おまけにこんなことまで書いている。幼いときの習慣が抜けきらず、結婚まであと三か月というときになっても、まだ人形遊びをしていた、と。いささか誇張のしすぎという感じもする。人形を手放せない子供のイメージは、ギャリックから演技指導を受けたり、「道楽者の大尉」に追い回される若い女性のイメージとうまく重ならない。ところでこの「道楽者の大尉」だが、既婚者であることがバレてからも、相変わらずメアリに手紙をよこしたり、人目もはばからず、あとを追いかけ回したりしていた。

司式した教区牧師のエラズマス・ソーンダーズ師は、「こんなに若い花嫁の結婚式を司式したのは生まれて初めて」であると述べている。式は一七七三年四月一二日に執り行われた。メアリ・ダービーは、一五歳半を目前にしてメアリ・ロビンソンとなった。『回想録』でメアリは、自身が性的には純潔を保ったような言い方をしている。「結婚する気になった唯一の理由は、これまでどおり母親との同居を続け、少なくともしばらくの間は、夫と別々に住むことを許されたからだ」[18]。結婚式の衣装には、クエーカーの服を選んだ。クエーカーは「若年の頃、私がとても気に入っていた宗教団体である」[19]。しかし、教会をあとにし、披露宴会場の友人宅に場所を移すと、花嫁は質素なドレスから一転、ずっとあでやかな衣装に着替えた。それはモスリンのドレスで、それに合わせてサーセネット織〔柔らかい薄地の絹の平織り〕のスカーフ風マントを羽織っていた。そして絹のリボンが付いたチップ・ハットをかぶり、銀糸で刺繍したサテンの室内履きを履いていた。メアリは自分の性格の中にある、相反する二つの側面を和解させようと懸命になっていた。その努力のさまを象徴的に表しているのが、このお色直しだ。一方では、禁欲的なクエーカーの扮装をし、親に無理やり結婚させられた初心《うぶ》な乙女という印象を与えたかった。と同時に、白と銀に身を包んだ、絢爛豪華な花嫁を演じたい気持ちも抑えがたかった。

自分の結婚は恋愛結婚ではないと、メアリはことあるごとに言った。彼女は、心の底までロマンティックな性格で、魂の伴侶との出会いを夢見ていた。ロビンソンは眼鏡に適わなかった。未来の夫ロビンソンに対する気持ちを、彼女はこんなふうに記している。「尊敬の念以上のものは感じたことがない。恋にはまだ縁がなかった」[20]。とはいえ、『回想録』によれば、セント・マーティン・イン・ザ・フィールズ教会の祭壇に跪き、結婚の誓いを述べていたとき頭に思い浮かべていたのは、別の、より颯爽とした求婚者というわけではなかった。思いを馳せていたのは、犠牲にしようとしている舞台のキャリア、輝かしい名声、失われた自立の機会だった。

第三章　ウェールズ

何が難しいといって、田舎暮らしで退屈しない術を身につけるのがいちばん難しい。

メアリ・ロビンソン『未亡人』

新婚夫婦を含む一行四名は二頭立て四輪馬車と駅伝馬車に分乗して出発した。夜になるとメイドンヘッド近郊の宿屋に宿泊した。ロビンソンは昔の学友を伴っていた。名前をハンウェイ・バラックといった。ロビンソンはバラックと一緒で、機嫌は上々だった。だが、新婦メアリのほうは、母親と庭園を散歩しながら泣いた。「自分ほど惨めな人間はいない」と言った。母親にこう告白した。ロビンソン氏のことは尊敬している。でも、「魂の熱烈な結びつき」をロビンソン氏には感じない。それこそ結婚になくてはならないものなのに[*1]。

どこか秘密めいた結婚をしてしまったことを、メアリはすでに悔やみ始めていた。翌日、ヘンリー・オン・テムズへの途上で、ハンウェイはアイザック・ビッカースタッフの喜歌劇『南京錠』（一七六八年）から、一節をふざけて引用した。この喜歌劇はいま「大評判」になっていて、ドン・ディエゴという独身老人の不安定な身の上を描いていた。このからかいの言葉に、メアリは自分の危うい立場が強く意識された。ロビンソンは、新婚旅行に付き添ってきた友人にさえ、二人が結婚したことを告げていなかったのだ。皮肉なのは、ハンウェイがその後メアリの生涯にわたる忠実な親友となったことだ。それはロビンソンがメアリの人生から姿を消した後も、長く続いた[※]。

テムズ川に面したヘンリー・オン・テムズへの新婚旅行は一〇日間続いた。結婚したので女優の道は断念する旨、ギャリックに連絡しなければならなかったが、つらい仕事だった。夫婦でロンドンに戻ってきたが、帰る家は別々だった。ロビンソンはチャンセリー・レインの仕事場に戻った。メアリと母親は、リンカーンズ・イン・フィールズのお洒落な界隈を通るグレイト・クイーン・ストリートに上品な家を一軒借りた。裏手がチャンセリー・レインという場所だった。ロビンソンは、成年に達し、年季奉公が終わるまで、結婚を秘密にしておくことにあくまでこだわった。ロビンソンは仕事で忙しかったが、二人の娘メアリは退屈し、女友達を一人見つけた。同じようにロマンティックな気性の持ち主だった。二人の娘は何時間もウェストミンスター・アビーを歩き回り、ゴシック様式の窓を眺めたり、側廊にこだまする自分たちの足音に耳を澄ませたりした。ブリストル大聖堂で過ごした幼年時代に連れ戻されたような気がした。

ヘスターは婿があくまで結婚を秘密にしておこうとするので不安になった。娘の結婚の後押しをしたことが悔やまれ始めた。そうこうするうち、驚くべき事実が明るみに出る。ロビンソンの言っていたことは、初めから嘘で塗り固められていたのだ。成年に達したら遺産を相続するという話だったが、実はもう二一歳になっていた。しかも、見習い期間は本人が言うよりずっと先まで残っていた。最悪なのは、ヘスターがロビンソンの本当の出自を突き止めたことだった。ロビンソンは叔父トマス・ハリスの正当な相続人ではなかった。また、「サウス・ウェールズの莫大な資産」の推定相続人でもなかった。実はハリスの私生児（一説には、洗濯女に手を出して生まれた子）だったのだ。しかも、勤勉で野心家の兄が

※ハンウェイは後にハンウェイ・ハンウェイと改名した。博愛主義者ジョナス・ハンウェイの親戚でもあった。ジョナス・ハンウェイは、少年を煙突掃除に使うことに対して反対運動をした人物だ。また、最も早く雨傘を携行した男性の一人でもあった。

いて（ロビンソンはそのような兄のいることを言い忘れたふりをしていた）、将来的な懐具合も怪しいものだった。父親からの遺産はゼロと思ったほうがよかった。おまけに多額の借金まで抱えていた。

一方、メアリはというと、ロンドンの通りを歩いている最中、ばったりギャリックと会った。手紙で結婚を知らせてから初めて会うギャリックだった。自分が愛弟子でありながらギャリックにまったく実りをもたらしていないこと、自分が犯した背信行為を面と向かって詫びていないことは、よく自覚していた。なんといっても、当代随一の名優から稽古をつけてもらったのだ。それにギャリックは女優志望の若い女が、土壇場で気が変わって、せっかくの時間が無駄になってしまうことに慣れていなかった。だから、ギャリックから心の込もった挨拶をされ、結婚を祝福されたときの安堵は筆舌に尽くしがたいものがあった。また、それはギャリックという人間の評価をいちだんと高める出来事でもあった。メアリの魅力と美しさが、ふたたびギャリックを征服した。ギャリックにこのとき何を話したか、メアリは記録に留めていない。『回想録』の中でも書いているように、おそらくは意思に反して結婚させられたことや、女優の道を犠牲にした深い後悔の気持ちを語ったのであろう。ギャリックはけっして口車に乗るような人間ではないので、その間の事情はよくわからないが、結果的にはメアリを見棄てず、これまで同様、支援を続けることになった。メアリには自分を守ってくれる忠実な友人を引き留めておく、稀有な才能があった。彼らはたいてい、メアリの機智と魅力に、コロッと参ってしまうのだった。

メアリとの結婚をギャリックに知られたことで、ロビンソンはますますこの結婚を秘密にしておくことが難しくなっていった。ヘスターはロビンソンから結婚の公表を断られるたびにストレスが溜っていった。また、そのぶん、メアリの評判は危うさを増した。いつ妊娠するかわからなかったからだ。このような窮状を芝居にしたのが、ギャリックとジョージ・コールマンの『秘密結婚』（一七六六年）という、人気を博した喜劇である。若くて魅力的な主人公ファニー・スターリングは、妊娠してお腹がずいぶん大きくなっているのに、結婚したばかりの夫に言われて、いやいや秘密結婚のことを世間に公表しないでいた。お腹が大きいにもかかわらず、ファニーは大勢の男たちから追いかけられた。特に好色な貴族オグルビー卿は執拗だった。『回想録』の中でメアリは、これと同じようなジレンマがあったことをほのめかしている。ただし、トマス・ロビンソンに怒り心頭だったのは、メアリではなく、母親ヘスターのほうだ。「可愛い娘の評判が地に堕ちようとしている、と母は言ってきかなかった。二、三週間なら世間の目を欺くことも不可能ではなかったろう。しかし、ある事情から、すぐに公表することが絶対に不可欠となった」[*2]。ただ、このときメアリが本当に妊娠していたことを示す証拠は見当たらない。メアリが娘を出産したのは、それから一年も経ってからのことだった。

メアリは『回想録』の中で、嘘と真をない交ぜにしたり、秘密結婚や妊娠という常套的な文学手法を振り回す傾向が見られるが、これはその一例と言えるだろう。第二子の妊娠でお腹の膨らんだ自分が『秘密結婚』で妊娠したファニー・スターリングを演じ、メディアから注目を浴びた記憶が、『回想録』を書く際頭にはあった。むろん、もう一つの可能性として、メアリと母親とが偽装妊娠を最後の切り札に使ってトマスを追い詰め、怖くなったトマスはついに言うことを聞いた、という解釈もできる。それが計略だったとしたら、トマスはまんまとこれに引っかかった。婿と対峙したヘスターは、メアリの評判が致命的な損傷をこうむる前に、結婚を世間に公表するよう迫った。

ヘスターが情け容赦なかったため、ロビンソンはサウス・ウェールズまで出かけ、「叔父」（秘密は暴露されたのに、ロビンソンはあくまで私生児であることを認めようとしなかった）に結婚を打ち明け、若い花嫁を紹介することを決意する。ヘスターは、ブリストルまでは夫婦と一緒に行くと言ってきかなかった。表向きはブリストルに住む旧友を訪ねるのが目的だったが、もちろん事のなりゆきを見守るという目的もあった。夫がいなかったから、娘の名誉は自分が守らなくてはと心に決めていたのである。ブリストルへの旅は、オックスフォード大学を見物したり、ブレナム宮殿を巡るツアーに参加するなどして、なかなか楽しかった。わざわざ寄り道をしたのは、「母の怒りを鎮め、落ち込んだままの自分を元気づけたい」[*3]という思いからだった。

　ロビンソンはブリストルから単身ウェールズまで出かけ、トレガンターにある家族の邸宅を訪れた。うまく事を運んで、最後にはトレガンター館に温かく迎えてもらえるよう取り計らうから、安心して待っていてほしいとロビンソンは言った。しかし、本音のところでは、二人とも、トマス・ハリスに結婚を認めてもらえるとは思っていなかった。一見して、なんとも奇妙な結婚だった。トマスとメアリは結婚して早六か月になるというのに、一度も同じ屋根の下に住んだことがないのだ。いま、メアリはふたたび一人取り残された。ロビンソンが、しばらく前から疎遠の父親を説得し、持参金もなく、将来の展望を開いてくれるわけでもない結婚に対して、承認を取り付けに行ったからだ。前途多難な結婚生活のスタートだった。とはいえ、二人ともお金と社会的地位が欲しかった。また、よい生活もしたかった。ロビンソンが自分を置いて出かけて行き、父親の承認を得るべく最大限の努力をすることに、メアリはなんの異存もなかった。好きでたまらないというような熱愛ではなかった。でも、「夫の趣味関心や人柄には」[*4]愛着を覚えた。そうメアリは念を押している。ロビンソンという人間の資質、大らかな性格、人当たりのよさには十分気がついていた。軽蔑するようになるのは、もっと後のことだ。

　といって、剣が峰に立ったいま、ただ塞ぎ込んで、手をこまねいているのは嫌だった。ブリストルでは帰郷を歓迎され、満足だった。メアリ・ダービーが良縁に恵まれ、「莫大な遺産が入る予定の若者」と結婚したという噂が広まっていた。メアリはふたたび「ダービー氏の娘として受け入れてもらえた」。父親は不倫をしていた。また、夫の出自はいかがわしかった。そのことを考えれば、妻としての、また娘としての地位を認められ、こうして社会的体面が保てるというのは皮肉なことだった。メアリもそれに気がついていた。いろいろな人から次々と招待され、その数の多さに驚きを禁じえなかった。屈辱にまみれ、親子してブリストルを後にしたのが嘘のようだった。「世間では、財産こそが万能のパスポートなのだとわかった」[*5]。故郷に錦を飾っているようなものだった。ニコラス・ダービーが家族を捨てて失われた体面を、母親も自分自身も取り戻すことができた。ヘスターとメアリをいま熱烈に歓迎している友人たちは、いちばん友情を必要としたときに背を向けた人たちだ。だからふたたび背を向けないという保証はなかった。社会的な屈辱はメアリの記憶に強く刻印された。人から侮辱されると、社会的恥辱として心に鋭い痛みを覚えた。この反応は、ブリストルで一家が村八分にされた経験から端を発しているに違いない。

郷里に帰り、心は大きく揺れた。子供の頃慣れ親しんだ場所を、一人で散策した。学校や緑地、先祖の墓などだ。教会堂では、子供の頃よくしたように、中廊の、真鍮でできた巨大な鷲の羽の下にもぐってみたりもした。子供の頃のように、オルガンの音が突然鳴り響いてきたときには、「筆舌に尽くせない感動」を覚えた。だが、一家が住んでいた家は廃墟と化していた。「子供部屋の窓は明かりが灯っておらず、大きく破損していた。家は崩壊の途上にあった」。家と教会堂とを結ぶ回廊を、昔よく散歩した。「『よくここを、幼い私はよちよち歩き回ったものだった』と心に思った……あの暗い螺旋階段に腰を下ろして、朗々と鳴り響くオルガンの音や聖歌の高らかな歌声、教区民に祈りの時間を告げる鐘の音に耳を傾けた」[*6]。大聖堂を再訪し、碑文を繰り返し読んだ。俳優ウィリアム・パウエルの墓もあった。パウエル演じるリア王で、演劇というものに初めて接した。一家の古い友人を記念した石板に、涙が零れ落ちた。『回想録』ではよくあることだが、この話も、かなり文学的に脚色されている。だが、ロビンソン夫人としてブリストルに戻ったメアリは、自分がもはや子供ではなく、純真無垢でもないことをはっきり感じたに違いないこと、それだけは疑えない事実であろう。

将来の見通しがはっきりしなかったため、メアリの憂鬱がいっそうひどくなったことは明らかである。トマス・ハリスが寛容な態度を示すかどうかにすべてがかかっていた。夫が敵前逃亡を企てるのではという懸念さえあった。希望が戻ってきたのは、ロビンソンがトレガンターから手紙を寄こし、「叔父はどうやら気前のよい態度を示してくれそうだ」と知らせてきたときだ。ロビンソンは当初、怖じ気づいて、すでに結婚していることを父親に打ち明けられなかったらしい。だが、思いきって本当のことを話したところ、父親はこう言ったという。相手の女があまりに若すぎたり美人すぎたりするのはまずい。というのも「美人で、なおかつ金がないというのがいちばん危ないからだ」。それでもハリスは、いまさら何を言っても始まらないと、しぶしぶ結婚を認めた。「もう起きてしまったことは仕方がない」[*7]。嫁を連れてきてもいいと言った。事態の好転を受け、ロビンソンは手紙を書いてこのことを知らせた。そしてメアリには、ロンドンにいるある友人に頼んで借金をし、足代に充てるよう指示した。ロビンソンと、ときどき一緒にいるのを見たことがある男だった。

「このことで一通か二通、手紙のやりとりがあった」と『回想録』にはある。その後夫は、メアリをウェールズに連れて行くため戻ってきた。メアリが手紙を書いた男は、「ユダヤ人」キングという名で通っていた、かの悪名高いジョン・キングで、若い野心家の金貸しだった。メアリは『回想録』の中で、「夫がキングから当座の借金をすることになった事情については何も知らない」[*8]と誤魔化している。自分は何も知らず、ただ夫に従っただけという印象を与えているのだ。『回想録』では、ブリストルで夫を待つあいだの憂鬱な気分と幼年時代の回想ばかりが強調されているため、夫のとんでもない懐事情に、メアリがもしかしたら関与しているのではないかという疑惑は、読者の心にまったく浮かんでこない。

だが、「一通か二通の手紙」という言い方は真実からかけ離れている。『回想録』の中でこの個所ほど過去を粉飾しているところはほかにない。「ユダヤ人」キングとの関わり合いの真相を知るにつけ、メアリは『回想録』で読者に印象づけようとしているような、初心《うぶ》な新婦というイメージからは大きくかけ離れていることがわかる。

　絶頂期、メアリは「フロリゼル」の名前で皇太子から送られた恋文のため悪名を馳せた。これに加えて、キングとのはるかに自堕落な手紙のやりとりでも、とかくの評判になった。一七八一年、メアリに対するネガティヴ・キャンペーンの一環として、四つ折版の小型本が出版された。価格は一冊二シリングで、一七七三年九月二一日から一一月三〇日のあいだにロビンソン夫人と「あるユダヤ人」とのあいだで取り交わされた手紙をそのまま掲載、という触れ込みであった。メアリの手紙はすべて、ブリストルからロンドンのキング宛に出されたものだった。一一月九日付のメアリの手紙には、先週火曜日、ロビンソン氏はカーマーゼンシャーに出発し、一週間滞在の予定であること、その後そこに自分を呼び寄せる手筈であることが書かれている。『回想録』でも、メアリと母親はブリストルに待機し、ロビンソンが一足先にウェールズへ行ってメアリを迎える段取りをつけたことになっていて、手紙の記述とぴったり符合する。掲載された手紙の内容は、細かい部分までいちいち具体的で、この本を悪意ある捏造の一言で片づけるのは難しい。それだけではない。後の章で書くように、メアリと当時の愛人モールデン卿は、この本に掲載された手紙の原本を躍起になって回収しようとした。このことからも、結婚一年目のメアリ・ロビンソンがジョン・キングとのあいだでやりとりしたのが、実際には「一通か二通の手紙」どころではなかったらしいことがわかってくる。キングが出版のため手紙の内容に味付けをしている可能性は大いにあるが、それでもなお、『パーディタがあるユダヤ人に宛てた書簡、ユダヤ人の返書付き』は若いメアリの肉声を生々しく伝えており、この生々しさこそ、細心の注意を払って自己検閲した『回想録』の文章に欠けているものなのだ。[*9]

『回想録』は、キングにさらりと触れているにすぎない。そこからは想像もつかないような親密な関係が、手紙の内容からは浮かび上がってくる。最初の手紙には次のように書かれている。

一七七三年九月二一日、ブリストル

拝啓　いっしょに過ごしていただいたあの数日間の道中ほど幸せを感じたことはありませんでした。初めてお会いした瞬間から、お側にいることがなんと心地よかったことでしょう。あなたのいない生活はもう考えられないほどです。ブリストルにはお出でいただけるのですか？　お手紙を心待ちにしています。どうか、私好みの文体で。私の好みはご存知でしょう？　哀調溢れるお言葉で、揺れ動く沈痛な思いを鎮めてください。

かしこ

あなたの卑しいしもべ、M・R――

新婚旅行当初、ロビンソン夫妻にはヘスター・ダービーともう一人、ハンウェイ・バラックも同道していた。夫妻がブリストルに向かった際は、今度は、母親に加えキングが同伴していた。知り合った当初から一緒にいるのが楽しくてたまらなかったということから考えて、メアリの結婚後五か月の間、二人は相当頻繁に会っていたと見て差し支えないのではないか。それだけではない。文通の背景を説明した序文によると、夫妻はキングからすでにかなりの額の借金をしていたことがわかる（この情報は、トマス・ロビンソンに将来遺産相続の見込みがあったことを根拠にしている）。

二人の関係はどのくらい深いものだったのか。それはメアリの二番目の手紙を読むと、さらにはっきりする。この手紙から、ロビンソン夫妻のオックスフォード見物に、キングも同伴していたことが明らかになる。

一七七三年九月二九日、ブリストル

大切なお友達からいただいた嬉しいお手紙に、この機会を借りてお返事できることを喜ばしく思います。R――のウェールズ出発はまだですが、もうじき発つ予定なので、不安になっています。どんなに夫を愛しているかはご存じのはず、だから彼の名前を出すことをどうかお許しください。天気は最高です。これであなたさえいてくれたら、ブリストルも楽しくなるのに。もうジョージには会っていただけたでしょうか？　元気だといいのですが。オックスフォードでお別れしたときは断腸の思いでした。一日目と比べ、最後の三日間はなんと憂鬱だったことか。乱筆、申し訳ありません。でも、どうかお許しいただけますよう。というのも、疲れて死にそうなものですから。母がよろしくと申しております。

かしこ

キングはトマス、メアリ、ヘスターとオックスフォードまで同伴しただけではない。文言からわかるように、ロンドンに残してきたメアリの弟ジョージの面倒見役まで頼まれていたのだ。この手紙に対するキングの返信はうわついた内容で、文学的表現に満ちている。メアリは一週間後にまた手紙を書いた。こちらも、あだっぽい表現を使うかと思うと、一転道徳臭い言い回しが出てきたりする。キングへの思慕の情はますます募るばかりだ。ロンドンの喧騒もいやましに懐かしくなる。

本心からそう言っていただけるなら嬉しいのですが、そうは思えません。でも、たとえそうだとしても、あなたから褒められて幸せだと思っています。褒められてばかりで、どう感謝していいのか、見当もつきません。あなたからの溢れる友情に、どう感謝申し上げるべきか、途方に暮れています。どう感謝しても、いただいたご厚情に比べると、見劣りがしてしまいそうで……ロンドンが懐かしくてなりません。ドルーリー・レインへ一緒に行く約束をお忘れにならないで。私のお芝居好きはご存じのはず。あやうく、あなたが羨ましいと言ってしまいそうになりました。羨望なんて、大嫌いですのに。

だが、メアリが本当に言いたいのはこのあとだ。

見境もなくお金をばら撒くことが寛容だとは思いません。助けが必要な人たちがそれにふさわしい人間で、助けが必要な境遇にあるかどうかを見極めて援助することこそ、本当の寛容だと思っています。敬愛する著作家がこう言っています。信用したり、親しくしたり、本心を打ち明けたりするときは、最大限の注意を払って相手を選べ。思いやりや博愛の精神は、相手を選ばず発揮せよ。まったく同感です。今週、約束が果たされることを期待しています。本当に困り果てているものですから。

道徳的義務にかこつけて借金を懇願している。しかも文学者の言葉を引き合いに出して効果を加えている。キングの返信も高尚な調子で始まる。「道徳とは社会の平和と繁栄を生み出し、これを維持する根本的な絆なのです」。しかし、すぐに忠告に変わる。物質的幸福に対してメアリは「節度を欠いた」欲求をもっており、これは「軽率な行動」につながる危険がある。また、それが元で「道楽者の肉欲の好餌」にもなりかねない。社交界の誘惑には気をつけるよう警告しておいてから、自分の感情を吐露する。

美しくも若々しい肉体は恋心を掻き立てずにはいません。道徳の戒めもプラトニックな教義も、これには歯が立たないのです。ブリストルで側にいられたらどんなにいいでしょう。一緒に緑の牧場を横切り、小川の傍まで歩きたい。小川は銀色に煌めきながら、森の中の開けた空間を、うねうねとゆっくり流れて行きます。でなかったら、涼しい木陰まで足を延ばしたい。そこでは、風という風が喜びと満足と恋を囁いています。あなたの息は常世の花に新しい香りを与えるでしょう。若々しく咲き誇るあなたの頬は真紅の色合い。その反映で、薔薇はいっそう赤みを増すことでしょう。私の魂はというと、あなたを前にして、恋の優しい仕業にとろけるばかりなのです。

メアリに金を貸す、その見返りに、キングはこのような心情吐露をさせてもらっているのだ。金の支払いについては、手紙の最後のほうに記されている。「さようなら。お元気で。五〇ポンド同封」。メアリが書いたとされる次の手紙は、キングが八年後に書簡集を出版した際、彼女の評判を大きく損ねることになる。

逆効果です。というのも、あなたがそういう立派な教えを一生懸命説いて聞かせてくれているのに、私のほうは手紙の文言にすっかり魅了され、かえって罪に走ってしまうのですもの。どうしてあのマヌケなR＊＊＊を愛せましょう。なのに、私は彼の妻なのです。運命の悪戯で。でも、うまく嵌められて結んだ契約など、きちんと守る義務があるでしょうか。だって、私は彼に騙されたのですから。いつになったらあなたのようにうまく書けるでしょうか。詩は大好きです。だから、ロンドンに帰ったら、私の習作に手を入れていただけないでしょうか。友達として、あなたを尊敬しています。愛している、とまで言ったら罪になります？　誰かを愛したいのです。でも、愛しても、それに応えられないマヌケな男をどうして愛せるでしょうか。だとしたら、私が愛するのはあなたです！　また手紙をくださいさい。毎晩手紙をください。手紙が来ないと憂鬱になってしまいます。

金貸し業という浅ましい商売とは裏腹に、キングは教養人だというもっぱらの評判だった。ジョン・テイラーという眼科医がいて、選りすぐりの人たちを交際相手としていた。また、自分でも詩を書いていて、メアリ・ロビンソンの友人でもあった。このジョン・テイラーが回想記の中で書いているところによると、キングとは四〇年来の知己だが、終始心が細やかで、気配りも行き届いた立派な男であったとのこと。また、とりわけ、男女を問わず、才能ある人間を家に招待することを好んだとも書いている。[*10]

メアリが手紙で書いている内容も、このイメージと合致する。キングは一緒に劇場へ行ったり、文学について語ったりするのにふさわしい相手で、詩や、流行の感受性の文学にも通じていた。手紙で詩の習作に言及していることから、結婚で劇場デビューが不発に終わり、早くもメアリが文壇への登場を視野に入れていることが窺える。いっぽう、ロビンソンは文学的感性とは対極にいる男だった。ただの「マヌケ」だったのだ。この男と結婚したのは遺産が入りそうだったからだと、メアリは事実上認めている。それが嘘だった以上、妻に厳しく貞節を求める権利を、夫は失ったことになる。
キングから見れば、誘いをかけられているようなものだった。返信で、キングは興奮を隠せない。

愛してる、とおっしゃいますが、まさか本気ではありますまい。しかしながら、よしんば本気ではないとしても、冗談で言っているにしてはあまりに生々しすぎる。もしかしたら本気では、と勘違いしてしまいます。でも、こんな疑いを抱くのは冒瀆というものでしょう。なにしろ相手は、天使のような美しい姿をした方。その整った容姿と、優美極まりない手足と、波打つ純白の胸と……ああ、私の空想は喜びに沸き立ち、えも言われぬ恍惚に捉えられてしまう。その麗しい姿が、一糸まとわぬ罪深い姿で、抗いがたく目の前に佇んだときの、魂まで打ち震えるような忘我の境地を思い出すとき。この辺でやめておかなくてはいけません。有頂天になった想像力が、放恣な空想から目を覚ますのを待つことにします。

ここにあるのは淫らな空想というべきか、それとも実際にオックスフォードかどこかで、メアリの裸を垣間見たことがあるということなのか。
戯れが過ぎて手に負えなくなったため、次の手紙でメアリは冷静さを取り戻そうとしている。といっても、まだキングを熱くしておく必要がなくなったわけではない。というのも、追伸で書いているように、「お金が底をつきそう」だったからである。手紙のやりとりが始まってすでに一か月が経過していた。一一月一日付の手紙で、キングはまた、「あなたのふしだらな恋に秘められた神秘的な意味」だとか、「五感がとろけ」、「甘美な恍惚」の中に溺れてしまうなどと書いている。しかしその一方で、こんなふうにメアリを叱責してもいる。「六週間で二〇〇ポンドも使ってしまうとは、なんという浪費家でしょう。これ以上要求に応えるわけにはいきません」。さらなる要求にもかかわらず、キングがそれ以上金を貸そうとしなかったため、一一月の最終週をもって文通はいきなり終わっている。メアリの最後の手紙は、これまでの手紙とだいぶ異なる調子で書かれている。

まだお金を貸してはいただけないようですね。愛をあれほど口にしながら、そのわずかばかりの証拠も示してくれない人間とは、おつきあいをご免こうむります。あなたの巧みな口車に乗ってうっかり罪を犯してしまった過去を帳消しにしたいところです。でも、これだけ頼んでも、誠意の印を見せていただけないのなら、これ以上あなたを信頼するのは難しいでしょう。これが最後と言っているのに、たった一〇〇ポンドの金額を貸し渋るなんて、驚きです。借りたらきちんと返さないはずがないではありませんか。いまこそ、あなたの愛を示す好機です。そうしていただけないのなら、初めから私を騙していたと思われてもしかたないでしょう。

キングは長い辛辣な返信を書いて、野心と貪欲という悪徳を戒めている。それをもって文通には終止符が打たれる。キングは初めに融資した金も、その後に融資した金も、返してはもらえなかった。メアリの思わせぶりな態度で、うっかりその気にさせられてしまったことに、キングが忸怩たる思いを抱いたとしても無理もなかった。こうしたことが、一七八一年、手紙出版に踏み切った背景にある。その後キング自身がメアリと関わりを持った形跡はない。ただ、彼の娘がメアリの詩の熱狂的なファンになったのは運命の皮肉というほかない。※

一一月下旬、ロビンソンは妻を連れて行くため、ブリストルに戻った。夫妻は船でウェールズに向かったが、ヘスターはブリストルに残していった。二人は甲板もない小さな船で激しい嵐の中、チェプストウに渡ったが、まさに命懸けだった。『回想録』で、これを自分が生まれた嵐の晩とも比肩すべき悪い予兆と捉えているあたり、いかにも小説的だ。旅の間中、ロビンソンは若い洗練された妻に、自分の家族と初めて会うための心の準備をさせることに余念がなかった。ロビンソンはハリスが父親であることをまだ否定していた。そして、「もしかしたら叔父が不躾なことを言ったりしたりするかもしれないが、どうか大目に見てやってほしい」とメアリに頼んだ。しかしメアリのほうは、ウェールズの田舎に入っていくにつれて目の前に広がる美しい風景を眺めるのに無我夢中だった。「深い森の中を通った。森が途切れるたびに、山が見えた。山は薄い雲に包まれ、谷間から高く屹立しているその姿は崇高だった。こんなロマンティックな景観は誰も見たことがなかった」[*11]。

このあと突然調子が変わるのは、いかにも気まぐれなメアリらしい。夫の実家を訪ねる記述は、それまでロマンティックな小説のようだったのが、にわかに上流社会と下層社会を描いた喜劇に転じる。洗練された都会人と田舎者との出会いが活写される。メアリの服装は例によって見事だった。濃い赤紫色の乗馬服を着用し、羽飾りのついた白いビーヴァー帽〔ビーヴァーの毛皮やそれに似た布で作られる平たく丸い帽子〕をかぶっていた。ちぐはぐな取り合わせの二人に出迎えられたメアリは、彼らを斜《はす》に眺めた。一人は義理の父トマス・ハリス、もう一人は娘のエリザベスだった。ハリスは上品なロビンソン夫人が気に入った様子で、「慇懃すぎる」口づけをして彼女を迎えた。メアリを家の中に案内した娘のほうは、「儀礼的で、そっけなかった」。「彼女に手を取られたが、その態度はこの上なく冷淡なものだった」[*12]、とメアリは楽しげに思い出しながら、付言する。

若い女たちは互いに品定めし合った。エリザベスは大して美形というわけでもなく、お洒落な兄嫁に心穏やかではないに違いなかった。彼女の態度は冷ややかで高慢だった。見たとたん、義理の姉に反感を抱いた。メアリの容赦ない目には、エリザベスが異様に映った。二〇歳というが、もっと老けて見えた。動作もぎくしゃくしていて、優雅なところがなかった。背が低く、いかにも不器用そうに見えた。顔つきが垢抜けず、鼻は反り返った獅子鼻だった。頬が「異様に赤く、健康な赤ら顔とはいえない赤さだった」*13。「卑しい嘲りの表情を浮かべるのにうってつけの顔つき」をしているように、メアリには思われた。顔つきだけではない。服装の上品なロビンソン夫人にとって、エリザベスの身なりは見るからに悪趣味で、ぞっとさせるものであった。インド更紗の安っぽい派手なドレスを身に着け、リボンで満艦飾の「縁のところが三重になったキャップ」を被っていた。引退した仕立て屋トマス・ハリスにも、一目見て唖然とさせられた。茶色いファスチアン織り（片面にけばが立った目の粗い厚手の綿織物）の野暮ったい上着に、金の縁飾りをしたヴェストを着用し、金のレースを飾った帽子を被っていた。そして、（紳士にふさわしい絹の靴下ではなく）目も背けたくなるような毛織物の「ゲートル」を履いていた。その姿はいかにも滑稽だったが、不快というわけではなかった。立居振る舞いに垢抜けないところはあったが、心根は優しかった。まさに、ヘンリー・フィールディングの『トム・ジョーンズ』に出てくるウェスタン氏か、ゴールドスミスの『負けるが勝ち』の登場人物ハードカッスル氏を彷彿させる人物だった。

ハリスがカーマーゼンシャーではひとかどの人物であるというのは嘘ではなかった。彼は、トレガンターとトレヴェッカという二つの大きな地所を所有する大地主で、治安判事も務めていた。兄弟にはハウエル・ハリスという、メソディストの改革者としてよく知られた人物もいた。おそらくこの人物の影

※シャーロット・キング（後にデイカー）は長じて後、『モーニング・ポスト』紙に、ローザ・マティルダの筆名で、ロビンソンから影響された詩を発表している。その後、ゴシック小説や感傷小説も書いているが、こちらもメアリの影響が色濃く影を落としている。

響力のおかげで、宗教改革者であるハンティンドン伯爵夫人セライナ・ヘイスティングズは、トレヴェッカ館に牧師養成のための神学校を設立することができたのであろう。エリザベス・ロビンソンはハンティンドン夫人の「宗派」の帰依者で、ときにメアリを伴ってトレヴェッカまで足を運んだりもした。ハリス氏は地元の教会のほうを好んだ。こちらのほうが幅を利かせることができたし、汚い言葉遣いをした村人に罰金を科すこともできたからである。ただ、「二言目には恐ろしい呪いの言葉を吐き、聞いているほうは震え上がった」[*14]。一日の大半は、ウェールズ産の仔馬に跨って地所を巡って歩き、家に帰るのは食事のときだけだった。

メアリは夫の家族にうんざりしきっていた。すぐにわかったのは、一家の本当の主がモリー・エドワーズという家政婦だということだった。メアリはモリーを忌み嫌った。「モリー夫人は根性の曲がった女で、あれほど横柄で執念深い心根の人間は見たことがない」[*15]。エリザベスとモリー夫人はメアリに焼き餅を焼いていた。というのも、ハリスとビールを飲んだりしているうち、たちまち彼のお気に入りになってしまったからである。「二人は嫉妬に燃える目で私を見つめた。二人の目に、私は余計な侵入者と映った。上品な物腰でハリス氏の評価を勝ち取り、二人で分かち合っていた家庭内の影響力を奪われてしまうと恐れたのだ」[*16]。

メアリは自分以外の若い女は無視する傾向があった。無視されるほうは、メアリの側にいると、なんとなくしょんぼりした気分になってしまう。メアリには生まれつき男心をくすぐるところがあって、男はたちまち彼女の魅力の虜になってしまう。だがおそらく、女性とのあいだに友情を育てることには、さほど熱心ではなかったのだろう。それだけの値打ちがないと判断したときは、その傾向が強かった。メアリが訪問者の相手をし、訪問者から「器量のよさや趣味のよい身なり」を褒められたりすると、エリザベスとモリー夫人が「横目でじろじろ見ている」のがわかった。二人の女は、よい服を着、教養があることを鼻にかけて、まるで公爵夫人気取りだと、メアリをなじった。「立派な主婦は、ハープシコードを弾いたり本を読んだりする暇はないのだ[17]」と。彼女たちは、豪華な暮らしをする経済的な基盤はメアリにはないことを、彼女に思い出させたのだ。でもメアリは、そんなことは気にしなかった。メアリには美しさと品の良さとユーモアという三つの武器があった。ベッツィ嬢と一緒に乗馬に出かけたとき、メアリは彼女の奇妙な恰好を見て笑ってしまった。「エリザベスはキャムレット地〔ウールと絹を織り合わせた厚手の生地〕の防護衣を身に着け、山高のボンネットをかぶって馬に乗っていた。私はお洒落な服装をしていたので、少なくとも人間らしく見えた[18]」。

それより困ったのは、いい年をして、ハリスがメアリに恋心を抱いてしまったらしいことだった。ハリスは六〇歳を過ぎ、祖父といってもよい歳だった。「トムと結婚していなかったら、自分の妻になってほしかったくらいだ」とハリスから言われたときは、そろそろ出発の潮時だと思った。メアリが恐れたのは、「せっかくハリスに気に入られたのに、エリザベスとモリー夫人の画策で、それをふいにしてしまうこと」だった。ブリストルまでメアリを送っていくと郷士が言ったときには、エリザベスとモリーは予想どおり激怒した。「自分が帰るときはどうなってもいいから、とにかく私の船旅の無事だけは見届けたいと言ってきかなかった[19]」。

ブリストルでは魅力的なヘスターと会い、その積極的な社交生活を間近に見て、しばらく滞在することを決意したハリスだった。ヘスターはハリスを友人たちに紹介した。ハリスは晩餐会にも何度か招待された。メアリはハリスと踊り、ハリスが一杯飲んだ後は、歌を歌って聞かせたりした。ハリスはこうした心遣いに気をよくし、トムに遺産を譲ってもよいというようなこともほのめかした。トレガンター館の改装について助言を求め、二人で洒落たマントルピースを選んだりした。「お好きなのを選んでかまいませんよ。私亡きあとは、全部あなたとトムのものになるんですからね[20]」。

第四章　不義

その街はいつも魅力的な情景の数々で溢れている。ファロの台、いろいろな催し、そして、言うまでもなく、ラネラ、春を迎えて開園する美しいケンジントン庭園、セント・ジェイムズ・ストリートの朝の散策。

メアリ・ロビンソン『未亡人』

欺瞞、無関心、うぬぼれ、軽蔑、冷笑は私たちの大事なたしなみ、と教えられています。無視されるのは我慢なりません。なぜなら自己愛が芽生えてしまうからです。男の気まぐれは、これはまあよしとしましょう。でも、世間から、夫が不義を犯すのは妻に魅力が欠けているせいだと思われるのは、震え上がるほど恐ろしい。

メアリ・ロビンソン『偽りの友』

ハリスがブリストルを離れるのに合わせ、ロビンソン夫妻はロンドンに向けて発った。メアリによれば、夫妻はまだ小さなジョージ・ダービーを養子にし、成長して兄のジョンと同じように外国の商社に就職できる年齢になるまで、自分たちの子供として育てることにした。ハリスが大いなる遺産を約束してくれたことで、夫妻は有頂天になった。そしてロンドン生活を心ゆくまで楽しもうとした。その第一歩はハットン・ガーデンの新宅に転居することだった。ロンドン「市内」ではあったが東の外れにあり、西側のもっとお洒落で高級な「市街」と較べると対照的な場所だった。スミスフィールド肉市場やセント・ポール大聖堂も近くにあって、新興商人、ユダヤ人金融業者、宝石業者、弁護士が数多く住む地域だった。法学院に近いのも好都合だった。

ロビンソン夫妻は、新宅の家具装飾には出費を惜しまなかった。二頭立て四輪馬車も購入した。流行の先端を行く無蓋の馬車で、現代のオープンカーのようなステイタス・シンボルだった。ロビンソンは地元の宝石屋、銀細工師とも知り合いになった。妻のために値の張る時計を購入した。音楽に関係する飾りをエネメル細工であしらった時計だった。

　こうした資金はどこから出ていたのだろうか。『回想録』でメアリは、夫の懐具合や債務（自分の債務ではなく、つねに夫の債務という言い方をしている）については何も知らないと述べている。だが、キングによると、メアリはある画策をしたらしい。実行に移したのはロビンソンと仲間の詐欺師たちで、その中には、「捏造した国際郵便で信用させ、オランダ、オーステンデ、フランスから莫大な量に上る物品」[*1]を調達するという行為も含まれていたという。この主張の真偽のほどはともかく、ハットン・ガーデンの瀟洒な邸宅を見れば、商人や金融業者はロビンソン夫妻が信用の置ける人物であるとすっかり思い込んでしまったことであろう。

　垢ぬけした物腰、人目を引く馬車、メアリの端麗な容姿を武器に、夫妻は社交界へ飛び込んでいった。絶対に注目を集めてやろうという意気込みだった。メアリは自分の性的魅力も巧みに使いこなした。「新顔、それも若くて、個性的ながらシンプルな優美さを備えた服装をしていれば、遊興の場所では絶対に注目を浴びること間違いなしである」[*2]。自分の社交界デビューについては、「みんなが洒落た道楽に身をやつす広大な世界」へのデビューという言い方をしている。ドルーリー・レインの舞台に立つ機会はふいにしたかもしれない。でも、首都ロンドンは大都会という舞台だった。そこでスターになる機会はまだまだ残っていた。

　最初に行くべきはラネラのプレジャー・ガーデンだった。ロンドンの娯楽ランキングでプレジャー・ガーデンは上位を占めていたが、なかでも人気の上位を独占していたのがチェルシーのラネラと、ランベスのヴォクソルだった。これらのプレジャー・ガーデンでは、青空のもと、人々は散策し、おしゃべりし、音楽に耳を傾ける。昼間なら、人工の岩屋、木立ち、滝を巡って歩き、夜になると、樹木の華やかなイルミネーションを眺めたり、演奏会や舞踏会や仮装パーティに参加したり、花火を見物したりする。ラネラのほうが、どちらかというと高級な場所だった。入場料が二シリング六ペンスで、大衆的なヴォクソルの二倍以上だった。中国風の建物や寺院、像、運河、橋があった。呼び物は円形の広々とした演奏会用ホールで、ボックス席が五二席備わっていた。オーケストラが演奏するあいだ、紳士淑女たちはメイン・フロアをぐるぐると歩き回る。夏には定期演奏会が開催された。八歳のモーツァルトも一七六四年にここで演奏したことがある。演奏会のあとは、腰を下ろして、軽い夕食を摂る。人から注目されたり、上品な仲間に加わりたいという人が行く場所だった。歴代皇太子たちも、貴族の友人同伴で、よくこうしたプレジャー・ガーデンに足を運んだことが知られている。社交界の女性たちは園内の目抜き通りを闊歩し、最新流行のドレスや帽子を見せつけて騒ぎを起こす。娼婦は派手やかな衣装に身を包み、木立ちの中で商売に励む。ファニー・バーニーの『エヴェリーナ』には、無邪気な女主人公がラネラの娼婦を上流社会の女性と勘違いしたり、自分も、道を間違って、娼婦と勘違いされる場面が出てくる。

　メアリは服装選びには慎重を期した。選んだのはクエーカー風の、シンプルな絹のドレスで、色は薄茶色、袖口はぴったりしていた。当時は髪粉をつける習慣だったが、これはやめ、流れ落ちるような鳶《トビ》色の髪に、質素な丸いキャップとチップ・ハットを被っただけだった。これ以外、アクセサリーはいっさい身に着けていなかった――宝石をはじめ、装飾品は皆無だった。シンプルそのものだった。もともと流行に盲従するタイプではなく、自分の個性と威風とに自信を持っていた。メアリが注目を集めたことは言うまでもない。皆の眼が彼女に釘づけになった。

　ロビンソン夫妻が次に訪れたのはラネラの屋内版、オックスフォード・ストリートにあるパンテオンだった。オープンしてわずか二年、開業時には「世界一の、とまではいわないにしても、ヨーロッパ随一の優雅な施設」*3とチャールズ・バーニー〔イギリスの作曲家・音楽史家〕をして言わしめた。主に音楽関連の施設で、演奏会、舞踏会、仮装パーティ、ダンスパーティが開催された。また、中心部に円形大広間があり、催し物のない晩には、訪れる人々がここでトランプをしたり、夕食を摂ったりすることができた。仮装パーティの入場券は高額で、入手できる人は限られていた。予約しないと手に入らず、値段は二ギニーだった（今日のおよそ一〇〇ポンドに相当）。「一流の華やかな人々が一堂に会する、どこよりもお洒落な催し」とメアリは表現している。宮廷よろしく、参加者は巨大なフープ・ドレス（スカートを膨らませたドレス）と塔のような頭飾りで正装していた。メアリは何時間もかけて身支度をした。女性は詰物とかつらで髪の毛を高くせり上げ、ポマードを塗ってから髪粉を振りかけた。黒貂の毛皮で縁取りした、ピンクのサテンのみごとなドレスを着用し、母親からもらった手編みのレースを入念にコーディネイトした。とはいうものの、メアリはこのときすでに妊娠していた。「家庭的な気遣いが目に見えて増加していたため、その頃、私の体型は一定の配慮を施す必要があった」[*4]。

メアリはパンテオンの円形大広間に度肝を抜かれた。「あの強烈な印象をけっして忘れないだろう。その場に漂う絢爛豪華な雰囲気、色とりどりのランプで照らし出されたドーム、音楽、女性たちの美しさと、どこを見てもうっとりするものばかりだった」[*5]。感じやすい乙女に最も強い印象を与えたのが女性たちだった。なかでも次の四名からは強烈な印象を受けた。美人の名をほしいままにするレイディ・アルメリア・カーペンター（「男からは賞讃され、女からは嫉妬される女」[*6]）、女優兼歌手ソファイア・バデリー、初代ターコネル伯爵夫人フランシス・マナーズ、タウンゼンド侯爵夫人アン・モンゴメリー。メアリは金持ちの有名人とこんな近くに同席できることに感激した。目を丸くした純粋無垢の乙女、という自己イメージを裏切ってしまうような大胆さを発揮して、アン・モンゴメリーの向かいの席に腰を下ろした。アンの両側には彼女を礼讃する伊達男が一名ずつ座っていた。男たちはメアリを見て、顔を見合わせ、「あれは誰?」と訊ねた。

「じっと見つめられて胸がどきどきした」とメアリは『回想録』に書いている。「立ち上がると、夫の腕にもたれ、ふたたび賑やかな人の輪の中に戻っていった」。このささやかな散策は、メアリの服装を最大限に引き立てる効果も伴っていたと考えないではいられない。紳士たちは、夫の存在など何のその、メアリの後を追いかけ始めた。メアリが人混みの中に入っていくと、男たちは互いに訊ね合った。「あの女性をご存じ？　黒貂の毛皮で縁取りした、ピンクのドレスを着ている女性ですよ」。「私がとまどった様子をしていたので、上流の男たちからジロジロ見つめられることに不慣れであることが、周囲にはっきり伝わった」と、メアリは『回想録』に書いている。むろん控え目な書き方をしているとはいえ、『回想録』が書かれたのは、このことがあってからはるか後のことだ。しかも彼女を半身不随にしてしまった出来事の後で、それは書かれた。そんな『回想録』の文章の中でも、自分の容姿の威力に満更ではない様子が窺える。[*7]

メアリは男たちの輪にもう一名、別の男が加わったのに気がついた。ロバート・ヘンリーで、自分の名づけ親である政治家ノーシントン卿の息子である。ノーシントン卿は一七七二年に亡くなっていて、現在はロバート・ヘンリー自身がノーシントン卿の称号を引き継いでいた。彼はメアリに近づいてきて尋ねた。「ひょっとしてダービーさんでは？」[*8]メアリは結婚したことを伝え、夫に紹介した。三人で円形大広間を歩き回りながら、おしゃべりをした。ノーシントンは父親のことを尋ねたり、今日の装いを褒めたりした後、お宅にお邪魔してもかまわないかと訊いた。女たらしで名を馳せるノーシントンは、亡き父親が名づけ親をしたというだけの、一介の女の子でしかなかったメアリが、いまではすっかり見違えるような変身を遂げて、ロビンソン夫人となっていることに驚いたに違いない。

円形大広間の中は暑くて頭がくらくらした。歩き回って疲れてもいた。それでメアリは紅茶を飲もうとしたが、喫茶室には空いている席が一つもなかった。入口近くにようやく空いているソファが見つかったものの、夫は一瞬たりとも妻の側を離れたがらず、飲物を取りに行くのさえ嫌がった。ヘンリーが紅茶を一杯持ってきてくれて、友人二人を紹介した。メアリの後を追い回す前はタウンゼンド侯爵夫人にちょっかいを出していた男たちだった。二人は従兄弟同士で、一人はジョージ・アスキュー大尉、もう一人はリトルトン卿だった。二人とも父親は立派な人たちだった。アスキューの父親は、メアリがまだ幼かった一七六〇年代、ブリストル大聖堂の首席司祭を務めていた。また、リトルトンの父親は一流の政治家だったが、詩人としてもメアリのお気に入りの一人だった。息子たちは父親ほど高潔ではなかった。ノーシントンと同じように、名うての女たらしだった。息子のリトルトンは、父親が「立派な」と形容されていたのとは対照的に、「性悪の」という形容詞を付けて呼ばれた。メアリはリトルトンのことを、「おそらくは古今東西、最も教養ある遊び人[*9]」と呼んでいる。

ロビンソンが馬車を探しに行ったため、メアリに取り入る絶好の機会が、ふたたびリトルトンに転がり込んだ。自分の馬車を使うよう申し出たのだ。メアリはこれを断り、夫と一緒に帰宅した。翌朝、三人の男たちがメアリを訪ねてきた。メアリは一人で家にいた（晩餐会で紹介されたら、翌日相手の女性を訪ねてご機嫌を伺うのが習慣だった）。

リトルトンは三人の中で最も執拗だった。メアリに言わせれば、頼みもしないのに言い寄られて迷惑千万だった。「リトルトン卿には嫌悪しか感じなかった。態度は横柄極まりなく、言葉遣いも下品、身だしなみときたら気持ちが悪くなるくらい不潔だった[*10]」。このように忌み嫌っていたにもかかわらず、メアリはリトルトン卿の取り巻きに加わってしまった。リトルトンは、メアリに近づくために夫との友情を育てた。リトルトンは贈り物をした。メアリはこれを受け取った。儀礼指南書には、こうした場合、受け取ってはいけないと書いてあった。贈物の中に、「青鞜派」アンナ・レティシア・バーボールドの最新の詩集一巻が含まれていた。リトルトンはメアリの美貌はもとより、その知性も褒めそやすという、うまいやり方を心得ていたのだ。

この頃、メアリは自分自身でも詩を書き始めていた。バーボールドの詩は競争心に火を点けた。「バーボールドの詩には魂を奪われた。こんな美しい詩は読んだことがないと思った。こんな詩が書ける女性は人類の中で最も羨ましい存在だと感じた」。このように絶讃した後で、意気阻喪させるような、軽蔑に満ち満ちた一言を付け加えている。「リトルトン卿は詩を多少は理解した。そしてなかなか自在に韻文を書いた」[*11]。

リトルトンは、夫妻を数多くの友人知己に紹介した。また、トムとの友情も深めていった。ロビンソン夫妻と貴族、政治家、俳優とのつきあいがもう始まっていた。メアリは駐英オーストリア大使ディ・ベルジョイオーゾ伯爵と会い、その知性と教養には驚嘆した。だが、遊び人のヴァレンシア卿（のちに高級娼婦と駆け落ちした）にはそれほど感銘を受けなかった。このめまぐるしい時期に出会った中で、最も物議を醸した人物の一人がジョージ・フィッツジェラルドだ。彼はアイルランド出身の道楽者で、大の決闘好きだったため、「喧嘩屋フィッツジェラルド」とも呼ばれた。ほかに知り合った人物としては、アイルランド人の賭博師オバーン大尉という男、そして俳優のウィリアム・ブレレトンがいた。ブレレトンはのちにパーディタ役のメアリと舞台で共演することになる。また、メアリの幼友達プリシラ・ホプキンズと結婚する。

ノーシントン卿は依然としてメアリの許を訪れ続けていた。一方、女性の友達も幾人かできた。ウェスト・カントリー（イングランド西部地方）協会の顔役レイディ・ジュリア・イェイや、才能と機知に溢れる作家キャサリン・パリーなどだった。パリー夫人主催のパーティでは、女優のファニー・アビントンと会い、その魅力、美貌、絶妙な服装のセンスに感服した。メアリの女優願望がまた首をもたげはじめた。

こうしためまぐるしい社交生活の只中にあって、リトルトンはつねに夫妻の傍らを離れなかった。メアリの表現を借りれば、貴婦人に忠誠を誓った騎士だった。粋な男友達というべきか、シェリダンが『悪口学校』でふざけて使っている言葉を借りれば、いわば「プラトニックな関係の介添え役《チチズベオ》——ロンドンの既婚女性が誰でももつことを許された相手」だった。とはいえ、リトルトンはただの友達で満足しているわけではなかった。これまでロビンソン夫妻にはいろいろ投資してきたので、その見返りが欲しかった。いくらおだてても、ベッドへの道は閉ざされたままだとわかると、搦め手に出ることにした。人前でメアリを侮辱したり、「まったくの無関心を装う」などして、なんとか関心を引くための無駄な努力に励んだ。若くて味気がないといって馬鹿にした。メアリが腹を立てると、「可愛い子を怒らせてしまって」悪かったと謝った。ことあるごとに人前でメアリを子供扱いし、恥をかかせた。文学に手を出したこと、ドルーリー・レインでコーディリアを演じる計画が頓挫したことを、嘲笑の的にした。目的を遂げるための最後の手段は、軟弱な夫をだしに使うことだった。彼は、ロビンソンを破滅させる画策に乗り出し、「堕落した道楽者の溜り場」[*12]である賭博場や売春宿にロビンソンを連れて行った。アスコットやエプソムなどの競馬場で二人の姿がよく目撃された。

ロビンソンは貴族の友人らと賭博をしたり、酒を飲んだり、女と遊んだりと、放蕩三昧の毎日を過ごしていた。その一方で、妊娠している妻のほうは顧みられることもないまま、一人寂しく暮らしていた。できるなら母親に助言を求めたかった。しかし母親は息子ジョージとブリストルに戻り、病気からの回復に付き添っていた。メアリは夫を堕落させたリトルトンを責めた。『回想録』では、詩作に没頭することで、この状況を乗り越えようとしたことになっている。だが、文学に専念する蟄居生活の図は、本人の「服装、パーティ、お世辞が、私の生活のすべてだった」[*13]という言葉で、みごとに裏切られてしまう。

一七七四年夏、次第にお腹の子が大きくなってくると、誰からも顧みられず、一人寂しい暮らしを余儀なくされていることに憤りを覚えるようになった。夫から顧みられない結果、メアリはいろいろな危険に晒されることになる。なかでも最も有害なのが、数知れない崇拝者たちからの誘惑だった。「最も危険な」道楽者はジョージ・フィッツジェラルドで、「思い遣り溢れる態度で女性と接し、一緒にいて飽きることがなかった」。フィッツジェラルドは、メアリが夫からかまってもらえないことに同情した。

それから、あなたのためなら何でもすると宣言した。「誘惑に取り囲まれ、夫からかまってもらえないことで屈辱を感じてはいた」が、それでもメアリは毅然とした態度を崩さなかった。[*14]

夫妻が借金を抱えることになるのは時間の問題だった。財政状態についてはほとんど何も知らないというのがメアリの言い分だった。にもかかわらず、自分たちが身分不相応な暮らしをしていることはよくわかっていた。ただ、夫に懐具合を尋ねても、なんの問題もないという答えが返ってくるばかりだった。リトルトンはトマスが出世できるよう取り計らってやろうと約束したが、トマスには、リトルトンが自分たちのために一肌脱いでくれるとはとても思えなかった。

リトルトンはメアリを夫から引き離すための、一か八かの試みに出た。例によって脚色を加えながら、メアリは、重要な用件を口実にリトルトンが訪ねてきた日のことを描写している。ロビンソンに関する、ある秘密を打ち明けに来たと、リトルトンは言った。その後、ロビンソンの心の中で「妻への愛情」が冷めてしまう結果を招いたのは、実は自分のせいなのだと白状した。そして、トマス・ロビンソンには愛人がいることを打ち明けた。愛人というのは「どうしようもない不身持な女」で、ソーホーのプリンセス・ストリートに住んでいる。ロビンソンは生まれてくる子供のために残しておかなければならないお金を、この愛人のために使っているとリトルトンは語った。愛人の名前まで隠さずに告げた。ハリエット・ウィルモットという名前で、ロビンソンはこの女の許へ毎日通っている、と。

リトルトンは、夫にこの情報の情報源を明かさないよう、メアリに約束させた。もし明かしたら決闘は避けられないだろう。悲しみと屈辱とでメアリが涙を流すのを見届けてから、こう提案した。自分の保護下に入らないか。それが夫への復讐になる。「夫と友達になった真の動機を知らないはずはあるまい。私の運命はあなたの手の中にある。ロビンソンはもう救いようがない。莫大な借金を背負い、うかうかしていたらあなたも破滅あるのみだ。あいつから縁を切れ。あなたのためなら何でもするから、言ってくれ」。[*15]

メアリはこの提案に屈辱を感じた。しかし、ライヴァルを前に、泣き寝入りする気は毛頭なかった。それだけ憤ってもいた。母親も同じような目に遭っていた。その記憶が脳裡にあって、メアリを衝き動かしたのかもしれない。ソーホーで夫の愛人と会う場面は、『回想録』では感傷小説風の描写になっている。貞淑な若妻が不身持な情婦に凱歌を挙げたことはいうまでもない。メアリは小説家らしく、細かな点まで見落とさない。不潔そうな若い召使い女がウィルモット嬢の部屋に導き入れてくれた。ベッドの上には真新しい、絹の白い下着が、罪の匂いを漂わせながら広げてあった。ウィルモット嬢の足音が部屋に近づいてくると、心臓が高鳴った。

メアリのライヴァルは彼女より年上の、顔立ちの整った女だった。妊娠した愛人の妻を前にして、困惑を隠せない様子だった。唇は「灰のような色」をしていた。自分が着せられた罪をあえて否定しなかった。手袋を脱いで、おそらくは恥ずかしさを隠すためだろう、目を覆ったとき、トムの指輪が指に嵌めてあることにメアリは気がついた。ハリエットは指輪を返そうとしたが、メアリは受け取ることを拒否した。ハリエットは言った。「ロビンソンさんの奥様がこのような方だと存じていたら……」。メアリが立ち上がって帰ろうとすると、ハリエットはこう言った。「もう二度と会いません。あんな見下げ果てた男。もしお出でになっても絶対に会いませんから」。メアリはもう何も言わないで、部屋を飛び出した。例によって、メアリはそのときの服装を記憶している。まるで自分の役を演じる女優にように。そのときは、白いモスリン地のモーニング・ドレスに、白のローン生地のマント、そして麦藁のボンネットというでたちだった。ライヴァルの女の服装は柄物のアイルランド風モスリンに黒い紗のマント、そして頭には薄紫色のリボンで飾ったチップ・ハットをかぶっていた。[*16]

夫の愛人と対面し、あまりのショックに打ちのめされてしまったとメアリは述べている。にもかかわらず、その日の晩、リトルトン卿も同伴して、夫とともにドルーリー・レインへ出かけている。真情は押し隠し、いつもと変わらず、観劇を思う存分楽しんだ。朝になってはじめてロビンソンに事実を突きつけた。ロビンソンは否定しなかった。結婚したとき、ロビンソンには愛人がもう一人いたこと、ロビンソンの不倫は公然の秘密であることを、メアリは知る。負債の額もだいたい明らかになった。債権者に借金を返すため高利貸からお金を借りるという困った立場にロビンソンは追い込まれていた。金貸しのキングとは腐れ縁の関係だった。実際、「わが家の応接間はユダヤ教の礼拝堂ではないかと思うくらいユダヤ人の出入りが多かった」[*17]。メアリは、お金のやり取りについては「何も知らない」と言っているが、これはもちろん事実に反する。その証拠はジョン・キングが握っていた。

ロビンソンは、確かに不倫をしていた。が、メアリの記述によると、諸悪の根源は別にあった。夫は悪人というよりは、意志薄弱で感化されやすい人間のように描かれている。メアリが非難しているのは、夫ではなくてリトルトンのほうである。リトルトンの女性に対する態度、特に棄てた妻と、ドーソンという愛人に対する見下げ果てた振る舞いはあまりにもひどすぎると思った。メディアはメアリとリトルトンの仲は怪しいとほのめかしたが、メアリはこれを強く否定した。「リトルトンにはこれっぽっちの愛情も感じたことはない。とんでもないことだ。あんなに嫌悪を感じる男はどこを探してもいなかった」[*18]。

色男ジョージ・フィッツジェラルドに対するメアリの態度はまったく異なっている。「彼の女性の扱い方はみごとというほかない」。フィッツジェラルドはある夏の宵、ヴォクソルでメアリを誘惑しようとした。ロビンソン夫妻は夜中過ぎまでヴォクソルにいた。そして、帰りの馬車を待っているとき、フィッツジェラルドが行動に出た。男二人が夜中というのに喧嘩を始め、ロビンソンとフィッツジェラルドは騒ぎを見物しようとメアリから離れた。メアリは後を追おうとしたが、すぐに人混みの中で二人を見失ってしまった。しばらくして、フィッツジェラルドだけが戻ってきた。彼は出口でロビンソンを待とうと、メアリを連れてそちらへ向かった。ところが驚いたことに、どこからともなくフィッツジェラルドの馬車が現れた。フィッツジェラルドは無理やりメアリを馬車に乗せようとした。ぱっと扉が開かれると、扉の小物入れにピストルが忍ばせてあるのが見えた。召使いたちは、どう見てもこの誘拐の共犯者だったが、離れたところからこちらを控え目に見つめていた。フィッツジェラルドはといえば、メアリの腰のあたりを腕で抱え込んだ。メアリはそれを振りほどいて遊園の入口まで逃げ戻った。そこには夫が立っていた。フィッツジェラルドはまるで何事もなかったかのように振る舞った。「おやおや、ご主人だ」と叫んだが、その言い方はまるきり無頓着だった。「乗る馬車を間違えてしまいましてね。ロビンソンさん、ずっと探してましたよ。奥様は、それはもうパニックに陥ってしまって」。「まったくおっしゃるとおりですわ」とメアリは答えた[*19]。

ロビンソンに本当のことを言ったらどんな事態になるか予想がつかなかったから、何も言わないことにした。お腹の子も大きくなってきており、決闘で夫を失いでもしたら大変だった。「喧嘩屋フィッツジェラルド」の銃の腕前はピカイチだった。決闘遍歴の中で一八人の相手を殺し、ついに絞首刑に処せられた。この事件以後、その強烈な魅力にもかかわらず、というより、その強烈な魅力ゆえに、メアリはフィッツジェラルドと会わないようにした。「フィッツジェラルドは、少しでも気を許せば、どうなってしまうかわからない男である。それくらい大胆で魅力的な男だった」。

『回想録』ではよくあることだが、この話も信憑性に疑問なしとはしない。甚大な影響力を振るったサミュエル・リチャードソンの小説『チャールズ・グランディソン』の中に、ハリエット・バイロン誘拐未遂事件というエピソードが登場する。爾来、ロマンス小説では、若い女を誘拐して凌辱するというのがお定《き》まりのコースになってしまった。メアリがここで小説家の特権を利用し、事実に手を加えていないという保証はない。

ブリストルとウェールズへの旅の場合もそうであったが、ここ数か月に起こった出来事に関して、『回想録』に書いてあるのとは別のヴァージョンが存在している。それを『回想録』は躍起になって隠蔽しようとする。ここでもまた、『パーディタがあるユダヤ人に宛てた書簡』が告発をする。ジョン・

キングによると、パンテオンで過ごした最初の晩、メアリは潔白ではなかった。メアリは貴族の伊達男三名を相手にちょっとした駆け引きをしたという。

人気の遊興スポットではどこでも、［ロビンソン夫妻は］その場にいる誰にも負けないくらい輝いていた。気晴らしがどれだけ奇想天外なものであろうと、二人の虚栄心に歯止めはかからなかった。ある晩の仮装パーティで、リトルトン卿、ヴァレンシア卿、ノーシントン卿がメアリに目をつけた。そのような貴族の伊達男三人に注目されたことで、メアリの自尊心は大いに満たされた。こうして運よく知り合った相手を引き留めておくため、翌日、三名それぞれに次のような手紙を書いた。「閣下、昨晩の仮装パーティでオレンジ娘の扮装をしていた女性です。閣下にお声をかけていただき、名誉に存じます。名前はR――夫人と申し、ハットン・ガーデンに住んでおります。畏れ多くも、ご来訪を賜ることができるなら、さらなる名誉とかたじけなく存じます」。この奇妙な招きに応じて、男たちはやって来た。そして、それぞれがメアリに求愛をした。だが、最も成功を収めたのは、大胆不敵かつ執拗なリトルトン卿で、彼の豪勢を極めた馬車がメアリのうぬぼれを刺激したのだった。そしてついには二人の親密な関係が街中の噂になった。いつも二人で遊興の場という遊興の場に姿を現した。夫は二人のあとをとぼとぼとついて回った。そのマヌケでのほほんとした姿は、角の生えたどんな動物にも引けを取らなかった。*20

　キングの文章を読む限り、メアリとリトルトンは完全にできているとしか言いようがない。閉め切った馬車の中で二人が情事に耽る様子が語られる。ロビンソンは「馬で一マイルないし二マイル後方からこれに付き従っていた」。夫であるロビンソンは、二人の親密な関係にまったく不快感を示さなかった。それどころか「友人知己には、自分に上流の知り合いが多いことや、妻が伊達男たちを皆、尻に敷いていることを、自慢気に語るのが常だった」[21]。ロビンソンは妻のポン引きとほとんど変わらないという評判が生まれたのも、こうした話が原因になっている。

メアリが移動する馬車の中で情事に耽り、夫もそれを認めていたという話は、さらに尾鰭がついたかたちで、一七八四年出版の暴露本『パーディタの回想録』にも記されている。ただし、『パーディタの回想録』では、メアリのお手軽な情事の相手は精力絶倫の船乗りで、この船乗りから「貧弱な貴族相手では味わえない快楽」を与えられたということになっている。二人は四回、情事を重ねた。トマス・ロビンソンは馬で後方からついていったのではなく、当の馬車の屋根の上に乗っていたという[22]。

また、キングが言うには、ロビンソンのいかさま取引が明るみに出そうになったとき、リトルトンの介入により、訴訟沙汰にならずにすんだ。キングの記述では、リトルトンがメアリと縁を切ったのは、ロビンソン夫妻がただの詐欺師で、自分からむしり取れるだけむしり取ろうと計画していることがわかったときだという。メアリはリトルトンを不良貴族のように描き、キングはメアリを金目当ての男たらしのようにかなり偏った描き方をしている。真相は、おそらくその中間あたりであろう。間違いないのは、ロビンソン夫妻が資力に見合わぬ暮らしをしていたということだ。それができたのはユダヤ人金貸したちだけのおかげなのか。それともリトルトンから多額の資金を融資してもらっていたのか。もしリトルトンが資金を提供していたとすれば、それは性的な見返りを期待してのことなのか、それともすでに手に入れた快楽の代価という意味合いがあったのか。

はっきりしたことはわからない。いずれにせよメアリは、美貌と知性とコネを利用し、名声という野望を達成しつつあった。「首都およびその周辺のあらゆる公的な場で、私の名前は知られることとなった」[23]。同時に、ロビンソン夫妻といえば借金でも悪名を高めていた。一七七四年秋、出産を数週間後に控えた頃、債権者たちがロビンソン夫妻の資産を差し押さえ、ロビンソンに対して執行が行われた。夫妻はハットン・ガーデンを逃れ、フィンチリーの友人宅で仮住まいを余儀なくされた。フィンチリーは当時ロンドン郊外に位置する村だった。使用人は皆一家を見捨て、残ったのは黒人の忠実な召使いだけだった。夫はほとんどロンドンにいたため、メアリが夫に会う機会はまずなかった。

一方、ヘスターはジョージを連れてブリストルから戻ってきた。そして娘の出産の準備を手伝った。二人で産着を縫い、メアリは読書と執筆を続けた。ロビンソンはロンドンへの「出張旅行」にジョージを連れて行くようになった。しかし、姉のことが大好きだったジョージは、二人でいかがわしい女のところへ行ったことを告白した。それだけではなかった。差し押さえ執行人に没収されたとばかり思っていた大切な時計が、実はロビンソンの愛人の一人に贈られていたことも、ジョージの口から明らかにされた。問いつめられても、ロビンソンは自分の不実な行為を否定しようとさえしなかった。

ロビンソンの投げやりな態度は、自分の初めての子供がもうまもなく生まれようとしていることを考えれば、実に冷酷な態度だったが、それにもかかわらず、メアリの非難の矛先は依然として夫以外の人間に向いていて、自分たちの窮状は彼らのせいだとしている。自分の贅沢が原因で夫の借金がかさんだことに、罪悪感を感じていたのではないだろうか。リトルトンや債権者たちだけでなく、ロビンソンの父親にまで非難の矛先を向けている。「もしハリス氏がもっと気前よく息子を援助していたら、これほど向こう見ずで堕落した生活に陥ることはなかったはずだと、心の底から確信している」。[*24]

進退きわまったロビンソンが救いを求めたのはハリスだった。ロンドンを離れ、トレガンターに向かう決心をした。トレガンターで父親の援助を請おうというのである。妊娠しているのにはるばるトレガンターまで旅をするのはつらいし危険でもあったが、それにもかかわらず、ロビンソンはしつこく妻の同伴を求めた。メアリは父親のお気に入りで、しかも将来の孫がお腹の中にいるとあれば、ハリス老人の気持も和らごうという期待があったことは間違いない。メアリのほうは母親のもとを離れたくなかった。陣痛で苦しいとき、側にいて助けてもらいたかったからだ。一八世紀の女性には、ことが順調に運んでいるときでさえ、出産というのは天地が引っくり返るような経験だった。これから生まれてくる子に、母親が別れの手紙を書くという風習があったが、それは、出産時やその予後に母親が亡くなったりした場合、この手紙を読んで聞かせるためである。メアリが恐れたのは、自分がウェールズで死に、他人ばかりの環境に生まれてきた子が取り残されてしまうことだった。もう一つ、恐れたことがあった。それは借金を抱え、恥辱にまみれてトレガンターに戻れば、エリザベス・ロビンソンやモリー夫人から冷笑されるに違いないということだった。若い女性としての誇りがそれを許さなかった。

第五章　債務者監獄

鞭や地下牢や鎖ばかりが奴隷の境遇というわけではありません。心の中には自由が息づいていて、それが叡智を温め、人間の権力が及ばぬ高みにまでそれを引き上げるのです。そしてこの世の悪に勝利させるのです。

メアリ・ロビンソン『アンジェリーナ』

ロビンソンの逮捕が差し迫っているという知らせは、すでにトレガンターにも届いていた。ロビンソン夫妻が到着したとき、ハリスは留守だった。だが、帰宅するとただちに、自分の考えをはっきり述べた。「なるほど、投獄を逃れてきたというわけか。ここへ来たのは罪滅ぼしのためか」[*1]。以後、何日にもわたってハリスは夫妻をなじり続けた。ただ、少なくとも隠れ家だけは提供した。

応接間の一つでメアリが古いスピネット（小型のアップライトピアノ）を弾いて楽しもうとしていると、ハリスは、お高くとまった振る舞いをしているといって小馬鹿にした。「トムは堅実な職人の娘と結婚すればよかったのだ。そもそも破産した商人の子などと結婚したのが間違いだったのだ。自分で稼ぐこともできやしないじゃないか」。メアリはこの侮辱に感情を害したことだろうが、妻の気性をよく知る夫は、どうかハリスの無礼な振る舞いは大目に見てほしいと懇願した。だが、ハリスが晩餐会の席上、皆の見ている前で無礼な発言をしたときには、メアリも怒り心頭に発した。客の一人が、メアリの大きくなったお腹に気づいて、わざわざトレガンターまでお出で下さり、「よその土地の方とはいえ、子供」を一人増やしていただけるのは喜ばしいことであると述べた。それから、（ちょうどハリスが家の改築をしている最中だったため）こんな冗談を言った。生まれてくる赤ちゃんのために新しい子供部屋を作ったらいかがか、と。「とんでもない」と、ハリス氏は笑いながら言った。「二人がここへ来たのは、監獄の扉が開いて、中にぶち込まれそうだったからなのですから」[*2]。

トレガンターの家が改築中であるということは、要するにメアリがそこでは出産できないということを意味した。少なくとも、それがハリスの持ち出した口実だった。出産のわずか二週間前、メアリはトレヴェッカ館へ移るように言われる。トレヴェッカ館はシュガー・ローフと呼ばれる山の麓にあり、トレガンターの家から二マイル弱離れていた。ハリスとその仲間から離れ、メアリは安堵を覚えた。そして自然と触れ合った。

私はここで孤独の安らぎを享受した。自然が荒々しく繁茂する森の中を彷徨《さまよ》い歩いた。また、山腹を逍遥したりもした。山頂の方を見上げると、青い霞がかかっていた。ああ、自然の神よ！　驚異の世界を統治する者よ！　そんなとき、私の興味は駆り立てられ、汝をどれだけ激しく崇拝したことか！[*3]

感受性の時代にふさわしい思いがここには表出されている。出産間近の時期に、本当にこんな風に歩き回ったとすれば、メアリの健康状態は異例によく、生気に溢れていたといわねばならない。

メアリはここで「孤独の安らぎ」と書いているが、実際のところ、トレヴェッカ館はトレガンターより人で溢れていた。館の一部にはハンティンドン神学校が入り、別の部分はフランネル工場として使われていた。とはいえ、夫の粗野な一家から嫌味を言われる心配はもうなかった。彼らが訪ねてくることはめったになかったからである。『回想録』によると、メアリは夫の一家のひどい扱いなど、どうでもよかった。心は山の自然と交感し合った。そうすると、いっそう自分が「情趣とも感受性とも縁のない一家に嫁いでしまった」ことが身に染みて感じられてくるのだった。

子供は一七七四年一〇月一八日に誕生した。メアリの一七歳の誕生日のわずか数週間前だった。マライア・エリザベス・ロビンソン※と命名された。若くして母親となったメアリは、美しい娘の誕生を喜び、乳母が工場労働者たちにマライア・エリザベスを見せることを許した。労働者たちは赤ちゃんを見て、「トレガンターの可愛い跡継ぎだ」と歓声を挙げた。当初は赤ちゃんを一〇月の冷気に晒すことが心配でならなかったが、乳母は心配するには及ばないと言い、むしろ逆に、「若旦那の子」なのに見せるのを拒否したりすれば、住民から「お高くとまっている」と思われる危険があると警告した。赤ちゃんをお披露目した日は、メアリにとって幸福な一日だった。というのも、大勢の人たちが押しかけてきて赤ちゃんを祝福し、その祝福の言葉をいちいち、乳母やジョーンズ夫人が出産で疲労困憊した母親メアリに伝えてくれたからである。

　このあたりの記述を読んでも、ロビンソンへの言及は見当たらない。だが、その日の晩、ハリスが訪れてきている。体の具合を尋ねてから、子供の今後について質問した。答えないでいると、では、こうしたらよかろうと、みずから提案をした。「『いいか』とハリスは付け加えて、『赤ん坊は背中におぶって、自分で働いて養うんだ』」。さらに、次のようにも言った。「豚箱が扉を開けて待ってるんだ……トムは獄死するかもしれんぞ。そしたらあんたはどうなるんだ?」。この理不尽な愚弄は、乳母の見ている前でなされた。それだけにメアリの屈辱は大きかった。生まれた子が男の子だったら、ハリスはもう少し優しい態度を見せたかもしれない。だが、メアリに対するハリスの恋心は、どうやらもう冷めてしまっているようでもあった。また、メアリの贅沢三昧な暮らしぶりが、トムの軽率な振る舞いのいちばん大きな要因だと考えている節があった。ハリスの娘エリザベスもやって来た。そして、「もし神に召されるなら」[*4]、そのほうが赤ちゃんにとっては幸せかもしれないと、遠回しに言った。

　三週間後、ロビンソンに債権者の追手が迫った。ロビンソンがウェールズに逃れたという情報はとうに債権者に伝わっていた。ハリスの家で逮捕されるという醜態だけは、なんとしてでも避けたかった——そんなことになれば、遺産相続の望みは完全に消え失せよう。だから、彼はただちにトレガンターをあとにした。またもや逃亡が始まった。出産で弱った体力はまだ回復していなかったが、メアリは夫のいないトレヴェッカにそのまま留まりたくなかった。有能なジョーンズ夫人はその体で旅は無理だと言ったが、メアリは耳を貸さなかった。一行はモンマスに向けて旅立った。モンマスにメアリの祖母が住んでいたからである。ジョーンズ夫人は、膝に乗せたクッションの上で赤ちゃんをあやしながら、駅伝馬車でアバーガベニーまで同道した。近所の人たちはメアリらが行ってしまうのを残念がったが、「ハリス氏もトレガンターの見識の高い女性たちも、残念だとは一言も言わなかったし、そんな表情は露ほども見せなかった。また、この事態を心配しているそぶりもなかった」[*5]。

ジョーンズ夫人が去ったあと、赤ちゃんの世話はどうするかが、メアリの心配の種だった。「家事」教育は受けていなかった。まだ一七歳、しかも母親は不在だった。だが、自分の母親としての本能を信じることにして、精一杯の努力をした。乳母がいなかったから赤ちゃんには母乳を与えた。当時、メアリの階級の女性がこのやり方をするのは異例のこととされた。ただし、一七九〇年代になると、フェミニスト作家たちは、このやり方を推奨することになる。

翌日、モンマスに到着した。モンマスにはメアリの祖母エリザベスが住んでいた。一行は温かく迎えられた。とはいえ、一家の置かれた状況について、祖母がどの程度知っているかは不明だった。若い頃は美人で鳴らしたエリザベスは、七〇歳だったが、いまでもまだ魅力的な女性だった。こざっぱりしてシンプルな、茶色か黒の絹のガウンを着ていた。皆から尊敬を集める敬虔な女性で、気性も穏やかだった。メアリには祖母の落ち着きと熱烈な信仰とが羨ましかった。

ここモンマスで、一家は「心からの歓迎」を受けた。いきいきとした社交の情景が展開する。ここで

※ヘスターからもメアリ自身からもメアリと呼ばれたり、マライアと呼ばれたりしている。本書では一貫してマライア・エリザベスと呼び、メアリとの混同を避けたいと思う。

ふたたび、メアリの矛盾した性格が表面化する。メアリの楽しみはワイ川沿いを散策したり、城の廃墟を探索することだった。ここにいるメアリは、紛うかたなき感受性の時代の女性で、ゆくゆくは同時代で最も成功したゴシック小説家の一人となるべき運命にある。そうかと思うと、社交を好み、地元のダンスパーティにも進んで参加するメアリがいる。ここにいるのは社交界の女性としてのメアリで、ロンドン社交界の常連となる未来が彼女を待ち受けている。

母乳を与えているからといって、地元の舞踏会で踊る機会をふいにしたくはなかった。だから、あるとき、踊りの合間に授乳しようと、マライア・エリザベス同伴で舞踏会に参加したことがあった。ひときわ激しいダンスを踊り終えたあとで、控室へ行って授乳をした。ところが、異変が起きた。家に到着する前に、赤ちゃんが痙攣を起こしたのである。メアリはパニックに陥った。そのため、母乳が一滴も出なくなってしまった。赤ちゃんは喉がカラカラに乾き、痙攣がやまなくなった。激しい踊りとダンスホールの暑さが母乳に作用し、痙攣を引き起こしたに違いないと思った。その晩は一睡もしないで赤ちゃんを看護した。明くる朝、友人をはじめ、心配した人たちが赤ちゃんを見舞いに来てくれた。その中に地元の牧師がいて、若い母親が激しく取り乱している様子に心を動かされた。メアリは赤ちゃんをどうしても膝に抱いているといってきかなかったが、牧師はある家庭療法があるので、自分にやらせてみてはくれないかと懇願した。昔、同じ症状を起こした自分の子に試みて、うまくいったのだという。アニスの果実と鯨蠟を混ぜて作った薬を、牧師は赤ちゃんに投与した。すると、たちまち痙攣は収まり、赤ちゃんはすやすやと眠りはじめた。

この出来事の直後、ロビンソンはまた、債権者たちが自分に迫っているという情報を得た。今度もまた、ロビンソンが逮捕される前に一家で旅立とうとした。だが、今回は手遅れだった。「相当な額の債務」を理由とした刑の執行がロビンソンに対してなされた。モンマスの地元の執達吏がやって来てロビンソンは逮捕された。これに際し、メアリの祖母のことも知っていた執達吏は一家に同情して、ロビンソン一家がロンドンに戻るのに付き添うことを申し出た。

ロンドンに戻ると、メアリは母親の許に駆けつけた。母親はいま、ストランド街から少し入ったところのヨーク・ビルディングズに住んでいた。もちろんヘスターは生まれたばかりの孫娘の顔を見て感激した。一方、ロビンソンは、執達史に自分のことを通報した張本人が、なんと最も親しい友人ハンウェイであることを知る。問題になっている借金の額が比較的少額で、ロビンソンの父親が肩代わりしてくれると思った、というのがハンウェイの言い訳だった。ロビンソンも納得し、二人は和解した。そしてロビンソン一家はオックスフォード・ストリートから北に入ったバーナーズ・ストリートに住まいを借りた。

メアリは長年心に温めてきたひそかな野望を実現させるべく、準備に取りかかった。すでに最初の詩集は書き上がっていて、後は出版するだけでよかった。結婚前から着々と書き進めていたのである。『回想録』では、最初の詩集を「取るに足らないもの」と、みずから貶めるような言い方をしている。母親が所有する愛蔵版だけ残っていればよい、後は全部この世から消えてしまえばよい、そんな願望をメアリは吐露している。出来栄えはともかく、当時の困難な状況の中での、この詩集出版へ向けての断固たる決意には感服する。メアリはまた、上昇志向の女性には珍しく、毎日しっかりと赤ちゃんの世話をしている。服の着替えもきちんと行った。赤ちゃんには母乳を与え、いつも自分の側で寝かせた。昼はそばに置いたベビーバスケットに寝かせ、夜は自分のベッドで一緒に寝た。召使いが赤ちゃんを放置する恐ろしい話を聞いたことがあった。赤ちゃんはそうした扱いを受けても、言葉が話せないから誰にも言えないのである。それでメアリは自分と母親だけで赤ちゃんの面倒を見ることにした。

育児に献身し、詩集出版の準備を進めていたとはいえ、社交のほうもおろそかにはしなかった。ラネラをはじめ、以前よく通った場所へ、女友達といっしょに出向くようになった。トムはというと、ひっそりと目立たないように暮らしていた。メアリは自分の容姿や立ち居振る舞いに自信を取り戻した。ここ一年で身長も伸び、二年前に社交界デビューしたときよりも世慣れ、洗練された印象を与えた。自信と落ち着きが出て、きりっとしてきた。『回想録』でも、ロンドン社交界復帰という、この記念すべき出来事について語られている。なかでも目を引くのは、新しいドレスについての記述である。そのときに身に着けていたのは藤色をした絹のドレスで、白い花を輪にして頭に飾っていた。「その場にいた誰からも美しいと褒められた」ことを思い出す。その後で、しかし、いちばんの目標はよき母親になることであると強調するのを忘れない。「大勢で娯楽に興じるというのはあまり好きではなかった。皆と一緒にラネラへ向かう途中も、家のことが心配で落ち着かなかった」[*6]。

円形大広間に入ってまず最初に出会ったのが、かつての「誘惑者」ジョージ・フィッツジェラルドだった。彼はメアリに会って驚いた。が、すかさず彼女に挨拶をし、その社交界復帰を歓迎した。と同時に、ロビンソンが一緒ではないことを目ざとく見て取った。その晩は最後までメアリの後を追い回した。ラネラを出るや、メアリは自分の馬車の横にフィッツジェラルドの馬車が並んだのに気がついた。明くる朝、フィッツジェラルドは表敬訪問に訪れた。ちょうどメアリが、足元に置いたバスケットに娘を寝かせたまま、詩集の校正刷りに手を入れている最中だった。いきなりやって来られて迷惑だった。また、「エレガントで趣味の良い普段着」ではなく、いかにも既婚婦人が着るようなモーニング・ドレスを着ていたため、虚栄心が傷ついた。テーブルの上には紙が散乱し、部屋はまるで「書斎と子供部屋」を足して一つにしたような様相を呈していた。

メアリはフィッツジェラルドを冷ややかに迎え入れた。そんなことはおかまいなしに、フィッツジェラルドはメアリの若々しさを褒め讃え、赤ちゃんが可愛いと言った。マライア・エリザベスのことをそんなふうに褒められたことが雪解けにつながった。それからフィッツジェラルドはテーブルの上の校正刷りを手に取り、牧歌的な抒情詩を一つ読んで、よく書けていると褒めた。「思い出すと、いまでもつい微笑んでしまう。たとえ見えすいたお世辞でも、褒められると、人は理性的な判断ができなくなってしまうものなのだ」。そんなふうに、『回想録』で皮肉まじりに書いている。[*7] どうして家がどこにあるかわかったのかと問うと、フィッツジェラルドは、昨晩ラネラからずっと後をつけてきたと白状した。

フィッツジェラルドは次の晩もまたやって来た。ロビンソン夫妻と紅茶を飲み、リッチモンドで開かれる晩餐会に二人を招待した。メアリは辞退したが、夫妻は以前の友人たちと少しずつ交友を再開するようになっていった。数日後にはふたたびラネラを訪れ、ノーシントン卿、オバーン大尉、アスキュー大尉、リトルトン卿らと旧交を温めた。危険人物のリトルトン卿はまったく以前と変わっていなかった。そして、思ったとおり、「人一倍しつこく迫ってきた」。

こうした状況が何週間か続き、ロビンソン夫妻はふたたび以前の生活に戻ったかに見えた。ところがこのあとトムは逮捕されることになる。理由は一二〇〇ポンドの債務だ。「年払いの返済の滞りなど、ユダヤ人金融業者から返済を要求された金」が、債務の主な内訳だった。メアリが強調するのは、すべてがロビンソンの債務だということだ。「ロビンソンはその当時も、それ以後のいついかなるときも、私のために五〇ポンドさえ借金したことはなかった。また、いかなる商人からも私のために、つけで何かを購入したということはなかった」。[*8] ロビンソンは三週間、執達史の事務所に留置された。落胆して、父親や自分の友人からお金を調達しようという気力さえなかった。投獄は不可避であり、しかるべき手続きを踏み、一七七五年五月三日、彼はフリート監獄に収容された。以後一五か月間をここで過ごすことになる。

フリート監獄には約三〇〇名の囚人とその家族が収容されていた。監獄は営利事業だった。囚人は食べるにも住むにも金を払い、家族の出入りにも看守に金を支払った。鉄の足枷を外してもらうのすら金が要った。働く機会はあったが、一部の囚人は通行人に施しを請わなければならなかった。ファリンドン・ストリート側の塀に格子が組み込まれていて、そこから通行人に施しを請えるようになっていた。

フリート監獄、マーシャルシー監獄、キングズ・ベンチ監獄といった債務者監獄の場合、夫の受刑者に妻が同伴することは、義務というわけではないにせよ、ごく普通に行われていた。メアリもそうした――同じく小説家・詩人だったシャーロット・スミスも、数年後、夫が入獄した際付き添ったように。妻は出入り自由で、受刑者の夫に食べ物を運び込んだりした。しかし、幼い子供は近親者に預けておくのが普通だった。メアリは生後まだ六か月のマライア・エリザベスをヘスターに預けず、いっしょに刑務所内へ連れて行ったが、それはメアリが赤ちゃんをどれだけ深く愛していたかを示している。彼女自身、なにも夫について行かず、ヘスターの許に留まることもできただろう。夫に対するメアリの忠誠は、ロビンソンの女性関係を考えればなおさら、驚嘆に値する。

彼らは塔のように聳える囚人収容区画の四階に住む場所を与えられた。ラケット場を見下ろせる位置だった。ラケット場は受刑者が暇なとき、運動に使える施設だった。ロビンソンは「運動にかけては万能選手」だったから、毎日ラケットをした。メアリのほうはむさくるしい環境を精一杯家庭的な雰囲気にするための努力をした。また、赤ちゃんの世話にも余念がなかった。九か月間というもの、昼の間はめったに外出しなかった。ただ、育児を手伝ってくれる子守だけは雇っていた。監房は狭くて暗く、備品も最小限のものがあるだけだった。だが、少なくともロビンソン一家に限っては、一部屋ではなく、二部屋の使用を許されていた。しかし、このように優遇されたのは、居住費を余計に支払っていたからにすぎない。それは、とりもなおさず、債務返済に充てる金を貯めるのに、余計に時間がかかるということを意味した。

レティシア・ホーキンズはメアリが羽振りがよかった時期、隣に住んでいた女性だが、その回想記によると、ロビンソンは一週間に一ギニーの生活費を送ってもらっていたという。ロビンソンはまた、「文書作成」の仕事をしてみないかとも言われた。おそらくは法律関係書類を書き写す作業で、ロビンソンには手慣れた仕事だったはずだ。しかしロビンソンは仕事をいっさい断っている。これとは対照的に、メアリは育児だけでなく、「監房内の仕事はすべてこなし、階段を磨く作業までした。ロビンソンが拒否した文書作成の仕事もし、報酬をもらった」[*9]。

ノーシントン、リトルトン、フィッツジェラルドら道楽貴族からも援助の手が差し伸べられたが、こちらはあまり歓迎できないものだった。彼らの手紙は「色事師が使うような言葉」で書かれ、「愛という語がちりばめられ」ていたので、援助の本当の中身がどんなものか想像がついた。メアリには何よりも子供を思う母親としての深い愛情があった。高級娼婦をすれば、束の間の安楽は得られたかもしれない。だが、そんなことをするくらいなら、貧乏暮らしのほうがまだましだった。

夜になると、メアリはラケット場をぶらついたものだった。月の美しいある晩のこと、彼女は赤ちゃんと子守の女性を連れて外に出た。娘が「初めて言葉を話し、私の耳を祝福してくれた晩」として、記憶に焼きつくことになる晩だった。メアリと乳母は子供の両手を取って持ち上げたり下に下ろしたりした。娘の目は月を見据えていた。「娘は小さな人差し指で月を指さした」。と、突然、雲が月に懸かって、月は見えなくなった。幼いマライア・エリザベスはゆっくりと手を下ろすと、ため息をつきながら（母親にはそう聞こえた）、「いないいない」と叫んだ。これが娘の話した最初の言葉だった。乳母が赤ちゃんから何かを隠しておこうとするときよく使う言い回しを、そのまま真似たのだった。後から振り返ってみると、何か月も続いた幽閉生活の中で、ただ一つ、楽しい瞬間だったように思える。三人は真夜中まで歩き回り、月が雲に隠れんぼをするのを眺めた。そのたびに、「饒舌になった幼い娘は、同じ言葉を何度も何度も繰り返した」[*10]。

その二〇年後、メアリの友人サミュエル・テイラー・コールリッジは、同様の経験を元に、彼の詩の中でも最も愛らしい詩の一つを作っている。幼い息子ハートリーはまだ話すことができるようになる前からナイチンゲールの囀りを聴き取ることができた。これをコールリッジは詩の中で次のように描いている。

幼子よ、
言葉をはっきり口にすることが叶わないので、
舌足らずに音だけを真似て、何もかも台無しにしてしまう、
その幼子が、手を、その小さな手を、耳の脇にあてがい、
小さな人差し指を上に立てて、
私たちに、聴け！　と命じる。

コールリッジはさらに、こう語る。ある晩、幼いハートリーが「激しく動揺した様子で」目を覚ましたとき、自分は幼子を抱き上げて、急いで果樹園に連れて行った。

幼子は月を見ると、一瞬にして黙り込み、
すすり泣くのをやめた。そして声もなく笑うのだった、
澄んだ目は涙を浮かべていたが、
黄色い月の光の中で、きらきら輝いていた。*11

コールリッジがこの詩を書いたのは一七九八年四月で、メアリが『回想録』のこの部分を執筆する二年前に当たっている。この詩は『リリカル・バラッズ（抒情歌謡集）』に収録された。その詩集はメアリもよく読んでいた（メアリの最後の詩集『リリカル・テイルズ（抒情物語集）』の題名も、そこから着想されている）。それだけではない。コールリッジは一八〇〇年の前半、メアリが『回想録』の執筆をしていた頃、何度かメアリを訪れた。その後、二人は互いの作品に触発されて、詩をいくつか創作している。こう見てくると、月明かりの中のマライア・エリザベスを描くのに使われた表現、たとえば「言葉をは

っきり口にする」という概念とか、赤ちゃんが人差し指を上に向ける仕草、黄色い月明かりの乱舞などは、ハートリーを描いたコールリッジの詩の記憶から着想されていることに、ほぼ疑いの余地はないと考えられる。一八〇〇年後半、メアリはもう一つの詩を書いて、コールリッジに敬意を表している。コールリッジの三人目の息子ダーウェントに捧げた愛くるしい作品だ。

一七九〇年代の文学革命がなければ、こうした親密な思い出が詩や自伝の素材になることもなかった。そしてこの文学革命の中で、コールリッジやメアリ・ロビンソンは重要な役割を果たしたのである。フリート監獄時代に出版されたメアリの初期の詩は、後の作品と比較して、まだ硬さが残り、自然さに欠けている。このロビンソン夫人作『詩集』は一三四ページからなる八つ折判で、一七七五年夏に出版された。口絵を描いたのはアンジェロ・アルバネージで、トムが親しくしていた囚人仲間である。詩集は『マンスリー・レヴュー』誌でささやかに取り上げられた。「ロビンソン夫人はエイキンやモアの水準には遠く及ばない。とはいえ、ときには、取り上げた題材について、それなりのまともな表現に到達していることもある」（アンナ・エイキンとハンナ・モアは当時の「青鞜派」詩人中、最も高い評価を得ていた）。[*12]

この詩集には三二篇のバラッド、オード、哀歌《エレジー》、書簡詩が収録されている。大部分は牧歌（「野に戯れる牧人よ、／私の悲痛な物語に涙を流せ」）と道徳観の吐露（叡智や慈悲や美徳等々に向けて吐露された敬虔な思念の数々）からなっていて、一八世紀後半の詩の定石をみごとに踏襲している。だが、いくつかの作品には、書き手の将来を示す兆候が見られる。たとえば、一部の大まかな人物描写の中には、将来の小説家の声を聴き取ることができる。

いくつかの作品はアンナ・エイキン（のちのバーボールド）の作品を手本にしている。一例を挙げると、「ムネアカヒワの嘆願」は、エイキンの「ハツカネズミの嘆願」を模倣している。この時期に書かれた女性の詩は、書簡詩のかたちをとることが多い。メアリの「ある友人宛の手紙」は、軽いタッチながら熱い思いを込めて書かれている。

親愛なる乙女よ、どうか私に許してほしい、
友人として、心の底からあなたのために祈念することを。
私は嘘偽りや作り事が大嫌いなのだ。
その私があなたに詩を捧げる。
当然あなたが受くべき称讃はひとつ残らず
私の心から混じり気なしに流露する。[*13]

読者はこの友人の正体についていろいろと思いを巡らせる。しかも、この後に収録された詩が「ある友人の死を悼む」挽歌であるため、なおさら興味は募る。この詩の最後の部分は次のような終わり方をしている。「あなたが祝福された純粋なる人々の列に加えられんことを、／そしてエマの霊がマライアを守護せんことを」。この頃、メアリはどんな女性たちとつきあいがあったのだろうか。この点については、よくわからない部分が多い。『回想録』の中で、キャサリン・パリーという名前の、才能と機知に富んだ、文学好きの女性と親交があったことが、わずかに言及されているのみだ。これとは対照的に、晩年のメアリには、豊かな知性を備えた女性たちが周りに大勢いて、支えてくれた。これら初期の詩の中で、取り上げられた人物の素性がはっきりわかるものはたった一つしかない。「寛容な」リトルトン卿の死を悼むエレジーだ。メアリが好んで詩を読むようになった頃、大好きな作品の中にリトルトン卿の作品も入っていた。息子のリトルトン卿のほうには、言うまでもないことだが、何の言及もない。

詩集中、唯一本当に価値のある作品、選集に収録されるに値する作品は、「都会を去るにあたって友人に宛てた手紙」だ。堕落した都会生活と対置して素朴な田舎生活の美徳を描くというのは、当時の詩の題材としてはありふれていた。しかし、この作品からは、メアリが実体験にもとづいて描いている

生々しさが伝わってくる。

都会生活とその気苦労など喜んで捨て、
楽しい隠遁生活と新鮮で健康な空気を手に入れる。
オペラや遊園、仮装パーティや芝居を捨て、
一日を誰もいない木立ちで過ごす。
さようなら、陽気な人々よ、絢爛豪華でも中身のない行列よ、
田園の木陰に私を招くのは甘美な安らぎ。
ペル・メルにも、もう胸はときめかない。
ラネラも、もう飽きた。
華やかな舞踏会や
陽気なヴォクソルの魅惑の木陰に背を向けても、悔いはない。
浅はかな人の群れから、いま、私は遠く離れる。
すべて見飽きた私の目には、そんな楽しみも、もう何の喜びも与えない。

メアリはロンドンの社交生活を罵倒するという慣習的な身振りをするが、それこそが、メアリのこの詩を作り上げている活力の源にほかならない。要するに、メアリの心は、依然としてラネラやヴォクソルに魅了されていたということだ。とはいえ、そこに隠された陥穽に気がつく程度には成熟してもいた。この詩の中心を占めるのは、ある社交界の花ともいうべき女性の説得力溢れる描写である。彼女の美貌に翳りが見えてくると、伊達男たちの関心も離れていく。それでもこの女性は、千篇一律の社交界の日常に毒されたまま、そこから逃れることができない。

数えきれない洒落男たちが、日々、彼女の周りに群らがってくる。
その一人一人が、お世辞たらたら、彼女に言い寄ってくる。
やがて、束の間咲き誇るだけの薔薇の花よろしく、
その容姿にも翳りが生じ、威力は地に堕ちる。
つまらぬ洒落男たちは皆、零落した佳人の許を去り、
独り寂しくやつれ果て、絶望に沈むのみ。
見捨てられた乙女の慰みはトランプやサイコロ。
社交界の悪徳にはひとつ残らず手を染め、
朝はコーヒーを飲みながらの醜聞話に終始し、
日が暮れれば、夜会かオペラか観劇の毎日。
これが彼女たちの日々の生活、それが楽しいからでもあるが、
本当の理由は、そうするのが流行だから。
こうして浅はかな楽しみばかりを追求するのは、
ただただほかに何もすることがないから。
楽しくなることなら何でもかまわない。
善悪は二の次。
たとえ落ちぶれようと、楽しみを追い続けるだろう。
破滅が目前に迫ろうと、あくまで楽しみを追い求めてやまない。*14

この詩（一七歳の少女の作品であることを考慮すれば、大した出来栄えである）が書かれたのは、ほぼ間

違いなく、メアリがロンドン社交界の花だった頃のことだ。自分の将来の運命について、不安な気持ちで思いを巡らせているという側面もある。だが、活字になった自分の作品を見て、「コーヒーを飲みながらの醜聞話」の世界に戻って日々を過ごしたいと思ったのではないだろうか。フリート監獄で、貧乏暮しによって容色の衰えた女たちに囲まれて、惨めな生活を送るのは本意ではなかったに違いない。

メアリは自分の美貌がはかないものであるとわかっていた。『回想録』にも、監獄で「囚われの生活」を送るあいだに、健康が「かなり損なわれた」ことを記している。ただ、「俗悪な悲しみ、俗悪な情景について詳しく書いても退屈なだけだから」[15]、そのことについて書いてはいない。『回想録』のオリジナル原稿では、このあたりの数行が濃く塗り潰してある。インクで塗り潰されているため、書かれている言葉を判読するのは困難だが、妊娠に言及している可能性も考えられなくはない。そう考えると、悪意はあったが情報通でもあったジョン・キングが『パーディタがあるユダヤ人に宛てた書簡』で次のように書いているのは驚嘆に値する。「夫はフリート監獄に難を逃れた。その薄暗い壁の中で夫妻は一五か月間の節制と悔悟の生活を送り、やつれ果てた。妻は貞操を守るほかなかったから、女児を出産した。うぬぼれ屋の母親が、胴をきつく締めつけて窮屈この上ない、風変わりなドレスを着ていたから、その子は奇形児として生まれてしまった」[16]。「一五か月」という期間が正確である以上、キングが提供する、この時期に関わるもう一つの情報についても、簡単に無視するわけにはいかない。つまり、メアリが獄中で出産したという、驚くべき主張だ。「奇形児」というのが愛すべきマライア・エリザベスに当てはまらないことははっきりしている。となると、『回想録』の削除された部分には、流産もしくは死児への言及があったということだろうか。

債務者監獄に入ることを「囚われの身」になると言った。この言い方がメアリの新しい詩の題名として使われている。この時点でのメアリの最長の詩、群を抜いて長い作品である。投獄された債務者の妻子のために嘆願する形式をとっており、誇張されたスタイルで書かれている。

貪欲な債権者の血も涙もない心は
強欲な鉄の手でこちこちに固められている。
情に動かされたこともなく、
自分の損得と復讐とがただひとつの動機。
親が心の底から絞り出すため息にも気持ちを動かされず
子供が頼りなく泣き叫んでも、心は微動だにしない。
債権者のかたくなな胸を和らげることができないのは、老若男女変わりなし。
誰が心を痛めようとおかまいなし、みずからは一度も心を痛めたためしなし。[*17]

「囚われの身」は一七七七年秋に出版された。ロビンソンがフリート監獄を出獄してから優に一年が経っていた。その詩には、不倫を描いた「セラドンとリディア」という物語詩が添えられているが、おそらくこれは、夫の火遊びへの怒りを表現した作品といってよいだろう。この二冊目の詩集は、一冊目と比べ、立派な作りになっている。アルバネージがタイトルページのために上品な画を提供してくれた。また、人目を引くこと間違いなしの献辞が付いていた。「お許しを得て、デヴォンシャー公爵夫人に捧ぐ」とあった。献辞では、公爵夫人のことを「薄幸な文筆家」の「優しき庇護者」と呼んでいる。そして、最後は「かたじけないご厚意に対して、もう一度謝意を表したいと思います。最も忠実にして、最も感謝の念に溢るるしもべ、マライア・ロビンソン」という言葉で終わっている。

ジョージアナ・スペンサーはメアリとちょうど同い年だったが、生まれ育った階級はまったく違った。一七五七年、イングランドで最もよく知られた貴族家系の一つに生まれ、一七七四年夏、つまりロビンソン夫妻が債権者から逃亡を図る直前、デヴォンシャー公爵夫人となり、チャッツワースの主となった。

チャッツワースというのは、イングランドで最も豪壮な邸宅の一つである。彼女はすでにロンドン社交界の花形となっていた。メアリは、ジョージアナが「文学の愛好家で庇護者」であると誰かから聞いた。そこで、弟ジョージがみごとな男前だったので、彼に頼んで、小奇麗に装幀した最初の詩集を公爵夫人に届けさせるべく、手筈を整えた。一緒に手紙も入れておいた。「数々の欠点、申し訳ありません。年齢のせいにして、どうか不出来な部分は大目に見てくださいますよう」[*18]と書いておいた。ジョージアナはジョージと面会し、メアリが予想した通り、作者についていろいろと細かな点まで質問した。若い母親が夫とともに「囚われの身」となるという不幸に、ジョージアナは心を打たれた。翌日メアリをデヴォンシャー館に招待した。ピカデリーにある豪邸だ。ロビンソンはメアリに招待を受け入れるよう促した。そこで、メアリは茶色の地味なサテンのドレスという控え目な装いで出かけていった。

メアリは公爵夫人の姿と態度にすっかり魅了されてしまった。「まなざしは優しさと感受性に溢れ、表情全体に輝きを添えていた」。ジョージアナはメアリの話に耳を傾け、うら若い女性が「そのような運命の浮き沈み」を経験していることに驚嘆した。「優しい同情の涙」を流しながら、いくらかのお金を手渡してくれた。そして、また来るように、今度はお嬢さんも連れてくるように、と言った。メアリはこの新しい友人の許をたびたび訪れた――二人はともに美しく教養に溢れていたが、境遇は対照的であった。メアリは公爵夫人のことを「女性の中の女性」、「私が称讃してやまない庇護者にして、寛容かつ心優しき友人」[*19]と表現している。二人はその後も長年にわたって親しい交際を続けることになる。ジョージアナはメアリの悲しい境遇の委細を知ろうとした。父親が家を出たこと、メアリ自身の耐乏生活、夫の浮気、若くして母親となった苦労、監獄生活などである。話を聞きながら、彼女は同情の涙を流した。公爵夫人の後ろ盾を得たことに元気づけられ、メアリは英雄詩体二行連句で獄中生活の感想を綴った詩を完成させた。

メアリは自分を助けてくれた人間を裏切ることはけっしてなかった。公爵夫人を愛し、後年、そのすばらしい美質を讃えた詩を捧げている。恵まれていた時代の女友達は、ほとんど自分を見棄ててしまった。そんな苦しいときに友情を示してくれたことは、なににもまして有難かった。そのような、自分を見棄てた女友達を念頭に、彼女は『回想録』の中でこう書いている。「あのとき以来、私は同性には愛情というものを感じたことがない。女性の中にはそういうものを感じる人もいるのであろうが」。このあと、メアリらしくない激しい口調で、次のように述べている。「実際、これまでの経験から言って、不倶戴天の敵になるのは女性ばかりといっても過言ではない……女たちの嫉妬や中傷や悪意のために、私はしょっちゅう心を痛めてきた[*20]」。とはいえ、この感情の爆発とは裏腹に、メアリは生涯にわたって何名もの女性と友情を築き上げてきたのも事実である。

受刑者の妻なので、債務者監獄の出入りは自由だった。だが、フリート監獄から外出するのはジョージアナの家を訪れるときに限られていた。メアリが監獄から出て、デヴォンシャー館で華やかな供応を受けているあいだ、ロビンソンもここぞとばかり、自分なりの楽しみに耽っていた。アルバネージがロビンソンのために娼婦を手配し、監獄の中に連れ込んだのである。『回想録』に書いてあることが本当だとすれば、その後、メアリはさらにひどい屈辱を受けることになる。メアリと幼いマライア・エリザベスがすぐ隣の部屋にいるというのに、夫は娼婦と同衾するという行為に出たのだ。妻から問いつめられても、夫はふてぶてしくしらを切るばかりだった。

トムの不義にアルバネージが加担しているらしいというのは事実であるとしても、このイタリア人の銅版画家とその艶やかなローマ生まれの妻とは、受刑者仲間の中では、ロビンソン夫妻が最も親しく交わった人たちである。妻のアンジェリーナはある王子の愛人だったことがあり、後には駐英オーストリア大使ディ・ベルジョイオーゾ伯爵の恋人にもなった女性だ。メアリと違って、夫と同伴で監獄に入るという道は選ばなかったが、夫の許には頻繁に訪れ、めかし込んだ服装をし、公爵夫人のように振る舞った。彼女は三〇代であったが、魅力的な年上の女性であり、「妖艶そのものの女」で、高級娼婦の暮らしをメアリに垣間見させた。アルバネージに会いにくると、かならずメアリにも会いたがり、一〇代の花嫁が「ロマンティックな夫婦愛」にこだわるのを冷やかしたものだった。彼女が言うには、メアリは若くて美しいのに、それを有効活用していないのである。彼女は「絢爛豪華な空想絵図を描いて見せた。自分の魅力に気がつき、結婚の束縛を捨てることさえできれば、いつだってその中に入っていけるのだそうだ」[*21]。ペンブルック伯爵ヘンリー・ハーバートの庇護下に入ってはどうかと、彼女は示唆した。ヘンリー・ハーバートというのは道楽者で、馬術家としても名を知られていた。すでにメアリのことは伝えてあり、先方も手を差し伸べる用意ができているという。

自分をその気にさせて恥ずべき生活に追い込もうとしたアンジェリーナをメアリは責めた。アルバネージ夫妻は二人してメアリの若い頭の中を「色事の世界」の話で一杯にしてしまった。後年、『回想録』においてこの夫妻のことを非難しているとはいえ、彼らのおかげでもう一つの世界——かつて一度、短い間ではあるが、足を踏み込んだことがあり、できればもう一度そこへ戻って行きたいと思っているはずの世界——を垣間見て、メアリがすっかり心を奪われてしまったことは間違いない。アルバネージは軽妙に歌を唄い、楽器を弾きこなした。楽しい冗談も口にした。メアリは将来、軽妙洒脱な会話の名手として、名を知られるようになるだろう、というような。

一七七六年八月三日、ロビンソンはフリート監獄を出所した。一部の借金は返済したが別の証文や担保も背負い込んでいた。メアリは出所の知らせを「愛すべき庇護者」に送った——ジョージアナはそのときチャッツワースにいた——、そして出所を祝う返信をもらった。最も早い機会を捉えて、彼女はヴォクソルへと足を運んだ。「デヴォンシャーの住まいの優雅な部屋で過ごしてから監獄の暗い通路に入っていくと、その差のあまりの大きさに、沈痛な思いに襲われることが幾度となくあった。でも、長い長い隠居生活の後で初めてヴォクソルを訪れ、その音楽を耳にし、華やいだ人の群れを眺めたときの感動は、とても言葉では言い尽くせない」[*22]。

第六章　ドルーリー・レイン劇場

新人女優に会ってみないかと誘われたが、その言葉は、まるで彼女たちが、何かとんでもない芸でも披露しようとしているかのような口ぶりで囁かれた。……楽しませてもらっていながら、世間は彼女の女優という職業を容赦なく弾劾した。彼女には魅力があった。控え目で、分別があり、教養もあった。それなのに、職業は女優だった。ということは、誇り高い人、裕福な人、そして無知蒙昧な人の妻や娘とおつきあいするにはふさわしくない存在、ということだった。

メアリ・ロビンソン『自然の娘』

メアリはヴォクソルで社交界復帰を遂げ、胸をときめかせていた。とはいえ、ロビンソン夫妻の台所事情は、出費のかさむ暮らしぶりがとうてい許される状況にはなかった。トムは相変わらず借金漬けだった。法律事務所の徒弟期間を終了できなかった。父親の支援も打ち切られた。メアリは詩を書いていたが、たいした収入にはならなかったので、気持ちは再び舞台に向けられることになる。今回は、母や夫が何を言おうと耳を貸すつもりはなかった。トムも以前は女優という職業についてとやかく言ったが、いまは金も底をつき、そんなことは言っていられる状況になかった。

ロビンソン夫妻は、ロンドン一の商店街にほど近い、オールド・ボンド・ストリートの菓子屋に間借りした。ある日セント・ジェイムズ・パークを夫と散歩していると、俳優のウィリアム・ブレレトンと出会った。ブレレトンは、メアリの学友で女優のプリシラ・ホプキンズと近々結婚の予定だった。※ブレレトンも加わって夕食を食べた。メアリがギャリックから稽古をつけてもらっている場にはブレレトンも昔いあわせたことがあり、メアリが演劇の世界への復帰を考慮中だと聞くと、これに大賛成してくれた。しばらくして、ロビンソン一家は「より閑静な環境」に居を移した。「ニューマン・ストリートのとても瀟洒で住み心地の良い続き部屋」[*1]だった。ここへ、ある朝突然ブレレトンが、友人を連れて訪ねてきた。劇作家でドルーリー・レイン劇場支配人のリチャード・ブリンズリー・シェリダンだった。

シェリダンはハロウ校でトム・ロビンソンと学友だったが、トムの前に現れたシェリダンは、昔のおどおどした、風采の上がらない少年から大きく変貌を遂げていた。一七七六年、ギャリックの引退に伴って、シェリダンがこの偉大な存在の後を引き継いでいた。これをきっかけに、シェリダンはこれまで以上に貫禄が出てきた。必要な資格は全部揃っていた。本人は劇作家、父親は俳優兼支配人、母親は作家、妻の父親は有名な音楽家。しかも妻は稀有な才能を持った美貌の音楽家エリザベス・リンリーだった。リンリーと駆け落ちし、彼女のために二度にわたって決闘を行った際には、スキャンダルを巻き起こした。一七七五年には、自分の名声をうまく利用して、みずからの恋愛事件を題材にした『恋敵』でロンドン中を沸かせた。赤ら顔で顔立ちも整っていないなど、旧来の基準から言えば二枚目とは言えなかったが、頭の回転が速く、魅力的な男性だった。ウィットに富んだ話術と才能とで名声を博していた。

メアリ宅を訪れたのは、ロンドン一の有名劇場の支配人に就任してまだ数か月しか経っていない頃で、才能の発掘に懸命になっていた。メアリの前に現れたシェリダンの態度は、「どきどきするくらい魅力的」だった。シェリダンもメアリの美貌に魅せられ、試しに台詞を朗読してみてはくれないかと頼んだ。そのときの自分の服装はなっていなかったと、あとから振り返ってメアリは思う。満足のゆく身なりをしていないと、メアリはいつも不安を感じた。そのときは、またお腹に子供がいて、妊娠数か月という段階だった。健康も思わしくなかった。具合が悪いのは、妊娠と、それからもうすぐ二歳というのにマ

※ブレレトンはホクストン精神病院に一年間収容された後、一七八七年に亡くなった。プリシラは同じ年、もう一人の有名俳優ジョン・フィリップ・ケンブル（セアラ・シドンズの弟）と再婚している。

ライア・エリザベスにまだ直接母乳を与えていることが原因だと思った。それでもシェイクスピアの台詞を朗読することに同意した。あの有名なシェリダンがとても優しい態度で接してくれ、自分を激励してくれたことは嬉しかった。二人はその後、親友同士となる。シェリダンはオーディションの準備をするようメアリに要請し、自分もメアリと一緒に台詞を朗読した。

その後、シェリダンはギャリックにも協力を要請した。三年前に自分を見棄てた少女であるにもかかわらず、ギャリックは驚くほど誠実な態度を示した。すでに隠居生活をしていて、体調も思わしくなかったが、もう一度メアリに稽古をつけることを承諾した。ギャリックとシェリダンは、ギャリック自身の改作版『ロミオとジュリエット』のジュリエット役で、メアリをデビューさせることに決めた。ブレレトンがロミオを演じることになった。メアリはドルーリー・レインの楽屋で、生まれて初めてジュリエットの台詞を最後まで朗読した。ギャリックは「このリハーサルで疲れを知らない熱意を示した。みずからロミオ役を何度も通しで演じてみせ、最後には朗読の疲れでくたくたになってしまった」[*2]。メアリはギャリックの優しさと、もう一度機会を与えてくれた善意とをけっして忘れなかった。三年後、ギャリックが亡くなった際には、彼の思い出に捧げる挽歌を書いている。

脳裡に焼きついて離れないのは、すべてを見通す鋭いまなざし、
甘い魅惑の微笑み、情熱に溢れる表情、
よく通る低い囁き、心を動かさずにはおかない溜息、
言葉以上に訴えかけてくる、心の込もった涙。[*3]

メアリの舞台デビューは一七七六年一二月一〇日に設定された。先行してメディアに告知された。劇場支配人は、新聞に金を払って自分のところの俳優を「誇大広告」させるということをよく行った。シ

ェリダンもギャリックも宣伝の達人としてよく知られていた。シェリダンは、当初『恋敵』が不評だったため、『モーニング・クロニクル』紙に記事を仕込んで、この芝居を誇大宣伝させた前歴があった。ギャリックは複数の新聞の株主だったし、ジャーナリストのヘンリー・ベイトとも親しかったから、自分の芝居に好意的な批評を掲載してもらったり、宣伝をしてもらったりすることが可能だった。そういうわけでメアリについても、学歴だとか「卓越した理解力」の持ち主であることとかが大袈裟に宣伝された。ジュリエット役を選んだところにもシェリダンとギャリックの見識が表れている。若くて美しい女性が初めてジュリエットを演じた場合、メディアの評価は甘いものになるだろうことを知っていたのだ。メアリのほうも用意周到だった。チャッツワースに手紙を出し、舞台復帰の意向をジョージアナに知らせた。当時の芝居の前口上が証しているように、上流階級の女性から支援を取りつけられるかどうかは、きわめて重大な問題だった。公爵夫人は自分の若き秘蔵っ子の意向を認めてくれた。だからメアリも舞台デビューに備え、「張りきって」稽古に励んだ。[*4]

メアリ・ロビンソンが初めてドルーリー・レインの舞台を踏んだ頃、劇場を取り巻く状況はどんなふうだったのか。一七三七年、演劇検閲令が施行された。目的は、政府を諷刺する芝居を取り締まることだった。この法令により、合法的な芝居はロンドンの二つの勅許劇場でしか上演できないことになった。ドルーリー・レイン王立劇場とコヴェント・ガーデンである。夏季は二つの勅許劇場が閉まっているため、ヘイマーケットの「小劇場」が夏季認可を得ていた。ドルーリー・レインはロンドン最古の劇場で、この当時の客席数はおよそ二〇〇〇。ジョージ王朝後期、劇場は社交生活に不可欠の場所だった。ロンドン社会の色とりどりの階層の人々が劇場に参集し、ボックス席、平土間〔「ピット」と呼ばれる一階ベンチ席〕、天井桟敷〔「ギャラリー」と呼ばれ、舞台に面する正面ボックス席の上に位置する〕を埋めた。午後五時の開場とともに、お仕着せを着た召使いたちが押しかけてきて、席の予約をした。批評家や派手な身なりの若者たちは、一人三シリング払って一階のベンチ席に殺到した。裕福な階層は、五シリング支払って専用ボックス席に座った。つつましい市民やロンドン見物の人たちは第一天井桟敷の二シリング席にすし詰めになった。召使いや庶民は一シリングでさらに上の天井桟敷に座った。夜の上演は四時間にも及んだ。最初はオーケストラが演奏する序曲、次が主要演目（演劇、ミュージカル、オペラなど）、それから間奏曲（音楽や踊り）があって、最後に短く軽い演し物（通常は笑劇）と続く。一般に、主要演目は「上流人士」向け、最後の軽演劇は庶民向けといわれていた。確かに、第二天井桟敷が一杯になるのは主要演目が半ばあたりまで進んだ頃で、五幕物の第三幕が終わると、客は半額で入場することができた。

ギャリックは演劇の世界の改革に大きく貢献した。一七六二年に、彼は観客が舞台上に座ることを禁止した——それ以前は、舞台席を占領した贔屓客が泥酔して、女優にちょっかいを出すこともあった（ひどいときは、観客の面前で強姦同然の行為が行われたこともあった）。ギャリックはまた、照明と舞台装置の大幅な近代化も成し遂げた。これまで舞台上に吊り下げられていた巨大なシャンデリアを撤去し、その代わり、舞台脇にオイル・ランプを設置した。このランプには錫製の反射板が取り付けてあって、光線をステージに向けたり、そこから逸らしたりすることが自在にでき、これまでよりもはるかに大きな照明効果が期待できたのである。この装置を使うことで、夜明けの場面では徐々に明るくし、夕暮れの場面では徐々に暗くすることができるようになった。ギャリックは独創的な舞台美術家フィリップ・ド・ルーテルブールも起用した。ド・ルーテルブールは幻想的な舞台効果を得意とした。大道具操作場や袖から、軸上を回転する絹製色彩スクリーン越しに光線を投射することで、舞台背景の色をさまざまに変化させ、観客を魅了した。ド・ルーテルブールはこの方法で月光、雲、炎などの効果を生み出すことができたのである。客席の照明は落とさなかった。観客が劇場へ足を運ぶのは、俳優を見ることだけが目的ではなかった。互いを見合う楽しみもあったのである。

メアリは再建されたばかりの劇場で舞台デビューを飾った。改築を手掛けたのは著名なアダム兄弟だった。天井が一二フィート高くなって音響効果が改善され、広々とした感じを与えた。円形の外枠から八角形の羽目板が立ち上がり、天井に向かって絞られてゆくという豪華な意匠で、見たところドームのような設計だった。脇ボックス席は以前より高い位置に設置され、舞台がよく見えるようになっていた。ボックス席前部の装飾は石膏製花綱と円形浮彫を象嵌した、変化に富む縁取りが採用されていた。以前あった四角い重厚な柱は舞台の両袖から撤去され、それに代わって、緑と真紅の板ガラスを嵌め込んだ、優美で軽快な柱が設置された。これが上階のボックス席と天井桟敷を下から支えていた。ボックス席の内側にはまだら模様の真紅の壁紙が貼ってあった。それまでのシャンデリアに代わって、蠟燭を二本ずつ立てた金メッキの照明器具が採用された。上階のボックス席（グリーン・ボックスと呼ばれ、娼婦が富裕層相手に客引きをする場所だった）は金メッキの胸像や絵で飾られ、金メッキの縁取りが使われていた。金の縁飾りを付けた真紅の垂れ幕がステージ上に垂れかかっていた。

メアリはほとんどの時間を舞台裏で過ごしたわけだが、こちらには、むろん前記のような装飾は施されていなかった。舞台裏は、観客席や表舞台全体と比べてもはるかに広大な領域で、階段や廊下が迷路のように張り巡らされていた。なかにはスロープを付けたものもあって、車や動物の移動に便利にできていた。楽屋は二〇室あり、各楽屋に一名ずつ着付け師が配置されていた。ただ、主要な役者はほとんどが専属の着付け師を抱えていた。エリザベス・アーミステッド（女優兼高級娼婦で、パーディタの恋敵でもあった）はメアリの着付け師としてこの世界に入ったというのが、後の語り草になっている。観客席と違って楽屋には、俳優が寒くないようストーヴが置いてあった。トイレ付の楽屋もあった。これ以外のトイレは、舞台に隣接した廊下に設置されていた。女性用の楽屋には、女優一人に一つずつ、蠟燭と鏡が備えつけてあった。そして、個人ごとのスペースが床にチョークで線を引いて区分けしてあった。メアリも髪を整える仕事は着付け師に任せていたことだろう。だが、化粧は女優が自分でした。溶液状にしたパウダーが使われたが、これは肌を傷めることがよくあったし、鉛白が含まれている場合はきわめて危険だった。白い肌と紅を塗った頬の組み合わせが人気だったのだ。舞台脇に隣接した出演者控え室には、上演開始前、俳優や歌手や招待された友人らが集い、歓談をした。

一二月一〇日、劇場は、ギャリックの愛弟子でシェリダンが発掘した新人女優を一目見ようとする観客で埋まっていた。プログラムには、「ある若い女性（舞台初登場の新人）」と宣伝してあった。メアリにとっては恐ろしい体験だった。平土間には批評家がいたし、ギャリックもそこに陣取って、鋭いまなざしで射るようにこちらを見つめていたから、極端に緊張した。芝居（と俳優）の命運は公演初日に決定され、しかも終幕まで待つ必要すらなかったのだ。

当時の観客は、いまの観客のように暗闇の中でおとなしく座ってはいなかった。場内は騒然とした雰囲気で、話し声が響き渡り、客と俳優とのやりとりまで行われた。場内が明るかったから、そうした相互関係の成立が容易だったのである。上演の間中、喝采と野次がやむことはなかった。そういうわけで、芝居の命運を決定づけるのは、批評家ではなく観客のほうだった。長期興行になるか即時中止となるかは、観客の反応で決まった。観客席やロビーの観客は各人各様の反応の仕方をした。平土間の若者は、おそらく観客の中では最も集中して見ている人たちで、芝居に対して批評やコメントを加えるのもこうした若者たちだった。喝采や野次を飛ばすのは料金一シリングの天井桟敷の観客で、歌を唄ったり笑ったりすることもあれば、果物を投げることもあった。大根役者に投げつけるのは腐った果物だけではなかった。割れたガラスのコップや金属、木片が舞台上に降り注ぐこともあった。酔っぱらって行儀の良くない振る舞いをするというのが、こうした安い席の観客のもっぱらの評判だったが、いったん芝居が始まってしまえば観劇に集中し、内容が良ければ満足した。注意散漫なのがボックス席の貴族や紳士階級の人たちで、ここに集う社交界の人士は、鏡を見るがごとくお互いを眺め合って過ごすのだった。ファニー・バーニーの同時代の小説『エヴェリーナ』にロヴェル氏という気取った男が登場する。ロヴェル氏はこう語る。「俳優の台詞に耳を傾けることはまずない。知り合いを見つめるのに忙しくて、舞台などそっちのけなのだ」[*5]。まさにそんな感じであった。

ついに巨大な幕が開き、メアリは乳母の片腕を摑んで舞台に登場した。不安で気が遠くなりそうだった。※台詞を口にする前から、熱狂的な喝采に迎えられた。観客は期待を裏切られれば悪意に満ちた反抗的な態度も示すが、逆に俳優を優しく励ましてくれることもある。衣装が絶妙だったことも助けになった。「淡いピンク色をしたサテンのドレスを着ていた。縮緬の飾りが施され、銀がたっぷりちりばめてあった。頭には白い羽飾りを纏っていた」。墓の中の最終場面では、白いサテンのドレスを身に着けていた。「いっさいの飾りがない、無地のドレスだった。透き通った紗のヴェールをまとっているだけだった。ヴェールは頭の後ろから垂れ下がって、足まで届く長いものだった。それともうひとつ、腰の周りには数珠を巻きつけていた。これに、いかにもその場にふさわしい作りの十字架が吊り下げてあった」*6。悲劇的な場面や狂気の場面には、伝統的に白いサテンの衣装が使われた。

芝居のビラには「新しい衣装」という宣伝文句がよく使われた。衣装は舞台装置に劣らず、芝居を盛り上げるうえで重要だった。立派な衣装や、本来は貴族階級が身に着ける宮廷衣装が、劇場向けに販売されたり、贔屓の女優に贈呈されたりした。なかには、役柄とは関係なしに、そうした衣装を身に着ける女優もいた。「古い英国風」衣装と現代風衣装とを区別しないで使う芝居もあって、衣装の統一性や歴史的に正確かどうかが、しばしば議論の俎上に上った。新聞がよく槍玉に挙げたのは、俳優が気まぐれで衣装を選び、全体の一貫性がないがしろにされていることだった。たとえば、一人の登場人物がトルコ風の靴とギリシア風ターバンとを同時に身に着けるというような場合である。主役級の俳優は既存の舞台衣装から選ぶにせよ、自分の仕立て屋に作らせるにせよ、好きな衣装を着ることができた。喜劇

※メアリの『回想録』は当初二分冊のかたちで出版された。第一巻は話がここまで進んだところで、いかにも劇的に終わっている。最後の文言は次のようになっている。「脚をがくがく震わせながら、不安と恐怖でいっぱいの気持ちで、私は観客の前に登場した」。

では、役者はたいてい現代風の衣装を身に着けて登場したが、女優の衣装には凝ったものが多かった。フープ〔スカートを膨らませるための張り骨〕付きだったり、羽飾りで高く盛り上げた頭飾りなどが使われたりした。女優は役柄を演じながら、自分の着こなしを誇示した。何の役を演じているかは関係なかった。部屋係のメイドなのに貴婦人のように見えたりした。女優のソファイア・バデリーは衣装の出費を切り詰めるよう促され、次のように答えたと伝えられている。「流行遅れの服装をするくらいなら、死んだほうがましよ」[*7]。

「割れるような拍手喝采に茫然自失の態だった」と、メアリはそのときのことを回想する。「恐怖に押し潰されそうになりながら、黙って立っていた。最初の短い場面の台詞を二言三言ぼそぼそと呟くまで、恐怖感は収まらなかった。その間中、私は観客の方をちらっと見ることさえできなかった」。次にメアリが登場してきたのは、仮面舞踏会の場面だった。この頃にはもう落ち着きが戻ってきていた。群衆の中の一人という役柄だったので、必要以上に自分を意識することもなくなり、平土間に目を遣る余裕も出た。「観客が少しずつ顔を上げるのが見えた。皆の目は私に注がれていた。注目を浴びている気分はなんとも言えないものだった。だが、ギャリック氏の射るようなまなざしは、他を圧して際立っていた。氏は平土間の中央から眼光鋭くこちらを見つめていた」。残りの場面は息つく暇もなく過ぎていった。「満場の喝采」で最後は締めくくられ、誰一人として、称讃しない者はいなかった[*8]。

シェリダンはメアリの演技に満足し、高い出演料を支払った。ジュリエットを二回演じただけで、メアリは喉から手が出るほど欲しかった二〇ポンドを受け取った[*9]。一回の出演につき一〇ポンドというのは、女優の出演料としては最高クラスだった。だが、メアリがいちばん求めていたのはギャリックから認められることだった。ギャリックから褒められたことで、メアリの中に、これまで経験したことのないような強烈な感情が湧き起こった。「当代、最も魅力的で、最も卓越した天才の一人」から高い評価を勝ち得たのだ。メアリの心には「競争心」が芽生えた。「名声を得ることで、尊敬する人物が喜んでくれるなら、たとえ抱いたとしてもなんら恥じるには及ばない競争心[*10]」だった。

　メアリの演技は好評だった。プロンプターのウィリアム・ホプキンズは、これまで成功者、失敗者すべてを目《ま》のあたりにしてきた人物で、その目をごまかすのは容易ではなかった。「ロビンソン夫人――品の良い女性である――のジュリエットは、初舞台としては上でき。今後が楽しみだ」と、簡潔に記している。[*11]有力紙『モーニング・クロニクル』の「演劇情報」欄執筆者は、メアリの将来に大きな可能性を見ている。


ロビンソンという名前の女性が、ジュリエット役で昨晩、当劇場に初登場した。上品な容姿の持ち主で、耳あたりの良い、とても変化に富んだ声をしている。表情も、適度にいきいきしてくると、はっとするくらいのインパクトがある。

　いまはまだ演技力も荒削りなところがあり、完成の域に達するには、発声にしても演技にしても、まだまだ磨きをかける必要がある。乳母との場面で、ティボルトが殺されたのに自分の恋人ロミオが殺されたと勘違いするところでは、その演技力に太鼓判を押してよい。さらに切磋琢磨すれば、女優自身にも劇場にも名誉をもたらしてくれることだろう。今後舞台経験を重ねていったとき、初めてその真価が発揮されることになろう。[*12]

同紙に「蝿叩き」の筆名で書いているある紳士は、メアリ演じる「恋に落ちたジュリエット」を「迫真の演技」と表現している。二日後、二回目の上演を受けて、『モーニング・ポスト』紙は第一回目の上演での高い評価に、こう駄目押しをした。ロビンソン夫人は「粗削りながら、相当な才能の持主である。しかるべき指導を受ければ、演劇界にとっては掘り出し物といってよい存在になるだろう[*13]」。

　ライヴァル紙『ジェネラル・アドヴァタイザー』（ギャリックは同紙に有力なコネを持っていた）の評価

は、さらにすごい。「ここ数シーズン、彼女ほど女優として大きな将来性を期待させる女性はいずれの劇場にも現れなかった。……雄弁かつ美貌の持ち主だ。あれほど優雅な腕は見たことがない……思いきってこう言いたい、彼女は掘り出し物であり、劇壇に光彩を添える存在である」。『ガゼティーア・アンド・ニュー・デイリー・アドヴァタイザー』紙はこのように記す。「昨晩ジュリエットを演じた若い女優は、異例とも言える満場の喝采をもって迎えられた」。『モーニング・クロニクル』紙もメアリに感銘を受けた。が、気になる点もないわけではなかった。「わめき散らすばかりで激しい感情が表現できていない。また、どう見ても感傷的な演技をしようとしているのに、ただ囁いてばかりで、うまく感傷を表現しきれていない」。「ロビンソン夫人は」、と記者は続ける。「上品な風姿と美貌と、やや瞼の広い、綺麗な目の持ち主だ。役柄にうまく感情移入しているように見えた。台詞が洗練されず、演技にも固さが残っていたが、観客は好印象を受けた。ここしばらくの間、新人女優が観客からこれだけの好感をもって迎えられたという記憶がない[*14]」。

メアリはその後数か月の間に、さらに何度かジュリエットを演じた。王政復古時代の冗長な劇作家ナサニエル・リーの作品に『アレグザンダー大王』という悲劇があるが、これに出てくる異国風の登場人物スタティラが、メアリの二つ目の役柄だった。『回想録』でメアリは衣装について詳細に記憶を辿っている。「私の衣装は白と青で、ペルシア人の扮装だった。当時の演劇の世界では異例のことだったが、スカートのフープもおしろいも使わなかった。足には豪華な飾り付きの靴を装着していた。全体として画趣に富む、独創的な扮装だった[*15]」。まだ二つ目の役柄だったにもかかわらず、迫真性を尊重して、当時一般的だったフープやおしろいは使わないというメアリの態度は印象的である。現代風の衣装を捨てて伝統的な衣装を採用すれば、世間からいっそう注目を浴びるであろうこともメアリにはわかっていた。

スタティラを演じた一週間後には、シェリダンが改作したサー・ジョン・ヴァンブラの由緒正しい王政復古喜劇『ぶり返し』でアマンダ役を演じる。『スカボローへの旅』という題名で、新作という触れ込みだった。観客は騙されていたことがわかったとき、激怒して野次を飛ばし始めた〔婦人は扇子で口を隠して野次るのが一般的だった〕。主演女優のメアリ・アン・イェイツはさっさと舞台から逃げ、「批判の嵐を受ける」のをメアリ一人に任せてしまった。恐慌をきたしたメアリはその場に呆然と立ち尽くした。だが、シェリダンが〔袖から〕そのまま舞台に留まるよう命じた。

ところが、ここで、最も著名な観客から助け舟が出された。国王ジョージ三世の弟君カンバーランド公爵は、王室一家の厄介者的存在だった。遊び人で、社交界の名士、そして大の芝居好きだった。離婚歴のあるアン・ホートン夫人との浮名は、一七七二年、若い王族が自由に結婚できないように規制する、王族婚姻法〔王以外の王族が有効な結婚を行うためには王の許可が必要である、と定めている〕が作られるきっかけにもなった。カンバーランド公爵は、脇ボックス席からメアリに呼びかけた。「皆芝居を野次ってるんだ、あなたを野次っているのではない」。メアリはこれに応え、丁寧に膝を曲げておじぎをした。「すると、そのおじぎで劇場全体の雰囲気が一変した」。拍手喝采が轟き、芝居の続行が可能となった。芝居は一〇回上演され、その後何年にもわたって、ドルーリー・レインの主要演目になった。ある同時代の人物が書いているように、『スカボローへの旅』の大きな魅力は「一晩で最も著名な女優三人がまとめて見られることだった。一人はコミカルな演技をさせたら右に出る者がいないアビントン夫人、もう一人は誰よりも可愛らしく品の良いファレン嬢、そして三人目はロンドン一の美女の一人、ロビンソン夫人だ」[*16]。

カンバーランド公爵の呼びかけに対してメアリが冷静に応えてくれたおかげで、シェリダンの新作は救われた。翌朝の『ガゼティーア・アンド・ニュー・デイリー・アドヴァタイザー』紙の記事に、メアリも満更ではなかったろう。「ロビンソン夫人の演技は聴衆の声援に十分応えるものだった。……あえて断言しよう、ロビンソン夫人の演技力をもってすれば、成功は保証されたようなものだ、と」[*17]。

これまで求めてやまなかった経済的自立がようやく実現しようとしていた。四月、初めてのボーナス興業を許された。ボーナス興業は役者の収入にとって重要な部分をなすものだった。それは、経費を除いた収益を劇団の団員一名が手にすることのできる、特別な上演のことで、当団員はその日の演目を自由に選ぶことが許された。すでに妊娠八か月近いメアリは、『秘密結婚』のファニー役を選んだ。ファニーも劇中で、妊娠しているという設定だった。『秘密結婚』は絶大な人気を博している喜劇で、ギャリックも共同執筆者に名を連ねていた。この作品にしたのは絶妙の選択だった。肉体的条件もぴったりだったし、ギャリックを喜ばせることもできた。また、大きな収益も保証されていた。プログラムにはメアリみずから切符を前売りすると告知してあった。場所はコヴェント・ガーデン、サウサンプトン・ストリート一九番地と書かれていた。その晩の収益は一八九ポンド（現在の額にして八〇〇〇ポンド）という、大変満足すべき金額に上った。だが、メアリの妊娠も最終段階に入り、お腹がかなり大きくなってきたため、シェリダンの新作への出演依頼は断るほかなかった。新作は『悪口学校』で、メアリに提示された役は学校友達のプリシラ・ホプキンズが引き受けることになった。プリシラも同じ劇団の団員だった。『悪口学校』は五月八日に初演が行われ、たちまち大当たりを取った。

ロビンソン一家はサウサンプトン・ストリート——ギャリックも長年そこに居住していた——の新居に移り住んだが、ここはドルーリー・レインから目と鼻の先だった。そこは役者が数多く住んでいる区域だった。コヴェント・ガーデン・ピアッツァもあって、人々が忙しく活動する拠点だった。コヴェント・ガーデン・ピアッツァは、中心部には市場があり、露店が立ち並んでいたほか、ホテル、コーヒー・ハウス、商店、浴場、居酒屋が軒を並べる一区画だった。店は朝の七時から夜の一〇時まで営業し、二股に分かれた優雅な街灯で照らし出されていた。一八世紀のロンドンには珍しく、ここの通りは舗装され、掃除も行き届いていた。近くのストランドでは、政府関連施設が入る巨大建築物サマーセット・ハウスが建設に着手されたばかりだった。西に目を向けると、新しい街路が続々と建設中であった——メリルボンの野に向けて、ベッドフォード・スクエア、ポートマン・スクエア、ポートランド・プレイス。お金と、そしてお金に裏付けられた信用とが、あたりを飛び交っていた。ハイド・パークでは裕福な貴顕淑女たちが馬や最新の馬車で闊歩していた。

ロビンソン夫人は才能と知名度の恩恵を享受し始めた。演じたのは軽い恋物語の登場人物、純情な娘、貞淑な妻の役柄だった――どれも美貌とスマートな体つきとを最大限に活かした役柄だった。シェリダンはメアリに対して献身的だった。メアリは高額の出演料を与えられ、劇場のボックス席は高位の人々、上流社会の人々で溢れた。『回想録』には、この人生の転機が次のように記録されている。「知名度と富で、将来は薔薇色に輝いて見えた」[*18]。

メアリにもう一人、娘が誕生した。一七七七年五月二四日のことで、ソファイアと命名された。生まれて六週目に赤ちゃんは痙攣を起こすようになった。かつてマライア・エリザベスもウェールズで同じ症状を示したことがあったが、今回、赤ちゃんは病を克服できなかった。そして母親の腕に抱かれて永眠した。まさにその当日、シェリダンが見舞いに訪れた。シェリダンは部屋に入り、赤ちゃんがメアリの膝の上で息を引き取るのを目のあたりにした。そのときのシェリダンの表情が、メアリの脳裡に焼きついて離れなかった。「なんと可愛らしい赤ちゃんだろう」と、シェリダンは言った。「その言葉に込められた深い同情の念」にメアリは心の底から感動を覚えた。それにつけても思い出されるのが、夫ロビンソンの酷薄さだった。「夫の胸からそのような溜息が漏れたことが、一度でもあったろうか」[*19]。この間、ロビンソンは不義を継続していた。だが、いまとなっては、メアリの関心事はひとえに、夫が不義を隠す配慮すらしなくなるのではないかということだった。夫に愛されていないことを、拍子抜けするくらいあっさりとメアリは認めている。「夫に愛されたことは一度もなかった。……私はロビンソン氏を非難しない。私たちは自分の意志で誰かを愛したり愛さなかったりできるわけではないことが、あまりにもよくわかっているから」。

その一方で、シェリダンとの友情は順風満帆だった。シェリダンはドルーリー・レイン経営上の雑務に忙殺されていたにもかかわらず、時間を惜しまずメアリの面倒を見てくれた。ドルーリー・レインの一座には男優四八名、女優三七名、成人の踊り手一八名、子供の踊り手二名、着付け師三〇名、加えて、ボックス席係、守衛、使い走り、果物売り、清掃係、大工、プロンプター、大道具係、音楽家と勢揃いしていた。上演する作品の選択と配役の仕事も楽ではなかったが、もっと卑近な問題にも悩まされた。出演者が白い絹の靴下を買えないとか、着付け師が余った蠟燭を楽屋からくすねるだとか、手袋や帽子が衣裳部屋になかなか返却されないだとか、さまざまな問題に対処しなければならなかった。シェリダン氏とロビンソン夫人とは気質も似通っていた。ともにアイルランド系であり、気性が激しく、野心家であり、ユーモアのセンスが鋭かった。カメレオンのような身替りの速さも持ち併せていた。いま役者だったかと思うと、次の瞬間には政治家のように振る舞っていた。たぶん女性教育についても、二人は同じ考え方をしていた。シェリダンはある論文の中で、貧困に苦しむ上流婦人に同情を示し、女子大学創設の提案を行っている。メアリもずっと後、文学者としての絶頂期に、『イギリスの女性たちへの手紙』という問題提起的な文章の中で、まさに同じようなことを書いている。

シェリダンの不断の心遣いは、とうとう物議を醸すこととなった。いままではメディアも粗捜しをしたりしなかった。だが、あらぬ噂があれこれ囁かれ始めたのである。とはいえ、メアリは、一貫して、二人のあいだにあったのは純粋に友情の絆だったという姿勢を崩していない。ソファイアの死後、メアリは心身ともにどん底の状態で、とてもシーズンを終えられる状況にはなかった。そこでシェリダンは、バースで予後の療養に努めることを勧めた。バースに滞在した後、夏になってからメアリは、ほど近いブリストルに帰った。秋にはロンドンに戻り、レスター・スクエアの新居に住んだ。ジョージアナに捧げられ、「囚われの身」や「セラドンとリディア」を収録した二冊目の詩集が、この頃出版されている。書評はメアリに優しかった。『マンスリー・レヴュー』誌によると、「本書を批判できない理由は二つある。淑女が書いた詩集であること、そしてその女性が不幸だということである」[*20]。

一七七七年から一七七八年にかけてのデビュー二シーズン目は『ハムレット』で幕が切って落とされ

た。九月末から始まり、メアリが演じたのはオフィーリアだった。王子から求愛された後で棄てられる平民の役だ。ある新聞によると、「ロビンソン夫人演じるオフィーリアはとても美しかった。若い新人女優にしては上々のできである」。[*21] 一週間後、今度は『リチャード三世』でアンを演じる。夫を殺害した男から、義父の死体の前で求愛される未亡人の役だ。悲劇のほうでこのように成功を収めていたにもかかわらず、シェリダンとしてはメアリにどうしても喜劇をやらせてみたかった。その後数週間のあいだに、メアリは、ウィリアム・コングリーヴの人気のある王政復古喜劇『老独身者』でアラミンタ役を――裕福で機智に富み、独立心旺盛な女性という設定で、少なくとも三人の男性登場人物を手玉に取る――、また、めきめき頭角を現していた女性劇作家ハンナ・カウリーの処女作『家出人』でエミリーという純情な娘の役などを演じることになる。メアリはこのほか、性的誘惑を断固として拒絶する貞淑な若妻の役を何度か引き受けている。たとえば、ミルトンの『コーマス』改作版で貴婦人役を、ヘンリー・フィールディングの小説『ジョーゼフ・アンドリューズ』の戯曲版でファニーを、シェイクスピアの『アントニーとクレオパトラ』をドライデンが改作した『すべては愛のために』でオクテイヴィアを演じている。『すべては愛のために』に出演するのであれば、メアリの演技力からして、クレオパトラ本人の役柄のほうが適役だったかもしれない。

一七七八年四月三〇日木曜日には、ボーナス興業でマクベス夫人を演じている（当初はコーディリアを演じる予定で、そのように広告されていた）。本編終了後の寸劇には音楽付笑劇の新作『間一髪』が上演された。メアリは出演者に名を連ねていなかった。その作者がメアリだったのである。観客は本作から、「悪鬼のような王妃」マクベス夫人役以上に感銘を受けたようだった。『モーニング・ポスト』紙によると、本オペレッタは「作品としてのできが良く、出演者も全員、役柄をみごとにこなしていた。言葉遣いに、作者一流の小綺麗さと感傷とがうまく表現されている」。『モーニング・クロニクル』紙はもっと冷めた見方をした。「『間一髪』はどう見ても、にわか作りの作品で、ボーナス興業期間中、各劇場でときどき上演される類の代物でしかない。目新しさで観客の気を引こうとするが、本質的な内容には乏しいので、そのまま忘れ去られることが多い」[*22]。だが、この意地悪な批評家も、音楽だけは褒めている。

数日後、ロンドンの本屋には『ドルーリー・レイン王立劇場にて上演されし喜歌劇「間一髪」中の歌、コーラスその他』(「著者のために印行上梓」)が並んだ。メアリの多方面にわたる才能が発揮されつつあった。喜劇の女主人公を演じたかと思えば悲劇の王妃を演じ、次にはミュージカルの作曲に手を染める。出演料は週に二ポンド一〇シリングまで引き上げられた。これに、さらにボーナス興業の収益が加算された。メアリはジュリエットをもう一度演じてシーズンを終えた。

『間一髪』のような軽歌劇に自伝的な要素を探し求めるのは愚かな行為かもしれない。それにしても、女主人公の名前がマライア(メアリが最近出版した詩集も、献辞の署名にマライアの名が使われていた)となっていることに、何か意味があるのではと、どうしても思わずにはいられないのである。女主人公の父親はステッドファーストという名前で、その意味するところは「志操堅固」。ニコラス・ダービーはその逆であった。もう一人の登場人物はヴェンチャー。「食わせ者」のあだ名もあり、「芳紀一五歳の娘」(メアリがトム・ロビンソンと結婚した年齢)に惹かれるが、たちまち金銭の魅力に心奪われ、この娘に飽きてしまう。

芳紀一五歳の娘、
恋人は彼女に恋い焦がれ、やつれ果てることもあろう。
が、陥穽は思わぬところに潜んでいて、
心が苦悩で満たされてしまうこともよくある。
美貌に心を捉えられたら最後、
その魅力に分別をなくし、理性も麻痺。

けれど、金はあらゆる恵みの生みの親、
いついかなるときでも味方を見つけてしまう。*23

ジョンソン博士は辞書の中で「食わせ者 sharper」を、「あてにならない男」、「ならず者」と定義しているが、ロビンソンはこの定義にぴったり当てはまる。メアリは夫のことを思い浮かべ、ほくそ笑みながら、ヴェンチャーという人物を造型したに相違ない。

主要劇場が夏季閉鎖中、俳優は地方巡業で汗を流すのが通常のパターンだったが、メアリはこれを踏襲したくなかった。文筆生活を持続することにこだわったのも、一つの理由はそこにある。田舎で悪戦苦闘するよりも、ロンドンで颯爽としていようと思った。だから、一七七八年夏はロンドンの住まいに留まった。八月初旬、シェリダンが訪れてきて、トマス・リンリーの訃報を告げた。リンリーはシェリダンの義理の弟で、歳は二一歳、イングランドで最も将来を嘱望されていた作曲家だった。舟遊びに興じている最中の事故死だった。

同じ頃、シェリダンがふたたび訪れてきて、ヘイマーケット小劇場での短い夏季公演に出演してみないかと勧めてくれた。メアリは承諾した。ただし、条件があった。自分の役を自分で選ぶことだった。少数の厳選された役柄だけを演じることで、可能な限り大きなインパクトを与えたかった。このリストの最上位にあったのが、ギャリックの友人ジョージ・コールマン作の喜劇『自殺者』に出てくる独身女性ナンシー・ラヴェル役だった。「半ズボン〔男〕役」で、女優が脚を誇示できる、またとない機会だった。メアリは自分の役の台本をもらい、リハーサル開始を待った。ところが、芝居のチラシを見て驚いた。自分が演じるはずのナンシー・ラヴェル役のところにファレン嬢の名前が入っていたのだ。エリザベス・ファレンは下層階級生まれの美人女優で、のちに貴族の男性と結婚して、ダービー公爵夫人となる。メアリはヘイマーケット劇場の支配人に手紙を書き、説明を求めた。以前からファレンにこの役を与える約束になっており、いまさら彼女の機嫌を損ねるような真似はしたくないというのが回答だった。これに対してメアリは、契約通りの役柄が与えてもらえないなら、この仕事は降りると答えた。支配人はメアリの契約解除を拒否した。メアリのほうは、別の役柄で舞台に立つことを拒否した。こうして話し合いは暗礁に乗り上げる。「一度も舞台に立たないまま、夏が過ぎた。だが、出演料は毎週きっちり支払われた」[*24]。役者が舞台に立たないのに報酬だけは受け取るというきわめて異例の事態だった。自分の仕事は自分でしっかり管理するという強い決意を、ロビンソン夫人は証明してみせたのである。

ドルーリー・レインにおける次のシーズン期間中、新しい役柄がいくつかレパートリーに加わった。いくつかは情緒過多の、悲劇性ばかりが誇張された役柄だった。『モーニング・ポスト』紙によると、『マホメット』(ヴォルテール作の悲劇の英語版)で「ロビンソン夫人はパルミラをいきいきと演じ、持てる演技力を存分に発揮した。劇場の支配人はこうした彼女の潜在的演技力をもっと頻繁に引き出す工夫をすべきである」[*25]。その一方で、もっと軽快な役柄もあった。たとえば、『野営地』のプリューム夫人や『暴露』のリッチリー嬢などだ。『野営地』はシェリダン作の楽しい音楽劇、また『暴露』はシェリダンの母親フランシス・シェリダン作の喜劇である。後者でメアリは、エリザベス・ファレンとの二人一役を蠱惑的に演じている。一七七九年四月のボーナス興業では『リア王』のコーディリアを演じたが、その切符はコヴェント・ガーデンのメアリの新居で入手することができた。新居はラッセル・ストリート角のグレート・ピアッツァ内にあった。収益は二一〇ポンドだったが、そのうち、劇場の「経費」を差し引いた、残り半分をメアリは受け取った。メアリとトムは、いまやすれ違いの生活を営んでいた。とはいえ、トムはメアリが稼いだお金を自由に使っていた。トムはコヴェント・ガーデンの一角をなすメイドン・レインに二人の女を囲っていた。一人はドルーリー・レイン劇団に所属するフィギュア・ダンスの踊り子、もう一人は「性的自由を標榜する女性」だった。そのあいだも、証文の債権者が「あまりにも頻繁にやって来るので」、メアリのボーナス興業の収入はそっくりそのまま「彼らへの支払いに充てられた」[26]。

一七七九年五月一〇日、シェリダンは、ベンジャミン・ホードリーの作品『疑い深い夫』のジャシンタ役を、メアリに演《や》らせている。この作品は三〇年前、ギャリックが初演した喜劇である。夜、窓から出たり入ったりする場面がたくさんあり、際どいお喋りも登場する。もっと肝心なのは、この芝居がメアリ初の男役だったということだ。『モーニング・ポスト』紙の記事にはこう書かれている。「昨夜ロビンソン夫人は初めて半ズボンを穿いた（少なくとも舞台上では）。役柄は『疑い深い夫』のジャシンタで、ライヴァル女優の誰にも負けない美男子ぶりを発揮することができた」[27]。「少なくとも舞台上では」という限定がついていることから見て、メアリはこれより以前、舞台以外の場所で、半ズボンを穿いて人前に登場していたらしいことが窺われる。二週間後には、実際に、その姿で公衆の面前に現れることとなる。コヴェント・ガーデンで仮装パーティーが開かれ、ジャシンタ役で穿いたのと同じ半ズボンを着用して登場したメアリは、大きな注目を浴びることになるのだ。この行為はファッショナブルな世界を沸かせた。とはいえ、評判が傷つく危険は大だった。舞台の上で男装するのと、舞台以外の世界で男装するのは、まったく別物なのだ。

初めてジャシンタを演じて五日後に、メアリはまた別の男役を演じている。演目はウィリアム・ウィッチャリーの喜劇『率直な男』をアイザック・ビッカースタッフが改作した作品で、これに出てくるフィディーリアがメアリの役柄だった。シェイクスピアの『十二夜』の登場人物ヴァイオラの伝統に連なる役柄で、一人の若い女が男装で恋人の後を追い、海へ行く。ただし、内容は『十二夜』より暗い。ウィッチャリーのオリジナルでは、フィディーリアが舞台上で強姦されそうになる場面もある[28]。これ以降、メアリの人生は、舞台上でも社交界でも、性的な話題と切り離しては語れなくなる。男役の人気は絶大だった。男が公の場所で女性の脚の形を垣間見る、唯一の機会だったからである。だが、舞台で活動する女性は娼婦と変わりないという古くからの偏見が助長される要因にもなった。女優は、体面を保とうとしたら、模範的な生活を送らなければならなかったが、えてして、そうではない女優が多かった。情婦を見つけるために劇場通いをする裕福な常連が数多くいて、鵜の目鷹の目で獲物探しをしたからである。ある批評家は舞台を玩具屋のショーウィンドウに喩えている。女優はそこに展示された商品のようなものである、と。[*29] 一七八〇年代の女優は、もっとあからさまに性関係の対象となる、売春宿の女芸人と同一視された。違いがあるとすれば、程度の違いだけだった。「ドルーリー・レイン熱」といえば梅毒の別名だった。「ドルーリー・レインの処女」は娼婦の意味、「コヴェント・ガーデンの女子修道院長」は売春宿の女将という意味だった。ドルーリー・レインもコヴェント・ガーデンも、近所に娼家が多かった。娼婦が劇場の中や周辺で商売に励んでいた。

女優というのは見た目が常人とは異なり、艶やかで謎めいた雰囲気を漂わせていた。衆目に晒されることが仕事だったから、女性のたしなみを定めた旧来の規範からはことごとく逸脱した。芝居の不道徳性を糾弾する声は、一定期間を置いて繰り返されたが、メディアの非難の矛先はたいてい女優に向けられた。私生活では、演劇界と密接な関わりを持つ人間さえも疑心暗鬼に囚われた。シェリダンは、結婚後、妻を舞台に立たせなかったが、これをジョンソン博士は褒め称えた。シェリダンは、妻の妹メアリ・リンリーがギャリックから契約の申し出を受けた際、メアリの兄に手紙を書き、悪口雑言の限りを尽くしてこれを阻止しようとした。もしギャリックの申し出を受け入れるようなことがあれば、メアリは「色欲に目がくらんだ観衆の好餌」、「貪欲な支配人の操り人形、市民の碑《はしため》、放蕩男たちの公認の餌食……新聞の狭量な批判や醜聞の標的」になってしまうだろう。「あえて言うまでもないことだが、若い女の子が半ズボン姿で晒し者になることだってある」。[*30] まともな男は女優と結婚したりしないし、九割方の女優は結局、この職業を選んだことをひどく後悔する、というのがシェリダンの考え方だった。義理の妹には絶対に女優になってほしくなかった。

それに、女優が貴婦人をあまりに巧みに演じるので、舞台の上だけではなく、舞台を降りてからも、貴婦人そっくりに振る舞うのではないかという懸念もあった。富裕な女性はたびたび女優に古着を売却した。女優は自由に衣服を選べることを利用して、ますます上流階級の女性のような身なりをした。舞台上でもそれ以外でも洒落た身なりをすることで、女優と、裕福で立派な身分の庇護者とのあいだに、大した違いは存在しないのではないかと考える人が増えた。メアリはデヴォンシャー公爵夫人の庇護を継続して受けていたことや、デヴォンシャー公爵夫人以外にも、複数の「高貴な女性」から丁重な扱いを受けていたことをしきりと強調する。劇場に貴婦人たちが出入りしすぎることも、反演劇論者たちの頭痛の種だった。女優はしばしば前口上や納め口上の中で「貴婦人」の寛容に訴えかけ、喝采を頂戴しようとした。野卑な伝記や、新聞や雑誌に掲載されるさらにスキャンダラスな記事には、女優に対する誹謗中傷が散りばめられていた。女優は貴族階級の女性との連帯を強め、そうしたものから身を守ろうとした。メアリはこう言ってやまない。「私は自分の名前がまだ汚辱にまみれていないことに慰めを見出していた。最高の女性から庇護を受けていた。私をけっして見棄てることのない、最高に立派な友人たちに囲まれていた[*31]」。

しかしながら、家族からの反対は、立派な庇護を受けていようと防ぎきることはできなかった。兄ジョンはトスカーナで商人として成功していたが、イギリスへ一時帰国した。その際、妹が女優になったことを知って驚愕した。説得して自分の舞台を見てもらおうとしたが、メアリが登場した瞬間、「舞台席から飛び出し、そのまま劇場を後にした」。ヘスターも自分の娘が舞台に立つと考えるとぞっとした。劇場へ足を運んで、娘の演技を見ることはあったが、「慙愧の念[*32]」を隠そうとしなかった。メアリによれば、幸いなことに父親はずっと海外にいた。だから、メアリの舞台は一度も見たことがなかった。しかし実際には、この間、何度も帰国出国を繰り返していたのだ。一七七九年、ダービーはロンドン・コーヒー・ハウスで「頑丈な私掠船を艤装するため」の募金を始めている。したがって、ある晩ふとドルーリー・レイン劇場に足を運び、舞台に立つ娘の姿を見ている可能性はまったくないとは言えない。

一七九六年出版のメアリの小説『アンジェリーナ』には、女主人公の横暴な父親（ニコラス・ダービーと同じ商人）が、舞台に立つ女性を激しく糾弾する場面が出てくる。「娘が女優にだって！ そんな汚らわしい考えなら、両脚を切り落としてやるから、覚悟しておけ」。父親としては「娘が芝居をしながら、浮浪者よろしく舞台を駆け回るという子供じみた真似をするのは見たくなかった。それくらいなら死んでくれたほうが有難かった」。メアリ本人の考え方はどうなのか。女性の登場人物の一人が、女優という職業は真面目で立派な芸術だと、熱弁を振るって擁護する場面が出てくる。そこにメアリの考えは表明されていよう。

舞台を仕事場とする女性は数多くいます。彼女たちは社会を美しく飾る存在ですし、どんな点から見ても、見習うに値する人たちです。私個人としては、演劇を愛してやみませんし、一作の優れた悲劇に盛り込まれた道徳は、これまで出版されたすべての説教が束になってもかなわないほどの分量です。演技についてはどうかというと、中途半端な知的教養をもってしては務まらない仕事です！ 礼儀作法を洗練させ、理解力を啓発し、外面的な品格に最後の仕上げをするとともに、優れた精神性から、内在する力を残らず引き出す役割を果たすのです！*33

第七章　引く手あまたの女

かねてから信念として抱いていることだが、最初に女性をたぶらかして堕落の道に誘い込んだ男性は、その後の人生でこの女性を待ち受けているかもしれないあらゆる災厄に対し、責任の一端を負っていると言えるのである。

メアリ・ロビンソン『ウォルシンガム』

ロビンソン夫妻はすでに仮面夫婦同然となっていた。にもかかわらず、一七七九年夏、メアリはトムに同行して、トレガンターを再訪している。つねに債権者に付きまとわれる生活から逃れ、トムはほっと一息つきたかったに違いない。また、ハリスからふたたび借財しようという企図もあったはずだ。

前回の訪問のさいは、刑務所に入れられるかどうかの瀬戸際だった。それに比べると、今回、トレガンター館ではるかに温かい歓迎を受けた。「前回訪れた際のロビンソン夫人は悲しみに打ちひしがれていた。そして、金と地位を誇示する卑俗な屋根の下に隠れ家を求めてやって来たのだった。今度のロビンソン夫人は将来を嘱望される若い女優であり、以前の彼女とはまったくの別人だった」。エリザベス・ロビンソンはメアリの職業に異を唱えた。が、「そこに潜む不道徳性は……大目に見た」。なぜなら、その仕事は「金になるように見えた」[*1]からである。どうやら事は順調に進んだ。ハリスはパーティや晩餐会を開き、メアリを見せびらかした。地元の富裕な女性たちはメアリを「流行を牽引する女性」として遇した。ウェールズで二週間を過ごした後、メアリはロンドンに戻り、新しいシーズンの準備にかかった。ロンドンへの途上、バースに立ち寄ったが、この際、危険な決闘家で、夫の債権者の中でも際立った存在であるジョージ・ブレレトンから、しつこく言い寄られた。トムはこれより少し前、競馬で有名な町ニューマーケットでブレトンと会っていた。

メアリはこのエピソードを『回想録』に記録しているが、そのみごとな描写は、『回想録』の中でも一、二を争う出来栄えとなっていて、感傷小説を彷彿させる。ブレトンは、バースの式部官の娘である従妹と結婚していた。ロビンソン夫妻は懐具合がかんばしくなかったにもかかわらず、バースでも一、二を争う高級な宿屋スリー・タンズに宿泊した。ブレトンは当初、メアリに友好的な態度で接した。が、その後、好意が熱情に転じ、「激しい恋の告白」に踏み切る。これにはメアリも「驚くとともに当惑を禁じえなかった」。メアリは、バースを離れてブリストルへ行くことこそ、最善の道と判断した。夫妻はブリストルに逃れ、テンプル・ストリートの、ある宿屋に投宿した。翌朝、クリフトンを訪れようと表に出た途端、トムは逮捕された。ブレトンの訴えによるもので、「支払能力を超えた約束手形」が逮捕理由だった。それから数分後、メアリは、上階の部屋である女性が面会を希望しているという連絡を受ける。昔の知人だとばかり思って、夫が執達吏によって拘束されているあいだ、接客係の後について別の部屋へ入った。部屋に入ると、そこに待ち受けていたのはブレトンだった。ブレトンは夫妻の動向を察知し、ブリストルまで後をつけてきていたのだ。皮肉な笑みを浮かべながら、彼は言った。「奥さん、ご主人を大変な目に遭わせてしまいましたね！　私にもっと優しくしてくれていたら、たかがこのくらいの借金、大目に見て差し上げたのに。それだけじゃない。自由になる範囲の金なら、いくらだって、ご主人に融通できたんですよ。ことここに至っては、ご主人に残された道は、借金を返すか、私と決闘をするか、刑務所に入るかの三つしかない。それもこれも、この私があなたから、前代未聞の冷酷な扱いを受けたからなのですよ」[*2]。

メアリは憐みを請うた。すると、ブレトンは、では、約束してもらいましょうと言った。バースに戻り、自分に「もっと優しい態度で接していただきたい」と。ブレトンが何を求めているのかわかったメアリは、わっと泣き出した。彼女は相手の非情さをなじった。ブレトンは、あなたこそ情のかけらもないではないかと応じた。自分の言うことを聞いてくれず、バースでは妻が重病で臥せっているというのに、ブリストルくんだりまで後を追わせるなんて、と。ブレトンはベルを鳴らし、自分の馬車を回してくれるよう、接客係に頼んだ。メアリはパニックに陥った。そして、ブレトンを悪逆非道な色魔として訴えてやると大声で叫んだ。ブレトンは血相を変え、メアリを落ち着かせようとした。醜聞を恐れたのだ。理屈を言ってメアリを宥めすかそうとした。あんな冷酷な夫にはさっさと三行半《みくだりはん》を突きつけたほうがよいではないか。あのような男からあなたを引き離すことこそ、親切な行いというべきである。夫からないがしろにされている以上、あなたはどんなことをしても許されよう。世間では「一人残らず、みんなが驚いている」のではなかろうか。誰知らぬ者とてない「立派な精神の持ち主である」女性が、「夫の不義をおとなしく耐え忍んでいる」ことを。メアリは痛いところを突かれた気がした。というのも、ブレトンが言っていることは、劇壇でも親友のあいだでも囁かれている見方そのものだったからである。と同時に、それは道楽者たちがメアリをたらし込む手段として使ってきた理屈でもあった。

ブレトンはメアリをなじり続けた。メアリはおろおろと部屋の中を歩き回るばかりだった。「夫失格ですよ。あなたのような細君にはまったくそぐわない」。

あなたのような女性を放っておいて、最低最悪の女のところに走るなんて、悪趣味にもほどがある。あんな男は見棄てなさい。私と逃げましょう。あなたからそうしろと言われれば、どんな犠牲も厭わない。あなたと別れるよう、ご主人に提案しましょうか。あなたの離婚さえ認めてくれたら、釈放させてやってもいいと、ご主人に言いましょうか。ご主人があなたを愛していないことは、その行動が証明しています。だとしたら、どうして一生懸命ご主人を助けようとなさるのです。*3

メアリは半狂乱に近い状態だった。四、五分の沈黙の後で、ブレレトンはまた話を続けた。「さあ、奥さん、これでご主人は自由の身になれますよ」。そう言いながら、テーブル上に一枚の書類を投げ出した。「さて、それでは」と、ブレレトンは言った。「あなたの寛大な振る舞い、大いに期待して待ってますよ」。メアリは身震いし、言葉も出てこなかった。ブレレトンはメアリに、気を鎮め、宿屋の従業員や客の前では努めて冷静に振る舞うよう促した。「先にバースへ戻ります」とブレレトンは言った。「お出でをお待ちしてます」。そう言っていきなり部屋を出ていくと、待たせてあった馬車に乗り込み、宿の玄関から走り去った。メアリはすぐに夫のところへ行き、免責証を見せた。逮捕に関わる費用は、その後ほどなくして清算された。夫妻はバースへ戻った。ロビンソンは、この間の事情について、根掘り葉掘り訊かなかった。メアリは夫に対して、賭博師の手に自分の自由を委ねるような真似はしないようにと釘を刺した。また、妻の貞節を遊び人の思いのままにさせるようなこともやめてほしいと言った。でも、夫が聞く耳を持たないだろうことは、はじめからわかっていた。

夫妻はバースに戻ると、ホワイト・ライオンという別の宿屋に移った。翌日曜日の午後、メアリがふと窓から外を見ると、ブレレトンが「妻と、妻に劣らず可愛らしい妹を連れて」、通りを闊歩している姿が目に飛び込んできた。ということは、妻の重病の話は真っ赤な嘘だったのだ。ロビンソン夫妻が食事のテーブルに着くと、給仕がブレレトンの名を告げた。彼はメアリに「そっけなく会釈し」、それから、トムに向かって謝罪した。あの金のことではわが身が窮地に追い込まれていたため、あのようにせざるをえなかったこと、ブリストルへ行ったのも、逮捕させるためではなく、逆にそれをやめさせるためだったこと、債務はすでに弁済済みであることを語った。ところで、今晩、後でまたご一緒してはいただけませんか、とも。夫妻はぐずぐずブレレトンを待ってはいなかった。食事を終えると、ただちにロンドンへと出立した。夫の最初の愛人ハリエット・ウィルモットに会いに行った話同様、この話も脚色されている。自分自身のスキャンダラスな異性関係が始まるよりずっと以前に、自分が女としていかに酷い目に遭わされてきたかを強調するのが目的だ。とはいうものの、詳細にわたる生々しい描写を読むと、書かれていることが真実であるかのような気がしてくる。

ロンドンに戻ったロビンソン夫妻は、女優のイザベラ・マトックスから、広壮で優雅な家を借り受けた。場所はコヴェント・ガーデンのど真ん中、ドルーリー・レインのほど近くだった。ここで饗応を受けた人は数限りなかった。「家は来客で溢れていた。午前中は接見者の数が多すぎて、静かに勉強する暇もないくらいだった」[*4]。ロビンソンはトランプでツキが続き、夫妻は馬、仔馬、新しい馬車にお金を費やした。

またもやゴシップ紙は、人気上昇中の女優メアリと、劇場支配人として権勢を振るうシェリダンとが、深い仲であることをほのめかした。『モーニング・ポスト』紙に「スクィブ」という署名入りの投書が掲載された。それには次のように書かれていた。「ロビンソン夫人の美しさは、優にカイラー夫人（別の女優）の美しさに匹敵する。ロビンソン夫人はしかるべき扱いを受けた。ドルーリー・レインの劇場支配人が夫人の売り出しに一役買ったのである」。これに、メアリはこう応じた。「ロビンソン夫人はスクィブ殿に感謝申し上げます。次回機智を行使なさりたい場合は、彼女をダシにするのはおやめ願います。ロビンソン夫人は公私ともにまっとうな生活を送っているつもりですから、悪意に満ちた匿名の中傷を受けようと、針の先ほどの痛痒も感じてはおりません」[*5]。メアリはメディアを手玉に取るテクニックを身につけてきていた。見習うべきお手本は身近にあった。シェリダンとギャリックである。

シェリダンはこれまでと変わることなく、メアリに目をかけてくれた。しかしメアリが言うには、そのやり方は、遊び人たちの振る舞いとは正反対で、つねに礼儀正しく、丁重だった。友情に溢れ、名誉を重んじる人間だったから、惨めな結婚生活につけ込むようなことはしなかった。「その頃いちばん幸せを感じた時間は、この卓越した人物と過ごした時間だった。愛してもくれなければ評価してもくれない男と、私が不釣り合いな結婚をしてしまったことが、氏にはよくわかっていた。氏は私の運命を嘆いてくれた。でも、その態度はいやがうえにも丁重だったから、慰めにはなったが、同時に自分の置かれた不幸な境遇が白日の元に見えてきてしまう気もした」。一方でメアリは、もっと守りの姿勢で書いている場合もある。「当時の私の立場では、シェリダン氏との同席を避けるのは困難だった。なにしろ劇場の支配人だったのだ。リハーサルや舞台裏で氏に会ったり話をしたりすることは避けがたかった。それに、氏の話はつねにすばらしいもので、私を魅了しないではいなかった」[*6]。ここにはなんらかの不適切な行為がほのめかされているのか。『回想録』のオリジナル原稿では、この記述のすぐ前の部分の段落がそっくり削除されている。メアリはそこでなんらかの告白をしてから、やはり考え直し、削除することにしたのか。その一方で注目に値するのは、『パーディタの回想録』の氏名不詳の筆者が、大方の個所では、メアリが、出会った重要人物のほとんどと関係を持ったとあげつらっているのに、シェリダンの場合に限っては、かなり抑えた書き方をしている点だ。「二人の関係の親密度についてはどうだったのか。噂では、あることないこと語られていたようだが、詳細は明らかになっていない。また、噂話というものも、つねにあてになるとは限らない」[*7]。

この頃、メアリは以前にも増して貴族の男性たちから、自分の庇護下に入らないかという「甘い誘い」を受けることが多くなった。第四代ラットランド公爵チャールズ・マナーズは、そうしてもらえれば年に六〇〇ポンド出すと言った。メアリはこれを拒絶した。メアリが求めたのは、演劇や詩を愛好する一般大衆から愛され、支えられることだった。貴族の庇護を受けることではなかった。どうせ彼らは高級娼婦を手に入れたいだけなのだ。『回想録』では、誘惑の魔の手を伸ばしてきた男たちの名前を、すべて挙げてはいない。「そんなことをしたら、多くの上流家庭が面目を失ってしまう」[*8]からである。とはいえ、王家に連なるさる公爵、高位の侯爵、「莫大な資産を持った」町の商人からお誘いを受けたことは明らかにしている。これらの男たちの多くは、メアリ御用達の帽子屋とか仕立て屋を通して申し出を行った。一七八四年に出版された『パーディタの回想録』は、内容も下劣、メアリを貶めるのが目的で書かれた本だが、いわゆるメアリの情事とされるものを、詳細にわたって活写している。相手はうぬぼれ屋の洒落男チャムリー卿や、名前は挙げていないが、大酒呑みの高級ワイン輸入商だ。信頼できない情報源とはいえ、貴族階級の男性も、都会の新興富裕層の男性も、あの手この手でメアリを自分のものにしようと図っていたらしいことが、ここからもついでながら明らかになる。

メアリに最もしつこく言い寄ってきた男たちの一人がジョン・レイド卿だ。彼はビール醸造で築かれた巨万の富を相続していた。また、かつては、ジョンソン博士の友人ヘンリー・スレイルの被後見人でもあった。彼は、成年に達するや、グレート・ピアッツァのロビンソン一家に全精力を傾注した。トムと賭け事をし、メアリに言い寄った。やがてゴシップ欄担当記者たちが一家周辺を嗅ぎ回りはじめた。

競馬場の常連で、背の高い二頭立て四輪馬車を颯爽と乗り回していることでもよく知られる、ある若い准男爵が、どちらかの劇場で活躍する美人女優（既婚者）にたっぷり時間をかけて言い寄った。手紙を何通も送りつけたが、相手の女性はこれを読むと（気に入らなかったのであろう、要領を得ない内容だったので）、送り返してしまった。一種の「いないいないばあ」遊びが二人の間で開始された。場所は劇場だったり、居酒屋ベッドフォード・アームズ亭や彼女の家の窓からだったりした。准男爵は恥ずかしがり屋で、直接相手に話しかけられなかった。で、親切な友人を介して二人は相見《まみ》えた。二人は一週間後の日曜日、馬車を連ねてエプソムを目指し出発した。二人の出会いを盛大に祝うためだ。准男爵が二頭立て四輪馬車で前を進んだ。男性の友達が一人、付き添っていた。女のほうは、夫が一緒で、四頭立て馬車に乗っていた。従僕が後ろに付き従っていた。遊興の一日が過ぎた。そして、報告に嘘がないなら、夜もまた、遊興の一夜だった。以来、二人は、劇場をはじめとする公の場所に、連れ添って姿を現した。いつも夫が同伴していた。夫と准男爵とは大の仲良しだった。[*9]

レイドはのちに皇子所有の競争馬の管理を任されることになるが、ことさらに厩番のような身なりをし、厩番のような言葉遣いで話した。結局レティという女性と結婚するが、この女性は以前、売春宿の下女をしていた。レイド夫人はその後、ヨーク公爵ならびに「一六紐のジャック」の異名を取る追いはぎ両名を相手に、浮名を流した。

レイドが女優の心を射止めたという噂が流れた。すると、ロンドン中の道楽者がいっせいに、美しいロビンソン夫人の知遇を得ようと後を追いかけはじめた。シェリダンは心配になった。手塩にかけたスターが誘惑者の手に落ちてしまうのではないか。それでメアリに警告をした。浪費生活を慎み、交際相手を選ぶように、と。『回想録』に描かれたメアリの若き自画像は純朴そのものだ。「私は一五歳のときから人目に晒される生活を送っていた。人が集まる場所へ行けばかならず人目を引き、私がいることがわかってしまった。にもかかわらず、世の中の欺瞞については、何も知らないに等しかった。まるでシベリアの荒野で育ったも同然だった。女性は皆優しく、男性は誰でも誠実だと思い込んでいた。ところが、さにあらず。やがて、信用できない人たちばかりであることが、身に染みてわかってしまったのだ」[*10]。メアリは上流社会でも下層社会でも、ありとあらゆる経験をしてきていた。それを考えれば、このようにナイーヴであると、誰が信じるだろうか。

メアリは男たちから追いかけられ、共有財産のような扱いを受けていた。それは事実であるとしても、当時を振り返るメアリの目には、この時期が劇場の黄金時代のように映ったことには変わりない。シェリダンは『悪口学校』が成功したばかりで、劇作家としても、劇場支配人としても、絶頂期にあった。政治家への転身も視野に入れ始めていて、最近、急進派の若い政治家チャールズ・ジェイムズ・フォックスと会ったばかりだった。楽屋へは貴族の面々をはじめ、フォックス、エリザベス・ファレンと結婚するダービー卿ら「才人たち」が、足繁く訪れてきた。「演劇の世界も以前とはさま変わりし、いまや最上級の批評家たちから啓発を受けていた。加えて、最上級の才能が綺羅星のごとく登場していた」。

メアリは次のようにも書いている。一七七九年から一七八〇年にかけてのこのシーズンに、ドルーリー・レインは大きな人気を博した。その理由として、主要な女優のほとんどが二〇歳以下だったということが挙げられるのではないか（多少誇張がある）。メアリ自身やファレンに加え、可愛らしいシャーロット・ウォルポールやプリシラ・ホプキンズも女優として在籍していた。

大衆は劇壇関連のニュース、噂、醜聞を貪欲に求めていた。専属劇団制を採用していたため、観客は限られた数の役者集団と馴染みになる。そして、同じ役者があらゆるタイプの芝居に登場し、さまざまな役柄を演じる様子を目のあたりにする。役者それぞれの演技スタイルがわかってくるだけではない。私生活の情報も詳細にわたって手に入ってしまうのだ。劇壇関連の出版物も豊富に出回っていた。だから、読者には、役者の生活のごく私的な部分まで、手に取るようにわかった。役者として成功したら、私生活はなきに等しかった。すべてが公にされたのだ。俳優の日記や回想記、劇作家や劇場支配人の伝記、劇場の歴史や年代記、また定期刊行物や雑誌が、次々と出版された。女優の似顔絵や諷刺画が安く手に入った。最新の上演に関する速報とともに、劇壇の噂が新聞紙面を賑わした。専門的な劇評が成熟期を迎えた時代でもあった。

シェリダンは一七七九年九月一八日に、新シーズンを始めた。この日、メアリはオフィーリア役で登場した。『モーニング・クロニクル』紙によれば、「オフィーリア役はロビンソン夫人が演じた。演技に不自然なところはなく、それでいて感動的だった。みごとなオフィーリア役といえた」。「ただし」と、同紙は判定を下す。「歌は別だ。狂人が歌っている設定とはいえ、あまりに耳障りな歌唱だった」。次のような記述もある。「貴族の姿はまばらだったものの、館内は多くの観客で賑わっていた。芝居もその後の余興（音楽劇『コーマス』）も大きな喝采を浴びていた」[*11]。一週間後、メアリは『リチャード三世』にアン役で登場した。

次にメアリは、『率直な男』のフィディーリア役を再度演じている。この上演では、衣装が注目を浴びた。だが、『モーニング・ポスト』紙の批評家は、演劇的な迫真性という観点からこの衣装を見ていたのであって、それに包まれた形のよい脚を眺めていたのではないという印象を、読者に与えようとしている。

ロビンソン夫人はフィディーリアを余裕たっぷりに演じた。感情も込もっていた。夫人がこれまで演じた中では、群を抜いてすばらしい役柄だった。ただ、舞台衣装が適切かどうかという点には、いつも細心の注意を払わなければならない。とりわけ当該登場人物が専門的職業に従事しているような場合はなおさらだ。この観点から、老婆心ながらロビンソン夫人に一言いっておきたいことがある。フィディーリアが義勇兵のふりをする場面で中尉の軍服を着ているが、これはまったくありえないことだ。これでは芝居全体が支離滅裂になってしまう。[*12]

メアリはこのシーズン中に五五晩、舞台に登場し、レパートリーを増やしている。『十二夜』のヴァイオラ、『野営地』のナンシー、『お気に召すまま』のロザリンド、ジョージ・ファーカー作『気まぐれな恋人』のオリアナ、ギャリック作『アイルランド人の寡婦』のブレイディ未亡人（「エピローグの歌も担当」）、エリザベス・クレイヴン夫人作『細密画』のイライザ・キャンプリーなどだ。オリアナ役を演じるメアリは、種々の策を弄して、気のない恋人の心をつかもうと躍起になる。たとえば、修道女の扮装をしたり、狂気を装ったり、小姓のふりをしたり、といった具合だ。アイルランド人寡婦の役では、ひどいアイルランド訛りで話したり、男たちを袖にしたり、自分の衣服について語ったり、お金など軽蔑していると主張したり、男装してオニール中尉という帯剣士官のふりをしたりした。だが、彼女が最も輝いていたのは、ヴァイオラやロザリンドなど、シェイクスピア劇に登場する男役だった。シェイクスピア劇の言語表現だけではなく、登場人物の幅広い感情表現についても、優れた才能を発揮した。悲哀感から、機智、忍耐強さ、統率力まで、融通無碍にこなした。

称讃者たちは、日刊紙を通してメアリに呼びかけるようになった。『モーニング・ポスト』紙はメアリへの、かなり覗き趣味的なところもある、長文の手紙を掲載した。「マダム」という呼びかけから、この手紙は始まっている。

批評とは知を冷ややかに行使する作業です。でも、空想の中であなたの美しい手を握っていると、心には曰く言い難い白熱が生じるのを感じます。ですから、ここに思いきって二、三の感想を述べさせていただき、どうかあなたにはお耳を傾けていただきたく、切にお願いするものであります。むろん感想は、批評家が使うような冷ややかで棘のある言い方とはいささか異なり、血の通った言葉で表現されております。はばかりながら、わたくし、シェイクスピア翁に関しては一家言を持つ者であります。天才自身も、わたくしほどにはあなたの演技に喜びを覚えることはできなかったでしょう。また、わたくしほどには、あなたのすばらしいヴァイオラ役にはらはらどきどき胸をときめかせながら、その仕草、演技、台詞を予測することは不可能だったことでしょう。シェイクスピアの場合、形容語を強調して発音するあまり、それによって修飾される名詞のほうから、いわば注意が逸らされるようなことがあってはけっしてなりません。

「緑色と黄色に染まった憂鬱」という台詞を発音する場合、できることなら、黄色と緑色が同等に目に浮かんできてほしいものです。差があってはいけません。また、そのように彩色された憂鬱に対しては、声を最大限に配分し、ここにこそ主眼が置かれていることを示さなくてはいけません。

あなたがフィディーリアを演じるところも拝見いたしました。感想を言わせてもらうと、悲劇的な調子、力強さ、作法が、ある種の衣装、それもあまりに荘重で重々しい衣装のような働きをしてしまい、喜劇に内在する感傷的な部分を、すっぽり覆い隠してしまったという感じがありました。

「いないいないばあ」[13]より

筆者の口調からは、楽屋を訪れ、シェイクスピアの形容語について、メアリに個人的な助言をしてあげたくてたまらないといった雰囲気が感じられる。

メアリは『フロリゼルとパーディタ』でヒロインも演じている。この作品は、ギャリックが一七五六年、シェイクスピアの『冬物語』の最後の二幕を改作したもので、レパートリーから消えて一四年後、シェリダンの手でふたたび日の目を見ることになった。上演されたのは一七七九年一一月二〇日土曜日で、同年早くにこの世を去っていたギャリックに捧げられた。若い恋人たちであるフロリゼル王子とパーディタに焦点が当てられている。パーディタは羊飼いの娘ということになっているが、実は王の娘だ。劇の中にはパーディタが歌う羊毛狩りの歌や、羊飼いの男女が踊る踊りが登場する。メアリの演技は大好評を博した。ただし、『モーニング・ポスト』紙はこう批判する。「ロビンソン夫人演じるパーディタだが、惜しむらくは、首を奇妙なふうにこっくりこっくりさせ、少々見苦しい印象を与えてしまった。最近、彼女は悲劇喜劇を問わず、どんな役柄でもこのような仕草をする」[14]。

翌週の木曜日に行われた二回目の上演で、メアリは、ロンドン社交界を代表する面々の来臨を賜った。デヴォンシャー公爵夫妻、メルボーン卿夫妻、スペンサー卿夫妻、クランボーン卿夫妻、オンズロー卿夫妻らだ。この上演の後、『ガゼティーア・アンド・ニュー・デイリー・アドヴァタイザー』紙は長文の批評を掲載した。それによれば、当上演の「配役はおおむね妥当で、演技も巧み」だが、衣装に関しては気がかりな点もあった。

芝居の効果という点で、舞台衣装は重要なものだが、当上演の衣装については致命的な欠点が多々見出される。フロリゼルとパーディタの服装に、シェイクスピアは細心の注意を払っている。

あなた様の高貴なお体は、農夫の着る卑しい服で
お隠しになり、わたくしみたいな下々の娘には、
まるで女神のような立派な身なりをさせてくださる。

この描写に合わせて、これまでフロリゼルとパーディタは、ともに同じ花柄の美しい衣装で登場していた。また、パーディタは装飾された牧羊杖を身に帯びていた。ところがロビンソン夫人は質素な上着姿で登場し、普通の乳搾り女が身に着けるような、ありふれた赤いリボンを付けている。しかもロビンソン夫人は、王女であることがわかった後でも、この服装のまま国王とともに登場し、例のハーマイオニ像を眺めるのだ。[*15]

とはいえ、大方の観衆にとっては、体にぴったりの上着と乳搾り女のリボンは、まさしく見たいと望んでいたものだった。収益も上々で、翌金曜日の晩、そして翌週の月曜日、水曜日と再演された。『モーニング・ポスト』[*16]紙がメアリの詩「セラドンとリディア」を掲載し、メアリはいっそう世間の注目を浴びることになった。さらに、一七七九年一二月三日金曜日、御前上演が行われる。大入り満員になることは確実だった。ロビンソン夫人は「世に名高いパーディタ」まで、あと一歩というところまで来ていた。

第二部　有名人

トマス・ゲインズバラが描いたメアリ・ロビンソン（1782 年）

第八章　フロリゼルとパーディタ

彼女の名前はロビンソン。舞台の上でも、舞台の外でも、というのも僕はその両方で彼女に会ったことがあるのですが、同性の女性のうちではほぼ一番の、非の打ちどころのない美人であると思います。

ジョージ、英国皇太子

ジョージ王とシャーロット王妃は熱烈な演劇愛好家であり、一七七六年から一八〇〇年にかけて、御前上演の回数は三〇〇回以上に及んだ。王は当世風の喜劇を好み、シェイクスピアを「つまらない代物」と呼んだ。王はまた、コヴェント・ガーデンの王立劇場を、その競争相手である劇場よりも贔屓《ひいき》していた。とりわけ、シェリダンがドルーリー・レインの経営者となり、ホイッグ党急進派のチャールズ・ジェイムズ・フォックスと政治的にますます親密になるにつれて、二つの劇場は――互いにほんの数百ヤードしか離れていなかったが――議会内の政治的分裂を反映するものとみなされるようになった。ドルーリー・レインは野党側の劇場、コヴェント・ガーデンは政府側の劇場と思われていた。だから、一七七九年一二月三日、ドルーリー・レインに王室一家が姿を見せたのは、きわめて異例のことであった。

彼らは楽屋口近くの扉に到着した。貴賓席は舞台下手、額縁《プロセニアム》の端のすぐ横にあり、御前上演のときにはいつも特別なしつらえがなされていた。国王一家は劇場経営者の一人に迎えられる。その人物は、枝付き燭台を持ち、王に背を向けないよう後ろ向きに歩きながら、貴賓席に直結している一般人立ち入り禁止の通路を通って彼らを案内してくる。王は、貴賓席を利用するたびに、一晩につき一〇ポンドを払うのがつねであった。国王一行には、サテンに印刷された特別仕立てのプログラムが献上された。王が観客の前に姿を現すと、一同は起立し拍手した。観客からの挨拶に、王は一礼をもって応じた。一家は舞台をきわめて近くから眺めることができただろうし、俳優たちが舞台袖で出番を待っているのすら目にすることができただろう。

その晩、王と王妃に付き添っていたのは、やがては英国皇太子となり、ついには国王ジョージ四世となる一七歳のジョージであった。彼は、金色の縁飾りのある青いヴェルヴェットの衣服を着用しており、靴にはダイアモンドの留め金が付いていた。彼は、皇太子専用のボックス席に座っただろう。それは、彼の標章である三枚の羽根の模様で飾られ、国王のボックス席の真向かいにあり——同じくらい舞台に近かった。

一七歳の皇太子は、かくも多くの諷刺画に描かれた、後年のあの肥満して、好色で、堕落した快楽主義者ではなかった。メアリが初めて皇太子に会ったとき、彼はハンサムで、教養があり、温厚であった。彼は、絶大なる魅力、知性、審美眼を備えた人物として知られていた。だからメアリが、皇太子を「ヨーロッパで最も称讃された最もたしなみのある王子[*1]」と評したのも、あながち誇張していたわけではなかった。彼はフェンシングやボクシングを楽しんだが、チェロも弾き、絵も描き、絵画に対する深い鑑識眼を備えていた。王室所帯の一員であるパーペンディーク夫人は、日記にこう綴っている。「殿下は弟君ほどハンサムではなかったが、その容貌はなんとも抵抗できない甘美さと知性を湛えていた。温かいお人柄や若さゆえの快活さに加えて、優雅な方で、その物腰は魅力的で堂々としておられた[*2]」。一六歳のときに書いた初恋の人メアリ・ハミルトンへの手紙の中で、彼は自分自身を以下のように描写している。

あなたの弟は、いまや若さの盛りを迎えつつあります。体格はかなり良いほうで、手足は均衡が取れ、全体的に言って身体つきは立派なのですが、太りやすい気味が大いにあります。顔の造作は、いちじるしく傲慢な感じではありますが、力強く男性的です。額の恰好は良く、眼は最高に素敵だとは言えないし灰色だけれども、まあ、悪くはありません……心情や想いは隠すことなく表し、寛やかです。卑しいことを行うにはあまりにも高潔であり（世間やその習わしについてまだ初心《うぶ》なので、疑うことを知らず、人々を友人であると信じて信頼しすぎることさえあります）、感謝の心や友情に満ち溢れているので真の友を得ることができます……内面の感情を表に出すことが許されるなら、心根が善良で優しいことがわかるでしょう……さて悪弊についてですが、まあ、それを弱点と呼びましょう。彼はありとあらゆる種類の激情をあらわにしがちで、そうした感情の発作にあまりに捉われやすいのですが、心中に悪意や恨みは微塵も抱いておりません。汚い言葉を吐くことについては、そうした忌まわしい習慣とはほぼ手を切っております。酒と女性を愛好しすぎるきらいはありますが、いずれも若い男たちが陥りやすい悪癖であるとはいえ、力を尽くして自制しようと努めております。だがおおむね、その性格は率直、闊達、寛大です。[*3]

これほどまでに若くして、すでに酒と女性を好んでいたことは、彼が抑制や義務でがんじがらめにされながら成長したことに対する反動であった。子供の頃、行儀が悪いと、王がみずから彼を打ちすえた。国王一家は、キューとウィンザーという孤立した場所を本拠地としていた。皇太子と弟のヨーク公爵フレデリックは、それぞれが部屋を持ち、そこでは厳格な教育係ホルダネス伯爵が油断なく目を光らせていた。当然のことながら、皇太子は一緒にいてより面白い仲間を求め、正しくない人々と交わるという性向を持つようになった。彼が一五歳のとき、教師の一人のある主教が教え子について意見を求められ、こう述べた。「いずれともわかりかねる」、と彼は答えた。「殿下がヨーロッパで最も洗練された紳士になるのか、名うてのごろつきになるのか、おそらくはその二つが入り混じった人間になるだろう[*4]」と。

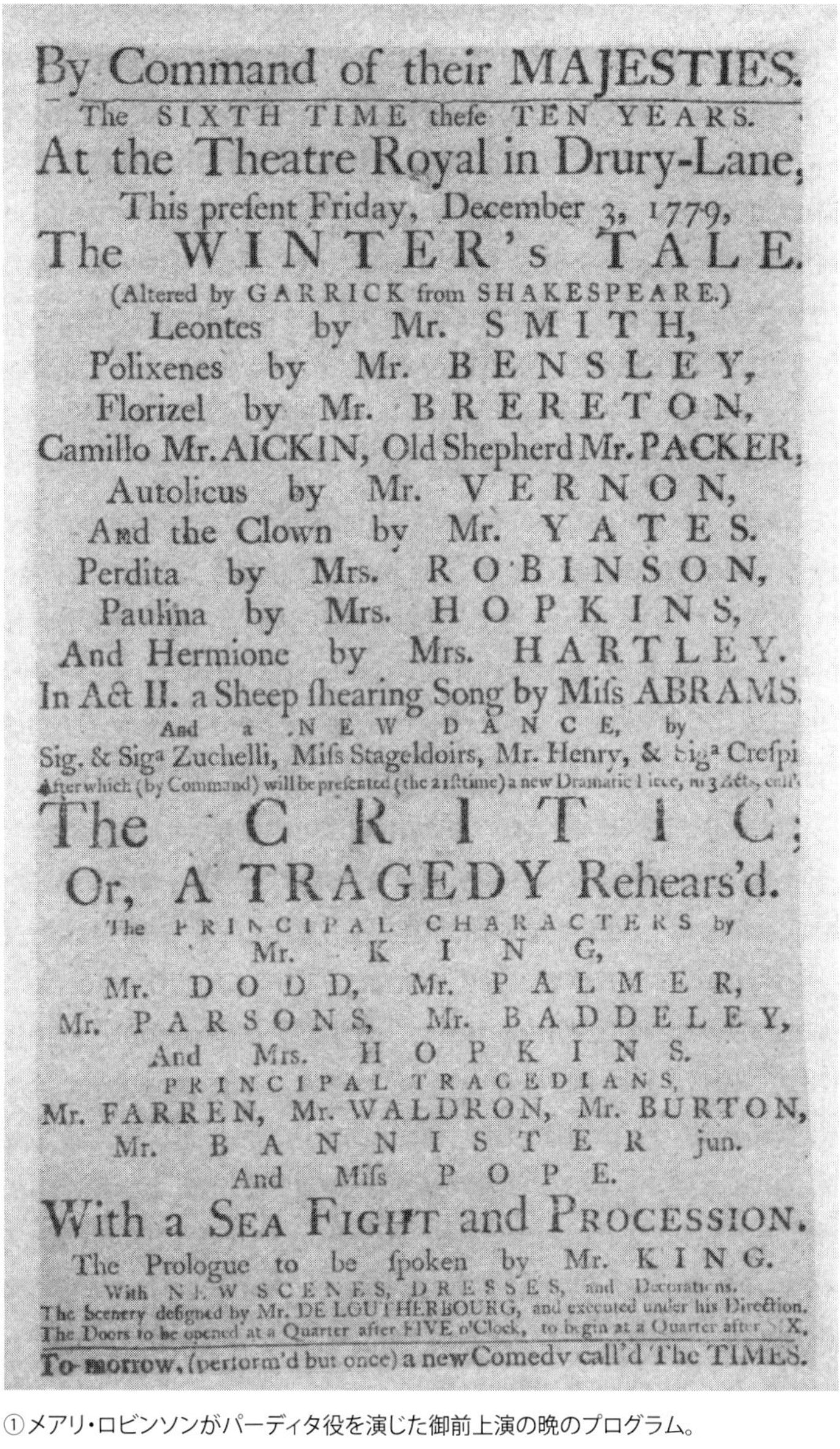

By Command of their MAJESTIES.
The SIXTH TIME these TEN YEARS.
At the Theatre Royal in Drury-Lane,
This present Friday, December 3, 1779,
The WINTER's TALE.
(Altered by GARRICK from SHAKESPEARE.)
Leontes by Mr. SMITH,
Polixenes by Mr. BENSLEY,
Florizel by Mr. BRERETON,
Camillo Mr. AICKIN, Old Shepherd Mr. PACKER,
Autolicus by Mr. VERNON,
And the Clown by Mr. YATES.
Perdita by Mrs. ROBINSON,
Paulina by Mrs. HOPKINS,
And Hermione by Mrs. HARTLEY.
In Act II. a Sheep shearing Song by Miss ABRAMS.
And a NEW DANCE, by
Sig. & Siga Zuchelli, Miss Stageldoirs, Mr. Henry, & Siga Crespi
After which (by Command) will be presented (the 21st time) a new Dramatic Piece, in 3 Acts, call'd
The CRITIC;
Or, A TRAGEDY Rehears'd.
The PRINCIPAL CHARACTERS by
Mr. KING,
Mr. DODD, Mr. PALMER,
Mr. PARSONS, Mr. BADDELEY,
And Mrs. HOPKINS.
PRINCIPAL TRAGEDIANS,
Mr. FARREN, Mr. WALDRON, Mr. BURTON,
Mr. BANNISTER jun.
And Miss POPE.
With a SEA FIGHT and PROCESSION.
The Prologue to be spoken by Mr. KING.
With NEW SCENES, DRESSES, and Decorations.
The Scenery designed by Mr. DE LOUTHERBOURG, and executed under his Direction.
The Doors to be opened at a Quarter after FIVE o'Clock, to begin at a Quarter after SIX.
To-morrow, (perform'd but once) a new Comedy call'd The TIMES.

①メアリ・ロビンソンがパーディタ役を演じた御前上演の晩のプログラム。

② 皇太子時代のジョージ４世。ジェレマイア・マイヤーによる細密画で、メアリのために複製画が作られ、彼女はそれを死の日まで所持していた。

PRICE SIX PENCE

FLORIZEL and PERDITA.

TUNE: O Polly is a sad Slut! &c.

I'LL sing a Song, a merry one,
To cheer the doleful Times,
And should you like a little Fun,
I'll tell it you in Rhimes.

A tender Prince, ah well-a-day!
Of Years not yet a Score,
Had lost his poor Heart stol'n away,
By one of 's many more;

As many more (at least) she is,
And might have been the Mother,
(You'd say it, if you saw her Phiz)
Perhaps of such an other.

Her Cheeks were vermeil'd o'er with Red,
Her Breast enamell'd White,
And nodding Feathers deck'd her Head,
A Piece for Candle Light.

Sometimes she'd play the Tragic Queen,
Sometimes the Peasant poor,
Sometimes she'd step behind the Scenes,
And there she'd play the W——.

Two Thousand Pounds, a princely Sight!
For doing just no more,
Than what is acted every Night,
By every Sister W——,

She never play'd her Part so well,
In all her Life before,
Yet some, as well as Florizel,
Knows how she plays the W——.

Her Husband too, a puny Imp,
Will often guard the Door,
And humbly play Sir Peter Pimp,
While she performs the W——.

③「フロリゼルとパーディタ」。ロビンソン夫妻と皇太子を描いた最初期の諷刺画。

④「フロリゼルとパーディタ」。皇太子とロビンソン夫人を描いた作者不詳の諷刺画（1783年10月）。

⑤「劇的な魅惑の美女と愛に溺れる恋人」。メアリ・ロビンソンとモールデン卿、『タウン・アンド・カントリー・マガジン』誌より（1780年6月号）。

⑥「洒落者殿下の冒険」。フォックス、皇太子、〈パーディタ〉、〈アーミステッド〉をめぐる諷刺画。

⑦ジョージ・ロムニーが描いた
メアリ・ロビンソン(1781年)。

⑧タールトン中佐。

⑨サー・ジョシュア・レノルズが描いたバナスター・タールトン中佐（1782年）。

⑩「雷男」。ジェイムズ・ギルレイによる、レノルズの肖像画のポーズを取ったタールトンの諷刺画。メアリは、ロムニーの肖像画のポーズを取り、棒で固定されて居酒屋の看板の上にいる。

⑪「パーディトとパーディタ――あるいは――人民のヒーローとヒロイン」
フォックスとロビンソン夫人の諷刺画。馬車を駆っているのは彼女である。

⑫「腹〔訳註：復〕楽園」：ジェイムズ・ギルレイによる、
ロビンソン夫人、フォックス、皇太子の諷刺画。

ギャリックの翻案版『冬物語』は、シェイクスピアの原作の最初の三幕を削除し、悔悛したレオンティーズが宮廷人たちとともにボヘミアの海岸に打ち上げられる場面から物語を始めている。原作ではハーマイオニが最も重要な女性役であるが、改作では――それは『フロリゼルとパーディタ』という表題の下で出版された――若い恋人たち、すなわちフロリゼル王子と本当は王女である女羊飼いに焦点を当てている。パーディタという名前は「失われた者」を意味するが、彼女はもちろん最後には発見され、王子と王女は結婚する。その一二月の夜の御前上演の結末たるや、「ボヘミアの醜聞」〔シャーロック・ホームズ・シリーズの短編の一つで、国王がオペラ歌手との醜聞をもみ消すようホームズに依頼する〕の種本と言ってもよいほどである。

メアリ自身が記すところによれば、彼女はほかの役者たちから開演前にからかわれた。「紳士」ウィリアム・トマスが――舞台で上流人士を演ずるのが巧く、実生活でも礼儀正しく知的であったためそう呼ばれていたのだが――レオンティーズを演じることになっていた。「まことに、ロビンソン夫人」、と彼は言った。「あなたは皇太子の心を捉えるでしょう。今宵ほど美しいあなたは見たことがありませんから」[*5]。

舞台に登場する前に、メアリは舞台袖でリチャード・フォード（ドルーリー・レインの経営者の一人の息子）とお喋りをしていた。彼はメアリに、友人のモールデン子爵ジョージ・ケイペルを紹介したが、ケイペルは政治家で、若き皇太子の遊び仲間でもあった。モールデン卿は、メアリと同じ二二歳だった。伊達男《ダンディ》として知られる彼は、いつものように華やかに装っていた――銀の縁飾りの付いたピンクのサテンの長上着と、それに合うピンクの踵付きの靴を履いていたのである。皇太子は仲間たちと語らいながら、ボックス席から彼らを眺めていた。彼は中背で、たいそう血色の良い、髪粉を振ったずんぐりした男だった。メアリはいつも、舞台袖で待っているとき、彼の姿がとりわけはっきり目に入ったことを思い出している。

メアリは出番の最初の場面を慌ただしくすませた。皇太子のボックス席の真下に立っていると、彼がしきりに褒めているのが聴こえてきた。皇太子が自分のことを凝視しているので、皆がそれに気づいて注目しているのが意識された。メアリにとって、本物の王子の前でパーディタの台詞を喋るのは、ひときわぞくぞくするような経験だったに違いない。

恥ずかしくてたまらない
私は無知そのもの、この新しい
高貴な衣装をどのように身に纏えばよいのか……
……学びましょう
そう、柔順に、私の王子、私のフロリゼルに対する
つねに変わらぬ愛をもって。〔フロリゼルの胸に寄りかかる〕[*6]

劇が終わって役者たちが挨拶すると、国王一家はお辞儀をしてそれに応えた。メアリの目と皇太子の目が合った。「心に焼きついてしまうような思い入れたっぷりの目をして、皇太子はもう一度そっと会釈した。讃美の念が感じられ、かたじけなさで頬が熱くなった」[*7]。

素朴な衣装を着て乳搾りの娘の赤いリボンを付けた愛らしい女羊飼いに皇太子が魅了されたのは、疑う余地がなかった。というのも、メアリが劇場を出ようとしていると、国王一家が舞台を横切ってくるのに出会って、「私はふたたび、畏れ多くも、英国皇太子から、見逃しようのない丁重なお辞儀をいただいた」からである。メアリは、皇太子とうまく出会えるようタイミングを見計らって楽屋を出たのではないか、と勘ぐってみたくもなる。というのも、その晩の寸劇《アフターピース》〔二番目の軽い演目〕はシェリダンの『批評家』であったが、彼女の出番はなかったので、もっと早く劇場を出ることができたからだ。だが

メアリは、そうはしないで、魅力的で有力な手蔓を持つ新たな知人モールデン卿と語らいながら舞台裏で待っていた。「卿は、皇太子が私の演技にひときわ大きな拍手を送られたとおっしゃった。またほかにも親切なお言葉をいろいろとかけてくださり、その晩舞台がはねるまで会話で私をお引き留めになったのである」[8]。舞台がひけて家に戻ると、彼女は友人たちのために豪勢な晩餐会を開いた。夜遅くまでパーティは続き、その場の話題はただひたすら、ハンサムな若い皇太子のことであった。

それに先立つ六か月間、皇太子は、妹王女たちの副家庭教師であるメアリ・ハミルトンに恋情を定期的に打ち明けていた。皇太子はまだ一六歳、対するメアリは二三歳であった（彼はつねに年上の女性を好んだ）。彼が彼女に宛てた手紙は現存し、個人コレクションの中に収められているが、文中で皇太子は彼女をミランダと呼び、みずからをパレモンと署名している。彼は、感受性小説に登場する若者さながら、拒まれると自殺すると脅した。すると彼女はお返しに、つきまとうのをやめなければ辞職すると脅したので、彼は彼女を「友人にして姉という愛情の込もった呼び名で呼び、愛をせがむ恋人の性急な情熱は捨てる」[9]と約束した。だが彼はなおも贈り物を送り続け、「ブリリアントカットのダイアモンドが嵌め込まれた指輪」などは、『冬物語』御前上演のまさに当日に彼に返されている。皇太子はすかさず筆を執り、彼好みの極端な感受性言語を用いて次のように返答した。「驚き、愕然とし、魅せられた、魅せられた、君に、つねに、つねに、つねに愛しくて、愛しくて、愛しくてたまらない、つれない女《ひと》。ああ僕のミランダ、信じておくれ。これがため、僕はいままで以上に君を愛するであろうことを。命ある限り、いまも、そして永久に、君に変わらぬ愛《トゥジュール・ド・メーム》を捧げるパレモンより」。彼はメアリに、観劇するのが楽しみだとも述べている。「劇場に君がいて、僕と一緒に劇を愉しんでいるのが見られればいかばかり嬉しいことか！」[10]。皇太子は、だから、その晩はメアリ・ハミルトンのことばかりを考えながら劇場に行った。ところが、観劇の夜が終わるまでには、メアリ・ロビンソンの「虜になって」いた。

続く数日のうちに書かれた皇太子からハミルトン嬢への未公刊の手紙には、皇太子と女優の関係の始まりを彼の視点から語った途方もない物語が記されている。それは『回想録』の叙述とはかなり異なっている。

日曜日の朝一〇時、二四時間前に自分に不滅の愛を誓った「パレモン」が別の相手と恋に落ちたと宣言する手紙をもらって、メアリ・ハミルトンはちょっとした衝撃を受けたはずだ。

昨晩の芝居は実に楽しかったし、その中の二つの場面にとりわけ感動しました。というのも、僕は見たこともないような美しい女性の登場に、ことに興味を惹かれたからです。彼女はすばらしく繊細な演技をしたので、僕は涙してしまいました。演技しているときばかりか、舞台外にいるときも、僕の関心が大いに注がれているのを感じ取ると、彼女は、自分が与えようとしている印象の一つ一つを抵抗し難く貪っている僕の心を虜にしようと、ささやかで無邪気なありとあらゆる手管を試みたのです。そして、ああ、僕のミランダ、わが友よ、彼女は完璧すぎるほどの成功を収めました。白熱する欲望の光を輝かせながらも、愛しい女性を満足させることはできないと感じている若者の、活発で、強靭で、いきいきした情熱にとって、それに抗うのはほとんど不可能であり、困難であることはおわかりになるでしょう。彼女の名前はロビンソン。舞台の上でも、舞台の外でも、というのも僕はその両方で彼女に会ったことがあるのですが、同性の女性のうちではほぼ一番の、非の打ちどころのない美人であると思います。[*11]

二〇年後に書かれたメアリの回想録が皇太子の凝視を強調しているのに対して、まさに翌日に書かれたジョージの記述は、彼女が舞台の上でも舞台の外でも彼だけのために演技をし、「ささやかで無邪気なありとあらゆる手管」を試みて、彼の心を「虜にしようと」したと示唆している。この手紙はまた、パーディタとしての彼女の演技がいかに感情に訴えるものであったかも示している。彼女は若き皇太子の涙を絞ることができたのである。

　この手紙で意外なのは、「舞台の上でも、舞台の外でも、というのも僕はその両方で彼女に会ったことがあるのですが」というくだりだろう。メアリの記述によれば、そして「フロリゼルとパーディタ」のその後の神話によれば、一七七九年一二月三日の御前上演で、二人は初めて出会ったとされる。だが皇太子はここで、舞台に限らず社交界の集まりでも以前に彼女に会ったことがあると明かしている。まこと、まさにその次の文章で、彼はこう説明する。「この情熱は僕の胸中でしばしまどろんでおりましたが、昨晩ふたたびその炎をあまりに激しく燃え立たせたので（というのも苦難に遭っている稀代の美女ほど、感動的で興味深く、快美なものがあるでしょうか）、その炎がいつ鎮まるのかは神のみがご存じです」。彼は、しばらく前にメアリ・ロビンソンに恋情を覚えていたが、彼女が「失われた者」であり「苦難に遭っている稀代の美女」であるパーディタ役を演じるのを見るまで、その想いを抑え込んでいた。自分自身を芝居の登場人物に擬するのが習性になっていたので（「パレモンからミランダへ」のように）、ジョージは自分自身をフロリゼル王子と想像してしまうのであった。

「僕を許して、憐れんで、慰めてください」、と彼はハミルトン嬢に書いている。「友人である君に打ち明けたことで、僕の心はすでにいくぶんか軽くなりました。このようなことは、ほかの人間には明かすことができません、内々の信頼を込めて打ち明けることができる相手こそ、僕が厳密に友と呼ぶ人のことです」。自分の秘密はすべて「静かな墓にあるがごとく」彼女の胸中に人知れず埋もれることがわかっているので、「この恋愛に関することすべてを聴いてほしい」、と彼は言う。また、王と王妃には黙っていてほしいとも懇願している。手紙は追伸の言葉によって結ばれている。「さ［らば］、さ［らば］、さ［らば］、つねに変わらぬ愛しき人《トゥジュール・シェール》。ああ、ロビンソン夫人」。

　ハミルトン嬢は、この驚くべき手紙を受け取ると、即刻返信をしたためた。困惑させるような内容だったとまず認めたうえで、彼女はみずからの心情を伝えようと努めた。

さて、わが親愛なる友よ、あなたの情熱と恋情がいま向けられている相手についてですが——まこと、何と申しあげてよいかわからないのですが——それでもあえてこう指摘させてください。そのような筋の女性は手練手管が豊富ですから関わり合うのは危険です——あなたが恋情を抱いたことを咎め立てはいたしません——というのも、あなたがおっしゃったように——美は、快美なもの、心惹かれるものです——ですから、私の若き友人が、美と無垢の連合軍に心を刃にして立ち向かうことなど、できるはずもありません——しかも苦難の下に（それが見せかけであるにせよ）あるわけですから——また同様に、その美と無垢が身を屈めて、彼のために、彼の関心を惹くために、女性ならではの、またそうした職業ならではの、常套的なちょっとした手管を使って、価値千金の戦利品である心を虜にしようとするときには。*[12]

このメアリは、もう一人のメアリが目論んでいることを見透かしていた。彼女にとって、女優とは「手練手管」と同義であった。「慰め」てほしいという皇太子の求めに対して、彼女は、「相手のご婦人は、嬉しいことにまず確実に、あなたの愛に報いる」であろうから、慰めは要らないだろうと答えている。また、情熱の炎がいつ鎮まるのかは神のみぞ知る、というくだりには、あなたの恋愛沙汰は神様の関知するところではありません、と記している。

火曜日の朝、皇太子はふたたび手紙を書き、「君の不運な弟パレモン」と署名した。「僕はまあまあ健やかに過ごしています。恋狂いという状態ですが、あまりに恋い焦がれていて、自分がどうなってしまうのだろうかと思うほどです」。翌日、彼はある行動計画を明らかにする。

僕の最愛なる友は理解していないようですね。僕が抱いた情熱の対象は女優だから、僕が彼女を愛しているほど彼女が僕を愛しているとよもやうぬぼれたりしてないことを。彼女の物腰や僕に投げる優しくて蕩《とろ》けるような一瞥から、僕の視線や振る舞いが語る言葉があの女《ひと》に通じていることが僕にはわかる。ああ、君が彼女を見さえするなら、彼女と同じ性を持つ者の中で最も嫉妬深い者が彼女を見たとしても、彼女はかつて見たこともないほどのほぼ完璧な美女であると認めるはずです。でも、こんな熱狂的な告白はもうよしましょう、僕が狂ったと思われてはいけませんから。とても粋《ギャラント》な女性だということは承知していますが、それでも僕の情熱は揺るぎません。彼女が僕のことをどう思っているのか、憎からず思ってくれているのかどうか、一両日中に君に教えるつもりです。というのも、彼女のことをよく知っている恰好の仲介者がいるので、そうした事柄について問い合わせることができるからです。わかったらすぐにかならずご一報いたします。*13

皇太子は明らかに、ロビンソン夫人について聞き回っていた。「粋な」という語は、彼女がいかがわしい女であることを表していたが、彼はくじけたりしなかった。彼女が「夫とは完全に別居している」ことがはっきりすると、それは二人の関係が「家庭の平和」を乱さない利点として理解された。もちろん彼は、情事が国王一家の平和を乱すことはわかってはいたが、自分は「恋情で理性を失っている」と広言するばかりであった

それに応えて、ハミルトン嬢は、皇太子がロビンソン夫人を「女神」と崇めているとすでに噂されており、女衒のような不名誉な役回りを引き受けようとする人間には信を置かず用心しなければならないと警告した。皇太子は仲介者が誰なのかハミルトン嬢には明かさなかったが、その意を受けてロビンソン夫人の許へやって来た朝の訪問者は、モールデン卿だった。

客間に通されたモールデンは、当惑し、落ち着きがなく、狼狽すらしている様子だった。メアリの記述によれば、彼は「話そうとしたが——言葉を切り、躊躇し、詫びた」。自分はなんとも微妙な立場に

立たされている、と彼は告げた。いまから口にすることをほかの誰にも口外しないでほしい、とも。ようやく彼は、パーディタという宛名の付いた手紙を取り出した。彼女はいささか皮肉めいた笑みを浮かべると、封を切り、それが恋文であると知った。ほんの数語しか書かれていなかったが、それは「通常の慇懃さには収まりきれぬ心の内をほのめかす」ものであった。署名の名前はフロリゼル。メアリは、その後のいきさつを彼女好みの演劇的な対話体で物語っている。

「さて、御前様、これはどういう意味ですの」、と私は半ば怒りながら問うた。

「差出人が誰か、おわかりにならないのですか」、とモールデン卿。

「あなた様ではありませんか」、と私は重々しい口調で叫んだ。

「いいえ絶対に、私ではありません」、と子爵は言った。「知り合ってまだまもないあなたに言い寄るなんて、そんな大それた真似はできません」。

私は卿に、誰が手紙を寄こしたのか明かすようにと迫った――彼はまたも躊躇《ためら》った。混乱して、使者役を引き受けなければよかったと思っているようであった。「あなたが私のことを蔑んだりしなければよいのですが」、と彼は言った。「でも――」

「それでどうしたというのですか」

「断ることができなかったのです――というのも、手紙は英国皇太子からですから」[*14]。

驚愕し、動揺し、懐疑しながら、メアリは「堅苦しく曖昧な返書を認めた」。それからモールデン卿は辞去した。

彼女は「短いが意味深長な手紙」を幾度も読み返した。モールデンは翌晩、メアリの家を再訪したが、そのとき彼女は六、七名の客人を招いてカード・パーティを催しているところだった。皇太子の知力、物腰、気性を卿が大仰な言葉で褒めちぎるのを聞きながら、メアリは前日にもらった「思いこみは激しいが、細やかな敬意が感じられる手紙」のことを考え、彼女の「胸は誇らしさを覚えて高鳴った」。

その一方、皇太子は依然として、ハミルトン嬢にことのなりゆきを報告していた。自分はまた劇場に行くつもりだが、今回はドルーリー・レインではなくコヴェント・ガーデンに行く、と彼は告げた――「ああ、ロビンソン夫人、ロビンソン夫人、ロビンソン夫人」、と彼は嘆じた。*15 コヴェント・ガーデンでの観劇のあいだ、ジョージは疲れているように見えた。あるおどけ者は、これがドルーリー・レインだったら、そんなふうではなかっただろうに、と評した。

次の手紙で、彼は自分の熱愛が報われる兆しが明らかだという知らせをハミルトン嬢に伝えているが、それは彼女にとっては特に驚くべきことではなかっただろう。

だからわが友よ、知っておいてください、僕はいっそう恋に燃え、わが情熱の相手たる愛しい女《ひと》も、僕の炎に応えてくれて、いまやわれわれは相思相愛の仲になっているのです。彼女は、先立って「の晩」、フロリゼル王子に向けて喋るべき優しい台詞を僕に向けて喋っていると、劇場で野次られたのです。シェイクスピアを読めば、あの台詞がどれほど愛の込もったものであるか、おわかりですね。*16

メアリは、台詞を、フロリゼルを演じている劇中の王子ウィリアム・ブレレトンにではなく脇ボックス席で観ている本物の王子に向けて喋っていると非難する観客の野次に悩まされるのを耐えねばならなかったように思える（また、ハミルトン嬢はシェイクスピアの本の中で当該の台詞すべてを見つけることはできなかっただろうことも、思い出す価値がある。というのも、パーディタの「優しい台詞」の一部は、ギャリック本人によって書かれたものだからである）。

皇太子の恋狂いは巷の噂になっていた。ある晩、彼の友人の一人が、コヴェント・ガーデンでサー・

ジョン・レイドの隣の席に座っていた。皇太子は、レイドが「わが麗しく愛しい誘惑者と親密な関係にあった」ことを知っていた。レイド曰《いわ》く、自分は殿下がロビンソン夫人に夢中であるという噂をずいぶんと耳にしたが、殿下が彼女を好ましく思っているのと同じくらい、ロビンソン夫人も殿下のことを好ましく思うであろうことは、請け合ってもよい、と。そこでその友人は、あなた自身もロビンソン夫人とお親しいのですから、「この若い色男の競争相手に脅かされているように」感じているのではありませんか、と尋ねた。するとレイドは「いやいや、互いに惚れ抜いているようだから、私も二人のことを嬉しく思っているよ」、と応じた。このやりとりをハミルトン嬢に報告すると、皇太子は、報われない恋に悩む失意の犠牲者から「陽気でいなせなロサーリオ〔ニコラス・ロウの劇『美しき悔悟者』に登場する若い道楽者〕」へと、自分が恍惚の「変貌」を遂げたと書き綴って、すでにずいぶん忍耐を強いられてきた文通相手を元気づけ、手紙を終えた。「恋、情熱、灼熱の愛の炎が」、と彼は書く。「僕の胸中で一緒になって燃え盛っている」。

「お願いですから、どうか、わが友よ、ああどうかおよしになって！　こんなふうに、悪徳に真っ逆さまに飛び込んでいくのは駄目」、とハミルトン嬢は返事をした。「殿下からのいちばん新しい手紙と、その一つ前の手紙を読んで、私の神経は懸念でピリピリといたしました……理性の声に耳を塞いでおいでです……懇願いたします、この不幸な恋着をどうか克服なさってください」[*17]。手紙はこのような調子で数枚にわたって書かれており、「悪徳の信奉者」の一人にならないようにと皇太子に説いている。断片的な下書きには、皇太子がみずからを典型的悪漢になぞらえたことへの叱責が記されており――「ああ、ロサーリオの名を標榜なさらないで下さい、彼と同じ末路を辿らないためにも」――彼女のほうもロビンソン夫人について人物調査をしていたのだと明かす。

わが友よ、あなたは騙されておいでです。ロビンソン夫人はご主人と同居しており、別居したことはございません――若き准男爵［レイド］は、誇張したにせよ――嘘の誇張をしたのです。彼女の夫は若く、怠け者で、浪費家です。彼らは困窮していたこともありましたが、彼女がいま女優として働いているので、彼らの趣味にぴったり適う、安楽な生活を営むことができるのです――四歳か五歳の小さな女のお子さんがいます――彼らの過去の生活すべてを私は知っていますが、まったくの偶然から、そして思うに、最も信頼できる筋からその情報を手に入れたのです――誰かが陰謀を巡らしてあなたを騙しているのです――罠に誘い込まれないようにご用心なさいませ。

メアリ・ハミルトンは、二週間待って最後の手紙を出した。それは、恋に呆けた皇太子になんの効果ももたらさなかったので、彼女は文通を絶った。彼はそれまでに七八通の手紙を、およそ三日に一通の割合で書くというパターンをすでに打ち立てていたので、フロリゼルの名前で書くようになってからは、さらにその頻度が増すものと思われた。「パレモンからミランダへ宛てた手紙」の昂揚した文体に鑑みても、「フロリゼルからパーディタへ」宛てた手紙がいかに情熱的なものであったかは明らかである。これほど多くの恋文を書くことによって、皇太子は危険と戯れていた。彼の追放された叔父であるカンバーランド公爵は、愛人のレイディ・グローヴナーに書き送った猥褻な手紙をめぐる醜聞に巻き込まれ、その夫から一万三〇〇〇ポンドの損害賠償を求める訴訟を起こされたことがあった。

情事の始まりについてメアリの語るところによれば、モールデンはすぐ二通目の手紙を運んできた。それが本当に皇太子からのものであるという証拠を示すので、その晩ドルーリー・レインで催されることになっているオラトリオを聴きに来るようにとメアリは指示された。そこで皇太子は、自分が手紙を書いた当の本人であることを、なんらかの手段で伝えるであろう。メアリと夫はバルコニーのボックス席に陣取った。皇太子は仲の良い弟君のフレデリックを伴い、貴賓席へ到着した。彼はただちに彼女を見て、プログラムを眼前に掲げ、手を額の前で横に動かし、彼女をじっと意味あり気に見つめた。それからボックス席の縁のところで手を動かして、何かを書いているような動作をした。そして弟を肘で軽く突くと、弟もまた彼女を見つめた。従者が一杯の水を持ってくると、皇太子はグラスに唇をつける前にもう一度彼女を見た。

メアリは、この出来事に夫が気づいたらと思うと恐ろしかったと主張しているが、それと同時に、「殿下の振る舞いはあまりにあからさまだったので、観客の多くがそれを見ていた」ことも意識していた。平土間《ピット》の観客たちは、ドライデンの「アレグザンダーの饗宴」を元にしたヘンデルのオラトリオを聴いているはずだったが、舞台外で進行中のドラマにより関心を惹かれて、彼女に視線を向けた。メアリによれば、新聞の一つは翌朝、皇太子はドライデンのオード〔頌歌〕の一節「王の心を奪いし美女に／眼を奪われて／溜息をつき、一瞥し、また溜息をついた」にことのほか興味を示された、と報じたとのことである。[*18]

ことが起こって二〇年後に書かれたメアリの回想録は、例によって、話を多少割引いて聞く必要がある。オラトリオでの遭遇は、彼女が主張するように、『冬物語』の御前上演からほんの数日のうちに起こったことではなく、二か月後の一七八〇年二月に起こったのである。『モーニング・ポスト』紙によれば、秋波を送っていたのは皇太子ではなく女優のほうであったとされる。

昨晩のオラトリオで、はなはだ困惑をそそるような状況が生じた――ロ＊＊＊夫人は、満艦飾に飾り立て、王子たちの真向かいの上部ボックス席の一つにわざわざ陣取って、いかにも彼女らしい浮ついた様子で、王位継承者のかの御君をらんらんとした眼で睨みつけた。そのせいで、殿下の視線が上階の愛の対象に釘づけになっていることが劇場全体に気づかれてしまって、ほどなく〔国王〕ご夫妻を驚かせることになった。お二人はその原因が理解できなかったため、その異様な雰囲気をどう考えればよいかと、当惑していらっしゃるように見えた。しかしながら、きちんとした説明がなされるやいなや、使者がすぐさま上階に遣られ、視線の矢を射ている女優にどうかご退場くださいと願った。それに対して彼女は、このように卑しめられ追い出されることに精一杯の恨みを込めて、こう応じた。哀れなパーディタ！――「もう金輪際、女王の真似などいたしません、雌牛の乳を搾って泣き暮らしましょう！」この恐るべき出来事に、侍女たちは驚愕の極みであった！[*19]

とすれば、劇場の一般観客だけではなく、王と王妃も、パーディタとフロリゼルのあいだに何かが起こりつつあると認識したことになる。メアリによれば、皇太子本人に会ったのは、フロリゼルとの手紙のやりとりが何か月も続いた後とのことである。「そう」、と彼女は言う。「彼の言葉には美しい創意があり、温かく熱の込もった崇拝の念があり、それがどの手紙にも感じられて、私の興味を惹き、私を魅了した」[*20]。彼女がすぐになびかないので、彼は明らかにじらされて熱くなった。

その一方、女優としての仕事は絶好調で、シェリダンはここぞとばかりに彼女を使った。クリスマス・シーズンには、ヴァイオラ〔シェイクスピアの『十二夜』のヒロイン〕役で祝祭の口火を切り、クリスマスの週にはほぼ毎日、ヴァイオラかジュリエットの役で舞台に出ていた。その年の最後の役はヴァイオラであった。年が明けると、彼女がかまびすしい噂の種になっているのをよいことに、シェリダンは彼女が、とりわけ男装するヒロイン役で舞台に定期的に出演するよう計らった。彼女は自分の持ち役にロザリンドを付け加えた。『モーニング・クロニクル』紙は、彼女が、感銘を与えようとするあまり、いささか躍起になりすぎていると示唆した。

　ロビンソン夫人は昨晩、シェイクスピアの美しい喜劇『お気に召すまま』のロザリンド役を大そう立派に演じた。彼女の容姿は完璧に整っており、身のこなしはなかなか優美である。だが、今後は台詞回しをもう少し柔らかくして、くっきりした効果を狙いすぎなければ、彼女のロザリンド役としての演技はさらに良くなるだろう。[*21]

ロンドン社交界のあまたの紳士淑女は、彼女がまさに誰を狙っているかはお見通しだ、と思っていた――が、状況はますます複雑になっていった。

皇太子は、都合の許す限り、メアリを観に劇場に足を運んだ。ある時など、自分のボックス席から彼女の楽屋に、髪を一房封筒に入れて寄こした。表書きには「救われるべき者」とあった。フロリゼルの手紙はほぼ毎日、モールデンによって届けられた。彼は、画家のジェレマイア・マイヤーの手になる、ダイアモンドで縁取りされた皇太子の細密肖像画を持ってきた。「この絵はいまや私のものだ」、と彼女は『回想録』に記している。ケースの中には小さなハート形の切紙が入っていて、彼女はそれを生涯にわたって大切にした。片面には「死ぬまで君を愛す《ジュ・ヌ・シャンジュ・カン・ムラン》」、もう一方の面には「わがパーディタに生涯変わることない愛を捧げる」と書かれていた。その日から彼女は、人中に出るときにはいつも、細密肖像画を胸に留めて出かけるようになった。

例によってこの一件には、メアリにとってあまり好ましくない、また別の物語が存在する。デヴォンシャー公爵夫人ジョージアナによれば、その細密肖像画はモールデンによって贈り物として届けられたのではなく、パーディタ自身が厚かましくもせっついてみずからのものとした品であるとされる。

> この関係の初期の頃、皇太子がいかに彼女に入れ揚げていたかを示す一件があります。ロビンソン夫人に自分の肖像画を贈りたいと思った皇太子は、着替えをしているあいだに細密画家を呼びにやりました。画家はカードの上に肖像を描き、後にそれを象牙で仕上げることになっていました。
> 皇太子は画家に、これはドイツのある親戚への贈り物にするつもりだと確言しましたが、モデルに

なっているあいだ、誰か来たら報せてくれと小姓を扉口で見張らせておきました。翌日、画家が絵を仕上げているとき、ロビンソン夫人が、自分の獲物を手に入れたい一心で、それを見に訪れてきました。

あの不名誉な出来事からしばらくして、それを思い出の品として取っておこうと、彼女は細密画を九〇〇ポンドの価値のあるダイアモンドで縁取りさせ、皇太子が彼女にそれを贈ったとき、裏側に鉛筆で記していた「愛の証《ガージュ・ド・モナムール》」という言葉を周りに刻印させたのでした。[*22]

ジョージアナは噂好きで意地悪なときもあったが、にもかかわらずパーディタの友人であった。彼女の言葉を信じるとすれば、メアリが過去の証拠を都合良く改竄したのは、『回想録』の内容ばかりか、皇太子の愛の証しの品そのものにまで及んでいたことになる。

メアリによれば、文通は一七八〇年の春を通して続いており、皇太子はたえず会見を迫っていた。彼女はそれに対して、彼に皇太子としての義務を思い出させ、父王の不興を買ってはならないこと、自分が夫ある身であること、さらには、もし自分たちが「公然とした関係」を結ぶのであれば、女優業を辞めねばならず、そうすれば彼に養ってもらわねばなるまい（彼は未成年で、金銭的に制約されているので、それは良い考えとは言えないだろう）などと返答した。彼の求めに応じたあげく棄てられてしまったら、自分はいったいどうなってしまうのだろう。それに対して皇太子は、「変わることのない愛情を繰り返し口にする」[*23]ことで応じた。モールデンもさらに圧力をかけた。カンバーランド公爵がモールデンの許に来て、皇太子が彼女のために苦しみ果てているので、そろそろこの件も山場を迎えてよい頃だと進言した、とメアリに告げたのである。カンバーランドはハイド・パークで皇太子に会い、父王がこの弟を嫌悪しているにもかかわらず、彼らは意気投合した。

モールデンは、彼自身がメアリに恋をしてしまったので、仲介役をしたことを後悔し始めていた。メアリ曰《いわ》く、「彼は私に激烈な情熱を抱いたので、あらゆる人間のうちで、かくも惨めで不運な者はおりませんでした」[*24]。パーディタが、まこと、モールデンの愛人になったという噂が広まりつつあった。

四月、彼女はモールデンを片側にトム〔夫〕を片側に従えて仮面舞踏会に出かけ、彼女の夫が、サー・ジョン・レイドのときにそうしたと考えられているように、女衒役を喜んで務めているというスキャンダラスな噂に油を注ぐことになった。『モーニング・ポスト』紙は、次のように報じた。「ロ＊＊＊ン夫人は、ピンクの上着とコートの上に、ゆったりした紗のショールを纏っており、一同の挑戦的な黙殺に憂い顔であり、しかめっ面で部屋を二、三度巡って踊った後、夫人は、片側に柔順なご夫君、片側にヒーロー役のモールデンを従えて出ていったが、卿は公認の分身を思いやり同じく鬱々としていた」[*25]。二週間後、七〇〇人の仮装者たちが夜を徹して踊ったオペラ・ハウスでの豪華な仮装舞踏音楽会《リドット》に、彼女はふたたびモールデンとともに現れた――彼は「黒いドミノ」を身に着けており、彼女は「古代風の、透けて見えるヴェールを纏っていた」（「ドミノ」とは、仮面舞踏会で正体を隠すために着用される、顔の上半部を覆う仮面の付いたゆったりしたマントのことである）。舞踏会は朝の五時半、二人の将校が喧嘩を始め銃剣を携えた護衛が駆けつけてきたときお開きになりそうになったが、騒ぎが首尾よく収まると、「お楽しみは、いつものように、お茶、コントルダンス、頭痛、朝のむかつき」[*26]とともに続けられた。この数日後、『モーニング・ポスト』紙のゴシップ欄担当記者は、サー・ジョン・レイドがメアリの供回りから抜け、モールデンがその後釜に座ったと報じた（レイドはいまや別の女優を追いかけていた）。

メアリの自叙伝の手稿は、彼女が皇太子と二人だけで初めて会う直前で途切れている。出版された『回想録』において、彼女の生涯の残りの部分は「ある友人によって書き継がれた」という体裁の下で物語られているが、それは、ほぼ確実に、メアリの娘マライア・エリザベスによって書かれたに違いない。後者は「モールデン卿は何くれとなく心配りをしてくださったが、その配慮はほとんど理解されることなく、悪意をもって解釈された」[*27]と述べているが、卿とメアリは、本物の恋人同士であったことを示す一群の証拠がある。

毎月初め、書店には月刊誌の新刊がずらりと並ぶ。『タウン・アンド・カントリー・マガジン』誌は、発売をつねに心待ちにされていた雑誌であった。多くの読者がまず読むのは、「ご両人《テタ・テット》交情史」という欄であった。これは一対の男女の楕円形肖像画とともに、二人の情事の「歴史」を記したもので、記事はたいてい現在の恋愛関係と、それがどれほど長続きしそうかという未来への予測をもって締めくくられていた。図像と記事を組み合わせることによって、「ご両人」に二重の意味が与えられた。すなわち二人は肖像画としては頭《テット》を並べているのであるが、記事は二人の下半身の関係を語っているのである。それは一八世紀においては、パパラッチのスナップ写真と大衆紙《タブロイド》の種々の噂話を組み合わせるという現代のやり方に最も近似した手法である。ハナ・カウリーの『美女の策略』という一七八〇年の喜劇では、クロウクィルという登場人物が「ご両人」欄の執筆者として紹介される。ホテルのボーイが彼に言う。「おやおや、これは驚きました！　六ペニーのあの絵の中で、そこ以外では会ったこともない男女が鼻と鼻を突き合わせてのツー・ショット、その作者があなたとは」。だが編集者たちは、ありもしない関係を捏造しているという非難には反駁していた。クロウクィルは、より現実味のある裏話をほのめかす——すなわち、召使いが礼金目当てで主人についての情報を流しているというのである。

一七八〇年六月一日、「ご両人」欄には、「愛に溺れる恋人と劇的な魅惑の美女」という見出しが付けられていた。その記事は、たいそう美しいメアリ・ロビンソンと若々しい表情のモールデンの銅板画で飾られていた。卿は、ハンサムな女たらしと描写されていた。オックスフォード大学の学部生だったときに寝室係の若い女中を妊娠させ、その後大陸旅行に出かけ、そこでも数多くの女性と関係したあげく、財布は軽くなり健康も害した。イギリスに帰国するや、「さまざまな情事」を経験し、ついにはメアリ・ロビンソンと恋に落ちたという次第である。

彼女に関する記述は、まずまず正確である。「父親は名の知られた商人であったが、不慮の事故や失意の出来事にいろいろと見舞われ、破産の憂き目に遭った」。彼女は「淑女としての教育」を受け、「踊りや音楽など種々の芸事を嗜んだ」。若い頃から、彼女の個人的魅力は「ほとんど抵抗し難いものであった」。ドルーリー・レインで彼女が演じた役柄が列記され、才能ある女優と讃えられ、男たちが放埒に言い寄ってくる、と彼女の名誉が弁護される。「一流の富者貴顕が言い寄ってくるが」、そうした「人々や口説きはおぞましいばかりである」、というのも「彼女がまるで娼婦を生業《なりわい》としているかのように、失礼な態度をとるからである」。

ある「女子修道院長」が、彼女のために切符を買うという名目で、ある貴人に彼女を取り持とうとした逸話が語られている。その「女子修道院長」は、B＊＊＊卿に依頼され、「数時間の時をともに過ごすという歓び」と引き替えに、メアリに一〇〇ポンドを渡すことになっていた。女子修道院長は、「この誘惑に抗うことは難しいだろうと考えながら」、札束を差し出した。驚いたことに、ロ＊＊＊夫人は、切符を返してお引き取りください、というのも私は自分と同じ立場にいる女性から金銭をいただくのはきわめて屈辱的なことであると思うからです、と言ったのである。彼女はまた、「ヴィザ・ヴィ（ご同伴馬車）・タウンゼンド」（すなわちそれは、流行の新しい馬車を買ってもらうのと引き替えに売春する女性のことである）として知られる、ある婦人の訪問を受けた。彼女はメアリに、サー・ウィリアム・S＊＊＊殿がハチェット〔馬車製造業者〕で新しい馬車《チャリオット》をメアリのために注文した。馬車には彼女を表す標章――自動車の個人の名入りのナンバープレイトのようなもの――が付くことになっており、件《くだん》の紳士は二、三日中にお伺いするつもりである、と告げたが、

この餌でさえ成功しなかった。ロ＊＊＊ン夫人は話を聞くと、かぶりを振って出て行ってしまった。タ＊＊＊ド夫人はベルを鳴らし、召使いが入ってくると、先刻のメアリの対応に怒り狂って、「あな

たの女主人ほど無作法な女性にはいままで会ったことがない」と言った。「いえ、奥様」、と召使いは答えた。「恐縮ながら申し上げますが、あなたほど無作法な女性はいままで耳にしたことがございません。というのも、私はお二人の会話をすべて漏れ聞いてしまったからです[*28]」。

メアリは自分の召使いたちに、めざましい忠義心を掻き立てたように思える。彼女は自分のために働く人々を、たいそう手厚く遇した。数年後、彼女が名声の絶頂に立っていたとき、労働者が一人、バークリー・スクエアにある彼女の邸で建築作業をしていた際、事故で不慮の死を遂げた。彼女は葬儀代を負担し、葬列は彼女の邸から出発した。男の未亡人には、現金を与え年金を支払った。彼女は己れの寛大さが人に知られないことを望んだが、彼女の生涯における他のほとんどすべての事柄と同様、この話も漏れ出たのであった[*29]。

「ご両人」欄によれば、劇的な魅惑の美女は「多くの人々が想像するほど征服しやすい女性ではない」とされる。それは、サー・ジョン・レイドとの情事は現実にはなかったと否定している。だがモールデンが、白紙委任状《カルト・ブランシュ》〔「すべてあなたの意のままに」という意味〕を同封した慇懃な短信を送った後、価値ある一対のダイアモンドの耳飾りを贈ったときは、「慎ましやかに身を屈した[*30]」のである。

二つのきわめて異質の情報源が、その情事を裏づけている。一七八二年九月、デヴォンシャー公爵夫人ジョージアナは、以下の内容のメモを書き留めている。

ロビンソン夫人はノーシントン卿の庶出の娘で、浪費家の夫を養うため、余儀なく舞台に立つようになったが、その夫もやはり彼女の不品行がもたらす恩恵に喜んで与《あずか》っているのである。彼女は次いで、エセックス卿の息子であるモールデン卿と同棲した。彼女はやがて若き皇太子に色目を使うようになり、パーディタ役を演じているときに、ここぞとばかりに秋波を送った。パーディタこそが、その後皇太子が彼女の呼び名にしたとされる名前であり、彼女はあらゆる公的なメディアでその名前で知られるようになり、英国皇太子はフロリゼルと呼ばれるようになったのである。[*31]

この記述によれば、メアリは、皇太子の御前でパーディタを演じたあの有名な夜以前に、モールデン卿とすでに情を通じていたことになる。『パーディタの回想録』を書いた氏名不詳の著者によれば、モールデンは、メアリが『ハムレット』でオフィーリアを演じたとき、魅せられてしまったのだ。彼はクラージズ・ストリートの「優雅な住居」に彼女を住まわせ、「セント・ジェイムズ街の馬車族がこぞって称讃してやまない」[*32]赤と金の美しい馬車を贈った、とされる。馬車云々の記述は、実際はメアリとモールデンの情事のそれ以降の時期にあてはまるものであるが、彼女は皇太子の愛人になる以前に皇太子の家臣の愛人であったと広く信じられていたことは明らかである。だからモールデンは、己自身の愛人を取り持つ「女衒卿」として描写されるようになったのである。

皇太子は賭け金を吊り上げた。彼はメアリに、彼女がアイルランド人未亡人役を演じたときに舞台で着用していた少年の服を着て、男装して自分の私室へ来るようにと頼んだ。彼女はその計画に「断固として反対した」。彼女は態度を軟化させつつあったが、それは、少なからず、彼女の夫が始終愛人たちや娼婦たちとともに過ごしているためであった。召使いたちまでもがロビンソンの好色の犠牲者になった。あるとき、メアリが舞台稽古から帰宅すると、夫が薄汚い下働きの女中と寝室に閉じ籠っていた。彼は小男だったので、背が高くて美しい妻よりも女中を相手にするほうが快適だったのであろう。もちろん、こうしたことすべては、メアリによって語られたものでしかない——彼女が夫の卑しさや不義について書けば書くほど、『回想録』の読者は、彼女がついに皇太子と会うことに同意したことを非難しなくなるだろうから。

メアリは冷静にゲームをしていた。会うことを拒む一方、皇太子への手紙は絶やさず、メアリ・ハミルトンがしていたのと同様、姉妹のような助言を与えていたのである。皇太子の恋文は熱烈でみごとに書かれていたが、彼もまた家族について節度のないもの言いをした。彼は彼女にこう言った。曰く、自分はキュー宮殿での生活をひどく嫌っており、自分と弟たちはそこの囚人のようなものである。王は自分につらくあたる。彼は、健康の優れない妹の王女を「あのがに股のメ［スイ］ヌ」[*33]と呼んだ。メアリは彼に、二一歳になって独り立ちできるようになるまで辛抱するようにと説き、王の不興を買うような早まったことはしないで、恋情を表沙汰にする前に、時間をかけて彼女のことをもっとよく知ってほしいと助言した。

男性が、女優や娼婦を愛人として囲いたければ、手当に関する申し出を正式に行うのが慣行だった。それは正式な法律文書によってなされることもあったし、より形式張らない取り決めのこともあった。自分が皇太子を受け入れ、その後棄てられることになれば、つらい立場に立たされるだろうとメアリは言い及んでいるが、それは、ある意味においては、彼女が二年前にヘイマーケット劇場との出演契約を結ぶ際に見せた抜け目ない交渉力を、愛人契約を結ぶ際にも発揮していることを示している。

皇太子は、コヴェント・ガーデンの仮装舞踏音楽会でメアリに会うことを望んでいたが、参加することができなかった。そこで彼は、埋め合わせにとグレイズから宝飾品を送らせ、その二日後、『モーニング・ポスト』紙はこう伝えた。「ロビンソン夫人は、先端のルビーが鮮やかに際立つダイアモンドの豪華な一揃えで身を飾って、燦然たる輝きに包まれていた」[*34]。それらの品々は、一〇〇ギニーはするだろうと考えられた。だが彼女は、それくらいの額で身を投げ出す女ではなかった。

だが、皇太子の手紙の一通に「皇太子殿下が成人に達した時点で二万ポンドを支払うことを約束する、最も厳粛にして拘束力のある性質の証文」が同封されていたときは、話は別であった。二万ポンドは巨額であった――今日の金額に直すと、約一〇〇万ポンド、あるいは米ドルでは一五〇万ドル以上に相当するだろう。証文は皇太子によって署名され、王家の紋章の印璽によって封印されていた。「これほどまでに寛大で、これほどまでに真率で、まことの愛情がまざまざと感じられる言葉が書き綴られていたので、〔感動して〕読むことができないほどであった」[*35]。読み終えると――『回想録』の「続篇」に収録されている一七八三年に書かれた手紙の中で、彼女は友人にこう告げた――心の中で感情がせめぎ合い、眼に涙が溢れた。皇太子は、彼女が舞台で生計を立てていかねばならないのは自分の威厳を損なうので、ならず者の夫とは是が非でも別れさせたい、と述べた。証文は、彼女の求愛者のまったき誠実さの証しであるとともに、彼女を高級娼婦に変える力を持つ文書でもあった。ほぼ半年というもの、彼女は一歩退いて、なびく風情を見せながらも諄々と諭すような手紙を書いていた。いまや彼女の行く手には、深淵が口を開いていた。

　彼女は会見に同意した。モールデンは、メイフェアのディーン・ストリートにある彼自身の邸を提案したが、皇太子は王室所帯の内部から厳しく監視されているので、この案は却下された。バッキンガム・ハウスを訪問するという話もあったが、これはあまりにも危険だと彼女は思った。最終的に、二人は皇太子と弟のヨーク公爵フレデリックの住まいに近い、キューで会うことになった。

　モールデンは彼女をテムズ川に伴い、キューからさほど遠くないイール・パイ島まで船で行った。彼らは島のホテルで正餐を摂った。合図が決められた。皇太子は準備が整い次第、白いハンカチを振る。すると彼女が川を船で渡るのである。夕闇に紛れて、わずかにハンカチが認知できた。彼女はモールデンとともに乗船し、ほどなく「古いキュー宮殿の錬鉄の門の前」に到着した。皇太子と弟が道を彼らのほうへ向かって歩いてきていた。彼がもごもごと何か呟くやいなや、宮殿から近づいてくる人々のざわめきが聞こえてきて皆はっとした。月が昇りつつあり、彼らは人に見られるのではないかと恐れた。皇太子は「この上なく情愛深い」言葉を口にして、彼らは別れた。

これ以降、もう歯止めは利かなかった。二人はこの「ロマンティックな場所」で、何度も逢引を重ねた。二人が会うときは、それぞれのお目付け役、すなわちモールデン卿とヨーク公爵フレデリックがつねに一緒だった、とメアリは主張している。彼女は皇太子の王族としての権威にもはや怖じ気づいてはいなかった。「皇太子という身分はもはや、私を畏怖の念で縮こまらせることはなかった。というのも、私は彼を恋人とも友人とも思うようになったからである」。彼女の心を勝ち得たのは、彼の「甘美な微笑み」であり、「旋律的でありながら男性的な声」であった。真夜中の散歩のあいだ、彼女は、人目を避けて濃色の衣服を纏い、皇太子の不幸で孤絶した子供時代について聞いた。男たちは目につかないようにと厚地の外套を着ていたが、フレデリックは例外で、バフ・コート〔淡黄色の革の上着〕を着用することにこだわった――「この種の冒険には、よりにもよって、最もふさわしくない目立つ色だった」。皇太子は彼女に歌を聴かせるのが好きで、その声が暖かな夏の夜の空気に響き渡った。彼女は彼の洗練された物腰に魅惑され、「運命が二人のあいだにかくまでの隔てを置いたことを嘆いた」。「そのような人が夫であれば、私の魂は彼をいかに崇めたことか[*36]」と彼女は書いた。

　メアリの記述によれば、そうした逢引はつねに、ロマンティックな戸外で行われた。当地の言い伝えによれば、彼らは王室の召使いの何某かが住んでいる家でどんちゃん騒ぎをしたそうである。「家中の明かりが灯り、お祭り騒ぎをする音が朝の三時か四時まで聞こえるのが恒例になっていた」。その家は「地獄の家」――〈地獄を起こす（馬鹿騒ぎをする）〉にちなんで――というあだ名で呼ばれ、キュー・ガーデンに通じる人目につかない裏口があるとされた[*37]。この家か、イール・パイ島のホテルで二人が結ばれたのはほぼ確かである。皇太子は一八歳の誕生日を迎えようとしており、そうなれば、より大きな自由と独立を得ることができるのである（二一歳になったときに得られる富とは比べものにならないとはいえ）。「既婚夫人との関係は、皇太子殿下の世間における評判を損なうだろうと憂慮して、私たちはつねに細心の注意を払った[*38]」。

それらの逢引は、一七八〇年の六月と七月のあいだになされた。証文という保証を得たメアリは、思い切って舞台から退いた。彼女はシェリダンに、今シーズンの終わりに女優業を辞めると告げた。彼は、彼女が留まるのなら「かなりの昇給をする」と申し出たが、彼女は色良い返事をしなかった。シェリダン自身も演劇に興味を失いつつあり、政治家への転身を図ろうとしていた。五月二四日、彼女は二本立て公演でいずれも主役を演じた。パーディタと、レイディ・エリザベス・クレイヴンが書いた新作喜劇『細密画』の男装するヒロイン、イライザ・キャンプリー（男装して）サー・ハリー・レヴェル）を演じたのである。パーディタが息子を父から離反させてしまったと語ったとき、劇場内には電撃的な興奮が走ったに違いない――「私は本心を明かしてしまった／心ならずも気高い王子を／尊い父君の愛から遠ざけてしまった」――そして、フロリゼルがかつて牧場を歩いた卑しい身分の乙女たちの中でも最高に美しい乙女に、変わらぬ愛を誓ったときにも。

『細密画』が上演されたのは、明らかに、半ズボン姿のメアリの脚を見せびらかすためだけではなく、メアリ自身が首に皇太子の細密画を懸けていたためでもあった。その喜劇は、イライザ・キャンプリーの細密肖像画をめぐって展開する。イライザは、サー・ハリー・レヴェルに変装し、ラヴレス嬢から、イライザと仲違いした恋人ベルヴィルが彼女に贈った細密肖像画を手に入れる。最大の見せ場は、男装したイライザとベルヴィルの決闘場面である――それは、『十二夜』におけるヴァイオラ（男装して）シザーリオ）とサー・アンドルー・エイギュチークの喜劇的な決闘を、ロマンティックに味つけしたようなものであった。

メアリはこの演技で絶讃され、たいていは歯切れの悪い『モーニング・クロニクル』紙さえ称讃を惜しまなかった。「ロビンソン夫人のイライザは、彼女の名声を果てしなく高めた。男装して半ズボンを穿いている場面で、彼女は、いままでに発揮した演技の才のどの例をもはるかに凌ぐすばらしい演技を見せ、他の俳優を圧して光り輝いた」*39。だがホラス・ウォルポールは、私的な書簡において、なかなか手厳しい見方をしている、「ロビンソン夫人（英国皇太子のお気に入りと考えられている）は、自分自身の魅力と皇太子のことしか考えていなかった」。[*40]

五月三一日の水曜日、ドルーリー・レインが夏を前に閉じられる晩、メアリは最後の舞台を踏んだ。[*41]彼女はイライザ（サー・ハリー・レヴェル）役と、『アイルランド人の未亡人』のブレイディ未亡人役を演じた。楽屋へ入るやいなや、彼女は共演者のムーディ氏に、今日が舞台に立つ最後の晩になる、と告げ――微笑もうとして――劇場での最後の台詞になるだろうとわかっていた、エピローグの歌の最後の一行を歌った。「ああ、すべての方々に響き渡る歓喜を／ブレイディ未亡人がそう祈願いたします！」。だが、舞台に歩み出したとき、万感の思いが胸に迫って、彼女は涙にむせんだ。

人々が讃美しているという、この上なく嬉しい証しを私が幾度となく受け取った舞台、個人の評価がいや増すにつれて内面的な努力にも弾みがつくような、そんな舞台の上を歩くのもこれが最後だという名残惜しさ、幸福で確実なものから逃げて、失望でしかない幻影を追い求めているのではないかと悔やむ気持ちで、ほとんど呆然としてしまって、私はしばらく言葉が出てこない状態だった。幸いその場面は、舞台に一緒に出ていた共演者が最初の台詞を言うことになっていたので、そのあいだに冷静になることができた。でも私はその晩はずっと、役を機械的にこなしていて、観客から励ましの声や拍手を頂戴しても、何度も気を失いそうになった。[*42]

第九章　まことに公然たる情事

皇太子の愛情は日に日に増しているように思われ、私は自分が最も恵まれた人間であると感じました。
『故ロビンソン夫人の回想録、彼女自身の手になる』

一七八〇年の六月初め、ロンドンは緊張で張りつめていた。狂信的なプロテスタントであるジョージ・ゴードン卿が、カトリック教徒の法的権利や、公的生活におけるいわゆる教皇主義的な影響に対する反感を煽り立てていたのである。六月二日、彼は、暴徒を率いてウェストミンスター〔国会議事堂〕へ赴き、カトリック救済法の撤回を要求した。国会議員たちを襲撃した後、暴徒は街路へと移動し、かくて六日間にわたる略奪と放火が始まった。暴徒は王座裁判所監獄を火にかけて燃やし、ニューゲイト監獄を襲い、囚人たちを解放した。著名なカトリック教徒の住居は徹底的に破壊された。暴徒たちは、酒と指導者の狂信に勢いづき、有力なホイッグ党員の住居も攻撃の的としたが、それは彼らが宗教的寛容を支持することでよく知られていたからである。デヴォンシャー公爵夫人は、デヴォンシャー・ハウスが襲撃されるのではないかと恐れて、チジックへの避難計画を立てていた。彼女は、何日間もバルコニーに立って、建物が燃えさかり銃火の炎が大気に満ち、ピカデリーの空が朱に染まるのを眺めていた。暴動は、王の要請で軍隊が出動してくるまで続いた。死傷者は四〇〇人以上に上った。ゴードンはロンドン塔に投獄され、大逆罪で裁かれた。彼は最終的には放免されたが、彼に従った者たちのうち二一人が処刑された。その暴動は、ハノーヴァー朝における最も暴力的な蜂起となった。

暴動にもかかわらず、王の誕生祝賀会が六月四日に行われたが、出席を控える者たちもいた。デヴォンシャー公爵夫人は、舞踏会に出られず、その日のためにあつらえた新しい綺麗な青いドレスを着る機会を逃したので残念に思った。皇太子が、一緒に踊れなかったのは残念だった、と手紙で書いてくれたのが慰めだった——彼らは最近知り合ったばかりだが、友人になった。明らかに、メアリが無一文で頼る者もなくフリート監獄に収監されていたとき夫人が支援したことから、二人はいっそう固い友情で結ばれたのである。いまや、ジョージアナのほうが家に留まり、誕生祝賀会に出かけたのはメアリだった。

　皇太子は大胆にもメアリを国王誕生祝賀舞踏会に招待したが、彼女を相手に踊るほどの勇気はなかった。彼女は、リトルトン卿の愛人とともに、宮内府侍従卿席に留め置かれた。彼女は、皇太子がレイディ・オーガスタ・キャンベルを最初の相手として踊るのを眺めていた。レイディ・オーガスタは花束から「自分たち二人を象徴する」二つの薔薇の蕾を皇太子に差し出したが、メアリにはそれが、はっとするような「粋な媚態」であると映った。それに応じて皇太子は、若いチャムリー卿を手招きすると、メアリに渡すようにと薔薇を与えた。彼女はそれを胸に飾り、「得意満面の恋敵を、このように公然と屈服させる」[*1]力を自分が備えていることを誇らしく思った。

二人の関係は、早晩ジャーナリズムの取り上げるところとなった。七月一八日の『モーニング・ポスト』紙に、暴露記事が掲載された。

編集子殿

ドルーリー・レインのパーディタ役女優は、彼女と、ある若き名士とのあいだに愛が生まれた、ないしは生まれつつあると、昼夜をついでしきりに世間にほのめかそうとしている。そのような噂が、その美しい婦人のほかの思惑や目論見にほんの少しでも役に立つということであれば、噂を否定するのは気の毒だろう。だが、そうでなければ、編集子殿、彼女の耳にあなたがこう囁いてやるのが親切というものではあるまいか。件《くだん》の若き紳士がまこと彼女に心を寄せているのなら、しかしながら、事実はそうではないのだが、彼女がいまのように虚しい見栄を張り続けると、彼の恋心も一気に冷めること間違いなし、と。

敬具、オウィディウス。ウィンザー、七月一四日

同日に掲載された別の記事は、遡ること二月のオラトリオでの一件に言及し、そうすることによって、恋人たちをフロリゼルとパーディタと呼ぶ最初の公刊資料となった。

逸話――先立っての厳粛な四旬節の時期に、フロリゼルがオラトリオに現れると、パーディタもかならずや姿を見せ、聖なる音楽、あるいは何か別のものを彼女が好んでいることを証していた。彼女はいつも、可能な限り、フロリゼルのほぼ真向かいに席を取った。二人の視線はよく交じり合い、噂の種になった。そのためフロリゼルは戒められ、今後はパーディタの入場を禁ずる措置が、効果はなかったが講じられた。パーディタが次の上演時に入口に現れると、彼女がほかの人々と同様長く享受していたある種の特権は、もはや彼女のものではない、と伝えられた。パーディタは微塵もうろたえることなく、世人の称讃するあの幻惑的な無頓着さで――公の場に出るときはかならず彼女に付き添っている夫のほうを向くと、言った――ギニー貨で払って頂戴。パーディタはボックス席へと昇っていった。彼女はつねのごとく振る舞った。演し物が終わると舞台裏に陣取り、フロリゼルが座席へと向かう際、己れの姿がいやでも目に入る状況を作った。フロリゼルは凝視して、王侯らしい威風堂々とした態度で歩み去った。パーディタは、前アメリカ全権大使の馬車のところまで穏やかに歩を進めると、夫のうちで最も唯々諾々と都合の良い夫の手を借りて、乗り込んだ。[*2]

二日後、『モーニング・ポスト』紙は、そのスキャンダルをふたたび記事にした。「トン〔ファッショナブルな世界〕を率いるある若い女優が、ここ数晩、公爵夫人と見まがうような優美さと華やぎをもって、ヘイマーケット劇場の脇ボックス席に現れたので、並いる女性たちをすっかりくすませてしまうとともに、観客すべてを驚かせた」。そして、その二日後の記事。「先週の火曜日に本紙に掲載されたフロリゼルとパーディタの逸話を読んだある通信記者は、著者は当該の若い婦人に最大級の讃辞を呈している、と考える。というのも、皇太子が、彼を虜にし誘惑しようと切磋琢磨するイギリス宮廷の美女全員に取り囲まれているまさにこのとき、彼女はこの若く燦然たる人物の心を勝ち得たのであるから」[*3]。

メアリはやがて、当時最も噂される女性になる。彼女は、無垢な若い皇太子を誘惑した年増女と中傷され、女衒のような夫の存在も彼女の悪評を促し煽った。現実のところは、ジョージ自身も認めているように、メアリ・ロビンソンに目を留める前から、彼は女好きで、宮廷で情事を重ねていたのである。彼女は抗議したが、注目を浴びるよう策動したのは彼女だと考える者も多かった。人々は、彼女が何を買っているのか、どんな服を着ているのか知りたがった。人前に出るといつでも、彼女は「群衆の凝視に圧倒された」[*4]。彼女のボックス席のまわりに群衆が押し寄せてきて、場内の安全が確保できないため、ラネラを出なければならないこともあった。彼女が店に入ると、出てくる姿を一目見ようと彼女の馬車を取り巻いている群衆が散っていくまで、あたかも包囲されたかのように店内から出られなくなることもしばしばだった。

彼女は自分が有名人になったことを、「国民的愚かしさ」と語った。「超人的な才能に恵まれた人がこの国を訪れるなら、まったくの無視とまでいかなくとも、無関心によって迎えられるだろうが、その一方で、群衆の口さがない噂によって悪評が立とうものなら、それより価値のない人間でも当代一の人気者としてもてはやされることがある」[*5]。自分が最大の名声を得たのが、女優や女流文人としてではなく

——これは今日と同様、当時も用いられていた語であるが——有名人（celebrity）としてであったことは、彼女をつねに苛立たせた。と同時に、彼女は「流行を司る巫女」として仰がれるのも好ましいと思っていた。彼女はドルーリー・レインの舞台から、ロンドンそのものというより広い舞台へと、よどみない移行を果たしたのだ。何年も後、ある雑誌に書いたエッセイの中で、彼女は、ロンドンという街は「煌々たる光の中心」、「持てる才能を思い切り発揮したい……そんな気持にさせる場所」[*6]であると称揚している。

メアリ自身が、いまや公的な見世物だった。「ほら、ドルーリー・レインのあの有名なパーディタが、劇場で英＊皇＊＊の真向かいの脇ボックス席に座っている。あのぞくぞくするような目つきったら、ああ殿下、哀れな女に、どうかひと——〔一目〕でよいから、目を留めてくださいませ、と思ってるのね。ほっほっ、すごーい見物だこと！」[*7]。皇太子はもはや、彼女と一緒にいるところを人に見られるのを恐れてはいなかった。彼は、劇場やオラトリオやほかの娯楽の場所のみならず、ウィンザーでの国王の狩猟やハイド・パークでの閲兵式でも彼女と一緒だった。

国王は、世間が騒ぎ立てていることに苦りきっていた。彼は新聞各紙を読んでいたので、フロリゼルとパーディタの話はよく知っていた。八月一四日、息子の一八歳の誕生日の二日後、彼はこう書き送った。「お前の酔狂の数々は、思いのほか、人の知るところにはならなかった。だがお前の自堕落な恋愛沙汰は、何か月も、公の新聞で随分と叩かれ書き立てられている。おまえが犯したありとあらゆる過ちを探し当て暴露することによって、私の急所を突いて葬り去ろうと待ち構えている者たちもいるのだ」[*8]。皇太子はそれに応えて、「私の主たる目的は生涯変わらず……あなたが私にお示しになる親としての愛情と慈しみの心に報いることです」[*9]と、父王に請け合った。だが、私生活では、自分の生き方を変えるつもりは毛頭なかった。

メアリを公然と認知することを臆面もなく始めるとともに、彼は父王に対してさらに由々しい謀叛をなした。王の最悪の懸念は現実と化した。というのも、皇太子は「敵対勢力に引き込まれ」つつあったのである。彼は、いくぶんかは悪名高い叔父であるカンバーランド公爵を通じて、いくぶんかはデヴォンシャー・ハウスの常連との知遇を通じて、ホイッグ党員のサークルに取り込まれつつあった。デヴォンシャー・ハウスに集う人々は、ドルーリー・レインのシェリダンや、ホイッグ党急進派の主導的政治家であるチャールズ・ジェイムズ・フォックスと密接に結びついていた。デヴォンシャー一派の女主人を務めるジョージアナは、当時の皇太子の印象をこう語っている。

皇太子はかなり背が高く、はっとさせるけれども完璧とはいえない容姿をしておられました。肥満になりやすく、男の服を着た女性のように見えてしまうことはありましたが、物腰が優美で上背があるので、間違いなく、その風貌は快いものでした。お顔はとてもハンサムで、着道楽で、安っぽくけばけばしい装いすらなさることもありますが、若さゆえのことですから、早晩およしになるでしょう……殿は人柄よろしく、かなりの浪費家でいらっしゃいます……でも理解力に欠けていないことは確かで、おっしゃった冗談がときに機智の矢を放つこともございました。政治に関わる傾向をお持ちのように見えましたが、重要な立場に身を置くのがお好きで、国家の陰謀であれ色恋の駆け引きであれ、言外の意味を深読みしすぎてしまうこともしばしばでした。[*10]

彼の「政治に関わる傾向」は、ホイッグ党員たちに歓迎されたが、それは、皇太子が成人に達すると貴族院議員になることを含んでのことだった。彼らは、国王に対する不忠義の汚名を返上できるだろうということで、皇太子を熱心に味方につけようとした。だが、息子が女優を囲っていることを耳にした国王は、彼が道を踏み外したのはホイッグ党員たちのせいであると非難した。

ダービー伯爵夫人は、愛人であるドーセット公爵のために夫と子供たちを棄てたことで醜聞を巻き起こした女性であるが、富裕層の住むコーク・ストリートの邸を売却したいと思っていた。皇太子は、舞台を棄てればその後の面倒は見るという約束を守って、メアリをそこに住まわせた。邸には豪華な家具調度が備え付けられていたうえ、メアリは絵画や書籍を購入するための資金を与えられた。彼女の母親と娘もここで一緒に暮らしたということはありそうにない——彼女たちはおそらく、コヴェント・ガーデンにあるロビンソン一家の旧宅に留まったのだろう。ピカデリーからほど近く、セント・ジェイムズ界隈からも便利なコーク・ストリートへとメアリが引っ越すことは、劇場街から洗練されたウェスト・エンドへときっぱりと移行することを意味していた。

皇太子はメアリのために、ウェルティーズ〔皇太子の料理人ウェルティーがセント・ジェイムズ・ストリートに開いたクラブの一つ〕で大舞踏会を催したが、貴族優先の慣例に背くことを避けるため、最初に踊る相手はデヴォンシャー公爵夫人が務めた。彼女の妹のレイディ・ハリエット・スペンサーは、友人にこう書き送った。「いま一番噂の的になっているのは皇太子で、アン・メトレス・デクロゼ、セ・トゥタ・フェ・アン・エタブリスマン。※彼女は皇太子の肖像画を首のあたりに付け、四頭の切り尾の馬に引かせた馬車を、二人の侍従を後ろに従え乗り回しています[*11]」。最大の噂の種になったのは、彼女の馬車に付けられた標章《サイファー》であった。それはMRの頭文字を取り巻く薔薇の花輪の上に、五つの薔薇の蕾が入った籠を描いたものであったが、馬車が動いているときに遠目で見ると、その図案がさながら王冠のように見えるのだった。それは芸術家のジョン・キーズ・シャーウィン〔一八世紀後半に活躍した銅版画家〕によって、彼女のために制作されたものであったが、その弟子のイタリア人の銅版画家アルバネージが、ロビンソン夫妻が監獄暮らしをしていた頃、親しかったのである。シャーウィンは、船用の留め釘を作っていたサセックスの大工の息子であったが、出世して社交界でもてはやされる芸術家になっていた。彼はメアリとたいそう親密になった。

あるときなど、彼女はセント・ジェイムズ・ストリートにある彼の立派な住居に、母親をお伴に、歌いながら押しかけた。彼女はシャーウィンが自分をモデルにして描いたスケッチを見せてほしいと頼んだ。本人は留守であったが、弟子がそれを持ってきてくれることになった。一〇代のその若者は、「あなたにキスのご褒美をあげる」という流行歌からの一節を口ずさみながら二階に行った。彼がスケッチを手に階下に降りてくると、「ほら、可愛い色男さん」、とメアリは言い――彼に接吻したのである。*[12] そのスケッチとは、おそらく、シャーウィンが制作した「実物を元にした銅版画」の原画だろう。メアリはこの銅版画の中で、美しい胸を半ばあらわにし、皇太子からと思しき手紙を手にしている。メアリの手書きの現存する最初期の手紙は、肖像画のためにポーズをとった何回かのうちの一回に関するシャーウィン宛の短信である。*[13]

レティシア・ホーキンズは、ジョンソン博士の伝記を書いた初期の作家たちのうちの一人〔サー・ジョン・ホーキンズ〕の娘であるが、以下のように記している。メアリは、ときならぬ時刻にシャーウィンのアトリエに出入りし、「自分の肖像画のことだけではなく、銅版画の技法とはさらに無縁なあれこれの事柄について相談を持ちかけた」*[14]。ホーキンズはまた、以下のことも思い出している。シャーウィンは正餐を摂りながら、聖書を主題とした絵の一つにメアリを描き入れることについて二人で話し合ったときの顚末を、面白おかしく語った。自分はつねづね、巨大な歴史画を描きたいと思っていた――実在する人物を絵に描き込むのが、このジャンルの慣行である（それゆえ、彼の描いた『モーセの発見』中のファラオの娘は第一王女をモデルにしている）。メアリは考えた末、「主人の足元に跪《ひざまず》いている」ソロモン王の妾になりたいと言った。だが、誰をソロモンにすべきだろうか。シャーウィンは彼女の目論見を見抜いたが、皇太子に彼女とともにポーズをとらせるのは不適切だと思ったので、モールデンはどうかね、

※彼はロビンソン夫人をお妾さんにして囲っています。

と言った。「彼に跪くなんて」と彼女は憤然として言った。「そんなことをするくらいなら、死んだほうがましだわ[*15]」。

ホーキンズ嬢はまた、当時のメアリの容姿をいきいきと描写している。「彼女は明らかにすばらしい美女であったが、姿よりも顔のほうがさらに美しかった。彼女が歩みを進めるにつれて、衣装にふさわしい驚くほど滑らかな身のこなしができるのであった。セント・ジェイムズ・ストリートやペル・メルに毎日その姿を現すときも、馬車に乗っているときでさえ、はっとするような生彩が感じられるのであった」。彼女は、とりわけ皇太子の男友達を、贅沢にもてなした――高級娼婦という立場にあるため、婦人たちが彼女を訪問することはなかったのだ。彼女はパリの最新流行の服を買い、家の内装に凝りすぎて負債を抱えた。オペラ・ハウスでは脇ボックス席に座ったが、彼女のような素姓の女性にとって、それは前代未聞の思い上がった所業であった。また、セント・ジェイムズ界隈やハイド・パークで、色塗りの馬車《フェイトン》〔軽四輪馬車〕を次から次へと乗り回している姿も見られた。劇場では、「公爵夫人のような華麗さ」に包まれて姿を現した。多くの人々が、チャールズ二世と女優ネル・グウィンのような王の愛妾たちに、あからさまになぞらえた。パーディタは爵位を狙っているのだろうか。デヴォンシャー公爵夫人はそう考えた。「ロビンソン夫人は、少なくともクリーヴランド公爵夫人くらいにはなりたいものだと思っていた[*16]」。

彼女は危険な生き方をしていたが、有名人としての一刻一刻を心ゆくまで楽しんでいた。ソファイア・バデリーは、病気と貧窮に陥った女優にして娼婦であるが、彼女との出会いはメアリの活力と寛大さを伝えている。おそらくは一七八〇年一〇月のある日のこと、バデリー夫人宅の玄関扉が大きな音で敲かれた。同居人のスティール嬢が窓辺に行くと、四頭の美しい仔馬に引かれ、青と銀のお仕着せを着た二人の少年を御者とする優美な馬車に、一人の貴婦人が乗っているのが見えた。召使いが、ロビンソンという名前の婦人の来訪を告げた。彼女は挨拶をすると、カンバーランド公爵から渡された一〇ギニーをお持ちいたしました、公爵は私に、バデリー夫人の暮らしぶりを見届けて、必要ならばさらにお金を援助すると言って安心させてほしい、と懇願なさったのです、と言った。「彼女は、前日に訪問するつもりでしたが、皇太子殿下が私のところにお見えになっていたので、参ることができなくてまことに申し訳ありませんでした、とバデリー夫人に謝った」[*17]。

バデリー夫人が自分が陥った窮状について説明すると、ロビンソン夫人は「ああ、人間とはなんと恩知らずなのでしょう！」、と叫んだ。彼女は少し涙をこぼし、女優仲間の夫人のために、公爵だけではなく皇太子にも取りなすことを約束した。それから彼女はみずからの生涯について語った。別居しつつも、友好的なつきあいがある夫との関係について――「夫はあまりにしばしば彼女の財布の口を開けさせようとするのだが、自分の夫であるゆえに拒むことができない」のだけは我慢ならないことなど。皇太子は、彼女が夫と関わらないことを望んでいるのだが、ロビンソンのほうが、金をせびろうとして彼女を公の場でつけまわすのである、と説明した。

彼女はまた、皇太子に愛されている自分は最も幸福な女性であると打ち明け、次のように述べた。「愛しい哀れな男の子」は、キューにいたときしばしば寝床を抜け出して、イール・パイ島のホテルに深夜、彼女を訪ねてきたのであると。「それはどういう意味なのですか」とバデリー夫人は尋ねた――「寝床を抜け出して」というのは？　「それはつまり」、とロビンソン夫人は答えた。「両陛下はお子様たちにたえず目を行き届かせておいでなので、お子様たちが就寝した後も、毎晩様子を見においででした。愛しい殿下はその後で起き出すと、服を着て、弟君のヨーク公爵に助けてもらって庭の塀を越え、真夜中過ぎに私のところにいらっしゃることがしばしばでした。数時間をともに過ごすと、ふたたび塀を越えて夜明け前にお戻りになりましたが、このことは、弟君以外には誰も知る者はいませんでした」。皇太子の彼女への愛は「けっしてかりそめのものではありません」[*18]と、彼女は付け加えた。

メアリのロンドンにおける有名人ぶりと、皇太子の寵愛をめぐる軽口は、必然的に、新聞に書き立てられ叩かれるという事態を招いた。メアリは回想録の中で体裁をつくろっているが、彼女がモールデン卿と二股を掛けているという事実も、尽きせぬ注視の的となった。ある新聞は、「パーディッタが伯爵夫人に叙せられるという噂」をめぐるモールデン宛の悪意ある詩を掲載した。夫の存在も、醜聞好きの人々をさらに煽った。

九月に、「演劇居士《ドラマティカス》」がピアッツァ・コーヒーハウスから発信した手紙が『モーニング・ポスト』紙に掲載された。

R＊＊＊夫人は、昨冬まで女優をしていたが、舞台を退いた後も暮らしぶりや人となりは相変わらずかんばしくなく、その厚顔無恥ぶりは前代未聞、呆れ返るばかりである。名ばかりの夫であるM＊＊＊氏のほうは、劇場で人品骨柄卑しからぬ人々に割り当てられた座席に得々として座るなど、まこと言語道断の振る舞いである。

売春とは、たとえいかなるものであれ、その罪や恥辱を減じるという情状酌量の余地のないものである。われらの時代がいかに放埓であれ、男性の一番の放蕩者ですら、妻を、姉妹を、あるいは娘を、公然たる娼婦たちに取り囲まれることを承知のうえでボックス席に案内させるなど、考えるだけでもおぞましく思うだろう。

脇ボックス席を貞淑で名望ある女性だけのものとするのが、劇場経営陣の公衆に対する、また自分自身に対する務めである。あるいは、少なくとも、思い上がってその席を要求する女優、詐欺師、愛人として囲われている不身持女には席はやれないと、断るのが義務である。R＊＊＊夫人は確かに愛らしい女性であり、その美貌は緑のボックス席〔娼婦が客引きをする席〕でひけらかされても損なわれはしないだろう。だが彼女が不遜にも身分ある淑女のあいだに座を占めようとするのであれば、彼女がいくら魅力的であっても、無分別であるがゆえの非難を免れることはできまい。[*19]

だが一方には、擁護者も存在した。彼女の女優としての名声と才能を讃美する詩が、九月二八日の同紙に掲載されている。その詩は、オフィーリア、コーディリア、サー・ハリー、ロザリンド、ヴァイオラ、パルミラ〔ジョン・ドライデンの王政復古期の悲喜劇『当世風の結婚』のヒロイン〕を、彼女が比類ない技倆をもって演じたと讃えている。悲劇であれ喜劇であれ、いずれにも才を見せたが、とりわけ喜劇がすばらしかった、と。その詩には、彼女の行状や夫についてすら擁護する一文が付いていた。[20]

次いで「貞女の称讃者」から、また一つ擁護の声が上がった。彼女の評判は「同性の嫉妬深く邪悪な者によって貶められているにすぎない」と言うのである――メアリ自身も『回想録』で同じ主張をすることになる。この擁護文の書き手によれば、「この婦人が不行跡を行ったという証拠はまったくないし、新聞記事の悪意のほかに、彼女がいままで非難されたことはない」[21]。数日後、「演劇居士」が反論し、「厚顔にも劇場内で、本来ならば身分ある人々を迎えるべき座席であるところに座る」ことによって、ロビンソン夫人は「上流名士」を気取っていた、と主張した。彼女の「手練手管の精妙さ」や夫の「金目当ての丁重さ」への言及もなされていた。[22]「追従せざる者」と署名された怒りの手紙がもう一通、その一週間後に掲載された。九月二八日の詩に対して「紙面をここまで汚したここまでおぞましい称讃詩はかつてなかった――あの最も高潔で、最も無垢な、最も愛らしい、最も詩的な、あらゆる女性の中で最も美しい、最も誉れ高いパーディタに関する」と、異を唱えている。その手紙が言うには、現実には、彼女はそのどの言葉にもあてはまらないのである。彼女は「歴然たる娼婦性」を備えており、「オレンジ売りの女〔チャールズ二世の愛妾ネル・グウィンはかつてオレンジ売りだった〕――脇ボックス席などとんでもない」[23]と同類なのである。

同じ頃、コヴェント・ガーデン劇場での椿事によって、彼女はまたもや新聞を騒がせた。別居中の夫がボックス席の一つで「小娘《フィエット》」と情を交わしているところを見つけたのである。彼女は、嫉妬の怒りを爆発させ、ボックス席に駆け寄ると、不運な夫を捕まえて、髪をつかんでロビーへと引きずっていき、「そこで衆人環視のもと、夫を殴るやら難詰するやら暴力の限りを尽くした」[*24]。しまいに彼女は、夫を自宅へ意気揚々と連れ帰った。伝えられるところによれば、皇太子はこの出来事を快く思わなかった。メアリは重荷になりかけていて、彼はほかの女性たちに目移りしていたのだ。

彼女が皇太子とうまくいっていないという噂が広まっていた。彼女は嘲られ、「万病の温床」[*25]と罵られた。それと矛盾する噂もやむことはなかった。モールデン卿が気配りを怠らないのは、彼女の愛人であるからなのか。あるいは、「濃緑色の馬車《チャリオット》に付いている銀色のRは……王族の(royal)寵愛の印にほかならない」[*26]のではないだろうか。

「この上なく悪辣な嘘八百の話が捏造され、私はふたたび、パンフレット、記事、諷刺画その他のありとあらゆる中傷の矢弾の的になった」[*27]。出版物による最初の全面攻撃の一つは、『当世を諷刺する詩』と呼ばれる一シリングのパンフレットによって仕掛けられたが、それはとりわけ彼女の「女衒の夫」を強調していた。

名だたる美女(その名はパーディタ
氏も育ちも卑しいのだが、それはさておき)
ちっぽけな魂には不釣り合いな大きな魅力に恵まれて、
高慢の鼻高々、理性では抑えが利かぬ。
行く先々で、求愛者がわれ先にとはいつくばる。
(浮気な娼婦をつけ上がらせるには、これで十分)。
ある者は富を自慢した――フローリオは、まだ初心《うぶ》なので、
己れの情熱を切々と訴えた――が、彼女は金持ちを選んだ。

その後どうなったかご覧あれ――われらがパーディタは罠に落ちた。
金持ちの夫はと言えば、一文なしの体たらく。
貧乏暮らしを強いられた。彼女の次なる目的は
世間で有名になる道を歩むこと。
ありていに言ってしまえば――ギ＊＊ック〔ギャリック〕を巻き込んで、
舞台で才能をひけらかそうというわけである。
その目論見は大当たり。彼女の願いはすべて叶った。
善良さはないが、そのぶん魅力が立ち優った。
貴族たちは彼女に、パーディタは彼らに焦がれて溜息をつき、
女衒の夫は、妻がそうして媚を売るのを見て見ぬふり。
彼は、まっとうな自尊心など微塵もなく、
モ＊ル＊ンが妻の左手に接吻するあいだ、右手を握っているような男だ。
だがドルーリー・レインの言いなりになる必要がなくなったいま、
彼女はかつての同僚を蔑みの眼で眺める。
というのも、絹織物が卑しい木綿を押しのけて、
皇＊子のお妾候補を押し出してくれるから。[*28]

この詩が明らかにほのめかしているのは、モールデンとの情事が皇太子との情事に先んじていたことである。

フロリゼルとパーディタをからかう諷刺画はあまたあるが、その最初のものが一一月に出版された（口絵④を見よ）。画中でメアリは、片側に皇太子、片側に夫を従えた姿で描かれている。彼女は胸ぐり

の深いドレスを着て、長髪の鬘の上にウェールズの山高帽を被っている。ロビンソンは寝取られ亭主の印である角を生やし、サー・ピーター・ピンプ（女衒）と書かれた紙片を持っている。ウェールズのシンボルである二枚の駝鳥の羽とリーキ（ポワローネギ）で飾られた皇太子の小冠は、頭上から落ちかかっている。メアリは皇太子に『人間論』と題された本を差し出している。彼は、その美しさに幻惑されたかのように、両手を挙げて彼女を見ている。パーディタの足元には、「白塗り溶液」、「カーマイン〔頬や唇を紅色にするためのもの〕」、「歯磨き粉」、「香水」、「整髪料」と書かれた箱が、フロリゼルと署名された手紙とともに置かれている。この銅版画の下には歌詞が付けられ、「ああ、ポリーは哀れな売春婦」（ポリーはメアリの別称）の曲に合わせて歌うことになっている。

ときに彼女は悲劇の女王を演じたもの、
ときには貧しい百姓娘、
ときには舞台裏に退いて、
そこで娼〔婦〕を演じたもの。

二〇〇〇ポンド、王様の気前良さ
することは変わらないのに
毎晩行われていることと、
姉妹の娼〔婦〕が皆行っていることと。

それは彼女のはまり役、
いままでの人生で最高の出来栄え、

でも、フロリゼルだけでない、
彼女が娼〔婦〕をどう演じたか知っている者は。

彼女の夫も、チンピラ風情、
しょっちゅう扉の番をして
妻が娼〔婦〕を演じているあいだ、
サー・ピーター・ピンプ（女衒）をうやうやしく演じる。

この騒動の緊張がだんだんと高まってきていた。メアリの男性の友人はA・Bという署名入りで、『モーニング・ポスト』紙に投書し、ロンドンの新聞各紙がスキャンダル記事で彼女を中傷し続けるのであれば、彼女は「己れの血をもってそれに報いる」[*29]ことになるだろう、と警告した。人の目を逃れるため、彼女がドイツに逃れようとしているという噂もあった。まさにその翌日、彼女はモールデン卿とともに、カプチン会修道衣風の褐色のマントと頭巾を魅力的に着こなして仮面舞踏会に現れた。これは、彼女がモールデンとよりを戻したという噂をさらに煽った。

『モーニング・ポスト』紙は概してメアリに批判的だったので、一七八〇年一一月に新たな日刊紙が創刊されたことは彼女にとって幸運だった。編集長はヘンリー・ベイトで、上流社会に顔が利くことと、名誉棄損で訴えられることを恐れないことで有名だった。シェリダンの『悪口学校』に登場する中傷屋スネイクのモデルである彼は、牧師の息子であり、聖職者を志してケンブリッジで教育を受けた。彼は聖職者でありながら、『モーニング・ポスト』紙の初期の編集者の一人になった。彼はつねに黒服を着ており、癇癪持ちであるがゆえに「戦う司祭」と呼ばれていたが、その気性はしばしば彼を厄介ごとに巻き込んだ。ベイトはリッチモンド公爵の名誉を棄損した廉で一年間投獄された後、『モーニング・ポスト』紙を首になった。そして、自分のポストが残されていないことがわかると、しっぺ返しに『モーニング・ヘラルド』紙を創刊した。彼は多年にわたる演劇愛好家で、そもそも彼が若き牧師補として初めて職に就いたとき、その上司が、『階段の上と下』という笑劇の作者として有名なジェイムズ・タウンリー師であった。ヘンリー自身も劇を数作出版し、オペラを演出して成功したこともあった。彼は名高いシェイクスピア女優（ハートリー夫人）の妹と結婚した。ベイト夫人はウェスト・エンドの女優全員を知っており、『モーニング・ヘラルド』紙のために噂話を集めるのは彼女の仕事だった。

メアリとヘンリーのベイト夫妻は、おおむねメアリ・ロビンソンに好意的であった。これは、一部には役者仲間への同情もあったのであろうが、大方のところは、『モーニング・ポスト』紙の論調に対抗するほうが紙面が盛り上がるからであった。ベイト夫妻は、新聞の売り上げを伸ばす最善の策は、醜聞を委細漏れなく追跡することであると心得ていた。昔ながらのやり方で、メアリは自分の側の話をベイト夫妻に漏洩し始めた。『モーニング・ポスト』紙さえも、フロリゼルとパーディタの恋愛熱が冷めたという噂を否定する記事を掲載せざるをえなかった。[*30]

国王は、二人を別れさせようと躍起になっていた。クリスマスの直前に、王は「新しい取り決め」を提案したが、それは、皇太子はウィンザーを出てバッキンガム・ハウス（現在のバッキンガム宮殿）に移り、そこで一家を構えてある程度の自由を確保するというものであった。「私の気持ちは」、と国王陛下は書いた。「私にできる限り、お前に道に適う喜びを与えてやり、不適切なものに関わらせないことである。おまえをそのように導くことで、おまえは成人に達したとき、身分ある若者にはふさわしくなく、おまえのような高い地位にあるものには犯罪にも等しい諸悪を避けることができたと、私に感謝することであろう」。[*31] 皇太子は、週に二度、自室で友人たちと正餐を摂ることが許可された。王にあらかじめ伺いを立て、定められた従者に伴われていれば芝居にもオペラにも出かけてよいことになった。日曜には礼拝に行き、セント・ジェイムズ宮殿に王が滞在しているときは公式接見会に姿を見せること、あるいは、木曜日の王妃の公式接見会にも出席すること、が期待された。王が朝の乗馬に出るときは、お伴することが期待された。一家を構えて独立させる代わりに、仮面舞踏会に行くことは禁じられ（「この国の仮面舞踏会を良いものと私が思っていないことはおまえも承知しているだろう」）、個人の邸宅での集いや、ほかのその類のいかがわしい集まりには出席してはならない、とされた。個人の邸宅での集いとは、すなわち、コーク・ストリートのパーディタへの訪問のことを指していた。

　少なくともメアリが関知する限りでは、皇太子との仲は円満であったが、ある日突然、メアリは「もうこれ以上会うべきではない[*32]！」と伝える、そっけない短信を受け取った。何通もの雄弁な恋文から始まった情事は、説明も詫びの言葉もなく終わったかのように見えた。メアリは驚愕した。ほんの二日前に会ったとき、恋人は変わらぬ愛を誓ったばかりなのだから。皇太子がいきなり関係を終わらせる理由は何もないと、彼女はつねに断固として主張しており、きちんとした説明は何もなかったと嘆いている。「私はふたたび、最も厳粛に繰り返します。あれほど急激な心変わりがいかにしてもたらされたのか、正当な理由はまったく思い当たらないと[*33]」。

　メアリが別れ話をおとなしく受けるだろうと皇太子が考えていたとすれば、それは愛人の火のような気性を理解していなかったことになる。煎じ詰めれば、これは、大きなお腹を抱えて、夫の愛人と平然と渡り合った女性なのだ。彼女はジョージに説明を求める手紙を二度書いたが、「この最も残酷で尋常ならざる謎が解き明かされることはなかった[*34]」。この頑固な沈黙に遭って、彼女は恐慌をきたし、自家用馬車《フェイトン》でウィンザーへ向かった。コーク・ストリートからウィンザーへの道中は、長く不安に満ちていた。時間は遅く暮れかかっており、メアリに付き従っているのは、御者である九歳の少年だけであった。フェイトンは、軽やかな屋根のない四輪馬車で二頭立てになっているのが普通であるが、メアリの馬車は小型なので仔馬一頭で走らせていた。富裕な貴婦人が好む馬車であることがわかっているので、追剝には格好の獲物だっただろう。追剝は、とりわけジョン・ゲイの『乞食オペラ』が成功を収めて以来、英雄然としたイメージでもてはやされていたが、現実には犠牲者の扱いはひどいもので、女性はしばしば強姦された。

ハウンズロウ・ヒースに到着すると、宿屋の主人に「ここ一〇日間というもの、夜ヒースを通った馬車はことごとく襲撃され金品を奪われた」[*35]と警告され、メアリは恐れおののいたに違いない。だが頭は皇太子のことでいっぱいで、自分の身に危険が及ぼうとかまってはいられなかった。恋人に本当に拒絶されたのであれば、死の想念には心惹かれる。漆黒の荒野の真ん中にさしかかったとき、「フットパッド」（徒歩の追剝）が現れ、彼女を仰天させた。男は手綱をつかもうとしたが、御者の少年はすんでのところで仔馬に拍車をかけ全速力で走らせた。追剝は追いかけたが馬車に追いつくことは叶わず、一行は荒野の外れに立つ小さな宿屋「カササギ亭」へと、大した襲撃に遭うこともなく無事に辿り着いた。

メアリは、運が良かったと大喜びだった。この旅に関する記述の中で、身に着けていた高価な宝飾品を差し出そうとする前に追剝は自分を絞め殺していたことだろう、と彼女は勇ましく主張している。カササギ亭に到着し、美しいエリザベス・アーミステッドと皇太子の下僕のメイネルにばったり会って、張りつめていた気が緩んだ、とも。〈アーミステッド〉（新聞はずっとその呼び名で押し通した）は、明らかに、皇太子との逢引から帰っていくところだった。「私は第六感で、すぐさま彼女が恋敵であることがわかった」[*36]。皇太子がしばしば、当の女性と知り合いになりたいと漏らしていたのをメアリは憶えていた。

エリザベス・アーミステッドは高級娼婦で、卑しい出自からのし上がってきた。皇太子の愛人になったのは彼女が三〇歳のときである。根拠はないが、彼女が一時、ドルーリー・レインでパーディタの髪結い係をしていたという噂もあった。ロンドンの高級娼館のある有名マダムに雇われる以前は、彼女は確かに髪結いのモデルを務めていた。彼女の美貌はすみやかに、アンカスター公爵、ドーセット公爵、ダービー伯爵、ボリングブルック子爵のような、富裕な貴族のパトロンを次々に惹きつけた。皇太子と関係をもつようになったとき、彼女はデヴォンシャー公爵の弟であるジョージ・キャヴェンディッシュ卿※の愛人だった。

起こるべきことが起きた。皇太子に新しい愛人ができたのだ。メアリがウィンザーに着いたとき、皇太子は面会を拒んだ。

この情事の終焉がどのような経緯でもたらされたのかは、あやふやである。疎遠の時期がしばらく続いた後、皇太子はメアリとよりを戻したがっているように見えた。彼は、クラージズ・ストリートのモールデン邸で会いたいと申し出てきた。ずいぶんためらった末――彼女の言うには――メアリは同意した。皇太子は彼女を疎んじていて済まなかったと謝り、彼女を両腕で抱きしめて愛を誓い、彼女の立場が悪くなったのは「姿の見えない敵たち」の策謀のせいであると主張した。メアリは得意満面であったが、その勝利は長く続かなかった。彼女はすっかり仲直りしたものと思ったが、「悔やしくも驚いたことに」、まさにその翌日、ハイド・パークで皇太子殿下と出くわすと、彼は彼女を見なくてすむように顔を背け、彼女のことを知らないふりすらしたのであった。また、彼女が必死で書き送った手紙のどれにも、彼はいっさい応えようとしなかった。*37

メアリは絶望したりしなかった。モールデン卿に探りを入れ、皇太子の心変わりについて、その詳細を聞き出した。高位の人々のあいだに彼女を目の敵にしている者たちがいる、と彼は言った。カンバーランド公爵が自分の敵であることは承知していたが、いまや彼女は、宮廷の貴婦人たちが結託して悪意ある噂を流し始めたことを知った。それによれば、メアリは皇太子の友人の一人を公然と侮辱したため、

※キャヴェンディッシュ卿は、ある晩、夜遅く酔っ払ってアーミステッド宅を訪れ門前払いを食らったとき、彼女が皇太子と浮気をしていることを発見した。彼は寝室に押し入り、蠟燭を持った手を差し伸べると、英国皇太子が扉の陰に隠れていたというわけである。キャヴェンディッシュは哄笑すると、陛下に深くお辞儀をして引き下がった。

それが彼女を棄てる口実となった、とされた。実のところは、エリザベス・アーミステッドの魅力と、メアリが己れの親友の一人であるモールデンと愛人関係にあったということのほうが、より切実な重要性を帯びていた。さらには、ある程度の自由がもうじき得られると知って、皇太子は一人の女性に縛られたくはなかった。彼の親しい取り巻きの多くは彼女のことを嫌ったし、もっと豪華な暮らしがしたいと彼女からせっつかれてもいた。英国皇太子は終わらせたかったのである。王室にとって問題なのは、彼女がおとなしく引き下がるような女ではないことであった。

第一〇章　恋敵たち

女が醜聞を好むとすれば、私たちをそうさせているのは殿方です。醜聞を探し求めるときの貪欲さや、それを広めるときの精励ぶりを見ていると、それが会話の唯一の愉しい話題であると私たち女性は信じざるをえません。醜聞が群衆を虜にすると知ってしまった以上、私たちがそれを、人の気を惹く磁石のように用いたからといって、どうして責められましょう。

メアリ・ロビンソン『未亡人』

『タウン・アンド・カントリー・マガジン』誌は一度だけ、最新ニュースをつかみそこねた。一七八一年一月号で、メアリは「ご両人交情史」に、今回は皇太子とペアを組んで再登場した。楕円形の肖像画の下にはそれぞれ、「美しきオフィーリア」、「燦然たる王位継承者」と記されていた。皇太子の来歴は美化されて語られていた。「彼は馬に乗っているときも、歩いているときも、踊っているときも、フェンシングをしているときも、巧みで、滑らかで、優雅である」。彼は「とてもハンサムで堂々たる容姿」をしている。すべての若い女性の憧れの的であり、多くの女性が彼を虜にしようと試みた。メアリは卑しい出自の美人として紹介されている。「彼女の魅惑的な容貌や姿形の繊細な美しさは、ずいぶん若い頃から貴族たちの目を惹きつけた」。彼女は、ろくでなしの夫に彼女を縁づけた父親の犠牲者であった。「悪魔は、スパンコールを煌めかせレースで派手に身を飾った、弁護士の書記の姿で彼女の前に現れた」。皇太子は、彼女がオフィーリア役を演じたのを見て恋に落ちたのだとされた——パーディタ役と書くと、真実に近すぎると配慮されたのだろう。記事によれば、恋人たちはまだ熱愛中である。

「二人は、人間なら誰しも抱く最も麗しい感情を、いまも通い合わせているのである」[*1]。『タウン・アンド・カントリー・マガジン』誌は、以前にメアリとモールデンをペアにしたことに触れないだけの如才なさは持ち合わせていた。上流社会のごく内輪の人々は、モールデンとの浮気が皇太子の情事を終わらせる大きな要因になったという、穿った見方をしていた。デヴォンシャー公爵夫人ジョージアナはこう述べている。「英国皇太子は、彼女が不貞を働いていたことがわかると、酷い裏切りに衝撃を受け、彼の友人も愛人も、ともに不興をこうむった」[*2]。メアリは、モールデンに付き添われて街中に出ることによって、その噂の信憑性を高めた。だが彼女は、自分は彼の保護の下にあったけれど、それは「金銭の絡む」関係ではなかったと言い張った。彼女の主張するところによれば、当時モールデンは、「私よりもさらに窮々としていた。というのも卿の祖母であるレイディ・フランシス・コニングスビーは、まだ彼を、わずかな収入しかない手元不如意の状態に留め置いていたからである」[*3]。だが一七八一年の後半にレイディ・フランシスが亡くなると、モールデンはメアリに金銭的援助をする立場を得る。

やがて、フロリゼルとパーディタはもはや恋人同士ではないという噂が広まった。メアリはあの手この手で皇太子を取り戻そうと努めたが、うまくいかず絶望的になっており、そのうえ彼女は、返済するあてのない多額の借金を抱えていた。「私は夫も舞台も棄ててしまった――過去にはなんの望みもない！」（彼女はおそらく、「過去（retrospect）」ではなく「未来（prospect）」と言うつもりだったのだろう）。彼女には七〇〇〇ポンドの借金があり――今日の金額にして二五万ポンドを優に超える――、債権者たちは、彼女を監獄に入れると脅したり、体で支払えと求めたりした。舞台に戻ろうかとも考えたが、友人たちは、公衆は「彼女が戻ることを許さないだろう」と忠告した。これは彼女を驚かせた。というのも、ソファイア・バデリーは娼婦を生業《なりわい》とした後、舞台に復帰したからである。様子を探るため、新聞に観測記事が流された。ドルーリー・レインからコヴェント・ガーデン――王のお気に入りの劇場――

に移り、王〔エドワード四世〕に棄てられた愛妾ジェイン・ショアの役で初舞台を飾るだろう、と挑発的にほのめかすことさえされた。[*4] だがメアリは最も親しい友人たちの助言に従い、「私自身と私の子供を養うための潤沢で名誉ある手段となりえたものを諦めるよう、破滅へと導かれたのである」[*5]。

大晦日の晩、皇太子が新しく一家を構えたこと、彼が新しい身分になって初めて公衆の前に姿を現すことが新聞で報道された。「今宵オペラで、英国皇太子殿下は王位継承者として初めて公の場にお出ましになる予定である。皇太子殿下は、新たな側近に囲まれ、供回りの数も国王陛下と変わらず大勢になるだろう」[*6]。皇太子が正式な王位継承者となったまさにそのとき、彼を失ってしまったのは、メアリにとって悔しい限りだった。その数日後、以下のような記事が出た。「ある若い貴顕紳士は、自分が一家を構え次第ロ＊＊＊夫人にもそれ相応のことを、と約束したそうだが、ご自分のほうはことが成ったのに、夫人への約束が履行されていないので、いまや疑心暗鬼になったパーディタからひどく責められている」[*7]というものであった。だが、よりが戻る見込みはまったくなかった。メアリの非難は、皇太子の人柄よりも、彼を雲上人にしてしまう生来の身分に向けられた。彼女はもらった宝石や贈り物を返したが、皇太子の細密肖像画と髪の房だけは手元に残した。そして、二万ポンドの証文も。

一月五日、『モーニング・ヘラルド』紙に情報源のきわめて確実な記事が出たが、おそらくそれは、メアリ自身がヘンリー・ベイトに漏らしたものであろう。自分の「取り分」を手に入れるためには、何ごとも、脅迫ですら辞さないつもりであることが、ここで初めて公にほのめかされている。

ある王族の情事が完全に終わりを告げた。二人はもう三週間以上もまったく顔を合わせておらず、後一つ、あれほどの側室にふさわしい慰謝がなされれば、きれいさっぱり別れられるという状況である。ロビンソン夫人は、別離におけるこの方面の調停はきわめて重要で軽んじられるべきものではないと考え、かつての熱烈な恋人にきっぱりと通告した。「新年の始まりから二週間以内に、慰謝の取り決めがなされなければ、殿＊はお覚悟なさいませ。私を美徳と結婚の誓いから誘い出したあの誘惑の手紙すべてが、そっくりそのまま公表されることになるでしょう」。

また、こう報じられてもいる。「ある若き人士とモ＊＊ン卿は、かつては君主と臣下というよりは兄弟のような間柄とも見えたのであるが、いまはさほど親密ではない」。モールデンは、パーディタを、主人のベッドのみならず自分のベッドにも連れ込んだことに対する代償を支払っていたわけである。メアリは極上のニュース種とみなされていたので、ニコラス・ダービーの消息さえ伝えられた。「その名も高きパーディタの父親は、最近、テムズ川に浮かぶ出帆間近の頑丈な私拿捕船の船長になった」[*8]。彼は新規蒔き直しを図って海軍に入り、やがてはロシアの女帝であるエカテリーナに奉仕することになる。一方皇太子は、不興をこうむった叔父——メアリに敵意を抱いている——の住居であるカンバーランド・ハウスの常連になりつつあった。

手紙が公表されるのではないかと、街中が噂でもちきりだった。一月半ば、『モーニング・ヘラルド』紙はこう告知した。「フロリゼルがパーディタに宛てた詩的書簡。パーディタの返書とともに来週中に刊行予定。出版を阻止しようと、すばらしい儲け話が再度持ちかけられたが、編集子はそれを是とせず」[*9]。その詩は予告どおり、数日後に出版された。一週間以内に売り切れ、すぐさま再版された。第三版がすぐに続いた。このパンフレットは、四〇頁しかないのに半クラウン〔二シリング六ペンス〕もしたが、その人気ぶりは四月初めに『モーニング・ヘラルド』紙に掲載された逸話から窺える。

先日、ある紳士がたまたま書店にいたところ——『ヨーロッパに恒久的平和を』というパンフレットの著者が入ってきて、売れ行きはどうかねと書籍商に訊ねた。「ぼちぼちです」と書籍商は答えた。「値段を一八ペンスにしておけば、もっとよく売れたでしょう」——「何だって！」と著者は叫んだ。

「パーディタが半クラウンで売られているのに、ヨーロッパに恒久的平和をもたらす策がたった一八ペンスとは?」——「いかにも」と、著者の手をポンと叩きながら書籍商は答えた。「歴史上の醜聞事件について書いて私のところにもってきてください。それがどぎつくて破廉恥であればあるほどよろしい。そうすれば礼金はたっぷりはずみますし、前金でお支払いします。というのも、醜聞しか売れませんからなあ」——「確かに」、と著者が答えた。「王たちの悪行や、彼らの治世が地上にどのような災厄をもたらしたかを暴くことほど刺激的な話はありませんからね」。「そのとおりです」、と書籍商は答えた。「でも、それでも高尚すぎますね、ご婦人方を楽しませることはできません——ああ嘆かわしい! 当節の堕落ぶり、貴族たちの軽佻浮薄ぶりときたら」[*10]。

実のところ、その詩自体は、ドキドキさせることを目的にしているとは言い難い代物だった。「フロリゼル」は己れを無垢な少年に見立てて、こう書いている。

あなたと同性の女性のことはいまだ知らず、初心《うぶ》な若者であるがゆえに
巣立ちの時は迎えていても、成熟した男性の最大の歓びには不案内、
あなたは僕に、男であるとはどのようなことであるか、手ほどきをして
父の計画をことごとく打ち砕いてくれた。

「パーディタ」も詩で応答し、自分はあなたに性の技巧を教えることには関心がなく、「若々しい感情が育っていく余地を見出せるよう」手助けしたい一心です、と励ましている。いささか危険ではあるが、その詩は、王妃とメアリの母親がこの件を容認しているという主張によって結ばれている。

私たちの母は、二人とも慇懃に同意した
私たちさえ安らかならば、国民が憂える必要はない、と。
あなたの父である国王は、きっと、すべてを黙認してくださるはず。

このパンフレットの真に美味しい部分は、詩のやりとりではなく、詩とともに掲載された「序に代えて、君侯の教育を論ず」である。この一文は、パーディタを強力に擁護していた。「ブリストルが彼女の生誕の地である」、とそれは述べる。「そのことだけでも、醜女だらけという嘲りからその町を救うのに十分であろう」。彼女の立派な家族と、モア姉妹の学校で良い教育を受けたことが強調される。「彼女の取り巻きには、詐欺師、いかさま師、ごろつき、あるいは娼婦さえ存在しない」と主張された。彼女は「女衒卿」(モールデン)、すなわち「栄達への仲介者」さえはねつけようと努めている。だが、何が起こったかといえば、陰謀が仕組まれ、皇太子の平安を乱し、「疑うことを知らなかった心に疑惑を生じさせ」、皇太子の寵愛目当てに「別の美女を割り込ませようとする企みがなされた」[*11]。だんだんと明らかになってくるのは、これはたんなる醜聞記事ではなく、政治的なパンフレットだということである。その論旨は、パーディタは、野党勢力に皇太子を誘い込もうとするカンバーランド・ハウスやホイッグ党派の人々によって、名誉を傷つけられ皇太子から遠ざけられた、ということである。パーディタは、彼らと違って、政治的正統性のまさに鑑と持ち上げられる。

偉大なる皇太子の愛妾がどのような政治的意見を持っているかということは、けっして等閑視してよいことではない。狩猟に参加したおりに殿下がパーディタに微笑みかけられたということは有名であるが、その微笑みも、彼女の美貌に対する称讃などではなく、徹底した与党支持者であるという彼女の政治的立場に賛同されてのことにすぎない。[*12]

パーディタは、このように、「与党」派として提示され、恋敵の〈アーミステッド〉は「野党」派、あるいは――新聞の言葉を借りれば――「青とバフ色〔淡黄色〕の徒党〔フォックスとノースの連立政権を指す〕」[13]の「断固たる代表者」として提示された。

二人の愛妾たちの闘争は、新聞紙上で七か月にわたって繰り広げられた。メアリはベイト夫妻と交流があったので、『モーニング・ヘラルド』紙は確実に、エリザベス・アーミステッドの振る舞いを叩く側にあった。「アーミス＊＊夫人は、あの有名なパーディタに再三再四ほのめかす努力を怠らなかった。さる若き人士が彼女のところへ行けないのは、彼が、別のところでより優れた魅惑の虜になり、その祭壇のもとにいまなお身を捧げているからである、と……このように残酷な方法で勝利を宣言されたため、棄てられた美しい女性は目に見えて憔悴した」。パーディタはオペラで中央ボックス席に座ったが、無駄であった。皇太子は一度も彼女のほうを見なかった。すぐにこう報じられた。アーミステッド夫人は「ある若き人士の愛を勝ち得たと、ようやく胸をなで下ろした。そしていまや、自分の魅力は、意気軒昂で羨望の的であったかつてのパーディタの魅力のように、あっというまに色褪せたりはしないだろうとうぬぼれている」[14]。

二月一七日の土曜日の晩、オペラ・ハウスで両人の対決が見られた。パーディタは皇太子のすぐ上のボックス席に座っていたが、エリザベスは真向かいのはるかに良い席から「視線の矢玉を浴びせかけた」。「殿下は、二人の様子をご覧になろうとして上のほうを見遣ったところ、R夫人と目が合った。視線がほのかに交わるやいなや、皇太子の目はア＊＊＊ド夫人に釘づけになった。夫人は恋敵に対するこの一瞬の勝利に乗じて、片方の手袋を美しい手から外し、あたかも決闘のときに投げる手袋であるかのように、それを彼女のや＊＊き〔やんごとなき〕称讃者に掲げてみせた」。この記事は月曜日に出たが、勢いづいた『モーニング・ヘラルド』紙は翌朝またその話題を取り上げ、「憂いに沈むパーディタがときおり甲斐のない溜息を漏らしている」一方、その高貴な人士が「愛の方陣を組んだ部隊」によって攻め立てられているさまを物語った。[*15]

女性同士の張り合いが新聞紙上で繰り広げられている一方、皇太子は、新たに得た自由に有頂天になっていたうえ、弟のヨーク公爵と信頼できる友人のレイク大佐がいなかったせいもあって（彼らはともに海外に行っていた）、カンバーランド公爵および、チャールズ・ウィンダムとサン・レジェ大佐という二人の名うての悪党とつきあうようになった。一七八一年の初めの二月を、彼らは酒宴と放蕩に明け暮れて過ごした。ある晩、ブラックヒースで馬鹿騒ぎをしていた彼らは、酩酊したあげく、仲間の一人がその家の猛犬の舌を引きちぎろうと試みた。犬は従僕の足とウィンダムの腕に嚙みついて反撃した。その家の主人は階段から転げ落ち、皇太子は泥酔していたので、馬車で帰宅することができなかった。

さらに、皇太子は「下品この上ない言葉」を用いて、「王に聞こえるときでさえ」公然と父王を批判したので、それにはジョージ三世もひどく動揺し、息子がやがて自分に服従することを拒むのではないかという危惧の念をグロスター公爵に打ち明けた。だが当時、デヴォンシャー公爵夫人ジョージアナによれば、皇太子は乱脈な生活の悪影響をこうむっていたのである。「飲酒とあまりに無軌道な生活のおかげでもの凄い熱を出した……熱はすぐに収まったが、顔が恐ろしい皮膚病に冒された」[*16]。三月のほとんどは、侍医がかかりきりだったし、一時は生命が危ぶまれたことすらあった。皇太子はドイツにいる弟にこう書いている。「私は二週間ずっと寝室に籠りきりで、口にしたものと言えば大麦の重湯かその種のうんざりするような水っぽい代物だけだった」[*17]。弟は彼に、そのうち体をひどく壊してしまうだろうと警告し、彼の放蕩を邪悪な叔父カンバーランドのせいにした。だが皇太子は聴く耳を持たなかった。回復すると、ふたたび女漁りを続けた。メアリは彼のことをすっかり諦めたわけではなく、その健康を気遣った。『モーニング・ポスト』紙は「王位継承者が最近ご病気になってよりこのかた、パーディタの顔色は優れなかった。だがいまやご本復なさったので、その顔《かんばせ》は、百合とカーネーションでふたたび華やかに彩られるであろう[*18]」と記した。
四月までに、新聞各紙は「不俱戴天の恋敵たち」が街路で一触即発の状態にあった、と報じていた。
彼女たちは、硫黄色の馬車ですれ違いざま、殺気を帯びて睨み合った。

〈ア＊ミステ＊ド〉と〈パーディタ〉は、不俱戴天の敵となったので、この二人が出会うと、きわめて由々しい事態が生じるのではないかと懸念されており、いずれの側の支援者たちもそれを避けようと心を砕いている。両人は、しばらくは、馬車がすれ違う際、爛々とした憤怒の視線を交えるだけでよしとしていた。だがいまや、敵の接近が認められるやいなや、窓ガラスが下ろされ、歯を剝き出して威嚇したり、唾を吐いたりの一斉攻撃をしきりに仕掛け合っており、遭遇の場に居合わせた人々をすこぶる楽しませている。いままでのところ、両人はそれなりに健闘してはいるものの、勝負は互角というところである。しかしながら、聞くところによると、〈ア＊ミステ＊ド〉は、歯を剝き出して威嚇する迫力満点の方法を、かの悪名高きグリマルディ〔一八世紀後半から一九世紀初頭にかけて活躍した有名な道化師〕から習っており、もし彼女がそれを使って敵を制圧する機会に恵まれれば、かならずや完全な勝利を収めることであろう！

パーディタは、自分が敗北したことを知っていたのだと思える。というのも、貴婦人や社交界の女性たちが一〇〇〇人以上も参加したケンジントン・ガーデンズでの集い――幸せだった頃ならば、何を措いても出席したであろうような催し――に姿を欠いたたため、かえって人目を引いたのである。恋敵は凱歌を挙げた。〈アーミステッド〉は皇太子の揺るぎない寵愛を受け、片や〈パーディタ〉は「ラネラのいまや侘しい円形奏楽堂を惨めな心で」とぼとぼと人目を避けて歩むしかなく、「楽しい記憶のいっさいが失せてしまい、愛し合う者たちの通い合う気持ちも、愛おしい歓びに満ちた思い出の情景もすべて、永遠になくなってしまったのだ！」[*19]

だがメアリにはまだ手紙が残っていた。それを公表すると脅すのが、彼女の最強の武器であった。私信が公的な領域に出現することによって、名誉はいちじるしく損なわれうる。彼女はそのことを、新聞各紙に恐るべき広告が掲載された三月、痛い思いをして学んだのだ。それは以下のようなものであった。「来週土曜日、四つ折り本にて出版予定、定価一シリング、パーディタがあるユダヤ人に宛てた真正なる書簡。ユダヤ人の返書付き。このパンフレットは、愛の技法に新たな光を投じ、あらゆる宗派の恋する者に有益な示唆を与えるであろう。出版社に持ち込まれた書簡原本にもとづく」[*20]。結婚したばかりの頃に、金貸しの「ユダヤ人」キングに書いた手紙が、亡霊のように戻ってきて彼女に取り憑いたのだ。『パーディタがあるユダヤ人に宛てた書簡』は、序文から始まっていた。そこではキング（文中では氏名不詳）が、自分が私信を出版するという「がさつな」行為に及んだのは、去る一月にパーディタ自身が『フロリゼルがパーディタに宛てた詩的書簡』の公刊を許可するという節度ない振る舞いをしたからである、と弁明していた。それどころか彼は、「ロ＊＊＊夫人の散文と韻文のいずれの文体をも」知悉していることを根拠に、メアリ自身こそ詩的文通の双方の側の本当の書き手であるばかりか、彼女をさんざん持ち上げている「序に代えて、君侯の教育を論ず」をも書いたのである、と主張した。彼は、それよりはるかに陰惨な彼女の半生をみずから綴ることによって反撃し、ロビンソン夫妻の詐欺や、一時は債務者監獄に収監されていたこと、メアリが貴族の金蔓と次々に情事を持ったことを強調した。

第三章で述べたように、この攻撃的な序文の後に掲載された手紙はかなりの程度、真正な要素があると言える。キングは、ロビンソン夫妻がオックスフォード、ブリストル、ウェールズを転々としたことを、メアリが認める以上に夫妻と親しくない限り知りえないはずである。手紙が本物であるという強力な証拠は、出版から数日以内に『モーニング・ポスト』紙に掲載された記事によってもたらされた。

貴人の愛妾として、また麗人として名高いパーディッタは、月曜日の晩、ある手紙を回収せんと大胆かつ強引に試みたが、それは、さる書物が本物であると謳って出版の根拠とした当の手紙であった。だが彼女の試みは叶わなかった。出版者は屈せず、チャプター・コーヒー・ハウス〔文筆家や出版業者の溜まり場であった店〕に赴むいて、そこでどちらに権利があるか決しよう、と要求者に挑んだ。ペイターノスター・ロウ〔出版街〕の屋根裏一帯は蜂の巣を突ついたような騒ぎになり、恋人たちは望みの物を手に入れることなく退却せざるをえなかった。[*21]

パンフレットは土曜日に出版され、月曜日には、メアリとモールデンは手紙の現物を取り戻そうと試みたわけである。

キングを攻撃するある書物が、しばらく後に出版されたが、そこにはさらに詳しくこの一件の全容が記されていた。そこで語られている出来事の経緯はおそらく誇張されているだろうが、真実の響きもある。『フロリゼルがパーディタに宛てた詩的書簡』がベストセラーになったとき、キングはロビンソン夫人の古い手紙の束で金儲けをする好機だと思った。彼はメアリの家を訪ね、四〇〇ポンドで買い戻さないかと持ちかけた。彼女が断ると、彼は値段を吊り上げて二〇〇〇ポンドを要求した。もし金を払わなければ、彼女が浮気をしていると非難する匿名の手紙をモールデン卿に送りつけ、彼女にまつわる中傷話を日刊紙に流したうえ、結婚した最初の年に彼女が自分と関係を持ったことがわかるような手紙を公表するぞ、と言った。このゆすりの試みも失敗し、その結果、手紙が出版されたのである。この本の記述によれば、手紙の何通かは本物であるが、ほかは贋物であるとしている。[*22]

この書物はまた、キングと出版者たちは一万部は売れそうだと踏んでいたが、その怪し気な商いの手口を見ても、一〇〇部も売れなかったはずである、と示唆している。パーディタとユダヤ人の対決において、メディア——とりわけベイトの『モーニング・ヘラルド』紙——は、つねにイギリス美人の味方をした。ともかく、真の獲物は皇太子と取り交わした書簡なのだ。キングのささやかでみすぼらしい小冊子が出て数日のうちに、一〇〇頁そこそこの小型本が定価一シリング六ペンスで上梓された。『愛の束、あるいは、フロリゼルとパーディタの間で交わされた数々の書簡。美しい女主人公の興味深い逸話を序に付す』である。「興味深い逸話」とは、メアリの来歴の短いがほぼ正確な叙述と、彼女がリトルトン卿と愛人関係にあったことをかなり詳細に弁じたものからなっていた。その本には読者への辞が付されており、パーディタは皇太子から手紙をもらったことが得意でたまらず、お気に入りの部屋付女中に読み聞かせたうえ、その娘にそれらの手紙を預けた、と説明されている。不幸なことに、女主人とその女中に不和が生じ、その結果、手紙は娘の恋人の手に渡り、その男が「世人を楽しませ、彼女自身の儲けにもなるので、手紙を処分するようにと助言した」ということだった。[*23] この話はあまりにも嘘臭いので、手紙そのものがまったくの贋物ではないかと疑わせるほどである。

　とはいえ、それらの手紙は、ことのなりゆきに関するそれなりの知識があり、皇太子と女優が取り交わす手紙にはどのような言葉遣いがなされるのか勘の働く人物によって書かれている。たとえばフロリゼルの、「ほら、ここに、手を胸《ハート》に押し当て、恋の焔《ほむら》に包まれて、あらゆる者を凌ぐ熱情を持つ者がいる——ありふれた人間を凌ぐ高められた存在である者が」や、パーディタの「私が我慢して書いているとあなたはおっしゃるでしょう。いいえ、あなたに手紙を書くことはすばらしい歓びなので、私はどうしても書いてしまうのです」[*24] などは、その例である。手紙の日付はすべて、一七八〇年三月三一日から四月一八日のあいだであり、それはまさしく、皇太子とメアリが初めて会う前に、毎日のように手紙をやりとりしていた時期に当たる。手紙の作者が誰であれ、その人物は、モールデンが仲介したこと、メアリが会見に同意する前に金銭的保証の申し出があったこと、その後キューで逢引する約束がなされたことを知っていた。また、きわめて興趣ある小説風の筆致がそこここに見られる。

ようやく、待ちに待った逢引の時が定められた——私の思うところ、最も都合の良い場所に——あなたもそう思われるとよいのだが——キ〔ュー〕・ブ〔リッジ〕のほとりにある〈ス〔ター〕（星）とガ〔ーター〕（靴下留め）〉亭だ——そこに明晩七時にお越しいただければ、私はこの世で最も幸福な男となろう——宮殿をいかに変装して抜け出すか、その手立ては考えてあるが、愛しい人よ、お願いだからあなたが先に約束の場所で待っていてくれまいか、何か架空の名を用いてあなたのことが尋ねられるように——その時間でよいかどうか、私があなたをどう呼べばよいのか、知らせてくれたまえ——あなたが私を呼ぶときは、ウィリアムソンという名を用いればよい。[*25]

七時という時刻は早すぎてありえないように思えるが、大まかな状況は、メアリ自身がバデリー夫人に語った、皇太子がイール・パイ島のホテルで彼女に会うため、夜間に宮殿をどのようにして抜け出したかという話と符合している。

その種の出版物が発する下卑たユーモアは、メアリをひどく困惑させた。ドルーリー・レインの喜劇の女王は、いまや、ペイターノスター・ロウの売文家たちのカモであった。数週間後、皇太子がエリザベス・アーミステッドに飽きたという、心慰む知らせがもたらされた。『モーニング・ヘラルド』紙は、そのニュースを、いつものように軍隊の比喩を用いて報じている。

愛の戦隊を率いるあの名高い隊長たち、〈ア＊ミス＊ド〉と〈パーディタ〉のあいだで、失意を味わった者同士として、同盟が結ばれようとしている。前者は、王侯の寵愛を得ることによって、同性のほかの〈か弱き姉妹たち〉の上に長きにわたって君臨し、不運なパーディタに筆舌に尽くし難い恨みを抱かせたが、いまやその愛をすべて失ってしまった。しかしながら、比類ない悲嘆は、ついに思いがけぬ奇跡をもたらし、かつては水と油のごとく相容れなかったご両人を結びつけたのである。よしんばそれが、女同士の友情という、もろい漆喰で継ぎ合わせただけのものにせよ！[26]

皇太子は、グレイス・ダルリンプル・エリオットという貴族気取りの呼び名をもつ、ある「デミ＝レップ」（いかがわしい評判をもつ女性）に目移りしていた。彼女は世間では「のっぽのダリー」として知られていた。皇太子がエリザベス・アーミステッドに入れ揚げるのを避けたのは、パーディタが高くつきそうだと悟ったからであり、二人の女性に金を支払うことになるのは背負いきれない重荷だと思ったからだろう。手紙を公表するというロビンソン夫人の脅しは、春から初夏にかけてずっと、「チョコレート・ハウス〔ホット・チョコレートを飲ませる喫茶店兼社交場〕での噂話」の種であった。[27]

皇太子は、ドイツにまだ滞在中の弟のフレデリックに手紙を書き、側にいればパーディタの一件で助けてもらえるのに、と嘆いた。代わりに自分は、カンバーランド公爵に頼らざるをえなくなったとも。ギャンブル狂で放蕩者の叔父には近づいてはならない、と王が若い王子たちに繰り返し言い含めていたことを考えれば、その知らせがフレデリックを喜ばせたはずもない。だが皇太子は、公爵は自分と一緒に「浮かれ騒いで無頼に明け暮れて」いるわけではない、と主張した。それどころか、「彼は私の最も揺るぎない、最も断固たる友人役を務めており……最近生じた、すみやかにけりをつけたいとしか思わない厄介ごとには、そうした友人の助言が必要である。その火種は例の迷惑女のロビンソンだ」[28]、と述べている。手紙を取り戻さなくてはならないことは、わかっていた。というのも、彼は文中で、父王を含め、王室一家のほかの人々について思慮のない発言をしていたからである。

一方メアリは、うわべは以前と同じ暮らしを続けていた。『モーニング・ヘラルド』紙によれば、「名高いパーディタのために、仔馬用軽四輪馬車《ポニー・フェイトン》が、ロング・エイカー〔当時の馬車製造業の中心地〕で現在製作中であるが、その種の馬車としては、ここ数年例を見ないほどの最高級品であるとされている」[29]。おそらくはモールデンが、その支払いをしたのだろう。彼女は、毒をもって毒を制する、と決意したかのように見える。「ユダヤ人」キング、パンフレット作者たち、ゴシップ漁りの連中が彼女の名誉を汚そうとするなら、彼女のほうは新聞を利用して好感度を上げようというのである。「誇大な自己宣伝がいまや花盛りである」[*30]、と『モーニング・ヘラルド』紙は報じている。「そのため、〈か弱き美女たち〉ですら、それをみごとに実践している……パーディタやほかの女性たちは、いまや、あちこちの新聞紙上で己れの美点を吹聴しまくっている」。この時から、彼女はしばしば、メディア操作の達人と評されるようになる。彼女が貧しくなると、新聞各紙は、ご用達の宣伝装置を購うことすらもはやできない、と冗談を言った。

ゴシップ記事満載の雑誌『ランブラーズ・マガジン』誌の創刊号には、パーディタ、のっぽのダリー、極楽鳥として知られるもう一人の娼婦による架空の鼎談が掲載された。彼女たちはそれぞれの手口を論じ合った。極楽鳥は、愛人稼業をするのなら、翌朝まで金のことは口にしないのがコツよ、と言う。パーディタは考えたうえ、「お触り屋や、間抜けにならよく効く手かもしれないわね。でも私はいつも、お手当を約束させて、はなから言質を取っておくことにしているのよ。弁護士がかならず控えていて契約書が作成できるようになっているの」。すると極楽鳥は、「リスト」（翌日のゴシップ欄）に入れるべき「ネタ」を提供する。「パーディタは、N公＊〔公爵〕が申し出た年間一〇〇〇ポンドのお手当を蹴ったそうね。献身的なフロリゼル、最愛の、と言っていいフロリゼルに本当に夢中なのね」。パーディタは答える。「いえ、それほどでもなくて、まあまあってところ。でもフロリゼルはあわてるでしょうね。この記事を読んで、私に連絡してくると思うわ。それに、今晩はオペラを観にいくから、そこであの人に会えるわ。モ＊＊ン卿と彼が真向かいで、公爵が斜め前に来るような席に座ることになっているから、私がちょっと微笑んで頷けば、彼の心も戻るはずよ」[*31]。これは真実を言い当てているので、良い諷刺である。すなわち、パーディタのような女性はメディアのたんなる犠牲者ではなく、己れの公的イメージを操る主導者でもあるということである。アーミステッド夫人との争いを、新聞各紙が軍隊の比喩を用いて語るのであれば、彼女は仮装舞踏会に正装軍服に身を固めて現れるという具合である。五月初旬、彼女はパンテオンに「軍人に扮し《アン・ミリテール》、頭の先から爪先まで連隊式の装いをして」[32]現れた。皇太子とモールデンもそこにいて彼女を見た。

新聞各紙が、彼女は自分を目立たせて売り込んでいると文句を言うと、彼女は、これからは社交上の約束を減らすつもりだと宣言した。「〈パーディタ〉は、さまざまな失意を味わったあげく、悔悟と隠棲の日々を送ることを決意した」[33]。彼女はオールド・ウィンザー〔ウィンザーの街の南にあるテムズ河畔の村〕に家を借り、「来る夏には、内輪もめや嫉妬ゆえの狂騒に乱されることなく、そこで田舎暮らしの甘美な静けさを楽しむことになっている」[34]。皇太子の住まいのすぐ傍に家を借りることは、手紙の一件を忘れたわけではないという意思表示でもあった。

田舎での隠棲は長くは続かなかった。彼女はすぐロンドンに舞い戻って、ヘイマーケットでの仮面舞踏会に出席した。ふたたび彼女は、「最高に似合っている」[35]軍服（緋色で折り返し部分は青リンゴ色）を着込んでいたが、そこに遅くまではいなかった。彼女は最も熱狂的な二人の支援者、すなわち、モールデン卿とチャムリー伯爵に付き添われていた。その頃メアリはこの伯爵と短い情事をもっていたのかもしれない（また、「格別にハンサムな」ドーセット公爵とも関係を持ったとする根拠のない噂もあった）。

彼女は、四頭の栗毛の仔馬に引かせた淡青灰色の自家用馬車で、ロンドンとオールド・ウィンザーのあいだをせわしなく往復した。騎乗御者と馬車後部の召使いは、青と銀のお仕着せを着ていた。パーディタはときに、色を合わせた装いをすることもあった。「ご婦人は、午後四時に、ハイドパーク通行料取立門を通って街へと駆け込んでいったが、銀色で美しく縁取りされた青色の大外套を着ていた。羽飾りの付いた帽子をかぶっていたが、アレクサンドロス大王ですら誇らしく思うであろうほどの、まことに立派な帽子であった」。この時たまたま、極楽鳥が自分の馬車で通りかかったが、彼女は明らかに、「〔パーディタ〕のほうが着こなしで優っているのでしおれて翼を垂らしていた」。[*36] 流行の新しい衣服を、それを最初に身に着けた貴婦人にちなんで名づけるのが慣例になりつつあった。平民にしては異例であるが、メアリは流行の最先端を行く女性として、この役割を担った。一七八一年春、『レイディーズ・マガジン』誌は、シャーロット・スタンリーを最初の流行通信記者に任命し、彼女に毎月コラムを書かせた。「六月の正装」という記事の中で、彼女は、「パーディタ帽。蝶結びが付き、頭部をぐるりとピンクのリボンで飾り付けたチップ・ハット」[*37] を推奨した。

債権者たちに差し押さえをされるのではないかと恐れて、メアリは、使える金がある限り使いまくった。コーク・ストリートでは、乱痴気パーティがますます頻繁に催され、彼女はロンドン屈指の画家の一人であるジョージ・ロムニーに自分の肖像画を描かせた。トマス・ロビンソンとよりを戻したのも、この頃である。メアリは、後悔と詫びの気持ちでいっぱいの手紙を夫からもらって驚いた。『モーニング・ヘラルド』紙は、二人の復縁をこう報じている。

〈パーディタ〉は、あらゆる宗派の、あらゆる〈か弱き姉妹たち〉の、その誰にもまして、幸せであることは疑いない。彼女は、コーチ〔大型四輪馬車〕、ヴィザ・ヴィ〔向かい合わせ式座席の馬車〕、チャリオット〔軽装の馬車〕、ギグ〔一頭立て二輪軽馬車〕、キャブリオレイ〔一頭立て二輪で二人座席の折り畳み式幌馬車〕、フェイトン〔二頭〔一頭〕立ての軽四輪馬車〕など、ありとあらゆるしつらえの馬車を、短いあいだに次々と派手に乗り換えた。このめくるめく放埒な暮らしの只中にあっても、彼女は結婚の誓いのことを忘れてはいなかった——彼女の柔順な夫は、そのすべての片棒を担ぎ、結婚の床を暗黙の裡に明け渡し、愚痴も悔しさも口にせず、そのときどきの風の向くまま、黒色や灰色の仔馬を駆る御者を務めた。[*38]

パーディタはもはやフロリゼルの愛を失っていたが、彼女には、どの恋敵も真似できない堂々たる威厳があった。娼婦たちに残された唯一の手段は、共同戦線を張ることだった。だが彼女たちがかかってこようが、メアリにはつねに支援者が群らがっていて、救いの手を差し伸べてくれるのである。ある晩オペラ・ハウスで、〈アーミステッド〉とのっぽのダリーが「船尾の狭いパーディタ艦に対して猛攻撃を仕掛けた」ので、「周りで見ていた者たちは、そのような事態におけるいかにもイギリス国民らしい反応である、あの寛大なる介入という風情をみなぎらせつつ、彼女をどっと追尾するや、多勢に無勢の敵たちに勝利の艦旗を翻かして、彼女をさらっていったのである」*[39]。

第一一章　恐喝

一度でも裏切られたら、私はまず赦そうとは思わない。
たとえ私が、生きとし生けるものすべてを憐れみ、
苦しみの一つ一つに嘆きの声を挙げようとも。
私が絶対にできないのは、権力者の愛顧を求めること、
どのような身分であれ、愚者を崇めること。
というのも私は虚偽を蔑むからだ！

メアリ・ロビンソン「私の肖像画を所望した、ある友に寄せる詩」

トマスとメアリのロビンソン夫妻は、皇太子からもらえるはずの手切れ金を当て込んで、借財を重ね続けた。メアリが最初に要求した金額は二五〇〇ポンドだったが、王室費から二万ポンドを与えるという署名と印璽の付いた証文を彼女が持っていたことを考えると、それは控え目な金額であると言えよう。だが、彼女の債権者たちは待ちきれなくなっていた。

王＊の威光に包まれていたかつての寵姫の債権者たちは、最近とみに強硬で、せっかちになっている。というのも、検討中であると魅力的に報じられてきたある取り決めが、〈美しい人〉の混乱した頭から生じたまったくの妄想でしかないことが、明らかになったからである。その結果、群がっていた取り巻きだのたかり屋だのが離れていったが、それは、かつて栄華を極めたパーディタほどの野心家でなくとも、若い女性の誰にとっても言語に絶する屈辱であっただろう。＊1

絶望に駆られた彼女は、かつてロビンソンに二人の結婚を彼の家族に告げる決意をさせようとして用いた策を思い出したのだろう。一七八一年七月初め、『モーニング・ヘラルド』紙は、こう報じた。「噂によればパーディタは妊娠を明らかにしたそうであり、その偉大な出来事を、ある王＊＊に正式に伝えたいと願っている――チ＊＊リー卿が、この重要な任務の特命全権大使に任命された」[*2]。「チ＊＊リー卿」とは、第四代チャムリー伯爵のことである。皇太子の侍従として、彼は――皇太子やそのほとんどの男友達と同様――のっぽのダリーと関係を持っていたが、いまやモールデンのように、パーディタから離れることができなくなっていた。『パーディタの回想録』によれば、彼は「彼女を長いあいだ、倦むことなく追い回した」[*3]。

数日後、『モーニング・ヘラルド』紙は、エリザベス・アーミステッドも負けてはならじと同じ手を使うだろう、と悪戯っぽく示唆した。「パーディタが妊娠を明らかにしたので、〈ア＊＊ド〉は言葉にならないほど狼狽し、いつもながらの敵愾心を燃やして、同じようにめでたくご懐妊の運びとなるよう全力を尽くすことを決意した。噂によれば、彼女は閉塞を強力に解消する手段として〈天上の寝台〉を借り、イズリントン・スパの名水〔鉄分の多いミネラル・ウォーター〕を飲み、緩んだ繊維を引きしめ、加齢や偶発的な出来事による傷みの修復を試みている」[*4]。〈天上の寝台〉を所有していたのは、有名人たちの性治療医であるドクター・ジェイムズ・グレアム〔実際は学位のないいかさま医者〕であるが、彼の「磁気的＝電気的炎」による回春を謳った公開講義には、メアリ、皇太子、チャールズ・ジェイムズ・フォックスも後に参加することになる。

メディアの憶測は白熱の度を増していった。ある朝『モーニング・ヘラルド』紙は、メアリをめぐる三つの異なる噂話を取り上げた。なかでも、最も話題になっていたのが以下の噂である。「パーディッタの現在の恋敵である若いドイツの男爵夫人が、コーク・ストリートの有名な先達者の家の隣に引っ越した」。「粋な若紳士たち」が蜜壺に群らがる蜜蜂のようにパーディタの周りに集まっているが、彼女は「ポーランド人の若者にも同様に目をかけており、彼こそが意中の人である」。[*5] コーク・ストリートは、誰が誰を訪問しているのか判然としないほど、華やかな馬車でごった返していた。

ドイツの男爵夫人とは、ハルデンブルク伯爵夫人のことで、彼女は大使職を得ることを願ってロンドンに来たハノーファー家の貴族の妻であった。彼女はすでに、皇太子の弟をドイツで誘惑しようと試みていた。皇太子は彼女のことを「妙なる美人」だと思った。彼がウィンザーでカード・ゲーム〔ホイストか〕を彼女に教えようとしていたとき、二人はひたすら見つめ合ったままであった。ほどなく彼は、「極楽《エリジウム》の至福」[*6] を彼女とともに味わうことになる。『モーニング・ヘラルド』紙がメアリに関する記事で暴露するまで、情事の秘密は保たれていた。だがその記事には人違いがあった。皇太子は弟に手紙を書き、こう説明している。

そんなわけで、私たちの関係は、おまえには想像もつかないような仕方ですこぶる愉快に続いたが、ある時『モーニング・ヘラルド』紙に不都合な記事が出て、王妃が呼び寄せたドイツの男爵夫人がコーク・ストリートのパーディタ宅の隣の家を借り、私の馬車がしょっちゅう夫人の家の玄関で見られると言う。この記事は取り違えているのだが、元を糺せばこうである。すなわち、ポーランドの伯爵夫人であるラオウスカ伯爵夫人がR夫人宅の隣の家を借り、グロスター公爵の馬車がきわめて頻繁に、いや毎日と言ってよいほど、彼女の家の玄関口で見られるということなのだ。[*7]

だから、皇太子がドイツ人の男爵夫人を訪問し、パーディタがポーランドの伯爵を魅惑していたのではなく、皇太子の叔父がポーランドの伯爵夫人と情事を持っていたということなのである。

だが『モーニング・ヘラルド』紙の記事は、ドイツの男爵の猜疑心を掻き立てるには十分であった。

彼は妻を問い詰め、皇太子と取り交わした恋文を強引に取り上げると、みっともない一幕がそれに続き、あげくの果てに、皇太子の「可愛い天使」はブリュッセルに送られた。〈アーミステッド〉とのっぽのダリーもこの時点で大陸に退いたので、パーディタが脚光を浴びることになった。舞台に復帰したいというじりじりするような想いが、いま一度心をよぎった。「かつてのパーディタ王女は、宮廷や宮廷に関した事柄を一わたり経験したので、いまや王族気取りのまやかしの場面を棄てて、牧羊の杖をふたたび握り、古巣のドルーリーの舞台という牧場の無垢な群れにふたたび戻ろうとしている」[*8]。『モーニング・ヘラルド』紙がかくのごとく彼女の回復力を強調するや、『モーニング・ポスト』紙はちょっとした中傷記事でこれに応じた。

パーディタは、涙も、自己顕示も、記事も、懇願も、とある王＊継＊者の愛を取り戻すことができないと悟るや、ダ＊＊ー伯爵の攻略に総力をあげ、できることなら彼を愛らしいフ＊＊ン嬢から略奪せんと目論んでいたが、フ＊＊ン嬢の美貌と美質はその試みをまったくの徒労に終わらせ、哀れなパーディタは嫉妬と焦燥の発作に見舞われ気の晴れぬままである[*9]。

愛らしいフ＊＊ン嬢とは、エリザベス・ファレンのことで、高級娼婦になる代わりに、まこと、みごとに妻になりおおせた女優である。やがてダービー伯爵と結婚し、誰もがこぞって真の貴婦人であると讃えることになる女性だ。メアリがファレンの恋人を誘惑したという証拠はいっさいない。次に『モーニング・ポスト』紙は、彼女を一〇歳老けさせるという下劣な策に出た。「哀れなパーディタは、一心不乱にお目当ての的を狙い続け、三四歳にもなって、まもなく祖母になるかもしれないというのに、まことにうぬぼれはなはだしく、あの美しいフ＊＊ン嬢に取って代われると思っている」[*10]。伝言ゲームさながら、パーディタが妊娠しているという噂が、彼女の娘が妊娠しているという噂に転化している。マライア・エリザベスは当時まだ六歳だった。

負債のためメアリの逮捕が迫っているという、『モーニング・ポスト』紙に掲載された悪意ある話は、ほぼ確実に真実を言い当てていた。「先週の水曜日、パーディタの馬車が通りで止められ、その綺麗な玩具が差し押さえられそうになったが、ある貴族の友人の金銭的な介入によって、幸いなことにすぐ取り戻したとのことである」[*11]。この記事からわかるのは、モールデンに援助の余裕ができたことである。祖母の最近の死がもたらした財政的恩恵を、彼は享受していた。

皇太子との一件を清算すべき時が来た。それは長引くことが予想された。メアリは絶望的な状況にあった。彼女は何千ポンドもの負債と、扶養すべき幼い娘を抱えていた。皇太子のためにすべてを犠牲にしたのだから、償われるべきだと彼女は思った。きっぱり別れたいという皇太子の望みは楽観的すぎたし、王はといえば、この醜聞に激怒する手紙を息子に何通も書き送っている。「今日の夕刊、あるいは明日の朝刊は、この一件を細大漏らさず書き立てることであろう。まこと、おまえに関する不愉快な記事を新聞で毎日目にすることになるのは、いまや確かだ」[*12]。

皇太子は、国王の求めに応じ、王の財務官であり参謀でもある「思慮深い」ホッタム大佐に采配を任せた。微妙で緊張をはらんだ一か月にわたる交渉の経緯を、双方の側で交わされた現存する一束の書簡の中に辿ることができる。

ホッタムがメアリと初めて面談したのは、コーク・ストリートの彼女の家においてであった。手紙を売るつもりはないが、負債を清算してくれるなら、それと引き換えに返却してもよい、と彼女は明言した。彼女の基本的な論点は、自分は高給の女優だったのに、その職を皇太子のために諦めたというものであった。ホッタムは宮廷に戻ってそのことを報告し、メアリはモールデン卿を交渉の責任者とした。

仲介者たちは、両者がともに満足するような結論を導き出すという難儀な仕事を任せられた。七月二六日、ホッタム大佐はウィンザーからモールデンに手紙を書き、クランフォード橋で翌日会う約束をした。二人は会い、その会見の成果はホッタムがその四日後に書いた手紙に窺える。すなわちそれは、手紙を返却すれば皇太子が最初に示した五〇〇〇ポンドを支払うことを改めて確認したものであった。誤解が生じるといけないので、と、ホッタムは皇太子の立場を明快に提示する。ロビンソン夫人はその金を、「愛情が持続していた時期におけるロビンソン夫人の振る舞いを余すところなく振り返り精査した結果……適正で十分な報償金」として受け入れるべきである。ホッタムは、この「過去の関係は……二度と甦ることはない」と強調した。[*13] 彼女が金額を吊り上げても、これ以上は無理である。これが最終的な提示額である。ホッタムの手紙は「この不快な話題」に対する軽蔑がにじみ出ていた。

メアリは手紙の口調に怒りと屈辱を覚えた。モールデンは、八月三日にバッキンガム・ハウスで、次いで、皇太子の最も親しい側近の一人であるサウサンプトン伯爵のロンドン邸で、皇太子本人と会見した。メアリはモールデンに、ホッタムがすげなく拒絶した「さらなる恩顧」のことを持ちかけてほしいと求めた。彼女は、成年に達した際は二万ポンドを与えるという皇太子の約束を忘れてはいなかった。王室は五〇〇〇ポンドの支払いでこの一件に片をつけることを望んだが、メアリは今後の生活のために激しく争ったのである。五〇〇〇ポンドでは彼女の負債には焼け石に水であろう。会見で皇太子は、将来の賜金に関して具体的な約束をすることは「目下のところ」不可能である、と主張した。モールデンはこのことをメアリに告げ、彼女は大いに狼狽した。彼女はモールデンを説得し、皇太子に直接宛てた手紙を書かせ、自分の悲嘆と不安を伝えさせた。おそらく彼女は「目下のところ」という言葉に望みを託したのだろう。

八月四日付の手紙で、モールデンは、殿下の「お気持ちは誠実である」とロビンソン夫人を力づけた、と皇太子に伝えた。そしてふたたび、彼女の側の言い分を繰り返した。皇太子は彼女の負債に責任がある。というのもそれは、皇太子が彼女の出費を賄い、「意地悪な運命に左右されない高みへと彼女を引き上げる」と「繰り返し保証」した結果、生じたものだからである。そのような保証がなければ負債があれほど膨らむこともなかっただろう、とモールデンは彼女から聞いている。「華やかで自立した身分(そこまで登りつめられるのではなかろうかと彼女がつねに思い描いてきた)から、彼女にとって少なくとも零落であるに違いない次元に転落することを考えると、容易には断ち難いさまざまな思いが彼女を悩ますのです」。

モールデンは、期待と妥協をうまくすり合わせようと必死だった。「彼女はいまや、希望を慰めにして生きております。それが可能になるような状況が皇太子殿下に生じたおりには、かならずや――自分のことを思い出してくれるであろう、という希望を」。「この希望のもとに、殿下がじきじきにお書きになった手紙すべてを、彼女は私を信頼して委ねたのです」。メアリの自尊心と名誉が危機に瀕している、とモールデンは強調した。金目当てであると思われたくない、と彼女が心配しているとも。

ホッタム大佐の手紙が伝える見解、すなわち、書中に示されている金額は例の手紙の返却を考慮したものであり、殿下からさらなる恩顧をこうむることは今後いっさい望めない、という見解は容認し難い、と彼女はいまも主張しています。それを読んで衝撃を受けた、と彼女は言います。というのも、それは、二人が仲睦まじかったとき彼女が殿下に対してなした奉仕に値をつけているようなものであると思えますし、さらには、今後は貧苦のどん底に落ち、収入も無くなってしまうのではないかという恐れを抱かせるものでもあるからです。殿下がそのようなことを望んでおられるわけがない、と彼女は信じています。[*14]

皇太子の心の平安を守ることこそが手紙を譲渡する唯一の動機であることを、皇太子にははっきりと伝えてほしい、と彼女は望んでいる。そして、彼女が誠実に振る舞っていることを皇太子が信じている旨を一筆認めてもらいたいと、いま彼女は求めている。「ですから、彼女を満足させるためにも殿下にお願いしたいのですが、彼女が手紙を譲渡する動機を快く思う旨、ホッタム大佐が私への手紙の中に書き記すよう取り計らっていただけませんか。心をこれほど傷つけるものはなく、これほど大切な手紙を売ったと思われると耐えられない、と彼女は申しております」。

その手紙は、時が来れば、皇太子は彼女のためにより多くのことをなさるだろう――もっともそれは、「ご自身の名誉と寛大さに促されて殿下がなされる以上のことを今後彼女のためになす[*15]」という責務を負わせるものではない――という希望を繰り返すことによって結ばれていた。手紙の明快な趣旨は、皇太子が成人に達した際の年金は絶対に頂戴する、というものである。ホッタムも同じく、妥協しようとはしなかった。交渉の場に出ているのは手紙の返却と引き換えの五〇〇〇ポンド、それ以上は出せない、というわけである[*16]。

モールデンは皇太子に返事を書き、今後の援助の見通しがないまま五〇〇〇ポンドのみを受け取るのはロビンソン夫人にとって承服できないことである、と述べた。その額だと負債を清算することさえできないだろう。そのような提案は「はなはだしく限定的で不十分である[*17]」。だがホッタム大佐は断固としてはねつけた。皇太子が会話の中で何を言ったにせよ、それは「ロビンソン夫人に期待や希望を与えようと意図されたものではなく、ましてや」、最初の手紙で言及された「具体的な金額以上を約束するものではない[*18]」。そこでモールデンはホッタムを回避し、サウサンプトン卿に手紙を書き、自分が皇太子と直接会ったとき彼が何と言っていたか憶えているかと問い合せた。サウサンプトンは彼に、皇太子の言葉を一字一句正確に思い出させた。「自分が将来何をするのか、あるいはしないのか、言うつもりはない。私は何の約束もするつもりはないし、言質を与えるつもりもない。K〔国王《キング》〕にそう誓ったのである[*19]」。その言葉の意味は「卿も、ほかのいかなる人間も、それを頼りに今後とやかく要求する権利はない」ということである、とサウサンプトンは述べた。そして、もうこれ以上この件に関わりたくない、と言って手紙を終えた。

新聞はすぐさまこの交渉のことを嗅ぎつけた。『モーニング・ポスト』紙は好意的な見方をしなかった。国王一家がただの平民からの恐喝に対してなす術《すべ》もないとは、イギリスの法律はいったいどうなってしまったのか。さらには、交渉すべてが馬鹿気ているが、というのも、たとえパーディタが手紙原本を返却するのと引き換えに金をもらったとしても、写しを残しておくだろうから、それも同様に危険である。「なるほど、フロリゼルがパーディタを堕落させたのであれば、名誉が失われたことに対して十分な慰謝料を払うべきであった。だが周知のとおり事情は違っていたわけだから、ご一家は彼女の脅しに沈黙という軽蔑で応じればよいだろう」[*20]。

『モーニング・ヘラルド』紙は、メアリの味方をしてこう応じた。『モーニング・ポスト』紙の記事は不寛容で根拠がない。危機に瀕しているのは皇太子の名誉である──彼はメアリを経済的に援助すると誓ったのに、「放恣のあまり、それが何であれ、現実に交わした約束を破る羽目になった」のは確かである。さらには、メアリがここ数か月にわたって「ありとあらゆる侮辱や中傷[*21]に晒されてきたのは、すべて彼の責任である、と。

一方モールデンは、メアリが皇太子に直接宛てて怒りの手紙を書き送るのを留めることはできなかった。彼の「受け入れ難い提案」は断固として拒否する、とメアリは言う。

私は即刻イギリスを離れるつもりですが、地上の権力者がいかに強いてもあなたからの援助などいっさいお断りいたします。そのような提案をして私を侮辱する、あなたのがさつさは、はっきり申し上げますが、まったく容認できません──私のあなたに対する振る舞いは落ち度のないものでした。私へのこの仕打ちを思い返して、どうか心ゆくまで満足感にお浸りになってください。もうこれ以上申し上げることはありませんし、私の方から働きかけてあなたを悩ますことも、あなたからほんの少しもお情けを頂戴するつもりも、今後いっさいございません。[*22]

モールデンは熱くなった感情を冷まし、交渉を再開しようと努めた。八月一四日、彼は手紙を二通書いた。一通は、ロビンソン夫人の要望によって書かれた英国皇太子宛の手紙であり、もう一通はホッタムに宛てられていた。彼は皇太子に、メアリが彼に書簡を返却する権限を与えたこと、しかしながら、彼が以前に表明した心情や、かつてなされた「寛大な約束」から抱くに至った希望を彼女がまだ棄てていないことを伝えた。[*23] ホッタムに宛てた手紙は、手紙を返却する日時と場所を問い合わせるとともに、メアリの負債のリストについて言及した。そのリストは、皇太子がすべて清算することに同意したという理解のもとに、大佐に送られたものである。[*24]

同日、『モーニング・ヘラルド』紙のベイトに、手紙をめぐる争議が解決したというニュースが漏らされた。「パーディタがついに、いままで及び腰だったウェールズの銀行家との手切れ金訴訟に勝ったことは明白である。合意された慰謝料《ドスール》の額は二万ポンドを下らず、とある手稿を譲渡するという条件で、すぐさま彼女に支払われることになっている」。〈パーディタ〉は、「彼女の世俗的願望を購う金が大蔵府によって清算され次第」、フランスに隠棲することになっている。[*25]

メアリがこの漏洩の張本人であったという可能性もないというわけではない。彼女が二万ポンドをそっくり提供されたと公衆に思わせておくほうが、実際に提示された、はるかに低い金額の引き上げ交渉をするうえで有利になるであろうから。その一方で、『モーニング・ヘラルド』紙が憶測報道をした可能性もある。二日後に出た追跡記事は、彼女は「大蔵府から滴り落ちた命の水に与《あずか》ったものと思われる」と報じているが、それはこの時点では確実に事実に反していた。[*26]

紛糾は続いた。皇太子本人がクランフォード橋でモールデン卿に会い、今後の手当の問題をめぐって言い争った。皇太子は、王の同意なくして将来に向けての約束はできないと言った。また、手紙の束はホッタムに返却することになった。ホッタムは手紙を書き、当初の提示額を支払う以上のことをメアリのためにすることはできないと念を押した。「ロビンソン夫人が、現在にせよ将来にせよ、五〇〇〇ポンドの支払い以上の配慮が彼女のためになされるだろうと、わずかなりとも希望や期待を抱いているのであれば（いまだそのように見受けられるので憂慮しているのであるが）、どうかきっぱりと迷いから覚めていただきたい。というのも私は、それは絶対ありえないと言うよう命じられているからである」[*27]。彼はモールデンにバークリー・スクエアで会うことに同意したが、モールデンは金が支払われていないとして手紙を渡すのを拒んだ。ホッタムが会見を終えてウィンザーへ戻ると、彼が手紙を持ち帰らなかったので皇太子は激怒した。ホッタムはふたたび手紙を書き、こう強調した。偽りなくすべての手紙を返却し、「それらの手紙が、あるいは手紙の一部が公表されるという事態を防ぐとともに、それらの手紙はなんらかの第三者が読むことを意図されて書かれたものではないのであるから、手紙の書き手や受け取り人以外の人間が内容を目にすることがないよう」原本も写しもいっさい残さないとロビンソン夫人が十分に保証することが「絶対に必要である」、と[*28]。

翌日（八月二九日）、メアリは、皇太子を非難する激しい口調の手紙をモールデンに書くことで応答した。モールデンはその手紙をホッタムに転送した。これは彼女が恐喝を最もあからさまにほのめかした手紙である。彼の「寛大さに欠ける狭量な」仕打ちは、「私が必要に迫られてどのような手段を取っても」、それを正当化できるものである。

> 私はＨＲＨ〔殿下《ヒズ・ロイヤル・ハイネス》〕に対して、つねに、厳正この上ない名誉と誠意をもって身を処してきました——今後後悔の種になるようなことはいっさいしたくないと願っております。どのようにお答えしたらこと足れりとみなされるのか、私にはわかりません。私にできる、いえ、与えたいという気持ちにかならずやなるであろう返答はただ一つ、殿下からいままで頂戴した手紙すべてを、嘘偽りなく、喜んでお返しするということです。ＨＲＨが、これまで私にしてくださったお約束を高潔にもすべて履

行してくださっていれば、私はけっして、さらに豊かな報償を求めたりはできなかったし、またそのようなことをしたいとも思わなかったでしょう。私はみずからの命同様これらの手紙を大切に思っており、窮乏することがなければ絶対に手放す気にはなれなかったでしょう。[*29]

一方国王は、首相のノース卿に金の支出を依頼するという、ばつの悪い立場に置かれていた。

私の長男は昨年、友人のモールデン卿の手引きで、つまらない女優風情の女ときわめて不適切な関係を持つに至った。彼は何通もの手紙をその女に書き送り、ずいぶん愚かな約束をしたが、その約束は女の身持ちが悪いので反故《ほご》になったことは間違いない……あまたの手紙が取り交わされたが、その手紙を、要するに、買い取ってくれなければ公表すると彼女は脅している……五〇〇〇ポンドは大金であるが、私は息子をこの恥ずべき窮状から救い出したいと願っている。[*30]

ノース卿は王に同情し、「父親としての優しさと知恵」を称讃したが、ホッタムがついに手紙を取り戻したとき、それを読んで面白くも思った。それらは「なかなか達者に書けている[*31]」と彼は後に義理の息子に感想を漏らすことになる。王は、その取引に個人的に関わらなかったことを、みずからの慰めとした。

モールデンとメアリは、相手側が絶対に譲らないことを受け入れざるをえなかった。その「不愉快な仕事」は九月五日にけりがついた。ホッタムが手紙を書いて、五〇〇〇ポンドの支払いが認められたこと、翌週の月曜日にバークリー・スクエアに赴き手紙を回収するつもりであること、を伝えたのである。[*32]
だが、皇太子が成人に達した際の「さらなる恩顧」の問題には触れなかった。ありえないこととして、きっぱり排除されてはいなかったのだ。

後になってメアリは、公的には、この浅ましいことのなりゆきを皇太子のせいだと考えたことはけっしてなかったと主張した。だがほかの、より私的な手紙は、怒り、屈辱、後悔の別の話を語っている。「そういう私はと言えば、評判、結構な職業、友達、庇護者、輝かしい青春、心に曇りなく生きているという喜ばしい心持ちを犠牲にしたあげく、受け取る手当はスズメの涙、白貂の毛皮をあしらった裳裾を後ろから抱え持つ、どこにでもいるような小姓がもらうのと変わりない額です[*33]」。

王室は女優に勝利し、彼女の年金の望みは絶たれたかのように見えた。だがメアリが打ちひしがれていたのはほんの一時にすぎなかった。ホッタムが五〇〇〇ポンドを支払った、それと同じ週に、彼女は最新型の馬車〈パリのボヴ〉を注文して人々を驚かせた。その馬車は、「硫黄色の馬車を哀れにもすべてお払い箱にしそうである[*34]」。彼女はまた、美術界でも騒ぎを起こしつつあった。皇太子が一二月に関係を解消してから二週間後、彼女はロムニーの絵のモデルを務め始めた。彼の画料は半身像の肖像画が二〇ギニーであったので、それはゲインズバラ（三〇ギニー）やサー・ジョシュア・レノルズ（五〇ギニー）よりも安かった。ロムニーは、少なくとも二枚の――ひょっとしたら六枚も――メアリの肖像画を描いたが、そのうちの一枚は、一七八一年八月二五日という手紙をめぐる攻防戦の只中に銅版画として出版された。

銅版画の原画になった肖像画はロムニーの許に留まり、死後に作品販売が行われたとき、その中に含まれていた。これはすなわち、その肖像画は商取引のために制作されたのではなく、双方を益するようなある種の宣伝効果を狙ってのものであったことを示唆している。メアリは、真に貴婦人然として肖像画のモデルを務めるという名誉を味わうことができるし、ロムニーはアトリエにその絵を掛けて技量を示す見本にできるというわけである。すると富裕な婦人たちが訪れてきて、「あなたに、彼女と同じくらい私を美しく描いてほしいの」というようなことを口にするだろう。その肖像画は現在、ロンドンのウォレス・コレクションに飾られている。メアリは貞淑なクエーカー教徒として描かれており、それは彼女の『回想録』によれば、お気に入りのイメージの一つであったようだ。彼女の髪、胸元、両手は慎み深く覆われている。彼女はまさに無垢そのものである。

銅版画が出版されたまさに当日、支払い間近の慰謝料の噂が上流社会で囁かれていた頃、『モーニング・ヘラルド』紙は、メアリ・ロビンソンがゲインズバラの肖像画のモデルを務めていると報じた。彼はまた、メアリの恋敵であるのっぽのダリーの肖像画も描いていた。新聞各紙は、二人は、今度ばかりは化粧を凝らした人工美人といった感じではなく、ありのままの姿で描かれるだろうと冗談を飛ばした。驚くべきことに、モールデンとホッタムとのあいだで内々に激烈な交渉が進行しているにもかかわらず、ゲインズバラは、パーディタの肖像画を完成したばかりの皇太子自身の七分身肖像画――「バフ革の襟と袖の付いた緑色のウィンザー宮殿朝服を着用した」[*35]――と並べて、英国王立美術院で展示するつもりだった。

メアリの肖像画は、皇太子自身によって依頼されたものと思える。彼がこの時期に彼女を自分の人生から消し去ろうと努めていたことを考えると、これは尋常ならざることであるが、依頼はその年のかなり早い時期になされ、彼女がモデルとなったのは八月が最初ではなかったのかもしれない。だが、「ゲインズバラの筆になるロビンソン夫人の美しい全身肖像画」が、やがては、カールトン・ハウスの皇太子のギャラリーに飾られることになるのは確かだった。彼はおそらく、その絵を、自分の初めての熱烈な恋の形見とみなしていたのだろう。結局のところ、これほど美しい愛人を得ることはもう二度とないだろうから。

その肖像画の請求金額は一〇五ギニーであったが、皇太子が初回の支払いをしたのは――一〇年以上後になって――一七九三年、ゲインズバラの未亡人に対してであった。

ゲインズバラはまた、メアリの半身像をクローズアップして描いた楕円形肖像画――同じポーズ、衣装、黒ヴェルヴェットのチョーカーを用いて——を、メアリ自身が所有できるように制作した。これが贈り物だったのか、彼女がそれに支払いをしたかどうかはわからない。それは大切な宝物として、皇太子とバナスター・タールトンの銅板肖像画を両脇に従え、自宅の壁の最も目立つ場所に一七八五年まで飾られていたが、その頃財政状態が救い難く悪化してしまったため、彼女の所持品はオークションにかけられた。この肖像画には三二ギニーの値がつき、現在はバッキンガムシャー、ワズドン・マナーのロスチャイルド・コレクションが所蔵している。また、主要肖像画のための油彩習作もあり、その絵はゲインズバラの甥にして助手であるゲインズバラ・デュポンの許に、一七九七年に彼が死去するまで留まっていた。その後この絵が売りに出されると、皇太子がそれを買ってみずからのコレクションに加えたが、それは彼がメアリに対していまだに愛情を抱いていた証しである。彼は一八一八年に全身肖像画は手放したが、油彩習作はいまもウィンザー城の王室コレクションに収められている。

その大きな肖像画は——いまや王室コレクションにおいてロムニーの肖像画と並んで展示されているが——座っているメアリを描いている。彼女はもの思わし気な用心深い表情を浮かべているが、簡素で優美なドレスを着て、レースの襞の裾からこの上なく繊細な上靴を覗かせ、ほっそりとした足首をほのかに垣間見せている姿はとても魅力的である。彼女は皇太子の細密肖像画を片手に握りしめている。如才ないことに、それは彼の容貌がわかるほど細やかに描かれてはいないのであるが、当時の鑑賞者ならその意味を躊躇なく読み解いたことであろう。その肖像画は、ロビンソン夫人が棄てられたことを、はっきりと思い起こさせていた。彼女はパーディタ、すなわち失われた者であり、憂愁の思いに耽る女羊飼いであり、夢見るような、ほとんど印象派を想起させるような雰囲気で描かれた憂いに満ちたロマンティックな風景の中で孤独なのである。その背景は、依頼主の貴族の広壮な地所を写実的に表現するというゲインズバラ特有の風景の描き方とはいちじるしく異なっている。メアリは細密肖像画と忠実な愛玩犬であるポメラニアンだけを心慰める供として、細心の配慮のもとに描かれているのである。

ゲインズバラは、ヘンリー・ベイトの友人であり（彼の肖像画も描いた）、明らかにメアリを好意的に描いている。画家自身が彼女に半ば恋していたという感じがする。その絵が皇太子から依頼されたことを考えるとなんという挑発であったことか、とある現代の批評家は示唆している。「ゲインズバラは、彼女の美、感受性、官能性を劇的に描き、彼女に寄せるみずからの想いを表現して、彼女を棄てたのは間違いだったという視覚的証拠を皇太子に提示した。ほら殿下、あなたはなんて阿呆なのでしょう、というメッセージをこの絵は伝えているのである」[36]。もしそれが絵の真意であったとすれば、皇太子はそれを感知できなかったか、あるいは、込められた侮蔑をこの美しい作品を購うための代価であると冷静に受け入れたかのどちらかだろう。

美、健康、若さは、いまだメアリのものであった。さらに彼女は、堕落した宮廷の犠牲者というイメージ作りをすることに成功していた。『モーニング・ヘラルド』紙はそのような見方をした。「燦然たる恋人《アモラータ》とのすったもんだ」にもかかわらず、パーディタは「終始一貫、非の打ちどころなく慎重に身を持したので、最も悪意ある敵さえも彼女を中傷するどんなささやかな言葉も見出せないほどである」[37]。同紙はまた、彼女の「人となりが普遍的な人間性を帯びている」[38]と讃えた。一方彼女の父親は、〈不屈〉と呼ばれる艦船を指揮しており、ジブラルタルへ救援物資を運搬する任務に就いていた。ジブラルタルは、スペインがフランスの味方をして英仏間の戦いに参入してきたため、スペイン人によって包囲されていたのである。

一〇月早々、皇太子の細密肖像画がダイアモンドで縁取りされたのは二人が別れた後であるという噂を裏づけるような目撃談が掲載された。「〈パーディタ〉は、ブリリアント・カットのダイアモンドを個性ある優雅な枠に贅沢にあしらった、やんごとなきフロリゼル王子の肖像画をつねに身に着けている」[39]。その一週間後、彼女はただ一度だけ、趣味の悪い装いをしていると批判されたように見える。彼女は、容姿を最大に際立たせるシンプルなドレスではなく、華美なフランスのドレスをまとって現れたのだ。

「コーク・ストリートの妖艶な美女は、何を誤ったか、フランス風の着こなしを試みて、いまやパリ・モードのドレスに身を包んでいる。ガリア人の服飾術などしなびれた老婆に任せるべきである。素のままの若さ、美、優美を保持しているあいだは、けばけばしい借り着は、盛りを過ぎた女や皺だらけの醜女にのみ必要なものとみなして、蔑むべきである」[*40]。

彼女の思いは、まことに、フランスに向いていた。一〇月中旬、彼女は、幼い娘と「必要なだけの数の召使いたち」[*41]とともに初めてイギリスを離れた。彼女は、マーゲートとオステンドを経由してパリを目指した。グレイス・ダルリンプルは、彼女の旅立ちを祝してパーティを開いた。「魅力では敵わないということが長らくダリーの日々の嫉妬と癪の種になっていたが、そのパーディタが大陸に出発したのを喜んで、のっぽのダリーがタイバーン・ターンパイク近くの私邸で昨晩、すばらしい祝宴を開いた」[*42]。一〇日後、ゲインズバラの肖像画が彼女の後を追って英仏海峡を渡るという噂が報じられた。とすれば、肖像画は「美しい本人の到着に先立って奏でられる、より美しい前奏曲として」送られるのが通常の作法であるが、手順が逆になったことになる――「このように、逆になっているのだが、それは、パーディタは、美麗な騙し絵など必要ないほど美しいという確信によるものであった」[*43]。イギリスといまだ交戦状態にある国で、彼女はヒロインとしてもてはやされるであろう。皇太子は彼女を厄介払いしたと思ったかもしれないが、二万ポンドの証文は、メアリががっちりと握っていた。

第一二章　パーディタとマリー・アントワネット

故国を棄てること、惨めな逃亡者のように逃げること、あるいは悪意の犠牲者になって敵たちに高らかに凱歌を挙げさせることが、残されていると思える唯一の選択肢であった。逃亡は屈辱的で厭わしかった。だがイギリスに留まることも不可能だった。心中の恐怖や葛藤がほとんど耐えがたいものになり、彼女は理性を失いかけていたからである。

マライア・エリザベス・ロビンソン　母親の『回想録』に彼女が加えた「続篇」より

メアリは、フランスのさまざまな名家に加え、パリ在住のイギリス人銀行家サー・ジョン・ランバートに宛てた何通もの紹介状を携えて英仏海峡を渡った。二か月の滞在の予定だった。サー・ジョンは、彼女のために、アパルトマン、貸し馬車、オペラでのボックス席を手配してくれた。いくつもの歓迎パーティが開かれ、彼女は、「見世物や公的な娯楽の場」においてひときわ目立つ存在となり、「オペラでは、高位貴顕の人々が、〈イギリス美人《ラ・ベル・アングレーズ》〉のボックス席を輝かしい群れをなして訪れ、華やかに彩るさまが見られた」[*1]。

ランバートは、いかにもイギリス人らしい篤実さとフランス人の洗練を兼備した人物として世に知られていた。彼はメアリを、ルイ一六世の従弟でやがてはオルレアン公爵となるシャルトル公爵フィリップに引き合せた。世評によればヨーロッパで最も富裕な男性であるとされる公爵は、政治に入れ揚げ、親英家で、多くの愛人を囲っていると噂される放蕩者であった。彼はつねに美しく着飾り、宮廷で最も巧みな踊り手であるとされたが、戦線を離脱してパリにオペラを観に戻ったという一件のため、卑怯者との評判もあった。その出来事から数か月後、舞踏会で美女たちに色目を使っていたとき、彼はある婦人を気の毒にも「色香の失せた」と評した。当の婦人はそれを漏れ聞き、「あなた様の名声と同じですわね」と応酬した[*2]。

本国のロンドンでは、新聞各紙がメアリのファンに、彼女の最新の勝利を刻々と伝えていた。「彼女はフランスのオペラで大変に人気があり、彼女が姿を見せるたびに、シャルトル公爵閣下やその他の粋な名流紳士たちが幾人もボックス席を訪れてくる。銀行家のサー・ジョン・ランバートが、あらかじめ紹介の労をとったものと思われる」[*3]。公爵は、ロビンソン夫人を絶対に攻略するつもりだとすぐさま宣言した。彼はあれこれ精妙な手を使って誘惑を試みたが、彼女はそれを断固としてはねつけた。マライア・エリザベス・ロビンソンは、『回想録』続篇のある個所でその話に触れているが、それはほぼ確実に、メアリによる未刊行原稿「大陸旅行中またイギリス国内における、著名人たちの逸話の数々、および社会と風習に関する考察」にもとづいている。

最も魅惑的な宴《フェット》の数々が、オルレアン公爵がパリ近郊に所有している別邸ムソーで催されたが、ロビンソン夫人は頑として招待に応じなかった。イギリス風《ア・ラングレーズ》のすばらしい競馬が、そのつれないイギリス女《アングレーズ》の気を惹こうと、サブロンの野で開催された。ロビンソン夫人の誕生日には、そのかたくなな心を宥めて振り向いてもらおうと、新しい試みがなされた。ムソーの庭園で田園風の宴が催されることになったとき、華やかな蕩尽の場たるこの美しいパンダエモニウム〔ミルトンの『失楽園』に出てくる地獄の首都〕は、金に糸目をつけず、贅の限りを尽くして飾り立てられた。

夕べになると、豪奢に装飾された灯火が煌めく中、すべての木々に、〈イギリス美人〉の頭文字が灯ったが、それは造花の花輪に織り込まれた色付きランプでできていた。ロビンソン夫人は礼を失してはならないと考え、彼女のために催された宴に姿を見せた。だが彼女は用心のため、パリ在住のあるドイツ婦人を同伴者として選び、片や尊敬すべき騎士ランバートが介添え役《シャペロン》として二人に付き添っていた。[*4]

まだ一〇代のとき、ロンドン社交界を初めて味わったメアリは、ヴォクソル・ガーデンズの木々に煌めく色付きの灯りを驚嘆して眺めたことがあった。いまやヨーロッパで最も富裕な男性が、彼の広大で凝った庭園の中にある木々を、彼女自身の頭文字で輝かせているのである。だが彼女はそれでも陥落しなかった。未来のイギリス国王との情事を経験した後では、貴族的な富の誇示以上の何かがないと、心が揺さぶられないのである。

この途方もない誕生祝いから数日経って、メアリはマリー・アントワネットに会った。おりしも一か月ほど前に、王妃は待望の世継ぎ（王太子）を出産したばかりであった。メアリの誕生日のすぐ後に、王妃は産辱の床を離れて初めて、ヴェルサイユで公的な晩餐会に出席することになっていた。シャルトル公爵は、〈イギリス美人〉の出席を王妃が望んでいるという言伝をメアリにもたらした。※メアリはすぐに、その場にふさわしい衣装の案を練り始めた。彼女は、王妃の戴冠式用の衣装を仕立てて以来、週に二度（髪結い師ですら週に一度呼ばれるだけだったので、それよりも頻繁である）マリー・アントワネットの私室を訪れていると噂された、王妃の服飾デザイナーであるローズ・ベルタン嬢の手を借りることにした。ベルタンは、王妃のデザイナーとして有名になると、サントノレ街にある自分の店ではことに高飛車になることで知られていた。あるお上りさんの婦人が宮廷に伺候するためのドレスを依頼すると、ベルタンはその婦人を全身くまなく検分し、助手の一人に向かってこう言った。「私が王妃様のために作った最新の衣装を奥様にお見せしなさい」。ベルタンは「モードの大臣」[*5]とあだ名され、淡青灰色、緑色、淡黄色など、王妃が好んだパステル色のドレスの仕立てを得意としていた。王妃はまた、紗のような風になびく薄い織物も好んでいた。メアリ・ロビンソンは、ベルタンに悋気づいたりはせず、繊細なライラックの花綵《はなづな》のある、モスリンのペティコートの付いた淡緑色の絹のドレスを注文した。彼女は白い羽根の壮麗な頭飾りを着け、王妃と宮廷の流儀に敬意を表して、真紅色の頬紅を付けた〔フランスの貴族社会では濃い化粧が主流だった〕。

王族たちは、宮殿内の奥まった空間に緋色の綱を渡して、一般の会食者たちから隔てられていた。メアリが到着するやいなや、シャルトル公爵が王の側を離れて（王のお付きを務めていたところだった）、王妃が彼女を見ることができる席に座らせた。「国王の公式晩餐会《グラン・グヴェール》を、王は優雅にというよりは活発に取り仕切り、そこでは食の快楽を満たす豪華な料理の品々が並べられた」、とメアリは述べた。国王陛下は評判にたがわず大食家であった。だが王妃のほうは、何も口にしなかった。「美食家の王族たちと注視する平民たちを隔てている細い緋色の綱は、食卓からほんの数フィートのところに張ってあった。だから王妃とロビンソン夫人はほど近い場所に座っており、王妃が彼女をたえず観察しては称讃の言葉を声高に囁くので、メアリは天にも昇る心地だった」[*6]。手袋を着けようと王妃が身体を動かしたとき、メアリが自分の「白く輝く腕」をうっとりと眺めているのに気がついたので、王妃はすかさず手袋をふたたび脱いで、メアリが彼女を好きなだけ眺められるよう、しばし手で頬杖をついた。メアリは、今度はマリー・アントワネットが、英国皇太子の細密肖像画で飾られた自分の胸元をしげしげと眺めているのに気づいた。

まさにその翌日、シャルトル公爵は、細密肖像画を貸してほしいという王妃の特別の命《めい》を受けてメアリのアパルトマンを訪れた。肖像画を返却する際、公爵は、王妃陛下から贈られた凝った網細工の財布をメアリに渡した。何年も後になって、マリー・アントワネットがギロチンにかけられた後、メアリは

※『回想録』続篇ではそう主張されているが、メアリの死の五か月前に出版された彼女自身の手になる「故フランス王妃の数々の逸話」では、「好奇心にかられてヴェルサイユの公的な晩餐会の一つに出てみようと思った」と控え目に述べられている。

「フランス王妃の死によせて」と題されたモノディ（哀悼歌）を書いた。

ああ、私は彼女に会ったことがある、太陽のように、崇高に、
時の翼に乗って栄光を撒き散らしておられた。
飛翔する時が巡りゆく四季を支配するように、
一刻一刻の輝かしい瞬間を歓びで際立たせておられた。[*7]

メアリの親友であるジェイン・ポーターの未公刊の証言によれば、フランス王妃は〈イギリス美人〉と親しく交わるようになった、とされる。ポーターはこう主張する。メアリがパリに居住していたあいだ、「彼女の美貌が最も輝かしく完璧であった頃」、

彼女に敬意を表そうと群らがるフランス宮廷貴族たちの訪問を受ける代わりに、彼女は私室に閉じ籠もっていた。そして、何時間も、何日も、何週間も引き籠もって、いかにすればより賢い、より優れた人間になれるのかを考えていた。当時（あの頃のパリにいたイギリス人ならば、誰でも知っているはずであるが）、彼女は、かの国における第一級の文士たちのあいだで、男女を問わずひっぱりだこであった。アントワネット自身でさえ、よく言っていたものである。「愛らしいロビンソン夫人を呼びにやって。眠りに就く前に、彼女の姿をまた眺めて、彼女が話すのを聴きたいから！」[*8]

メアリはここで、たんに美しい顔をした女性としてだけではなく、洗練された知性とうっとりさせるような声を持つ女性としても描かれている。マリー・アントワネットは、女性に対して極度に濃密な友情を育んだことで有名であるが、メアリに半ば恋しているような印象が創り出されている。この話の唯

一の問題点は、アントワネットに初めて会って三週間ほど後には、メアリがイギリスに帰国したことであった。だから二人が幾夜も逢引を重ねたとは想像しにくい。
メアリはシャルトル公爵は拒んだが、彼のいかした友人のローザン公爵には抗しきれなかった。アルマン・ルイ・ド・ゴントー（後にビロン）は軍人で女たらしだった。彼はマリー・アントワネットの意図を誤解して、厄介ごとに巻き込まれたことがあった。王妃は彼の白鷺の羽根飾りを褒めたが、そのことを知らされると、彼は丁重な挨拶の言葉とともに羽根飾りを彼女に送った。礼儀として、アントワネットはそれを身に着けた。ローザンはそれを口説いてほしいという誘いであると解釈したが、不躾にはねつけられただけであった。彼の回想録によれば、王妃は彼にぞっこんだったとされるが、それはおおむね、自分に都合の良いことばかりを書いた信頼できない情報源であるとみなされている。メアリの『回想録』は、ローザンを、その数ある悪徳ゆえに人間性に対する汚点として退けているが、その一方で、「その優美な物腰は、彼を同時代の人々の模範にした」[*9]と認めている。ローザンの回想録は、正反対に、彼がメアリとかりそめの情事を持ったと主張している。
彼女は陽気で、生気に溢れ、闊達で、すてきな女性だった。フランス語は喋れなかった。私は彼女の恋心をそそる対象だった。故国にすばらしい知らせをもたらし、戦争から戻ってくるや、ふたたび戦地へ赴こうとしている男。大いなる苦しみを経験し、さらなる苦しみに身を投じようとしている男。彼のためならあらん限りのことをしたい、と彼女は感じた。そこで私はパーディタをわがものとし、その成功をコワニー夫人に隠さなかった。[*10]
彼がここで言及している戦争とは、アメリカ独立戦争のことである。彼が故国へもたらした知らせとは、アメリカ・フランス連合軍がコーンウォリス卿の率いるイギリス軍をヨークタウンで打ち破ったという報せである。メアリはやがて、同じ戦役に参加した最も有名なイギリス人軍人であり、ローザンを相手に実際に白兵戦を演じた（そして後に友人となった）ある中佐に出会うことになる。

コワニー夫人はローザンが最も執着していた女性だった。パーディタとの情事は、彼とほかの愛人たちのうちの三人との仲を裂いたが、夫人とは、彼がメアリを見送るために彼女との晩餐の約束を反故《ほご》にしても、友好的な関係をなんとか維持することができた。

パーディタは帰国の途に就いたが、カレーまで私に付き添ってほしいと言い張ったため、拒絶することができなかった。それは大いなる痛手だった。というのも、まさにその当日、私はゴントー夫人のところでコワニー夫人と晩餐を摂る約束になっていたからだ。私はコワニー夫人に手紙を書き、障りができて晩餐の約束は果たせなくなったと伝えた。またこのまたとない機会を利用して、私が彼女を崇拝しており、何が起ころうと生涯変わらず崇拝し続けるであろうと述べた。[*11]

メアリはカレーへ同道したこの高貴な旅の連れのことには一言も言及していない。本命の女性がいるローザンの浮気心の相手になったことをどう感じていたのか、彼女は何も記してはいない。だが彼女は生涯の最後の年に、ローザンとシャルトル公爵の思い出を綴って発表した。そこでのローザンに関する記述は、『回想録』におけるより、はるかに寛大である。

「おそらく、いままで書かれた伝記の中で、この不運な貴族ほど性情きわめてロマンティックで快い人物はいないだろう」、と彼女はローザンの短い生涯について語り始める。彼が女性たちの偶像であったこと、ヨーロッパの最も洗練された宮廷において男性たちが仰ぐべき鑑であったこと、イギリス贔屓《びいき》であったこと、繊細この上ない感受性の持ち主であり、文学や美術の愛好家であったことが語られる。彼女はペル・メルでの彼の住まいを回想し、彼がある既婚夫人に「プラトニックな憧れ」を抱いていたことを思い出し、それを、彼が家族によって縁組を強いられたことと引き比べた。次いで、アメリカにおける彼の軍事的勝利と——彼が彼女自身の恋人であるタールトン中佐と戦ったことには触れないで——、彼女自身（「この一文の書き手」）がパリに滞在していたとき、ヨークタウンでの勝利を告げる使者としてヴェルサイユに派遣されたのが彼だったことが語られた。パリ近郊の彼の「モンルージュの小さな別邸」が、イギリス風の様式でまとめられ、イギリス人の召使いを雇っていたことを、彼女は楽し気に思い出す。彼女はここで、自分がすこぶる豪奢にもてなされたシャルトル公爵の「ムソーのお伽噺のようなお城」も、「イギリス人の召使いたちが仕えていた」と記している。

ヴェルサイユは歓喜の殿堂でローザンは時代の寵児だった、とメアリは運命の転変を鋭く意識しながら語る。「ありとあらゆる身分の人々が彼の名を口にし、ヨークタウンの降伏は、アメリカ独立戦争史上、最も喜ばしい出来事であるとみなされた」。だがフランスの人々は、それもとりわけ宮廷の栄華に幻惑された人々は、「己れの勇気によってアメリカでの自由の確立に貢献した人々が、そこから生じた炎のような効果を胸中で眠らせたままにしておくことなど、許すはずもないこと」[*12]を予見できなかったのである。アメリカ人たちの革命を助けるためにラ・ファイエットに加わった公爵が、やがては自国の人々が起こした革命の犠牲者になったとは、歴史の皮肉である。彼は、一七九〇年代初期の無政府状態のさなかにヴァンデ地方で軍隊の指揮を執り、そこで「虐殺と恐怖の話を絶えることなく耳にした」が、その後パリに呼び戻され、投獄され、ジャコバン派によって処刑された。

「ここで、感じやすい読者よ、涙していただきたい」、とメアリは結ぶ。「権力から屈辱への、名声と富の輝かしい頂点からギロチンの陰惨な処刑台への［ローザンの］失墜に思いを馳せることによって！」これは、彼女自身も、公爵ほど華々しくはないとはいえ、名声と束の間の豊かさから身体の不具合と世間の冷淡への転落を味わっていたときに書かれたのである。

シャルトル公爵の（彼を親しく知る者によって書かれた）「数々の逸話」には、とりわけ、彼とマリー・アントワネットとの関係の浮き沈み、のっぽのダリーとの情事、そして「フランス政府の専制」が革命を導き、「平等の復讐《エガリテ》」が血塗られた「憎悪」へと変質していくにつれて、彼が「輝かしい上流社会」からギロチンへと歩んでいくさまが描かれている。熟年のメアリにとって、シャルトルは、貴族制への魅惑と嫌悪を相ともに体現する人物であった。彼は容姿に優れ、笑みを絶やさず、完璧な作法と偉大な機智を備えていたが、「陽気で魅力を振り撒いている、まことしやかな外見の奥には、大胆で、豊かで、野心的な想像力が潜んでいた」。全般的に見ると、「この傑出した恐れを知らぬ人物は、身分も富もある立場から断頭台へとすみやかに転落したが、その道行において、運命のチェッカー盤に上ったどの駒よりも、野心と堕落、虚栄と愚劣、勇気と豪胆をかくも不可思議に複合させているのである」[*13]。

メアリのフランスでの勝利のニュースは、すぐにイギリスにもたらされた。「のっぽのダリーは」、と『モーニング・ヘラルド』紙は面白そうに報じた。「重篤だそうだ。ダリーをこっぴどく無視したパリの貴族たちがパーディタをもてはやしていると聞いたとき、彼女の全身を襲った恐ろしい衝撃が、その病気の原因である」[*14]。皇太子はまだダリーと親密であったが、『モーニング・ヘラルド』紙は、〈失われた者〉の復活を彼女は許容できないだろうという見解を示している。「パーディタがパリから帰国する予定になっているが、それはのっぽのダリーの枕に刺さった苦悶の棘であり、彼女は敵の帰還が定かになった瞬間に王国を出ていく決意であると、報われない取り巻き男に宣言した」[*15]。パーディタ復帰の宣伝文句は、彼女が「世間全体を『熱狂』させること間違いなしの最先端のファッションを山ほど抱えて」[*16]戻ってくるだろう、というものだった。だが、ダリーも痛烈なしっぺ返しをした。クリスマスの前日、彼女の妊娠が明らかになった。皇太子は自分が父親であることを否定したが、翌年三月に女の赤ん坊が誕生したとき、ダリーはその子をジョージアナ〔皇太子の名前ジョージにちなんで〕と、これみよがしに命名した。

クリスマスの翌日、メアリは「健康と美に一点の曇りもなく」ロンドンに戻ってきた[*17]。一七八二年の元日、『モーニング・ヘラルド』紙は、当地ではまだ知られていない灰色と茶色の色合いの絹を彼女が持ち帰ったこと、それは「いまのところは秘中の秘」であるが、「やがて大流行することになるだろう！」[*18]と報じた。彼女は新年早々、オペラを観劇するために公の場に初めて現れ、よく目立つボックス席に座を占めた。『モーニング・ヘラルド』紙は、彼女が「良い趣味の手本」となるような頭飾りを着けていて、「この上なく美しく」見えた、と報じた――それは、白と紫の羽根を花々とともに縒り合わせてダイアモンドのピンで留めた縁なしの帽子だった。ドレスは白いサテンで胸に紫色のリボンが付いていたが、最も人目を惹いたのはロケットだった。「胸元には十字架こそなかったが、その代わりに、ある王族の殉教者の肖像画がぶら下がっており、それにかぶさるようにして鮮やかな羽根が揺れていた。そしてさらに上方には、それよりはるかに輝かしい『二つの美しい眼が光芒を放っていて、その絵に生気を与えているように見えた』」。公演が終わると、「どのボックス席を訪れるべきかと彼女はしばし思案していたので、劇場にいたかなりの数の観客が席を立つのがつねよりもはるかに遅くなった」[*19]。

　世間の人々は、メアリがパリから持ち帰った服を見て、がっかりしたりしなかった。『モーニング・ヘラルド』紙が予言したように、ファッショナブルな世界はまこと「熱狂」したのである。メアリはいまや、きわめて著名なファッション・アイコンという評判を揺るぎないものにした。彼女の衣装の詳細は、日刊紙や月刊誌の流行界《ボン・トン》欄で、なめるがごとくこと細かに報じられた。「パーディタはいまや、あらゆる女性の心中で、羨望の的である。チャリオットやフェイトンといった彼女の馬車、彼女のドレス、彼女の持ち物すべてが、なべて批判と模倣の対象である。新しいガウンすべてが、流行好きのご婦人方を大騒ぎさせるのである」[*20]。彼女は上流階級の女性たちにとっては嫉妬の的であったが、下層階級の女性たちには真似したいという気持ちを起こさせた。ある現代の評論家の言葉によれば、「ロビンソンの蠱惑的な装いは、さらに、イギリスの雑誌のファッション記事に新しい流れを生じさせた。彼女のドレスと同じものが、仕立屋《クチュリエ》の心の込もった丁寧な仕事によって再現された。どの仮面舞踏会でも、ラネラやパンテオンにおけるどのパーティでも、あるいはどんな公の集まりにおいても、ロビンソンが着ていた服の長々とした描写で――ほかの人々の服装は、しばしばそっけない一言で片づけられてしまうというのに――盛り上がった」[*21]。

多くの高級娼婦が容貌のみで評価されてきたのに引き換え、メアリは輝かしい機智によっても称讃された。『パーディタの回想録』を書いた醜聞あさりの匿名作者ですら、彼女が機智に富む話術の達人であると認めていた。「あなたがたは、間違いなく、本人を直接目にしたことがありますので、彼女の物腰は優美であり、はつらつとしているうえ軽妙な機智に溢れ、しかもその機智は、蓮っ葉な気取りにつきもののあられもない軽口にならないので、人をうんざりさせるのではなく惹きつけるものであることをご存知でしょう」[*22]。彼女を「キプロスの乙女団」〔キプロス島は美と快楽の女神ヴィーナスの生誕地とされるため、ここでは「娼婦連中」という意味になろう〕とはかけ離れた存在にし、当世風美人としての生き方に終止符が打たれたあの事故の後、彼女を女流文人に転身させたのは、そうした言葉の才であった。彼女の煌めく舌は煌めく瞳と好一対をなしている、と『モーニング・ヘラルド』紙の機智に関する記事の書き手は示唆する。

「瞳から放たれる機智。私は、修辞と話術に満ちたまなざし、誘惑と拒絶に満ちたまなざしを目にした――私はある女性に話しかけたが、彼女は瞳に恐るべき機智を湛え、一言も発せずして、応酬の一閃の煌めきだけで私を黙らせてしまった――ああ、ロビンソン夫人の瞳ときたら！」[*23]

メアリは、パリからの帰国に続く数か月間、メディアの注目を集め続けた。二月に彼女は脛の骨を折り、三月には流感に罹った。四月には彼女の肖像画が英国王立美術院で展覧され、その瞳が街の噂の的になった。だから、逆説的ではあるが、彼女は皇太子との情事が終わった後で、名声と人気の頂点に達したのである。恥や屈辱に打ちひしがれるどころか、彼女は、最新のパリ・モードという新たな魅惑に包まれ、マリー・アントワネットの讃辞によって自信を回復すると、輝きをいっそう増してフランスから帰ってきた。だが彼女は街で唯一の有名人というわけではなかった。アメリカ独立戦争から戻ってきたばかりの勇ましい若き竜騎兵と、名声を二分しなければならなかったのである。

メアリは、バナスター・タールトン中佐については何でも知っていたし、豪胆で恐れ知らずの兵士であるという評判も熟知していた。アメリカ独立戦争におけるタールトンの冒険は逐一、新聞各紙が熱狂的に報じていた。彼は一七五四年に、砂糖と奴隷貿易で財をなしたリヴァプールの富裕な商人の家庭に生まれた。彼は知的で、運動が得意であり、オックスフォードで教育され、その後ミドル・テンプル〔ロンドンの法学院の一つ〕で法律家になるための訓練を受けた。父親が五〇〇〇ポンドの遺産を遺して死去すると、学業は中断された。一年足らずのうちに彼はその金の大半を、ロンドンで最もはやっている賭博場の一つであるココア・ツリーで使い果たしてしまった。

軍隊は、その種の窮状に陥った若者に受け皿を提供した。一七五五年四月、彼は、母親を説き伏せて近衛竜騎兵隊の士官職を買ってもらった。翌年早く、彼はアメリカでの軍務を志願し、そこですぐさま勇猛と進取の気性によって上官たちの注目を浴びた。彼はすみやかに中佐に昇進した。彼の連隊は、主にニューヨークやペンシルヴェニアからやって来たアメリカ人ロイヤリスト〔英国帰属支持者〕からなる、新たに結成されたイギリス軍団（ブリティッシュ・リージョン）であった。彼らの軍服は鮮やかな緑の上着で、それがトーリー〔王党派〕の連隊であることを示していた。タールトンは練達の騎手であり、鳶色の髪をして、火のような気性の持ち主であり、ずんぐりして、筋肉質で、中背以下の小男だった。ある同時代人は、「男らしい強さと活力の完璧な模範」と彼を評した。「その逞しい四肢と厚く広い胸板には一片の贅肉も付いておらず、鉄でかたどられたかのようであったが、同時に、均整のとれた優美な肢体の持ち分である、ありとあらゆるしなやかさを誇っていた[*24]」。彼は賭けごとを好み、野生の種馬を馴らすことができ、有名な漁色家だった。家族はしばしば、彼を負債から救い出す手助けをしなければならなかった。彼は熱心な演劇愛好家であり、戦争未亡人のための義援金を募るため軍隊で芝居をしたこともあった。

傲岸不遜であったにもかかわらず、タールトンは部下に人気があった。攻撃こそが防御の唯一の形態であると信じていたので、彼は、戦場における戦列の迅速な動きと真正面からの攻撃をよしとした。南北カロライナ州に居住するロイヤリストたちと同盟関係を巧みに築き上げたりするのは、彼の得意とするところではなかった。一七八〇年の初夏にチャールストンを反乱者たちから奪回したのは、もっぱら彼の働きによるものであった。次いで彼は、南北カロライナの州境にあるワックスホーと呼ばれる開拓地まで、ヴァージニア大陸軍を追っていった。敵には倍の人員がいたが、タールトンの竜騎兵は猛攻をしかけたので、アメリカ人たちはすぐに白旗を掲げた。タールトン自身の記述によれば、彼はその時、乗っていた馬が撃たれてその下敷きになった。部下たちは、降伏の白旗が掲げられた後に自分たちの指揮官が撃たれたものと思い、仕返しに、傷ついて地上に横たわっていた生存者たちを切り刻んだ。この出来事に関する愛国者側の話によれば、タールトンは捕虜を取るのが面倒だったため虐殺を命じたとされる。この一戦によって、彼は「血塗られたタールトン」とか「人殺し《ブッチャー》タールトン」というあだ名で呼ばれることになった。タールトンはアメリカ人愛国者たちが最も憎悪する人物となり、彼らは「タールトンの慈悲」〔敵側の兵士にまったく慈悲を与えないこと〕という雄叫びのもとに参集し、彼を引き合いに出してみずからの残虐行為を正当化した。

指揮官のコーンウォリス卿は、タールトンの戦術を容認したうえ、まこと、彼とイギリス軍団を愛国者の抵抗をくじくためのショック戦法として用いた。一七八一年三月、ギルフォード郡庁舎での激戦のさなかに、彼は右手に銃弾を受け、指を二本失った。戦闘で死地を脱することもしばしばであり、マラリアないしは黄熱病の深刻な発作にも見舞われた。一七八一年一〇月一九日、メアリがロンドンからフランスに旅立った日の翌日、コーンウォリスがヨークタウンでイギリス軍の全兵士についに降伏を命じたとき、人殺し《ブッチャー》タールトンはフランス人とアメリカ人の将校たちに疎まれ、降伏後に開催された一連の晩餐会に招待されなかった。だが故国イギリスの公衆に関する限り、タールトンは、だらだらと続いた、汚い、敗北した戦争における、特筆すべきロマンティックな人物であった。一七八二年一月、生地リヴァプールに帰還したとき、彼は英雄として歓迎された。それから彼は、栄光を享受しようと、ロンドンに赴いた。英国皇太子やカンバーランド公爵に紹介され、婦人たちが彼の緑色のチュニック〔軍服上着〕や傷ついた手を見て失神するなど、彼は、社交界で一大旋風を巻き起こした。白鳥の羽根飾りの付いた彼の軍帽は、メアリ・ロビンソンのパリの帽子に優るとも劣らぬ評判を得たのだった。

第一三章　アトリエでの出会い

私の肖像画をあなたは欲しがる！　なぜ？

メアリ・ロビンソン「私の肖像画を所望した、ある友に寄せる詩」

幾年か前、この驚嘆すべき男は身を起こした、
賭博台から、政治を注視するために……
それゆえ、駆け引きはお手のもの、政治でも負け知らず！
そのうえほかの罪に耽るのも大得意。
誰彼かまわず、彼は寝床に連れ込んだ
手垢のついたパーディタであれ、古兵《ふるつわもの》のア＊＊ステ＊＊ドであれ！

「いと尊きC・J・F＊＊閣下」

戯言士《ムーンレイカー》[*1]作

一七六〇年、ジョシュア・レノルズはレスター・フィールズ（現在のレスター・スクエア）に、残りの生涯を通じて住むことになる屋敷を購入した。その八年後、英国王立美術院が創立され、レノルズはその初代院長に選ばれた。彼はナイト爵を授けられ、二〇年間にわたって芸術的趣味の審判者を務めた。レノルズはやがて、メアリの最も献身的で忠実な友人の一人となる。メアリは彼を、当代で最も優れた芸術家であるとみなし、彼女の最初の主要な詩『世界はかく進めり《アンシ・ヴァ・ル・モンド》』の中で彼を讃美し、こう歌っている。

レノルズ、魔術的な技を振るい、優雅な外観をなぞって
その完璧な似姿を創り出すのはあなたの力。
あなたの手は、自然の女神に導かれて、線を刻み、
神々しい形姿に完璧さを刻印する。
唇を薔薇色に染め、
蕩けるようなまなざしの柔らかさを描くのもあなたの力。
鳶色の巻き毛は豊かに波打ち、
象牙のように白く輝く肩に影を落とす。
形の良い腕に比類ない優美をまとわせ、
美女の顔《かんばせ》にえくぼのある微笑みを浮かべさせるのも。
巧みな筆さばきで雪白の胸に
透明のヴェールを投げかけるのも、それをなすのはあなた。
政治家の想念、幼子の天使のような風情、
詩人の炎、既婚夫人の静穏な眼、
それらすべてがいきいきした光を湛えて輝く。
あなたのみごとな神のごとき筆致のもとで。
イギリスの国民精神が、あなたの芸術を誇りとし、
あなたの美徳を崇め、あなたの心を敬うように、
いまだ生れぬ国民も、かならずや、あなたの名前を寿《ことほ》ぎ、
あなたの思い出を名声の翼に乗せて運ぶことであろう。*2

これらの詩行は、サー・ジョシュアのモデルを務めたときの記憶が元になっている。染められた唇、蕩けるようなまなざし、えくぼのある微笑み、そして「雪白の胸に〔投げかけられた〕透明のヴェール」は、ロビンソン自身のものであった。この詩の出版時には、レノルズはもう目もほとんど見えず外出もまれであったが、寛大な手紙を書き送った。

親愛なるマダム
あなたのまことに優れた詩の中で親切なお言葉を頂戴したことに対して、いままで感謝の念をお伝えすることもせず、恥ずかしい限りです。私は普段あまり外出することはないのですが、直接お目にかかってお礼を申し上げるつもりでおりました。あなたの詩の書きぶりに、普通ならば大いなる研鑽の結果として得られるようなすばらしい闊達さ（あるいはわれわれ画家が言うところの、筆さばき）が示されているので、私はまこと驚いた次第です。私が心中の想いすべてを口にすると、あなた自身に対してすら、お世辞のように聞こえてしまうのではないかと心配です。ましてやほかの者たちには、おそらくは、褒めちぎられた私が返礼をしているかのごとく響くでしょう。ですから、せめてこう言って、満足することにいたしましょう。あなたが出版なさろうとするものが、この詩に劣るものでないことを願っています。もしそれが叶うなら、あなたは詩の領域で、無敵の詩人として長く君臨なさるでしょう。

大いなる敬意をもって、
親愛なるマダムへ、
あなたのいと謙譲にして柔順なる僕である、

J・レノルズ。

追伸――絵は、バーク氏がお使いになれるよう、ご用意できております。[*3]

追伸で言及された絵とは、レノルズがメアリを描いた二番目の主要肖像画のことである。トマス・バークがそこから、メアリの一七九一年の『詩集』や、それに続く幾巻もの著作の扉絵となった銅版画を制作した。

最初の肖像画を描いたとき、レノルズの手帳には、メアリとの約束が、一七八二年一月二五日を皮切りに一一回あったことが記されている。彼は一月が終わるまでに彼女と三回会い、二月に五回、それから三月に二回、四月に一回会っていた。三日間連続してモデルを務めたとき――一月二八日と三〇日、二月一日――アトリエにはもう一人モデルがいた。タールトン中佐である。

これは、社交界における選りすぐりの人々が集う部屋であった。レスター・フィールズへの転居にあたって、レノルズは八角形の絵画制作室を増築したが、それは「彼の作品を展示するためのすばらしいギャラリーとも、モデルたちのためのゆったりした優雅な部屋とも」[*4]なった。新作を見せるための公開日も設けられており、制作日には三、四人のモデルが、しばしば同時にそこに居合わせていた――メアリも、丸々した頬を持つ四歳のジョージ・ブランメルと一緒だった――後にボー（洒落者）・ブランメルとして知られるようになる人物である。サー・ジョシュアに関する詩行でメアリが思い出していたが座を占める場所であったが、椅子あるいは「王座」が置かれていた。座面の高さは床から一八インチ、「幼子の天使のような風情」とは、おそらく彼のことだったのだろう。部屋の中央には、それはメアリ動かしやすいように脚車が付いていた。サー・ジョシュア自身は、描いているときはけっして腰を降ろさず、愛用のマホガニーの画架を前に立っていた。赤と黄色に覆われた衝立がモデルの顔に光を投げかけ、鏡が置かれて、モデルがキャンヴァス上の絵の進行状況を眺められるようになっていた。モデルのための衣装や小道具も豊富に揃っており、なかでも愛玩用の金剛インコはたいそう人気があった。メアリとバナスターは己れの商標とも言うべき華々しい衣装を持参してきていた。肖像画家とモデルとの遭遇には、つねに、ある独特の激しさがある。ロビンソン夫人とタールトン中佐が出会った日も、部屋の雰囲気はピリピリしていたに違いない。

その年の四月、英国王立美術院の展覧会で、レノルズは二人の肖像画――二一二番の『ある婦人の肖像』がメアリ、一三九番の『ある士官の肖像』がタールトン――をともに展示した。中佐は折り返しブーツ、黄褐色のズボン、白い縁取りのある緑色の上着といった、お馴染みのいでたちで描かれていたが、帽子の飾りはいつもの白鳥の羽根ではなく黒かった。戦闘で失った二本の指の切り株のような痕がはっきりと認められる。彼はあたかも戦闘のさなかであるかのようなポーズをとり、剣を冷静に構えて――古典を暗にほのめかすのはレノルズによく見られる手法であるが――ローマの武将キンキンナトゥスの像であると信じられているある古代彫像を彷彿させるポーズを取っている。これはレノルズの、挑戦を表す精妙な身振りだったのかもしれない。というのも、タールトンの敵だったジョージ・ワシントンはアメリカのキンキンナトゥスとして知られていたからである。中佐の馬の頭部が絵の端に見える。その高貴な獣も直々に、四月一一日にサー・ジョシュアの前でモデルを務めた＝座った《サット》――立った、と言うべきか――のかもしれない。その絵は現在、ロンドンのナショナル・ギャラリー東翼円形広間に飾られている。

ロムニーの描いた、クエーカー教徒の服装をしたメアリ・ロビンソンは、若い娘の無邪気さをまだ少し残している。ゲインズバラの、メアリが犬とともにいる肖像画は、彼女を不当な扱いを受けた女性として描いている。レノルズはと言えば、彼は『ある婦人の肖像』を提示した。彼女は、一八世紀イギリスの画家たちがしばしば範型として用いた、ルーベンスの妻のポーズをとっている。彼女のドレスは濃紺の絹で、胸ぐりが深く、刺繍の施された幅広の襟が付いている。駝鳥の羽根飾りが付いた、流れるようなつば広の帽子が、髪粉を振った巻き毛の上に納まっている。青い瞳とえくぼが目立ち、首に巻かれた細い黒のリボンが、彼女の首と胸の肌の白さを強調している。

その絵は、レノルズが亡くなるまで、彼のアトリエに飾られていた。これは、依頼はされたが絵の支払いはされなかった（支払うとすればモールデンだろうが、アトリエでの出会いによってメアリが新たな恋人の腕に身を投じることになったことを考えれば、それは皮肉なことである）ことを意味するのかもしれない。また別の可能性としては――ロムニーの場合と同様――、この肖像画は、依頼によるものではなく、互いの宣伝のための互酬性のある取り決めによって着手され、見本画としてアトリエに掛けておくつもりであったのかもしれない。そこにこの絵があることは、容易に模写できることを意味している。それは何度も銅版画に起こされ、油絵の模写が、ジョン・ホップナー、ジョージ・ロムニー、氏名不詳の細密画家などを含むほかの芸術家たちによってなされた。メアリの画像は引く手あまたの商品だった。ロンドンのウィット図書館には、彼女を描いた七〇枚もの絵の写真や説明文が所蔵されている。彼女は、まず確かに、当時最も頻繁に描かれた女性だったと言えるだろう。彼女をモデルとして描いた最も有名な画家は、レノルズ、ゲインズバラ、ロムニーであったが、一連の群小画家も彼女の肖像画を残している。たとえば、リチャード・コズウェイ、ジョン・ダウンマン、ジョージ・エングルハート、細密画家のジェレマイア・マイヤー、さらにはウィリアム・グリマルディ、トマス・ロレンス、ウィリアム・オーウェンおよび他のあまたの画家たちである。[*5] これらの画家たちのうちの幾人かはサー・ジョシュアの弟子であり、彼のアトリエに掛かっていた一七八二年の肖像画がメアリの他の多くの画像の雛形の役を果したのは明らかである。オリジナルの肖像画は現在、バッキンガムシャーにあるワズドン・マナーのロスチャイルド・コレクションに収められている。

レノルズの肖像画が展示されたとき、ある主要な新聞美術批評家は「容貌は厳粛で分別があり、いちじるしく良く似ており、肌の色合いもそのままである」と述べた。その批評家が唯一不満だったのは、画家が「美しいモデルに値するだけの美をあまり描き出していない」[*6]ことであった。そう感じたのはこの評者だけではなかった。その絵は確かに力強く優雅ではあったが、メアリの温かさや美を捉えきれていなかった。サー・ジョシュアの弟子で、彼の最初の伝記を書いたジェイムズ・ノースコットは、いかなる芸術家も、たとえ自分の師匠ですらも、ロビンソン夫人の美を再現することはできない、とする。レノルズの死後、ある画家仲間との会話の中で、ノースコットは、モデルの「至上の美しさ」を捉えるのは「[彼の]能力では手に負えない」ため、サー・ジョシュアが描いたメアリの二枚の肖像画は「完全な失敗作」であると語った。ノースコットは、重い病で二人の男たちによって階上に担ぎ上げられなければならなかった晩年のロビンソン夫人の姿を思い出している。「あのときでさえ」、と彼は言う。「私は彼女が際立って美しいと思った。何者であれ彼女を描ききることはできないだろう、といま私は思う」[*7]。生涯最後の数年間、ノースコットはメアリの良い友人だった。彼自身が描いたメアリの肖像画は、不運なことに失われてしまった。

レノルズは、一八世紀末期における銅版画市場の大規模な拡大が商業的可能性をもたらしてくることを鋭く意識していた。彼はときに、そこから複製を作るというはっきりした意図のもとに、有名な美人や女優を描くことがあった。パーディタの肖像画に黒と白の用いられている比率が高いのは、偶然ではないかもしれない。それは、この絵が銅板画という単色の媒体に馴染みやすいことを意味している。一七八二年の夏に出版された、ウィリアム・ディキンソンによる点描銅版画は、期待に違わずおびただしい数が出回った。メアリがとっていたそのポーズは影響力が大きかった。エドワード・バーニーはその左右を逆にして、従姉妹の小説家ファニー・バーニーの肖像画を描いた。

レノルズの肖像画を広めるのに貢献したのは、精細なメゾチント銅版画だけではなかった。より安価な複製画なら、単色だと六ペンス、彩色だと一シリングで入手できた。版画販売業者の一七八四年度目録には、ガラスを嵌めて額装された特選見本が、格安の値段でつねに豊富に揃っていると記されている。

郵便はがき

料金受取人払郵便

麹町支店承認

7638

差出有効期間
平成25年2月
28日まで

切手を貼らずに
お出しください

102-8790

102

[受取人]
東京都千代田区
飯田橋2―7―4

株式会社 作品社
営業部読者係 行

【書籍ご購入お申し込み欄】

お問い合わせ 作品社営業部
TEL 03(3262)9753／FAX 03(3262)9757

小社へ直接ご注文の場合は、このはがきでお申し込み下さい。宅急便でご自宅までお届けいたします。送料は冊数に関係なく300円(ただしご購入の金額が1500円以上の場合は無料)、手数料は一律200円です。お申し込みから一週間前後で宅配いたします。書籍代金(税込)、送料、手数料は、お届け時にお支払い下さい。

書名	定価　　円	冊
書名	定価　　円	冊
書名	定価　　円	冊
お名前	TEL　(　　)	
ご住所 〒		

フリガナ
お名前

男・女　　　歳

ご住所
〒

Eメール
アドレス

ご職業

ご購入図書名

●本書をお求めになった書店名

●ご購読の新聞・雑誌名

●本書を何でお知りになりましたか。

イ　店頭で

ロ　友人・知人の推薦

ハ　広告をみて（　　　　　）

ニ　書評・紹介記事をみて（　　　　　）

ホ　その他（　　　　　）

●本書についてのご感想をお聞かせください。

ご購入ありがとうございました。このカードによる皆様のご意見は、今後の出版の貴重な資料として生かしていきたいと存じます。また、ご記入いただいたご住所、Eメールアドレスに、小社の出版物のご案内をさしあげることがあります。上記以外の目的で、お客様の個人情報を使用することはありません。

レノルズの画像はまた、伝記や扉絵の著者肖像に用いる場合は、割引価格で提供された。レノルズの絵の複製は、家庭用品としてさえ手に入れることができた。タールトンの肖像画はミルク差しに転写され、レノルズによる女性肖像画のいくつかは扇の上に刷り込まれた。キティ・フィッシャー〔数多くの画家に描かれた当時有名な高級娼婦〕の肖像画は縮小印刷され懐中時計の蓋を飾った。すなわち、当時は、高尚な芸術と庶民の芸術とのあいだに融通無碍の交流があったのである。レノルズのオリジナルの絵は、彼のアトリエにおいても、ストランド街にあるサマセット・ハウスでの王立美術院の年次展覧会においても、おびただしい数の人々を惹きつけた。と同時に、買い物客たちは版画店で膨大な品揃えの中から銅版画を選んだり――陳列窓に飾られている諷刺画を見て笑ったりすることも――できたのである。

肖像版画や諷刺画は、それぞれ異なる方法で、政治党派、性的醜聞、文学論議に対して公衆が抱いている飽くことない関心を満足させていた。世間に知られた男女の評判はレノルズの理想化された肖像画によって高められる場合もあるが、それと同様、誹謗や嘲弄の犠牲になることもある。ロビンソンの小説第二作目『未亡人』において、社交界のふしだらな花形婦人の一人であるヴァーノン夫人は、女友達の夫の件について、彼女にこう言うのである。「街中の版画店で諷刺画にされたくないのだったら、彼を田舎から出しては駄目」。*8

諷刺画はしばしば、人気のある肖像画のポーズを訳知り顔でほのめかしていた。版画店の陳列窓に登場し始めたメアリの図像は、諷刺的な挿絵画家に、同時代の政治家、王族、女優をからかう戯画の活発な市場で存分に活躍する機会を与えた。後述するように、彼女は多彩な恋愛生活で醜聞を巻き起こし続けるとともに、政治家チャールズ・ジェイムズ・フォックスのような物議を醸す人物たちと交際することによって、不当なまでに大きなつけを払わされることになるのである。

メアリの数ある肖像画の中で、おそらく最も美しいのはジョン・ホップナーによるものであろう（彼は何度も彼女を描いている）。ホップナーという人物に、メアリはたいそう共感することができただろう。

レノルズ、ゲインズバラ、ロムニーは年上の男性だった。とりわけサー・ジョシュアは、ギャリックがまさにそうであったように、メアリにとって父親のような存在になった。対照的に、ホップナーはほぼ同年齢であり、彼女と同様、卑しい身分からはるかに高い世界へと成り上がっていくために己れの才能を用いた。ホップナーはドイツ系で、少年の頃、王室礼拝堂の聖歌隊員になったが、画家としてめざましい才能を発揮したため、国王が修業のための費用を支払った。大法官ノーシントン卿の庶出の娘であるという噂をメアリはけっして否定しなかったが、ホップナーは一枚上手で、自分が国王自身の庶出の息子であるという噂を広めた。彼は〈英国皇太子を描く画家〉として有名になり、セント・ジェイムズ・スクエアの外れにある自邸は、彼がアメリカ人の妻〈彼女もまた芸術家だった〉とともに人々をもてなす場であったが、社交界の中心地となった。彼は女性モデルたちを美化するという評判を得たが、それは正当なものであった。彼の作品目録は、ジョージ王朝後期の王族を頂点とする社交界名士録さながらである。

ハンプシャーのチョートン・ハウスに現在所蔵されているホップナー作肖像画は、二〇世紀初期には、オーソン・ウェルズの『市民ケーン』のモデルとなったウィリアム・ランドルフ・ハースト〔二〇世紀前半に活躍したアメリカの新聞王〕の愛蔵品だった。その肖像画がいつ、誰の依頼によって描かれたのかは不明である。それは半身像で、メアリは観る者をまっすぐに見返している。彼女は灰色がかった胸ぐりの深いドレスを着ている〈それは例の、彼女がパリから持ち帰った、初めは「秘中の秘」だったがやがて「大流行」することになった、いまだ知られていない色合いの絹なのだろうか〉。そのドレスには白いサテンの縁飾りが付いていて、彼女の半ばあらわになった、滑らかな白い胸を引き立てている。袖口は白く、華麗なフェルトの帽子には白い羽根飾りと、前面には豪華なダイアモンドの留め金が付いている。髪粉を振った髪が首に垂れ懸かっている。輝くような肌の色が、レノルズの肖像画の影響が感じられる背景の赤いカーテンに浮かび上がっている。一八世紀の絵画理論は、肖像画の長方形の枠の内部に三角形を想像することによって最良の調和的比率が達成される、と提唱していた。ホップナーの三角形の頂点で見る者を魅了しているのは、「ロビンソン夫人の瞳」である。

公衆の目には、メアリはいまだ皇太子と結びつけられていた。彼女がオペラ・ハウスで角のボックス席を確保したことが報じられた。その席から「あるやんごとなき防壁〔皇太子〕を落とさんと、彼女は眼から斜めに矢の一斉攻撃を仕掛けるが、それがあまりに巧みなので、大方の見るところ、今シーズンが終わるまでには新たな突破口を作り、愛の名誉にことごとく飾られて入城することができるだろう！[9]」。彼女はふたたび、ロンドンの社会において、注目度の高い存在になろうとしていた。あるときなど、彼女は、ファッショナブルなセント・ジェイムズ街に馬車を止め、周りを見ながら、また見られながら、ただじっと座っているところを目撃されたことがあった。

メアリ・ロビンソンとバナスター・タールトンが、一七八二年一月二八日、サー・ジョシュア・レノルズのアトリエでたまたま一緒になったとき、それは二人の初めての出会いではなかったかもしれない。それに先立つ木曜日の晩に、キングズ劇場で真冬の華麗な仮面舞踏会が催されていたのである。多色の灯りが花綵《はなづな》のように観客席に飾られ、上階のボックス席からは花輪や蝶結びを美しくあしらった布が垂らされていた。真夜中を三〇分過ぎる頃までには、劇場はいっぱいになったが、仮装してきた人々はわずかしかいなかった。「美しいパーディタ」はその一人だった。黒いドミノで装った彼女は、「一晩中仮面を外すことはなかったが、残りの部分を見たいと願わせるに足るほどは顔の一部を覗かせていたのである」。他の少数の仮装客の一人は、タールトン中佐であった。彼もドミノを着用していたが、仮面は付けていなかった。その晩のあるとき、彼は正体不明のドミノ姿の人物に声をかけられ、こう答えた。「旦那様、どうかお顔を見せて下さい。私は白昼堂々と戦っているのに、あなたは私を闇討ちになさるのですか！[10]」その晩メアリは男装していなかったと思えるので、これはおそらく彼女ではなかっただろう。だが彼女とタールトンは、その夜の劇場では最近帰国したばかりの最も有名な旅人だったので、誰か指さす者がいて、二人が互いを認め合ったということも十分にありうる。

一晩中踊り、翌日はサー・ジョシュアのモデルを務める——それはメアリの活力を証しするものである。それが金曜日のことで、彼女とタールトンがアトリエで初めて一緒になったのは、翌週の月曜日であった。その晩二人はまたもや同じ場所にいた。別の冬の舞踏会が、今度はパンテオンで開催されたのである。八〇〇人の社交界の人々が参加した。イタリア人舞踊家のシニョール・デルフィーニと喜劇役者のジョン・バニスターが一同を楽しませた。夕食は深夜一時に用意され、鶏のロースト、冷製牛肉、舌のゼリー寄せが、ポート・ワイン、シェリー、マデイラ・ワイン、ライン・ワインとともに供された。一同は朝六時まで踊った。タールトン中佐もいたし、英国皇太子もお付きの者を従えてそこにいたが、例によって、新聞がとりわけ注目したのはメアリであった。「快美なる天球の星々の中でひときわ輝ける星は、ドミノ姿でマントと仮面を着けていてもあのえくぼは隠しきれない、美しいパーディタであった」[*11]。だが、緊迫した瞬間もあった。「なかなかの身分にあると思しき外国人のある紳士が、モ**ン卿とともにベンチに腰掛けているパーディタを見染め、その横に座った」。その紳士とメアリが言葉を交わすのを聞いて、モールデンは仮面を脱ぎ、相手にも同じことをするようにと求めた。これは決闘を招きかねない類の出来事であったが、この時はメアリがうまくその場を執り成した。

彼女と中佐が恋人同士になったのは、二、三か月後のことである。その年の春を通じて、メアリはパリ仕立ての衣装で注目を浴びていた。彼女は、凝ったマフという、新しいファッションを作り出した。

パーディタが腕にキャタラクト・マフを着用するやいなや、くだんの服飾品をめぐる開発競争が目論まれた。頓挫した企画は数知れず。だがついに、抜きん出たある天才が、タブラチュア（銘板）・マフを製作した。このマフの上には、ちょっとした恋物語が全面に描き込まれており、マフ本体もさりながら、絵も発光するように工夫されている！　前記のマフを改良した者もいる。何枚もの弁を層にして重ね合わせ、中国のからくり鏡のように、一つの場面に飽きると、ばねに触れることによって、より刺激的な性質を持つ別の場面が現れるという仕掛けが施されているのであるが、そのようにして、想像力の赴くまま、マフの中に入る限りの隠し場所がことごとく、だんだんと究め尽くされるというわけである。[*12]

マフに性的含意が込められていることはよく知られていた。上品な『レイディーズ・マガジン』誌でさえ、その服飾品の神話的起源についての記事を載せた。それはアドニスを暖めるためにウェヌスが与えた贈り物であったが、彼はすぐに「より良い使い道」を見つけ出す。「要するに、彼は、この新しい愛の道具を抱きしめ、こねくり回し、ひょいと放ったり投げたり、焼印を押したりしたが、それがあまりに頻繁で、その意味するところがあまりにあからさまであったため、一月もたたないうちに、当時の年代記が語るところによれば、マフは眼と同じくらいはっきりしたメッセージを伝えるものになったのである[*13]」。

ロビンソン夫人が何を着ていたかを記述することが、社交的集いを新聞が報じる際の必須事項になった。オペラでは、彼女の髪は「ダイアモンドでピン留めされた編んだ麦の穂で飾られていた」。またあるときは、パリから特別に輸入されたベルタン嬢の帽子の一つが大評判になった。「美しいパーディタが最近かぶっていた帽子は、この上なく優美な傑作である。海緑色の地に、羽根やうねるような造花の薔薇飾りの合間に花々を散らした飾りを付け、煌めくピンで留められた帽子である」。パンテオンでの（彼女が仮面を付けたままだった）仮面舞踏会のときには、彼女は、白い花々を花綵のように飾った、白いクレープ〔縮緬のような絹地〕のドレスを着ており、「そのドレスのシンプルな優美さで讃えられた[*14]」。彼女の馬車も、同じく注目を浴びた。「上流社会《ボン・トン》にはさまざまな馬車があるが、〈パーディタ〉は、昨日またもや、数ある馬車をはるかに凌ぐ新しい馬車を披露した。それは、暗褐色の地に、内張りは白いサテンで、共布のカーテンには銀の幅広の房飾りが付いている。同性の中で最も嫉妬深い者ですら、彼女がこの優美な乗り物をトータル・コーディネイトする際に抜群の趣味の良さを発揮したことは認めざるをえまい[*15]」。ときには、ドレスを馬車に合わせて、あるいは馬車をドレスに合わせて、デザインされることもあった。

一七八二年三月、今度の英国王立美術院の年次展覧会には、パーディタの肖像画が四枚も含まれていることが発表された。すなわち、レノルズとゲインズバラによる全身像と、リチャード・コズウェイによる二枚の細密肖像画である。メアリはコズウェイと妻のマライアによって何度も描かれているが、夫妻はペル・メルにあるゲインズバラのアトリエの隣の家に引っ越してきたばかりだった。その家の先住者はドクター・ジェイムズ・グレアム〈天上の寝台〉の考案者）で、彼は負債のため立ち退かざるをえなくなったのである。コズウェイ夫妻は家中に絵画を飾り、数多くの社交パーティを催し、家屋の屋上に庭園と温室を設けた。

『モーニング・ヘラルド』紙は以下のようにほのめかした。「サマセット・ハウスでの今度の展覧会は、たいそうみごとなものになりそうである。それは少なくとも、美と優雅の称讃者を魅了することであろう。というのも、最も権威ある諸家が、かの美しきパーディタを描いたのだから！[*16]」。ゲインズバラは展覧会に六枚の大作を出品することになっていたが、そこには愛馬にもたれている英国皇太子の肖像画、ロビンソン夫人とタールトン中佐のいずれも全身像を描いた肖像画が含まれていた。『パブリック・アドヴァタイザー』紙は早速、ロビンソンの公的な露出度の高さに注目した。「〈パーディタ〉は今年度の商売をきわめて順調に行っている。輸入や輸出がすこぶる活発に行われたであろうことは、この件一つからも窺い知ることができる。彼女は肖像画のモデルを四回も務めたのだ。すなわち、ロムニーのために二回、ゲインズバラのために一回、サー・ジョシュア・レノルズのために一回である！[*17]」。「商売」や

「輸入や輸出」などの用語は、フェミニズム批評家たちが一八世紀における女性の商品化と呼ぶものの例であるが、この点に関して、メアリ・ロビンソンは受動的な犠牲者では絶対になかった。自分の商品価値を彼女ほど深く理解していた女性は、当時ほとんどいなかっただろう。個人的イメージをいかに操作し、私生活に対する大衆の飽くなき興味を自分が有利になるようにいかに捉えるかを、彼女は心得ていたのである。

『パブリック・アドヴァタイザー』紙の記事は、次に、メアリのさまざまな肖像画を比較することに取りかかる。それによれば、レノルズが最高であり、ロムニーは「芸術的価値という点から第二位」であり、ゲインズバラの肖像画は、あまり似ていないため「彼の数少ない失敗作のうちの一つ」とみなされている。その種の批評に傷ついたゲインズバラは、パーディタの肖像画を英国王立美術院展覧会から引き上げてしまった。年次展覧会が四月二九日に始まったとき、話題をさらったのは、レノルズによるメアリとタールトンの肖像画だった。ロビンソンの肖像画は一様に讃美されたが、タールトンの肖像画に対する反応はまちまちだった。ピーター・ピンダーという筆名で書き、後にメアリのきわめて親しい友人となる諷刺作家のジョン・ウォルコットは、一七八二年の「王立美術院会員に寄せる抒情的オード」において、「ぴっちりした長靴姿ではいつくばっているタールトン！」や、馬にトロイア風の――すなわち、木馬のような――趣があるのには感銘を受けなかったと書いた。

タールトンとメアリが一緒にいる姿は、五月には、種々の舞踏会や仮面舞踏会で目撃されていたが、彼女は公的にはまだモールデン卿と同棲していた。彼らはファッショナブルなトリオを、すなわち、自分たちの作る魔方陣の中に入ろうとする、自分たちほど洗練されていない人々に悪ふざけを仕掛けて楽しむトリオを組んだかのように見えた。ある逸話を語ろう。プーという名前の不良は、ロンドン市参事会員の息子だったが、ロビンソン夫人との「一〇分間の会話」に二〇ギニー払うと申し出た。彼女は、彼が請け合った金額で、その願いを叶えることに同意した。プーは、短いあいだながらも性的快楽を得ることを期待して、彼女の家へいそいそとやって来た。だが、期待に反して、彼女と密室で二人だけになる代わりに、彼はメアリがタールトンとモールデンと一緒に座っている部屋に通された。メアリは、脇から時計を取り出すとテーブルの上に置いた。それから会話の矛先を二人の同伴者から転じてプー一人に向けた。一〇分経った。彼女は時計を取り上げるとベルを鳴らし、プー氏を外までお送りするようにと召使いに命じて、二〇ギニーを取り立てた。その金は翌日、彼女が贔屓にしている四つの慈善組織に分配された。タールトンとモールデンは、その一〇分間の会話のあいだ、ずっとくすくす笑っていた。[*18]

メアリがモールデンからタールトンへ、正確にはいつどのように鞍替えしたのかを語る、当事者による記述は現存していない。五月一〇日の仮面舞踏会のとき、彼女に付き添っていたのはモールデンだったが、その月が終わるまでに『モーニング・ヘラルド』紙は次のように報じていた。「〈パーディタ〉は、最近タールトン中佐の捕虜となった――といっても、かの将校の愛の偵察作戦の一つで、ということなのだが。その顛末は、〈美しい人〉にとっていたく不運なものであった。彼女の高貴な指揮官が、新たな征服者の手に落ちた彼女を受け戻すことを拒んだのである!」。いかがわしい世界《ドウミ・モンド》の仇敵たちは、メアリの「思慮のない過ち」を心から祝する言葉をあちこちからもらったそうだ。[*19]

猥褻だが情報源としては確かな『パーディタの回想録』には、タールトン、モールデン、そして彼らの仲間たちが、皆熱狂的な賭博好きばかりであるという周知の事実にもとづく記述が見られる。モールデンは、パーディタが自分を愛してやまないと固く信じていたので、どんな男であれ、自分の腕から彼女を誘惑して奪うことなどできはしないと思っていた。彼はつねに温かい言葉で彼女を讃美し、自分以外の男は目に入らないのだと自慢していた。ある晩、セント・オールバンズの居酒屋で、中佐やほかの者たちと一緒にいたモールデンは、「この見解の正しさを確認するため、一〇〇〇ギニー賭けようと申し出た」。タールトンは即座にその賭けに応じた。彼女をモールデンから奪うばかりか棄てもしよう、と言うのである。かくして、と『パーディタの回想録』は主張する。タールトンは、オセローのように

〔オセローは、過去の冒険談を語ることによってデズデモーナの愛を手に入れる〕、「自分が経てきた危険の数々、大胆不敵な間一髪の脱出劇、耐え忍んできた幾多の苦しい行軍、目撃した種々の驚異、兵士の生活に付きもののありとあらゆる奇妙な冒険」の物語を聴かせることによって、彼女を誘惑したのである。彼は彼女をベッドに連れ込んだが、訪問者が愛の快楽をしょっちゅう中断してしまうため、二人はロンドンを離れ、エプソムからほど近いバロウ・ヘッジズという小さな村へ行った。そこで「丸々二週間というもの、彼らは、世間の執拗な煩いごとや苦労から解放され、世人の関心事は無視して、二人だけの幸せという快い歓びにしっぽりと浸って、ただひたすらに睦み合い楽しんだが、そのあいだ、知人たちは誰一人として二人がどこに消えたのか見当もつかなかった」[*20]。

全体としてはいくばくかの真実が込められているのかもしれないが、その話には、メアリが受動的な存在として——彼女がそうであったことはまれである——描かれていることは抜きにしても、少なくとも三つの問題点がある。一つには、酒場で自分の恋人の貞節を仲間相手に賭ける男は、デズデモーナに求愛するオセローと同様、文学上の伝統的な人物でしかない——まこと、シェイクスピアの『シンベリン』の筋は、まさにそのような賭けをめぐって展開する。『パーディタの回想録』の著者は、歴史的事実ばかりか、文学慣習による影響も受けているのである。第二に、タールトンとロビンソン夫人の動向は、この時期つぶさに報じられていたので、新聞にまったく言及されないまま、二人がエプソム・ダウンズで二週間にわたって「ただひたすらに睦み合い楽しんだ」ということはまずありえない。第三の点として、『パーディタの回想録』は、モールデンは賭け金を払ったが「不実な愛人をきっぱりと永遠に棄て去った」という言葉をもってその話を締めくくっている。だが彼は、彼女をきっぱりと棄てたわけではなかった。メアリに年金を与えることに同意したのである。もっとも、彼の支払いはひどく不規則ではあったが。

六月初旬には新たなドラマがあった。『モーニング・ヘラルド』紙はハイド・パークでの馬車事故について報じた。一台のフェイトンが激しい勢いで突っ込んできて、メアリのチャリオットを転覆させてしまったのだ。馬車が転倒した際、彼女はひどい傷を負ったので、バークリー・スクエアの自邸に「意識を失った状態で」運び込まれた。「前述の事故が起こったとき、彼女はタールトンと一緒だった[*21]」とも書かれている。

バークリー・スクエアの邸は、モールデンが彼女のために構えたものであった。それはロンドンで最も高級な地域の一つであった。ゆったりした造りの広場の周りには、玄関に凝った錬鉄の手すりを持つ、美しく均整のとれたテラス・ハウスが立ち並んでいた。それらの建物の一つは、〈インドのクライヴ〉〔英領インドの基礎を築いたイギリスの軍人・政治家のロバート・クライヴのこと〕が一七七四年に自殺する前、東方風の豪奢な内装を施したものであった。また別の建物はウィリアム・ピット（小ピット）の一家の住居であり、また別の、ウィリアム・ケント〔一八世紀イギリスの建築家・造園家〕によって設計された建物は、今日、ロンドンにいまなお現存するジョージ朝時代のテラス・ハウスの中で最も美しい建物の一つであるとみなされている。

三日後に出た続報は、こう主張した。彼女が意識を失って自宅に運び込まれたとき、モールデンは、適切な医療を受けさせようと請け合うと、家を出ていってしまった――おそらく、彼女がタールトンと同乗していたのが気に入らなかったのだろう、と。翌日、また違う話が載った。元の恋人のところに戻るどころか、彼女はいまや「彼と別れ」、「誘惑者たる軍人のタ＊＊中佐とヒル・ストリートにある彼の家で同棲している」のである、と。次いでこの二日後、おそらくはメアリの依頼によるものだろう、「〈パーディタ〉がバークリー・スクエアの住居と、そこでの愛の生活を棄てた[*22]」という噂を否定する記事が出た。だが七月下旬までには、『モーニング・ヘラルド』紙ははっきりと、「〈パーディタ〉と高貴な恋人はいまや永遠に別離した――それはいずれの側にもちょっとした心痛の発作をもたらしたが、愛の絆《レ・ヌー・ダムール》はついに引き裂かれ、もう二度と元には戻らない！[*23]」。彼女に年金を支払うための取り決めをモールデンがいつ行ったのか、その日付はわからない。

読者の中には、新聞各紙がメアリやほかの「いかがわしい女たち」に紙面を割きすぎていてうんざりだ、と言う者もいた。「美徳を愛する者」と署名された手紙は、こう述べている。

> 某朝刊紙の大半は、いまや低俗な醜聞記事で占められている！ 紙面すべてが、ロビンソン夫人の緑色の馬車のことを書き立てている。当世風の呼び名によれば〈不純なる者〉が乗り回しているのが、四頭の仔馬に引かせた馬車であろうが二頭立ての馬車であろうが、はたまた、彼女が首に化粧しようが頬に化粧しようが、フェイトンを楽しもうが肥車に乗っていようが、付き添い役が貴族だろうが女衒だろうが平民だろうがごろつきだろうが、そんなことは公衆にとってほとんど重要ではない……そうしたことは、慎み深い女性をむかつかせ、首都の上流社会を楽しませているのは売春婦だけであると信じ込ませてしまうのである。新聞各紙はそれらの娼婦らに麗しい名前をつけた。彼女たちは、〈キプロスの乙女団〉、〈か弱き姉妹たち〉、〈修道女たち〉、〈巫女たち〉、〈不純なる者たち〉および、ほかに二〇ものご立派な名前で呼ばれている……それらはいずれも、彼女たちの真の名――すなわち、〈当代の春をひさぐ女たち〉――の汚らわしさを覆い隠す傘の役目をしているのである。*24

貴族を棄てて戦争の英雄に乗り換えていた二、三か月のあいだに、メアリは、国中で最も名高く、最も物議を醸す政治家ともねんごろになっていた。チャールズ・ジェイムズ・フォックスは、政治家の息子であり、メアリよりも八歳年上であった。酒飲みで、賭博好きで、一九歳のときから下院議員であった彼は、王族婚姻法に反対し、大西洋の彼方の諸植民地で憎悪されていた茶税の廃止を支持することによって名を馳せた。アメリカの反乱者たちに対する彼の擁護は国王を憤激させ、王は一七七四年、首相のノース卿にこう書き送った。「あの若僧は、名誉や誠実という道徳規範のいっさいを投げ打ち、人の道を踏み外してしまったので、おぞましくも唾棄すべき人間に成り下がるのは必定である」。[*25]

続く数年のあいだに、フォックスは、ホイッグ党(「党《パーティ》」という語は、現代の政党のようにきわめて厳密に定義された概念を指しているわけではなく、内部で異なる派閥が割拠する、種々の利害関係のもとでの幅広い連合、という意味である)のより急進的な一派の指導的人物として広く認知されるようになった。彼は「人民のヒーロー(man of the people)」という称号を冠せられ、ホイッグ党内でのより穏健な派閥の指導者であるシェルバーン卿を敵として、長きにわたる内紛を繰り広げた。衆目の見るところ、フォックスは、ノース卿が率いるトーリー政権に対する議会での反対陣営の頭目とみなされていた。国王はノースに心から賛同していたので、それが不可避的に皇太子をフォックスの庇護のもとに追いやることになったのである。彼らはセント・ジェイムズ街のブルックス・クラブで、常連の賭博仲間になった。その政治家は、皇太子にとって、ある種の反面教師的な父親像を提供した。何十もの諷刺画が、シェイクスピアの『ヘンリー四世』を踏まえて、両者をフォルスタッフ(フォックス)とハル(皇太子)の関係になぞらえて描いている。無精髭を生やし、だらしなく、上着には点々と脂染みが付き、太鼓腹の二重顎で、げじげじ眉であったとはいえ、フォックスは、主として彼がすばらしい演説家で機智に富む才子であったため、偉大なカリスマ性を備えていた。彼は風呂に入るよりも頻繁に愛人を取り換える、と評判だった。

アメリカ独立戦争での敗北によって、一七八二年春、ノースの政府は真っ逆さまに政権から転落した。ホイッグ党は不安定ながらも連合を組んで政権を握り、フォックスとシェルバーンという旧敵同士がともに国務大臣に任じられて外交に携わることになり、アメリカ(シェルバーン)とフランス(フォックス)との和平交渉を委ねられた。彼らは優先事項が何であるかをめぐって衝突し、合意することができず、七月にフォックスは憤然として官職を辞した。賭博台と、英国皇太子やデヴォンシャー・ハウスにたむろする連中の許に戻ったのである。メアリとの情事は七月に始まり、彼はメアリにターールトンを棄てるよう説得した。中佐は、兄のトマスに宛てた手紙から判断すると、ことのこうしたなりゆきを達観視していたようである（この手紙では、彼と別の弟のジョンが、パーディタとの関係をめぐって喧嘩していたことも明かされる）。「辞任した大臣がいまや私の恋敵であるが、ジョンがまず私に腹を立てたのは、その愛しい人のため、その愛しい人の振る舞いには何の私利私欲もないと私が弁護したためであった。かのフォックスと彼女との関係は、私と彼女との別離ほど幸運なものではあるまい。私はパーディタを、地上で最も寛大な女性として、つねに喝采し続けることであろう」[*26]。最後の一文は、さまざまな意味に解釈できよう。

　予想されたことではあるが、メディアはその情事のことを騒ぎ立てた。保守的な『モーニング・ポスト』紙は、トーリー党の新星であるウィリアム・ピット（小ピット）は将来偉大な閣僚になるために刻苦勉励しているというのに、フォックスは時間と才能を「例のごとく賭博場通いとキプロスの女神に捧げ物をすること」に浪費していると批判した[*27]。より噂好きの『モーニング・ヘラルド』紙は、フォックスとメアリが一緒に馬車を乗り回している姿の目撃談を掲載するほうを好み、こうほのめかした。「元大臣と〈パーディタ〉のあいだに目下のところ存在する親密な絆は、婦人の側にとってみれば純粋に政略的なものでしかないという噂である」――彼が高い役職へと返り咲く日を彼女は待ち望んでいる、というわけである[*28]。伝えられるところによれば、バークリー・スクエアにあるロビンソン夫人の自邸で自分が頻繁に目撃される理由は、その家から仇敵シェルバーンの住居であるランズダウン・ハウスがよく見えるからである、とフォックスは主張したとか。「いや君ね、僕はシ＊＊卿の動静に目を光らせておくと国民に誓ったのだ。僕がバークレー・スクエアにいる理由はそれしかないし、ブルックスに僕の姿が見られないのもそのためだと、友人たちにも伝えてくれたまえ」[*29]。

　八月二〇日、新しい諷刺画が、セント・ジェイムズ・ストリートにあるエリザベス・ダシュリーの版画店の陳列窓に現れた。その店はブルックス・クラブからはほんの数軒、メアリ・ロビンソンの家とバナスター・タールトンの住まいからは通りをいくつか隔てているだけであった。「雷男《ザ・サンダラー》」と題されているこの諷刺画は、才気と猥雑さにおいて、やがてはイギリス史上並ぶ者のない諷刺画家になるジェイムズ・ギルレイの最初期の作品の一つである。「雷男」とはタールトンのことである。その諷刺画はレノルズの肖像画のパロディであり、ポーズも衣服も忠実に模倣されている。だが下腹部はいちじるしく強調され、タールトンが皇太子よりも肉体的な持ち物にはるかに恵まれているとほのめかしている。

　中佐の顔の表情は、レノルズの暗示する俊敏さと熱意から、蔑むような冷笑に変わっている。背景も、アメリカの戦場からロンドンの居酒屋に替えられた。扉の上には「風車《ホワーリギグ》、牛肉煮込み料理=当世風女体《アラモード・ビーフ》、毎晩熱々」と大書され、長い棒で貫かれ大股開きで乳房を丸出しにしたメアリ・ロビンソンが看板になっている。棒を支える張り出し棚に描かれている顔は、長靴下の上端から覗く彼女の太腿と頭上の愉しい眺めに淫らな笑いを浮かべている。彼女の口には吹き出しが付いていて、「これがいちばん甘いキスをしてくれる若者よ／兵士に惚れない女がいるかしら?」と書いてある。「風車《ホワーリギグ》」とは、兵隊相手の売春婦が見せしめのために入れられる、回転軸からぶら下がる巨大な檻のことである。

　ギルレイの諷刺術は、視覚的な暗示引用と言語的な暗示引用を組み合わせたところに成立する。タールトンのポーズはレノルズの肖像画のポーズと同じであり、彼が喋っている台詞は、ベン・ジョンソンの有名な喜劇『気質くらべ』に登場する、異国の戦役でのでたらめな手柄話や、ことに自分の剣さばきの巧みさについて法螺を吹く、ろくでなしの冒険家ボバディルの台詞である。わめいているタールトン／ボバディルは、頭の代わりに描かれている駝鳥の羽根（皇太子の標章）からわかるように、皇太子を表している見栄っぱりで間抜けな田舎者スティーヴンの横に立っている。「しばしばほんの酔狂で、奴らのうちの二〇人ばかりに挑んで、皆殺しにしてやった」、と雷男は言う。「さらにもう二〇人に挑んで、皆殺しにしてやった――さらにまた二〇人、こいつらもあの世行き。というふうに、一日のうちに二〇を二〇倍した数の敵をやっつけた。二〇の二〇倍、すなわち二〇〇人〔法螺話ということもあってか計算は合っていない」、一日で二〇〇人、五日で一〇〇〇人だ。ということは、つまり――ああ、畜生――殺した奴らの半分にも満たないぞ」。タールトンは法螺吹きとして知られていた。ホラス・ウォルポールによれば、タールトンは、軍隊の誰よりも大勢の敵を殺して、誰よりも大勢の女と寝たと自慢したとされる。それに対してシェリダンは辛辣にこう応じた。「『寝た』[*30]――なんたる軟弱な表現だ！　凌辱した、と言うべきだった。殺人者のお楽しみは強姦だからな！」

　ギルレイの諷刺画には、微細な点へのこだわりがある。現代の学者たちはこの事実には注目してこなかったが、性的に貫かれたメアリはロムニーの肖像画を明らかにほのめかしている。首の傾げ方、ほのかな鉤鼻、うっすらした微笑み、下唇の下にあるえくぼ、赤みがかった金髪、そのものずばりのクエーカー・キャップは、すべて正確な模倣である。レノルズの英雄的なタールトン像が、ボバディルを暗に引用することによって覆されているように、ロムニーの貞淑なパーディタ像も、商売をする売春婦という悪意ある表象へと転化している。

　普段はメアリを好意的に報じない『モーニング・ポスト』紙ですら、ギルレイはやりすぎた、と感じた。この諷刺画が出版されて一週間以上経ったとき、『モーニング・ポスト』紙は、「パーディタに惚れ抜いているある紳士が急遽ものしたパーディタの人物素描」と題された人物評論を掲載した。これは彼女の人物像をかなり美化しており、彼女のことを、社交《トン》界のお飾りであることは否めないが、ファッショナブルな世界の華やかな光を、その虚しさを見透かして本能的に避ける女性として描いている。「めくるめく生活《ホワール・オヴ・ライフ》」を彼女が軽蔑しているという冒頭の言及は、とりわけギルレイの「風車《ホワーリギグ》」への反撃として意図されたものであろう。

　造化の手によって、目くるめく生活に伴う種々の務めとはほぼ正反対の仕事に向くように創られているので、パーディタはいまの暮らしを心から楽しんでいるわけではない。だが彼女は、社交生活にあらん限りの優雅さと華やぎを添えようとする……彼女の魂は、王侯が与えうるものになど、惹きつけられることも満たされることもないのである！　凡庸な才能しかなく、想像力が天翔けることも、心がいきいきと躍ることも、鮮やかな情熱を抱くこともないのであれば、いまや彼女が時折の気晴らしとする歓楽のあれこれから、よりたゆみない喜びを得ることであろう。生まれつき激しやすく、性急で、ロマンティックな気性の持ち主なので、尋常ならざる、冒険に富む、突発的な企てすべてが、彼女がなすにふさわしいものになる。彼女が瞬間の抗いがたい衝動に従うとき、熱狂的に偉大なことで、彼女になしえないものはない。それが愛あるいは寛大さということになれば、彼女は極端から極端に走るだろう。

そうした性癖――情熱的な気質や激しい気性、寛大で衝動的な性格――は、すべて、彼女を知る人々によって強調され、彼女自身の自己像にも認められる。著者は次いで、彼女を、ジャン＝ジャック・ルソーの伝統に連なる小説に登場するような、詩に鋭敏な感覚を持ち憂鬱症に陥りやすい、感受性に富むヒロインとして表象することに取りかかる。

彼女の愛は、心によって育まれた、自然の申し子である……彼女は、生の隠棲的喜びを味わうにふさわしい趣味と感情を備えている。素朴さは彼女を魅了する。彼女には、悲愴な精神に付きものの穏やかな憂鬱、詩神との優しい友情、揺るぎない愛の柔和さに焦がれる魂が備わっている……最良の人間でありたいと願っているがゆえに、彼女が最も幸福な人間ではないことは悲しいことだ。にもかかわらず、彼女には、最高の讃辞が送られるべきである。困難な状況にあっても、感受性の力によって、自分がより良い扱いを受けるに足る人間であることを示したのであるから。*31

ギルレイの諷刺画は、もちろん、時流にかなり乗り遅れていた。それが出版されたとき、メアリはタールトンではなくフォックスの愛人だった。元大臣と元女優は、贅沢と顕示的消費の究極の象徴である彼女の馬車に同乗している姿をあちこちで目撃されるようになる。

国務大臣職を解かれたチャールズ・フォックスは、いまやふたたび、賭け事と放蕩に戻っていった。ブルックスでファロ〔一八世紀から一九世紀にかけてヨーロッパで流行した賭けトランプの一種〕にふたたび興じ、当代きっての娼婦であるロ＊ン＊ン夫人と同棲し、馬車《フェイトン》に彼女を乗せて連れ回している。車輪のがたがた鳴る音が街路に響き渡り、馬たちのいななきや蹄の音が遠くから聴こえてくる。

そして人々はそちらを向き、彼のことをしげしげと眺めて、こう言うのだ。彼はイエフ〔紀元前九世紀後半、謀反を起こしてイスラエル王国の王となる。聖書「列王記」には、イエフが主君ヨラムを倒そうとイズレエルの城塞へ軍勢を率いて攻めよせていくさまが、狂ったように戦車を走らせている、と描写される〕のように猛然と馬を駆るが、それはイゼベル〔ヨラムの前王の妃で、偶像崇拝を持ち込みユダヤ教の預言者たちを迫害し、イエフに殺される。「破廉恥な淫婦」という意味もある〕を破滅させるためにではない、と。*32

フォックスの叔母であるレイディ・セアラ・ネイピア（有名なレノックス姉妹〔リッチモンド公爵チャールズ・レノックスの娘たちのうち、セアラを含めて姉二人は男性問題で世間を騒がせた〕の一人で、彼女自身もかつてジョージ三世に愛されたことがあった）は、九月一一日付の手紙で以下のように述べた。

伝え聞くところによれば、チャールズは街中をうろつき、失職してこのかたペンを一度も手にしてないと自慢しているようですね。プール・ス・デザニュイエ〔退屈を紛らわせるため〕、ロビンソン夫人と同棲し、連れだってサドラーズ・ウェルズ劇場へ行き、日がな彼女と華々しくデュエットを踊っているとか。それらはすべて、自分がアルキビアデス〔古代ギリシアの有名な政治家兼軍人で、ソクラテスの弟子でもあった〕よりも優れた人間であると見せつけるためにしているのね、と私は彼に言いたくてたまりません。というのも、アルキビアデスは不遇な時に自分の娼婦に棄てられたけど、ロビンソン夫人はあの子を拾ったわけですから。[*33]

何人もの評論家が、囲われ者の役割を演じているのはフォックスのほうであるとみなしていた。パーディタこそが御者席にいたのである。「パーディタとかの雄弁な愛国者が、先立って馬車で出かけたおり、普通ならば殿方がご婦人をドライヴに連れていくところを、ご婦人が殿方連れでドライヴを楽しんでいる姿が認められた[*34]」。

「パーディトとパーディタ——あるいは——人民のヒーローとヒロイン」と題された諷刺画がすぐに出現した。これは、ロンドンの社交界で広まっている冗談をほのめかしたものである。ホラス・ウォルポールは、書中でそのことを伝えている。ジョージ・セルウィン〔政治家であり奇矯な才人としても知られていた〕は、人民のヒロインをおいて誰が人民のヒーローと暮らすことができようか、と言うのだ[*35]」。「チャールズ・フォックスはロビンソン夫人の足元で恋にやつれている。人民のヒロイン（woman of the people）という語句は娼婦を意味したが、一年半後の下院総選挙でその呼び名がメアリ・ロビンソンとデヴォンシャー公爵夫人の両人に用いられたとき、それは政治的意味合いを帯びていた。

諷刺画では、ひどくぴっちりした男性的な乗馬用上着に身を包み、羽根飾りのある山高帽（レノルズの肖像画で描かれていた帽子に似た）をかぶった華麗なメアリが、自分の馬車にフォックスを乗せ、手綱をしっかり握りしめて、セント・ジェイムズ宮殿の玄関を通り過ぎていくところが描かれている。彼女の頭文字の周りを薔薇の花輪が冠形に取り巻いているという、かの有名な標章がいちじるしく目立っている。頭上高く鞭を振り上げて御者席に座っているのがメアリであるという事実には、彼女がフォックスを囲い者にしていることを示そうとする意図があり、フォックスは顔に無精髭を生やして、だらしなくむさ苦しい、いかにも彼らしい姿をしている。彼は胃をつかんでせつなげな表情を浮かべている。版画の上端にはこう刻まれている。「私はいまこの世で五〇ダカットも持っていない、だが私は恋している」〔イギリス王政復古期の劇作家トマス・オトウェイによる悲劇『救われたヴェニス』からの一節〕。

だが、またもや、諷刺画家はメアリの恋愛生活の目まぐるしい変化に乗り遅れていた。この版画が出版された頃にはすでに、彼女はフォックスと別れてタールトンのところに戻っていた。恋の先達者の皇太子と同様、フォックスはエリザベス・アーミステッドに慰めを求めた――だが、皇太子とはひどく違って、彼は深く恋に落ち、忠節を貫き、やがては彼女を妻に娶ることになる。

メアリは皇太子を奪還しようとしているが、最近お盛んだったので苦闘している、という噂が流れた。「〈パーディタ〉は、今冬オペラ・ハウスで砲列を敷く場所を定めた。それは、例によって、フロリゼルの陣営に照準を合わせている。とはいえ、彼女の火器は使用しすぎて威力が弱まっているので、さしたる効果はあるまいと思われる」[*36]。その数日後、今度は軍隊の隠喩の代わりに航海の隠喩が用いられた。ひどく猥褻な意味を言外に延々とほのめかした一節の中で、〈パーディタ〉の性的冒険の数々は、公海における拿捕行為の言語で語られる。

昨日、たいそう興味深くも喜ばしい知らせを携えて使者が街に到着した。戦艦タールトンが、何か月かの追跡の後、フリゲート艦パーディタを拿捕し、エグハム港へ無事曳航したとのことである。パーディタ号は、船尻のきれいなたいそうな別嬪船であり、航行中に多くの獲物を捕らえた。なかでもフロリゼルは王室に属する最も貴重な船であったが、積み荷を奪うや即刻解放ということになった。パーディタ号は先立ってフォックス号に捕捉されたが、その後モールデン号に奪い返され、タールトン号に拿捕されたときは、艤装し直して新たな装いを纏っていた。パーディタ号は逃走術に長《た》けている。

だがタールトン号は彼女を捕らえるか滅ぶかという不退転の決意で臨み、粘り強く追跡を続けた。そしてついに、抜き身を手にひっ下げ乗り移ろうという気概をみなぎらせてパーディタ号と横並びになると、彼女はすぐさま無条件降伏したという次第である。*37

「戦艦タールトン」と「船尻のきれいなたいそうな別嬪船」であるパーディタは、やがて、メアリが恋人と滞在するときのお気に入りの場所であるウィンザー周辺で連れだっている姿が目撃されることになる。二人は、〈ステインズの葡萄蔓《ブッシュ》亭〉と呼ばれる旅籠を「キプロスの女神の神殿」に変えてしまったと噂された。*38 ロンドンではフォックスが、粋な美女を両腕に従えて闊歩している姿が見られたが、「藪《ブッシュ》の中の鳥」は「手中の二羽」の価値がある〔A bird in the hand is worth two in the bush（明日の百より今日の五〇）という諺のもじりで、手中になくともパーディタのほうが手中の二人の美女よりも好ましい、という意味〕、と嘆いていたとのことである。*39

噂によれば、メアリは冬中ウィンザーに留まるつもりだとされていたが、彼女と中佐は一〇月半ばまでにはロンドンに戻ってきた。彼女は、オペラ・ハウスで皇太子に視線の矢弾を降らせるための最良のボックス席をめぐって、のっぽのダリーを相手に小競り合いを長々と続けている、とされた。メアリが皇太子とよりを戻し、彼はお気に入りの競走馬を彼女にちなんで命名したという噂があった。続く二、三年間にわたる競馬ニュースを調べてみると、「パーディタ」号はすばらしい競争成績を挙げていることがわかる。

競走馬の活躍はともかく、ヘンリー・ベイトの『モーニング・ヘラルド』紙を見る限り、ダリーは、女性の名誉をかけての争いにあっけなく敗れたらしい。ロビンソン夫人は脇ボックス席に君臨する女王であり、誰もが認める当代一の美女であった。

美しきパーディタが称讃を求めんとするとき、それに逆らえる者は誰一人としていないだろう。先立ってコヴェント・ガーデン劇場に現れたときの彼女の姿は、この言明が正しいことを証明し示したのだ。すなわち、ほかの美女たちがしばし照り輝くことがあろうと、より優れた光輝が近づいてくればかならず、グリーンランドの偽りの太陽のごとく、彼女たちの光はすっかり消え失せてしまうのである、と！[*40]

第一四章　趣味を司る女祭司

有名になれるかもしれないという見通しに心躍って、彼女は、至上の女神を召喚しようと真剣に決意した。ああ、名声よ！

メアリ・ロビンソン『ウォルシンガム』

今日の彼女は、頭の後ろでリボンを結んだ麦藁帽を被っている田舎娘《ペイザンヌ》であり、彼女が経験してきたこと、見てきたことなどはまるで感じさせない初心な無邪気さを湛えている。昨日の彼女は、おそらくは、ハイド・パークの盛装した美女《ベル》なのだろう、着飾り、髪粉を振り、つけぼくろを付け、紅と鉛白粉の力を最大限に利用した厚化粧をしている。明日の彼女は、クラヴァット〔スカーフ状の布を首に巻いたもので、ネクタイの原型〕を付けたアマゾンとなり馬を駆っているのだろうが、どのようななりをしようと、彼女が通り過ぎると、散策するファッショナブルな人々の帽子はその姿を追い向きを変えていくのである。

レティシア＝マティルダ・ホーキンズ『回想録』

一七八二年一〇月三〇日、『モーニング・ヘラルド』紙は以下のように報じた。「〈パーディタ〉は、フランス王妃がこの秋導入したばかりのドレスをパリから取り寄せたが、それは社交界のさまざまな方面で少なからぬ動揺を巻き起こしている。それはオペラ用にあつらえられたものであり、そこで最初に披露されることになっている」。そのドレスは大評判になり、イギリスの女性ファッションに大変革をもたらすことになった。

それは、コルセットやフープ、パニエ〔フープと同様、スカート下に着用して膨らませる機能をもつ下着の一種〕や長い裾を排した、簡素な白い流れるようなシフト〔まっすぐなシルエットを持つゆったりしたドレス〕であった。寝巻や下着

〔シュミーズ〕に似ているので、そのスタイルはデザビーユ（衣服を着けていない）と呼ばれるようになった。そのドレスは、マリー・アントワネットが初めて着用したドレスを模したものであった。王妃は、クレオールの女性たちが着ている涼やかな白のモスリンのドレスという、西インド諸島から輸入されたスタイルを取り入れることによって、物議を醸していたのである。ご婦人方がそのなかに身体を入れる伝統的なドレスとは異なり、〈王妃のシュミーズ《シュミーズ・ド・ラ・レーヌ》〉は頭からかぶるようにして着用され、首か脇の引き締め紐で固定される。それから腰に、たいていは淡青色か縞柄の絹の飾り帯を締め、しばしば麦藁帽子が合わせられる。マリー・アントワネットがそのスタイルを取り入れたことは、彼女のお気に入りの画家であるヴィジェ＝ルブラン夫人の画筆によって、一七八三年、永遠に記憶されることになった。ヴェルサイユのフランス王妃とロンドンのロビンソン夫人のおかげで、それは、『レイディーズ・マガジン』誌の言葉によれば、「至るところで大流行」*1したのである。

　フランスにおいて、その新しいドレスは、宮廷的伝統を至上のものとして尊重していないため、危険な政治的含意を帯びた。また、輸入されたモスリンを用いることは、王妃がフランスの絹産業界から非難されることをも意味していた。ルブランの美しい肖像画は、王族の不敬でくだけた描写であると批判され、公的な展示から撤去された。シュミーズは、マリー・アントワネットが抱いていた簡素化された生活というロマンティックな理想の集約的な表現のように見えたが、それは破壊的で広範な作用を及ぼすことになるような理想であった。実のところ、マリー・アントワネットは、衣服や髪形が古代ギリシアの彫像を踏まえてより簡素化されつつあるという、ヨーロッパ中で生じつつあった風潮を現実に反映していたのである。ファッションにおけるこうした動きは、一八世紀が進行していくにつれて、女性の身体への拘束がだんだん緩やかになったことと連動していた。窮屈な衣服、締め紐で締めつけること、フープが女性に及ぼす害悪に対する抗議の声が挙がっていた。新しいモスリンの筒型ドレスは、説明するまでもないことだが、特に妊婦に人気があった。衣服の自由は女性解放がとる形態の一つであり、メアリ・ロビンソンはやがて、フープやステイ〔コルセットと同様、胴を細くみせるための補正下着〕は女性の抑圧の一種であるという理論の熱狂的な支持者になる。

一七八四年の夏、マリー・アントワネットは、英仏海峡の対岸に住む、デヴォンシャー公爵夫人のような貴族の讃美者たちの何人かに新しいドレスの見本を送った。その衣服のしどけなさに最初は異議を唱えたものの、ジョージアナ――つねに女性ファッションの審判者であった――は、そのスタイルを広めることに貢献し、服飾史家によってイギリスへの導入者であるとみなされてきた。*2 だが、それよりほぼ二年も前に、モスリンのシュミーズ・ドレスのブームを惹き起こしたのはパーディタであった。

そのドレスは、まこと、「パーディタ・シュミーズ」として知られるようになった。「ある〈キプロスの乙女団〉のファンが」、と『モーニング・ヘラルド紙』は読者に告げる。「わが国の美しい女性たちに、かさばるフープや長いペティコートを廃絶して、パーディタ風を採用するようにと薦めている。それは、当代の浮かれ女《め》たちのあのセレブな指導者のドレスを目立って特徴づけてきた、簡素で清楚な優美さを持つファッションである！」*3 これは鋭いコメントである。フランスを訪れる前からでさえ、メアリはつねに、自分の体形を最も美しく見せてくれる、すっきりしたラインのドレスを好むことで有名だった。そうしたスタイルを愛用していたわけだから、彼女がシュミーズを取り入れたのは自然のなりゆきであった。

体にまといつくような（とりわけ雨降りのときは）、官能的なゆったりしたモスリンのドレスは、男性にも女性にも好評で、社交界《ボー・モンド》の人々の心を魅惑し続けた。一一月、『モーニング・ポスト』紙は三日連続で、シュミーズ・ドレスの先行きに関する記事を載せた。「流行の先端を行く淑女たちが着用し、紳士方が贔屓にする。ロビンソン夫人がオペラ観劇の際着ていた〈王妃のシュミーズ〉は、ファッショナブルな女性たちのあいだでお気に入りのアンドレス〔「衣服を着けていない」、すなわち肌着のように見えるドレス〕になるものと予測されるが、この冬、彼女たちは、必要に迫られて〔防寒の〕手段をあれこれ講《シフッ》じなければならなくなるか、気分に応じてシュミーズ・ドレス（シフツ）を着ることになるだろう！」[*4]

商人階級の女性や、おまけに「か弱き姉妹たち」の一員までもが、フランス王妃と同じスタイルで装うという考えは、作法に適っていないのではないかという疑問を生じさせた。『モーニング・ヘラルド』紙の長い記事は、そのドレスが「不純な」女性と「貞節な」女性の二派のあいだで惹き起こしている争いについて論じている。

〈王妃のシュミーズ〉は、今度の社交シーズンのファッショナブルな装いになることが見込まれている……女性のファッションは、この冬おそらく、さまざまな革命的変化に見舞われるであろう。というのも、社交界《トン》の貴婦人で、貞淑派に属する女性たちは、〈キプロスの乙女団〉と同じようなお仕着せを着て公の場に出ることは絶対にすまいと心に決めているからである。その決意は、それを提案したとされる美しい公爵夫人の意を受けたものであり、その決意を貫くために、夫人は王妃陛下の優雅な趣味と華やかな創意をたゆみなく発揮すべく全身全霊を傾けるつもりである。
〈パーディタ〉はファッショナブルな〈パポスの乙女団（Paphian Corps）〉〔パポスはキプロス島の古代都市でヴィーナスを祀る神殿があった。Paphianには「ヴィーナス崇拝者」とともに「売春婦」という意味もある〕を率いることになっているが、それは、婦人用服飾品商の面々のたっての願いによるものである。というのも、それらの人々は「即金でのみ売り捌くべき」服飾用紗生地を大量に抱えており、それは、エドマンド・バークの演説のように、即刻の使用に供すべく準備万端整っているのだ！[*5]

文中で言及されている「公爵夫人」とは、ジョージアナのことである。後世の人々が、夫人を、彼女がはじめ公然と排斥していた衣服の導入者とみなすようになるのは皮肉である。そもそも貴族の女性たちは、そのドレスを家庭という私的空間でのみ着用する傾向があり、それを着て人前に出ていくことははばかった。『ランブラーズ・マガジン』誌は、さるレイディ・Bが「お産の後で見舞客に会うため銀色のモスリン・ドレスを作ったが、自分の家の外でそれを着ることはけっしてなかった」と述べている。ある現代の批評家が茶目っ気たっぷりに評したように、「ロビンソンは、一つの方法だけではなく、あの手この手で貴族の寝室に入り込んだ」[*6]のである。

街の噂話を、『モーニング・ヘラルド』紙や『モーニング・ポスト』紙のような方法で伝えたりしないと自負していた、いつもは真面目な『モーニング・クロニクル』紙でさえも、新しい衣服をめぐる論戦に参入した。「〈王妃のシュミーズ〉は、ファッションの気まぐれな変化がかつて生み出してきたもののなかで、ほっそりとたおやかな容姿に恵まれている女性でなければ、最も着こなしが難しいドレスである」。着用者がパーディタ・ロビンソンのような体型をしているのでない限り、彼女は「リンゼイ・ウールジー〔リンネルと毛の交織物〕の寝巻を着ているほうがましに見えよう」[*7]。一方、『レイディーズ・マガジン』誌のファッション通信記者は、「パーディタ・シュミーズ」の高まりゆく人気について、見取り図を描いた。一七八三年の春までに、それは「ありとあらゆる女性に広まり」、夏までには換骨奪胎されるようになるだろう（ウォールドグレイヴ・レヴェット……パーディタ・シュミーズ風にあつらえられた）。それはけっして古くなることのない新しいファッションである。パーディタがそれを導入して五年経つと、「二五歳から五〇歳まで、そしてそれ以上の年齢の老若男女が、いまや……モスリンのフロックを広い飾り帯を巻いて着ているだろう」[*8]、と『レイディーズ・マガジン』誌は記している。

その流行は、それから数十年間もちこたえた。ウエストはどんどん高くなってエンパイア・ライン〔バストのすぐ下で身頃を切り返し、そこからスカートをまっすぐに落とした直線的なシルエットを持つデザイン〕になり、ドレスはより透けて身体にまとわりつくものになった。フランス王妃とともに始まったファッションは、王妃に首を差し出させた解放と革命に結びつけられるようになった。ジェイン・オースティンの書簡の中に一八〇一年に書かれた手紙があるが、そこにはこう記されている。ポーレット夫人は「贅沢に、と同時にあらわな感じに装っていた――私たちは彼女のレースとモスリンを心ゆくまで品定めした」[*9]。「あらわな感じに」という語は、パーディタ・シュミーズとその変種がいかに身体に注目させるかをはっきりと示している。脚の形をあらわにする男装の喜劇のヒロインを演じて名声を得たメアリは、舞台を去った後も、自らの身体を称揚し続ける方法を見出した。そうすることによって、彼女は、仲間の女性たちを拘束的な衣服から二世代にわたって解放した。ヴィクトリア朝が始まってようやく、ウエストの切り返しは下がり、女性の身体は鯨骨を縫い込んだ窮屈なステイズで締めつけられ、スカートにはふたたびフープが入り、先立つ世紀の後半に女性が得た服装の自由は失われた。

メアリ・ロビンソンのファッションの指導者としての地位は、彼女が、徳高き淑女と「不純なる者たち」の境界を曖昧にしているという理由で物議を醸した。新聞各紙が指摘したように、ファッションの領分を図々しくも侵していると彼女を非難したのは、同性の女性たち（それも決まって高位の女性たち）であった。公爵夫人よりも豪華に装うロビンソン夫人とかいう女性は、階級や身分をめぐる厄介な問題を惹き起こしたのである。何世紀ものあいだ、衣服は地位を示す指標であった。ファッションがすべての人間に開かれたとき、人々の社会的身分を外観から判断するのは難しくなった。メアリ・ロビンソンは、後に、彼女の最も尖鋭な書きものの一つであるロンドン生活に関するエッセイにおいて、この現象についてこう記している。

公共の遊歩道は、とりわけ安息日には、ありとあらゆる階層の散歩者で賑わっているのだが、それがどのような身分の人であるかは、服装によっても作法によってもほとんど判別がつかない。公爵夫人とその部屋付き女中《ファム・ド・シャンブル》は、まったく同じように装っている。貴族男性とその従僕は、きれいなブーツ、きちんと刈り込まれた髪、身に着けている飾りをひけらかすことにおいて、そして厩舎番の小僧が喋るような風変わりな話し方をする点においても、同じくらい熱心である。着飾った婦人用服飾品商《ミリナー》

〔一八世紀においてmillinerはほぼ女性であり、帽子や小間物など服飾品全般を製造した〕や、ぶらついているいかがわしい女たちも、身に着けている衣服や会話するさまは、上流社会の女性さながらである。[*10]

メアリは、階級や身分における揺らぎや転倒が服装改革によっていかに激化するかということを認識していたが、それは彼女の演劇的出自と無縁ではない。階級間の混乱は、一八世紀における喜劇の中心的なモティーフであったし、メアリが演じて名声を博した芝居のいくつかにおいても、それは多くのプロットのねじれの要因になっていた。それはオリヴァー・ゴールドスミスの『負けるが勝ち』のような古典的な喜劇においても同様で、劇中、名門の淑女を苦手とする主人公の紳士マーロウは、ケイト・ハードカッスルが酒場の女給のように装って、ようやく彼女に恋することができるのである。

メアリ・ロビンソンは、貴族ではない女性にはまれであるが、ファッション・アイコンとして名声を馳せるようになった。彼女は、いちじるしく異なる装いができることで有名だった。盛装もすれば男装もする、あるいは、仕立ては美しいがすこぶるシンプルなスタイルのドレスも着る、という具合に。ファッション界における最大の栄誉は、新しいデザインのドレスや帽子に命名することであった。『レイディーズ・マガジン』誌はしばしば、新シーズンのための「ファッショナブルなドレス」のあれこれを記事にした。その典型的な例として、一七八四年三月の記事を挙げておこう。それは、五人の貴族女性とその服装を引き合いに出している。「ラットランド・ガウン」、「ウェストモアランド・サルタン」、「スタノップ・ボンネット」、「スペンサー・キャップ」、「ウォールドグレイヴ・ハット」である。だがそれは、リストの中で唯一の平民女性にちなんで名づけられた二つの品目に、最大の敬意を払っている。「ロビンソン・ヴェスト」と「ロビンソン・ハット」である。

最初の「ラットランド・ガウン」は、「ここ何シーズンかで制作された最高に美しいセミフォーマル・ドレス」であるとして、言葉を尽くして描写されている。「ペティコートは淡青色か麦藁色のサテン、白いクレープ地の袖と裾は絹レースで縁取りされ、シュニール糸の刺繍が施されている。胴着はダイアモンドか真珠の小さな留め具を用いて前で閉じるようになっている」。そのドレスは「サテンを合物用《ドゥミ・セゾン》の絹に取り替えれば、春服として着られるだろう」。「ロビンソン・ハット」は、それに劣らぬ新機軸である。「無地の黒い透けるクレープ地の帽子で、薄茶色のウールの飾りリボンが付いている。垂れ布は、上げると頭頂部を取り巻く帯になり、下げるとヴェールとして用いることができる。これは次の春に向けてのすばらしい新趣向であり、(一見風変わりには見えるが)趣味の良さも美とみなされるところでは、立派に通用する帽子である」。*11 そのような品々を考案することにかけて、パーディタは、庇護者のデヴォンシャー公爵夫人ジョージアナのようなファッション・リーダーすら凌いでいた。彼女を描いた無数の絵画や銅版画は、彼女の商標とも言える帽子——経木編みの、大きな弧を描く幅広のつばが垂れ下がるリボンや蝶結びで飾られている——は、上流社会の内外で広範に流通した。

一七八三年のあいだ、『レイディーズ・マガジン』誌は、ロビンソン夫人が考案した数々の魅惑的な品々について詳細に報じた。その中には、「パーディタ・フード」(「素材はイタリア製のローン〔薄地の平織り綿布〕で……顎の下で大きな重ね蝶結びを作って結ぶ」)、「ラネラ用ロビンソン・ハット」(「白いチップ・ハット、とても大きく、白薔薇の花輪と白い羽根《パナッシュ》の飾りがある」)、白いクレープ地の「ロビンソン・ハット」は、透けていて、「黒いビロードで縁取りされ、頭頂部には黒いビロードの帯が巻かれ、プリーツを小さく取ったクレープ地の幅広のフリルが付いており、ダイアモンドの留め金で前留めする」。ホップナーの肖像画には、この帽子とは異なるが、ダイアモンドの留め金のみごとな例がロビンソン・ハットの上に描かれている。他の考案品は、「パーディタ・ハンカチーフ」——襞襟と同じように着用するが、悪天候では型崩れし、「スタイルの良い女性にのみ似合う」——、および「ロビンソン・ガウン」(「万人向け、真紅の絹のシンプルな袖口が付いたチョコレート色のポプリン〔横方向にうねが織り出された柔らかい平織り生地〕」)である。また、一七八三年の夏、乗馬服を「朝、着用することが流行《はや》ったのは」メアリのおかげである。「最もファッショナブルなのは、パーディタの、黄水仙色の見返しがある真珠色の乗馬服と、真紅のヴェストの付いた暗褐色の乗馬服である」[*12]。『回想録』で彼女自身が述べているように、彼女が流行を作り、ほかの人々が「嬉しくなるほど熱心に」後を追ったのである。

　同年の終わりには、「愛らしいデヴォンシャー公爵夫人」は「育児という喜ばしい務めのために家に留まり」、一方「美しいロビンソン夫人」のほうは体調が優れなかった。その結果、「イヴニング・ドレスはまだお披露目されていない」[*13]。ジョージアナとパーディタの姿がないので、何を着ればよいのか誰もわからなかった。装いの趣味に影響力を及ぼすことにかけて、皇太子の元愛人は有名な公爵夫人に劣らぬ重要人物であった。パーディタは、裕福な婦人たちにきわめてばつの悪いジレンマを惹き起した。彼女たちがファッショナブルでありたいと望むのなら、パーディタの真似をしなければならない。だが彼女を真似れば、娼婦が趣味の規範を定めるのを是認したことになる。

　後年、メアリが、身体の美しさよりも心の美しさを気にかける本格的な詩人に変身したとき、彼女はファッションへの執着について諷刺的に書いた。タビサ・ブランブルという筆名で『モーニング・ポスト』紙に寄稿した彼女は、「当世の女性ファッション」のセンスのない氾濫を数え上げた。

クラヴァット、厚くて幅広のタオルのような、
長い襟巻、熊皮素材、
マフ、ロシア人なら褒めそうな、
そして白い肌を彩る紅《ルージュ》。
長いペティコート、足元を隠すための、
絹のストッキング、真紅の縫い取り飾り《クロックス》のある
山ほどの香水、むかむかするほど甘ったるい、

パリの従僕によって作られた。
頭を飾る麦藁の鉢
ポリッジ用の鉢さながら、くだらない、
一束の芥子の花、燃えるように赤い、
安ピカのリボン、吹き流しのような。[*14]

その数日後に掲載された姉妹篇の詩で、彼女は、男性ファッションをからかった。

ハリネズミのような、刈り上げた頭《クロップス》、山高帽子
ユダヤ人のモーセのような口髭、
詰め物入りの襟、厚いクラヴァット、
そして薔薇のように赤い頬。
深褐色に塗られた顔
縞模様のけばけばしいヴェスト
袖、三重に重ねて、羽毛を詰め込み、
そしてベルト、身体をピシッと締めるため！
短い丈の厚地外套、膝までの。
ブーツ、フランスの騎乗御者《ポスチリヨン》のような。
堂々たる競争をして感嘆させるつもりなのに、
群衆に嘲笑されるだけ。[*15]

　タールトンは、「刈り上げた」（すなわち、非常に短い）髪形で有名だった――フォックスはそれを、現在はタールトンの家族文書に保存されている押韻詩の中で、情愛込めてからかっている。中佐は、彼の愛人と同様、新しいファッションの考案者であり、その服装は新聞各紙の注目するところとなった。「タールトン中佐によって導入されたファッショナブルなモーニング・コート〔男性の昼用の礼装〕は、騎兵の上着であるが、着用すると寝巻そっくりに見える」[*16]。

　メアリの馬車は、衣服に劣らず、評判になった。今日の車のように、馬車は地位の象徴であり、究極の贅沢品であった（階級問題に彩られたジェイン・オースティンの小説『エマ』において、薬剤師であるペリー氏の上昇志向は、彼が馬車を買おうと考えていることによって示される）。新聞各紙は、より上流の階級に属する人々と中産階級の人々を馬車が一つところに連れてくる、ハイド・パークの交通渋滞について報じている。公園は、とりわけ娼婦にとって見世物や娯楽の場であり、彼女たちは馬車の窓を下ろして商売敵と肘突き合わせたり、唾を吐きかけたりせせら笑ったりするのである。メアリは、諷刺画や新聞記事の中で、つねに馬車と結びつけられてきた。それは最初は彼女の富や社会的地位の象徴であったが、彼女が事故に会った後の後半生には、より実用的な意味を持つようになった。一七九四年の手紙の中で、彼女は自分の馬車を「必要な出費」と呼んでいる。馬車が必要なのは、彼女が体裁を繕うためではなく、彼女の足が弱くなって遠くまで歩けなくなっていたからである。

　だが彼女の最盛期には、新調の馬車のどれもが、すばらしい贅沢をするためのものであった。一七八二年一二月、新聞読者は「ロビンソン夫人はいまや、セント・ジェイムズ街の馬車族がこぞって称讃してやまない馬車を乗り回している」ことを知った。それはロング・エイカーの有名なベンウェル氏によってデザインされたもので、車台は「薄茶色と銀色で、フランスのマント〔紋章の盾形の背後に左右対称に描かれているカーテンのような模様〕と花輪の標章がその上に描かれていた」。馬車の車体は真紅と銀色で、座席の布は銀色の房で豪華に縁取られていた。ロビンソン家のお仕着せは緑色で、黄色い見返しが付き、幅広い銀のレース飾りが付いていた。優美な仕上がりの引き具は銀色の星々で飾られていた。内部は白い絹で内張りされ、真紅の縁飾りが鮮やかにあしらわれていた。「〈パーディタ〉」は、とヘンリー・ベイトの『モーニング・ヘラルド』紙は結論づける。「馬車の趣味にかけては、彼女は〈不純な姉妹たち〉にすばらしい手本を示した。彼女の域に達することができる者はまずいないだろう[17]」。

翌日には、こう報じられた。「〈パーディタ〉は昨日、色男のタールトンに伴われて、街のあちこちで新しい馬車を乗り回していた。〈パーディタ〉は、〈か弱き女性たち〉の頂点に、あくまで君臨し続けるつもりである。彼女は、冬の戦役をきわめて大胆なスタイルで始めたが、その旗下にはすでに、将来の大臣候補、軍の英雄、貴族の恋人等々、お歴々が馳せ参じている[18]」。お歴々というのは、もちろんフォックス、タールトン、モールデンのことであるが、この時までに、メアリはすでにモールデンと別れ、フォックスはエリザベス・アーミステッドと関係を持っていた。ファッションの移ろいやすさを心得ているので、メアリは、自分の馬車がつねに最高の状態にあるように配慮していた。お披露目されてからわずか二、三週間後、馬車は「金めっきや色を塗り直すため[19]」、ロング・エーカーに戻されたのである。

クリスマスの直前、すぐさま公に否認されたが、メアリとトマス・ロビンソンが復縁したという誤報が流れた。ロビンソン夫妻が「完全な別離」を果たして久しいが、トマスがイタリアでメアリの兄弟の許で働いていることが明らかになったのだ[20]。オペラでメアリと一緒にいるところを見られたのは、だから、夫ではなく中佐であった。二人はいまや、離れがたい関係にあった。彼らはクリスマスと新年をオールド・ウィンザーで過ごし、そこでは二人がグレイト・パークで乗馬を楽しむ姿があった。王宮に近いことも、当然のことながら、噂を煽った。ある日、皇太子が狩猟の帰りにオールド・ウィンザーを通りかかると、そこに朝の乗馬から戻ってきたメアリが行き合わせた。二人はともに乗馬姿で、市場付近で遭遇した。皇太子は馬を止め、手袋を脱いで彼女と握手した。握手しているとき、「頬を染めたパーディタ」は、片方の手を顔に当てていた。これは、と『モーニング・ヘラルド』紙は、現代の新聞の星占い欄の一八世紀版のような口調で問いかける。金星《ヴィーナス》がジョージ星《ゲオルギウム・シドウス》〔天王星の古名〕とふたたび合を起こすという兆しだろうか。その二、三日後、同紙は正反対の見解を報じた。「かつては称讃の的だったパーディタは、いまやほとんど地平線へと近づきつつあるようだ。ひとたびその下に沈んでしまえば、かの〈人民のヒーロー〉〔すなわち、フォックス〕ですら、彼女を再び引き上げることはできないだろう！」[*21]

　彼女の星が沈んでいるのか、あるいはなおも上昇しているのかという問題は、新聞の次回の号で、メアリの擁護者の一人によって論じられた。「土曜日の『モーニング・ヘラルド』紙の記事の中に、愛らしいパーディタに関するきわめて悪意ある言及があったことに、寄稿者は気づかずにはいられなかった──地平線に近づいているどころか、公の場での華やかな様子、馬車、暮らしぶり、つねに変わらぬ美貌を考えると、彼女が男性をひれ伏させる力はまさに絶頂期にあると言えよう！」[*22]その肉体的な美しさと同様、きわどくも才知豊かな言葉の才は、いまなお称讃の的であった。「〈パーディタ〉は、美貌と同様、機智にも恵まれている。数日前、彼女は色男の中佐を鮮やかに褒め返した。乗馬服を着た君はとても美しい、と中佐が言った。すると彼女は、あなたがいつも乗馬服姿で私を訪れてくださるなら、私もいつもあの服を着ていましょう、と請け合ったのである[*23]」。

　その一月は、噂に次ぐ噂が新聞をずっと賑わしていた。彼女は皇太子とよりを戻した。彼女は皇太子とよりを戻してはいない。彼女はオペラのボックス席で傲慢な態度だった。彼女はオペラのボックス席で、当代の並みの娼婦たちとは一線を画し、ふさわしい威厳をもって振る舞っていた。メアリが新聞によるキャンペーンを自分でどこまで操作しようとしていたのか、していなかったのかにかかわらず、明らかなのは、彼女が鷲のような鋭い目をして新聞を読んでいたことである。ある日の『モーニング・ヘラルド』紙には、彼女に関する記事が、娼婦と思しきアン・ランドルという女性が万引きのため逮捕されたというニュースの近くに掲載されていた。その名前は、メアリの心に刻み込まれたのであろう。それから一六年後、彼女はアン・フランシス・ランドルというペンネームのもとで、「イギリスの女性たちへの手紙、精神的従属の不当性について」というフェミニズムの論説を発表した。

メアリ自身がショッピングに行くことは――公園や街のファッショナブルな地区に気晴らしに出かけることすら――特有の危険をはらんでいた。「ロビンソン夫人は、土曜日に、セント・ジェイムズ・ストリートでの騎馬行進のあいだ、通りを二、三度馬車で往復した。一度か二度、馬車を止めてパレードを観ようとしたが、ファンたちが群れをなして彼女の周りに押し寄せてきたので、さようならのお辞儀をして家へ駆け去らねばならなかった」[*24]。タールトンとの情事はいまやすっかり公然たるものとなり、二人は急速に、ロンドンで最も有名なセレブのカップルになりつつあった。二人は、昼は公園で一緒に乗馬をした。夜はプレジャー・ガーデンをぶらつき、仮面舞踏会で踊り、劇場やオペラのボックス席で観劇する姿が見られた。

三月のある日、メアリがハイド・パークで馬から降りようとすると、ドレスの裾がからまった。タールトンが懸命に努力したにもかかわらず、野次馬の群衆は見てはならないものまで見てしまった。その出来事は早速、挿絵付き（タールトン、従僕、二人の恰幅の良い紳士たち――そのうち一人は望遠鏡を持っている――が、彼女のスカートを下から見上げている図）で報じられたうえ、「発見、ハイド・パークで演じられた新作の喜劇。あるいは、パーディタの墜落と彼女のス＊＊ク〔スモック〔ゆったりした下着〕〕の蜂起《アップ》＝ずり上がり《ライズ》」と題された寸劇まで添えられていた。

市参事会員――「覗いてみると、よだれが出そうなすごい眺望が広がっていた」。
T中佐――「確かに絶景ではあるが、僕はもう見飽きている……」
T中佐――「いやはや、大した名品だ、覆いかぶせてもらわねば、僕の目の前で――フロリゼルには何と言おう。いや、僕が自分で覆いをかぶせてもいいぞ」[*25]。

「彼女に覆いをかぶせる」（cover her）とは、彼女とセックスをする、という意味を表す俗語である。

　オペラ・ハウスは改装中で、社交界《トン》の人々は先を争って最良の座席を確保していた。ロビンソン夫人は早々と四つの座席を予約し、ボックス席を丸ごと自分で使用できるようにした。「この件に関しては」、と『モーニング・ヘラルド』紙は述べる。「彼女が四倍になって現れようが、綺麗な女性というものは、どれだけいてもいいすぎることはないのである！　各ボックス席に予約者の名前が付いた、新しいオペラ劇場の見取り図もある。彼女は六九番で、レイディ・エセックスとレイディ・メイナードの隣であり、英国皇太子の席にはかなり近い」[*26]。タールトン中佐の名前は彼女の席の下の列に出てくる。レイディ・エセックスはモールデンの母親なので、メアリが彼とまだ友好的な関係を保っていたことが窺える。

　ボックス席をそっくり予約したので、メアリはそれを好みのままに内装する権利を得た。彼女は、ピンクのサテンの椅子と壁一面の鏡を選んだ。メディアで彼女を中傷する人々や、娼婦の中には、これは異様なまでに肥大した虚栄心のなせる業であり、鏡に映った彼女の姿を劇場内の隅々にまで見せつけるためになされたと考える者がいた。この非難への応答を『モーニング・ヘラルド』紙に流したのは、メアリ自身であったかもしれない。「ロビンソン夫人のオペラ・ハウスでのボックス席は、〈か弱き姉妹たち〉にあまねく羨望と混乱を惹き起した。というのも、パリでは鏡はごくありふれたもので、それはボックス席の観客を見せるために備えられるのではなく、ボックス席のどこからでも舞台が見えるようにと、便宜を図ってのことなのである」[*27]。これはすばらしくひねりの利いた応酬であり、彼女が、劇場ではなく舞台に関心を持つ根っからの演劇人で、田舎者のイギリス人姉妹たちには及びもつかない、最新のパリ・ファッションの洗練された導入者であることを示している。

　彼女を取り巻くパリ風の洗練された雰囲気は、シャルトル公爵がロンドンに到着したことによってさらに濃厚になった。「彼の最初の訪問先の一つは、美しいパーディタのところだろう。彼女が昨年パリに滞在していたとき、彼はほぼ一日も欠かさないで熱心にご機嫌伺いに参上したが、今回もそうなるだろう」[28]。飾り模様（「クロックス」と呼ばれる）が金の絹糸で刺繍されたストッキングをパーディタがフランスからもたらしたときも、さらに一騒ぎ起こった。「肉厚の踵をしたパーディタによって導入された、金の縫い取り模様入りのストッキングは、社交界の各方面に様々な議論を巻き起こしている。拝金族が、贅沢すぎるファッションだと非難する一方で、堅実家のさるご婦人方は、美貌の考案者を、蛇の舌も及ばぬほどの悪意を込めて中傷する！　この前の仮面舞踏会の際、彼女の信奉者がずらりと列をなしたことから判断するに、勝負あり、というところ[29]」。

タールトンは休職給を受けており、新たな軍職への任命を待っていた。彼は賭けごとに耽っていて、故郷のリヴァプールに住む家族をひどく心配させていた。その一方で新聞各紙は、その華々しいカップルをめぐって報道合戦を加熱させていった。どの舞踏会や仮装舞踏会でも、二人は夜もそれほど更けてない頃からペアを組んだ。二人の衣装はつねに注目の的となり、最もファッショナブルであるとされた。メアリはクエーカー教徒風のドミノを纏って、みごとな頭飾りを見せるために無帽であったり、あるいは「対照の妙といい、装飾といい、この上なく趣深い」ピンク色と茶色を組み合せた姿で、タールトンの「腕にもたれて」おり、彼はと言えばハンガリー軽騎兵の正装をして練り歩いているという具合であった。すなわち、青い上着、銀の刺繍飾りがある（および小さな円錐形の銀ボタンが並んでいる）ヴェスト、鹿皮の半ズボン、膝丈で絹の長靴下と同じくらいぴったりした無着色の皮のブーツ、ジャケットの上にはバフ革のベルトをして、そこから定寸の三日月刀がぶら下がり、頭にはヘルメット、といういでたちである。ある晩など、夜も更けて、いささかいの火花が散った。『モーニング・ヘラルド』紙が明かすところによれば、恋人たちのあいだに「痴話喧嘩」が勃発し、怒ったパーディタはジョン・タウンゼンド氏の腕に慰めを求めた、とのことである。「英国皇太子も居合わせていた」、と記者は鋭く言い添えている[30]。

メアリは恋をしていた。彼女は、いまを盛りと咲き誇った。「〈パーディタ〉はこの二年間でずいぶん進歩したので、かつての面影はほとんどない。主としてそれは、彼女の容貌が、以前より芳しさの度を加えてきたためである！」。ホップナーによる肖像画は、おそらくはこの時期に属すると思われるが、彼女の胸や頬に、ある種のふくよかさを与えている。それは、ゲインズバラが、皇太子の手紙の件で心労の絶えなかった時期に、彼女をひどくやつれたふうに描いた頃には見られなかったものであった。彼女の美の自然さは「世人の称讃を博した」。新聞が彼女のドレスを描写する際に用いるお気に入りの語は、「すっきり（neatness）」、「繊細（delicacy）」、「上品（decency）」であった。他の女性たちが彼女を真似ようとしても、惨憺たることになった。たとえば、「われらがブリジット」という愛称で親しまれている娼婦は、こんな具合だった。「〈パーディタ〉にあっては、パリの洗練によって磨かれた素朴《ナチュラル》な良い趣味の精華であるものが、哀れなブリジットにおいては、はなはだしい気取りになり、豪華なドレスと同様、彼女にはそぐわない！」ブリジットはまた、オペラ劇場にメアリが導入した鏡張りのボックス席を真似ようとして、ひどい二番煎じをやらかした。「〈下等のか弱き者たち〉は、そろいもそろって、燦然たるパーディタの猿真似をしている。すなわち、オペラのボックス席は〈われらがブリジット〉によって、薄茶色の馬車は〈ロレンス老修道士〉によって、フェイトン〔軽装馬車〕と仔馬たちはサー・ジャッキー・エヒウの情婦によって、星飾りの引き具はバイン夫人や〈白鳥〉その他大勢によって、彼女の服装は女性団全員によって真似られた」。〈アーミステッド〉だけが、「〈パポスの仲間たち〉の誰にもまして、パーディタの域に迫りうる」趣味の良さを備えていた。*31

サー・ジョシュア・レノルズが、ふたたび、以前とはがらりと趣を変えてパーディタを描いているというニュースが報じられた。評論家たちは、彼女がどんな新しいイメージで描かれているのか、それを見たくて待ちきれない思いだった。

有名人としての彼女の知名度は、頂点に達した。必然的に、後はやがて衰えていくだけであろう。皇太子やフォックスとの情事が終わったという事実にもかかわらず、諷刺新聞において、彼女はなおも二人と結びつけられており、そのため深刻な誹謗報道を受け始めた。チャールズ・フォックスが皇太子と親密度を増していることは、保守派新聞や宮廷にとって大いに懸念すべき問題だった。フォックスの政治的野心は、部分的には、皇太子からの資金提供をあてにしていた。それゆえ彼は、皇太子は八月に成年に達し、かなりの財産を受け取り――そして、メアリに約束した二万ポンドを支払う義務が生じる――ことを、鋭く意識していた。メアリときわめて良好な関係にある元恋人として、フォックスは、彼女を満足させながらも皇太子が満額の二万ポンドを支払うという痛手を負わなくてもすむように手を打とうと、みずから交渉に乗り出した（二万ポンドは、思い起こしてほしいのだが、今日のほぼ百万ポンドに相当する金額である）。

と同時にフォックスは、さらに大きい交渉にも携わっていた。一七八三年二月、アメリカおよびフランスとの戦争を終わらせるために提示された休戦法案をめぐる議論に敗北したため、シェルバーン伯爵率いる政府が倒れた。植民地諸州を失ったのは認めなければならないが、降伏条件があまりにも屈辱的だったので現政権は生き延びることができなかったのである。シェルバーンの没落は、左派と右派とのいかがわしい縁組によって早められた。フォックスとノース卿が、彼を失墜させるために、ありそうにない同盟を結んだのである。忠実な側近だったノースが、放蕩者の急進派で皇太子の悪事指南役であるフォックスと手を組むという事態に、王は心底打ちのめされた。国王は六週間も逡巡し、ポートランド公爵（フォックス＝ノース連立の名目上の首相となるべき）を召喚して任命するのを拒否していた。

この政治的空白の時期、メディアはその尋常ならざる政治の動きについて報じる一方、それに劣らずありそうにない、パーディタとアーミステッドという旧敵同士の同盟のニュースを報じて盛り上がっていた。「〈パーディタ〉と〈アーミステッド〉とのあいだに友愛同盟がまさに結ばれ、その結果、前者のヒロインは魅力的な人物であるチャー＊＊・フォ＊クス氏に対する権利を、後者のヒロインは王＊継＊

者に対する権利を放棄することを粛々と誓った」[*32]。現実には、エリザベス・アーミステッドはこの頃すでにフォックスの恋人としての地歩を固めていたし、メアリが皇太子に対して唯一持っていた「権利」は金銭上のものであった。フォックスは、明らかに、なんの揉めごともなく自分を「最愛のリズ」に譲り渡してくれた元愛人のために一肌脱ぎつつ、それと同時に英国皇太子を泥沼化する可能性のある金銭問題から救い出す機会ができて喜んでいた。

メアリがふたたび皇太子と交渉しているという報道が最初に浮上してきたのは、先月の一月のこと、パーディタの動向に注目して熱心に追い続けた『ランブラーズ・マガジン』誌という創刊されたばかりの月刊誌においてであった。『ランブラーズ・マガジン、あるいは、艶事、歓び、愉しみ、そしてファッション《ボン・トン》の年代記。上流社会を楽しませることを目的とする。とともに、快楽好きの紳士に、色事、浮かれ騒ぎ、気まぐれ、酔狂、演劇、社交界に関する娯楽のこよなく美味な饗宴を提供することを趣旨とする』がこの雑誌の完全な題名である。それは、ジョンソン博士の逍遥〔彼は『ランブラー』という随筆雑誌を創刊した〕とはきわめて異なる種類の社会散策を提供すると謳っている。それは、「無味乾燥な論証、形而上学的推論、あるいは道徳をめぐる随筆」とは無縁の、ただひたすら快楽や娯楽のみを追求した雑誌なのだ。それは、銅版画の挿絵入りで視覚的にも描写された、女性の性的不品行に関する記事を約束している。編集者は、お礼に雑誌を一部無料で差し上げるので話を提供してください、と読者に呼びかけている。すると、「キャプテン・トティが自分の妻と同衾しているところをニスベット氏が発見」とか、「黒人召使いとお楽しみ中のハ＊＊＊ン夫人」（その召使いが夫人の上にのしかかり、剝き出しの乳房に手を当てているところが挿絵に描かれている）といった材料が集まってくるのである。

どの号においても、一七八三年を通じて、メアリは華々しく報じられた。彼女の政治への関わりが目立ってくるにつれて、報道の仕方もあからさまに猥褻になっていった。『ランブラーズ・マガジン』誌の創刊号は、「生殖についての奇矯な講義」を巻頭に置き、次に、「パーディタからフロリゼルへの、高価な対価を求めての、ある物件の並外れた賃貸契約」と題された、「パーディタに独立を賜るフロリゼル」という銅版画挿絵付きの記事を載せている。この諷刺画は絵中絵という伝統的な手法によって、メッセージを伝えている。すなわち、パーディタの背後の壁に、神話的人物である〔裸体の〕ダナエが降り注ぐ黄金の雨を膝に受けているところを描いた絵が懸かっているのである。この滑稽契約で貸与される物件は、「イースト＝ハム〔東尻〕とウェスト＝ハム〔西尻〕のあいだに広がるもじゃもじゃした叢林地《ブシィ・グロウヴ》」であるが、このほのめかしは王室所有の不動産《ブシィ・ハウス》とパーディタの陰部を同時に思い起こさせてくる。皇太子は「部屋、道、小路、通路、灌木の植え込み、水路、滝、池、川」とその上にあるすべてのものを、「先の賃借者であるチャールズ・ルナール〔フォックス〔狐〕〕〔ルナールとは、中世の諷刺動物譚『狐物語』の狐の名前〕によって従来保持され、用いられ、占有され、享受されていた」他のすべてのものとともに得ることになっている。彼はその物件を手入れの行き届いた状態に保ち、家賃と引き換えに、週に二度、もしくはそれよりも頻繁に彼女を「訪れ、その中に入る」ことができる。[*33]

　これは、同年のその後に掲載されたメアリに関するこぼれ話のいくつかと比べると、まだ上品なほうである。「タトル〔告げ口屋〕」某によるある逸話は、以下のような具合である。ある時、まだ皇太子との情事が始まっていない頃、パーディタがほかの男とお楽しみの最中にトム・ロビンソンが入ってきて、悠然と一言――「これは失礼、君が忙しいとは知らなかった」。皇太子とモールデンの二股をかけていたことも、掘り返される。たとえば、このような話。ある晩パンテオンで彼女は名うての娼婦から馴れ馴れしく挨拶された。「ねえ」、とパーディタは尋ねた。「パンテオンがセント・ジャイルズ〔娼婦の巣窟〕へ行く通り道になったのはいつからのことですの?」。それに対して相手は、「ウェールズへ行く道がモールデンを通るようになってからよ」と応じた。[*34]

　皇太子とパーディタの仲介人というフォックスの役回りは、諷刺画家たちのあいだに、セックスの三人プレイという連想を生じさせた。二月に出版されたギルレイの「腹〔ママ〕〔復〕楽園」は、フォックスがモブキャップ〔シャワー・キャップのような形状でフリルの付いた柔らかい布製の室内帽〕をかぶった淑やかなパーディタに言い寄っている側で、皇太子が「ハ、ハ、気の毒なチャーリー」と言いながら、それを木の背後から眺めているところを描いている。この諷刺画の主な目的は、ノースと連立を組もうとしている時期にあるフォックスを貶めることであったが、当然ながら、副次的効果としてメアリの評判も損なわれた。言い訳がましいことはいっさい口にしないまま新連立支持を打ち出したパーディタは、フォックスとノースのシンボル・カラーである青とバフ色〔淡黄褐色〕をドレスや馬車にこれ見よがしにあしらい、閣僚たちにバークレー・スクエアの自邸を利用させ始めた。「フォックス氏とその協力者たちが優しいパーディタの家で開いた会議の数を考えると、彼らが集った部屋は、内閣新指令室と呼ばれるに正真正銘ふさわしい！」[*35]

人間関係をめぐって、おびただしい数の諷刺画が描かれた。新政府は四月初めに樹立され、ノースは内務大臣に、フォックスは外務大臣になった。数週間のうちに、「スクラブとアーチャー」と題された諷刺画が現れたが、それは、王政復古期の喜劇でジョージ・ファーカーの人気作『洒落者たちの策略』に登場する二人の人物をほのめかしていた。でっぷりしたスクラブがフォックスであり、アーチャー——ある紳士の従者役を演じている紳士——がノース卿である。それは、スクラブとアーチャーが「義兄弟」の誓いを立てる劇中の場面を描いており、二人の政治家が同盟を結んだこと、フォックスのほうが地位や経験では劣るが権力やカリスマ性では優れていることを諷刺していた。両人の背後に立つ女中はパーディタである。彼女の頭上の壁には、レノルズによるタールトンの肖像画が描かれている。アーチャー＝ノースが「で、君のパーディタに心変わりさせたのは、この中佐だな」と言うと、それに対してスクラブ＝フォックスは「心変わりというよりは、親愛なる友よ、さま変わりと言ってほしいね。というのも奴は彼女を売春婦に変えてしまったのだから」と応じる。

その五月は例年になく暖かかったので、パーディタは、始終ハード・パークに出かけては、フォックスとノースの青色とバフ色を組み合わせたコケイド〔特定の色をしたリボンなどの装飾で、ここでは政党への忠誠を示す〕で飾られた馬車を乗り回していた。彼女が新たに見出したこの政治的名声は、諷刺画家やパンフレット作者に彼女を攻撃するための新しい材料を与えた。

彼女のイメージを最もひどく損なった攻撃の一つは、彼女が性治療医のドクター・ジェイムズ・グレアムと関わりがあったことである。ペル・メルにある、彼の悪名高い〈健康と結婚の神殿〉（入場料は二ギニー）は、銀やクリスタルの装飾品、金メッキの鏡やランプで飾り立てられていた。客たちは柔らかい音楽やアラビアの後宮《セラーリヨ》を彷彿させる香辛料の香りで官能的な気分にさせられる。グレアムは、博士号保持者が着るローブを纏って講演した。そして聴衆は、クッションの下から電気ショックを受けるのである。電流は不能、不妊、性欲不振を癒す効果がある、と彼は主張した。この神殿の主たる呼びものは、「天上の、あるいは電磁波の寝台――世界で最初にして唯一無二のもの」であった。それは電気寝台で、倦怠期のカップルが鏡張りの天蓋のもと、そこに横たわると、「電磁的な炎」の作用で、性欲を回復することができるのである（使用料は一晩五〇ポンド）。この珍妙な仕掛けの動力源は、電気と一五ハンドレッドウェイト〔一ハンドレッドウェイトは一一二ポンド（約五〇・一キログラム）に相当する〕の複合磁石を組み合わせたものであった。すでに一七八一年には、『天上の寝台』と題された諷刺パンフレットが、メアリは皇太子の子を妊娠するためにグレアムの仕掛けを用いている、とほのめかしていた。

だから、彼の喜びでも誇りでもある彼女は
愛の誓いを果たすべく電気をかけることにしたのではないか。
そう、グレアムが腕を振るって施術して
あな嬉しや、ちびを授けてくれるだろう！
その子は詩神の寵児になることだろう、

王家の血筋が生み出した華として。[*36]

ドクター・グレアムの講義は、『モーニング・ヘラルド』紙で毎日のように宣伝され、ヴェスティーナとして知られるほとんど裸の女性が助手を務め、おびただしい数の聴衆を惹きつけた——もっとも、多くの婦人たちは、正体を隠すためにヴェールを付けていた。英国皇太子、チャールズ・フォックス、デヴォンシャー公爵夫人ジョージアナ、メアリ・ロビンソンは皆、彼の施設の顧客であり、それが諷刺作家たちに四人まとめて攻撃する機会を与えた。一七八三年二月の「博士自身が一s（シリング）で全魂を吐露する」と呼ばれる諷刺画は、ドクター・グレアムが、衛生的なセックス、性交前後に性器や肛門を洗浄することの重要性、自慰の弊害（それは人類の「生命を授ける始原的な炎」を浪費することになる）について講義しているのを、メアリがフォックスや夫のトマスとともに聴衆のあいだに立って聞いている姿を描いている。

その年の末、また別の諷刺画が現れた。それは「ハナブル・スクラッチ」と称する画家の手になる「気球舞台」と題された銅版画で、気球が、保護柵の付いた三層からなる桟敷席に居並ぶファッショナブルな客たちを乗せて、地面からまさに飛び立とうとしているところを描いている。てっぺんにはパーディタ、のっぽのダリー、ある貴族の不貞を働いた女性がいる。メアリは喜んで手を叩いている。真ん中の層では、フォックスとノースが仲良く寄りそっており、二人の傀儡でしかない名目のみの首相であるポートランド公爵の鼻に付けられた紐を握っている。最下層の列には、いかさま医師やほかのロンドンの奇人変人やらが顔を揃えて座っており、ドクター・グレアムと彼の「ヴェスティーナ」の姿もそこに見える。説明文では、パーディタは「どえらい馬車」を見せびらかす「奔放なお転婆娘」の一人に数えられている。それはまた、ノースが夢を実現させつつあり、フォックスが「彼の黄金の計画」を追求しつつあることにも暗に言及している。この絵のメッセージは、フォックス・ノース連合が猿芝居であり、ドクター・グレアムの講義と同じく熱気を入れて膨らませたものでしかなく、また——パーディタと彼女の姉妹たちが居合わせているため——同様に性的な欺きにも満ちている、ということである。メアリがフォックスとノースの両方と同時に情事を持っているという噂さえ、この時期には流れていた。ノースの謹厳な性格とフォックスのエリザベス・アーミステッドへの忠節ぶりを考えると、これは讒言であるが、彼女がこのありそうにない連合といかに親密に関わっていたかもまたわかるのである。

ジェイムズ・グレアムはやがて負債を抱え、ニューゲイト監獄に収監され、狂気に陥った。メアリは後に、『ウォルシンガム』という小説において彼をパロディ化した人物を登場させている。彼をモデルにしたドクター・ピンパーネルは、美しい若い女性に執心する、専門用語をまくし立てるペテン師である。ウォルシンガムは危険な熱病に冒されているが、ピンパーネルはそれを恋愛のせいにする。

というのもお嬢さん、愚かな男は恋をしているのだよ。あのような症例には経験がある——それをしばしば感じたし——いままさにこの瞬間、彼の鼻先にそれが見える——右目にも——額にも——いやはや、顎のまさしく先端にも。さて、アミーリア、君は彼を癒さねばならぬ。君のかぐわしい息にこめられている至上のエキスに効能があるのだ。麗しい女性の香り高い微笑みに優るものはない！　キリスト教国の薬すべてをもってしても、その薬効にはかなわず、ウォリック小路の不器用者を皆合わせても及ばない技がそこにはある。美女の息は、瀕死の隠者の心さえふたたび高鳴らせるのである！それはまさしく比類なきもの！　私はつねに、重篤の事例には、それを推奨してきた。患者が至上の感受性の真の本質に恵まれている場合、それが効を奏さなかったことはめったにない！[*37]

本物のグレアムのように、虚構のピンパーネルも偽善者であり、恥を知らない自己宣伝家であり、上昇志向の塊であり、追従者である。

ゆっくりはできない――診察があるので、ハイゲイトに九時までに行かねばならない。山ほどの仕事を抱えている――王国の一流の男たちと毎日一緒に正餐を摂り――腕を組んで一緒に歩く相手は貴族だけ。いつも有利な側に立ち、うすのろどもは日蔭に追いやる。揃いも揃って、やくざな犬の群れのような連中だ。だが、それはもうよい――あいつらは豪勢な晩餐を振る舞ってくれるのだ！　妙なる美女たちに私を推薦してくれた。だから、二重の利得があるというわけだ――私は社交界の女性たちを、大勢患者に抱えている。[38]

性格造型といい言葉遣いといい、彼は、ジェイン・オースティンの『エマ』に登場するすさまじい俗物で自己顕示欲の塊のエルトン夫人を予感させる。

おそらく、ある次元において、メアリが後年グレアムをこれほど手厳しく諷刺したのは、諷刺画家が暗黙の裡に二人を似た者同士として比較したことに傷ついたからであろう。いかさま医者はあからさまにセックスを売り物にしている、片やメアリは性的魅力を利用してのし上がることで有名だ、というわけである。『モーニング・ヘラルド』紙は、以下のように報じた。「〈パーディタ〉はしばしば、親しい友人たちに宛てた手紙を自分自身の乳房を図案とする印璽をもって封印するが、それは封蠟の中に刻印されるので、蕩ける美女という概念を秘密裡に伝え、それゆえに、それが代理を務めている美女の象徴として接吻されるのである[39]」。この印璽によって、彼女は、みずからの性的魅力の象徴となるのである。

メアリはフォックス、ノース、皇太子と関わったが、彼女の心を射止めたのはタールトンであった。だが厭わしい中傷報道を耳にして、彼の家族が彼女を愛おしく思うはずもない。彼らは、タールトンの借金を、彼女が悪い影響を及ぼしたうえ、湯水のように金を使ったせいにしたが、彼はその非難をリヴァプールの家族への手紙で終始否定し続けた。メアリは確かに金遣いが荒かったが――彼女は最近、ウェヌスとマルスの愛の戯れといった神話の場面を刺繡したピンクのサテンの天蓋付客用寝台を注文したばかりであり、それは「ヨーロッパで最も秀逸にして優美な家具」[*40]と評判だった——、真の原因は、タールトンが賭博中毒に罹っており、ブルックス・クラブの仲間内で巨額の金が瞬時に動くような賭けをしていることにあった。メディアによれば、彼はある晩は皇太子から三万ポンドせしめる勢いであったし、別の晩にはフォックスに、そのすべてどころかそれ以上に負けが込みそうな様子だった。

この窮状から救い出してほしいと、彼は最後には家族に頼らざるをえなかった。彼らは、メアリと絶縁するという条件で、援助することに同意した。母親のジェインは彼に、愛情溢れる、だが決然とした手紙を書き、女遊びと賭けごとをやめるようにと訴えた。五月五日、タールトンは兄弟のトマスに絶望に満ちた手紙を書き、メアリとは別れ、賭博ともきっぱり縁を切ると誓った。「身の破滅になるような泥沼にさらにはまり込まないうちに、誠意をもってこのことを提案します。友人たちが、三〇〇〇ポンド近くに上る借金を払うための金を用立ててくれるなら、私はロンドンと現在の人間関係を即座に棄て、東インド諸島に出帆するまで田舎に雌伏し、この命ある限り、賭けごとをするときは五ポンド以上は絶対に賭けないと最も厳粛に誓います[*41]」。

タールトンがメアリにこの計画を知らせたとき、彼女は悲しみに打ちひしがれ、体調も崩した。これはよくあるパターンで、二人が喧嘩するたびにこんなふうになるのであった。病気のあいだ、フォックスは毎日、バークレー・スクエアの邸に彼女を見舞った。皇太子も彼女が病気だと聞いて心を痛め、彼女の様子をたえず尋ねていたそうである。だが彼女はじきに回復し、社交界にふたたび堂々と乗り出していった。「〈か弱き者たち〉の羨望は、ほどなく、パーディタの新しいヴィザ・ヴィ〔乗客が向い合せになって座る馬車〕のお目見えによって掻き立てられることになろう。それは確かに様式においても、装飾の美しさにおいても、〈キプロスの仲間たち〉がいままで愛用したどの馬車をも凌いでいる![*42]」。噂によれば、フォックスがこの馬車の支払いをすることになっており、ロング・エーカーのベンウェルが五月の終わりにそれをパーディタに納品した、とのことである。別の噂話によれば、「〈パーディタ〉の新しい馬車《ヴィザ・ヴィ》は、ブルックスにおける、勝ち負けを当事者同士で決することができなかったギャンブルの賭金をいくつか合わせたものだそうだ。フォックス氏が、前記の目的にこの金を使うこと以上に有意義な使途はないだろうから、〈パーディタ〉に優雅な馬車を進呈しようと提案したのだ。意地悪な者は、それを、〈愛の最後の賭金〉あるいは〈当世風道化たち〉と呼んだ」[*43]。

〈愛の最後の賭金〉は、社交界《トン》で大評判になった。ベンウェルは、その比類ない豪華な馬車のデザイナーとして讃えられた。それは、メアリがいままで所有したなかでも、ぬきん出てすばらしい馬車であった。車体は茶色で、淡黄色と銀色のモザイク模様で華やかに縁取られている。扉板の中央では、白貂で裏打ちされたピンク色と銀色のマントが、昇りゆく太陽の光線のあいだから彼女の記章が半分だけ覗いている図を配した楕円を取り囲んでいる。その下には蹲る《うずくま》獅子が描かれている。内部は淡黄色の絹で内張りされ、ピンク色と銀色の縁飾りが付けられている。御者台の布の覆いは全面、刺繍レースである。留め金、継ぎ手、ばねは銀であった。「ロビンソン夫人はいまや」、と『モーニング・ポスト』紙は結論づける。「無量の正当性をもって、彼女にまさにふさわしい称号を主張することができる。彼女はまことお世辞抜きで〈趣味を司る女祭司〉と称するにふさわしい」[*44]。

ほかの人々は、そのような誇示をそれほど快く思わなかった。新しい馬車のお披露目から数日のうちに、『バークレー・スクエアの馬車《ヴィザ・ヴィ》。あるいはワト＊ン夫人の馬車から外れた一つの車輪。フロリゼルに献呈される』と題された諷刺パンフレットが出版された（ワトソン夫人とその姉妹は、やはり、派手な馬車を持っていることで知られる娼婦である）。パーディタはここでは「フリュネ」となっているが、それはアレグザンダー・ポウプの詩に登場する売春婦の名前である〔もともとは古代ギリシアの有名な高級娼婦の名前〕。このパンフレットは韻文で書かれている。以下のくだりは、その典型的な一節である。

数々の馬車、数々の街路、ロンドン、
皇太子、スリ、道化、
皆が皆、フリュネの威風堂々たるさまに目を凝らす。
石たちさえも顔を上げ、娼婦の
すさまじいまでの豪奢ぶりが
愚かな国民を恥じ入らせているのを見る！

このパンフレットには脚註も付いており、その一つは、馬車の側面にあしらわれた、昇りゆく太陽と蹲る獅子を組み合わせた新しい標章に特に怒りをあらわにしている。「これが〈パーディタ〉自身の発案だというなら、か弱き女性の愚行として許されもするだろう。だが作法や礼節は、こう囁くべきであった。昇りゆく太陽と英国の獅子を娼婦の寝台の幕の下に配するという恥辱的な表現の遊びは、彼女の発案にせよ愚行にせよ、分をわきまえない冗談であると*[45]」。

ある新聞記事は、メアリがこのパンフレットの版元を名誉棄損の廉で訴えると脅した、と主張している。

絶対に確実な権威筋から聞くところによれば、〈パーディタ〉は、『馬車《ヴィザ・ヴィ》』と題された新刊の詩的作品の作者を相手どって、彼女自身と、彼女のような姉妹たちのために——作者は、彼女たちは〈ヴィーナスのセストゥスあるいは帯〉〔愛を喚起する魔力があるとされる〕の名折れだ、と主張している——すみやかに訴訟を起こすよう顧問弁護士に命じたとのことである。われわれはさらに、同じ権威筋から、ペル・メルとセント・ジェイムズ・ストリート周辺で、訴追遂行のための募金活動が始まったと伝えられた。*[46]

この事件は裁判沙汰にはならなかったように思える。おそらくメアリは、さらにあくどい諷刺がこれ以上出版されるのを阻止しようとして、脅しをかけたにすぎないのだろう。

タールトンの負債は人々に知れ渡っていた。兄弟に宛てた手紙が、彼の心境を物語っている。「私は、何をなすべきか、何と言うべきか、わからない——ウェルティー［彼の主要な債権者］は金を返せと執拗に求めてくるが、目下のところ、私には彼を満足させる手立てが何一つない——私がいまこの場所に戻ってきたのは幸運だった。というのも、私が拳銃自殺したという噂が広まっているからだ（殿下が教えてくださった）——めっそうもない！」[*47]。彼は母親に、士官職の売却を考えていると告げた。すると彼女は、馬車、「底なしの浪費」、「従僕の無用の一群」、セント・ジェイムズの高価な邸を処分するようにと応じた。さすればこちらも、取引上の借金は清算する用意がある——が、賭けの借金の面倒は見ない。手紙があわただしくゆきかった後、タールトンのかつての指揮官であるコーンウォリスの介入もあって、母堂のタールトン夫人は長く熱情の込もった手紙を書き、これっきりでもう二度と援助はしない、即刻大陸に発つように、という趣旨の見解を述べた。「あなたの愚行をあるがままに見据えて、生まれ変わりなさい」と彼女は書き、最後の段落へと書き進んで、愛しい息子を窮地に陥れた張本人であると彼女がみなす人物に言及する。「この手紙を締めくくる前に一言言っておきたいのですが、あなたとロビンソン夫人との関係が終わったと聞いて、本当に嬉しく満足しております——それは必要な手続きであり、それを踏まなければ、迫りくる破滅からあなたを救おうとする私の努力がすべて無に帰すでしょう）」[*48]。

タールトンの返事には、イギリスを去るとも、ロビンソン夫人と別れるとも書かれていない。母親は——分別の声に耳を塞いで——賭博の負債を支払うことに最終的には同意したものの、自分の意向を聞き入れさせようとさらに努めた。「あなたが今後どうするのか、あるいは大陸のどこに行くのか私に知らせてくれていないこと、また、この前の手紙で私がロビンソン夫人に関して述べた個所をまったく無視していることにひどく驚いています。――あなたの次の手紙では、こうした事柄について態度をよりはっきりと表明していただきたいものです[49]」。

そうこうしているうちに、早七月になった。パーディタが、ハイド・パークの馬車族のあいだで〈愛の最後の賭金〉を華々しく乗り回している姿が見られないことに人々は驚いた。その秘密の理由はすぐに明らかになった。例によって、『モーニング・ヘラルド』紙が最初に特ダネをつかんだ。「〈パーディタ〉妊娠！[50]」。それと同時に、彼女はタールトンの負債の影響を免れない身となった。そして、すぐさま大陸へと出立すべきであるとする彼の家族の主張にもかかわらず、彼を必死でロンドンに留めようとした。彼女の人生は転換点にあった。レティシア・ホーキンズが言うように、ある瞬間には「ボンド・ストリートの当代の男たちは、いまなお、彼女の馬車が通り過ぎると爪先でくるりと回って見送っていた」が、次の瞬間には、馬車はその製作者の許に返され、タールトンは逃げ出していたのである[51]。

第一五章　ドーヴァーへの追跡

一七八三年〔の夏〕、われらの詩人は、じめじめした駅馬車で一晩中旅したことで激しく危険な熱病にかかったが、それは、彼女をその後、怠慢と忘恩をもって遇した者の欲得づくの友情に報いての行為だった。

『故ロビンソン夫人詩作品集』への序文

メアリは、タールトンが八〇〇ポンドの負債を即刻支払わない限り、国外に逃れざるをえないだろうということを聞き知った。それほどの金額をすぐ調達できるような財産はまったくなかったので、彼女はフォックスに短信を送り、借金を申し込んだ。その晩、彼女は、フランス人の称讃者（にして元愛人）のビロン公爵と「きわめて高い身分のイギリス貴族」――おそらくは、メアリとビロンの双方にとってつねに良い友人であり続けたモイラ伯爵のことであろう――ともにオペラに出かけた。舞台がはねると、彼らは晩餐を摂るためにバークリー・スクエアの彼女の邸へと戻った。観劇中、三〇〇ポンドの現金と、残額は翌朝にという短信を携えた使者がフォックスから寄こされた。

彼女はタールトンのことが心配だった。オペラ・ハウスで会う約束だったのに、姿を見せなかったのである。彼女の家にも来なかった。彼はもう、わずか二〇ポンドの持ち合せしかない、と人々は噂した。彼女は召使いたちを、思い当たるところすべてに遣わした。彼の自宅、クラブ、友人たちやウェルティーの住まいである。彼の行方は杳《よう》として知れず、すでに大陸に向かっていると噂された。午前一時と二時のあいだ、夜気に備えた服装もせず妊娠していることも顧みないで、彼女は「彼を追いかけようとして駅馬車に飛び乗った」[*1]。

それから何が起こったのか、その全容が明らかになることはけっしてあるまい。マライア・エリザベス・ロビンソンが書いた、母親の『回想録』の続篇によれば、「疲労と心労のあまり窓を開けたまま駅馬車の中で眠りこみ、旅行中、夜気に不用意に晒されてしまったため高熱を発し、六か月も病の床に臥せっていた」[*2]。ほかのどの情報源にもましてその出来事を詳しく述べた、より早い時代の伝記点描によれば、彼女は窓ガラスを開けたまま眠ってしまい、「ほとんど凍えたようになって、最初の宿駅で旅館に運び込まれる羽目になった」[*3]。ここからすると低体温症のようでもあるが、イギリス南部の七月の晩に、それはまずありえない。

ドーヴァーへの追跡は、激烈な結末をもたらしてきた。「あのときから」、と早い時代の伝記点描は述べる。彼女は「四肢の機能を完全に回復することはなかった。彼女の指の関節は長いあいだ委縮していたが、後に部分的に機能を取り戻し、流暢に書くことすらできるようになった。だがあの事故が起こったときから、彼女は歩くことはおろか、立つことすらできなくなった。そして、部屋を移動するときや馬車に乗り降りするときも、つねに人に運んでもらった」[*4]。その後の彼女の病状がつねにそこまで悪化していたかどうかは、大いに疑問の余地があるが、元の健康を取り戻すことがなかったのは確かである。

最も信頼できる記述は、彼女とともに暮らし生涯にわたって介護した娘の手になるものである。彼女はこう説明する。熱が長く続いた後、「その期間の終わる頃［六か月］、回復はしたものの、ひどいリューマチが残り、それが彼女の四肢の機能を徐々に奪っていったのである」。わずか二五歳にして、イギリス一の美女と評判だった女性が「幼児の無力さに等しい状態に陥ってしまった」[*5]。ひどいリューマチとは、まさに、正確な診断であるように思える。それこそまさに、後年、彼女を最もよく知る者たちが描写した症状と合致する。

急性リューマチ熱は、先進国では現在きわめてまれな病気であるが、発展途上国においてはありふれたものであり、一八世紀のイギリスには蔓延していた。それは、溶連菌に感染することによって免疫系を通じて身体各部が冒される病気である。[*6] 女性は男性よりも、子供は大人よりも罹患しやすく、三〇歳以上の者が罹ることはまれである。感染してから急性リューマチ熱を発症するまでのあいだには、つねに潜伏期間がある。これは、メアリの『詩作品集』に付けられた序文に暗示されているタイミングと一致するように思える。そこには、「病勢が衰えるにつれて、つきまとう倦怠感がリューマチ熱へと進展した」[*7]と記されている。急性リューマチ熱は、たいていの場合、関節を冒す。それはまた、心臓を弱める。メアリが比較的若くして亡くなったとき、診断は心機能不全を示す「浮腫」であった。

急性リューマチ熱の主な症状は、大関節を通じて広がっていく重篤な関節炎である。最も冒されやすいのは膝や足首である。両手の小関節が冒されることはごくまれである——メアリが多産な作家に転身したことを考えると、少なくとも、彼女はこの点においては幸運であった。後年さまざまな時期に、彼女はとりわけ、足首のひどい腫れに悩まされた。高熱と長期にわたる寝たきりの生活は、メアリが長らく歩行に問題を抱えるようになったのはそのためであるが、おそらくは、最初に感染してから三、四週間のうちに始まったのだろう。だが、その感染の源は何だったのだろう。夜間の馬車旅行がそれに関係しているのだろうか。

メアリがドーヴァーに出発したとき、彼女は妊娠していた。だが彼女はタールトンの子供を産むことはなかった——さらには、われわれの知る限り、その後は妊娠していない。溶連菌の感染は、しばしば膣内に生じる。ことの経緯の最も可能性の高い説明としては、彼女が駅馬車内で流産し、その結果として感染し、急性リューマチ熱に罹った、というものである。これを裏づける証拠が、当時記された、ある私的な噂話の中に存在する。八月一三日、ペンブルック卿は友人に宛てて以下のような趣旨の手紙を書いた。「彼女の顔はまだ綺麗だが、病気のせいで、しかめたような不快な表情が付け加わった。身体はといえば、衰弱しきっている《デフェット》……再起するかもしれないが、流産の日にオペラに行くのは、もうやめるべきだろう」[*8]。

その不運な冒険に関して、新聞記事はさまざまな原因を挙げていたが、そのいくつかは悪意あるものであった。たとえば、七月三一日の『モーニング・ヘラルド』紙によれば、「ロビンソン夫人はバークリー・スクエアの自邸で重篤な状態にある。彼女と同性の妬み深い者たちは、彼女の病気を、自分の魅力が影響力を失いつつあることを悔しがってのせいである、とみなしている。もしそれが本当なら、パーディタ〔「失われた者」という意味〕という名前は、このかつての、思うがままに征服した〈不純なる者〉に、やがてはあまりにふさわしいものとなるであろう」。八月二六日の『ランブラーズ・マガジン』誌の「恋愛および社交界《ボン・トン》消息」欄は、こう主張している。「ロビンソン夫人は伝えられるほど重篤ではない。だが、病状はなおもかんばしくない。彼女の不調は愉しみごとを好むあまり、体力以上に無理をして夜遊びを続けたのが原因であるとされる」。

一方タールトンは、メアリが思っていたのとは異なり、ドーヴァーではなくサウサンプトンに赴いていた。そこから彼は母親に手紙を書き、ロンドンを離れフランスへ向かっているところだと告げた。彼はようやく、母親が待ちわびていた知らせを伝えた。「ロビンソン夫人について詳細を知らせてほしいということでしたね――関係を断ちました。私に追いすがるには彼女はあまりに誇り高く、長きにわたって、いえ、つねに、と言うべきなのでしょうが、あまりにも寛容であったので、男をさらに貧しくすることなどできないのです――最も厳粛に請け合いますが、彼女は私の破産の原因ではありません――二度としない、と私が誓った賭けごとこそが――いえ、いまさら不運をかこつのはよしましょう、手遅れですから」[*9]。実はメアリが、要り用の金を持って後を追ってきたことを彼が知るのは、しばらく後になってのことであった。

八月半ば、メアリは、当時はブライトヘルムストンと呼ばれていたブライトンに出かけたが、それはその時代のほかの海浜保養地と同様、回復期にある病人が好んで滞在した場所であった。メアリの年金がついに支払われたのも、ちょうどこの頃、皇太子が二一歳の誕生日を迎える頃であった。おそらくは、彼女の健康が思わしくないという知らせが皇太子を促し、証文の問題を解決しようと決意させたのだろう。

「新しい馬車《ヴィザ・ヴィ》、あるいはフロリゼルがパーディタをドライヴに連れていく図」と呼ばれる諷刺画が、その月の『ランブラーズ・マガジン』誌に現われた。それは皇太子が、二頭の雄山羊に引かせたメアリの豪華な新調の馬車を駆っているさまを描いている。おざなりに描かれたフォックスは騎乗御者を務めており、「六万ポンドを下賜する」――皇太子が成人に達するにあたって一家を構えるために賦与される金額への言及――と記された紙片を差し出している。ノース卿は馬車の屋根の上に寝そべり、腕組みして眠っている。彼の頭は王の寵愛と書かれた枕の上に載っている。パーディタは髪に駝鳥の羽根を三本挿しているが、それは彼女と皇太子との関わりを示している。その諷刺画は、フォックスを仲介者とするパーディタと皇太子との交渉が、当時大いに公衆の目に晒されていたことを窺わせる。フォックスの手腕により、皇太子がメアリに五〇〇ポンドの年金を支払い、彼女の死後は娘が引き続きその半額を受け取ることで、最終的な合意を見た。その取り決めは、いまを去ること一七八〇年、「殿下の特別のご所望により高収入の職業を辞すことを考慮して」[*10]皇太子が一家を構える際二万ポンドを支払う、という彼女がもらった証文に匹敵するものとして提示された。メアリは、病気が彼女の公的生活すべてを終息させようとしているときに、舞台を諦めたことの、長く滞っていた代償を受け取ったのである。

ウィンザー城の王室文書館に現存する会計簿によれば、皇太子の年金は何年間も支払いが滞りがちであった。一七八七年に彼の財務官が作成した恩給や毎年の寄付のリストから明らかなように、その年金は定期的な支出としては最大のものの一つだった。ロビンソン夫人への五〇〇ポンドはその次に値の張る支払い（「楽師たち」に三〇〇ポンド）や、最も高額の寄付（ウェールズ協会へ一〇五ポンド）より、はるかに重い金額である。それは、ハンフリーズ鼠捕り業者に三一ポンド一〇シリング、「馬車および必要品」としてダック夫人に二五ポンド四シリングといった、より日常的な家計費とはまったく範疇を異にしていた[*11]。

九月下旬、タールトンはフランスのドゥエから兄のトマスに手紙を書いた。文面は乱雑で、脈絡がなく、判読し難い殴り書きのような字で書かれている。

わが親愛なる兄弟よ、僕はさまよっている――流れ者のように暮らしてきて、どこに身を落ち着けてよいのかわからない……智恵と堅忍は哲学を教えるはずだ――僕もすぐに悟りの境地に達するだろう、というのも情熱を根絶やしにするに足る逆境を味わったのだから。

君に打ち明ける――すべてを。君にはすべてを打ち明ける。僕はロ＊＊＊夫人のことを忘れてはいない、ああ、神よあのような試練に二度とかけられませんように。彼女が重篤だと聞いた――だがそのことはもうよそう。気が狂ってしまうだろうから[*12]。

その悲劇が、まず確実に、夜間の追跡劇から生じたのだということは、彼はまだ知らなかった。メアリはブライトンから戻ってきたが、その年の残りをほぼ寝たきりで過ごした。一〇月のある新聞記事は、彼女が麻痺性の発作の結果、「その繊細で美しい身体の片側の機能を失った」と報じたが、これに対する否定記事が数日後に出された[*13]。翌月にはさらに残酷な報道が雑誌でなされた。「〈パーディタ〉は、ずっと病気で、回復もかんばしくない。体調不良はなはだしく、もう何のお務めもできないだろうという噂だ。彼女はいま入港中で、中佐が積み荷を空にして漏れ穴を塞いでいるところである」[*14]。中佐はそのようなことはしていなかった。彼は遠くフランスにいて、彼女のその後の消息を待ち焦がれていたのだから。

諷刺画家たちは、依然として、フロリゼルとパーディタを種《ネタ》にしていた。一〇月の銅版画は、彼女を初心《うぶ》で感化されやすい若者の誘惑者として描いている。ジョージ三世が、乳房をあらわにしたパーディタにそそられて堕落した息子のことを嘆いている姿を、「〈寝取られ亭主の王〉であるメアリの夫が角〔妻に浮気をされた亭主の額には角が生えるとされた〕の上にほかの愛人たち（ノース、フォックス、タールトン）を載せて眺めている、という図である。皇太子やフォックスに棄てられてからずいぶん経ち、身体が病魔に襲われているときですら、彼女はなおもふしだら女という烙印を押され続けているのである。その年の後半、『ランブラーズ・マガジン』誌は、猥褻な性質の贋作「フロリゼルからの諸書簡」を掲載した。ある手紙の中で、フロリゼルは、彼女がコルンブルックを訪れたとき、ベッドの上に手足を大きく開かせたところで一物が萎えてしまったという顛末を、縷々として物語る。「ハッ、ハッというせわしない息が、その胸を、その雪白の隆起した胸を上下させた。私の手が彼女の美を傍若無人にあれこれとまさぐるのを耐えているあいだ、彼女の両手は震えながら私にしがみついていたが、やがて私は無我夢中でわが魂を快楽に委ねると、彼女の上にがばと覆いかぶさり、彼女は私の重さの下でぐったりと気を失っていたが、それは甲斐のない重さであった。というのも、私の力は突然失われ、私の萎えた血管を通って雷光よりも早く駆け抜け、消え失せてしまったからだ[*15]」。

一一月の終わりに、ロンドン周辺で馬車が目撃されたが、新聞各紙は、ロビンソン夫人はオペラのボックス席を明け渡し、外出することはまれである、とも報じた。彼女が不在のため、冬のシーズンに新着デザインのドレスは登場しないだろうと嘆かれた。社交界は、ファッション・リーダーの不在によって、みずからも麻痺をこうむることになったのである。回復期のメアリが主に従事していたのは、書きものであった。彼女の娘はこう記している。「かくも厳しい苦難の最中にあってすら、彼女の大いなる知力と柔軟な精神は、脆弱な身体に打ち勝った。外からの援助を断たれ、若さゆえの愉しみや活力をこのように抑制されたために、彼女は、みずからの才能を育み伸ばすという、より骨の折れる仕事へと向かったのである[*16]」。彼女がふたたび執筆を始めたのは、動けないせいもあったが、経済的に困窮していたためでもあった。債権者たちが、彼女の家のドアを敲いていると噂された。五〇〇ポンドの年金は、借金を清算するには不十分であると見えた。大切な馬車は借金返済のため差し押さえられたが、フォックスが気前良く金を融通してくれたので、取り戻すことができた。『モーニング・ヘラルド』紙によれば、「〈美しい人〉は感謝して」、こう決意した。「蹲る獅子を扉板から消して、左後ろ片脚立ちの狐《フォックス》をその後釜に据えましょう」[*17]と。

一二月のあいだ、サー・ジョシュア・レノルズは、その年ずっと取り組んでいた絵に最後の仕上げを施していた。ある記者がそれを彼のアトリエで見た。

サー・ジョシュア・レノルズは、最近、ロビンソン夫人の新しい肖像画を描き終えたばかりである。画中では、彼女はルーベンス様式で描かれた美女特有の穏やかさを備えておらず、ウェルテルの憂いに沈むシャルロッテのように見える……彼女の表情は憂鬱そのもの。髪は乱れ、衣服はきわめて簡素である。背景をなす場面と水は、人物像と照応して、陰鬱な心の状態を描いているように思える。[*18]

文中では、描かれている人物像が、数か月にわたって病に臥せっていたときのメアリの心的状態を反映しているという印象が創り出されている。だが、彼女を寂し気な表情を湛えた横顔で描くという決定がなされたのは、彼女がその年の春、肖像画のためのモデルを務め始めたときのことであった。このことは、身体の自由が利かなくなる以前から、彼女がはや、己れの公的イメージを変化させることを目論んでいたことを示唆している。

レノルズのその二作目の肖像画は、後年、銅版画のかたちで広く流通した。このかたちの絵には、『沈思』を含め、さまざまな題名が付けられた。それはメアリの一七九一年の『詩集』、一八〇〇年の『リリカル・テイルズ』、死後出版された一八〇六年の『詩作品集』の扉絵に用いられた。それゆえこれが、著者ロビンソン夫人の正式の肖像であった。レノルズの最初の肖像画は彼女を「ルーベンス様式で描かれた美女」にしたが、二番目の肖像画において、観る者は、彼女の心情に思いを馳せるよう誘われる。彼女は、思案、内省、物想いを具現化しているのである。顔を背けたこの特有のポーズは、技術的には〈喪失の横顔像《ロスト・プロフィール》〉として知られている。それは、「失われた者」パーディタにふさわしいポーズである。

岩、海、暗鬱な空がなす荒涼たる風景に彼女を配すると決めたことによって、その肖像画は歴史画に転じることにもなった。心につきまとって離れないこの背景は、物語を含んでいる。メアリは、嵐の海と遠くの水平線を哀し気に眺めている、憂いに満ちた棄てられた女に似てきたのである。『モーニング・ヘラルド』紙の記事は、原型的な感受性小説であるゲーテの『若きウェルテルの悩み』に登場する憂いに沈むシャルロッテに似ていると示唆しているが、古典の素養のある鑑賞者ならば、恋人によってナクソス島のうら寂しい岩の上に置き去りにされたアリアドネのことを考えただろう。古代の神話における棄てられた女たちは、書くことを連想させる。彼女たちの物語は、オウィディウスの人口に膾炙し大きな影響力を振るった書簡体詩『名婦の書簡』——アリアドネやサッポーのような女性たちの声で綴られた恋愛哀歌集——を経由して一八世紀に入ってきた。この意味において、レノルズの二作目の肖像画は、〈イギリスのサッポー〉と称せられた、後年の、作家としてのメアリのキャリアを準備したのである。その肖像画はレノルズが亡くなるまで所有していたが、現在はロムニーとゲインズバラの肖像画とともにウォレス・コレクションに所蔵されている。

メアリの健康は新年に回復し始めた。一月の初め、彼女はオペラで英国皇太子のボックス席にいる姿が目撃され、青い帽子をかぶっていて、とても美しく見えた。王室の元恋人との関係はずっと友好的なものであったに違いない。だがその後彼女は「リューマチの症状がぶり返したため」、さらに三週間にわたって「病床に縛りつけられていた」[*19]。彼女の主治医は、サー・ジョン・エリオットと呼ばれる有名な医師であった。

この頃ふたたび、彼女を誹謗する出版物が出された。「フロリゼルの情事、娯楽に供する物語、パーディタという通り名を持つ、令名高きロ＊＊＊ン夫人の作（販売価格一シリング六ペンス）」という題名の、ある淫らなパンフレットが出版されたと思われる。それはほんの数日で売り切れたようである。というのも、「前記のきわめて面白い出版物を読み損なって落胆した多くの殿方たちに、いまや第二版を入手する機会が生じました[*20]」と、新聞広告で発表されているからである。このパンフレットは一冊も現存していない。

その月の終わりまでに、メアリは、「薔薇色のサテンのクッションの付いた椅子――フランス王妃の椅子のような[*21]」を備えた、オペラでの自分のボックス席を取り戻した。負債まみれというニュースは誤報であり、そうした噂は最近彼女を経済的に独立させた皇太子の名誉をも傷つけるものである、と報じられた。彼女の、個人的かつ財政的な生活状況は、その数日後に明らかにされた。ここには、まだロンドンに留まっている彼女の疎遠になった夫についての言及すらある。

フロリゼルが、最近、パーディタに年額八〇〇ポンドを支給すると取り決めたと主張されている。同様に、彼女はモ＊＊ン卿からも、邸、馬車その他が提供される以外に、年額五〇〇ポンドを受けている。ルナール〔フォックス〕は、目下のところ半給暮らしなので、金銭的には大したことは彼女にしてやれない――だが、彼が再び参入してくるときには、いままでの埋め合わせをすべてつける意向がある。

ロビンソン夫人が、節度を犠牲にして享楽を購うよりは、公的娯楽から身を引くことを選んだのは、讃えるべき誇り高さの表れである。妬みや中傷が寄り集って知恵を絞って貶めようとしたところで、この行為によって彼女は称讃されるに値する。彼女の名誉や利点になることで議論の余地のない事実が存在するのに、彼女を正当に評価しないのは許しがたいことであろう――この夫人の夫君は、セント・ジョージズ・フィールズに部屋を持っている。彼女は人生のありとあらゆる贅沢を楽しんでいるのだから、少なくとも生活費、小遣い、同衾する相手など、生活必需品くらいは、夫に与えるべきではないだろうか。[*22]

皇太子の年金の額は、ここでは誇張されている。モールデンの手当てが本当はいくらだったのか、定かなことは知られていない。

一七八四年一月三一日、『モーニング・ヘラルド』紙は、メアリが社交界に全面的に復帰したことに祝意の意を表した。彼女は「セント・ジェイムズ界隈のさまざまな通りに、美女の魅力を存分に振り撒きながら現れ、女性陣を大いに悔しがらせ」始めたうえ、「不調と伝えられていたにもかかわらず、彼女がこれほど美しく見えたことはついぞなかったように思える」。『モーニング・ポスト』紙ですら、彼女が、同紙が（不正確に）「麻痺」と呼ぶものからすっかり回復したことを認めざるをえなかった。毎朝、彼女はピカデリーまで数百ヤードほど馬車を走らせ、セント・ジェイムズ・ストリートを下ってドライヴし、ペル・メルを通り抜け、カールトン・ハウスの皇太子の住居の側を通って、バークリー・スクエアの自宅に戻ってくるのであった。

タールトンも帰国することを考えていた。フォックス・ノース連合政権はすでに瓦解し、タールトンは、みずからも政治生活へと歩み出す機会を窺っていた。彼は三月にロンドンに戻り、すぐさまメアリと同棲を始めた。彼の母親もかつての上司のコーンウォリス指揮官も、いたく不愉快な思いをした。「色男のタールトンは」、と『モーニング・ポスト』紙は、このカップルにつねにつきまとっている性的ほのめかしに満ちた一文において明かした。「バークリー・スクエアでふたたび任務に就いた。彼はもはや、ペルディトゥス〔失われし者〕であることをやめ、レストラトゥス〔復活せし者〕となった。彼は相変わらずの腕達者で、刺青だけで、装弾から発射までありとあらゆる機動演習をこなすことができる」[*23]。メアリの両脚の麻痺が、二人の後年の関係において、ベッドでのタールトンの装弾と発射の過程に不都合を及ぼしたかどうかは、知るよしもない。にもかかわらず、身体が不自由になってから一〇年も経っているのに、彼女は「歓喜によせるオード」において、「猛々しい歓び」、「雪白の高鳴る胸」、「激しい脈動」、「震える溜め息」、「永続きするにはあまりにも鮮烈な」[*24] 法悦について語っている。それらは感受性の語彙集から採られた語句なのかもしれないが、官能的な歓びがけっして遠い過去の思い出ではなかったことも示唆している。

第一六章　政治

私は声援を送られるだろう、あるいは弾劾されるだろう――ありとあらゆる日刊紙で、嘲笑され、諷刺されるだろう。ありとあらゆる雑誌のヒロインになるだろう。いまから六か月というもの、ありとあらゆる諷刺画店に飾られる有名人になるだろう。

メアリ・ロビンソン『アンジェリーナ』

独立戦争が終結したにもかかわらず、外交問題はいっこうに楽にならなかった。アメリカを失ったので、インドがイギリスの最も重要な植民地であった。何世代にもわたって、インドは間接的に統治されてきた。東インド会社が事実上の統治機関であった。政府は、行政組織や占領軍の維持費を払うことなく、税金や関税によって植民地から利益を得ていた。問題は、東インド会社の総裁であるウォレン・ヘイスティングズが、あたかも個人的な領地であるかのごとくベンガルを治めていたことであった。腐敗が横行し、治安は不安定で、東インド会社は負債を抱えていた。フォックスとノースが一致している一つの意見は、インド情勢を主導しなければならないということであった――ノースはすでに規制法を導入していたが、フォックスはさらに改革の大鉈を振るう用意があった。一七八三年一一月、彼は庶民院〔下院〕にインド法案を提出した。その意図は、東インド会社をいままでよりもはるかに厳しく監督することにあった。この法が実施されれば、会社は、現代の独立公共機関のような流儀で運営されるのではなく、議会に対して責任のある七人の理事団によって経営されることになっていた。理事たちの任務は、とりわけ、腐敗を根絶し、ボンベイ、マドラス、カルカッタの行政長官たちの権力を制御することにあった。

その法案は、議会内外で激しく議論された。フォックスの敵たちは、彼を、東洋において至上の権力を得ることを狙う「カルロ汗《ハーン》」〔「カルロ・ハーンのレドンホール街への凱旋入場」という有名な諷刺画を描いた、政治的に敵対する諷刺画家ジェイムズ・セイヤーズがフォックスに付けたあだ名〕であるとみなした。法案はまず庶民院を通過したが、国王が、法案に賛成票を投じる者は誰であれ、自分の味方でないばかりか個人的な敵であると述べた公開書簡を貴族院に送りつけた後、第二読会〔貴族院〕において否決された。フォックスは激怒した。彼の見解によれば、国王の背信と貴族院の影響力によって敗北したのは、その世紀の大半にわたって尊重されてきた憲法上の取り決めを揺るがしたことになる。国王は議会を会期半ばで解散し、憲法上の深刻な危機を招いた。王はさらに突き進み、二四歳のトーリー党のウィリアム・ピット（小ピット）を大蔵大臣および大蔵第一卿（事実上の首相）に任命した。フォックスはその後二二年間にわたって大臣に再任されることはなく、ようやく任に就いたのは死に先立つ数か月間だけであった。

インド法案とその顚末は、おびただしい数のパンフレットと諷刺画を産み出した。ジョン・ボインによる「レドンホールの戦闘で傷ついた黒髭将軍」の中で、フォックスは、支持者たちに取り囲まれて地上に横たわっている姿で描かれている。レドンホール・ストリートには、東インド会社の本部があった。諷刺画の構図は、当時の最も有名な絵画の一つであるケベックの戦いでのウルフ将軍の死を描いたベンジャミン・ウェストの大作を踏まえている。フォックスのすぐ後ろにパーディタが立っていて、彼の上に屈みこみ、鼻に芳香塩〔気付け薬〕の瓶を当てている。彼女の右腕は背後の皇太子に差し伸ばされ、皇太子は跪《ひざまず》いて、その手を自分の手に握りしめ接吻している。この諷刺画の特異な点は、女性はパーディタしか描かれていないことである。フォックスは現にアーミステッドと暮らしており、皇太子との関係も正式に終わってはいたのであるが、一般公衆の目で見る限り、メアリはなお、彼ら男性連合の女性代表者であったのだろう。

国王がピットを首相の座に据えたことは、新年早々、総選挙が開催されるということを意味していた。それは二月に公示され、激しい選挙戦が始まった。争点は、とどのつまり、王権に賛成票を投じるか、反対票を投じるかということに尽きた。フォックスの権威ある伝記を書いたジョン・ラッセル卿の言葉によれば、「四〇年以上にわたり、イギリスの政府のありようを定めた」[*1]戦いに勝利したのは、ピットだった。

フォックス自身は国内で最も有名な選挙区、すなわちウェストミンスター選挙区そのもので議席を求めて戦った。当時の選挙制度は現代のものとはかなり異なっていた。二議席の空きをめぐって三人の候補者が争い、投票は数週間にわたって行われ、得票の現況が毎日発表される。最初に当選するのは戦争の英雄であるフッド提督であろうことは誰の目にも明らかだったので、二番目の議席はフォックスとサー・セシル・レイとで争われることになった。

英国皇太子はフォックスとともに選挙区を遊説したが、それは、良くもあり悪くもあることであった。だが選挙の局面で諷刺の最大の標的になったのは、フォックスの華やかな女性支援者たちであった――もちろん、彼女たちに投票権はなかったのだが。デヴォンシャー公爵夫人ジョージアナは、ホイッグ党のために精力的に選挙運動を行い、青とバフ色を組み合わせた色を飾り、狐の毛皮の長襟巻《ティペット》を着用し、狐の尻尾付帽子をかぶっていた。彼女は、票を獲得するために、肉屋と握手し鉛管工に接吻したとされている。妹のレイディ・ダンキャノンや他のさまざまな貴婦人たちも手伝った。

だが、遊説したのは貴族の女性たちだけではなく、〈か弱き姉妹たち〉も同様だった。『モーニング・ポスト』紙は激烈な反フォックス派であり、彼の支持者たちは娼婦風情ではないかと抗議した。「慎み深い女性たちは、いまやほぼ全員が、コヴェント・ガーデンのフォックス・コーナーを打ち捨ててしまったので、〈人民のヒーロー〉《マン・オヴ・ザ・ピープル》は、目下のところ、〈人民の女性たち〉〔すなわち「娼婦」〕によって支持されているのである」[*2]。

メアリはつねに、自分は高級娼婦ではない、と自負してきた。それゆえ彼女は、評判があまり芳しくないフォックス支援者たちから距離を置こうとした。「パーディタは、かつての〈人民のヒーロー〉が〈サッポーの弟子たち〉の助けを借りていることにいたく気分を害したので、支持を取り下げ、自分は〈特定の女性のためだけのヒーロー〉にしか興味がないと宣言した」[*3]。選挙戦の後半の段階で『モーニング・ポスト』紙が掲載した驚くべき記事が明らかにするところでは、彼女は、実際、ジョージアナの後を継いで女性の選挙運動家たちの指導者になるだろうと目されていた。「デヴォンシャー公爵夫人は選挙運動の疲れで精力を使い果たしてしまったので、夫人は美女団の中で自分がいままで占めていた地位を退かねばならなくなった。パーディタが〈神殿の大祭司〉によって、後継者として指名されている」[*4]。歴史家たちは選挙運動におけるジョージアナの顕著な役割を重視してきたが、メアリ・ロビンソンが同様に目立った役割を果たしたことは完全に無視してきた。

フォックス支持の『モーニング・ヘラルド』紙は、選挙活動家が毎日街頭に出て投票者を自分の陣営に引き込んでいた四月のあいだ、メアリが人前に姿を現すたびに派手に書きたてた。「ロビンソン夫人の馬車が、昨日、セント・ジェイムズ界隈に、新しい標章をピカピカに輝かせつつ華々しく出現した。勇ましい花形帽章《コケード》にかわって、〈フォックスを、そして自由を〉という銘のある記章が目を引いた」[*5]。『ランブラーズ・マガジン』誌も、彼女の有名な馬車がいまや「フォックスを、そして自由を」という銘を華々しくあしらっていると目ざとく報じた。

劇的な選挙運動が終わるとすぐに、運動の一日ごとの趨勢を報じた回顧記事が出された。それは、山あり谷ありのパーディタの活動ぶりをいきいきと伝えている。たとえば、ある日には「ヘンリエッタ・ストリートは、いまやありとあらゆるファッショナブルな顔たちが集う街になった。パーディタは始終やって来ては、フォックスのシンボル・カラーをまき散らす。パーディタの美しい顔は、はたして何人の有権者を味方にすることができるのだろうか」。それからまた別の日には、「われらが当代のヴィーナスの懸命の努力にもかかわらず、昨日の選挙運動では彼女は一票〔原文では plumper となっているが、ジョージアナが票欲しさに接吻したとされる plumber（鉛管工）の意も込められているかもしれない〕も獲得することができず、大いに落胆した」[*6]。そして得票が低迷したときは、「パーディタは気力ばかりかその美しさも萎れてしまったかのように見える。皇**が依然として冷淡なのか？　はたまた、党の衰退を嘆いているのか」[*7]。

メアリ自身は、街頭に立つばかりか、フォックスやデヴォンシャー公爵夫人を讃えピットやサー・セシル・レイを謗る詩、諷刺文、歌を書くことによっても貢献した。『モーニング・ヘラルド』紙に掲載された詩は作者不詳であるが、そこには彼女の特徴的な文体が窺える。その一つの「旬の数連」という詩は、ジョージアナを称讃するために書かれている。

彼女は見た、彼女は勝った。レイは怖気づいた。
宮廷の指図はもうたくさんだ。
民衆がもう操られることはない。
その日の勝利者はフォックスと自由である！

美が懇願するとき、誰がそれを拒めようか。
彼女の優美を誇る舌がどこにあろう。
臆病な盲従さえも、認めざるをえない
彼女の生き方は彼女の容貌と同様、瑕疵一つないことを。

ピットとレイは美女を嫌悪すればよい、
われらがデヴォンの比類ない美質を謗《そし》ればよい。

われらはさらに勇敢で、親切な魂を持ち、
彼女の美を愛し、彼女の気概を愛するのだ。

遠い未来、先の時代の人々よ、知るがよい、
神殿がわれわれを奴隷にしようとするときには、
われわれはこうして致命的な一撃をかわしたのだと、
撃退したのはフォックス——救ったのはデヴォンであるということを！[*8]

また別の、才知溢れる小詩は、狐の毛皮の房飾りはすばらしいファッションの小道具であると歌っている。

その美しさで美女の帽子を飾ったり、
マフに縫い付けたりすると、ぱっと引き立つ。
狐の毛皮の房飾りは、良い趣味の極致であり、
紅や練り白粉と同じくらい、当代の美をなしている。
美しいデヴォン、ポートランド、メルバーンは同意した、
その房飾りが、系統樹の最も優れた枝であると。
だからケッペルとウォールドグレイヴの枝が接ぎ木され、
両者の利害関心のもと、フォックスとその権利を支援する。[*9]

よりくっきりと政治色を打ち出した詩は、「バリー＝ナモナ・オーロ」という流行歌の旋律に合わせ

て歌えるようになっていた。

自由、陽気さ、上機嫌をみなぎらせよう、
われらが勇敢な戦士フォックスに月桂冠を授けよう。
クラレットをなみなみと注いで、幾度となく乾杯しよう、
人民のヒーローがまだともにいるあいだは。[*10]

メアリが詩神をポピュリズム政治に奉仕させて書いた最後の二つの歌は、七週間にわたる投票期間の最後の二日間に発表された。予測に違わずフッド提督が勝利し、フォックスはからくも二番目の議席を獲得したが、市長《ハイ・ベイリフ》が、得票数の上位二名を選出する代わりに「精査」（現代の用語で言えば、再計算）を許可したため、そこでさらなる紛糾が生じた。フォックスがレイよりも上位であることが確認され、民訴裁判所の陪審は後に、投票結果を疑い独断的な行為に及んだ廉で、市長に二〇〇〇ポンドの罰金を科した。フォックスは椅子に担ぎ上げられて街路をパレードし、勝利者としてデヴォンシャー・ハウスに迎え入れられた。彼は議会に戻ったが、多年にわたって野党側の席を温めることになった。

一方リヴァプールでは、タールトンが、彼自身の選挙選において僅差で敗北を喫していた。彼はフォックスの祝賀会に参加するため、ロンドンに戻ってきた。皇太子はカールトン・ハウスでパーティを主催し、六〇〇人を招待したので、客たちは庭園に溢れ出した。九つの大天幕が設営され、軽食として旬の最高級の果物、種々の砂糖菓子、氷菓子、クリーム菓子が供され、「勝利を記念すべき祝勝の銘およびその他くさぐさの意匠で飾られた、寓意的なデザインの品々」も並んでいた。四つの楽団が庭園の異なる場所に配され、一同は「趣向を凝らしたさまざまな喜劇的な演し物によってもてなされた」[*11]。タールトンが出席していたことは確かであるし、選挙戦での活躍ぶりを考えると、メアリもまず間違いなく

そこにいたことであろう。

選挙運動のあいだ、フォックスの大義の支持者たちは、メアリの陰口をたたいていた。『モーニング・ヘラルド』紙は、彼女の廉正を真剣に擁護する記事を載せた。

女性の妬みこそが、某朝刊紙［すなわち、『モーニング・ポスト』紙］で始終目にするロビンソン夫人関連のスキャンダラスな記事の元凶である、とある通信記者は言う。彼女の行いのどの点をとっても、悪意そのものすら懐柔してしまうほどのいちじるしい節度がある。だが同性からの憎悪に満ちた中傷は宥められない。この愛らしく感じの良い女性が、パーディタという通り名のもとで、札付きの女性たちと同列に置かれるのを見るのは恥ずべきことである。わが社の通信記者はさらに言う。イギリスにおいて、ロビンソン夫人ほど、噂の的になりながら、その実像が知られてない女性はいない。彼女の私生活をよく知っている者たちは、彼女の行いを褒め讃えており、彼女の良識は、中傷や悪意の嫉妬深い攻撃を蔑むようにと彼らに教えるのである。[*12]

ここで示唆されているのは、彼女を「パーディタ」と呼ぶことは、彼女を娼婦と位置づけることであり、それは彼女の真価をはなはだ見誤っていることになる。ある意味において、女優であり王族の愛妾である「パーディタ」から女流文人で政治活動家の「メアリ・ロビンソン」への移行は、ウェストミンスター選挙の熱気のさなかから始まったのである。

彼女は、フォックスに個人的にも政治的にも献身することによって、高い代償を払った。選挙運動期間中ずっと、彼女は、種々の諷刺画、パンフレット、諷刺文、新聞寸評において、容赦ない嘲笑の的となった。

「山羊たちがウィンザーへと駆けていく、あるいは寝取られ亭主の慰め」（三月一四日）と題された諷刺画において、彼女は、英国皇太子が御者を務める車高の高い馬車《ハイ・ギグ》〔一頭立て二輪軽馬車〕に乗っている姿で描かれている。その馬車を引いているのは六頭の山羊で、そのうちの一頭にはフォックスが乗っている。三人の男が山羊にまたがり馬車に伴走している。いつもの寝取られ亭主の角を生やして後ろ向きに座っている（メアリが彼を置き去りにしたことを表している）トマス・ロビンソン、ノース卿（まず間違いなく愛人ではなかったが、メディアはそう認識していた）、軍服を着たタールトンという面々である。同じ日に出版された別の諷刺画は、フォックスがおまるの中に吐いているところを描いており、以下のように始まる猥褻な詩が添えられている。

フォックス殿、フォックス殿
もしあなたが＊＊＊〔梅毒〕に罹っているなら
国民にとって、それはなんと有難いことだろう。
もしパーディタが
一度くらいは善いことをするつもりなら
彼女はあなたをしっかり涎を垂らさせて＝昇天《サリヴェイション》させてくれるだろう。

その数日後に出版された「王冠への競争」というまた別の諷刺画は、フォックス、ノースその他の人々がライオンに乗って競争しており、それを皇太子とロビンソン夫人が応援しているところを描いている。フォックス、皇太子、パーディタの三角関係は、「洒落者殿下の冒険」（口絵⑥を参照）の主題でもある。その絵の中で、まるでフォルスタッフのようなフォックスは、盗賊の泥棒袋の中にイギリスの国璽を入れている英国皇太子を両肩に載せている。パーディタは、トレードマークの羽根飾りのある帽子をかぶり、両手を彼女の有名なマフの一つに入れて、乳房をあらわにしたアーミステッドとともに、その光景を傍で眺めている。パーディタのほうがより慎ましく装っており、娼婦のように乳房をさらけ出していないのは、注目に値する。

数週間にわたる投票期間には、この種の諷刺画がさらに多く現われた。パーディタとジョージアナを一緒に描いたものも何枚かあったが、すべての諷刺画がパーディタをフォックスと結びつけていた。たとえば、「狐のルナールの最後の遺言」(フォックスの得票数が低迷していた四月初めの作品)は、「あのレイなどくたばってしまえ! 私はもうお終いだ!……私の愛しいパーディッタ以外は世間すべての人間に呪いあれ。ああ! 私はいまや無に帰してしまった」とフォックスに言わせている。メアリは『冬物語』で名声を博したので、この一連のシェイクスピア的な台詞回しはぴったりである。

メアリはエリザベス・アーミステッドよりはるかに有名だったし、選挙運動で獅子奮迅の活躍をしたので〔フォックスの「最愛のリズ」は街を離れて、サリーにある彼の田舎屋敷に滞在していた〕、「人民のヒロイン」と称せられ、フォックスの愛人とされたのは彼女であった。ホイッグ党員についての諷刺文は、決まって、バークリー・スクエアのパーディタのところへ出かけよう、というフォックスの言葉で結ばれていた。

シェリダンは緊密な協力者だったので、ある諷刺パンフレットは『悪口学校、五幕の喜劇、国王陛下の家来その他によって上演されしまま』と題され、彼の最も有名な芝居をパロディにしたものになっている。題扉は本物の劇版本とそっくり同じ体裁なので、大英図書館が所蔵しているパンフレットはシェリダン自身の作品のところに誤って分類されているほどである。登場人物はいつもの顔ぶれで、ボレアス〔ギリシア神話の風神の一柱で、北風〕はノース、レナードはフォックス、等々という具合である。最も滑稽な部分として——その場面は抜粋され、『ランブラーズ・マガジン』誌の四月号に独立して掲載された——、パーディタが一人で登場し、政局があわただしくてチャーリーと一緒にいられないことを嘆く場面がある。その台詞は、フォックスのでっぷりした体つきや毛深い容姿への言及で満ちている。「あの人と一緒だと私は天にも昇る気持ちになる――あの人の家長然とした顔をしげしげと眺め、あの愛しい黒い胸にもたれるのが、私にとって至福の時！――あの人の胸を覆っている毛は鴉の柔らかい羽毛のよう――あの人の男らしい髭がちくちくするので、私の顎は嬉しくてたまらない……あの人の姿はゆったりと丸く、九柱戯のひっくり返った柱よりはるかにご立派でいらっしゃる！」。そこにレナードが登場し、パーディタがいかに男性にもてるかということが論じられる。「王侯たちが私を想って、報われない恋に溜め息をついてきたのを、ご存知かしら！」と彼女は問い、彼はこう答える。「王侯たちが君を想って溜め息をついてきたのはさもありそうなことだけど、報われない恋に溜め息をついたかどうかは、怪しいものだな」。次にパーディタが、馬車製造業者の未払い金の取り立てが厳しくて、とこぼすと、レナードは、自分が「収まるべきところ」に収まらない限り何もしてやれない、と言う。そこでパーディタは要求する。「現金を用意して頂戴、でないと、あなたとはもう他人、金輪際お別れよ」。レナードが怒って出ていくと、彼女は独白して、彼は一度に二〇時間以上彼女から離れていることができないので、本心は別れても平気なの、と打ち明ける。

ここでの諷刺は、まだ穏やかなほうである。それよりはるかに有害なのが、『ランブラーズ・マガジン』誌が掲載を始めた一連の記事であった。それらは『色事の年代記』と題された新刊書から抜粋したものであると謳われていた。書物本体は、もしそれが実在していたとしても、現存していないが、連載された抜粋は、猥褻な『パーディタの回想録』の中の文章とそっくり同じである。最初の逢引とされるリッチモンドのホテルでの顚末、立派な一物を備えた水夫との走っている馬車の中での情交、彼女の寝室での皇太子の様子、裕福な商人からのシャンパンの贈り物、モールデンとの情事、マーゲイトのユダヤ人にまつわる不埒な一件。現存する『パーディタの回想録』は、『色事の年代記』に新しい題扉を付けて再版したもの（出版年は一七八四年で元のままであるが）であると考えてさしつかえないであろう。

このことが強力に示唆しているのは、メアリの最初の完全版「伝記」は、彼女がフォックス派を支援する政治活動をしていたため、その信用を失墜させようという特定の意図を持って、ウェストミンスター選挙のあいだに書かれたということである。この意味において、彼女の政治的関与は、その後の長い目で見た評判をひどく損なうことになった。

『パーディタの回想録』は、リスターという名前の政治色の強い書籍商によって出版された。それと同時期、彼はまた『カルロ汗《ハーン》の情事』と題された類書の中で、性生活を種《ネタ》にしてフォックスを攻撃した。ここでいちばんの関心の的になっている女性はエリザベス・アーミステッドであるが、ある一つの章では、フォックスとパーディタの情事をめぐる架空の物語が、淫らというよりは滑稽な調子で語られている。パーディタは、ほとんどの時間を、エドマンド・バークを誘惑し損ねたと愚痴を言って過ごす。「彼の崇高な雄弁を讃美しているけれど、私は彼を実務の人とも、快楽の人とも思っていない。というのも、私が彼に最後の願いを叶える気になるとすれば、彼は、核心に触れる代わりに、私の胸の美しい隆起の上で、あるいは、私の四肢の優美な曲線の起伏の中で私に講義をしてくれるでしょう」[*13]。脚註が親切に教えてくれているように、ここで用いられている言い回しは、バークの『崇高と美の観念の起原に関する哲学的考察』のもじりである。

リスターはまた、『ほとばしる愛――好男子のフロリゼルと魅惑的なパーディタのあいだで交わされた一連の書簡における愛の通信、編者所有の書簡と恋文の原本を忠実に転記せしもの』も出版した。ここでも、諷刺のタッチは軽妙である。それらの書簡は、皇太子と女優が実際に手紙を取り交わしたとき、間違いなく用いられた感受性の言語をからかっている。「フロリゼル」は、まこと、皇太子がそうしたであろうごとく、フランス語を始終口にする。サー・ジョン・レイドからフォックスを経てタールトンへという男性遍歴や、とりわけ馬車に発揮された贅沢好みが、パーディタを嘲笑する種にされる。だがその内容は『パーディタの回想録』の猥褻さにはけっして及ばない。その目的は、フォックス派と王位継承者の信用を損なうことと同様、男性読者を楽しませることにもあったのだから。

メアリは、皇太子の年金とフォックスからの手当ての二つに頼って生活を維持していると噂されたが、現実には懐具合は苦しかった。五月の初め、彼女の自邸に皇太子どころか執達吏が訪れ、一〇〇〇ギニーの馬車が売りに出されると報じられた。『モーニング・ヘラルド』紙は否定記事の一つを、新たな性的含意とともに掲載した。馬車はまだ〈美しい人〉が所有しているが、彼女は「派手に装った従僕の一人」に暇を出した。「(車)体は」、と記事は続ける。「まだすこぶる状態が良さそうで、車輪も相変わらず奔放によく走る」[*14]。

例によって、あれやこれやの噂でもちきりだった。たとえば、メアリは「トイレット」、あるいは円形の洗面所を設計したそうで、なぜ円形かといえば、その真ん中に座れば一目で自分の姿の隅々まで眺めることができるから――「それを売るための特許」[*15]を取得しようとしているらしい――という噂があった。言うまでもなく、虚栄へのこの非難は『モーニング・ポスト』紙に掲載されたが、そこには、メアリがいまやひどくお金に困っていて、仮面舞踏会に出席することも、新聞で褒めちぎってもらおうと柔順な御用編集者に賄賂を渡すこともできないとする記事もあった。ピット派の『モーニング・ポスト』紙は、ウェストミンスターの街路でメアリが公然とフォックスを支持したことを、ただひたすら根に持っていたのだ。選挙運動が終わって優に一か月以上が経過した後、フォックスがホワイトホールへ凱旋行進した際に翻っていた白絹の旗「女性の愛国精神にとって神聖なる」[*16]は、「人民への奉仕にいちじるしく尽力したことを讃えて、パーディタに贈呈されるべきである!」、と報じられた。さらに再び、その二週間後、「バークリー・スクエアのキプロス島の女神は、進退窮まっているらしい。かのバフ色と青色の惨めな末路は、かくしてお仲間のすべてに及ぶ。飢餓と屈辱が背後に迫っている!」[*17]「ペティコート選挙応援団」[*18]の団長としての「〈パーディタ〉」に対する悪罵は、その夏中、『モーニング・ポスト』紙の紙面に躍っていた。
「進退窮まっている（on her last legs）」という語句は、彼女の病気と経済的困窮の双方を当てこすったものであるが、『ランブラーズ・マガジン』誌の八月号の扉絵として用いられた、とりわけ残酷な諷刺画に着想を与えた。「パーディタ進退きわまれり」と題されたその絵は、彼女を、胸ぐりの深いぼろぼろのドレスを着た売春婦として描いている。彼女の両脚は細く、しなびている。壁には『フロリゼルとパーディタ』や『ジェイン・ショア』〔棄てられた王の愛妾を描いた悲劇〕を宣伝するポスターが貼られ、まさしくそれと同じ脚が熱い称讃の的となっていた、彼女の女優時代のことを思い起こさせている。彼女は皇太子に物乞いをし、皇太子は財布を差し出している。「モードリン〔娼婦の前歴を持つマグダラのマリアに由来する名前〕の嘆き」という見出しの付いた記事が添えられ、「愛しい皇＊＊に棄てられ、愛しいチ＊＊ズ〔フォックス〕には疎んじられ」、病気で容色は衰えるし、人々に讃美された目はもはやかつての輝きを失っている、と彼女に嘆かせている[*19]。

タールトンとメアリは、その夏のシーズンをブリストルで過ごした。社交だけではなく——皇太子も、シャルトルとローザンの両公爵とともに滞在していた——、再発していた急性リューマチ熱を治療する機会も得られた。彼らは船亭に逗留していたが、そこからメアリは、皇太子が街にいるのを知って、死にもの狂いで助けを求めた。皇太子の返事は、気遣ってはいるが、さらなる金銭的援助には慎重な口ぶりである。彼はその晩遅く彼女を訪問することを約束した。その約束が守られたかどうかはわからない。

メアリはその手紙を取っておき、残りの生涯にわたる宝とした。「フロリゼル」書簡は返却を強いられたので、これが彼女の手元に残っている唯一の皇太子からの手紙となった。それは現在、『回想録』の手稿原本とともに綴じられている。

親愛なるロビンソン夫人

お手紙を拝読し、お嘆きになっているさまがかくも痛々しく描写されているので、まこと胸塞がれるような心地がいたしました。もちろん、あなたのお側に参る所存でございますが、連れがいるので、船亭にお伺いできるのは、申し訳ないのですが遅くなるでしょう。ブレント氏とかおっしゃっていましたが、あなたが目の前に広がっていると危惧なさっている深淵からあなたをお救いするのが、私のお助けできる範囲内にあるのであれば、人に喜ばれたうえ、同時に、同じ手立てで自分自身をも幸福にしたいという誘惑はあまりに強力で、言うまでもないことですが、一瞬もそれに抗うことはできそうにありません。しかしながら、はっきりと率直に申し上げるのを許していただけるならば、私にその目的を果たすだけの力量があるかということと同様、あなたのお役に立つためには、どれくらいご要り用なのかということ、私の資力がどこまで及ぶかということが大いに問題になってきます。ともあれ、いまはただ、私の善意や好意を信じていてください。親愛なるロビンソン夫人、衷心よりあなたのものなるジョージより。[*20]

「ブレント氏」とは、おそらく、メアリの家のドアを敲いている債権者の一人だろう。優しさの込もった文面ではあるものの、皇太子であれほかの誰であれ、この時メアリを救い出した者はいなかった。深淵が彼女の前に口を開けたのである。

　財産の差し押さえは、ミドルセックス州長官によって執行され、彼女の所有物は、コヴェント・ガーデン、キング・ストリートのハッチンズ・ボウルトン・アンド・フィリップスによって競売にかけられた。かの有名な馬車《ヴィザ・ヴィ》は、ついに処分された。ゲインズバラによる彼女の肖像画は、三〇ギニーをわずかに上回る金額で売却された。競売には、皇太子の髪の房のような他の記念品も含まれていた。売り立てを始める前に、競売人たちは、二五〇ポンドを支払うか支払いを保証する者がいれば、これらの動産は所有者に返還される、と述べた。だが申し出た者は誰もいなかった。競売を免れた、ある一つの貴重品は、メアリが長きにわたって胸近くに着けていた、ダイアモンドで縁を飾った皇太子の細密肖像画であった。

破産、悪名、進行性の病気と打ち重なれば、彼女が国を去らねばならなかったのも無理はない。一七八四年八月一三日、「ロビンソン夫人は、健康の回復のため、ここ数日のうちにイギリスを離れ大陸へ向かわざるをえなくなった。彼女の四肢の機能はほとんど失われ、旅行に際して馬車の乗降に介助が必要である。彼女の病気はきわめて頑固なリューマチ熱で、回復は疑わしい」[*21]。乗船のときが来ると、彼女は手漕ぎ船に運び込まれ、それから海峡横断小型定期船《パケット》に担ぎ上げられたのだろう。

言うまでもなく、その数日後、『モーニング・ポスト』紙の編集者は、そのニュースを種に教訓めいたことを述べたいという誘惑に抗うことはできなかった。

> パーディタという見本は、二、三年前ならば同性のうちの美しい者や思慮深い者にとって最も危険な部類の女性だったが、いまやそれは有益な見本となっている。淫らで放埒な生活は、彼女を困苦欠乏へと追いやった。貧窮が、それに伴うありとあらゆる恐怖とともに、彼女を包囲している。健康も四肢の機能も失われた。死が彼女の顔を覗き込んでいる。いままでの行状全般とは正反対の行動に思いめぐらすこと以外に、慰めは残っていない。パーディタをいま見るならば、それは優れた教訓になることだろう！[*22]

第三部　女流文学者

知的なポーズを取るメアリ・ロビンソン、ジョージ・ダンス作（1793年）

第一七章　亡命

ロビンソン夫人は五年間近くを主としてヨーロッパ大陸で暮らしていたが、一七八八年に帰国するや、文学活動に着手した。彼女がこのようにより満足すべき方向に進路変更したことは、彼女自身にとっても、世間にとっても、慶賀すべきことであった。なぜなら、それによってより有効な時間の使い方ができただけでなく、皆を喜ばせることに注意を向けるきっかけにもなったからである。

ウィリアム・ゴドウィン「メアリ・ロビンソンの人物像」

メアリはブライトン＝ディエップ間を結ぶ定期船のデッキで、毛皮とふわふわした羊毛の靴下に身を包み、タールトンにぴったり寄り添っていた。中佐とその愛人メアリは、健康を回復し、債権者から逃れるため、ヨーロッパ大陸へ向けて出港した。メアリの母親と娘のマライア・エリザベスも一緒だった。彼らはほとんど一文無しでパリに到着した。メアリの健康状態はきわめて悪かった。

一七八四年一〇月、タールトンの弟ジョンが英仏海峡を渡り、彼らの後を追ってリシュリュー通りのオテル・ド・リュシ〔ロシア・ホテル〕に辿り着いた。ジョンは自分の母親にこんな報告を送った。

中佐とは何度か会いましたが、われわれの関係は良好であると思います。その証拠に、食事に誘ったり、誘われたりしましたから。R夫人の健康状態は悪く、ひどいリューマチに冒されているので、どうやら冬は越せそうにありません。先週の金曜日、運良く中佐と食事をすることができましたが、彼女の体調さえ許せば、冬のあいだ、ずっとここに滞在するつもりだと聞かされました。[*1]

故国の新聞は依然として彼らに興味を持っていた。いろいろな記事が紙面を飾った。タールトンが、「ヨーロッパのどの男より多くの男を殺し、多くの女を滅ぼした」と自慢したこと、「運には恵まれないが美しいロビンソン夫人」が「いまやまさにパーディタであることを証明した」——言い換えれば、彼女が本当に「失われた者」になったこと。冬に入ると、彼らは南仏コート・ダジュールへと向かったようである。『モーニング・ポスト』紙は、パーディタが「南仏」にいて、「愛の宝の残り物から拾い集めたわずかな収入[*2]」で冬を過ごしていると書いた。彼らはニースに近いヴィルフランシュのリゾートに、数週間滞在したもようである。

一月の半ばには、パリに戻った。そこからメアリは皇太子宛に一通の手紙を書いた。皇太子に宛てた手紙の中でも、現存する数少ないものの一つである。もちろんそれは、金に関わる手紙である。

一七八五年一月一七日、パリ、リシュリュー通り、オテル・ド・リュシにて

親愛なる殿下

ホッタム大佐から、私が最終四半期の年金を申し込んだというご報告があるかもしれません。もし年に半額ずつお支払いになるほうがご都合が良ければ、そのときまで喜んでお待ちいたしましょう。いかなることにおいても、殿下のお心に最も添うようにすることが私の願いです。

ホッタム大佐にお願いすべきではなかったかもしれませんが、(モールデン卿が彼の年金の支払いをここ一五か月怠っておりますので) 窮迫しておりますことが、十分な弁解とみなされると思ってよろしいでしょうか。

私はしばらくのあいだ、イギリスには帰るまいと思っておりますので、私がパリ滞在中に殿下がいかなるご用をお申しつけくださっても、この上ない喜びをもってお役に立ちたいと存じます。光栄にも署名させていただく、

殿下の、愛情深く、忠実なるしもべ、メアリ・ロビンソン[*3]

モールデン卿からの年金の支払いが滞っていることを告げることで、皇太子の良心をちくりと刺すとは、抜け目のないやり方である。

もう一人の元恋人ローザン公爵がメアリに救いの手を差し伸べた。二月には「病み衰えた[*4]」彼女が、田舎にあるローザン公爵の城に滞在していたと伝えられている。このような旅のおかげで、タールトン中佐とロビンソン夫人には、故国において「さまよえる恋人たち[*5]」という新しいあだ名が付いた。彼らは南にさまよっていって、商人であるメアリの兄弟がいるイタリアに行く可能性を考えた。兄のジョンは、彼女がイギリスにおける自分の生活への「中傷と迫害」からはるか離れたリヴォルノ定住を、本気で思案していたようである。

本人不在にもかかわらず、メアリはその後数か月間、依然としてロンドン公衆の注目の的であった。その夏、トマス・ローランドソン〔英国の（諷刺）画家。一七五六―一八二七〕がヴォクソル・プレジャー・ガーデンの水彩画概観図を完成させた。それは版画になって広く流布したが、ファッショナブルな世界の象徴的なイメージとなった。そこには夕方の情景が描かれていて、バルコニーでは有名なソプラノ歌手〔フレデリカ・ヴァイクセル（英国のソプラノ歌手。一七四六頃―一七八六）〕がフル・オーケストラで歌っている。オーケストラの下にある食事用ボックス席には、ジョンソン博士（実際には彼は前年〔一七八四年〕死去していた）、彼の友人のジェイムズ・ボズウェル、オリヴァー・ゴールドスミス（同様、すでに死去）、そしてヘスター・スレイル夫人がいる。その前方には、デヴォンシャー公爵夫人と妹のレイディ・ダンキャノンが腕を組んでいる。右手の観覧席では、英国皇太子がロビンソン夫人に囁いている。彼女は夫と腕を組んでいるが、その夫は背が低く、猫背で醜く年老いた姿に、容赦なく描かれている。ロビンソン夫人は美しく装い、トレードマークである帽子を被っている。彼女のイメージは絶頂期のもので、ほっそりとして美しく、足腰が悪い徴候は見られない。

メアリの主治医は、イタリアよりドイツの温泉地エクス＝ラ＝シャペルのほうが療養先としてより適していると言った。ここは今日アーヘンの名で知られ、ヨーロッパの主要な保養地としての地位を保っている。メアリとタールトンはここに住居を構え、大佐のアメリカにおける軍事活動を物語るという、共同の文学活動に乗り出した。一緒にいた一〇歳のマライア・エリザベスの証言によると、この時期が彼女の母の生涯ではもっとも穏やかで、多くの点において最も幸せな月日だった。一緒に暮らした四年間、メアリとタールトンの関係は困難に囲まれていた。彼らの生活に対する世間の執拗な興味と戦いながら、メアリはタールトンの家族が二人の関係を認めていないという事実をたえず意識していた。ほかの重荷は彼らみずからが生み出したものだった。恋人たちは、激しい気性で知られていた。二人とも浮気性で異性に人気があるうえに、贅沢で、貴族の友人たちとつきあっていくために経済的に苦労していた。メアリの事故とその結果生じた麻痺によって彼らの絆が結ばれたのであるが、それは困窮や流浪に耐えられるほど強いものだっただろうか。

有名人の恋愛は、彼らが世間の目にさらされていないときに試練に遭うものだが、メアリとタールトンの関係は、反対に海外にいるときに強まった。メアリは恋人から離れず、健康も回復し、しかも二人は互いの才能を分け合っていっしょに仕事をした。彼らが『軍事活動の物語』のための資料文書――パンフレット、命令録、覚え書き、司令官コーンウォリスからの手紙――を熱心に読んでいるあいだ、メアリは恋人の軍人としての生活、勇気、忍耐力を初めて知るようになり、一方彼は、メアリの文才を共有する機会を得たのであった。

幼いマライア・エリザベスにとって、海外での時間は、外国語を学び、広範に読書する機会を与えてくれた。彼女の家庭教師はフランス人で、「あらゆる近代諸語に通じた」、「優れた教師」であった。彼が、大きな影響を及ぼしたゲーテの小説『若きウェルテルの悩み』に出てくる感傷的ヒロインの象徴のようなシャルロッテのモデルとなった、実在の若い女性の家庭教師であったと断言したときには、一家に興奮が高まった。[*6]

彼らは作家としての静かな生活だけに専念したわけではなかった。おしゃれな温泉の町にはたくさんの新しい社交界があった。とりわけ親しくなったのは、シャトレ公爵夫妻であった。「舞踏会、コンサート、田舎の朝食が、次から次へといろいろあって、楽しく、魅力的だった」。特に体の痛みからメアリの気を逸らせるために、「病気のひどい発作のために彼女がやむなく社交界から身を引くと、無数の親切な作戦が計画され実行されて、彼女の苦痛を除き、その苦しみから避け難く生まれる憂鬱を和らげた」。入浴は手に入る最良の慰めを与えてくれるものであったから、なるべく入浴したがるように仕向けた。「暗くて憂鬱な浴槽に入るとき、高い、格子を張った窓のためによけい陰気な気分になるのだが、彼女が見ると湯面は薔薇の花びらで覆われ、蒸気風呂はかぐわしい香りで満ちていることもあった」。公爵夫妻の甥たちと姪は、彼女の気分を高めるために何でもした。メアリが痛みのために眠れないときには、彼女の部屋の窓の下に立ち、マンドリンの伴奏で彼女の好きな歌を歌った。

メアリが文学に打ち込んでいるという噂がロンドンに流れるようになった。『モーニング・ヘラルド』紙は、彼女がヴィルフランシュを舞台にした喜歌劇を書いたと報じた。主役は「気取った経験主義哲学者で、彼のところには催眠術の効果を学ぶためにあらゆる国から貴婦人が訪れる」。[*7]これはおそらくジェイムズ・グレアムと〈天上の寝台〉の諷刺だと思われる。ただし、作品の設定から見て、メアリがフランスのリヴィエラに短期間滞在した際、さらに奇抜な流行の仕掛けに遭遇し、これをヒントにした可能性も否定できない。この作品は完成しなかった。

一七八五年の一二月、メアリの父で、ロシア海軍大佐になっていたニコラス・ダービーが死去し、正式な軍の葬儀によって埋葬された。ラブラドルでの捕鯨からジブラルタル攻撃を経て、エカテリーナ大帝の海軍と、多彩な人生であった。彼にはいくつかの敬意に満ちた死亡記事が寄せられたが、メアリは父がイギリスよりロシアの海軍に受け入れられたことに、つねに腹を立てていた。彼女は父の思い出に寄せて、長くいささか冗漫なエレジーを書いた。自分自身も外国にいたので、父親が亡命状態で死んだこと、そして自分も同じ運命を辿るかもしれないことをはっきりと意識していた。知られている限りでは、母親ヘスターも一緒にヨーロッパ大陸にいた。メアリが仕事をしているとき、マライア・エリザベスの面倒を見たのであろう。しかし、疎遠になった夫の死の知らせに対してヘスターがどう反応したかは記録に残っていない。

この時期、タールトンは、危険な状態の財政問題を処理するために、また新しい地位の可能性を求めて、定期的に故国に戻っていた。どれもうまくいかなかったが、当然ながら、彼が帰国すると世間は新たなゴシップで沸いた。社交界《トン》は、英国皇太子とローマ・カトリック教徒の年上の女性、マリア・フィッツァーバートとの恋愛のニュースに大騒ぎしていた。二人のひそかな結婚は、上流階級のあいだでは公然の秘密であった。皇太子とフィッツァーバート夫人との関係によって新たな諷刺画が出回ることになったが、パーディタはその中で、しばしば、棄てられた愛人役として登場した。

一七八六年の七月一四日、ロンドンの社交界は、メアリ・ロビンソンが、亡命して恋人と暮らしているパリで急死したというニュースに接し、驚愕した。この話は『モーニング・ポスト』紙のコラム全体を使って発表された。「ロビンソン夫人、かつて名高きパーディタは、数日前、パリで死去した」[*8]。死亡記事には、彼女が庶子であることから始まって、女優として名を馳せ、皇太子の最初の愛人としてつかのまの名声に上りつめたことを語っていた。金持ちや有名人に取り囲まれ、多くの恋愛を楽しみ、華やかな社交界を率いて道楽に詩を書くという地位を手に入れた。しかしながら、と死亡記事は続く。いったん大陸に引き籠ると、讃美者は彼女の人生にも詩にも興味を失った。彼女は恋人たちから見捨てられ、忘れ去られ、貧困のうちに死んだ。

『モーニング・ポスト』紙は、彼女のことを「仕種は上品で、姿は華奢で、顔立ちは美しかった」と書いた。また、彼女の文才や人間性も認め、同輩の女優バデリー夫人が不遇のときに彼女が親切にしたことに触れている。もしパーディタが「美徳と平穏の道を歩いたならば」彼女は「女性という性に光を添えるものとなったであろうが……その美徳と分別とは、どうしようもない放蕩癖と上流社会に負けてしまった」。彼女の詩人としての名声に対して、『モーニング・ポスト』紙は次のようなふざけた讃辞を二行連句にして付け加えた。「伊達男は媚を売れ。愚か者は崇めよ。虚栄の虚しさを知るために」。

しかし、メアリ・ロビンソンはパリで死んではいなかった。彼女はドイツの温泉町でちゃんと生きていた。三週間後、『モーニング・ポスト』紙は、死亡記事に対する彼女の機智に富んだ返答を載せた。

一七八六年七月二〇日、ドイツ、エクス゠ラ・シャペル、オー゠バン・ド・ラ・ローズにて。

拝啓

驚いたことに、私は今月一四日付『モーニング・ポスト』紙で、私の長い死亡記事と、私の生涯についてのさまざまな説明を読みましたが、いずれについてもまったく根拠のないものでした。

私は死んでいるどころか、完全に健康な状態にいることを、喜んでご報告いたします。ただ少し足が悪いだけで、それもこの地で湯治をしたおかげで、一か月か一か月半のうちには治るものと期待しています。この冬はロンドンで過ごすつもりです。大陸に二年近くも滞在しましたから。でもパリにはその半分もいませんでしたが。*9

メアリは、新聞とその読者を巧みに扱う鋭い感覚を失ってはいなかった。彼女は長いことスキャンダルとゴシップを相手にするのに慣れていた。性的蕩尽をめぐる昔の非難をふたたび持ち出されたことは、彼女にはこたえたに違いないが、持ち前のユーモアに満ちた手紙の書き出しは、『モーニング・ポスト』紙の記事の露骨な悪意をへこませた。読者の同情と支持を得たので、自分に向けられた残酷で俗悪な文言を否定しようとはしなかった。ただ誕生のいきさつに関する誤った情報を訂正し、自分は非嫡出子ではなく、最近死去したダービー大佐の娘であると指摘した。自分の母親は、死亡記事が主張するように酒場の女主人ではなく、グラモーガンシャーのボヴァートン城のセイズ家という非常に身分の高い一族の出である。自分の出身はブリストルの商業中心地であり、言われているように、イルミンスター（「そんな場所はまったく聞いたこともない」）というサマセットのスラムではない。教育については、道徳家で伝道者のハンナ・モアの教えを受けた、と彼女は書いている。メアリは手紙の最後で、編集者はより繊細な勘を持つべきだと訴えた。「感情の豊かな人間として、あなたが誠実に、可能な限り迅速に、記事を否定することを要求します。私にはイタリアに兄弟がおりますが、もしこのような話が彼らの耳に届いたら、多大な不安に駆られることでしょう」。彼女はまた、故国にいないことでとりわけ弱い立場にいることを強調した。「世間についての知識、寛大なお心によって、代弁を必要とする不在者を、あなたが正当に扱おうという気になってくださることを深く信じております」。『モーニング・ポスト』紙は謝罪も撤回もしなかったが、少なくともこの手紙は印刷した。

一七八七年一月、タールトンはロンドンに戻った。彼はレヴィ（朝のパーティ）にいるところを見つかり、新聞は、「彼の『ヴァージニアとその近隣地域における軍事活動の物語』が、その原稿を見た人々に評判がよかった」と報じた。『モーニング・ヘラルド』紙は皮肉った。「良い機会だから、シェイクスピアの言葉を借りて、こう言っておこう、『なんと、剣とペン――君は両方を学ぶのかね、中佐[*10]』」。多くの人は、大半はロビンソン夫人が恋人のために書いたと推測していた。本は三月に出版され、書評は好意的だった。しかしタールトンには、『軍事活動の物語』は金にならなかった。そこでドービニーの宿屋に自身の「ファロ賭博場」（カジノ）を持ち、職業賭博師になるという別の方法を試すことにした。彼は決闘を軽蔑すると表明したにもかかわらず、決闘に巻き込まれ、策士で遊び人のハンガー大佐の立会人の役を務めた。

足が依然として良くならないので、メアリはフランドル（現在はフランスとベルギーの国境近く）のサンタマン・レゾーの熱泥浴を試すことにした。エクスより小さく、それほどおしゃれな保養地ではないが、森の外れにあって、現在もそうだが、リューマチ治療を専門とするという利点があった。メアリは何回か泥風呂を訪れ、その後どぶに入ってみることを勧められた。彼女は泥にすっかり埋まるという経験と、「入浴者の体にまとわりつく、この土地特有の爬虫類」[*11]に恐れをなした。しかし最終的には、同じ訪問者の、「すばらしく効果的な」治癒の知らせを聞いて、その治療法に身を任せた。

彼女は「泉の近くに小さいが、美しい別荘」を借り、一七八七年の夏をそこで過ごした。『回想録』の原稿には、セピア色で描かれた巧みな別荘のスケッチが貼り付けられている。おそらくは彼女の一〇代の娘が描いたものであろう。そこには前面に五つの窓があり、上に四つの屋根窓のある長くて低い建物が見える。二つの日除けが陰を作るために引き下ろされている。先の尖った杭のフェンスがあり、右手に木立、前方には小さな四阿《あずまや》がある。その絵には、マリー・アントワネットが羊飼いの少女を演じているような雰囲気がある。メアリはいつも、名声であれ、平穏であれ、物事は過ぎ去っていくものであることを意識していた。彼女にこれほどの平和と静けさの感覚を与えてくれた別荘は、後に、一七九〇年代ヨーロッパを席巻した革命戦争時代に共和国フランスの将軍の参謀本部となった。「これらの穏やかな谷やみごとな森は、それほど遠くない時代に、戦争と荒廃の中心地となったのである」[*12]。タールトンの本の仕事を完成させた後、彼女は自分の詩のためにより多くの時間を割くことができた。「フランドル地方はサンタマンの森の、一本の木の下で書かれた」「夕べによせるソネット」は、このときの彼女の気分を感じさせる。それは夕暮れの「甘く気持ちの良い時間」におけるもの悲しい想いで始まるが、結びの六行詩《セステット》では憂鬱な調子になる。

ああ、いとしい枯れゆく木よ、たびたびさがすのは
おまえの木陰、みずからの惨めなさまの悲しいしるし。
人生の春に呪われて、ああ、おまえのように、
しおれゆき、機嫌をそこねた運命の下にうなだれるさだめ、
おまえのように、天が贈り物を与えてくれますように。
悲しみの子供をかくまい、悲哀の涙を和らげるために。[13]

一七八七年の秋までに、彼女の健康はおそらく「完全に回復した[14]」。彼女はパリに戻り、オテル・ダングルテール〔イギリス・ホテル〕に滞在した。そこに滞在中、フランスの出版社からいくつかの詩を出版し、評判はよかった。新年になると、彼女がまもなく英仏海峡を渡って帰国の途に就くという報道がなされた。ただし、健康状態は依然として良くないということであった。「ロビンソン夫人は一週間程度のうちにイギリスに帰国すると推測される。彼女は手足の回復のため、大陸のあらゆる治療法に頼ったが、成功しなかった。今度はバースで湯治を試みようとしている[15]」。一月の終わりになると、彼女は母親や娘とともに、デヴォンシャー公爵夫人ジョージアナのロンドン宅であるデヴォンシャー・ハウスに近い、メイフェアのクラージズ・ストリート四五番地に落ち着いた。四五番地は通りの末端部にあり、ピカデリーに最も近く、グリーン・パーク〔ロンドンに二二ある王立公園の一つ〕の入口の向かい側だった。タールトンは数軒先の三〇番地に住んでいた。『モーニング・ポスト』紙は、彼女の心身の健康について、悲観的な見解を示した。「ロビンソン夫人はイギリスを出たときよりは健康を回復したが、帰国時は非常に衰弱した状態だった。心もひどく傷つき、鬱の状態である[16]」。

彼女は昔の習慣も取り戻し始めた。そして、総選挙で、フォックス系の候補者ジョン・タウンゼンド

卿のために選挙運動に取りかかった。放蕩生活に耽る皇太子の取り巻きとも交わり、公の場に姿を現した。「パーディタは長患いにもかかわらず、依然として美しい容姿を保っている。彼女は優雅な馬車を見せびらかし、彼女のドレスと従僕たちのお仕着せは、お揃いのスタイルをしている」[*17]。しかし、肉体的・財政的な状況は、メアリが以前の彼女とは似て非なるものであることを示していた。彼女はまた、大陸から戻るとすぐ、時代の雰囲気が変わったことにも気づいた。世間はその間、新聞の果てしのないゴシップやスキャンダルに食傷していた。解説者は、新聞のコラムが、もはや高級娼婦や流行の先端を行く人々の日常で埋め尽くされていないことに注目している。

かつて、大衆的な新聞を賑わしていた優雅きわまりない高級娼婦についての記事を目にして、私はかならずしも腹を立てていたわけではない……しかし最近は、見たところこれらの記事は姿を消したようで、公衆は〈パーディタ〉とか〈極楽鳥〉といった名前、また彼女たちの馬車、従者のお仕着せの色、パトロンの名前などに悩まされることはなくなった。[*18]

『ランブラーズ・マガジン』誌でさえ上品になった。パーディタがロンドンの舞台からいなくなったこと自体、この全面的な変化に貢献する一因であったかもしれない。メアリは抜け目なく、たとえそうすることが肉体的に可能であったとしても、過去の栄光を取り戻そうとすることには意味がないことを見て取り、ほっとしていた。彼女が自分自身を作り直そうとしたこと自体、まさに彼女が戻ってきた新しい世界にいともふさわしい行為だったのである。

のちにロビンソン夫人の友人になった小説家ジェイン・ポーターによると、大陸での流浪と彷徨の年月が、メアリの人生にとって転換点であった。ポーターの未刊の「故ロビンソン夫人の人物像」によれば、彼女はこの時期、誰にも会わず、文学活動に没頭するため、著名人や有力者を自分の生活から追い払う決心をした。「彼女はいまやすべての時間を、理解力涵養のために使った」[*19]。マライア・エリザベスによる母親の『回想録』続篇もまた、彼女が文学活動にすべての時間を費やし始めたのはこの時期だとしている。一七八八年の『散歩道、または美の劇場』という諷刺詩が、この時代にはきわめてまれな存在として、メアリを取り上げた。すなわち、頭の良い美人であると。

次いでロ＊＊＊ソン夫人が堂々と進み出で、
魅力的な人々に新たな美を加え、
愛嬌のある仕種、磨き上げられた頭脳によって、
もっとも洗練された方々の中に際立つ。[*20]

彼女の後半生の努力の中心を占めたのが、「磨き上げられた頭脳」だった。

一七八八年の六月、国王が胆汁性の熱病に罹った。彼は激しい胃の痙攣と腸の動きに苦しんだ。二、三か月ほど小康状態が続いた後、一〇月に病状が急変し、危険な精神錯乱の徴候を示し始めた。われわれは、いまでは、彼の病気が新陳代謝が変調をきたすことで起こるポルフィリン症であったとわかっているが、当時は気が狂ったと信じられていた。国王はキューに閉じ込められ、専門医フランシス・ウィリスが呼ばれた。王は卑猥な言葉を口にしたり、突飛な振る舞いをしたりした。安全のため拘束服を着せられることもしばしばだった。宮殿には王が「戴冠式の椅子」と呼んだ拘束椅子が据え付けられた。人々は、王の病気が死に至るものではないとしても、回復は絶望的であろうから、皇太子が王の代理を務めなければならないと考えた。一二月一五日、フォックスはエリザベス・アーミステッドに手紙を書いた。「いずれにせよ皇太子は摂政にならねばならず、その結果、内閣も変わらねばなりません……国王ご自身の病状は（あなたがお聞きになる噂とはうらはらに）悪化の一途を辿り、完全に正気を失ってお

ることを喜んだが、その希望はたちまち打ち砕かれた。法案が施行されて数日で、国王が回復したのである。

られます」[*21]。ピット首相は、皇太子に限定的な権限を与えるという、制限摂政権案を提出した。多くの議論の末、摂政権法案は一七八九年二月に通過した。ホイッグ党は、彼らと緊密な皇太子が摂政になることを喜んだが、その希望はたちまち打ち砕かれた。法案が施行されて数日で、国王が回復したのである。

元恋人が事実上の君主になるという見込みについて、メアリがどう考えたかは記録されていない。しかし大衆の心の中で、彼女は依然として皇太子の劇を演じる一登場人物であった。『摂政夫人の死と解剖、葬列と遺言』(「英国皇太子殿下宛請願書」付き)と題された諷刺パンフレットが、危機の終わりとホイッグ党の野望の挫折を祝った。「摂政夫人殿」の会葬者の中には、「キプロスの乙女団」も含まれていた。「二人一組で、喪服に身を包んで」歩く人々で、「先導するのはベンウェル夫人とアーミステッド夫人、病み衰えた哀れなパーディタ・ロビンソンを支えていた」。「パーディタ」は「もの憂気な声で」古い歌を歌っている。「私が若かった頃、私みたいな女がいたかしら。とても淫らで浮わついて、蜂のようにとても快活で」。この諷刺は狙った以上に的を射ていた。「パーディタ」という存在は、一度目の摂政の危機と時を同じくして終焉を迎えたと言っても良いかもしれない。彼女の名前が新聞のゴシップ欄に現れることはほとんどなくなったからである。とはいえ、彼女が公の舞台からまったく姿を消してしまうわけではない。ただし、これまでとは打って変わった、実に困難な再生計画を、いまや彼女は推し進めていた。ロビンソン夫人は、「不純なる姉妹たち」のイメージをはるか彼方に置きざりにして、地に堕ちた名声を回復し、才能溢れる女流文学者として、みずからを再生しようとしていたのである。

第一八章　ラウラ・マリア

それから、彼女はロンドンで新しい生活をスタートさせた。文筆家になり、自分の娘も文筆家に育てた。自分の作品が、他のすべての作品を押しのけて最前列を占めないと、度を越して怒りをあらわにした。

レティシア＝マティルダ・ホーキンズ『回想録』

タールトンは、賭けごとに興じ、遊び人を演ずる昔ながらの生活に戻った。皇太子はしばしば、タールトンのファロ・クラブにいるか、彼と懸賞ボクシング試合を見ているところを目撃された。一方メアリは、詩に専念していた。以前ほど公衆の目に触れなかったが、依然として選りすぐりの仲間のあいだで活動していた。彼女の娘は、皇太子自身との友情も回復したことを語っている。「ロビンソン夫人はふたたびロンドンにしっかりと根を下ろし、社交的で理性ある人々に囲まれて、比較的穏やかな生活を送るようになった。皇太子は弟君のヨーク公爵殿下とともに、しばしばご来訪くださった」[*1]。

メアリの仕事は、自分の愛する娘が結核と疑われる病気になったため、中断された。「彼女の関心のすべては、いまや、愛するただ一人の娘への母親としての気遣いであった。自分が命を与え、心の底から愛する者の回復のために、たえまなく、人の模範ともなるような心の尽くし方をした」[*2]。一七八八年の夏、メアリはブライトンの海辺の保養地へ、転地療養に行くことを勧められた。海水浴は健康管理の最新の流行であった。タールトンはクリケットの試合で鼠蹊部を傷め、マライア・エリザベスは依然として病気であったので、彼らは揃って健康回復のために出かけたのだった。

メアリは娘の世話に専心し、過去の生活からは遠ざかったと感じていた。マライア・エリザベスの『回想録』続篇によると、メアリは「海を見つめることで不安を隠した。その繰り返し寄せる波は、岸に砕け、彼らの小さな庭の壁に打ちつけた」。しばしば夜通し窓辺で過ごし、海を眺め、「深い瞑想に耽り」、「彼女のかつての生活の情景」と現在の状況とを比べていた。[*3]

この記述では、メアリはレノルズの二番目の肖像画に描写されている女性像にかなり近い。すなわち、瞑想に耽り、海を見つめる女性である。彼女が献身的な母親であったことは疑いがない。しかし、彼女がブライトンで昼夜分かたず娘の病床に付き添っていたかどうかは疑問である。何と言っても、彼女自身の母親ヘスターが手伝いにきていたし（ただし、ヘスターは『回想録』の後半ではほとんど言及されてない）、ブライトンは、端的に言って「彼女のかつての生活の情景」とあまり変わらなかった。皇太子の隠し妻フィッツァーバート夫人を含む社交界の人々の多くが、夏のあいだ、ひそかにロンドンから逃れてきていた。

マライア・エリザベスの言う、かつての生活から完全に切り離された母親のイメージとは異なるものの、この時期のメアリには、流行の先端から半ば離れていた、という表現が最もよくあてはまるだろう。皇太子はいまや恋人というより知人であり、自分がタールトンのパートナーとしてばかり見られることは不満であった。彼女は自分のために新しい友情の輪を作り始めた。それはダンス会場の社交的集まりにおいてではなく、詩的な文通を通じて紙の上で発展していった。松葉杖は、言葉による自画像にはなんの障害にもならなかった。

一七八五年、トスカーナ地方を拠点とする、祖国を離れた詩人のグループが、『フローレンス文集』というアンソロジーを出版した。彼らの指導者ロバート・メリーは「デッラ・クルスカ」〔イタリア語純化を目指す者〕と自称した。メリーや、ウィリアム・パーソンズ、バーティ・グレイトヒードといった仲間たちは、いまやほんの一握りの文学史家にしか知られていないが、一七八〇年代の終わりには、「デッラ・クルスカ」風——華やかで、感情豊かで、技巧的——は、一世を風靡した。これらの詩人たちは、臆面もなく、内容よりスタイルに関心を持っていた。「劇の衣装のようにふんだんに金で飾られていたなら、ひとは金飾りを見て、中身のことは考えない」と『フローレンス文集』の献辞は述べている。デッラ・クルスカ派は、その過剰な装飾——「芝生のような」、「流れる」、「青ざめた」、「真珠のような」といった語を好んだ——のために批評家に軽蔑されたが、その豊かな創造性ゆえに読者からは称讃された。デッラ・クルスカ派詩人はその自発的・即興的性質を特徴とするようになり、互いに詩を書きなぐり、おそらくは純粋な霊感に白熱しながら、猛スピードで応答し合った。

ウィリアム・ワーズワスは、デッラ・クルスカ派に感じたわざとらしい技巧を心底嫌った。崇高な山や湖水地方の羊飼いの誠実な感情と交感することによって詩を再活性化するという彼の計画ほど、デッラ・クルスカ派の華やかで装飾的なスタイルから遠いものはなかった。デッラ・クルスカ派の詩には、ロンドンの街頭でワーズワスを不快にした、いかにもわざとらしい演劇的な特質と同じものがあった。対照的に、サミュエル・テイラー・コールリッジの言葉づかいは、デッラ・クルスカ派に強く影響されている。彼が初期の詩で、「露に濡れた光」、「涙の甘美な露」、「婚姻の花輪に飾られたこめかみ」と書くとき、彼自身がまるでデッラ・クルスカ派と言ってもよいほどである。[*4]

ロバート・メリーはイギリスに帰国し、新たに発刊された新聞『ワールド』に「デッラ・クルスカ」という筆名で詩を発表した。「さらば、愛の思い出」と題された詩は、彼の恋の幻滅を表現し、ふたたびキューピッドを見出す手助けを読者に求めていた。まもなくその応答詩が、「アンナ・マティルダ」の名で発表された。「おお、汝の黄金のペンをふたたび摑め。そしてその先端で私の胸を震わせよ」。[*5] 詩の読者たちは夢中になり、出版界はこの二人の正体を推測し始めた。一週間ごとに、彼らが互いに向けて書いた詩が登場した。はじめはほどほどに戯れ合っているだけだったのが、その後目立ってエロティックになった。二人が会ったのは一年以上経ってからだった。メアリの詩の仲間は、「アンナ・マティルダ」の正体を知っていた。ハンナ・カウリーといい、成功した喜劇作家で、四五歳、既婚、地位があり、何人かの子持ち、太りすぎで、年相応に老けて見える。彼らはこの情報をメリーからは隠していた。相手が潑溂とした若さと美貌の持ち主でないと知って、彼の詩想が干上がってしまうことを恐れたからである。デッラ・クルスカとアンナ・マティルダとの待望の会見が実現したのは、詩の世界の第三の恋人、メアリ・ロビンソンが介入してからであった。

一七八八年の秋、ラウラ——つまり、ソネット詩形の父ペトラルカが恋した女性の名前——の筆名で書いていたメアリは、『ワールド』紙に「理解してくれる人へ」という抒情詩を発表した。詩はこう始まる。

あなたはもはや心の友ではない。
甘い幻想はここに終わる。
幾歳も私の感覚を魅了したのに。
微笑む夏と、憂鬱な冬を通して。

それからラウラは、イギリスを離れ、イタリアで快適に暮らすと言い出す。そこでなら、自分は詩と哲学を通し、慰めを見出せることであろうから。

英国よ、さらば。私はあなたの岸辺を離れる。
祖国はもはや私を魅了しない。
つらい道中には道しるべ一つ見あたらない。

定められた目的地も、決まった住処もない。
どこまでも果てしなく広がる空間を
独り悲しく、辿る定め。……
甘美な詩が私の魂を慰めてくれよう。
哲学で苦痛も和らぐだろう。
私は詩神を探し求める。そのゆらめく火が
魂に霊感を吹き込み、感覚を甦らせてくれるだろう。

この詩が登場すると、『ワールド』紙の編集者ジョン・ベルが大げさに推奨した。「イギリス文学全体を見渡してみても、これ以上に空想的で悲哀に満ちた詩は、まず誰にも理解してもらえないだろう」[*6]。「理解してくれる人」は、むろんタールトンであった。メアリは、彼が不実であり、二人の関係は終わりに近づいていると確信していた。しかしこのことを、新聞に発表された詩の読者は知る由もなかった。読者には、ラウラが実は「パーディタ」であるとは思いも寄らなかった。ロバート・メリーは詩を読んで、これが進行中の「デッラ・クルスカ」と「アンナ・マティルダ」とのあいだの詩的対話に対する応答だと思った。「理解してくれる人」とは自分自身に違いない！　いまや自分に魅了されてうっとりする二人目の女性詩人が登場したのだ。彼は「ラウラへ」という応答詩を書き、自分の「魂」がすっかり「共感しきっている」ことを保証した。

「アンナ・マティルダ」は喜ばなかった。彼女は、紙上のこの新たな恋の戯れに嫉妬し、怒った。「偽りの恋人よ！」と彼女は書いた。「真実の詩人よ！　いざ、さらば！」。メアリは「ラウラ」の名前で、「アンナ・マティルダ」を讃美する詩を書いて応答し、懐柔を試みた。「デッラ・クルスカ」のほうは、「私の心の天国よ！　ふたたび聴こえる／長く失われていたあなたの声」と褒め称えた。「アンナ・マティルダ」は平静を取り戻した。彼女はじらすような新しい詩を発表した――「どっちつかずの自然が女性の心を作った」――が、それに感激したメリーは友人のところに赴き、長いこと詩による文通の相手であった人物の本名を知りたいと言った。[*7] 天にも昇る心地で、彼はキャットイートン・ストリートにあるカウリー夫人の家――あるいは、彼が詩の中でキャットイートンの四阿と呼ぶべきだと主張した家――へ駆けつけた。だが著名な中年女性劇作家の、たおやかな女性とはまるで異なる姿にはがっかりした。彼女が詩の中で、自分の「美貌も衰えた」と言っているのを、間違いなく見落としていたのだ。[*8]

デッラ・クルスカがメリーでアンナ・マティルダがカウリーであることは、すぐに世間の知るところとなった。「ラウラ」は『ワールド』紙に抒情詩を発表し続け、広く称讃された。その詩はファッショナブルな集いで引用され、地方の新聞や雑誌に転載され、『世界の詩』（一七八八）と『英国のアルバム』（一七九〇）といった選集に掲載された。しかし彼女はなかなか正体を明かさなかった。『モーニング・ポスト』紙は興味を煽り立てた。「デッラ・クルスカ派の全員と、『ワールド』紙に寄稿するすべての作家を、われわれは知っているが、一人だけ正体不明の人物がいる。その一人とは、哀調に満ちたラウラだ……メリー氏とカウリー夫人は彼らの詩的名声に有頂天になっているが、優雅なラウラは、虚構の筆名のもとで街の人々を魅了し続けている」[*9]。「ラウラ」に献げる詩が書かれ、恐るべきエリザベス・モンタギューに率いられた学識ある女性たちの青鞜協会でさえ、「彼女たちの学識ある批評仲間《コウテリ》のあいだで、彼女の作品を称讃するどころか、朗唱することまでやった」[*10]。「ラウラ」の正体を知っていたら、彼女たちはそうはしなかっただろう。

数か月間、そのように称讃されるのを楽しんだ後、メアリは次の詩を本名で『ワールド』紙に送り、「ラウラ」の正体に世間がどう反応するか試すことにした。彼女はまた、「ラウラ」名義の詩はすべて自分が書いたものだと断言した。出版者のジョン・ベルは、この詩は「限りなく美しい」、そして、自分はロビンソン夫人の才能の崇拝者でもある、だが彼女が「ラウラ」の詩の作者であるはずがない、なぜなら「自分はそれらの詩の作者をよく知っているからだ」と返答した。「この疑い深さに少しうんざりして」メアリはすぐにベルを呼びつけた。そして、「自分が本当のことを言っていること、またベルの言い分が不当であることを、なんとか彼に納得させることができた」[11]。

この頃、『ワールド』紙でベルの部下だった二人の詩の編集者、エドワード・トパム大尉とチャールズ・エスト牧師が喧嘩をした。そのためエストは、新たに刊行された新聞『オラクル』に移籍した。これは『パブリック・アドヴァタイザー』紙を乗っ取ることにより誕生した新聞で、同じくベルが発行人を務めていた。ホワイトホールにあるチャペル・ロイヤルの聖書朗読者も務めていたエストは、トパム大尉より幅広いコネがあった。彼はメアリに、ともに『オラクル』紙に移ろうと説得した。「われわれは、いかに短くとも、古典の優雅さの見本を読者に紹介したいと思います」とその新聞は宣言した。「次のソネットには、紛うかたなきアテナイ風の高雅な味わいがあります。そこにはサッポーの優しい調べと、コリンズ風の柔らかくもの悲しい憂鬱が漂っています」[12]。このように「ラウラ」――あるいはむしろ、いまや彼女が自分の名とペトラルカの恋人の名を組み合わせて署名するようになった「ラウラ・マリア」――は、古代のもっとも名高い女性詩人であるサッポーの資質と、一八世紀後半において最も讃美された抒情詩人の一人であるウィリアム・コリンズの資質を併せ持つ者として称讃された。後に、メアリは「イギリスのサッポー」という称号を得ることになる。『オラクル』紙は、彼女の詩句を独占したことを声高に告げた。「ラウラ・マリアを歓迎します。彼女の真に優雅な詩句に最高の敬意を払うことは、われわれの誇りとなるでしょう。われわれを選んでくれたことは喜ばしい限りです。そしてわれわれは、この詩神の申し子と将来にわたって共感し合うことを切に望みます」。そして数日後ふたたび、「ラウラ・マリアはすでに名声を得ています。その名声たるや、作品が予告されるごとに、好奇心と切望とを惹起してやまないほどのものです。その名声は『オラクル』紙から生まれたものであります。彼女の作品と、そこから生まれた名声とを、いつまでも『オラクル』紙が独占できますように」[13]。

メアリは事実上『オラクル』紙の専属詩人となったが、デッラ・クルスカをめぐる三角関係はまだ彼女の後を追ってきた。ハンナ・カウリーは、「ラウラ・マリア」が「アンナ・マティルダ」に代わって「デッラ・クルスカ」の寵愛を受けたことに傷ついて、「ロビンソン夫人の作品の真正性に対する、女性とは思えない悪逆非道な攻撃」を、大っぴらに仕掛けてきた。それに刺激されて、オラクル・グループのもう一人の詩人(のちに同紙の編集者)であったジェイムズ・ボーデンは、「アルノ」の署名でメアリを弁護する詩を書いた。メアリ自身はいくぶん大げさなオード「詩の神へ」で応じた。[*14] メアリが一番義理立てしたのは『オラクル』紙であったが、他紙でも作品を発表した。彼女はさまざまな筆名を巧みに使用したが、ラウラ・マリアは『オラクル』紙専用にとっておいた。いくつかの新聞で「ジュリア」の筆名を使い「アルノ」(ジェイムズ・ボーデン)と詩的な通信を交わした。「オベロン」名義では、「妖精の詩」を書いた。ほかに、ダフネ、エコー、ルイザといった筆名も用いた。

後に彼女は、デッラ・クルスカの流行に加担したことを後悔した。「一部の同時代作家の間違った暗喩や大げさ極まりない言葉に目を眩まされて、彼女は判断を誤り、嗜好を歪められてしまった。後になってこの過ちに気がついた」。[*15] それでは、そもそもなぜ彼女はこのスタイルに惹かれたのか。答えは、詩的扮装、すなわち、異なる声を実験してみる機会がそこから得られたからである。さまざまな新しい言語の衣装を身に纏うことで、彼女は「パーディタ」を忘れ去ることができた。同時に、男性の詩人を詩によってうっとり魅了させることができるのが嬉しかった。文学的恋愛は貴族や政治家への熱愛の代わりになった。彼女はまた、デッラ・クルスカの詩人の鮮烈さ――自発的で即興的な性質――が好きだった。作家としての経験を積んでいくにつれ、業界で最も早書きの一人となった。これは、もし書くことを生業《なりわい》とするのであれば必要なことであった。もう一つの要素としては、ごく単純に、人気のために演ずることを欲したのである。デッラ・クルスカ風が時の流行《はやり》であったから、彼女はデッラ・クルスカ派になったのである。

興味深いことに、マライア・エリザベスの『回想録』続篇は、デッラ・クルスカ派のメアリへの影響を評価しない傾向にある。「理解してくれる人へ」の由来を説明し、ほかにも、いくつかの重要な詩に触れているが、メリーとカウリーの話は素通りしている。ここでは、詩神が花開いたのは、文学的流行に参加したからではなく、一七八八年夏のブライトンで、病気の娘を看病するメアリの感情の状態によるものだとしている。

より活発な活動の合間に経験する病室の静寂は、詩神にとってうってつけの環境であり、ロビンソン夫人は詩的な言葉を溢れんばかりに注ぎ出した。それは彼女の才能に対する名声を高め、彼女の墓を色褪せることのない月桂樹で飾ることとなった。ある夕べ、リチャード・バーク氏――名高いエドマンド・バークの子息――と会話をしていた。現代詩を書くのはたやすいかどうかが話題になっていた。そのときロビンソン夫人は、あの美しい詩のほとんどすべての行をすらすらと口ずさんだのである。それは後に、「それを理解してくれる人へ」と題されて、世に発表された。[*16]

リチャード・バークは彼女から、この詩は「即興で作ったもの」で、口ずさむのはこれが初めてだと聞いてびっくりした、とマライア・エリザベスは述べている。マライア・エリザベスの記述によると、バークはメアリに、この詩を紙にきちんと清書するよう依頼した。その後、この詩は、編集者・政治家・文筆家として名高いエドマンド・バークの讃辞を付して、『アニュアル・レジスター』誌に掲載された。『アニュアル・レジスター』誌にこの詩が載ったのは間違いない事実だが、それは、『ワールド』紙に最初に紹介されてから三年後の、一七九一年になってからであった。

マライア・エリザベスによると、この頃母親が悩まされていた憂鬱や精神の落ち込みが、最良の詩のいくつかを生み出す源泉となった。「ロビンソン夫人は、落ち込んだ気分を、詩を書いて慰めることに熱中し、ソネット、エレジー、オードなどで、彼女の精神の力強さや多様性を披歴した」。[*17] タールトンがどの程度、彼女の鬱屈の原因であったかは明らかではない。マライア・エリザベスは母親の生涯で、タールトンはさほど重要な存在ではなかったと考えた。『回想録』続篇において彼の存在に触れているのは、脚註の一個所だけでしかない。

マライア・エリザベスは母親の物語を語る際、メアリが生前に完成した最初の部分の特徴である、ゴシック的でロマンティックな調子を、ある程度引き継ごうとした。その結果、続篇は、ブライトンで夏に起きた奇妙な出来事に、かなりのスペースを割くことになった。

憂鬱な気分に包まれたある夜、彼女は、窓から一隻の小さなボートを発見した。それは水しぶきを上げてもがいた後、庭の塀に衝突した。まもなく二人の漁師が腕に何か重いものを抱えて岸に持ち上げた。遠くからではあったが、ロビンソン夫人は、それが人間の体であると気づいた。漁師たちはそれを彼らの船の帆で覆った後、地面に置いて立ち去った。だがしばらくして、男たちは何か燃えるものを持って戻ってきて、自分たちに託された不幸な人を生き返らせようと努力したが、無駄であった。夜の静けさのせいでより印象深いものとなった、心揺るがすその出来事に震撼され、ロビンソン夫人はしばらく窓から動くことができなかった。やがて心の平静を取り戻すと、家族に急を知らせた。しかし彼らが浜に着く前に、男たちはふたたび去っていってしまった。夜が明けて、悲劇的な情景が白日のもとに晒された。海水浴客が関心を払うことなく幾度も通り過ぎる間、死体はそのまま岸に、スタイン・ホテルから二〇ヤードと離れていないところに横たわっていた。一日中多くの人々が死体を見に来たが、引き取る人もなく、身元もわからないままだった。

地元の治安判事や「領主館の当主」は、死人が「教区に属さない」ので、死体を埋葬することを拒んだ。メアリはこの不当なやり方に激怒し、死体を埋葬する基金を設立しようとしたが、うまくいかなかった。彼女は自分の名前の持つ威力につねに敏感であったので、身元を明かさずに地元の漁師に寄付をした。基金設立計画は実現せず、「身元不明人の死体は、崖に引きずっていかれ、石を積んで覆われた。溜め息をつく者もなく、祈禱の儀式もなかった」[*18]。

捨てられて、身元を明らかにする家族も友人もなく、浜辺で朽ちていくこの死体の一件は、メアリの記憶からいつまでも消えることがなかった。この事件が起こってから何年経っても、この話を語るたびに、メアリは「恐怖と怒り」を感じずにはいられなかった。死の数か月前、この話に手を入れて、彼女の最良の詩の一つであり、コールリッジから大いに称讃された「亡霊のいる浜」に作り上げた。この事件はまた、彼女をゴシック小説の方向に向かわせる推進力の一部であったと思われる。彼女はこの形式の小説を事件直後から書き始め、残りの生涯にわたって書き続けることになる——彼女が死んだとき、『ジャスパー』という未刊の小説が残されていたが、それは浜辺と難破船で始まるのである。溺れた水夫、身元不明の亡命者、友人や家族から離れた孤独な死。「亡霊のいる浜」とその関連作品の誕生に、彼女自身の父親の運命と自分自身の死への恐れが関わっていたことには疑いがない。

タールトンとは疎遠な時期があったが、一七八九年の夏、二人はふたたびブライトンで一緒になった。メアリの健康は相変わらず一定しなかったが、文学活動に精力を注ぐことに満足を見出していた。海岸での長く暑い夏を過ごした社交界の人々は、ドーヴァー海峡の向こうで起こった出来事の意味に無関心だった。そこでは七月一四日にバスティーユが襲われ、フランス革命を予告していていた。最新流行の娯楽は、クリケット——その勝敗に大金が賭けられた——であった。

先週の金曜日、ブライトンの平地でクリケットの試合が行われた。ヨーク公爵［皇太子の弟君］対タールトン中佐。一一人、一イニングの試合を選んだが、時間が足りず最後まではできなかった。公爵側は自分たちのイニングで二九二点を得た。タールトン中佐側は七〇点で、ウィケット五つ分負けた。水曜日には同じチームの紳士方が一〇〇ギニーを賭けてふたたび試合する。タールトン中佐は製粉業者のストリーターを加える予定。[19]

ある日タールトンをはじめ、若い男性たち数名が順番にクリケットをやっていると、偶然、金貸しの「ユダヤ人」キングと出会った。彼らは、メアリがデッキに座って眺める中、キングに、ヨットに乗せてひっくり返す罰を与えてやろうという計画を思いついた。それは、彼が何年も前に『パーディタがあるユダヤ人に宛てた書簡』を出版したことに対しての、意趣返しのような趣きを呈していた。しかしキングは計画を嗅ぎつけて、すんでのところで町を後にした。[20] この間、メアリはほとんど昔の彼女に戻っていた。「ロビンソン夫人は金曜日に優雅な馬《フェイ》車《トン》と四頭の美しい灰色の小馬を繰り出した――側には、忠実で親愛なる友、タールトン中佐が付き添っていた。ロビンソン夫人は長く続いた患いから、日々快方に向かいつつある」。[21]

翌年の夏、タールトンは故郷のリヴァプールを訪れ、議会の議席を争った。ボールド・ストリートに事務所を構え、厳しく激しい選挙戦に乗り出した。奴隷問題が、人身売買の中心地であった港湾都市にとって差し迫った関心事であった。全国的には奴隷制度廃止運動が勢力を強めていたが、タールトンの家族やリヴァプールの選挙民の多くにとって、奴隷貿易は繁栄の基礎であった。メアリとの関係が、反タールトン運動に利用された。地元の五人の聖職者に率いられた行列が、通りで抗議の行進をした。タールトンは、自分のパートナーがシェイクスピアを演じた過去から学んだかのような、演劇的なパフォーマンスで応戦した。コリオレイナスのように（ただしコリオレイナスとは違っていっさいの躊躇《ため》《ら》いなしに）片手を高く掲げ、指を王と国に献げたことを示した。また、袖をまくり上げて、敵の刃に腕を裂かれた傷を見せた。それから彼はヘンリー五世に早変わりし、聖クリスピヌスの日の演説〔ヘンリー五世が、アジャンクールの戦いの直前に、イングランド軍を鼓舞するため行った演説〕を朗読した。彼は勝利し、意気揚々とロンドンに戻った。世間は、彼のために演説の原稿を書いたのはメアリだと思っていた。

その年、メアリの兄のジョンがイタリアで死去した。その間、彼女の思いは別の種類の兄弟へと向いていた。それは普遍的な友愛で、パリの革命において自由と平等とともに宣言されたものであった。デッラ・クルスカ派の人々は自由で、世界主義的で、ヨーロッパ贔屓《びいき》であり、初期のフランス革命を歓迎していた。メリーは「自由の勝利」という長詩を書き、「称讃と尊敬の念」をもって「自由な人民の真の熱狂的な代表であるフランス国民議会」に献げた。彼はキューピッドに別れを告げ、代わりに詩を自由と人類愛、理性と真実に献じたのである。

メアリは「自由の勝利」を読むとただちに反応した。一、二時間も経たないうちに、彼女は「世界はかく進めり《アンシ・ヴァ・ル・モンド》」と題された二五〇行の詩を書き上げた。メリーに献げられたこの詩は、革命への公然たる同調宣言であり、旧体制《アンシャン・レジーム》への攻撃と、バスティーユの襲撃によって完結する。最後は、自由への感動的な呼びかけで締めくくられる。

自由よ――虹を纏った快活な女神よ。
えくぼで微笑み、輝く美しさで身を包む。
私はおまえの青く輝くベッドからおまえに求愛する……
聞け！「自由」が天空に響き渡る。
女神が語る。祝福された布告に注目せよ――
圧制者を倒せ――勝利した者は自由になる！*22

一七九〇年の七月、ジョン・ベルがこの詩を、一六頁の小冊子として出版した。それは、タールトンがリヴァプールで奴隷の自由に反対して選挙運動を行っているまさにそのときであった——しかし政治的差違がメアリとタールトンの愛に微塵も影響を及ぼしたとは思えない。『世界はかく進めり』は第二版を出し、フランス語に翻訳された——もちろん、英語の原本も「パリで非常な人気を得た」[*23]。ロンドンでは、批評家に好評だった。「メリー氏へのこの詩的呼びかけにより、われわれは美しき才能、ロビンソン夫人の文学的能力を、総じて好意的に評価する」。「われわれは、彼女が（メリー氏を讃えるより）はるかに名誉ある理由、すなわち彼女自身のすばらしさによって、称讃されるに値するし、実際、称讃されることになると思う。彼女の政治的才能は彼にまったく劣ることがなく、彼女の愛国主義、あるいはむしろ政治的感情とも言うべきものが、より誠実で合理的であることは、引用された行から明らかである」。「これらの詩は名高きパーディタの筆によるものであるが、瞬間のひらめきが、つねに情熱を伴っている。この詩にはきわめて洗練された感受性が感じられ、それは空想の大いなる豊かさや趣味の廉直さと結びついている」[*24]。ラウラ・マリアという筆名を用いて世間の意見を試すというわざによって、メアリは本名で詩を出版し高く評価されることに成功した。すべての批評がきわめて好意的だったので、その一つが彼女をいまだに「名高きパーディタ」と呼んでいたが、そんなことは彼女にとって問題ではなかった。

一七九〇年の夏、『世界はかく進めり』が書かれ出版されたとき、英国の世論はなおも、おおむねフランス革命を支持していた。バスティーユへの襲撃は圧政的な体制を打ち倒し、フランスに、イギリスが一〇〇年間誇りにしてきた自由で民主主義的な原理を導入したように思われた。しかし、パリの牢獄や市街で流血が起こると、流れが変わった。ジャコバン党の恐怖政治の確立で、圧政が別の圧政に取って代わった。必然的に、革命を熱烈に歓迎したデッラ・クルスカ派の詩人に対して政治的逆風が吹くようになった。後年、強い影響力を持つ右派の雑誌『クォータリー・レヴュー』誌の編集者も務めたウィリアム・ギフォードは、『バヴィアド』（一七九四）、『メヴィアド』（一七九五）と題した諷刺詩で、その運動を攻撃した。彼は女性のデッラ・クルスカ派に非難を浴びせ、とりわけメアリの無能を残酷に嘲った。

カウリーが鐘の音に合わせて尾を振るのを見よ。
そして哀れな夫に対し詩の中でそっと不貞をはたらくのを。
スレイルの老けた寡婦が鞄を下げてさまようのを見よ。
家にいばって持ち帰るのは、苦心したあげくのゴミ屑ばかり。
ロビンソンが祖国を捨てて行くのを見よ。
松葉杖をついて墓場へと。「愛の光へ」と……
マライアのそれに似た、流れるような詩を愛する人もいる。
躓《つまず》くほどのでこぼこもなく、考え込ませるほどの含意もない。
幾度も読んだ後で、あなたは顔を上げ、疑いのまなざしをする、
そして本心から訝《いぶか》しく思う——いったい何のことを言っているのか。[*25]

ここで言及されている「スレイル」とは、ジョンソン博士の友人のヘスター・スレイルのことで、彼女もデッラ・クルスカ派の詩人であった。ギフォードとは正反対に、彼女はメアリの弁護に回り、ロビンソン夫人の病気は性病であるとか、彼女の性的な放埒が原因の病気らしいといった噂を、あえて否定した。[*26]ギフォード自身は、メアリが死んだ後ですら、我慢できずにもう一度刃を振るった。自分の詩に新しい脚註を付けたのである。「この惨めな女性は彼女の美貌が衰えると、当然のことながら貧困に陥り、詩から政治へと転換し、『モーニング・ポスト』紙に週二ギニーで政府を侮辱する雑文を書いた」[*27]。

ギフォードの天敵ウィリアム・ハズリットの言葉を借りれば、そのような「ロビンソン夫人への攻撃は、男らしくない」[*28]ものであった。

メアリは政治的な理由ではなく美学的な理由から、デッラ・クルスカ派の運動に関わったことを後悔するようになる。彼女の詩の様式は進歩したが、自由を尊ぶ政治思想は一貫して変わらなかった。彼女がデッラ・クルスカ派の装飾を拒否したのは、『ウォルシンガム』（一七九七）という小説から明らかである。そこで彼女はロバート・メリーを、憂鬱な詩人ドールフル〔悲しい人〕としてパロディ化しているが、この詩人ドールフルは次のような詩を書いている。

銀色の月は丘を照らして揺らし、
金色の太陽は古き海を飲み干し、
サファイア色の山は低い谷へと縮み、
昼は黒く、夜は青く輝く。
やがて真理と理性はフランスから投げ捨てられ
自由が囚われ、鎖に繋がれるであろう。

これに刺激されて〔小説内で〕、有頂天になった「オピック氏」（もう一人の友人で、詩人でもある、王室眼科医ジョン・テイラーを情愛をこめて戯画化したもの）が文学批評を展開する。

「ここには空想、多様性、形容詞、哀調、暗喩、アレゴリー、クライマックスがある。年老いた女性教師、二行連句をこねくり回す人、あるいは霊感を受けた乳搾りについては、けっして語ってはならない――あるいはラウラや、君たちの好きなアンナやマティルダのような人、サッポーやペトラルカ、あるいはメヴィアドやベヴィアドの類についても、だ！——ドールフルは詩のクリーム〔精華〕だ——濃くて、純粋で、とろける甘さ！——ヘリコーンの泉〔詩想の源泉〕——パルナッソスの花咲く頂だ！」[*29]

ドールフルは、その取って付けたような形容詞と派手な暗喩を嘲られている。デッラ・クルスカ派の運動を振り返って、メアリは、彼らの民主主義への支持と洗練された詩の様式のあいだにあるズレが、主にエリート層の好みに訴えたのだと気がついた。「だからこそ私は、当代の詩を称讃するのです」、とハートウィング公爵は叫んだ。「私は多数派が関わるものはすべて嫌悪します」[*30]。

『オラクル』紙で「ラウラ・マリア」が成功したのを受けて、メアリは詩集の出版を準備した。クラージズ・ストリートの彼女の家は、数多くの文学者たちの集会所になった。彼女を定期的に訪問する人たちの中には、編集者——前王室眼科医でジャーナリズムに転身し、『モーニング・ポスト』紙の編集者になったジョン・テイラー、『オラクル』紙の編集を引き継ぎ、メアリと詩のやりとりをしたジェイムズ・ボーデン——そして詩人たち、とりわけ、諷刺詩人のジョン・ウォルコット（彼はピーター・ピンダー名義で書いた）、聖職者転じて役者となり、さらに転じて本屋となった、何でも屋の作家サミュエル・ジャクソン・プラット（彼は大半の作品を「コートニー・メルモス」の筆名で出版し、メアリの後半生において親友であり続けた）がいた。彼女を特に崇拝したのは、タールトンの同僚の士官の一人で陸軍中将の「ジェントルマン・ジョニー」バーゴインで、劇作家で詩人、社交界の名士でもあった。以下の彼女の称讃詩は、彼女にたえず捧げられた詩の典型である。

ラウラ！　あなたの美しい目から
やさしい苦悩の涙が流れると、

あなたの悲しみには魔力があって
あらゆる人の胸があなたの悲しみを分かち合う。
あなたの愛らしい完璧な顔に
はしゃいだえくぼの微笑みが見える。
その微笑みの源泉をどうしても知りたい、
知ってあなたの至福を残らず共有したいと願う。
なぜなら、あなたの才能溢れた精神に
最高の魅力が心地良く混ざり合うから。
それはあまりに温和で優雅なので
〈羨望〉ですらあなたの価値を讃えざるをえない。
おお！　誰だってその唇を、
その輝かしい色合いの珊瑚の唇を見つめたならば、
蜂蜜のような香油を啜りたいと願わないではいられまい。
朝露よりもみずみずしく、甘いその香油を。

しかし、あなたのまことの詩の調べが、
心の奥深き部屋に達するとき
意識の内側から湧き上がる讃美は感じ取れるけれど、
それは力なき言葉ではとうてい表現しきれない。[*31]

メアリはジョン・ベルと、新しい本『詩集』を出版する契約をした。ベルは、彼女が詩で名を高めた新聞の発行者であるばかりでなく、「皇太子殿下の書肆」でもあった。メアリの個人的経歴に照らしてみると、この関係が自分の本の題扉に輝くことで、彼女は一定の満足感を味わったに違いない。この書物は予約出版された。すなわち出版費用は、本自体に名前が載る見返りに購買者が前払いで出す金（一ギニー。これは一冊の詩集にしてはかなりの額）によって支払われた。六〇〇人もの予約者が名を連ねたのは壮観である。

予約を集めて本を出版にこぎつけるのに一年以上を要した。そのことがわかるのは、予約者が予約申し込みをした手紙の包みをメアリが取っておいて、後年、貧しくなり紙が不足したときに、その裏を使って『回想録』の原稿を書いたからである。メアリは一つ一つの包みに差出人の名前を書いているが、これらの名前は一七九一年の『詩集』の予約リストと一致するであろう。最も早い手紙の消印は一七九〇年三月である。この書は一七九一年五月、ついに出版された。ロイヤル・ベラム紙（羊皮紙の一種）に印刷され、堅い紙で製本されていた（当時、ほとんどの本は製本されないまま売られた）。この日『オラクル』紙は誇らしげに報告した。「ロビンソン夫人は本日、長らく待ち望まれ、称讃された詩集を発表する。ロビンソン夫人が受けた支援は、この国の名誉である」。予約リストは、ジョージ朝後期上流階級の紳士録のような様相を呈している。それはメアリが、運命の転変にもかかわらず、上流社会で名声を保ち続けたことの証しでもある。

リストの冒頭に並ぶのは、ジョージ皇太子殿下、ヨーク公爵フレデリック殿下、クラレンス公爵ウィリアム・ヘンリー殿下、グロスター公爵ウィリアム殿下（皇太子の三人の弟）、オルレアン公爵閣下、ヴュルテンベルク公爵フェルディナント殿下である。皇太子とオルレアン公爵双方の支援を得たことは、元恋人、元求愛者と良い関係を保つ能力が彼女にあるという証拠である。残りの予約者は、アルファベット順に並べられ、それぞれの文字について、貴族の次に紳士階級という順番で記載されていた（公爵と公爵夫人、侯爵と侯爵夫人、卿とその夫人、それから準男爵、紳士階級、称号のない者）。そこには、デヴォンシャー公爵夫妻、チャムリー伯爵、チャールズ・フォックス、サー・ジョシュア・レノルズ、リチャード・シェリダン夫妻、新聞編集者ヘンリー・ベイト夫妻がいた。またタールトンの軍友たち、女優のドラ・ジョーダンのような演劇人たち、サミュエル・プラット、ジョン・テイラーといった文学者たちもいた。タールトン一家には一〇部を用意した。その中には彼の母親、イートンに在籍する彼の甥が含まれていた。タールトン一家のメアリに対する敵意は、この頃までには和らいでいたに違いない。このリストには聖職者、多くの議員（ほとんどはホイッグ党側）、多数のケンブリッジ大学の学生、学者がいた。

冒頭の献辞は、「以下の詩の多くは、『オラクル』紙にラウラ、ラウラ・マリア、オベロン等々の名前で掲載された際、世間から称讃され、今日の第一級の作家たちからも、たびたび注目された。そうしたことから、作者は感謝の気持ちを表し、いまの形にまとめたいという思いに駆られたのである」と説明している。「ロビンソン夫人は」、と献辞はさらに続く。

懸命に書いたことが、たとえ偽りの署名のもとでも、温かく、そして名誉をもって迎えられたことを知り、衷心から感謝している。もし彼女がもっと早くに正体を明かしてしていたならば、いま味わっている喜びは大幅に減少したことだろう。何となれば、詩は率直で賢明なる人々から支持をされたのに、それは友人の贔屓のなせるわざと考えられてしまったろうから。この詩集は、そうした率直で賢明なる人々に——最も深い尊敬の念をもって献げる。

かくして、はじめは匿名で発表するという戦略は、作者が有名人だから作品が讃えられたのであって、作品自体が優れていたからではないというような筋違いな批評に対して、めざましい先制攻撃になっている。

『オラクル』紙の広告は、予約者に、クラージズ・ストリートのロビンソン夫人の家か、ストランド街にあるベルの〈英国図書館〉〔ベルの店舗の名前〕で本を受け取るよう指示している。出版されると、熱狂的讃美が巻き起こった。『ロビンソン夫人の詩集』は広く称讃され、初版はまもなく底をつきそうである」。そして数日後、「洗練され、審美眼ある人々のあいだで高く評価されているロビンソン夫人の詩集が出版され、われわれはその中でも至宝と呼べる作品の一つ――「哀れなチャタートン捧げるモノディ〔哀悼詩〕」――を、明日発表する許可を得たことを嬉しく思う」。[*32] このようにチャタートンに捧げた詩にスポットライトを当てたのは良い選択であった。彼は才能を認められない詩人の象徴とも言うべき人物だったからである（加えて、メアリと同じブリストル出身であった）。ベルは本を売るため、新聞を巧みに利用した。新聞のほうもベルを巧妙に利用した。

出版の二週間後、『オラクル』紙は批評を装った大きな広告を出した。

ロビンソン夫人の詩集

　国家の一大事に気を取られてしまうのは仕方のないこと。おかげで、われわれはこのすばらしい出版物の美しさに気づくのが遅れた。

　この夫人の選り抜きの詩集は、おそらくは、詩神に身を献げた女性がかつて公衆に差し出したどの宴にも劣らず、豊饒なものであろう――この詩集のどの詩を取っても、この上なく甘美な上品さと、洗練された教養にもとづく高雅な魅力の息吹が感じられる。

　今回初めて発表される数多くの絶品が、詩集に光を添えている。そして、わが『オラクル』紙は許可を得て、水曜日、チャタートンを追憶する、とても優しく、完成度も高いモノディを掲載した。本書には、ほかにも多くの同じような、あるいはそれを凌いでいるとも言ってよい、優れた作品が収録されている……

著者の肖像は、古典的な完璧さで本人に生き写しであり、作品の印字も非常に美しく仕上っているので、贔屓を疑われるかもしれないわれわれとしては、このあたりで口をつぐまなければならない。[*33]

見栄えの良い印字と、サー・ジョシュア・レノルズの作品を銅版画にした口絵の肖像を前面に押し出すことで、ベルは一ギニーという値段の高さを正当化しようとしている。翌日の記事は、「ロビンソン夫人が、近著のみごとな出来栄えに対して、この上なく嬉しい称讃を受けている。すなわち、空前の売れ行きである」と報じている。[*34] 需要を生む最良の方法は、製品がほとんど売り切れであると主張することだ。現実には、高額な値段のため、すでに予約されたもの以上にはわずかしか売れなかった。予約者から集めた六〇〇ギニーは制作費用を割り引いても、まあまあの収益であったであろうが、本はいかなる意味においてもベストセラーではなかった。出版の二年後、メアリはブリストルの本屋に次のような手紙を書いた。

拝啓

ベル氏が倒産した結果、私の手元には、自分の売れ残りの詩集が数部残っております。もし貴殿が店に置いてくださることをお考えならば（おのおのにつき通例の収益込みで）、ただちに数部お送り申し上げます。お返事をお待ちいたしております。[*35]

こうした依頼を出したことで、メアリの商才が行動に移されたと言えなくもない。ただ、地元の名士だから本も売れるだろうと期待して、郷里で売れ残りを捌《さば》いてしまおうと考えたとすれば、『詩集』の人気がたいして高くなかったことを、逆に示していることにもなる。
詩集出版から数か月もしないうちに、ベルはほかの出版者に『ロビンソン夫人の美』という五〇頁の詩集を、一シリング六ペンスというきわめて手頃な値段で出版する許可を与えた。そうすることで、より広い読者に訴えかけようと試みたのである。同一の詩集がかくも短期間のうちに二つの異なる体裁で出版されたことについて、不平を言う批評家もいた。[*36]『ロビンソン夫人の美』序文の宣伝文句によれば、詩選集はロビンソン夫人の、詩人としての優れた才能を部分的にしか伝えていないが、少なくとも、彼女を「ただの粋な女性」とみなすだけで、「崇高な天才」とは考えていない批評家たちに新作を読むよう仕向けるには十分であろう、とのこと。予約版の価格について、弁解もしている。

オリジナル詩集を予約出版というかたちで刊行し、しかも八折り本に一ギニーという一見途方もない価格を設定したことで、誤まった認識を招いた。しかし、詩集は社交界の支援に十分値する出来栄えであり、一ギニーという出費にも見合うだけの優雅さと趣味の良さをもって制作されている。それに肖像画のすばらしさを見てほしい！ それは芸術上の傑作《シエ・ドウーブル》である。

当詩集の作品選定はそう厳密なものではなく、その一つとして全体を代表するようなものではない。とはいえ、学識ある人々に新作に目を通すよう仕向け、その正当な評価をさせることができるならば、編集者の当初の願いは叶えられたと言えよう。それらの作品が、ただちに高い評価を得ることを願う。後世の、ゆっくりした、だが確かな称讃を待つのではなく。そして詩人は、受けるに値する報酬とは別に、その類まれな天才および人間性を高める情緒に対し、賢明なる人々と善良なる人々から称讃と評価を与えられることで、かくも精妙な感受性と洗練を備えた精神にとってのより高い満足を手に入れるであろう。[*37]

これは実に興味深い声明で、メアリがいかに、「社交界」と「学識ある人々」とのあいだで釣り合いをとっていたかを明らかにしている。彼女は社交界によって肉体の魅力ではなく知的能力の観点から評価されたいと願い、同時に文学界において「ただちに高い評価」を得たいと望んでいた。

月刊誌に拠点を置く「学識ある人々」は、彼女を好意的に遇した。『詩集』は主要な月刊誌の多くで好意的に評価された。『アナリティカル・レヴュー』誌は、その「豊かで美しいイメージ」と「甘く調和のとれた韻文」を称讃した。メアリはとりわけ、美貌より精神を強調されたことが嬉しかったことだろう。「作家の美しい精神の肖像が描かれたこれらの詩は、レノルズの筆によって描かれた彼女自身の肖像画よりも、長く生き残ることであろう」。『マンスリー・レヴュー』誌はとりわけ好意的だった。「この才能溢れた名高い婦人は、その肉体的魅力と知的な業績によって世間の注意を惹きつけた。美貌と才知が手を組んだら、その力に対抗できる者がいるだろうか」。批評家はさらに、『世界はかく進めり』を「めざましい自由の発露」と称讃し、次のように述べる。この詩を愛でた者は

> 当詩集を読んだ後に、わが英国版サッポーをさらに高く評価するだろう。そこに収録されたいくつかの詩は、優しさ、感情、詩的イメージ、温かさ、上品さにおいて、おそらくは……レズビアンの婦人〔サッポーのこと〕の最良の作品にもひけをとらない。特に表現の優美さにおいては、わが同胞である、この才能ある女性は、われわれの知るギリシアのサッポーの作品をはるかに超えている。[*38]

「イギリスの〔あるいは英国《ブリティッシュ》の〕サッポー」という形容詞は、メアリのあだ名として定着する。『クリティカル・レヴュー』誌の意見には、称讃と批判とが混在している。デッラ・クルスカ風を非難（「この気難しい詩人たちは、ありふれた描写様式や言い回しを拒否し、見慣れぬ用語や観念を導入したくて仕方がないようである。そうすることで、注目を集め、称讃を得ようとしているのだ」）するかと思えば、ロビ

ンソン夫人には少し低姿勢を示し、讃辞を与えている（「それは確かに上品で独創的な作品だ。一個人の手になるものであり、しかもその書き手が女性であるとしたら、掛け値なしの称讃に値する作品である」[*39]）。『イングリッシュ・レヴュー』誌は、最も抑えた評価をしている。

いまわれわれの前にある詩は、平穏を保つにはあまりに感じやすい心からほとばしり出た、優雅な作品の数々である……この詩集には多くの情念、感受性、詩心が溢れている。しかしわれわれはこの美しい作者が、新しい詩の流派をしばしば模倣しすぎていることを残念に思わざるをえない。その流派は最近登場し、自然さ、単純さ、情熱を犠牲にし、豪華だが場違いな描写に走るとともに、あらゆる種類のイメージや装飾を過剰に繰り出した。われわれはこれらの詩人の甘ったるさに息が詰まり、その金ぴか飾りの輝きに眩惑させられた。[*40]

詩の多くはすでに新聞に発表されたものだったが、初めて活字になったものも含まれていた。批評家たちは「理解してくれる人に捧げる詩」、二篇の「ナイティンゲールによせるオード」、「時によせる詩《スタンザ》」のいくつかを取り上げ、これらを特に称讃した。愛の幻滅が、一貫する重要な主題だった（注目すべきは、ここに収められている情熱的な「愛への決別」が、マライア・エリザベスが母の死後に編んだ選集からは外されていたことである）。読者と批評家は、詩がかなり自伝的な内容を含んでいると考えた。たとえば最初の「ナイティンゲールによせるオード」は、一人称で書かれ、メアリが体験した数々の悲しみ、異国を巡る旅、英国への帰還、愛への失望などが、述べられている。「私はしばしばヒュギエイアの乙女を捜し求めた」というような行は、「私はリューマチ治療を求めて多くの療養地を訪れた」を、デッラ・クルスカ風に表現したものである（ヒュギエイア **Hygieia** は古典における健康の女神で、英語の「衛生（hygiene）」の語源になった）。「抗いがたい痛みが私の心を抑えつけ、／ついに、いっさいの希望を捨てることを強いられた」は、「でも私はまだ苦しんでいる」という意味である。詩行に繰り返し現れる「そして愛、偽りの、あてにならぬ炎」という句は、タールトンとの関係が悪化したとき、多くの詩が書かれたことを示している。

収録された詩の形式はかなり多彩で、オードもあれば、ソネットやバラッドもある。デヴォンシャー公爵夫人ジョージアナを題材にした詩二篇が、その妹レイディ・ダンキャノンに捧げた詩と併録されている。美のうつろいやすさと、社交界の愚劣について、縷々述べた詩が多い。出産で死去したミドルトン夫人や、モーズリー医師（一七九三年、タールトンが病気になったとき治療にあたった）の必死の努力にもかかわらず、若くして亡くなったリチャード・ボイルに捧げるエレジーもある。軽妙な詩としては、魅力的かつユーモアに溢れた「蜂と蝶」が挙げられる。美しいソネット「私の愛する娘へ」は、マライア・エリザベスがメアリの不幸な人生にもたらした喜びと慰め、そして「私の冬の家に暖かい陽光を注ぐ」力をマライアが持っていたことを詠っている。「勇気へよせるオード」は、タールトンに献じたものである。「大胆不敵なタールトンは敵を追った」とメアリは書いている。「そして死の不気味な顔に、面と向かって微笑みかけ、その壊滅的な一撃にも、ひるむことを知らなかった」。オードは感動的なクライマックスに達して、彼を讃える。

タールトンよ、詩人の称讃など超越した汝の心は
わざわざ苦心して作った詩で褒められたいとは思わない。
だから、詩神には、おのずから発する讃美を与えさせることにしよう！
歴史書には永劫不滅の神殿となってもらい、
その中で、真実と勇気とをもって、汝の勝利の冠を編み上げよう。
そこでは、名声が、汝の名を

情熱的な愛国者、忠実なる友と形容し、記録に留めるだろう。[*41]

メアリ自身の詩は、タールトンにとって「永劫不滅の神殿」とはならなかった。最晩年、『詩作品集』に「勇気へよせるオード」を収録しようとした際、タールトンへの言及をすべて削ってしまったからである。

第一九章　阿片

彼女の教養溢れる精神は、実に健康そのもの、
肉体の病にも打ち勝って、拘束より飛び出す。

ジェイムズ・ボーデン「ロビンソン夫人へ」

ああ、精神活動の疲労や災厄について、当時、私はなんと無知であったことか。かくも破壊的な職業に従事して、健康が損なわれ、思考が休むまもなく活動する日の来ることは、予想だにしなかった。この頁を書いているこの瞬間も、私は脳のあらゆる細胞で、これこそ破壊的な労働だという決定的な確信を得ている。

『故ロビンソン夫人の回想録、彼女自身の手になる』

一七九一年五月、『オラクル』紙は、タールトンがリヴァプールへの短い旅行の後、バースに滞在中であることを報じた。「ロビンソン夫人もバースにいて」、と記事は付け加える。「ノース・パレードの邸で重病に臥せっている——彼女を悩ませている痛風のせいで、ひどい頭痛に襲われ、まっすぐ立っていることも困難なほどだ」。詩が彼女の慰めであった。娘の言葉によれば、「ロビンソン夫人の精神は、仕事のおかげで己れ自身を蝕まずにいられたのであるが、悲惨な健康状態とも次第に折り合いがつけられるようになった。まだ人生の花盛り、人生の夏とも言うべき年齢にありながら、手足が完全に麻痺し、二度と回復しないかもしれないという悲観的な確信は、知識教養の蓄積に思いを馳せ、想像力を活発に行使することで、和らげられたのである」[*1]。

ジェイムズ・ボーデンが「アルノ」の名前で『オラクル』紙に書いたソネットは、「ロビンソン夫人

のバース訪問によせて」と題されていた。ほとんど必要ないと思われる副題――「原因、不健康」――のもとでその詩が語っているのは、彼女がいかに「懊悩する身体を甦らせるために」、「多忙な仲間」のもとを去り、「広がる名声の場」を棄て去ったかということである。彼女の精神は「健康そのもの」であったが、「鋭い痛みが美しい顔を圧迫した」。その一方で、彼女の詩神は、「ルビー色をした薔薇の香りの中に漂っている」[*2]。この最後の句は、メアリが「知識教養に思いを馳せ」るだけで、肉体的苦痛から解放されていたわけではなかったことを示している。香り豊かなルビー色の薔薇は、阿片芥子の遠回しな表現であったと思われる。

マライア・エリザベスは、母親が主治医から安静療法の処方を受けていたと記している。主治医は一時、ものを書くことをいっさい禁止した。「想像力と知力をたえず駆使することは、変化がなく体を動かさない生活とも相まって、彼女の神経組織に影響し、体を衰弱させる働きをした」。新聞は彼女の詩の「もの悲しい傾向」を、「長患いの結果生じた、精神の落ち込み」のせいにした[*3]。ここにきて初めて、彼女は精神安定剤として阿片を処方されたのかもしれない。だとすれば、それはアルコールに溶かされ、いわゆる阿片チンキとして摂取されたのであろう。

七月には、「バースの温泉の絶大な効果で」、メアリがまもなくクラージズ・ストリートの自邸に戻るだろう、と報じられた。しかし八月はじめには、なおもバースにいて「日々快方に向かっている」とのことだった。彼女は、明らかに、書くのをやめるようにという医者の忠告を守っていなかった。『オラクル』紙は、わくわくするような新作の発表の見込みがあるといって、読者の期待を掻き立てた。「彼女の詩神は、いま、とても興味深い特徴を持った作品の制作にかかりきりになっているとのこと。読者は、優雅な満足を与えてくれそうな新作を期待してよい」[*4]。

バースはイギリスで最もファッショナブルな保養地であった。病気であると思い込んでいる人も本物の病人も、古代ローマ時代に初めて発見された温泉に群らがり、医薬効果のある温泉水を飲んだり、特別の衣服や帽子で全身を包み、蒸し風呂に入ったりした。バースの夏は、かっちりと構成された社交生活からなっていて、集会、舞踏会、茶会、散歩、コンサート、観劇、遠出が繰り返される――ファニー・バーニーやジェイン・オースティンの小説で、読者にはお馴染みの世界である。建築学的には国内で最も壮麗かつ現代的な町であり、クイーン・スクエア、ノース・パレードおよびサウス・パレード、ロイヤル・クレセントとランズダウン・クレセントの壮大な曲線を持つ建造物など、デザインの逸品が揃っていた。町では貴族も、紳士階級も、新興の金持ちも、浮き浮きと混じり合っていた。メアリは体調不良のため、社交生活のすべてに参加することはできなかったが、バースは、上流社会を観察し、新しい文学作品に使えそうな材料がないかどうか探すには、またとない場所であった。彼女が専心し始めた「興味深い」作品とは、小説であった。

彼女はまた、物語詩の実験も行っていた。ある日、車椅子に乗って浴場から帰る途中、初老の男が群衆に追われているのを見かけた。彼は泥や石を投げつけられていたが、なんの抵抗もしなかった。メアリはその平然とした態度に深く共感し、男性になんの罪があってこのような目に遭うのか尋ねた。人々は、男は狂人で、「狂ったジェミー」という名前しかわからないという。彼女の想像力を捉え共感を呼び起こしたブライトンの浜辺の死体の一件同様、メアリは乞食の苦境にひどく心を乱された。おそらくこの出会いは、ロンドンの路上で経験した、トラウマとなるような出会いの記憶をも呼び起こしたであろう。彼女の愛する教師であり指導者であったメリバー・ロリントンが、困窮したアルコール中毒患者になっていたのである。もし『回想録』が信頼できるならば、メアリは狂ったイジェミーが姿を現すのを何時間も待ち、どんなに忙しいときでも、彼の声を聞くと窓に引き寄せられた。「彼の立派な、だが、やせ衰えた顔を、尊敬にも近い畏怖の念をもって見つめた。その一方で、心ない群衆の野蛮な迫害に、心を傷つけられずにはいなかった」[*5]。

ある晩、入浴後、つねよりもさらに激しい痛みに苦しんでいたメアリは、阿片チンキを八〇滴近くも飲んだ。深い眠りに落ちたが、目覚めたときには一種の夢遊状態にあり、娘を呼んで筆を手に取らせると、口述筆記するよう命じた。マライア・エリザベス自身が、この出来事について語っている。

ロビンソン嬢は、母親がこんなおかしなことを頼むのは、阿片の興奮が引き起こした精神錯乱のせいだと思い、母親の行為を止めようと試みたが、不可能だった。霊感を受けた精神は抑制が利くものではなく、母親は始めから終わりまで、「狂人」というすばらしい詩を、書くのが追いつかないくらいの速さで朗誦した。

口述しながら、母親は目を閉じて横たわっていた。阿片がしばしば生み出す意識混濁の状態にあることは明らかで、眠りながら話す人のように詩句を繰り返した。かくも奇妙な状況の中で演じられた、この感動的な行為、それは作者の心の証しでもあるが、それ以上に、優れた才能の証しとなるものでもある。

翌朝ロビンソン夫人は、前の晩の出来事について混乱した記憶しかなく、原稿が差し出されるまでその事実を信じることができなかった。夜通し狂ったジェミーの夢を見ていた、だが自分が目を覚まして詩作したことや、娘の語って聞かせる前の晩の状況については、まったく自覚がないと述べた。[*6]

この物語は、英文学史上最も名高い、麻薬によって導き出された創造力の物語に、数年先立つものである。それはサミュエル・テイラー・コールリッジの、阿片の影響下で「クーブラ・カーン」の詩を夢見たが、書くことができたのはその断片だけで、「用事があってポーロックから来た人」に邪魔されてしまった、という話である。文学史家は、コールリッジの詩の起源談の信憑性について、果てしなく議論してきた。詩の全容を示すヴィジョンがあったのか、それともこの話は「クーブラ・カーン」の断片的な性格を正当化する言い訳として作り出されたのか。ポーロックから来た人とは誰で、どうして彼はコールリッジがクワントックの丘の人里離れた農家に籠っていることを知っていたのか。そもそも、ポーロックから来たという人物は本当に存在していたのか。

「クーブラ・カーン」は一七九七年に書かれたと思われるが、一八一六年まで発表されなかった。詩の初稿には、ポーロックから来た人に関する念入りな序文的注釈が付いていない。一八〇〇年、コールリッジはまだ出版されていない「クーブラ・カーン」をメアリに見せた。彼女が死ぬ前に書いた最後の詩数篇の中の一篇は、コールリッジへ捧げるオードで、「クーブラ・カーン」から数句が引用されている。メアリのオードは、実のところ「クーブラ・カーン」の存在に言及した、最初の公刊資料である（私は目を留めるだろう、あなたの光輝く宮殿に、そして見つめるだろう、／あなたの氷の洞窟、露の野原を！）。

コールリッジはなぜこの詩に限ってメアリに見せたのだろうか。おそらく、彼女が阿片を用いていたのを知っていたのであろう。コールリッジが彼女の健康を心配していたことは、メアリの晩年、彼がウィリアム・ゴドウィンへ書いた手紙に明らかである。

> 最近ロビンソン夫人にお会いになりましたか。彼女の具合はどうですか。――どうぞ、優しく、敬意を込めた言葉で、よろしくとお伝えください。……〔ハンフリー・〕デイヴィーがまったく新しい酸を発見し、それでもって、リューマチと想像される症状で何年も手足を使うことができなかった人々（ある女性は九か月間）が、また手足を使えるようになりました。デイヴィーが言うには、効果のほどは別として、ロビンソン夫人の症状においても、なんら害になるはずはないということです。――もし彼女が試してみたいのであれば、デイヴィーは小包みにし、指示を記した手紙を彼女に送るということです。[*7]

コールリッジとロビンソン夫人が会ったとき、阿片が想像力に及ぼす効果について議論したことは大いに考えられる。無意識のうちの創作とはどんな感覚か、夢見る精神には筆が追いついていけないこと、また、いったん詩人が目を覚ますと、ヴィジョンが消えてしまうこと。これらすべての点について、おのおのの詩の起源に関するロビンソンの説明とコールリッジのそれとには、奇妙な類似がある。それではコールリッジは、「狂人」の場合と同様の信憑性を与えるために、ポーロックから来た人についての物語をでっち上げたということなのか。

一部の文学史家は、メアリ・ロビンソンの阿片経験がきっかけで「クーブラ・カーン」の序文ノートが生まれたと考えている。しかし彼女が詩作そのものに個人的影響を与えたかもしれないと考えた者はいない。それは、コールリッジとロビンソンが初めて会ったのが、ともに『モーニング・ポスト』紙に詩を寄稿していた一七九九年の後半か、一八〇〇年と一般に思われているからである。しかし、ウィリアム・ゴドウィンの未刊の原稿は、彼らが実際にはずっと早く、「クーブラ・カーン」が書かれる前に会っていたことを明らかにしている。

一七九六年二月二五日と三月四日のゴドウィンの日記は、「ロビンソン夫人宅でコールリッジと夕食」と記している。[*8] コールリッジは、このとき創刊しようとしていた週刊新聞『ウォッチマン』の購読者を求めてロンドンにやって来たと思われる。ロビンソン夫人は若い作家を支援することで知られていたので、彼はおそらくロビンソン夫人に援助を求め、ロビンソン夫人のほうではコールリッジを、哲学的精神を持ったもう一人の作家ゴドウィンに紹介することを思いついた。彼女はゴドウィンと数週間前に初めて会っていた。二か月後の手紙では、つねに忘れっぽいコールリッジが、明らかに二回の夕食を一緒くたにしている。「私はゴドウィンとただ一回同席した――彼は真理を発見する知力も、虚偽を飾る想像力も持ち合わせていないように見えた――彼は虚しい詭弁を無味乾燥な言葉で述べたてた」。[*9] ロビンソン夫人の夕食卓でのコールリッジとゴドウィンの会話についてはこれで終わりにするが――しかしコールリッジはロビンソン夫人とはどんな話をしたのだろうか。一週間後ブリストルに戻って、彼は友人に「前回手紙を書いて以来、僕は狂気の縁でよろめいている……この二週間ほどそんな調子なので——僕はほとんど毎晩、阿片チンキを飲まざるをえなくなっている」[*10]。これはコールリッジが、精神的疲労を軽減するため、日常的に阿片を服用していたことへの最初の言及である(以前に使用したのは、一七九一年、ケンブリッジ大学在学中、リューマチの発作があったときに遡るが、一回限りであり、純粋に医療目的であった)。コールリッジがロビンソン夫人に会ったのは、彼がまさしく、深刻な阿片チンキ常用者に初めてなりかかっていたときだったというのは、驚くべきことである。彼らの会話が阿片へと——そしてその詩的な可能性へと傾斜していったことは十分に考えられる。ロビンソン夫人の夕食会は、単にポーロックから来た人の物語のみならず、阿片による夢を詩に作り上げるという思いつきそのものに対して、ひとつのきっかけになったのかもしれない。

「狂ったジェミー」を主題にしたメアリの詩は、当初「狂気」と題されて一七九一年九月、『オラクル』紙に発表された。「狂人」という題名では、彼女の詩集二巻に掲載された。そこには、コールリッジが彼の別の阿片詩の中で、「眠りの痛み」と呼んだものへの言及が数多く見出される。ある連には、見つめる目、寒さ、そして石化のイメージが含まれている。石化は、コールリッジの弟子のトマス・ド・クインシーが『イギリスの阿片常用者の告白』で描写したような、同時代の阿片による夢にきわめて特徴的なイメージである。

汝の動かぬ凝視で我をじっと見つめるな。
死すべき運命の委縮した原子よ。
我の血を汝の取り乱したうめき声で凍らせるな。
ああ！　その目をただちに背けよ。
それらは我が魂をすさまじい混乱で満たす。

それらは死んだように暗く、冷えきって、ほとんど石と化しているがゆえに。

ド・クインシーは、この詩とメアリの『回想録』中にある、その由来の説明の、いずれをも知っていた。

この詩の最後の連で、詩人は狂人の苦痛をわが身にも引き受けようと言い、詩を通じて彼に呼びかける。詩作が母親には一種の鎮痛剤の働きをしたと、娘のマライア・エリザベスはずっと言及し続けている。その文脈を踏まえて読むと、狂ったジェミーはある意味で苦しむメアリ自身ということになり、この詩は、詩の治癒効果をめぐる自己言及的な作品ということになる。

おお！　私におまえの痛みをすべて語れ。
私の耳におまえの熱狂した歌を注ぎ込め。
そうすれば、私はおまえの痛みを分かち合い、おまえの悲しみを癒すだろう。
哀れな狂人よ。私はおまえの涙を乾かそう。
おまえの傷を洗いおまえの恐れをなだめ、
そして柔らかき憐れみの香油で、おまえをうっとりと休ませよう。[*11]

阿片への言及は、メアリ・ロビンソンの、ほかのいろいろな詩にも登場する。たとえば「健康によせるオード」（一七九一）には、「そこで私は草と花から絞り出す、／阿片の力で祝福された果汁を。／その魔法の力で癒すことができる、／苦悩の痛みの疼きを」という一節がある。そして一七九三年の『詩集』に収められた「召喚」は、こう認めている。「私が芥子から取り出したのは／人の慰め、人の破滅[*12]」。キーツが「ナイティンゲールによせるオード」に、「阿片」を飲んだような感覚を味わったと書いていることは有名である。メアリ・ロビンソンは、それに二〇年ほど先立つ「無感動によせるオード」でこう書いている。

芥子の花輪が私の眉を結び、
痛みの感覚が消え去るだろう。
そして私がおまえに誓いを立てると
凍るような流れがあらゆる血管を走り、
私の心臓にゆきわたって、あらゆる心配を忘れさせるだろう。
その間、私の衰えた頬は虚しい笑みを浮かべている。*13

彼女の最後の抒情詩の一つ「詩人の部屋」は、想像力に及ぼす麻薬の効果を、これもキーツを先取りする古風な言い回し（yclept〔～と呼ばれる〕）と、詩の不滅への熱望とがないまぜになった表現を使って述べている。

棚（マントルピースと呼ばれる《イークレプト》）の上に
薬瓶がある。
効き目のある液体で半分満たされている！——強力な液体、
それはときに詩人の落ち着かぬ脳に取り憑き
その心を気まぐれな空想で満たす。
哀れな詩人！　汝は、こうして高慢や愚鈍から免れ
幸せなり！　というのも汝の住む領域では

汝は臣民に命じることができ、詩行を埋めることができる。
天が灰色の鷲鳥の羽に与えた、
他を圧倒する武器を振るうことができる！　それは高くそそり立ち、
汝の病んだ空想を不滅の名声へと運ぶ。[*14]

灰色の鷲鳥の羽とは、もちろん作者のペンのことである。

メアリの小説は、詩と同じく、阿片の影響を示している。一七九六年に出版された『アンジェリーナ』において、ヒロインは睡眠を助け興奮した想像力を鎮めるために、阿片を処方される。そこには「彼女のいらいらした神経を鎮静し、可能であれば省察の力をなくすために阿片を用いる」と書かれている。そして数頁後にはこうある。「ふたたび阿片チンキの力の助けが必要になった。——真夜中までにその力は彼女の心身の機能を麻痺させたので、彼女はうわごとを言わなくなった」。麻薬の効果は、哲学的省察とも比較されている。

幾年経とうと、心が温かく敏感に反応するあいだは、感性が受けた傷は癒されない。——哲学は、阿片が苦悩する人に対してするように、後悔の鋭い苦痛を、しばしなくすことができるかもしれない。しかし記憶は、感覚を麻痺させる意識混濁状態においてもまだ生き残る。そして熱病が新たな怒りとともに戻ってくる。——われわれは病気を倍、重く感じる。なぜならわれわれは悲しみに疲れ果て、衰弱し、その毒に立ち向かうことができなくなるからである。[*15]

書簡体小説の登場人物の声で書かれているが、これらの言葉は明らかに、つらい個人的体験から阿片が癒しであり毒であることを知っている女性によって生み出されたものである。阿片を服用しすぎたための事故もまた、後期の小説『ウォルシンガム』において重要なプロットの転換をお膳立てしている。これらはいずれも、サミュエル・テイラー・コールリッジではなくメアリ・ロビンソンこそが、阿片に霊感を受けた文学作品というイギリス・ロマン主義の伝統の創始者である、という主張の正当性を裏づけている。

健康が優れないにもかかわらず、メアリは世相をしっかり見据えていた。ホイッグ党の友人の多くと同様、彼女はフランスの事件を、警戒心をもって監視していた。自分たちが支持した革命が、ますます戦闘的になっていったからである。王はパリ居住を強いられたが、依然として国主であった。しかし、一七九一年四月、穏健派ミラボー伯爵の死去とともに、過激なジャコバン党が勢力を強め、立憲君主制の展望はますます遠のくように思えた。六月、王の家族は、真夜中に、変装してパリを逃げ出したが、ヴァランヌで捕らえられ、屈辱にまみれ、打ちのめされて首都に連れ戻された。いまや共和国の設立が確実となった。

イギリスでは、ホイッグ党は革命をめぐって意見が二つに分かれていた。メアリの友人シェリダンとフォックスは国民議会の側に就き、エドマンド・バークは反対した。一七九〇年一一月、バークは『フランス革命についての省察』を出版したが、それはフランスの反乱者とイギリスの支援者の両方を非難していた。バークは一〇年前、ヴェルサイユでマリー・アントワネットに会っていたが、彼女を最も感動的な言葉で描写している。彼女は「うっとりするような姿をしていた……朝の星のように輝き、生命力、明るさ、喜びに溢れていた」。バークは彼女が高い地位から転落することになったと非難し、熱情的に弾劾した。「名誉と騎士道精神を備えた人々の国で、彼女に災厄が振りかかるのを見ることになるとは夢にも思わなかった。彼女に対する侮辱のまなざしでさえ、これに復讐するために、一万本の剣が鞘から抜かれたに違いないと思った。しかし騎士道精神の時代は去ったのだ」[*16]。

バークの『省察』に対する反駁というかたちで、トマス・ペインのベストセラー『人間の権利』と、メアリ・ウルストンクラフトの『人間の権利の擁護』が書かれた。一七九一年四月、ミラボーの死の直後、バスティーユの陥落を世界史上最大の事件として歓迎したフォックスが、議会で激しい感情に再び火を点け、革命は「時代、国を問わず、人間本来の姿の上にかつて打ち建てられた、最も驚異的かつ最も燦然とした自由の構築物である」、と主張した。*17 八月には、この議論に対するメアリ自身の寄稿が、『人類の友によるフランス王妃の現在の状況についての公平な省察』と題された、匿名パンフレットのかたちで出版された。

政治的には、メアリは、王妃に対する同情と、革命を支持するイギリス人との親交とのあいだで引き裂かれていた。彼女は一七八一年に王妃に会い、王妃から心から絶讃されたことをけっして忘れはしなかった。彼女は王妃の衣装と同じものを数多く作らせ、それをイングランドに持ち帰った。また、新聞で悪者にされる女性に特別の親近感を感じていた。メアリ自身のように、マリー・アントワネットは、淫らでときにはポルノ的なパンフレットの題材にされた。たとえば一七九一年の『アントニーナの回想録』は、王妃が持っているとされた飽くなき性的嗜好の暴露本として書かれ、彼女の愛人たちや、噂のレズビアン趣味そして酒浸りについて詳細に述べている。メアリは恥ずかしさや怒りとともに『パーディタの回想録』を思い出し、マリー・アントワネットを、不当な仕打ちをうけた妻、献身的な母親として描くことで対抗した。

マリー・アントワネットを「荒唐無稽な作り話、馬鹿々々しいあてこすり、残酷な皮肉、そして著名な人物の行動に投げつけられた前例のない非難」から救出することを、メアリは誓った。「腹立たしい悪意に満ちた野蛮な侮辱でたえず嘲られているが、彼女はけっして、一瞬たりとも、真の、内なる人格の気高さを失ったことがない。それは、その人間の魂を、現世の不幸の届かぬ高みへと昇らせるものである」。美貌、知性、無邪気さゆえに、彼女は妬み中傷する者たちの格好の標的にされた。「もしあれはどの美しさや愛嬌がなければ、彼女は狡猾な妬みの矢を逃れていたかもしれない。しかし愛国的な改革の動きが衝動的な怒りを伴ってやって来たとき、すべての個人的な敵、すべての卑しい中傷者は、復讐の快哉を挙げ、勝ち誇って、失墜した不運な女性の無防備な胸に卑怯な悪意を積み上げたのである」。*18 マリー・アントワネットについて書かれたこの文章は、まるでメアリ自身について書かれているかのようである。

ロビンソンにとって、「愚鈍な精神は、人間性を脅かす最も危険な災厄」であった。マリー・アントワネットは知的で精神的な資質を持ち、それが彼女の気品を高め、共感に値する人間にしている。熱烈に訴えかけながら、メアリはこう問う。

ヴェルサイユからの忘れがたい旅以来、この堂々たる女性はどのように振る舞ってきたのか。彼女は苦悩、屈辱、不安を、英雄的女性の雅量、冷静なストア派的諦念をもって耐えたのではないか。フランス人は、最も洗練された騎士道精神を本能的に授かった国民のはず。そんな国民の啓蒙された人間性にとって不名誉なことに、彼女は非難を浴びせられ、悪口の烙印を押されはしなかったか。激しい憎悪、世間の侮辱の下品さを正当化するようなどんな罪が彼女にあるというのか。——何もない！*19

使われている修辞はバークの『省察』における王妃の形容に多くを負っているが、バークとは違って、メアリはマリー・アントワネットの弁護を革命に対する攻撃の口実として用いていない。彼女は、旧体制の転覆を「ヨーロッパ史上最も輝かしい業績」と説明している。また、国民議会の議員たちを讃えている。彼らは「その雄弁な討論、節度ある議事によって、フランス国家の誇りとなった」。そしてバークに直接応答するかたちで、議会には「騎士道精神の時代が去っていない」ことを証明する力がある、と述べている。さらに、議員たちは、みずからの愛国心や判断力を幾度となく証明してきただけではなく、正義と人間性という称讃すべき高貴な感情を備えてもいる」[20]。彼女は読者に、新しいフランス政府にもう一度機会を与えることを要求している。

この時期彼女の心を占めたより個人的な問題は、タールトンにもう一度チャンスを与えるかいなかということであった。タールトンはまたしても彼女に不実をはたらいた。一七九一年後半、彼は、メアリが「下等な気まぐれ女」と評した新しい愛人と同棲を始めた。一二月一二日、メアリは『オラクル』紙に「ジュリア」という署名で「――に」宛てた詩を発表した。シェイクスピアから引いた銘句は「悲しみに誇りを持つように命じる」〔『ジョン王』三幕一場〕というものだった。彼女の仲間うちでは、これは彼女がタールトンと決別することを公に認めた宣言とみなされた。「我が精神は汝の毒矢に抗う」と彼女は書いている。「そして誇り高き思いが、わが心を支える」。

以前タールトンは、彼女のもとを去っては、いつもすぐ戻ってきた。今回は、なかなか戻ってこなかった。メアリはこれこそが心の最良の癒しと信じて、書くことに没頭した。彼女はバースに住んでいたときに書き始めた小説の出版に取りかかった――これは『オラクル』紙が、「優雅な満足を与えてくれる新作」を提供すると読者に約束した本である。

メアリ・ロビンソンの最初の小説『ヴァンチェンツァ――または軽信の危険』は、一七九二年二月二日に出版された。これは文学界で大評判になった。初版はすべて一日で売り切れ、この本は急速に五版まで版を重ねた。女性の小説でこれほど一瞬のうちにベストセラーの地位を達成したものはなかった。アン・ラドクリフの小説スタイルによるゴシック・ロマンスで、当時の他の女性作家が提供できないような要素を備えていた。親密な個人的体験にもとづき、英国皇太子の閨房における性癖が、かなりあからさまに言及されていたのである。

暗号で書かれた自伝的作品と言えるほど生々しいものではないとはいえ、この小説は、作家自身の私生活にもとづいている。ヒロインのエルヴィラは物語の最初では一五歳であるが、それはメアリがロビンソンと運命的な結婚をした年齢と重なる。小説のエピグラフには「用心せよ。恐れることこそ最高の防御である」とあるが、それはメアリが一〇代の娘マライア・エリザベスに発した警告のように聞こえ、自分があまりに早く愛の誘いに屈した過ちを、娘に繰り返さないよう忠告しているかのようである。エルヴィラは「完璧さの鏡」である。ある批評家は次の描写を取り上げて、これはマライア・エリザベスの肖像だと言った。

エルヴィラはちょうど一五歳になったばかりだった。彼女の身体は、心の生き写しであった。真理、温厚さ、純粋で自然な上品さ、柔和な感受性、生来の美徳が持つ気高さが、尊敬を集めていた。人を魅了する、その容貌のすばらしい美しさは、見る人すべての心を捉えた！ 彼女の顔色はひ弱な胸のチェルケス人〔ロシアの少数民族〕の味気のない白さでも、栗色の髪のゴール人〔フランス人〕の男性的な色合いでもない。彼女の頬には健康なみずみずしさが輝き、濃い青の目の艶は、その輝きを汚れなき炎から借りてきたようだ。それは彼女の精神に完全な知性を与えている！……彼女は想像力が思い描くことのできる、あるいは信念が敬慕することのできるすべてである。――これ以上の完全さは存在しない。[*21]

これはジェイン・オースティンが嫌った種類のヒロインである。「完全さの描写を見ると気分が悪くなり不愉快になる」[*22]。小説全体は典型的な「ロマンス」で、起こりえないプロット、念の入った詩的言語（オースティンの言う「小説俗語」）そして型に嵌まったヒロインやヒーローたちが出てくる。そこには、秘密文書の入っている鍵のかかった箱があり、秘密の部屋の肖像画の背後に隠されている――『ノーサンガー・アビー』〔オースティンによる、ゴシック小説をパロディ化した中篇小説〕のパロディにもってこいの種類の細部である。しかし、この種のゴシック性と感傷性の入り交じったような作品が、女性の読者のあいだで流行したことは否定できない。この小説が一日で売り切れになった事実からも、儲かりそうな市場を開拓し、そこに自分のネームヴァリューという付加価値を付けるロビンソン夫人の才能が証明される。

主人公のアルマンザ王子は、メアリがかつて愛したハンサムな若い皇太子とちょっと似ているどころではない。

アルマンザはちょうど二一歳になったばかりだった。彼の人柄は優雅で堂々としていた。顔立ちは男らしく、立派で、沈着だった。容貌は重々しかったが厳しさは全然なかった。彼の目は感性で輝いていたが、その上に黒檀のように黒い眉が懸かっていた。栗のように艶々した彼の髪は、みごとな曲線を描く肩の上に優雅な巻き毛となって懸かっていた……外套に付いた輝く星が、彼をほかの仲間から区別していた……王子は神のように見えた。その顔には人間を超える何かを、いきいきと讃えていた。[*23]

メアリ自身の物語との類似は、彼女と皇太子との関係を新聞報道で追っていた読者たちには、すぐにわかったであろう。たとえば、王子の腹心の友デル・ヴェロによるエルヴィラの誘惑は、メアリとモールデン卿との関係を反映している。若い頃のメアリと同様、エルヴィラは洗練と陰謀の世界ではあまりにも天真爛漫な存在であった。「彼女はそうであるということと、そう見えるということが、ぜんぜん違うのだということにやっと気づいた」[*24]。この小説はまた、女性の名誉、特に美しい女性が直面する危険という問題を正面から取り上げていた。それはメアリが数年後、フェミニズム的論考においてふたたび取り上げることになる主題である。

女性の徳望ほど守るのが難しいものはない。稀有であるため、あまねく妬みを招くのである。それを持つ者は、宝を誇りとするあまり、しばしばその価値を損なうこととなる。ライヴァルの厚かましさを我慢できないからである。またその一方で、傲慢な優越感のために、魂を汚すあらゆる悪徳に手を染めてしまう！　自分のほかにはいかなる人間をも益さない、ただ一つの完全さが、ありとあらゆる社会的美徳の欠如と釣り合いをとるのに十分だと思っている女性ほど馬鹿気た者はない！——巧みな誘惑者によって攻撃されたことのない貞節の勝利の、なんと取るに足らないことか。[*25]

自分自身の失った評判の価値を知っているので、彼女は、いったん名声を剝奪されると、女性の立場がいかに傷つきやすいかを、雄弁に書くことができた。

彼女は、女性が自分の名声を、ふさわしくない対象の力に委ねた瞬間、もはや自分自身の主人ではなくなることを知っていた。たえず汚名を恐れていることは、非道極まる罪を犯したと強く確信するよりも悪いことなので、彼女は惨めにおののきながら敵の慈悲に頼る身となり、その敵がもたらす軽蔑や恥にいつも晒されることになる——一方彼は、彼女の行動のすべてを支配することになる——顔をしかめれば彼女はおびえ、冷笑すれば彼女は不安に駆られる——彼女の名声の維持は彼の選択のみにかかっていて、もし彼が圧制者であれば、彼の奴隷となる。たとえ犠牲者ではなくとも。[*26]

王子はエルヴィラのあいまいな出自と低い地位を、彼女との結婚の妨げにはさせまいと決意した。「彼女の美徳は、地位や財産といった、つまらない区別を超越した位置に彼女を置いた」。このことから、この小説は、洗練された若い皇太子との結婚の約束を勝ち得るという、メアリの願望達成ファンタジーであるとも考えられなくはない——ただし、結婚式の間際で、エルヴィラは王子が本当は自分の兄であることを知ってしまう！　そのため彼女は狂乱状態に陥り、死んでしまうのである。

おそらくこの小説の最も興味深い特徴は、地位や権力に対するメアリの考え方が、ますます急進化していることが窺えるところにある。

卑小で狭い精神は、高い称号や空虚な栄誉を持つことをうらやみがちである。通例身分と呼ばれる見かけ倒しの付加物に感嘆するという恥ずかしい真似をするのは、無知だけである。無知は、多くのみごとな美点を目にしていると空想し、作りものの価値しかない虚飾の外面に威厳を添え、美化する。追従の息に毒された惨めな屈辱のパンを食べる浅ましいへつらい者にとっては、安ぴかの偉大さが尊敬の対象なのである。愚かな子供は、どんな玩具にも喜ぶ――しかし、啓発された精神は、自分で考える。汚されていない真理の指針を探求し、偏見のない判断の公正な秤で、優秀な知性の権利と主張を量る。そして理性という特質に秀で、恐れを知らぬ勇気をもって、その特権を少しでも侵そうとするあらゆる革新に反対するのである。[*27]

この種のあからさまな政治的意見は、ゴシック小説のジャンルにおいては珍しい。ラドクリフ夫人のような作家がこのジャンルに手を染めると、そこに示されるのは、封建的中世を懐かしむ生来の保守性である。大ざっぱに一般化するならば、ジャン゠ジャック・ルソーによって開拓された感傷的な小説は、急進的な思想をより受け入れやすいと言えるかもしれない。感傷小説とは感情の普遍的権利を宣言しているようなもので、そこにおいて、地位の不平等は精神的結びつきの障害にはならない（その典型が、良家の女性と貧しい家庭教師との恋だ）。メアリ・ロビンソンは、多くの点において、メアリ・ウルストンクラフトが辿ったような感傷小説から急進的フェミニズムへの軌道を辿っているが、この道がすでに彼女のゴシック小説に現れていることは驚嘆に値する。

『ヴァンチェンツァ』において、ロビンソン自身の作家としての意識を最も正確に表していると言えるのが、ほかの点ではまっとうな物語展開の中に、こっそり持ち込まれた元気いっぱいの反ヒロイン、いきいきとしたカーラインである。彼女は、主としてプロットの感傷的でこみ入った状況から少し距離を置いているおかげで、小説の喜劇的な場面を生み出す源となっている。「エルヴィラは混乱してただおろおろするばかりだった――王子は礼儀正しく控え目であった――侯爵夫人は意気高揚し、カーラインはきまりの悪いことをすべて引き受けていた[*28]」。

『オラクル』紙はただちに、自社で最も有名なお抱え作家の新たな功績を吹聴した。いまや新聞編集者になったジェイムズ・ボーデンは、『ヴァンチェンツァ』をテーマにソネットを書き、通常の記事のあいだに、本のめざましい売り上げ部数に関する最新情報が挿入された。「ロビンソン夫人の小説『ヴァンチェンツァ』は急速に売り上げを伸ばし、第二版はすでにほとんど売れてしまった。この際だった伸び方は、作家にとって非常に満足のいくものと言わざるをえず、彼女はたえざる激しい情熱をもって、文学の道の追求に邁進するであろうこと、疑いない[*29]」。

初版の出版からちょうど三週間後に準備された第三版のために、メアリは長い献辞を新たに書いた。『『ヴァンチェンツァ』の出版一か月以内での二つの版の売り上げは、ご支援のまぎれもない証明であり、私は黙して感謝しているわけにはいかず、己れの心に促されて感謝の念を表することにいたしました。私は小説の書き手という称号を否認いたします。一般にその名前で知られている種類の作品は、しばしば私が説き聞かせたくない教訓を含んでいるからです」。当時の十把一からげの小説家から身を離して、彼女はこう結論する。「私の文学作品をとても温かく受け入れてくれる読者に対して、私はこの機会を捉えて感謝の意を表明し、尊敬をもって『ヴァンチェンツァ』の書を捧げます。クラージズ・ストリート、一七九二年二月二七日」。これはある意味で、彼女が、自分は貴族や王族のパトロンを必要とせず、お金を払ってくれる公衆をパトロンとする職業作家なのだと言っているのである。

もしメアリが、最初の小説の成功の後でタールトンが自分のところに戻ってくることを期待していたとしたら、彼女は失望することになった。『ヴァンチェンツァ』成功の頂点で、彼女は、恋の憂鬱に満ち、差し迫る死をほのめかす、ヴァレンタインの日の詩を書いている。

私の金褐色の髪のまわりで、もはや
輝く宝石が誇り高く競うことはない。
絶望のしるしである糸杉が
死んで色あせた飾り輪になる。
若い、えくぼをつくる喜びは、私の胸を去り、
私より派手な部屋を探しに行く。
そこには卑しい気まぐれが、空想によって着飾り、
私の怠惰なヴァレンタイン〔真の恋人〕を虜にする……

氷のような死の手が
感覚のあるこの体をつかむときには、
私の冷たい唇の上で消えゆく息が
静かにささやく――「いとしいヴァレンタイン！」
そして私の墓の上に、ああ！　一滴の涙を落とし、
溜め息をつきながらこの悲しい行を書く――
「忠実な心がここに眠り、朽ちていく、
そのヴァレンタインにふさわしく[*30]」。

これが心からの苦悶の表現なのか、それとも華麗なパフォーマンスなのかは、判断しがたい。メアリの詩は彼女の経験に由来しているが、このような詩句は、『オラクル』紙の読者に強い感情の高まりを生じさせることを意図した、高揚し自己劇化したスタイルで書かれている。それはかならずしも「生《なま》の」自伝として取り扱われるべきではない。そうしたことを踏まえてもなお、彼女が激しい嫉妬を抱くことができたことは疑いがない。タールトンの心を捉えた恋敵に対する毒が、ここには感じられる。『ヴァンチェンツァ』では、そのような嫉妬は――それはメアリが注意深く、妬みとは区別しているものだが――強い情熱に不可避に伴うものであると述べられている。「女性の心は繊細で洗練された性質を持つものではあるが、そこには生まれつきの疑り深い臆病さがある。その心が本当に恋すると、臆病さが恋敵の影を見て興奮する。このような観察の真実を経験したことのない女性は、女性以上か以下かのどちらかである」[31]。これは彼女の後期の小説に繰り返し現れる主題となるであろう。

メアリの最初の小説に対する批評家の反応は、詩の場合と同様、おおむね好意的であった。「古きスペインの家庭における悲劇の記録は、きわめて興味深く悲しいものであり、独特の趣味と上品さと多様性を備えた美しく魅力的な女性のペンによって装飾されている」と、『ヨーロピアン・マガジン』誌は述べている[32]。『マンスリー・レヴュー』誌は、小説の高揚したスタイルに注意を向けている。

ヴァンチェンツァは確かに単純なスタイルで書かれているわけではなく、ロビンソン夫人特有の上品なスタイルで、われわれの意見では、巧みに書かれている。空想と言語の豊かさは、美しい作者が詩作品においてみごとに披露しているものであるが、彼女はそれを散文の語りに転移させた。そしてひとつの物語を作り上げ、それはわれわれがあえて予言するならば、広く読まれ、称讃されることになるだろう……豊かな空想と感じやすい心が作った心地良い作品である[33]。

『イングリッシュ・レヴュー』誌は小説を褒めたが、彼女の詩の水準の高さには及ばないと考えた。それは「優雅で好ましい小さな物語」で、読者を「泣きながらベッドに行かせる」ものである。これは生ぬるい讃辞に聞こえるかもしれないが、評者はそれでも、ロビンソン夫人は英語で書く最も優れた女性作家であるとみなしていた。

ロビンソン夫人の詩的な能力には多くのみごとな証拠が存在するので、最も厳しい批評家さえも、彼女の才能を讃える証言を拒むことはできない。実際に彼女の作品の数や種類を考えると、われわれは彼女が、詩神に仕えるこの国のいかなる女性をも凌いで、パルナッソスの高みに登る成功を収めたと思いたくなる。*34

そのような高い称讃には、かならず反動が起こる。しばらくして出版された非難の記事で、『クリティカル・レヴュー』誌はロビンソンの装飾的言語に異議を唱えた――「もしその言語が散文だと言うなら、それはあまりに詩的である。もし詩であるのなら、それはとても欠点が多い」――それとともに、非現実的な詳細や筋の通らないプロットにも異を唱えた。評者は明らかに、支持者の過剰なメアリ贔屓《びいき》に怒っていた。

ロビンソン夫人の熱心で、偏っていて、無分別な友人が、彼女を誤って導き、傷つけている。われわれは彼らが生じさせた不都合から完全に免れてはいない。ヴァンチェンツァの長所はあまりにしばしば、われわれの目に留まる。この小説はあまりにしばしば、すばらしいスタイルで書かれ、みごとであるとされてきた。彼らの絶讃に同意することの確認があまりにしばしば世間に求められるので、われわれはあえて、欠点をほのめかしたりしないし、嫌悪感を口ごもりつつ述べたりもしない。われわれが賛成できないものははっきり言わなくてはならないし、もしわれわれの勇気が疑問視されるのであれば、罪があるのはわれわれに明白に語るよう強いた者たちである。まず手始めにこう言っておけば、われわれはこの小説が作者の名声にふさわしくないと思うと言う必要はないし、その名声の源を調べるのは現在の仕事ではない……われわれは不本意ながらこの論考に取りかかったのである。しかし、名前がいかに輝いていようと、われわれは意見を述べることをためらったことはない。最終的に決めるのは読者であろうし、われわれは決定を、判断が覆されるという懸念をほとんど抱かないまま、彼らの最高裁判所に委ねるとしよう。[*35]

メアリ自身の読者は彼女に味方すると判決したが、後世の読者は反対の見方をしてきた。『ヴァンチェンツァ』はゴシック小説流行の産物であり、いまでは、大げさすぎて荒唐無稽な域に達しているように見える。その異常なまでの商業的成功と、その成功がメアリの小説家としての名声を確立していく過程によって、この本はすばらしい歴史資料になっているが、現在でも読む価値があるのは、後の小説群である。

メアリは最初の小説の成功に喜んだが、それに影を落としたのは一七九二年二月二三日の、忠実な友人サー・ジョシュア・レノルズの死であった。彼を偲んで、メアリは詩的な『モノディ』を発表した。三月のはじめ、娘のマライア・エリザベスが天然痘の予防接種を受けた結果、病気になった。この種の小さな家庭的な出来事でさえ、『オラクル』紙に報道された。「ロビンソン夫人の文学的追求は、目下のところ母性愛の必要によって妨げられている。彼女の美しく教養ある令嬢は予防接種を受けたが、モーズリー医師の優れた技術と手当てにより、順調に回復しそうである」[*36]。一週間後、マライア・エリザベスは健康を回復したが、そのお祝いは、『オラクル』紙に「娘が予防接種より回復したことについて」

という題の詩で発表された。

売れ行きは例外的に良かったにもかかわらず、『ヴァンチェンツァ』はメアリにとってほとんど金にならなかった。本は「著者のために印刷され、J・ベルによって販売される」。これは予約出版とも通常の出版方法とも違う取り決めであった。通常の手法は、前もって同意された定額と引き換えに出版者に限定的版権を売り、出版者はその見返りに、本が成功すれば利益を得、失敗すれば損をすることになる。「著者のために印刷される」ということは、メアリが危険を引き受け、利益を受け取れるはずであった。ベルは制作費と販売委託料を請求したであろうが、メアリはかなりの印税収入を得る資格があったはずである。彼女がそれをもらったように見えないのは、おそらくベルの商売が危機的状況にあったからである（彼は翌年破産する）。「私の知的労働は、出版者の不正直な行いのために無に帰してしまった」と彼女は後に書いている。「私の作品はとてもよく売れたが、利益は彼らのものになってしまった」[*37]。

それゆえ、文学的成功にもかかわらず、メアリはふたたび大きな負債を抱えることになった。彼女はイギリスを去って大陸に向かうことにした。英仏海峡を渡る船を待ちながら、彼女はシェリダンに金を無心し、タールトンと別れたので彼の保護もなくなったという、己れの惨めな状況を説明した。これは、彼女の現存する手紙の中で、最も生々しく、痛々しい手紙である。

ドーヴァー、一七九二年七月二三日

シェリダン様――

一〇年以上にもわたったった申し分のない関係の後で、私が去っていかねばならなくなったと聞いて驚かれたのではないかと思います。祖国とすべての希望から、ほんのわずかな負債のために追放されるのです。私は今晩カレーに向けて一人で船出します――心破れ、この世に二〇ポンドすら持たずに。私の健康状態は説明できないほど嘆かわしいもので、身体が完全に不自由になり、精神も打ちのめされて、自分の力では支えきれません。この手紙のことを誰にも話されないようお願いします。私は世間の卑劣な忘恩に十分に叩きのめされています。世間の晒し者になる悔しさはこれ以上必要ありません。

タールトン中佐は私を見殺しにしました。おかげでこのように無情な世間の慈悲にすがる放浪者に身を落としてしまいました。彼の現在の卑しい連れあいから、ひどい侮辱を受けたうえに、です。である以上、彼からの温情はけっして受けないと、固く決意しております。――二、三週間あれば、問題は片づくでしょう――シェリダン様、どうかお願いです、一〇〇ポンドをご都合願えないでしょうか――名誉に賭けてお返しいたします。あなたがお断りにならないことは存じています。あなたは、かつて友情の特権を与えた人間を、話し相手もいない国で、あらゆる災厄に晒したりはなさいません。実際に、シェリダン様、私はこのような苦しみを受けるいわれはありません――私の行いはあまりに寛大で公平すぎました。私はいま、他人をあまりに信じすぎた報いを身に感じています。

カレーに着いたとき、私には五ギニーも残っていないでしょう――あなたの手紙を注意深く封印した封筒に入れて、ドーヴァーのシティ・オヴ・ロンドン旅館のベルシャー夫人気付でお送りください。彼女がそれを転送してくれるでしょう。お願いですからお断りにならないでください。私は――私は名誉に賭けてお願いします――あなたのお返事を受け取るまで時を数えております――あなただけが頼りです。さようなら。

かしこ、メアリ・ロビンソン

お願いです。タールトンには言わないでください――彼は私の悲しみに勝ち誇り、私が貶められたことを喜ぶでしょう。いま、あなたに献上するつもりの三幕オペラを書き終えつつあります――これは成功すると思います――少なくともそう願っています――どうか一行でもお返事を。*38

翌日の夕方、メアリと母親と娘はドーヴァーを発った。この旅は三人の女性にとってきわめて困難なものであっただろう。特にメアリは、乗船するにも、船の中を歩き回るにも、船を降りるにも助けが必要だったことだろう――天候によっては、海峡横断は二四時間かかることもあった。

彼女はイタリアにいる弟ジョージのところに行く計画であった。カレーへの航海中、タールトンへの最後の別れの挨拶になりそうな作品を書いた。それはロンドンに送られ、『オラクル』紙に「ジュリア」のペンネームで発表された。「一七九二年七月二四日、ドーヴァーからカレーへのあいだで書かれ、＊＊＊へ献じられた詩」と題されていた。

躍る波よ、動きを止めよ。
私をそうすばやく運ばないでほしい。
うねるのを止めよ、泡立つ海よ。
私はおまえの怒りにはもう挑まない。
ああ、動悸を打つ私の胸の中で、
さまざまな情熱が荒々しく支配する。
愛が、誇り高き怒りと会い、
喜びと苦しみと交互に鼓動する。
喜びとは、敵より遙か離れてさまようこと。
そこには彼らの狡猾さは届かない。
苦しみとは、女性の心がせつなくなること、
至福の夢が終わったときに。
しかし私の大切なものから遠く離れる前に、

＊＊＊＊＊！　別れを言う前に、
私の苦しみの日々にけりをつける前に、
おまえが聴くべき歌を聴け。
しかし信じよ。いかなる卑屈な情熱も、
おまえのさまよう心を魅了しようとは望まない。
私はおまえの性質をよく知っている。
吹きすぎていく風のように揺れていると！
私はおまえを愛した。心から愛した。
この世の悲哀の年月を通じて。
おまえがどんなに恩知らずであるとわかったか、
この悲しい逃避がよく示している。
胸を痛める嘆きの年月は一〇年も続いた。
その長い年月を、一時間ずつ私は数え直した。
明日を期待して
日ごと、おまえへの愛は深まった。
力も華美も私には魅力がない、
富にも喜びを見出さない、
脅しや恐れにも驚かない、
ただ、おまえを失う恐れだけには……
さらば、恩知らずな漂泊者。
フランスの敵意に満ちた岸よ、ようこそ。

いまやそよ風が優しく私を運ぶ
いまや私は去り、二度と会うことはない。[*39]

これはメアリの最も人気のある詩となった。それは曲が付けられ、「躍る波」の題で、居間でピアノに合わせて歌われる曲目のなかでも、よく知られた作品になった。

メアリお抱えの新聞『オラクル』紙は、彼女は夏のあいだだけ大陸に行くのだと報道した。秋にはドルーリー・レインで上演される新作のオペラを持ち帰るであろう。このときの渡航に関する彼女の娘の記述には、タールトンとの訣別やメアリの負債についての言及はなく、代わりにリューマチの治療を求めてスパに向け出発したことを示唆している。数年前にメアリが泥風呂に浸ったサンタマン・レゾーのように、スパはフランドルの保養地であった。三人の女性は、カレーに到着したとき、そこまで足を伸ばすべきかどうか迷った。その地方に革命と反革命の暴力が吹き荒れていると聞いたからである。彼らはしばらくカレーに滞在することにした。マライア・エリザベスによると、メアリがそこで過ごした時間は、「零落した貴族の不満を聞くことや、勝ち誇る彼らの敵の夢のような計画に耳を澄ますことで過ぎた。イングランドから旅行者が到着したり、パリから戻ってくる者がいたりして、それだけでもカレーは大きな賑わいを見せていた。好奇心を満足させるにはうってつけの場所だった」。[*40]テュイルリでの虐殺、国王一家の投獄の噂も流れていた。

マライア・エリザベスは海に取り憑かれていた。それはときに盛り上がって「英国海岸を示す白い断崖と同じ高さになった」。彼女は特に、最近埠頭に建立された、ガヴェとマレシャルという勇敢な漁師たちの記念碑に感動した。彼らは沈みかけたイギリス船を救おうと小さな船で海に出て行ったがうまくいかず、恐ろしい嵐の中で死んだのである。難破は彼女の母親が繰り返し書くモティーフであるが、マライア・エリザベスはこの本当に起きた悲劇について、自分の小説の中で書いている。[*41]

トム・ロビンソンがカレーに現れ、メアリを仰天させた。彼の兄はインドから休暇でイギリスに戻っていた。トムが不名誉な生き方をしていたのとは対照的に、兄のほうはインドで輝かしい経歴を築いていた。トムは裕福なウィリアム叔父がマライア・エリザベスを助けてくれると考え、彼女を連れ帰ってウィリアム叔父と会わせるために、海峡を渡ってやって来たのだった。メアリは愛する娘と別れる不安と、彼女の利益を図りたい気持ちとのあいだで引き裂かれた。『回想録』によると、母と娘はこれまでつねに一緒に過ごしてきた。そこでメアリは、娘とともにイギリスに帰ることにした。しかし、彼女の体調はふたたび悪くなった。「ロビンソン夫人は病状が悪化して危険な状態になったため、イギリスに向かう途中で引き留められ、現在はカレーにいる。彼女の医師は、海を渡れる状況になるまで数日そこに留まるよう命じた」[*42]。それはまさに、悪名高き九月虐殺がパリで起こった日であり、子供を含む何千という王党派の囚人が殺された。タールトンはそのときパリにいて――途中でカレーを通っていたらメアリと仲直りをしたかもしれなかった――群衆に押し流されていた。ロビンソン一家がカレーを出発しドーヴァーへ向かう定期船に乗ってから数時間もしないうち、カレー港には、フランスにいるイギリス市民はすべて逮捕すべしという命令が届いていた。

メアリは「逮捕を免れたことを嬉しく思うと同時に、娘が富裕な人間の庇護のもとに置かれそうな期待に、胸が膨らんだ。祖国では、富裕な人間に庇護されることが、名誉と名声への偉大なパスポートであった」。しかしながら、ウィリアム・ロビンソンと会うと、彼はすかさずマライア・エリザベスに、「保護と好意」を与えるための条件を語った。「両親と彼女とを結ぶ親子の絆」を永久に放棄しなくてはならない、と[*43]。マライア・エリザベスは申し出を断った。彼女はけっして母親を見捨てることはしなかった。

九月の末、タールトンがロンドンに戻り、ロビンソン夫人一行と劇場にいるところを目撃されている。恋人たちはふたたびよりを戻した。メアリはタールトンに金の鎖でできた指輪を贈り、恋の詩を添えた。

彼女の健康状態は依然として悪く、阿片チンキのせいで悪夢にうなされた。彼女は「憂鬱な夢の夜が続いた後に書かれた詩」を発表した。「脈打つ痛みで熱っぽく、／多くのしたたる涙に濡れたとき、／私はふたたび欺かれた眼を閉じる、／絶望の荒々しい群れが近くをうろついている」。彼女は刺される悪夢を見て目覚めた。冷たい汗をかいていた。死が解放に思え始めた。*44

　自伝的な視点から見れば、この時期に書かれた詩の中で最も意義深いものは、タールトンに宛てられた「私の肖像画を所望した、ある友に寄せる詩」である。彼女の友人たちからは、きわめて正確な詩であるとみなされた。彼女の詩集第二巻の頂点をなすものとして発表されたこの詩は、彼女の美徳と弱点を痛々しいほど正直に自己評価した作品である。作家としてまじめに受け取られ、名高い美人というイメージを捨て去りたい、という彼女の野心がいかようなものであったかを示している詩だ。自分が欲するのは「月桂冠」であり、称号や富ではない。自分の肖像画を求める「友」に優しく忠告することから、詩は始まる。肖像画に描かれているのは固定された姿と「けっして動かぬ唇」であり、彼が「感覚のない肢体」を欲していると、悪戯っぽく示唆している。それはけっして彼に口答えしないし、非難もせず、決まりきったように微笑むだけ。

静寂が訪れたとき、たぶんあなたは言うでしょう。
あの唇は、どんな怒りも表わさず、
微笑んだまま、動かずにいるだけ。
あの目はとてもやさしくて
心を傷つける鋭い非難も、
冷たい軽蔑のまなざしも伝えない！
あなたは言うでしょう。この形はすぐに消え去る。

一時、輝く健康を身にまとうけれど、
時間が経てば、おそらくそれは失われてしまう！
でも、画家が丹精込めて描くなら、
年月が経っても、それはつねに咲き誇る、
霜の中に立つ常緑樹のように。

メアリはそれからタールトンが望むのとは違う種類の絵を描いてみせる。「それでは友よ、受け取りなさい、／私が送る永遠のスケッチを、／私の心の絵を」。

とても若いときから、
私は聖なる真理の声を祝福した。
そして誠実さこそ私の誇り、
私はつねに信じることを話し、
偽ることができるとは思わない、
試みたこともないので。

私はたいていまじめで、ときには陽気、
消えゆく時を笑い飛ばし、
あるいは泣く――他人の悲しみのために。
私は誇り高い！　あなたはこの欠点を責められないし、
誇りゆえに、自分の頬を恥で染めることもない。

あなたとの友情がそうさせたのだ！

私は変人、奇人、気楽を好む。
短気で、喜ばせるのは難しい。
野心が胸を燃やす！
しかし富や虚しい称号のためではない。
私の血統を飾るのは月桂樹のみ、
あとは怠惰にくれてやる。

気は短く、友情は厚い。
才能を愛し、悪からは身をかわす、
おべっか使いの術は心から軽蔑する！
見抜く技があるから見えるのだ、
甘い素朴さで顔を覆い、
どこに油断ならぬ心が隠れているのかを。

一度でも裏切られたら、私はまず赦そうとは思わない。
たとえ私が、生きとし生けるものすべてを憐れみ、
苦しみの一つ一つに嘆きの声を挙げようとも。
私が絶対にできないのは、権力者の愛顧を求めること、
どのような身分であれ、愚者を崇めること。

というのも私は虚偽を蔑むからだ！

私は嫉妬深い。深く愛するから
私の心は、弱い情熱を示さない
気まぐれもその火を弱めることはない
私は顔を赤らめる、
より尊き、誇り高き主張のために創られながら、
低い欲望の奴隷であるような人の心に！

知られないところでは、遠慮がちに振る舞う。
少しかたくななところがあるのは認める、
それに早とちりの傾向もある。
でも羨望で心乱れることはなく、
利己心で身を落とすこともない、
愚者の卑しき領地へと。

こうして真実の肖像を描いた後、彼女は恋人にありのままの自分を見るように、それに従って自分を
愛するようにと懇願する。

これこそが私の肖像画。信じてください、
私の筆は偽ることはできないと、

知ってください、これが私のありのままの姿であることを。
苦悩という厳格な学校で教えられたから、
私は規則ではなく、原則に従って振る舞う。
罪人ではないが、聖者でもない。[*45]

第二〇章　作家

勤勉に追求すべきすべての職業の中で、文学的な仕事が最も疲れるものである。ものの見えない目には単なる遊びや楽しみに見えるものが、実際にはヘラクレス的苦行なのである。まずまずの作品を書くことはとても困難な仕事なので、粗を探して酷評する者は、たとえ対象が貧弱極まりない想像力の成果であっても、思い上がってこれをこき下ろす前に、まずは自分で書いてみるべきである。

メアリ・ロビンソン『自然の娘』

メアリは依然として皇太子に一定の影響力を持っていた。皇太子がタールトンの友達だったことが大きい。一七九二年一〇月、彼女は「英国皇太子へ」と題されたソネットを、ジュリアという筆名で発表した。

宮廷にうごめく人々や空虚な喜びから退くとも、
天の最良の賜物である寛大な精神に飾られて！
あなたの魅力ある完璧さはいまだに称讃の的、
あなたの磨き上げられた物腰、洗練された感覚……

詩は続けて、皇太子は成熟し、「すべての些細で空虚な楽しみの虚しさを証明する」ことができるようになった主張する。その見返りに、「優しい詩神」であるジュリアは、彼に「崇高の花輪」を与えるだろう。[*1] フランスにおける暴力の高まりに呼応して、政治はこれまでになく分極化しつつあった。皇太子は最近、貴族院で初めての演説を行い、ホィッグ党の穏健派に与《くみ》することを表明した。皇太子が社交界の「空虚な喜び」を拒否し、政治的に成熟していったことを暗示するソネットを発表することで、メアリは己れを注意深く中道に位置づけていた。『オラクル』紙は、筋金入りの「革命作家」ではなく、穏健派としての彼女を前面に打ち出すようになった。「ロビンソン夫人の『人間性によせるオード』は『オラクル』紙をしばらく飾ってきたが、革命作家たちのあいだで彼女の以前の作品ほどは人気がない。賢明な精神はつねに説得に対して聞く耳を持っており、理性の警告には柔軟に対応する」。[*2]

ピットとトーリー党は戦争の準備をしていた。一七九三年一月二一日、フランス王がパリの革命広場でギロチンにより処刑された後、タールトンは、できればふたたび軍隊に戻りたいと思っていたことだろう。しかし彼はその年の前半を通じて非常に体調が悪く――皮肉なことに――彼を追ってドーヴァーへと夜道を駆けて以来、メアリを悩ませたのと同じ病気に苦しんだ。「タールトン大佐は数日来リューマチ熱のため、外出できない状態が続いた。現在もまだ病状は好転していない」。[*3] メアリは彼を看病し、彼のために詩を書いた。死が頭にちらついた。一二月には、短いあいだの病気の後、小説家メアリ・アン・ハンウェイと、トム・ロビンソンの古い友人で彼らの結婚の証人であったハンウェイ・ハンウェイとのあいだに生まれた、音楽の嗜みが深い娘ルイザが死んだ。メアリはハンウェイ一家と友情を保ち、美しく才能ある娘の死にとりわけ心を動かされた。彼女はルイザの思い出にエレジーを書いた。[*4] 同じ頃、ルイ一六世が処刑され、おのずとマリー・アントワネットの運命に思いが及んだ。女王と子供たちはまだ投獄されており、彼らもまたギロチンにかけられるかいなかの知らせが届くのを待っていた。メアリはマリー・アントワネットが語る形式で詩を書いた。「ルイ一六世の殺害の前の晩、パリのタンプル聖堂近くで書かれたと思われる断片」と「タンプル塔の牢獄における、マリー・アントワネットの嘆き」。後の詩においては、マリー・アントワネットの、献身的な母親であり不当な仕打ちを受けた女性という立場を強調した。まるで王妃がメアリ自身の王族版であるかのように。

　彼女はシェリダンに約束したオペラを完成させた。それは『アバディーンのケイト』という題で、『オラクル』紙にはその上演が近いことを知らせる告知が幾度か掲載された。当時最も人気のあった喜劇女優のドラ・ジョーダンが出演を希望した。*5 台本は「当代の最高の作家の称讃」を得たと謳われ、国家が戦争を始めようとするときには非常に人気を博すであろう「忠節の精神」に溢れていた。では、なぜ劇場経営者は上演を先延ばしにしたのだろうか。考えられる理由としては、ドルーリー・レイン王立劇場が改築中で、いまやジョン・フィリップ・ケンブル率いる劇団は、賃借の建物でその日暮らしの状態だったということが挙げられよう。ともかくも、新しい大作オペラを上演するのにふさわしい時ではなかった。作品は取り下げられ、『オラクル』紙は完全版を掲載すると約束したが、実行に移されることはなかった。*6

『オラクル』紙におけるメアリの支持者たちは、よりひがんだ見方をしていた。つまり、ケンブルは彼女に偏見を持っているという見方だ。これには真実の要素があるかもしれない。ケンブルの最も重要な財産は彼の姉、当代最高の悲劇女優であるセアラ・シドンズであった。シドンズは一八世紀末において女優という職業に新しい尊敬と威厳とをもたらし、人々の女優に対する見方をほぼ独力で変えていったという功績があった。彼女の名声は汚されないままであったが、彼女は自分が辿っている危険な道を知っており、パーディタとともにいるのを見られることは恥ずかしいことだと思ったのであろう。ケンブルは、自分の新しい劇場が、単なる高級娼婦という古い女優像を生きて体現している者によって傷つけられたくなかったかもしれない——とりわけその時代には、女優のドラ・ジョーダンと皇太子の弟のクラレンス公爵との情事が大きな話題になっていたということもあった。

　シドンズ自身は、体裁に阻まれてメアリと知り合いにならなかったことを悔やんだ。メアリは彼女に詩を送り、面会を試みたが、実らなかった。『オラクル』紙におけるメアリの編集者ジェイムズ・ボーデンは、後にシドンズの権威ある伝記を書いたが、その中で、弟の保護の恩恵を受けたセアラの私生活の高潔さと、パーディタの純潔からの転落とを比較している。ボーデンは、パーディタが堕落したのは夫の責任であると堅く信じていた。

追従によって、理性が美の周りに配置した護衛はすぐに退いていった。守備隊に命令すべき立場にある者が信頼を裏切り、夫は己れの名誉を犠牲にした。そしてまもなく羽振りの良い暮らしが始まるが、その「資金」はどこから出ているのか皆目見当がつかない。賽は投げられ、魅力的なマライアの運命は定まった。そして彼女は、憂鬱な現実の中で、パーディタになった。*7

「魅力的で美しいロビンソン夫人」とシドンズは言った。「私は心の底から彼女を気の毒に思います」。夫人に会うように招待されたとき、彼女は残念ながらと、絶妙な言葉遣いの断り状を書いた。

ご丁寧に気にかけてくださり、詩を送ってくださったロビンソン夫人に、私は感謝しております。彼女に敬意を込めてそうおっしゃってください。私は、その魅力的で気の毒な女性が堕ちてしまった境遇からすっかり立ち直ることを願っております。彼女が、その書くものの半分ほどでも愛すべき人であるなら、彼女と知り合いになる可能性を願うことでしょう。私が可能性と申したのは、人の一生は性癖を間断なく犠牲にすることであり、それがいかに称讃に値し、いかに無垢なものであっても、性癖に身を任せてしまったなら、けっして道を誤らない節度ある人々から、恨みや非難を招くだろうからでございます。*8

シドンズとロビンソンを引き会わせようとした共通の友人は、ジョン・テイラーであった。彼は王室眼科医であり、演劇批評をしたのち、『モーニング・ポスト』紙の編集者となった。文人であり詩人であり、有名人には目がなかった。メアリの次著となる、三篇の詩を収めた薄い書物、『視界、悲しみの洞窟、孤独』は、彼に献呈されている。その中で彼女は、「洞察力に富む、開明された精神から生じるその友情に与《あずか》れ、私は誇らしく思う」とテイラーについて語っているが、一方で、次のようにも付け加えている。自分は献辞があまり好きではない、というのも、献辞は「高位の人間の虚栄の糧となるよう計算されていることがあまりに多い」からである。彼女は、「才能の貴族階級」という原理のほうを好んだ。『ヴァンセンツァ』の第三版に挿入された読者への挨拶に見られるように、彼女は己れを市場の作家、すなわち、上流社会の庇護に依存するお仲間作家ではなく、実力で世を渡ってゆく存在と、意識的に位置づけていた。テイラーは、自分自身の詩集の献辞を通して、メアリに敬意のお返しをした。

親愛なるロビンソン夫人へ
拝啓
　あなたの最も美しい詩を捧げられるなんて、文学に携わる者として嬉しさもひとしおです。だからというわけではないのですが、以下のつまらぬ作品をあなたに捧げさせていただきたく思います。私はあの詩の価値がよくわかっておりますので、それに見合うお返しはとてもできません。この場では、せめて感謝の意を表し、私が現代の最も才芸豊かな女性の一人である方との友情に長く与ってきたことを、吹聴させていただくだけで十分であります。[*9]

メアリはまぎれもなく、著名詩人になりつつあった——それには『オラクル』紙の貢献も大きかった。現代の宣伝策略家よろしく、彼女のために活動したからである。『オラクル』紙は、彼女を天まで届くような高みへと引き上げた。三つの詩を収録した薄い書物の出版が、世紀の文学的事件であるかのように語られた。新聞はつぶさに報道した。彼女の健康とタールトンとの関係の浮き沈み、作品の世界的な売り上げ（彼女の詩はインドで一冊三ギニーから四ギニーで売れた――「もしこれが文学的競争にとって満足すべきものでないとしたら、何がそうだというのか」）、ロンドン内外での動静（「ロビンソン夫人は数日間ウィンザーの近隣にいて、すべての満足のうちでも最も名誉あるもの、すなわち文学的名声に浸って休息した」）、そして彼女の最良の作品に曲がついて流行歌となったこと、あるいはロンドンの舞台で朗唱されたこと（「ロビンソン夫人は、彼女の詩が画家――作曲家、翻訳家――公開の朗唱――そして劇評などの主題となって、非常に嬉しく思っている。彼女はいまや、羨望のすべての矢が彼女に向けられることを予想し、武装して構えている[*10]」）。

八月初め、母親が亡くなった。兄弟たちは裕福であったが、ヘスターを助けるために財政的な援助をしようという彼らの申し出を、メアリはつねに断った。ニコラス・ダービーが去った日から、母親の世話をしたのは彼女一人であった。マライア・エリザベスによれば、ヘスターの死は大きな打撃であり、その後何か月もメアリの健康に影響を与えた。「生涯の最後まで、亡くなった母親の思い出にゆかりのあるものが出てきたりすると、悲しみは新たになった[*11]」。三世代の女性たちは、長年にわたって非常に緊密な絆を作り上げたのであった。彼女たちは、世間的恥辱、亡命、肉体の障害を生き抜き、互いに安らぎや支えを求めたのであった。彼女がこの頃、松葉杖からころげ落ちてひどい怪我をしたと新聞で報じられたが、彼女の母親の死に際を看病することがいかに大変なことであったかということが、その記事からしみじみと伝わってくる。

一七九三年の後半、メアリは二つの詩を極めて異なるスタイルで出版した。マリー・アントワネットの処刑について本名で書き、大いに賞讃された『フランス王妃マリー・アントワネットの思い出によせるモノディ』と、「ホラス・ジューヴナル」の名で書かれた、二つの歌《カント》からなる『当代の作法』という題の諷刺詩である。後者で彼女は、ゲーム、ゴシップ、懸賞ボクシング（タールトンお気に入りの趣味）

といった流行の悪習を諷刺している。「フィ＊＊＊トの眼」の「魔力」というちょっとした言及は、皇太子の心を支配するのがフィッツァーバート夫人であることを彼女が苦々しく思っていなかったわけではないことを暗示している。メアリの風刺は社交界《トン》において「雀蜂の巣を突っついてしまった」と噂されたが、[*12] 批評家は彼女の押韻二行連句の生気と巧妙さを称讃した。

おお、流行よ！　趣味と機知の使節よ、
私はたびたび、おまえの得意満面な姿を観客席の中に目撃する。
たとえばホバート夫人が批評家気取りで扇を動かし、注意を引くとき。
扇をはためかせて、場違いな喝采を促しているのだ！
また、若い女性が青ざめた顔で横の桟敷席から溜め息をつき、
厚化粧した年増が、厚化粧した愛人の色男に向かってうなずくとき。
痩せた貴族が人混みの中で、
白い歯を見せて、お気に入りの歌をくちずさむ。
この男、季節に関係なく、劇場へと押しかける、
六枚ものチョッキに身を包んで――五月だというのに。
正午になって、やっと起き出すが、
ポケットは空――頭はもっと空。
宮廷舞踏会の気分からまだ抜け出せていないので、
昼間の卑俗な生活には我慢がならず、
蠟燭で照らされた夜をひたすら待ち望む。
カジノの魅力、ファロの誇らしい喜び！

彼は白昼の日の光が大嫌いで、耐え難く感じる。
それは口を開けた借金取りに自分の家の玄関を指し示すから。
彼は朝中ぶらついたり、ニュースを読んだりする、
香気の雲とオリュンポスの露の中で。
そして約束の三時がやって来る、
セント・ジェイムズ・ストリートの混み合う舗道で会う約束だ。
そこではさまざまな店が愚かしいものを売って繁盛し、
「伊達男が伊達男を追い払い、馬車は馬車を追い立てる」。〔アレグザンダー・ポープ『髪の毛盗み』〕
かと思えば称号を持つこの族《うから》はハイド・パークへと群れていく。
ブーツで歩くために——あるいは絹の靴下で馬に乗るために。[*13]

「ホラティウスやユウェナリス〔ともに古代ローマの諷刺詩人〕も、英雄や暴漢や鹿皮について、ボックス席付属のロビーについて、また舞踏会や店について、このように雄弁に長々と歌い上げることができただろうか」、とある批評家は問い、『モーニング・ポスト』[*14]紙は、その詩は「この優雅で知的な作家の持つ多芸な才能の、もう一つの驚くべき証左である」と言った。自分の知っている世界について、アレグザンダー・ポープから習った軽いタッチで書くとき、メアリは最も優れていた。

　メアリとタールトンは、この頃はもう同居していなかった。しかしタールトンは「しょっちゅうセント・ジェイムズ・プレイスの彼女の家にいた」[*15]——そこはこぢんまりした小さな広場で、セント・ジェイムズ宮殿の王家の住居に、庶民がいちばん近く住める場所と言っても過言ではなかった（そこはまた、セント・ジェイムズ公園に隣接するという利点もあった。セント・ジェイムズ公園はロンドンで最も格式の高い公園で、馬車を走らせるのにも王の許可を必要とした）。大衆の目には、メアリはいまや独立した女流作

家であり、単なる著名人の愛人ではなかった。彼女はこの頃ジョージ・ダンスによって横顔をスケッチされているが、もはやファッショナブルな女性には見えず、厳しいまなざし、簡素なドレス、フランス革命のヘアバンドによって、すこぶる知識人らしく見えた。

詩集の第二巻は、一七九四年一月四日に出版された(ただし、題扉には一七九三年と記されていた)。『ロビンソン夫人による詩、第二巻』と題された本は、一七九一年の巻とセットになるように印字がデザインされていたが、出版者は別で——ジョン・ベルは倒産していた——、予約出版ではなかった。それは厚紙製本で、値段は一二シリング、中間層の市場を狙ったものであった。中間層とはすなわち、小説が想定する巡回図書館の読者よりも上、第一巻の予約リストに見られるようなエリート読者よりも下、というあたりの読者層だった。序文の宣伝文句によると、数か月前、単独に出版された詩の三部作、「視界」、「悲しみの洞窟」、「孤独」が収録されていた。「それらの第二版を刊行するよりも」、むしろ新詩集に収録する道を選んだとのこと。また詩集に収められた、それ以外の詩の多くが、以前「ラウラ・マリア、オベロン、ジュリアの筆名」で『オラクル』紙に発表されていることを明らかにしていた。

この詩集は、前のものより個人的な詩を多く含んでおり、その中には父親に対するエレジー、タールトンに向けた恋の詩の数々、娘のために書かれた抒情詩選が収録されていた。抒情詩にはマライア・エリザベスの一九歳の誕生日に書かれた数行が入っていて、それは「私の波乱に満ちた運命がどうであれ/私にとっていまだ最も貴重な時間は/おまえが生まれた、あの至福の時[*16]」と宣言していた。この頃の彼女の生活を垣間見させてくれるのは、「チャールズ・ジェイムズ・フォックス閣下に献げられた、セント・アンの丘での瞑想の夕べ」である。メアリは、フォックスの田舎の邸宅からほど遠からぬ、オールド・ウィンザーで夏を過ごしていた。フォックス邸にはエリザベス・アーミステッドがほとんど定住していた。いまやメアリは作家になったので、もはやアーミステッドを敵とはみなしていなかった。詩はフォックスの「高潔な心」と「愛国心に満ちた胸」を讃えて終わっている。これは、初めはフランス革命を歓迎したにもかかわらず、王と国への忠誠を守っているとして昔の庇護者を弁護する、彼女なりの方法であった。

ある批評家は、個人的な詩が多すぎることに異議を唱えた。「多くが彼女自身に関連した出来事を述べており、いとも誇らしげに哀れを誘っている」。[*17] 別の批評家は、この詩集が「最初の詩集と同じ美しさと同じ欠点」を持っていることを見逃さなかった。[*18] おそらくメアリの作家としての最大の欠陥は、自己批判能力の欠如であろう。彼女は自分の良い作品と悪い作品を区別するのが得意ではなく、またこの問題の助けとなる強力な編集者をもたなかった。数年後、この時代最高の批評家であり知識人であるサミュエル・テイラー・コールリッジは、彼女の作品は「玉石混淆だ。それは認める。だが、それが、溢れんばかりの豊かさを持っていることに変わりはない」と言った。[*19] この時期までのメアリの詩で、できの悪いもの、平凡なものの多くは、「デッラ・クルスカ派の派手な装飾」が原因とも考えられよう。その影響を完全に根絶するには、しばらく時間がかかった。予想どおり、『オラクル』紙はそのような留保などと無縁だった。「この作品に見られるような優雅な言葉遣いには、まず、めったにお目にかかれない」[*20] ジョン・テイラーのような友人たちも、讃辞を携えて馳せ参じた。

ロビンソン夫人に捧げる即興詩、彼女の詩集を受け取って

愛しいラウラ、心からの賛辞を受け取ってほしい、
人生の早い時期からあなたを讃美する友からの。
開花しかけたあなたに、甘美な兆しがすでに見えていた、
時とともにそれは熟し、いまや美しい花へと開花した。[*21]

『詩集第二巻』売り上げ部数の記録は残ってはいない。『詩集』とのみ題した新版が、しばらくしてから初版の半値で出版されたが、それは売れ残りの在庫品を売り飛ばす試みであったと察せられる。

『ヴァンセンツァ』成功の後、メアリは二作目の小説を計画し、執筆するのに忙しかった。それは「新しい時代」を表現するもの、『当代の作法』という詩の拡大・小説版になるはずであった。いつものように、『オラクル』紙は出版前の誇大宣伝を掲載したが、今回は、世間によく知られた何名かの人物に「驚くほどよく似ている」という趣旨であった。出版の前日『モーニング・ポスト』紙は、社交界《トン》を駆け巡る怒りの声のニュースを報道した。「ファッショナブルな未亡人たちすべてがロビンソン夫人にたいして武器を取り、位もない女性が身分の高い人々に無礼な振る舞いをすることに疑問を呈した——さらに罪深いのは、彼女は野卑な大衆の大義を支持すると称していることである」[*22]。「野卑な大衆」とはパリの民衆に対する悪名高いバークの用語である——それはトム・ペインのような急進派や、バークを変節者として嘲笑する諷刺画家によって、たえず彼に向けて投げ返された。さらに保守的な上流階級の構成員にとっては、かつては王族の愛人であったロビンソン夫人が急進的な仲間と交わり、大衆の大義を支持するとはとんでもないことであった。しかし、その内容はともかく、評判にならないよりは評判になったほうがよい、という原則からすれば、メアリも出版前の噂話はたいして気にならなかったであろう。

『未亡人、または当代絵図』は一七九四年の聖ヴァレンタインの祝日に出版された。「私の以前の作品を高く評価してくれた、大衆と寛大な批評家へ」献げられたこの作品は、文体と内容においてメアリの散文執筆の新しい出発を示すものであった。それは書簡体小説で、ジュリア・セント・ロレンスという感傷的なヒロインを中心とする。彼女は作者と同様アメリカ人の商人を父親に持ち、飽くなき読書と「詩を書き散らす」ことで時間を過ごしている。暗い赤褐色の髪と青い目を持つ「アメリカ風の美人」

である。ジュリアは駆け落ちし、結婚し、海で死んだと信じられている。夫は再婚するが、彼女は田舎で誰にも知られずに生活し、未亡人と称している。小説に出てくるもう一人の未亡人は、アミーリア・ヴァーノンという悪意に満ちた破廉恥な女性で、この人物を登場させたことが社交界の機嫌を損ねることになったのは間違いない。彼女は道徳的節度をまったく欠いていて、接触するすべての人間に害を与える。彼女は最も恥ずかしい方法で、未亡人生活を楽しんでいる。「喪服はうきうきするくらいすばらしく似合う。いまもまだ着ていたかった。いつかそのうちもう一度喪服を身に着けられる日の来ることをこい願っている」。*23

ヴァーノン夫人の親友レイディ・シーモアは、小説の中で最も説得力のある人物である。ジュリアのようにあまりに世間知らずでも、アミーリアのように堕落しすぎてもいない。むしろ狡猾でいきいきとしたカリスマ的なアンチ・ヒーローで、ジェイン・オースティンの若書きの書簡体小説に登場するレイディ・スーザン〔同名の短編の女主人公〕のような人物、あるいは『マンスフィールド・パーク』〔オースティンの一八一四年の小説〕のメアリ・クロフォードのような人物のさきがけである。レイディ・シーモアは田舎に追放され、そこで「生きながら埋葬されている」ように感じ、楽しみのために土地の人にいたずらをする。この時代の女性作家の小説には、感受性の犠牲になっている人物が数多く登場してくるが、それとは対照的に、彼女は感傷主義の短所、たとえば自然への愛を諷刺する。

もし私が山や小川や森や滝が好きだとしたら、それを絵に描いて家に掛ければいいだけの話ではないか。そうすれば、本物と同じくらい魅力的で、季節ごとの変化がないという付加的な利点もある。それというのも、秋が我慢できないのは、美が衰えることを警告するからである。そして、冬！　ああ冬！　冬が来るとチャールズ卿〔長く患っている彼女の夫〕のことを思い出さずにはいられない！……もし誰かが、私が夫に従うことができるなどと考えるなら、私は死んでしまうだろう。*24

批評家たちが即座に認めたように、メアリは社交界の愚かさをみごとな腕前で描いた。自分がよく知っている社会を生き生きと遠慮なく書くことで、婚外の情事があたりまえであり、美徳が馬鹿にされ、自己満足の優越感がはびこっている世界の腐敗を暴露した。レイディ・シーモアは書いている。「親愛なるレイディ・アルフォード、私たちは行儀作法の体裁を保たなければなりません。さもないと身分が低く、完璧な才能と感受性がご自慢とはいえ、実態は粗野《ゴシック》な才能や感受性しか持たない女性が、でしゃばってきて人目を引こうとするでしょう。そして生まれの良い私たちを霧に隠れて見えなくしてしまうでしょう」。そしてヴァーノン夫人は「悔い改めるにはもう遅すぎます。あなたは身を守るために称号を買ったのです。幸福を買うのも簡単でしょう。あなたの身分のおかげで、卑しい人たちから生意気な非難を浴びることも免れるのですから」。身分は低いが優れた知性を持つ人間は、権力を持つ人間によって不当に誇られる。ジュリア・セント・ロレンスが彼女の腹心の友に警告されたように、「はるかに抜きん出た知的優越性を持つことは、無知な人間から見ると、最悪の罪を犯しているように見えるのです。なぜならそれは家系という属性より優れていて、いくら欲しくても後から手に入れることはできず、運命の変動によってその本質的な価値を奪ったりすることができないからです[*25]」。

書簡体によってメアリは、レイディ・シーモアの鋭い諷刺から、ヴァーノン夫人の冷酷な機知やアルフォード卿の公平な見解に至るまで、異なる声の実験をすることができた。彼女の小説は、教育、革命、名声、身分の不法性などについて、ますます急進的になっていく彼女の見解の、いわば公開討論の場となった。「美徳が人間の心に生まれながらに備わっていないとは、私にはどうしても納得がいきません。私は、身分の差の大きさや、財産の恩恵に恵まれた者の悪徳が、人類を脅かすすべての不幸の根源だと信じています」とアルフォード卿は書いている。人類が生まれつき美徳を持ち、身分や富の不平等が悪の根源であるという考え方は、ジャン゠ジャック・ルソーなどフランス革命を知的に触発した人間たちの思想に、直接由来する。ロビンソンはまた、従属から解放されたいというもっともな欲求によって引き起こされた低い階級の人々の一連の暴力にも、同様に警戒を怠らなかった。

いわゆる社会のより高い階層と呼ばれるものの尊大さが、眠れる精神を目覚めさせるような類の、不満のざわめきを生み出す。最も開明的な人においては、それは不安を作り出し、その不安がまもなく軽蔑に変わる。軽蔑は尊敬を追放し、憎しみを生む。次に生まれてくる観念は復讐である。理性は真の優秀さの資格とは何かについて熟考し、知性の力はみずからの卓越性への権利を確言する。われわれは内戦の恐怖に身を震わす！　われわれは、夥しい人間の血が流れ、それによって激高した多数の人々がなだめられるのを見てたじろぐ。しかし名もなき人々を生み育てる無知と、彼らが子供の頃から受けてきた従属教育とは、精神の拡張を妨げ、自分が受ける仕打ちにのみ敏感になり、不正を正すことに夢中にさせる。虎を檻から放てば、血を求めるのではないだろうか。[*26]

メアリがこれを書いた頃、ジャコバン党の恐怖がパリの市街を跳梁しようとしていた。

この小説は、当然ながら、『ヴァンセンツァ』より「堅苦しくない文体」を持ち、写実的であるために称讃された。「これらの書物のいちばんの長所は、それが当代絵図を描いていることであり、社交界の愚かさと堕落がみごとな筆致で活写されている」。「彼女の登場人物と風俗が、社交界との親密な関わりに由来するものであることは明らかだ」[*27]。愛嬌のあるメアリは、自分をだしにして冗談を飛ばすことが嫌いではなかった。「私はピアノフォルテを弾こうとしました。私が音楽の本を開いて最初に見た歌は『さようなら、わびしい積み薪よ』。私が二番目を開いてみたら、それはあの馬鹿な古い小曲『美しき奥様へ』。三番目は『身につけた優しさのために』。そして四番目は『メアリの嘆き』。これではあまりに腹が立ちます」[*28]。長いあいだ失踪していた父親と和解し、アメリカで一緒に住むというヒロインの願望にはある種の痛々しさがある。一部の読者にとって、小説の中で最も訴えかけてくる部分――特にメアリの過去に照らしてみると――は、誘惑に屈する美しい女性を弁護するところであった。

私たちは皆過ちを犯すものです。そして共感に満ちた心、思い遣る心を持つ人は、貶めるのではなく褒める機会をつねに喜んで捉えようとするものです。非難する人には自分自身の心を吟味させなさい。非難する前に自分が無実だと証明すべきです。女性のつまずきは千もの状況から作り出されるのですから、最も優しい寛大さを要求して当然です。女性の心は、弱いからかならず邪な道に走るとは限りません。でも、さまざまな出来事が合わさって、どんなに力強い清廉潔白も覆される結果になることがあります。そして若いときに身近な人がしばしば教育のためにとろうとした厳しい態度が、慢性的な不満を生じ、あらゆる生の感覚を鈍らせ、気の抜けたものにしてしまいます。かたくなな無関心に染まった精神は美徳の活力を避け、簡単に策略家の餌食になるのです。品行方正の道から逸れてさまようことのない女性がいることは確かです。そうでない女性は、喜びの高みにいて、あらゆる慰め、人生の贅沢に囲まれ、愛すべき親族の配慮に恵まれている（その一方で、どんな願いでも立派な夫の愛情が応えてくれる）ので、もし美徳から外れることをしたら、それは許されがたい罪です。しかし、偏見を持つ観察者は次のような女性をどう思うでしょう。おそらくは豊かな富によって優しく育まれ、繊細な感受性を持ちながら、冷酷な世間の意のままに蹂躙される女性。若くて美しいのに、貧困に打ちのめされ、圧迫におびえ、甘言の攻撃を受け、華やかさに目がくらんだ女性。このような女性に向かえば、どんなにかたくなな心の持ち主でも、こうして道を踏み誤った者に溜め息をつき、もし無思慮な行為の弁解となるものがあるとすれば、それはさまざまな状況が組み合わさったものであると認めるに違いありません。しかし、ああ！　公正に吟味し、慈悲をもって判断する人のなんと少ないことか！　過去

⑬「スクラブとアーチャー」、フォックス、ノース卿、パーディタをめぐる諷刺画。壁の絵には、タールトンがレノルズの肖像画のような姿で描かれている。

⑭「気球舞台」。性治療医のジェイムズ・グレアムと、彼のファッショナブルな患者たち。メアリは最上層にい

⑮「新しい馬車（ヴィザ・ヴィ）、あるいはフロリゼルがパーディタをドライヴに連れていく図」。皇太子、ロビンソン夫人、フォックス（背後の従僕の位置にいる）、ノース卿（屋根の上で眠っている）。

⑯「レドンホールの戦闘で傷ついた黒髭将軍」、フォックスと、パーディタを含む支持者たちを描いた諷刺画——パーディタは画中で唯一の女性である。

⑰「山羊たちがウィンザーへと駆けていく、あるいは寝取られ亭主の慰め」、パーディタと愛人たちの諷刺画。高速の馬車（ギグ）の御者は皇太子である。山羊に乗っているのは、フォックス、タールトン、ノース、ロビンソン（寝取られ亭主の角を生やして、後ろ向きに座っている）。

⑱「パーディタ進退きわまれり」。『ランブラーズ・マガジン』誌に掲載された諷刺画（1784年8月号）。

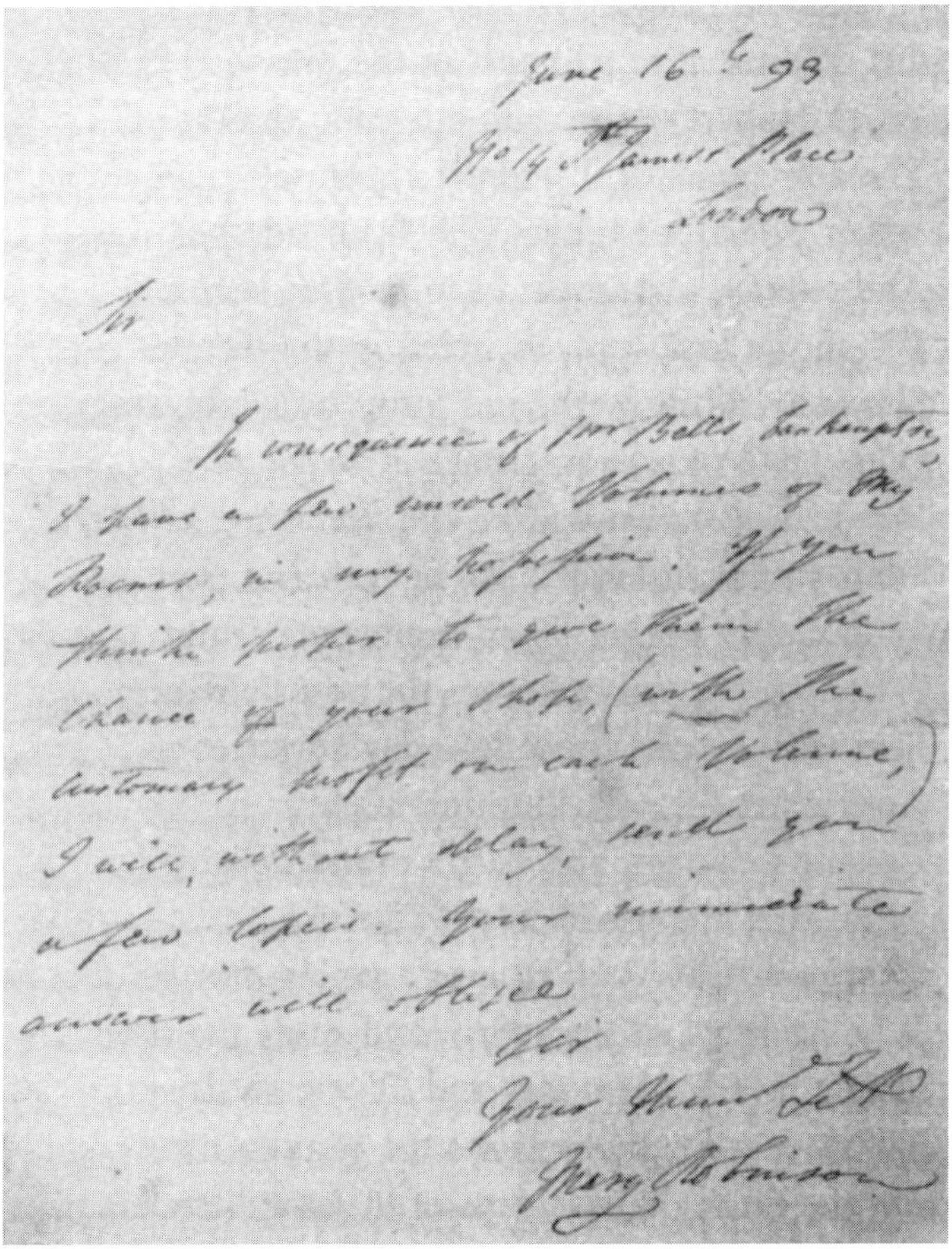

June 16th 93
No 14 St James's Place
London

Sir

In consequence of Mr Bell's Bankruptcy, I have a few unsold Volumes of my Poems, in my Possession. If you think proper to give them the Chance of your Shop, (with the customary profit on each Volume,) I will, without delay, send you a few copies. Your immediate answer will oblige

Sir
Your Hum Sert
Mary Robinson

⑲メアリ・ロビンソンの自筆の手紙（1793年）。

⑳ジョン・ホップナーが描いたメアリの後年の肖像画（1796年頃）。
作者とモデルが誰であるかについては疑義が残る。

㉑晩年のメアリ・ロビンソンの肖像、ジョン・チャブ作。卓上には書きものをするための道具があるが、彼女は皇太子の細密肖像画を握りしめている。

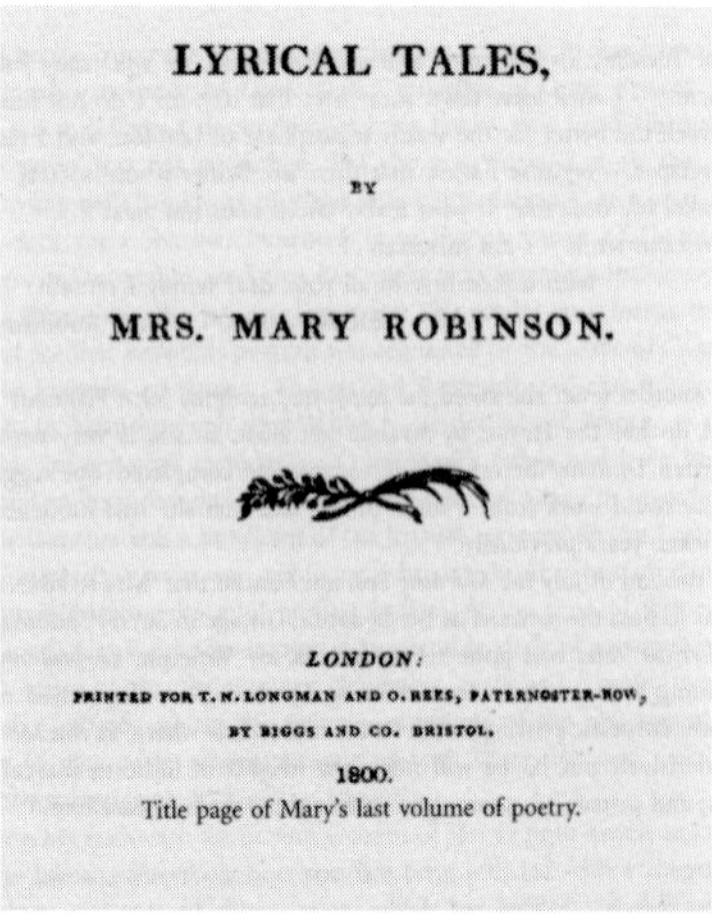
LYRICAL TALES,

BY

MRS. MARY ROBINSON.

LONDON:

PRINTED FOR T. N. LONGMAN AND O. REES, PATERNOSTER-ROW,

BY BIGGS AND CO. BRISTOL.

1800.

Title page of Mary's last volume of poetry.

㉒『リリカル・テイルズ』の題扉（1800年）。

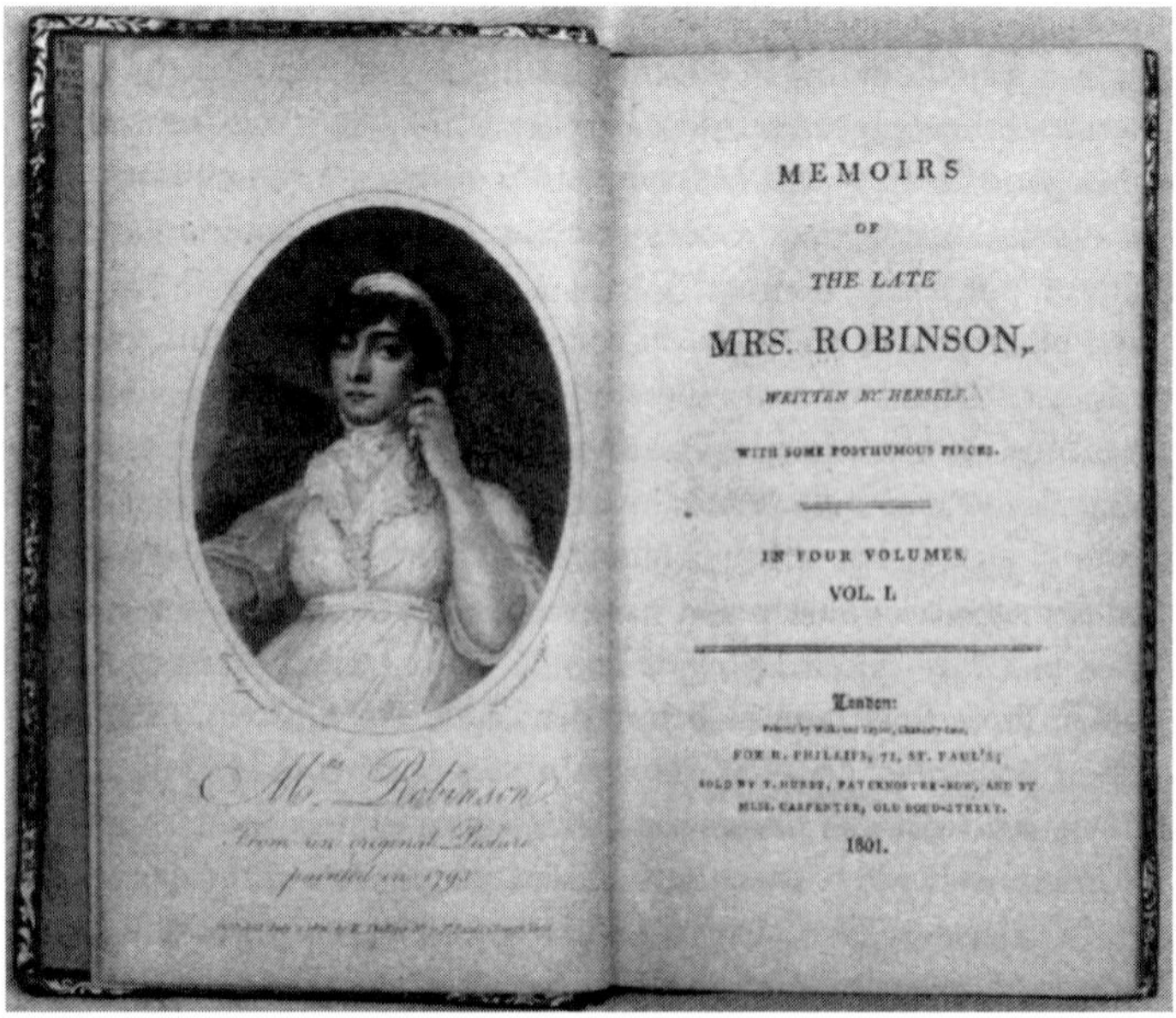

㉓メアリの『回想録』の題扉。1798年にジェイムズ・クランクによって描かれた肖像画をもとにした銅版画が付いている。

のつまづきの原因を振り返って、現在の罪を軽減しようとする人のなんと少ないことか！[29]

『ヴァンセンツァ』が非常な商業的成功を収めたので、『未亡人』はメアリの個人的要求によって、小説の通常の印刷部数の二倍以上である一版一五〇〇部が印刷された。最初の数か月は活発な売れ行きを示した。経費と売り上げが同じになる地点（五〇〇部あたりでそこに到達するだろう）を越え、七月には最初の支払い二一ポンドが彼女に支払われたが、それではとても生活を維持することはできなかった。この本についての新聞の書評は年が明けるまで単発的に続いた。五月には「『ファラオの娘たち』が、ロビンソン夫人の新しい小説の中で、名誉ある仕事にケチをつけられ、大いに怒る」――すなわち、ファロのテーブルで賭け事をしている上流の女性（デヴォンシャー公爵夫人ジョージアナを含む一団）が、度を超した熱中ぶりを描かれて、怒ったのである。そして一〇月、『モーニング・ポスト』紙は、二年前には多数の人がロビンソン夫人の書いたものを「偶像崇拝のごとく」崇拝し、「イギリスのサッポー……」と名づけ、「その文学的名声はレノルズの筆より長生きするであろう」と考えたのに、いまや彼女は「罵倒の対象である。なぜなら、彼女の小説には民主主義の精神が息づいているからである」と述べた。[30]

メアリは、彼女の本が出版された頃、「神経熱」で体調を崩していた。一方彼女の娘は、社交界に登場し始めた。娘はブランデンブルク・ハウスの仮面舞踏会（皇太子やシェリダンも出ていた）に修道女の衣装を着て参加した。彼女はミス・ジャーニンガムとレイディ・アスギルとともに、部屋で「最も美しい三人の女性」の一人であると言われた。[31]

マライア・エリザベスは、文学デビューも果たした。彼女の最初の小説は、母親の二番目の小説が出版された数週間後に完成した。『バーサの神殿』と題された作品は、書簡体形式で書かれたゴシック・

ロマンスで、このジャンルの紋切り型の要素がすべて含まれていた。古い廃墟、秘密の箱、死体、幽霊。ヒロインはローラとソファイア。ローラ――もちろん、マライア・エリザベスの母の筆名のうち、最も有名なものであるが〔イタリア語読みだとラウラ。ここでは英語読みでローラと表記する〕――は、黄褐色の髪と暗く青い目を持っている（メアリおよび彼女のヒロインの何人かと同様）。彼女は、ローザンヌの修道院で教育を受けた。そこは、彼女がドイツに行くまでは、小説の大部分の舞台となっている。ローラの親友のソファイアはイギリスに住み、放蕩に耽る社交界を描写した手紙を送る。ローラは「神聖なるルソー」の弟子で、メアリのヒロインに輪をかけて感傷を絵に描いたような女性だが、精彩という点では劣っている。彼女は従兄弟のヘンリー・パーシヴァルに恋しているが、彼は支配的な母親から逃れるために外国に行っている。ローラの出生は数々の不可解な謎に包まれており、それが元で数多くの問題や障害が生じてくる。しかし、その後、二人は結ばれる。自殺と思われるレイディ・バーサの死が、実は彼女自身の手によるものではなく、間違って許容量以上の阿片を飲まされたことが原因だったというのは、思いもかけないどんでん返しと言うべきだ。――この不運は、メアリの後期の小説『ウォルシンガム』のクライマックスを先取りしている。『ウォルシンガム』では、ヒーローは、命を奪う可能性のある量の薬を、もう少しで飲んでしまいそうになるのだ。

マライア・エリザベスは社会と風習について巧みに書いている。フランスやドイツといった外国生活の描写は、細かいところまで行き届いていて魅力的だ。間違いなく個人的体験に基づいたものであろう。たとえば、田舎の祭りの描写では、卵、チーズ、パン、ワインを満載した屋外のテーブルが色彩豊かに活写される。また、ドイツ女性の民族的特質についても、いきいきと描写されている。「ほかの国民よりはイギリス人に似ている。彼女たちは快活で、社交的で、気取らない。衣装と芝居が猛烈に好きである」[*32]。本文はシェイクスピアの引用、またホメロスやウェルギリウスへの言及で飾られ、マライア・エリザベスが裁縫やピアノのためだけに育てられたのではなく、より優れた「男性的な」教育を受けたことを証明している。この書は、「この上ない感謝と愛情に溢れる娘」からの、「最高の母親」への献呈文で始まっている。母娘両者の詩が叙述の中に織り込まれ、メアリの新しい詩が挿入されて、潜在的読者への「予期せぬ楽しみ《ボンヌ・ブーシュ》」を提供している。

メアリから友人ジョン・テイラーに宛てた手紙が、出版前の母と娘の興奮と不安を明らかにしている。

水曜夜七時

二時からこのかた降りっぱなしの雨に、ずぶ濡れになって戻ってきたところです。

メアリ〔マライア・エリザベス〕は、彼女の急いで書いた書簡体小説がいよいよ出版されるので、期待に胸を打ち震わせています――明日には店頭に並ぶことでしょう。あなたはとてもご親切です。本当に、ファン〔ジョンのスペイン語形〕。でも私たちはあなたを心から、純粋に、欲得を超えて愛しています――ホワイトハウスのオードを見ましたか。直接お目にかかったことはないのですが、彼からはお世辞に満ちた手紙を何通かもらったことがあります。ロンドンに行ったときそれをお見せします。彼は自分の作品を送ってきたのです。すばらしい装丁です――オードのほうもなかなか良くできていると思います――読んだらご意見を聞かせてください。

さようなら

忠実なる　MR

メアリは次の便であなたに手紙を書きます――少将《ジェネラル》が小さなバーサにおめでとうと言っています。来月兄がロンドンに来ます――彼はあなたとH氏に会う機会がたくさんあることを願っています。*33

「小さなバーサ」とは小説の献呈本を意味する。少将とはタールトンのことで、彼はその年昇進した。※

H氏のフルネームは不明だが、『オラクル』紙の一節が彼の正体をあかしている。「ロビンソン夫人は兄ダービー氏と、イタリアに二年間住むことになっている――ダービー家から、H＊＊＊氏はR嬢を嫁にもらうことになろう。彼女の嗜みに十二分に見合った持参金付きで」[*34]。考えられる候補者は、古くからの友人ハンウェイ家の子息である。マライア・エリザベスがいつ「H氏」と婚約したか、いつ、どうして婚約が解消されたのかは不明である。彼女は結婚することはなかった。彼女の「持参金」の出所もまた謎である。叔父のジョージ・ダービーから与えられたということは大いに考えられる。彼はリヴォルノにあるイギリスの工場の工場長にまで出世していた。メアリが最後の日々を過ごしたウィンザー・グレイト・パークの側のエングルフィールド・グリーンの家は、娘の家であって、母親のものではなかった。マライア・エリザベスは、本人が亡くなるまでそこに住んだ。

『バーサの神殿』がマライア・エリザベスに大きな収入をもたらさなかったことは確実である。それはウィリアム・レインによって、ゴシック小説を巡回図書館向けに乱造するミナーヴァ出版で印刷された。一七九六年に再版が出たが、売り上げはけっしてめざましいものではなかった。書評も二、三現れたが、その一つは、この書が「おおむねよく書けている」と褒めている[*35]。

メアリはその夏、ふたたび芝居の世界と関わった。「輝かしい六月一日」、イギリスはフランス海軍に、ブルターニュ海岸沖で大勝利した。それを記念して、一か月後、新しいドルーリー・レイン劇場で特別興業が行われた。それは「ハウ伯爵の指揮による最近の輝かしい作戦で斃《たお》れた勇敢な兵士の寡婦と遺児救援のための慈善興行」と銘打っていた。この催しは皇太子とクラレンス公爵の主催であった。中心となる劇は、人気の衰えることのないギャリックの『田舎娘』で、その後でクラレンス公爵の愛人ドーラ・ジョーダンが、シェリダンの『恋敵』初演時のエピローグを語り、それからシェリダンが急遽作り上げた演し物『輝かしい六月一日』が上演された。それには、メアリを含むさまざまな作者による歌が入っていた。この特別興業で、慈善基金として一三〇〇ギニーが集まった。

一方タールトンはなおも賭けごとをしており、自分がパリで軍役に就くかどうかをめぐって、シェリダンと賭をするほどであった。メアリが書くのは負債を支払うためだという噂が流れた。そう主張したのは、『ホイッグ・クラブまたは現代愛国主義のスケッチ』という諷刺パンフレットである。

もし大佐を信じるならば、彼の愛における偉業は、戦争における功績に少なくとも匹敵するものである。彼は、どんなに頻繁に、どんなに断固として、差し迫った戦いに立ち上がったかを、喜んで語る。この件については、つい最近までならパーディタを証人にできただろう。だがかつては優美で繊細だったこの女性も、いまや昔の美しさのもの悲しい遺跡にすぎない。どうにか時間を紛らしたり、小説を編み上げ、ソネットのうわべを飾ることで、大佐のぐらつく財政状態を支えるのが精一杯のありさまだ。*36

このパンフレットはチャールズ・ピゴットによるものだった。ピゴットはシュロップシャーの紳士で、美食家、競馬業、そして柄にもなくジャコバン党の急進派だった。フォックスやタールトンといったホイッグ党員もピットのようなトーリー党員と同様ろくでなしであるとみなして、下品かつベストセラーにもなった一連の諷刺を書き、議会に居座る貴族や紳士階級の「寝室政治」を鋭く皮肉った。

※ここには不明な点がある。手紙は明らかに『バーサの神殿』の出版直前に書かれているが、タールトンが少将《メイジャー・ジェネラル》になったと公表されたのはその少し後である。公表は遅れたようだが、おそらくこのときまでに昇進見込みを聞いていたのだろう。別の説明としては、「ジェネラル」とはメアリ・ロビンソンとジョン・テイラーのもう一人の共通の知り合い、おそらくモイラ伯爵のことで、彼はこのときまでには大将《ジェネラル》になっていて、メアリととても親密であったようである――二人の関係の性格と程度は、彼女の晩年の最も興味をそそる謎である。

タールトンはピゴットの『女性のジョッキー・クラブ』でさらにけなされた。そこでは、メアリの略歴が、皇太子、宮廷、堕落した貴族階級を攻撃する口実として使われた。また、大佐がメアリと疎遠になったのは、彼がマライア・エリザベスに性的に迫ったからだと主張されている。「われわれが最近聞いたところでは、正直に言って悲しいことだが（愛する二人の喜びはかくもはかないものである）二人のあいだに重大な不和が生じている。リヴァプールの英雄が、パーディタの美しい娘に対して劣情を催したからなのである」[*37]。これは一七九四年夏のことで、このとき、メアリはタールトン抜きでウィンザーに発った。いつものように、すぐよりが戻った。「ある女流文人が勇敢な大佐を快く迎え、これまでどおり親密な関係に戻って、お互いに満足し合った。一時的な不和も、ちょっとした誤解から生じただけだった」[*38]。それにしても、いったい何度、別離と和解を繰り返したら気がすむのであろうか。

第二一章　無名の人

ましな人生を送るためには頼りにしなければならない男が、つまらぬ相手に際限のない恩恵を施したり、無知蒙昧な人間の強欲を満足させている——そんな光景を見たら、どうして腹の底からうんざりしないでいられましょうか。そういう私はと言えば、評判、結構な職業、友達、庇護者、輝かしい青春、心に曇りなく生きているという喜ばしい心持ちを犠牲にしたあげく、受け取る手当はスズメの涙、白貂の毛皮をあしらった裳裾を後ろから抱え持つ、どこにでもいるような小姓がもらうのと変わりない額です。

メアリ・ロビンソンからジョン・テイラーへ　一七九四年一〇月五日

一七九四年の秋、メアリはソルト・ヒルに間借りをしていた。ウィンザーに続く有料道路《ターン・パイク》が前を通っていた。ドルーリー・レインのジョン・ケンブルが、彼女の喜劇『無名の人』を上演するつもりがあるのかどうか、その回答が届くのを待っている毎日だった。この頃、彼女は最も親しい友人の一人であるジョン・テイラーに数通の手紙を書いた。その手紙は、財政困難や孤独感が増すなかでの彼女の闘いを詳細に示している。不運のきっかけを作った張本人とみなす皇太子への怒りが、彼女のペンから爆発した。また（男性の）出版者やケンブルによって搾取されていることへの怒りもほとばしり出ている。

メアリはテイラー（「ファン」）に、「明かしてはならない秘密」を打ち明けた。弟ジョージは、イギリスを離れ、トスカーナに引退するよう彼女に勧めていた。「愛しい大切な兄はいまランカシャーにいますが、私をその気にさせようとしています。そして世間が冷たいので、彼の希望に添いかねない状況です。私には愛しい娘のほかにはイギリスに親戚はいませんし、残念ながら、友人もほとんどおりません」。彼女は、みずから文学的努力の失敗とみなしたもの、「努力をすれば名声はついてくるだろう、祖国を誇りとすることができるだろうという空しい期待」に導いた「見込み違い」を特に嘆いていた。自分の喜劇が二年もの長いあいだ劇場支配人の手にありながら、「試演が許されるという希望一つない」と訴えた。

彼女はまた、自分と娘がともに、『バヴィアド』の作者ウィリアム・ギフォードから批評されたことを述べている。友人「ピーター・ピンダー」からの情報で、ある編集者が彼女の作品を読みもしないうちから「切り刻む」意図であることが耳に入っていた。彼女はとくに娘のために激怒した。「私のかわいそうなメアリも――彼女が『月桂冠を付けた自称の君主／新聞の擁護者――町の教師』を傷つけるような何をしたというのです。（引用は彼女の『当代の作法』から取られた、批評家についての二行連句である）。このところの新聞の口汚い非難を受けて、彼女は文学の仕事に見切りをつけることを宣言した。「イギリスを後にしたなら――さようなら詩神よ、永遠に――生きている限りもう一行たりとも発表することはないでしょうし、書き終えた原稿でさえ、破棄します」。彼女は、苦労して書いたのに、その金銭的見返りを受けたのは出版者であったと知って、一生懸命に仕事をする意味を見失った。

メアリはテイラーに、体が不自由で、徒歩で外出することができないので、自分の年金では出費を賄うのがやっとであることを告げた。「どうやって年五〇〇ポンドでやっていけるでしょうか。私の馬車（必要な出費です）だけでも二〇〇ポンドかかるというのに」。五〇〇ポンドというのはもちろん皇太子からの年金の額である。もう遠い昔のことだが、皇太子の愛人になることを承諾したとき、自分は取り返しのつかない一歩を踏み出してしまった。そのことが後悔されてならないと、ここでは言っているに等しい。国王が非常に喜んだことには、皇太子は最近フィッツァーバート夫人との関係を解消し、ブランズウィックのキャロラインと結婚することを承諾した。皇太子の負債は六〇万ポンドを超えていた。メアリは皇太子が「つまらぬ相手に際限のない恩恵を施し」て、財産を費消したことに「うんざり」した。その一方で、自分は、「評判、結構な職業、友達、庇護者、輝かしい青春、心に曇りなく生きているという喜ばしい心持ちを犠牲にしたあげく」貧困を強いられている——その上、年金は支払われるべきときに支払われなかった[*1]。

テイラーは優しく心のこもった手紙で応えた。メアリは翌週、前回よりは落ち着いた心持ちで返事をした。

先週は惨めな気分で、とても憂鬱な手紙を書いてしまいました。あなたの優しいご返事で慰められました。純粋で欲得のない友情の香油は、かならず心の病を治します。とりわけ酷薄な世間に嫌気がさしてなった病気ならば。

高い岩だらけの頂上から、
激しい流れが勢いよく下り、
平穏な谷間に憩いの地を求めて、
曲がりくねった溝をうねり流れるように
乱れる苦悩は狂ったように飛翔し、
優しい胸に隠れ家を探し求める、
そこでは同情が香油を施し、
友情が魂を慰め、休息を与える。

比喩はここまで。私は韻を踏むときほど幸福なことはありません。でも、書き終えると、満足したためしがありません。

街にはどんなニュースが流れていますか。ウォリス嬢は気に入られましたか。二年前、バースで彼女を見たことがありますが、そのときはポーシアの役を演じておりました。彼女の最良の長所は、淑女の物腰だと思いました。しかしシドンズのような役者の特徴である、溢れる霊感のようなものは、まだ——本当にまだまだ——彼女には無理でしょう。この霊感こそが、すべての虚構のヴェールを通して輝き出る魂であり、芸術を、最も美しい装飾の数々に飾られていてさえ、自然さえかなわぬほどに魅力的にするものなのです。というのも、つまるところ、演技とは完成された技巧だからです。自然とは粗野で自発的なものであり、虚構の悲しみの場面で効果を生むためには、情熱をうまく描写しきれないのです。シドンズ夫人は、私の卑見では、これまで見たすべての役者のうちで——ギャリックも例外ではありません——最も完全に登場人物を表現しおおせた女性です。彼女がランドルフ夫人を演じて言った「彼は生きていましたか」〔ジョン・ホームの人気のある悲劇『ダグラス』に出てくる台詞〕は、私の感情にとても鋭く触れたので、私は二度とそんなひどく切ない思いはしたくないと願いました。でも、私の筆はどこへさまよっていくのでしょう。誤解しないでください。批評家を気取っているわけではありません。私はただ謙虚に、自分が深く感じたことを説明しているだけなのに、うまく言い表すことができないのです。一時間の理性的な満足は、浮ついた社交界での楽しみ何年分にも匹敵します。私はファレン嬢の気取った台詞を聴くと、かならず、シドンズ夫人の厳粛な「一二時を忘れないで」〔トマス・オトウェイ『救われたヴェニス』第三幕より〕という台詞が、即座に頭に浮かびました。軽佻浮薄なものに接して、心が完璧なものを想起するのは、実に自然なことなのです。

　私たちはまもなくロンドンに戻ります。さようなら……

郵便集配人が来たおかげで、あなたにこれ以上、愚劣な手紙を読んでいただかずにすむことになりました[*2]。

この手紙が示しているように、メアリは限りなくシドンズを敬愛していた。ファレン嬢の「気取った台詞」に対する意地の悪い言及は、彼女の演技スタイルをみごとに否定するものとなっている。ただし、ファレンは『無名の人』に出演予定だったらしい。前の週の手紙の怒りと絶望から、この手紙の元気と快活さへの転換は、メアリの気まぐれな性格を最もよく表している。書くことをいっさいやめると脅しておきながら、彼女はいまや「韻を踏む」ほど幸福なことはないと主張している。彼女の激しい気分の揺れは、おそらくは阿片によって助長されたものであろう。

すぐ翌日、彼女はテイラーにいささかふざけるような手紙を書いた。タールトンの「少将」への昇進に触れ、自分は「新しい肩書きは好きではない」が、栄転は「当然の栄誉で、それが実現したことを私は喜んでいます」と述べている。また、諷刺家の「ピーター・ピンダー」をはじめとする共通の友人の消息を尋ね、劇場の噂話を打ち明けた。エリザベス・ファレンが彼女に会いに来た。恋人の「忠実なチビ伯爵」〔のちに結婚するダービー伯爵のこと〕とともに。それから彼女はケンブルへの当てこすりを口にする——実際、手紙の中に彼のおかしな横顔をスケッチしていて、例のあの大きな鼻が、彼を傲慢に見せている。ケンブルは根性曲がりだ。また、彼は自分の喜劇の上演を延期した。それにもかかわらず、自分は「あの人を尊敬しないわけにはいかない」のだ、と。彼女は、自分と娘が、詩人トマス・グレイの墓や「ロビン・フッドの邸宅」のような有名な場所を訪れるなど、「田舎をぶらつく」のに忙しかったことを説明した。それから彼女は皇太子の新しい妻に話題を転じた。「皇太子妃は美しく、愛嬌のある方だと伺っています。結構《タン・ミュー》なことです。彼女が幸せだといいのですが。最も高貴な立場が最も希望に満ちた将来を約束するとは限りませんもの」。彼女は数行の詩を書いている。

天に誓って、私はけっして愚痴らない、
運命の女神は私にこの上なく美しいしかめ面を見せたけれども——
もしも運命が許してくれて、私の墓の上に
小さな月桂の輪が花咲くならば、
そして記憶が、ときには近くにさまよってきて、
それに命を与え——涙を一滴落とすならば。
私はけっして、
つまらぬことを考えたり——溜め息をつくこともない——
安ぴかの輝きがどのような見栄えを与えようとも。
私はあまりにもよく知っている——それは虚飾なのだと！

手紙の最後で、彼女は永久にイギリスを去りたいという願望をもう一度繰り返している。

イギリスを去りたい気にさせる材料はいくらもあります。私にどんな兄がいるかご存知なら、もうそれだけで、イギリスに見切りをつけてもいいと思うには十分です——とはいうものの——私はしばしばこう思うことになるでしょう。

　惨めな囚われ人は、異国の地で
海辺に立って、願いを送り返す、
　懐かしい生まれ故郷へと※

「なんて長い手紙でしょう！」と彼女は陽気に結んでいる。「どうぞ叱ってください。そして、あなた

は面倒な人だと言ってくださいーーたとえそう言っていただいても、効果のほどは怪しいでしょうーーそんな人間じゃないとわかっていただくために、本を何巻でも書かずにはいられなくなるでしょうから」。彼女は、少将とマライア・エリザベスからもよろしく、と伝え、そして「メアリ・ロビンソン、哀れな女性詩人」と署名している。[*3]

シェリダンと違って、ケンブルは人の扱い方が下手だという評判であった。メアリの諷刺画が示すように、彼は尊大で高慢であった。彼の業績は、劇場に規律と秩序を回復し、ドルーリー・レイン改築を最後まで見届けたことである。その間、シェリダンは、もっぱら政治に関心を示していた。新しい劇場は上演が簡単ではなかった。収容人数は三五〇〇名を超え、客席は四段あるが、ボックス席の段が低すぎて、視界が悪かった。天井桟敷はあまりにも舞台から遠すぎて、役者の声はほとんど聴こえなかった。シェリダンはこの劇場が「大国立劇場」になることを望んでいたが、その開場から災難に見舞われた。公式の開幕を前に、セアラ・シドンズのマクベス夫人で、御前上演があったが、一階席入口の案内の手際が悪かった。観客がなだれ込み、一人が群衆に押されて階段で躓き、一五人が押し潰されて死亡し、一九人が重傷を負った。国王はその夜の上演が終わって王宮に戻るまで、このことを知らされなかった。ついにメアリは、自分の脚本が検閲のため宮内府侍従卿に提出され、役者がリハーサルに入ったという知らせを受けた。その喜劇は、特にドーラ・ジョーダンを引き立てるために書いたのであったーー一七九九年の小説『偽りの友』の中で、彼女はこの、もう一人の王家の愛人の演技術に対し、温かい讃辞を送ることになる（彼女はまた、ドルーリー・レイン劇場での観劇の場面で、笑いを誘う一シーンを設定し

※彼女は自己弁護的な脚註を付け加えている。「いつも引用を間違えます」と。彼女はコールリッジの美しいソネット「オター川へ」の「愛しい生まれ故郷の小川よ！」という出だしの部分を誤って引用しているのかもしれない。

ている。田舎者の一団がジョーダン夫人の演技を見るが、そのうまさがわからないのだ。ちょうどヘンリー・フィールディングの『トム・ジョーンズ』で、世間知らずのパートリッジがギャリックの演技を見ても、そのうまさがわからないのと同じように）。庶子であったドーラ・ジョーダンは怪し気な出自から這い上がり、王の三男クラレンス公爵の愛人にまで昇りつめた。公爵もドーラ・ジョーダンも、メアリの最初の詩集の予約購読者であった。シドンズがロンドンの舞台の悲劇の詩神と称されたように、ジョーダンは喜劇の詩神と称讃された。彼女はその喜劇的才能において並ぶ者がなく、劇場につめかける公衆は、彼女の演技を見ようと殺到した。コールリッジ、チャールズ・ラム、リー・ハント、バイロン卿は皆ドーラの才能の讃美者となり、彼女を、口を極めて絶讃した。ウィリアム・ハズリットにとって彼女は、「自然の申し子であり、その声は心から発せられているがゆえに、人の心に活力を与える……その笑い声を聴くことは神酒を飲むことであり……その歌声はさながらキューピッドの弓を弾く音のようである」。劇場記録者ジョン・ジェネストは、もっと散文的に、「彼女は舞台で見た中で最高の足を見せびらかした」と記した。*4 ジョーダンは「卑しい身分の」役柄で名高く、女中、お転婆娘、無作法な娘を演じて称讃を博した。

賢明にもメアリは、ドーラの才能が最も引き立つような喜劇を書くことにしたのだった。ネリー・プリムローズという「ウェストカントリー（イングランド西部地方）」出の少女（メアリ自身がそうであったように）をドーラは演じた。ネリーは世間知らずな女中で、ロンドンの上流社会にいきなり投げ込まれ、喜劇的な結果をもたらす。しかしながら、メアリの大きな過ちは、女性の博奕打ちに狙いを据え、これをテーマにしたことであった。レイディ・ランギッドの役は、エリザベス・ファレンを念頭に書かれたが、彼女は土壇場になって、この劇は自分の友人の一人を嘲っていると主張して、役を降りてしまった。ダービー伯爵との長い関わりを考えると、ファレン嬢は社交界の感情を害さないよう注意しなければならなかったのである。

ネリー・プリムローズは、寡婦レイディ・ランギッドの新しい女中であった。レイディ・ランギッドはギャンブル中毒で、この悪習のために愛人たちと疎遠になる危険に晒されている。仲間の貴婦人たちも彼女同様堕落していて、賭けごとに熱中している。「私たちは一一月から二月まで、お天道様を拝むことはほとんどありません。正午に起きて、夜明けに床に就くのです」。レイディ・ランギッドは賭けで大損をしたり、私室に男を入れたという噂が流れたりしたため、評判を落としそうになる。が、真相は、ネリーがうっかり、汚れた「ジャック（男物の）・ブーツ」を、奥方の部屋に置いたにすぎなかった――ネリーが女主人の命令に従おうとしていくつもへまをやらかした、その中の一つでしかなかったのである。レイディ・ランギッドは嘆く「賭け！　破壊的な賭け！　損ばかりしていて休む暇もないので、私はすっかり駄目になってしまった……これこそが流行の奴隷になるということなのね。同輩からは笑われ――下々の者には理解してもらえない。要するに、当節、私たちはどうでもいい人間なのだわ」

会話はスピード感があり、鋭く、機智に富んでいる。内輪の冗談もあって、メアリは、皇太子を「一目で殺した」という自分の評判を笑いのネタにしている。コートランド卿がオペラ座にいるレイディ・ランギッドを、こう評しているあたりがそれだ。「彼女はオランダ時計の人形よろしく――あなたからステージへ、ステージからあなたへと、こんなふうに、たえず頭の向きを変えてばかりいる」。

メアリは自分の作り出した貴族の登場人物のため、衣装にも細かい注文をつけている。「レイディ・ランギッドは白の、ウェストのくびれていないドレスを着用し――恐ろしく長い羽根を一つつけたターバンを被っている。袖は短くて、肘よりもずっと上――胸にはとても大きなメダルを付けている。」ハイウエストのドレス、エキゾティックな被り物、胸のメダルは、どれもパーディタゆかりのファッションとして有名なものばかりである。エピローグにも衣装の政治学に関わる発言が見られる。その中でメアリは、飾り気のない英国女中を、「ファッションのための助けを誰にも借りない」と称讃する。まるでお人形のように「鯨骨のコルセットと籐の枠入りフープスカート」を身に着けた女性は、自然の掟に刃向っているというのだ。この劇は、メアリ・ウルストンクラフトが『女性の権利の擁護』において、鯨骨のコルセットで固めた着心地の悪い服は、肉体的にも精神的にも女性を抑圧する手段である、と不満を述べた、その直後に書かれている。体にゆったりとフィットするパーディタ・ドレスは、この頃までには解放の象徴となっていた。

　この喜劇はまた、金と身分があって、夫に隠れて恋愛し、それでいてほんのわずかな口実で他の女性の姦淫を糾弾する輩の偽善を描いている。美人ではあるが放蕩者のレイディ・ランギッドはシャープリーと婚約している。だが、銀行家のサー・ヘンリー・ライトリーともいい仲である。ライトリーは彼女に惚れていて、その道徳観を改良しようとする。「美しい手も、賽筒を振るときほど醜く見えることはありません」。ライトリーは、彼女が友人たちの不誠実を証明したあとで、彼女を更正させることに成功する。ランギッドの仲間の社交界の貴婦人たちは、利己的でおしゃべりで、シェリダンの『悪口学校』に出てくる噂好きの人々さながらである。レイディ・ランギッドが賭けで九〇〇〇ギニーを失い、名誉が危機に瀕したとき、友人たちは彼女を見限り、その没落に凱歌を上げる。社交界特有の言葉遣いに対してメアリの耳は鋭く、この劇に出てくるような人物を描くとき、それは最も研ぎ澄まされる。「巻封した硬貨〔コインを柱状に重ねて紙に巻いたもの〕のピラミッドに覆い被さり、麗人たちが、いかにも悩ましそうに眉をひそめる！――苦悩のうちにあっても品がよく――不安な様子も魅力的――いらだつ様子は笑いを誘うが、勝利を見せつけられたら、癪にさわる！――もしこちらが負けたなら？　そしたら同じ敗残者仲間を見て、凱歌を上げればいいだけの話！　社交界の女性が幸福になれる場所は、ここを措いてほかにはない」*5。

　メアリは、劇が開幕する前日に、自分とドーラ・ジョーダンの双方が嫌がらせの手紙を受け取ったことで、これは厄介なことになったと気づいた。ドーラへの手紙には「『無名の人』は地獄に堕ちよ」とあり、メアリには「下品で、はしたなくて、筆跡をほとんど隠そうともしていない走り書き」を送りつけ、「この笑劇はすでに地獄に堕ちているとほのめかした」[*6]。ドーラは、おびえはしたが、予定どおり舞台に立つと果敢にも宣言した。メアリは、劇のプロローグが示すように、神経質になっていた。プロローグとエピローグ——一八世紀の観客には非常に重要なものであった——では、貴婦人たちに支援を訴えるのが慣習になっていた。メアリのプロローグは、「生の風習をそのまま描く」ことの許しを「上品な人々」から請い、特定の誰かを非難しているわけではないと率直に主張した。「私たちは諷刺の棘を／誰に向けているわけでもありません／私たちは信じています、このような人物はまだこの世に存在しないと」。彼女は哀れな作者のために慈悲を請うた。「もし彼女に罪があるなら、今夜こそ彼女の最後の夜です」[*7]。

開幕初日の晩はタイミングが悪かった。それは貴婦人ギャンブラーにとって、ファロのシーズンの始まりにあたっていた。『無名の人』は一七九四年一一月二九日土曜日、ドルーリー・レイン劇場で、アフタピースとして幕開けした。この夜の収益はまずまずの三三四ポンドであったが、メアリの笑劇はひどい評判だった。マライア・エリザベスが、その晩の模様を説明している。

カーテンが上がると、天井桟敷に陣取った数名が、自分らは『無名の人』を叩きのめすために遣わされたのだと言い放っているのが聴こえた。お仕着せを見れば、誰が雇い主かすぐにわかった。高い地位の女性までが、扇の陰から非難の声を挙げた。これらの策謀や妨害活動にもかかわらず、聴衆の中で道理をわきまえた人々は、判断を下す前に、まずは真摯に耳を傾けよう気になっているふうであった。そして畏敬の念を感じないではいられない断固たる決意で、芝居の進行を要求した。おかげで第一幕は中断もなく上演することができた。第二幕の歌は運悪くアンコールされたので、不満分子はふたたび声を上げ、やむなく抑えられていた悪意は、暴力を倍加させて爆発した[*8]。

ドルーリー・レインのプロンプター、ウィリアム・パウエルのメモによると、「作品への不満」は非常に大きく、ジョーダン夫人は「動揺しすぎて、エピローグの半分以上を朗唱することができなかったし、それすらも、罵声と喝采の声が飛び交う中、はっきり聴こえたのは三行もなかった」[*9]。ドーラは友人のために勇敢に戦い続けた。この恐ろしい初日、彼女は愛するクラレンス公爵に手紙を送り、劇が「きわめて不当に非難されました……新聞の劇評を読むための心の準備をしていただけるよう、この短信を送ります」と述べた[*10]。

新聞が大騒ぎするだろうというドーラの予測は正しかった。批判に対抗するため、メアリ、というより支持者の一人は、『ロンドン・クロニクル』紙でこの劇を褒めちぎり、そこに含まれる道徳的教訓を力説した。

社交生活の愚かさと悪徳とをしかるべく嘲笑すること、それがこの作品の目的である。作品は、一見単なる劇的スケッチとして意図されているように見えるが、実際には高位の人々の風習を、面白おかしく描写したものになっている。――この劇にはもう一つ目的があり、それは道徳的観点から見て、より大きな価値がある。つまり、この劇はもう一つ、ただの見かけにすぎないものが悪意に助けられて慣習となり、その慣習によって名誉がいかにたやすく失われてしまうかということもまた、示そうとしているからである[*11]。

後者はもちろん、ロビンソンお気に入りの主題である。

この一件を、『ロンドン・クロニクル』紙は次のように見ている。第一幕は「非常に好意的に受け入れられた」が、ジョーダン夫人の歌は「アンコールされたため、ちょっと長くなりすぎて、聴衆の機嫌が悪くなり、役者たちを焦らせる結果になった。その後、芝居は多少の反発に遭遇したが、それでも喝采とブーイングが相半ばする中、最後まで上演された。そして、月曜の再演が告知されるが、その際、明確な反対も賛同もなかった」。記事はまた、次のようにも報じている。劇の作者はロビンソン夫人であり、「彼女のおかげで文学界は多くの美しい詩を得た。劇のプロローグとエピローグは、実に生気溢れる出来栄えと考えられるが、ともにこの美しい作家の手で書かれたものである。とはいえ、観衆の反発に遭ったため、ジョーダン夫人はひどく狼狽し、多くの行を飛ばしたのではないかと思われる[*12]」。

罵倒だけではなく喝采もされたということは、少なくとも、支持者がいないわけではなかったことを示している。しかし、劇が月曜日の晩に再演されたとき――エピローグ抜きで――新聞は皮肉った。『無名の人《ノーボディ》』は「二度目の上演に臨み、誰かしら《サムボディ》褒める人はいたが、楽しんだ人は誰も《ノーボディ》いないようだった」。そして、題名を『セント・ジェイムズ広場は大騒ぎ』とでもしておいたほうがよかったのではないか、と[*13]。次の土曜日、脚本にいくらか手直しして（そして今度もエピローグ抜きで）三回目の試みがなされた。「まったく新しい登場人物」が導入されたが、「聴衆はなおも、いたく不満を表したので、作者はそれをひっこめた[*14]」。この三回目の上演の収益は惨憺たるありさまで、劇は二度と再び上演されなかった。

こうして劇場では惨敗を喫したにもかかわらず、メアリは依然、多くの詩を発表し続けた。一七九五年の初めには、『モーニング・ポスト』紙に定期的な寄稿を始めた。編集者のダニエル・ステュアートは、彼女を当代で最も知名度の高い詩人とみなした。彼女はこの新聞のためにステュアートが雇った最初の定期寄稿詩人となった。メアリは「ポーシア」という筆名で、「自由によせて」というソネットと当時の経済危機、およびジョージとフィッツァーバート夫人との訣別、ブランズウィックのキャロラインとの差し迫った結婚など、さまざまな時事問題についての諷刺的な詩を書いた。それは戦争、食糧不足、社会的不平等といった問題を抱えた厳しく寒い冬であった。

舗道は滑り、人々はくしゃみをする
貴族は毛皮をまとい、乞食は凍える
位の高い者は惨めな者に目もくれない
勇敢な兵士は――闘い――血を流す！

高くそびえる屋敷は温かく広い
宮廷人は、へつらい、暴食する
位のある大食家は、珍味を切り分ける
天才は、屋根裏部屋で飢えている！……

芸術や学問は嘆いている
商業は沈滞し、信用は落ちる！
官吏は王の忠臣たちをからかう
別離、王族の結婚！……

詩人、画家、音楽家
法律家、医者、政治家
パンフレット、新聞、オード、
それぞれ異なる方法で、名声を求める。*15

この種の「社会性を帯びた」詩の発表に加えて、メアリは友人や知人のためにより打ち解けた作品を書いた。たとえば、以下のハンキン夫人への手紙には「トマス・ハンキン殿を偲んで」という墓碑銘が付いていた。

もし同封のささやかな弔辞を受け取ってくださるならば、私は本当に満足に思うことでしょう。信じてください。これは私の本心です。あなたのご主人、そして私の尊敬する友人でもあった人を失った無念さを、不十分ですが言葉にいたしました。私は生前ご主人に、もし私より先に逝かれるならば、私が墓碑銘を書かしていただくと約束いたしました。嘆かわしいことに、その悲しい義務を果たさなければならない事態となってしまいました。もう少しましに書けたならと願うばかりです。[*16]

その年の彼女の主要な仕事は新しい小説で、それは以前の作品よりもずっと長くなる予定であった。彼女は執筆で疲労困憊したため、回復のためにバースを訪れ、ふたたびノース・パレイドに部屋を借りた。いつものように『オラクル』紙は、彼女の動静を伝えた。「ロビンソン夫人はバースに滞在したのち、あたりを周遊。数日中にはバースに戻り、一〇月の終わりにはロンドンに帰ってくる予定。目的は、新たな三巻本の小説を出版することである。業界用語で言う、正真正銘《ジャスト》の三巻本である――もちろんそこから溢れ出してくるのは、情報と品の良さである」[*17]。一七九五年の秋、彼女は、ドルーリー・レインでの上演を意図して『シシリアの恋人』という悲劇を完成させた。マライア・エリザベスによると、それはプロンプターの部屋に数か月間、棚晒しされたままであった。上演されることはなかった。

バースに滞在中、彼女の身に災難が降りかかった。「ロビンソン夫人は怒り狂ったマスティフ犬の犠牲になるところであった。先日、犬がバースのパレード通りで彼女を襲ったのである。タールトン少将が運良くその場にいて、時宜を得た大活躍、窮地に陥りなすすべもなかった夫人を救い出した」[*18]。

新しい小説『アンジェリーナ』は、年が明けて最初の週に発表された。メアリとその出版者は、『未亡人』出版の際、あまりに多くの部数を印刷した過ちに懲りて、今回は初版を七五〇部刷ったが、それはただちに売り切れた。メアリは急いで第二版を印刷するよう指示したが、売り上げはすぐに失速し、彼女が印刷費用を肩代わりすることになったので、初版の利益は帳消しになった。

アンジェリーナは、メアリとほぼ同じ三六歳である。彼女はエイカーランド卿の棄てられた愛人である。卿は、西インド諸島の商人の娘、ソファイア・クラレンドンに結婚を申し込んだが、ソファイアはベルモントと呼ばれる一文無しの孤児に恋をしている——この男は、最後になって判明するのだが、アンジェリーナとエイカーランド卿の息子である。批評家たちがすぐに指摘したように、小説の中のいくつかの出来事は「万物の掟、蓋然性、常識を踏みにじるものである」。そこには感傷小説の材料がすべて出揃っている。決闘、失神、狂気、ゴシック的恐怖、秘密の部屋、起こりえない和解、駆け落ち（ソファイアは小説の中で四回駆け落ちする）などだ。気を失うヒロインは、感受性の小説の必要条件であるが、『アンジェリーナ』にはほかの小説を五、六冊合わせたよりも多くの気絶が出てくる。

この小説を興味深いものにしているのは、メアリが自分の政治的関心を手際よく小説の構造に織り込んでいることである。同じことは、哲学者のウィリアム・ゴドウィンが、一七九四年、大成功した小説『ケイレブ・ウィリアムズ』で行い、後にメアリ・ウルストンクラフトも『マライア、または女性の不当な待遇』で行っている。『アンジェリーナ』は、メアリ・ロビンソン初の、真に急進的な小説である。プロットは散漫で、会話はときに長すぎるかもしれないが、そこには次のような問題についての真剣な関心が見出される。身分の不平等（「親譲りの栄誉は、美徳の報酬というより偶然の賜物である」）、才能の軽視（「この国においてしばしば、才能に付きものである貧困は、国民的不名誉である」）、女性の教育、親に売られて結婚する女性、「合法的売春」の一形式としての結婚市場（メアリが劇作家リチャード・カンバーランドから引いてきた言葉）、女性の名誉、奴隷、貴族の欺瞞などである。メアリはまた、諷刺の筆を色事の作法へと差し向ける。貴族の登場人物の一人は、こう説明する。「感覚を疲れさせることもなく、心に染み入ることもない優雅な楽しみ。要するにそれは――」ここでソファイアが割ってはいる。「それは、身を守るすべのないすべての女性の平穏を破壊しようとする、軽蔑すべき、破壊的で恥ずべき渇望です。女性はひねくれた運命のなせる業で、快楽の格好の対象にされてしまう……それは感じてもいないことを公言し、実行するつもりの全然ないことを誓い、軽蔑しながらお世辞を言い、勝てない場合には中傷し、あなたがずる賢くも欺いた信じやすい愚者を見捨てることなのです[19]」。

その急進的な内容にもかかわらず、小説は物語の仮面をかぶった政治論文というわけではない。強力で精彩を放つ登場人物が出てきて、いきいきとした会話が交わされる。しかもそれは、社交界の美しい貴婦人から酒場の亭主といった低い階級の登場人物に至るまで、社会のすべての領域にわたっている。『オラクル』紙は、いつもの調子で持ち上げた。「ロビンソン夫人の『アンジェリーナ』は最高の称讃を得ている――同じように優れた才能を持つ人からの称讃である」。しかし、書評は総じて関心が低く、ある場合には正面から敵対し、こんな言い方で批判した。「偽の感情を示す無意味なたわごとと無理な誇張[20]」。批評家は自伝的内容とともに政治的意見にも文句を言った。『クリティカル・レヴュー』誌は、メアリ自身のように、大きく愁いに満ちた瞳を持つ衰えゆく美人である、美しく憂鬱なヒロインの描写を再現している。

彼女は白いモスリンを身に着けている。細く黒い帯が衣服を留める役割を果たしている。そのため彼女はギリシアの彫像のような様子に見える。頭に飾りはないが、生まれつき豊かな、暗い金褐色の髪を持ち、それが肩の周りで波打っていて、白い額の一部に影を作っている。眉は黒っぽく、目の色は深い青である。鼻は美しい形をしており、頬は――おお、悲哀よ。おまえはそこで、なんという宴を貪ったのか！　頬は花盛りを過ぎ、若さ、健康、安息を失っていた。[*21]

だが『マンスリー・ミラー』誌は、若い女性の読者にこの本の購入を促した。

アンジェリーナはとうに一〇代を過ぎていますが、空想の魔力で、身に着けた秋の服はいちだんと豪華さを増し、彼女をたいへん魅力的にしています。彼女の物語はこの上なくロマンティックです。そして、あなたがたのなかには、洞窟、岩、森、湖、城、僧院、荘園の屋敷などにまつわる、驚くべき物語の愛好者が数多くいます。だから、あなたがたが、物思いに耽るアンジェリーナに会いに、彼女の廃墟を訪ねていかれるであろうことを、私たちは深く確信するものであります。その廃墟ですが、まことみごとな想像力をもって描写されており、そこへ行く道も美しく整えられています。

書評はまた、メアリの弟で、商人のジョージを思わせる登場人物にも注意を向けている。「われわれは、町の商人が暗に誰を指しているのか、なんとなくわかる気がします。彼は妹の新しい劇がかかる晩には、自分の商売に差し障ろうと、街を東奔西走します」――おそらくは『無名の人』への言及であろう。「兄の愛を示すそうした務めを果たすことで、彼は満座の称讃を得ることを保証されたのです」と、批評家は感激をあらわにしている。[*22]小説の中で、兄は恥も外聞もなく、妹の新しい芝居のために友人を掻き集める。彼は「妹の名声を高めようと夢中だったが、それは殊勝な自尊心から出た行動だった。この自尊心こそが、妹を一家の最も秀でた装飾品とみなすように、彼に促したのだった。彼女の文学的な力業によって不滅にされない限り、一家の家名は今世紀をもって忘れ去られてしまうであろうから！」[*23]

熱心なパーディタ・ファンなら、ほかにもいくつか、自伝的言及があることに気づいただろう。アンジェリーナが持っているのは、「周りをすべて宝石で囲んだ小さな絵である。彼女は座ってその絵を見ながら、何時間も泣き続けることがよくあった」。ジョージ・フェアフォードが絵を見せてほしいと頼む。彼女は言う。「確かに私は肖像画を持っています。でも、それは何年も前に描かれたものです。かつては愛する友人にとてもよく似た肖像でした。でも、彼はもうこの世の人ではないのです」[*24]。また、ニコラス・ダービーから女優になることを反対された思い出もある。サー・エドワード・クラレンドンは、娘のソファイアが舞台に上がるくらいなら、「死んでしまって」ほしいくらいだと思う。「娘がそんな思いつきで自分自身を辱めようとするのなら、脚を切り落としてやりたい」。知人のレイディ・セリーナは女優という職業を弁護して、こう答える。

舞台には多くの女性がいます。彼女たちは社会に光を添え、あらゆる点で見習うべき人々です！　私はと言えば、劇場を崇拝していますし、一つの良い悲劇には、かつて印刷されたすべての説教を足し合わせたよりも多くの道徳性があると思います。演技についてどうかと言うと、それは少なからぬ知的技能を必要とする芸術なのです！　それは作法を磨き、理解を啓発し、外面的な上品さを仕上げ、卓越した知性が持つありとあらゆる能力を引き出してくるものなのです。[*25]

奴隷貿易で金を儲けている家族への批判的言及は、タールトンにとって興味深い読み物となっただろう。

しかし言わせてもらいたい。同胞である人間を野蛮にも取引することで富を得たのに、そして、迫害された奴隷の、血とは言わないまでも、涙の染みついた財産を貯め込んでいるのに、もしあなたが娘を犠牲にするような挙に出るならば、生きた人間の味方であり、抑圧の敵である人々から怒りを買い、軽蔑を呼び起こさずにはいられまい……人間の肌の色が、非人間な仕打ちを正当化することなど、あってよいものだろうか。[26]

メアリの本を最も熱狂的に書評したのは、急進的「女性」論客、メアリ・ウルストンクラフトであった。メアリはウルストンクラフトの『女性の権利の擁護』を知っていて、時を措かずに彼女の知遇を得た。ウルストンクラフトはロビンソン夫人の「優雅な筆致」と「みずからの手で摑んだ名声」を称讃した。そして『アンジェリーナ』の「いちばんの狙い」は「金欲しさから、子供の意向など無視して、少しでも条件の良い結婚をさせようとする親たちの、非道と愚かさを暴くこと、そして、娘の一生の幸せを犠牲にしてまで、仰々しい称号や光り輝く宝冠を手に入れようとすることに何のためらいも覚えない残酷な親たちを、正義の血祭りに上げること」と考えた。ウルストンクラフトにとって、「作品に込められた思いは正当だし、生気に満ちていて、理に適ってもいる」[27]。彼女の観点から見れば、これは最高の讃辞であると言えよう。

もう一つ、もしウルストンクラフトがこの小説について、もっと長い批評を書いたなら、間違いなく、ロビンソンが女性教育を積極的に推し進めようとしていることを讃美しただろう――それは彼女自身の著書『擁護』の主要関心事でもあった。若きヒロイン、ソファイアが、叔母ジュリアナ・ペングウィンが教育に対して抱いている信念から恩恵を受ける。ジュリアナは、メアリ・ロビンソンのかつての教師メリバー・ロリントンがモデルであることは明らかだ。叔母ジュリアナは「見識と知性を備えた」、学識豊かな女性で、伝統的ではあるが役に立たない女性的技能を授ける代わりに、姪を文学的女性に育て上げた。ソファイアは叔母とともにパリやイタリアに旅行する。叔母は古代文明に通暁し、ギリシア語やラテン語を読む。また、ペトラルカ様式でソネットを書いて、馬鹿にされたりもする。ソファイアの野蛮で無知蒙昧な父親は、女性に教育を施すことには反対で、自分の娘を「金になる商品」という市場価値の観点から見ている。また、若い娘の精神に危険な影響を及ぼすので小説に反対するという、世間一般によくある立場をとっている。「おまえは恋やらコテージやらを好んでいる。それはロマンスを読むからだ――女がものを読む必要なんて全然ない――書くことだって同じだよ」[*28]。『シシリアの恋人――悲劇』は『アンジェリーナ』の数週間後に印刷された。メアリは、誰かがこの劇のプロットを一部剽窃し、自分の劇で使っていると知らされた。彼女はドルーリー・レインにまた裏切られたと悩んだ。「遅延と、理由はわからないが経営者たちから受けた全面否定の態度とに嫌気がさして、彼女は悲劇を印刷に付し、その価値と欠点を大衆の判定に委ねようと決心した」[*29]。称讃者の一人はリーズ公爵だった。公爵はセント・ジェイムズ・スクエアの隣人であるが、妻に棄てられていた。妻は詩人バイロンの父、マッド・ジャック・バイロンのもとに走ったのだ。公爵はメアリに詩を送って彼女を「詩の女王」と呼び、大げさな手紙を添えた。

奥様

ありがたくも御作の悲劇を頂戴いたしました。そのご厚意に、どうか感謝することをお許しください。第二幕にはいたく感銘を受けました。当世、詩の時代と申しますが、こんなに愉快な思いをさせてくれた作品は、ほとんどお目にかかったためしがありません。そのことをはっきり申し上げても、手媚へつらいの誹りを受けることはないものと確信します。オノリアと父親が対峙する場面はとても手際よく組み立てられていて、効果抜群です。第三幕の盗賊の場面も同様です。

多くの人が私と同じ意見だと思量しますが、今後もこの種の作品をものされ続ければ、金銭的な意味で得るものも大きいし、詩人としての名声にも大きく寄与するのではないでしょうか。あなたの詩人としての名声は、すでに英文学の沃野に際立った位置を占めてはいるのですが。[*30]

彼の判断は完全に間違っていた。出版から四週間経っても、売れたのは三二部だった。その結果、受け取り予定分の一部を前もって受け取っていたので、メアリは出版者フックマンとカーペンターに、ちょうど一三三ポンド一三シリングの負債を負うことになった。彼女がそれを返済することはなかった。[*31]
この時代の詩人はほとんど例外なく、シェイクスピア的悲劇を書くという不可能な作業を試みている。たいていは背景がゴシック調で、城、強盗、洞窟、月光が散りばめられ、それを飾るのが、エリザベス朝の言葉遣いの物真似だった。

しっ！　静かに。聴こえなかったか、
嵐が、我が高き塔を土台から揺るがすのが？
見なかったか、人の血で赤く染まった我が小塔を、
うなる風が黒い羽を羽ばたかせながら吹き抜けるのを？

メアリも同様の試みをしているが、その作品には、はるかに成功した『アンジェリーナ』と似通った主題が用いられている。娘を奴隷のごとく扱い、望まぬ結婚を強いる父親の姿だ。

無慈悲な力が私を祭壇へと引きずるだろう。
しかし自由な魂は圧制者の束縛を避け、
抑圧の上に君臨する。[*32]

オノリアの恋人は彼女の父親を殺し、彼女は、いまや修道女になっている母親とついに和解し、自分自身の死を迎える。こうした部分が気に入った評者もいた。「こうした出来事を読んで同情もせず、こうした情景を見て喜ばしく感じない者がいたら、それは無慈悲な心か、貧しい嗜好の持ち主である。わ

れわれはロビンソン夫人の才能がついに本領を発揮できる場を見出したことを祝いたい。彼女が将来この方向で才能を伸ばしていかれることを念じてやまない」[*33]。この判断は的外れであった。メアリが真に才能を発揮したのは、小説家、諷刺家、社会批評家としてであった。彼女のヨーロッパでの評価がそれを証明している。ライプツィヒの出版者が「イギリス文学実例集」という企画を始めることにしたとき、ロビンソンの小説が最初に選ばれたのである――「端正に印刷され、版画で飾られた」[*34]彼女の最初の小説六作品は、フランス語とドイツ語の両方に翻訳され、ときには競合する版も出た。小説七作品のうち六作品は、アイルランド市場向けにダブリンでも出版された。

作家としての国際的成功の裏には、社交界での「重要人物《サムボディ》」から「無名の人《ノーボディ》」への転落があった。メアリは依然としてオペラや劇に足を運んだが、もはや華やかなボックス席には現れなかった。レティシア・ホーキンズはある晩、歌劇場から出てきて、しゃれた服装の、いまだに美しくはあるが、「美がいまを盛りと咲き誇っている」わけではない、一人の女性を目にした。女性は待合室のテーブル席に座ったが、気づく人はおらず、たとえいても「憐れみの目」で見るだけだった。数分して、お仕着せを着た召使いが二人、彼女のもとにやって来た。彼らはポケットから長く白い袖を出し、それを自分たちの腕に付けた。それから、女性を抱き上げ、馬車まで運んだ。「それは」、とホーキンズは書いている。「当時もう身体が麻痺して、自由が利かなくなっていたパーディタであった！」[*35]

第二二章　急進派

手足は萎えても、精神が弱ることはない、
天才は、自由と同様、抑圧には屈しない
「すべての圧制者を倒せ」という言葉が、私の耳を打つ！
悲しいかな！　私の前にいるのは、女性版ロベスピエール。
——バナスター・タールトン、メアリ・ロビンソンへの手稿詩

一七九六年二月、メアリは、将来忠実で良き友人となる二人の男性と出会った。二人とも彼女の作品に多大な影響を与えることになったし、逆に彼女の方も、二人に影響を及ぼすことになる。一人は哲学者で急進派のウィリアム・ゴドウィン、もう一人は詩人のサミュエル・テイラー・コールリッジである。ゴドウィンはメアリとの友情の始まりを彼の自伝的小品の一篇に記録している。一七九六年という年を振り返って、彼はこう書いている。「私はその頃、詩人のメリーを通して、教養溢れるすばらしい女性、あの有名なロビンソン夫人に紹介された[*1]」。

ゴドウィンが彼女に興味を持ったのは、彼女の社会哲学が彼自身のものと似通っていたからである。彼女の長詩「自由の進歩」は、独裁政治と戦争に対する非難に満ち、自由と平和の新時代は理性を働かせることから生じる、というゴドウィン主義の理論を推奨していた。

そして自然は、戦争の瓦礫からそびえ立ち、

英国の岸辺を祝福するだろう、
咆哮する海原の上に、岩の防壁を立ち上げる、
それは何ものにも動じず無敵、理性の子たる
英国の息子たちのように、恐れを知らず、自由である![*2]

内気な独身者ゴドウィンには、メアリ・ロビンソンが知的で「理性的」であるばかりか、比類なく美しい女性と映った。娘のメアリ・シェリーはこう記録する。「父の知人には何人か女性がいたが、この女性たちとのつきあいを、父はたいそう好んだ。皆、個性的魅力と才能に秀でた女性たちであった。名高いメアリ・ロビンソンもそのうちの一人と言ってよいかもしれない。父は終生、彼女のことを、自分が出会ったなかで最も美しい女性であると考えていた。彼女のことを非常に崇拝してはいたが、二人の交際は、親密な友情の域には達せずじまいに終わった[*3]」。

ゴドウィンとメアリの友情は、彼の娘が知っていた(あるいは認めた)よりも、もっと広範かつ親密であった。彼はエリザベス・インチボールド、メアリ・ヘイズ、メアリ・ウルストンクラフトなど、多くの女性文学者の友人であり支援者であった。いま彼はもう一人のメアリを自分の女性知識人仲間に加えたのである。彼は近頃、メアリ・ウルストンクラフトと再会したばかりだった。ウルストンクラフトはフランスとスカンジナビア滞在から帰国してまもない頃で、恋人のギルバート・イムレイとも最近別れたばかりだった。そのウルストンクラフトに、彼は次第に恋心を感じ始めていた。彼はまた、ウルストンクラフトが書評をしている最中の『アンジェリーナ』を、自分でも読んでいた。

ゴドウィンの未発表の日記は、彼とメアリ・ロビンソンとの出会いを記録している。二月九日、彼は「トゥイスとタールトン同伴で、ロビンソン夫人とお茶を飲んだ[*4]」。フランシス・トゥイスはバース出身でメアリと同世代だった。演劇批評家の彼は、シドンズ夫人の妹のファニー・ケンブル(フランシス(ファ

ニー）・ケンブル（一七五九―一八二二）と結婚していて、ウルストンクラフトの親友でもあった。翌日、ゴドウィンは彼の友人で、小説家・劇作家のエリザベス・インチボールドとお茶を飲み、それからメアリとタールトンを伴って夕食に出かけた。デッラ・クルスカ派の詩人メリーも同席していた。ゴドウィンはその月メアリと五回夕食をともにし、また彼女とお茶を飲み、劇場にも行った。ウィリアム・ウィッチャリーの『率直な男』が上演された際、二人はコールリッジとばったり出くわした。コールリッジは――前章で見たように――この時期、ロビンソン夫人の夕食会に二回に出席している。

　三月、ゴドウィンは、自らの小説『ケイレブ・ウィリアムズ』演劇版が『鉄の箱』という題で上演された際、ドルーリー・レイン劇場でメアリとマライア・エリザベスに会っている。同じ月の後半、ある雪の降る日、几帳面にゆっくり時間をかけて読んできた『アンジェリーナ』を読了した。年も押し詰った頃、彼は若いマライア・エリザベスの作品『バーサの神殿』に注意を向けた。メアリやタールトンと定期的にお茶を飲み、メアリの夕食会の席では、小説家イライザ・パーソンズをはじめとする文学仲間と会っていた。夏にはゴドウィンとその時代の最も傑出した女性作家三人でパーティが開かれた。三人とは、ウルストンクラフト、インチボールド、そしてロビンソンである。

　この急進派の友人たちのサークルと密接に関わるようになるにつれ、メアリはタールトンと疎遠になっていった。タールトンは、リヴァプールで生粋のトーリー党員である弟のジョンに対抗して選挙運動をしたときには、革命風の「短髪」を見せびらかして、危険なジャコバン派と見なされていたが、パートナーの急進派的大義を丸ごと支持する立場にはいなかった。メアリは雑誌や新聞に断固たる奴隷制反対の詩を発表したが、タールトンはなお、家族が人身売買に関与しているという危うい立場にいたのである。

　一七九六年一〇月、メアリの新たな詩集『サッポーとパオーン――正統的ソネット集　詩をめぐる考察とギリシア女流詩人の逸話を併録』が出版された。彼女がこの連作を書いたのは、タールトンに棄てられた直後と考えられてきた。しかし、ゴドウィンの日記によれば、本の出版に至るまでの数か月、タールトンはメアリの夕食会に出席し、劇場通いにも同行していたのだ。とはいえメアリは、タールトンとの別れ、のみならず、それ以前にも恋人たちとの別れをたびたび経験してきているので、古代ギリシア抒情詩の生みの親サッポーの立場に立って書くことには何の困難もなかった。というのもサッポーは、オウィディウスその他の記述によると、ハンサムなパオーンという若者と絶望的な恋に落ち、彼に棄てられたとき、崖から身を投げて自殺したとされているからである。

この詩集は、彼女の、詩人としての立場表明に等しいものだった。すでに「イギリスのサッポー」の異名を取る彼女は、いまやデッラ・クルスカ派の人々からの、また新聞向けに詩を書くという場当たり的世界からの、訣別を模索していた。連作ソネットの序文ではペトラルカ風の「正統な」ソネット形式(一四行で八行連句と六行連句に分かれる)を擁護し、新聞を賑わす「うぬぼれた三文詩人ののぼせた頭から生まれた、これといって特徴のないはかない作品」を非難した。彼女はみずからに知的な古典的詩人という位置づけを与えようとしていた。また英国の詩人が正しく認識されていないことに不満を述べ(「豊かな自然に恵まれたこの島が、すべての文明国の中で、文学的価値に最も無関心であるとされていることは、悲しい事実であり、国の恥でもある!」)、同輩の「傑出した英国女性たち」に讃辞を送った。「彼女らは宮廷の庇護も得ず、実力者による擁護もなしに、文学の道に邁進し、秀でた知性という不滅の輝きによって気高さを保っているのである」[*5]。「宮廷の庇護も得ず」は、どう見ても皇太子への当てこすりとしか思えない。

サッポーには奔放な情熱と強烈な抒情性という属性が付与された。メアリが語るそんなサッポー像は、理想化された自画像のように読める。「精妙極まりない才能によって啓発を受けながら、それでいて抑制しきれない情熱の破壊的支配に身を委ねてしまう、そんな人間精神の鮮やかな一例」。サッポーは

「その時代の比類なき女性詩人である。彼女がかき立てた羨望、手にした公の名誉、彼女を死に至らしめた運命的な情熱は、感受性のある読者の心に共感を生み、そのおかげで、以下に収録したつまらぬ詩の数々も、まったく退屈なものとはならないだろうと信じたい」、そうメアリは述べている。[*6] 一八世紀に書かれたサッポーに関する記述の例に漏れず、メアリが己れの詩集の序文に含めた簡潔な伝記は、サッポーが関わったとされるレズビアニズムについて、ごく手短に、きわめて用心深く言及しているにすぎない。すなわち、サッポーは偉大な恋愛詩人、詩形式における偉大な技術革新者とみなされているが――レスボス島出身であるにもかかわらず――近代的な意味における「同性愛《サフィック》」詩人ではかならずしもなかった、と。ここではサッポーの女性に対する愛よりは、男性に棄てられたことのほうがはるかに多く強調されている。メアリが「イギリスのサッポー」と呼ばれたのは、彼女の技術的熟達と強い感受性に対する讃辞としてであって、その性的傾向に言及したものではなかった。

詩集は四四篇の連作ソネットからなっており、サッポーのパオーンに対する情熱の始まりから彼女の死までの物語を語っている。物語の枠の付いた連作ソネットとしては、おそらく、エリザベス朝以来初めてということになるであろうが、それは――シャーロット・スミスのソネットとともに――一八世紀には人気がなくなっていたこの詩形式の復活に大いに貢献した。ペトラルカこのかた、大多数の連作ソネットは男性の視点から書かれていた。女性が、見られる立場から見る立場に変わったのは、新鮮な変化であった。「私がパオーンの美しい目を見るとき、／想いが千々に乱れてさまようのは、いったい、なぜ？」。[*7] 同時にメアリは、女性がどのようにして自分自身を男性の欲望の対象とするかを鋭く意識していた――たとえば、見えそうで見えない際どいドレスを身に着けることで。

薄いローブを持ってきて、私の胸を包み込んでください、
白鳥の羽毛のように白いローブで。腰の周りは

輝くギンバイカ〔ヴィーナスの神木〕の葉で胴着を結んでください、
意味なく派手にならないように、優雅に慎み深く！
愛は淫らに着飾ったニンフを軽蔑します。
そして奥深く隠された魅力は、優雅さも倍加して見えるのです。*8

彼女はまた欲望の矛盾もわかっていた。「ああ、なぜ歓喜は痛みを伴うのか」。そして連作がそのクライマックスに到達すると、嵐の海、口を開ける大海、砕け散る波、といったイメージが次々と繰り出され、恋して棄てられた女の、悩める心を描く役割を果たす一方で、サッポー溺死への道程を準備する。瞑想、遺棄、海といった一連のイメージから、われわれはレノルズの二枚目の肖像画を連想するかもしれない。この肖像画は頻繁に銅版画に起こされ、メアリの作品の口絵に用いられたことから、この頃にはもう彼女のイメージとしてすっかり定着していた。同じ頃、彼女はホップナーのアトリエをもう一度訪れ、簡素な白い「ギリシア風」ローブと古典的な被り物を身に着けた姿で、海を背景に描かれている。

詩集はそれなりの評価を受けた。一方、社交界は、現実世界で起こった離別のニュースに驚愕した。あまりにも短い結婚生活の後、皇太子は妻のキャロラインを捨てたのである。皇太子を支持する者は多かった。メアリは、自身ジョージに捨てられているので、同情すべきは誰であるかがわかっていた。皇太子を擁護するパンフレットが彼女を攻撃しているところから判断すると、メアリはみずからの立場を公にしたに違いない。

ロビンソン夫人、またの名を「パーディタ」、あるいは手足の萎えたサッポー、呼び名はともかく、彼女が皇太子のお恵みから五〇〇ポンドの年金を受け取っているその最中に、皇太子の名誉を汚そうとする、私利私欲に駆られた謀議に加担するとは考えられない——彼女は少なくとも、虚偽が紆余曲折しながら世間を徘徊している間は、身を慎むべきであった。これを認めるのは嘆かわしいことであるが、いかなる種類の嫉妬にも、礼を失した行動に駆り立て、架空の出来事から一つのストーリーを作り上げてしまう力があるのだ。そこには、ある罪のない個人を社会から抹殺するという赦しがたい目的がある。この個人は羨望の的だ。しかし、世の道理からして、その人は、われわれから敬われて当然の人なのだ！――それにしても、あってはならないことだ――ロビンソン夫人がそこまで道義に悖《もと》る行為に走るとは、とうてい考えられない。[*9]

この年はメアリにとってきわめて多産な一年だった。その掉尾を飾ったのが、第四作目に当たる『ユベール・ド・セヴラック――一八世紀のロマンス』と題された、ゴシック趣味満載の小説である。ド・セヴラックはフランス貴族の亡命者で、「自由の改宗者」になる。時代はフランス革命の混乱期、ユベールとその家族は財産と地位を失った。彼らはパリの市門を通るために農民に変装しなければならない。ユベールの娘はサビーナと言い、農民に共感していた。「貧しい者にも、富める者と同じように、心があるのです」[*10]。家族はユベールが決闘をした後で投獄されるが、際どいところでギロチンから逃れる。全体の教訓は、ゴドウィン調の思想である。「金持ちの悪が貧民の犯罪を生む」[*11]。

金儲けを目的としてものすごい速さで書かれたこの作品は、おそらく彼女の最悪の小説である。メアリは次作『ウォルシンガム』において、このことをおおむね認めている。そこでは、彼女にとてもよく似た登場人物が「幽霊、墓場荒らし、墓、血で汚れた手、短剣、洞窟、ヴェルヴェットの天幕、青ざめた照明」のロマンスを、「女学生を怖がらす」ために書いているのである。[*12] コールリッジは簡潔かつ思慮深い批評を書いた。

ロビンソン夫人の小説の特徴は広く知られているので、『ユベール・ド・セヴラック』は彼女の以前の作品より劣っていると言えば、おそらく十分であろう。これはラドクリフ夫人のロマンスの模倣であるが、似ても似つかない。平凡なペンではその域に達することができないのである。しかしながら、部分的には、称讃に値する箇所も散見する。そしてロマンスへの嗜好がいまのように優勢であるあいだは、作品全体も、巡回図書館利用者には楽しみを与えられるかもしれない。しかしこの嗜好は衰退しつつあり、現実の生活と風習とがまもなく権利を主張するであろうことを、小説家全般に知らせる必要があるだろう。*13

ウルストンクラフトの批評も的を射ていた。そして、この小説があまりにも拙速に書かれたことは問題であると述べた。

ロビンソン夫人は非常に速書きなので、物語を咀嚼して一つのプロットへと構築したり、プロットからいろいろな出来事が自然なかたちで生まれ出てくるよう算段する余裕がない。それこそが成熟した創作活動の成果と言えるものなのだ。確かに彼女は相当な実力の持ち主だが、活発な想像力の持ち主に共通する過ちを犯し、幸運にも自分は生まれつき才能がある、最初の思いつきで十分間に合うと、そんなふうに考えているふしがある。その結果は明らかである。彼女の文章はしばしば混乱し、上辺だけの言葉、十分表現しきれていない感情、偽りの装飾が絡み合っている。今回のロマンスを書くうえでは、ラドクリフ夫人がモデルになったと思われる。そしてメアリは、ラドクリフ夫人の最も成功した模倣者の一人になるだけの資格はある。それでもなお、登場人物の描写は不完全であり、場面の変化が多すぎるために、興味をそそる暇《いとま》もなく、好奇心は減衰してしまう……良い本を書くことはけっしてたやすい仕事ではないことを、ひとたび確信した暁には、彼女の作品の質も向上するであろう。*14

メアリ自身、後になって、心残りの一つは、作品の多くが「あまりに急いで書かれた」ことだと言っている。友人たちから的を射た批評を書いてもらえたのは、彼女にとっては良いことであった。それとは対照的に『オラクル』紙はただただ褒めそやし、例の調子で、「第一巻の心地好い恐怖は、巧緻を極めた技法と偉大な言語力で表現されている」とした。[*15]

とはいうものの、この小説は道徳や風習の観察において、効果的な細部を持たないわけではない。保守的な批評家は、小説の危険な政治思想よりも、こちらのほうを好んだ。「作品全体を通じて、人間の生き方に関する数多くの省察が散在していて、作者が世間の風習の注意深い観察者であることを示している。また、この種の作品を手がける多くの作者にもまして、人間の生き方について教示する資質に恵まれていることを示している。この作品でわれわれが認めることができないのは、フランス哲学をあからさまに贔屓《ひいき》していること、フランス民主主義の空念仏が多すぎることである」。[*16]

この間ずっと、メアリは、文学仲間の輪を強化しつつあった。「コートニー・メルモス」のペンネームで書いていたサミュエル・ジャクソン・プラットは、ゴドウィン、ウルストンクラフト、また文学者で眼科医のテイラーとともに、彼女の茶会や夕食会の常連であった。このグループは一緒に劇場に行き、互いに本を貸し合った。いまや二二歳になり、みずからも作家になったマライア・エリザベスもつねに同行していた。マライアはある日、メアリ・ウルストンクラフトとともにドルーリー・レインにサラ・シドンズを観に行ったが、ウルストンクラフトは鼻風邪をひいていた。「私の風邪は、というか咳は、昨日ひどくなった……R＊＊嬢から呼び出されたのでなければ、たとえシドンズ夫人に呼ばれても、今日外出する気にはならなかっただろう」。[*17] 観劇後、メアリとマライア・エリザベスは、ゴドウィンとウルストンクラフトをわざわざタールトンとの家族夕食会に招いた。ウルストンクラフトが翌日ゴドウィンへ書いた手紙から判断すると、彼女は少々メアリにやきもちをやいていたように思える。

昨晩あなたが帰った後で、ああして別れなければならなかったことが残念でなりませんでした――何もあのときに、と。R夫人と夕食など摂らずに帰ってしまえばよかったとさえ思えてきて、われながら苛立ちを覚えるほどでした。ただ、どうぞご自由に、あなたのやりたいように、という流儀もあることは確かです。でもそれは無関心と変わりないので、私はそういうやり方は嫌いです。あなたの口調次第で私の心は決まったはずです。でも、本当のことを言うと、声と態度で、あなたは私が皆と一緒に残ることを求めているように感じたのです。それに、プライドもありますから、あなたのそういう意志を尊重しようという気になったのです。*18

しかし彼女は機嫌を直したようで、翌朝には、ロビンソン夫人が三人のメアリ、つまりロビンソン、ヘイズ、ウルストンクラフトのために夕食会を計画していることを楽しそうに書いている。

メアリを友人の小説家メアリ・ヘイズに紹介したのはウルストンクラフトであった。「ロビンソン夫人や令嬢と、木曜日にお茶をご一緒する予定です。二人に会いに来ませんか。彼女はあなたの小説※を読んでいて、本筋はとても気に入ったが結末はいま一つだと言っています。彼女はオーガスタスの死こそ物語の終わりにふさわしく、夫には自然死を遂げさせるべきだったと考えています。たぶん彼女の言うとおりでしょう」*19。ヘイズは承諾し、ウルストンクラフトはロビンソン夫人に手紙を書いた。

奥様

あらためてお知らせするまでもないことと思いますが、ヘイズ嬢があなたの招待を受けて、今度の日

※メアリ・ヘイズ『エマ・コートニーの回想』。

曜日、お宅の晩餐会に、私と一緒に伺うことになりました。
あなたがご親切にも小さなファニキン〔ウルストンクラフトの幼い娘ファニー・イムレイ〕のために馬車を差し向けてくださるというので、私はあの子に迎えに行くと約束しました。夕方、もしあなたの召使いの誰かがマルグリット〔ファニーの乳母〕を連れてきてくださるなら、彼女とファニーは早い時間に帰れるでしょう。私にこんな母親らしいところがあったなんてと、お笑いになるかもしれません。でも、ここだけの話《アントル・ヌ》、ちょっとした考えがあってのことなのです。強烈な印象にさらすことで、娘の中に潜む幼い能力を呼び覚ましてやりたいのです。
乱筆ご容赦。メアリ〔マライアのこと〕によろしく。*20

ここには友情で結ばれた女同士の強い連帯感がある。マライア・エリザベスも作家になっていたので、みずからも、三人の優れた女性たちに対して連帯意識を感じていたに違いない。「あなたの召使いの誰か」という言葉は、メアリ本人がどれだけ落ちぶれたと感じていたにせよ、ロビンソン一家は、この時期まだ、それなりに不自由のない暮らしをしていたことを示している。

友人たちは、互いをモデルにして虚構の人物を作り出すこともあった。実際ヘイズは、自分の小説の一つに登場する哲学者のために、ゴドウィンの手紙を何通か使用し、ゴドウィンは『フリートウッド』で、メアリ・ロビンソンの特徴をいくらか借りてきて、ギフォード夫人という人物を作り上げた（この名前は、彼女の旧敵であるウィリアム・ギフォードを嘲るために使用されているのだろうか）。

絶妙の美しさを持った彼女は、すらりと背が高く、優雅で、魅惑的であった。趣味は贅沢で、仕草は陽気だった。態度は溌溂として印象的、熱しやすく冷めやすく、気性は激しかった。それでいて、知的能力に欠けているわけではけっしてなかった。雄弁で、機智に富み、皮肉屋、気の向くときには高度な教養を示し、曰《いわ》く言い難いほどいきいきと上品に自分の意見を表した。このように恵まれているので、彼女が姿を現すといつでも小隊をなすほどの求婚者に囲まれた。社交界の若者で彼女を見つめる勇気のある者は一人残らず、公然の讃美者となった。そしてこれら讃美者のあいだでは、その讃美を無駄に献げたものはいないということが、かなり広く信じられていた……彼女は上流社会の経験が豊かで、自分の書いた逸話や意見に辛辣さを込める、抜きんでた才能を持っていた。*21

メアリとタールトンの関係はたいへん緊迫した状態にあった。彼の弟〔クレイトン〕が一七九六年末に亡くなり、母親は重病であった。ゴドウィンの日記には、一七九七年三月半ばまでは、タールトンがメアリの夕食会にまだよく出席していたことが記録されている。しかし、メアリが四月二日に開いた盛大な茶会に、タールトンが姿を見せていない点は注目に値する。このときの客の中には一〇人以上の作家、演劇関係者、家族の友人がいた（売り出し中の作家で詩人のアミーリア・オーピーも含まれていた。彼女は数年後、メアリ・ウルストンクラフトの生涯に想を得て、『アデリン・モウブレイ』という小説を書くことになる）。ロビンソン夫人は、タールトンとふたたび別れたことで、支援を得ることを目的に友人全員を自分の周りに呼び集めようとしたのであろうか。

今回は永遠の離別となった。『オラクル』紙の報道は素早かった。タールトンは母親を喪った。だが、「もしわれわれが間違っていなければ、長年の社交的関係に育まれ、胸にひどくこたえるという点で、母親の死は、彼が最近こうむった唯一の喪失ではない」*22。激動の一五年が過ぎ、二人の関係はついに終焉を迎えたのである。メアリには何千ポンドもの借金が残された。大方はタールトンがファロでこうむった損失、および彼のクラブでの賭けを通じての損失によるものであった。メアリはその年の四月、体調がひどく悪化した。マライア・エリザベスを伴ってバースに発ったが、「激しい高熱」のためバース街道沿いの宿に数週間留まることを強いられた。*23 病床で書いた一篇の詩には、情事の終わりが表現されているとも読める。

昨夜も高熱でひどく苦しんだが、
その長く苦しい一夜もやっと過ぎた！
また朝の光が訪れてくる。
それは何をもたらすのか。新たな一日、
希望と——ごまかしの——虚栄の日……
聖者の装いをした、清らかな友情、
その中で欺瞞がほくそ笑んでいるのが見える。
私は圧政者の真剣なまなざしに気がつく、
そして狡猾が愛のため息のふりをして
息をするとき、私は慄然としてしまうのだ。[*24]

メアリはゴドウィンに慰めてもらえなかった。三月にウルストンクラフトと結婚して以降は、彼はメアリと会わなくなった。その年の後半、メアリ・シェリーを出産した際の敗血症がもとでウルストンクラフトが亡くなった。ゴドウィンが定期的な訪問を再開したのは、それから数か月後のことである。メアリがウルストンクラフトから、けっして忘れることのできない強烈な印象を受けたことは明らかだ。彼女のその後の小説には、初期の作品に比べ、「フェミニスト」的特徴がはっきり表れている。メアリはウルストンクラフトをモデルにしたヒロインを創造するようになり、そうしたヒロインたちがウルストンクラフトの弟子的存在であることを公言した。『イギリスの女性たちへの手紙、精神的従属の不当性について』ではウルストンクラフトを称讃し、反ジャコバン派の新聞から、いわゆる「ペチコートをはいたハイエナ」〔ウルストンクラフト〕との関係を攻撃された。

　一七九七年の秋、『オラクル』紙はこう報じた。「ロビンソン夫人が書き終えようとしている作品は、おそらく彼女の最後の作品である。彼女の健康は急速に悪化している。忘恩の針が、感じやすい心に深い傷を与えているのだ。ロビンソン夫人の作品は生き続けるであろう。それらはフランス語やドイツ語にも翻訳され、たいへんな人気を博している」[*25]。ここで言及されているのは、新しい小説『ウォルシンガム』で、一二月の初め、ロングマンから出版された。彼女が出版者を変えたのは、従来の出版者フッカム・アンド・カーペンターとのあいだで金銭的なトラブルがあったためであろう。ロングマンの有利な点は、費用と印税にもとづく複雑な取引ではなく、版権を均一料金で前もって買い取ったことである。ロングマンは『ウォルシンガム』に一五〇ポンド支払い、四巻本として一〇〇〇部印刷された。

　メアリは、この頃すでに、『モーニング・ポスト』への詩の寄稿者の中で、最も定期的かつ多作、注目を浴びる存在になっていた。それはすなわち、『オラクル』紙に次ぐ、小説の宣伝活動の拠点ができたことを意味する。『モーニング・ポスト』紙は、小説が文学界や社交界でかくも注目を集めたのは、ここしばらくなかったことであると吹聴した。コールリッジはこの新聞のもう一人の詩の寄稿者であったが、高らかな称讃に加わった。『モーニング・ポスト』紙は連続して抜粋を掲載し、さらなる興味を煽った。

　『ウォルシンガム』は、メアリの作品の中では、これまでで最も議論の的となった、急進的な小説だった。彼女の著作全体で、いまだに最も力強く興味深い二作品のうちの一つである。主人公のウォルシンガム・エインズフォースは、エミリー・ブロンテのヒースクリフの先触れとなる人物である。ジプシーのようだと描写される彼は、よそ者で、色は浅黒く、情熱的、暴力的で、危険な人物である。彼はルソーの原理にもとづき、自然の申し子として育てられた。このウォルシンガムがイザベラと恋に落ちる。

彼女は――『嵐が丘』のキャシーと同様――ウォルシンガムの妹として一緒に育ち、ウォルシンガムはイザベラを「己れ自身を愛する以上に」愛し、「イザベラは私の書斎の仲間であり、娯楽の時間には遊び友達であった。歩くとき、運動をするときはいつでも、彼女は私の連れであった。私は彼女を兄の愛をもって愛した。抵抗し難い女性の魅力を感じたが、それが破壊的なものを持っているとは感じなかった。私は彼女を敬愛した。純粋に、優しく。それは無邪気な偶像崇拝であった。性的なものはいっさい私の心を汚さなかった」[*26]。

しかし――ブロンテのキャシーとは異なり――イザベラは彼の愛情に応えなかった。彼女はウォルシンガムのいとこの、ハンサムで洗練されたサー・シドニー・オーブリーと恋に落ちる。ウォルシンガムは、イザベラがサー・シドニーと駆け落ちをすると、取り乱し、彼を破滅させてやると誓う。ただし、彼はいとこの否定し難い魅力にも惹かれていた。彼は悪漢小説風の遍歴の旅を始め、まずロンドンに行って社交界に入り、勘違いから、相手がイザベラだとばかり思い込んで、ある若い女性を誘惑する。イザベラが自分に好意を向けてくれたと、とんだ思い違いをしたのだ。イザベラは、サー・シドニーに惹かれて駆け落ちをしたことで、自分の名誉を危険に晒したにもかかわらず、彼とは今後も結婚するつもりはなく、操もずっと守り通してきたと主張する。サー・シドニーはウォルシンガムを精神的に苦しめ、ウォルシンガムがほかの女性と結婚するのを阻止するが、ついに彼自身の秘密が明らかになる。サー・シドニーは、正当な相続を得るために男性として通してきたが、実は女性であったのだ。彼女は最後にウォルシンガムと結ばれる。

『ウォルシンガム』は書簡体形式で始まるが、数通の手紙が取り交わされた後、ウォルシンガムは文通相手に、「私の不幸の秘密を明らかにする」自伝的な物語の入った包みを送る。小説の残りの部分は、このようにウォルシンガムの視点で書かれた一人称の物語である。書簡体で始まり、一人称の物語に移行する手法は、二〇年後、メアリ・シェリーの『フランケンシュタイン』でも用いられ、フランケンシュタインの一人称の語りの中に、さらにもう一つ、一人称の物語の層が加えられている。メアリ・シェリーの両親がロビンソンと昵懇だったことを考えると、彼女がこの技法を『ウォルシンガム』から学んだ可能性は高い。『ウォルシンガム』の二つのフランス語訳の一つは『山の子供』と題され、ドイツ語版は『自然の申し子』と題されている。ウォルシンガムはルソー的な教育を受け、お気に入りの本は『新エロイーズ』と『若きウェルテルの悩み』である。それやこれやで、フランケンシュタインの怪物が受ける自然教育について、メアリ・シェリーが記述している内容が、ここには明らかに先取りされているのである。

『ウォルシンガム』では、メアリ好みの主題が数多く追求されている。個人的長所と出生にまつわる偶然性の対立、堕ちた女性の運命、過剰な感受性の危うさ、などなど。しかし（ウルストンクラフトに刺激された）女性の財産相続権という新しい問題にも関心が向けられている。この問題は、みごとなプロットのひねりによって――それに気づかない批評家もいるが――異性装をしたヒーロー／ヒロインのサー・シドニーを通じて劇化されている。メアリは、シェイクスピアその他の劇作家の喜劇で、異性装の役柄を演じることにより、女優としての名声を確立した。そのメアリが、いまみずからの小説のモティーフに政治的なひねりを加えたのである。サー・シドニーは男性になることによって、女性であったら拒まれていたであろう資産を、相続することができるのである。ジェンダーを超えた育ちという手段を介して、メアリは、もう一つ、みずからの最大の情熱の一つを表現した。それは女性が「男性の教育」を受ける権利である。

シドニーは、両性の完全なる統合を示している。彼／彼女は感受性に震え、「思わぬ涙」を流すが、健康で強い。「彼は科学の教授のように巧みに論争を切り抜け、芸術家の正確さで絵を描き、いかなる男性的運動にも熟達していた。詩人としても人を楽しませ、一緒にいてこれ以上魅力的な人はいなかった」[*27]。彼／彼女は、古典教育と厳しい肉体的鍛錬の恩恵を受けている――どちらも、ウルストンクラフトが『女性の権利の擁護』で、自立した女性に必要な訓練として推奨しているものだ。シドニーは女性に愛される。力と優しさ、魅力と知性を併せ持ち、女性は抗し難く惹きつけられてしまう。彼は男性として完璧である。なぜなら彼は、本当は女性だからである。

小説は相変わらず貴族の堕落に対して攻撃を続ける。これは当然、反ジャコバン派の批評家から非難されずにはいない。『ウォルシンガム』は、ジェイムズ・ギルレイの諷刺画「新しい道徳」の中で、急進的な本の一つに選ばれている。「新しい道徳」は、一七九〇年代の急進的文学者を描いた、同時代で最も有名な諷刺画である。『アンチ・ジャコバン・レヴュー』誌は、メアリにこう文句をつけた。

> 彼女の判断は、誤謬に満ちた政治観念によって歪曲されている場合が多い。シャーロット・スミス同様、彼女はフランスの哲学者の叡智を高く評価している。そして多くの女性作家や薄っぺらな男性作家と同様、自分が尊敬する人々の権威を論拠の代わりにしている……彼女の仲間の男女はすべて惰弱であるか、邪悪であるかのいずれかである……身分の低い者の惨めな生活や悪徳は、一様に身分の高い者の抑圧と悪に原因があるとしている……このような説明は百害あって一利なしだ。なぜかというと、不従属の精神や空想的な平等観から、すでに巷に広まっている貴族への反感を、さらに助長しがちだからである……ロビンソン夫人がずっと交際してきた身分の高い人々が、彼女が表現するとおりの悪人であることはありうるし、実際ありそうなことである。しかし、すべての貴族が不品行者であると言うのは、いちじるしく公平を欠いた、誤った主張である……彼女は経験によって、少なくとも不品行者は貴族にも平民にも均等にいることを学ぶべきだったと思う……ロビンソン夫人によると、英国は無知、迷信、圧政の居座るところであるが、他の国は啓蒙されている。そして、われわれの無知を一掃し、迷信や圧政から解放する手段は、ヴォルテールやルソーの原理を採用することだと言うのだ！[*28]

同じような調子で、トーリー党のT・J・マサイアスはこう批判した。ロビンソンは「非常に才能のある」婦人である。ただ、彼女は「小説の中で泣き言を言ったり、ふざけはしゃいだりする」癖があり、「娘たちの頭を、起こりえない事件や冒険で狂乱させる」結果になっているのはいただけない。また、小説が「民主主義思想に染まっている」のも、困った点である。*29

もう一人の反ジャコバン派活動家リチャード・ポルウィールは、ロビンソンの詩と小説とを政治的に区別した。「性を脱した女性」と題された脚註付き諷刺詩の中で、彼は、ゆったりしたフランス風衣装の輸入と、フランス急進思想に対する女性の興味とは、根は同じものだとした。両者はいずれもメアリと深いゆかりがあった。「そしてロビンソンはフランスに懸想した」と彼は書く。「そしてある理神論者の墓の絵をなぞった」、と。*30 理神論は、フランス急進主義とゴドウィン哲学のスローガンであった。別名「えせ哲学 Philosophism」とも言われた――これは一七九〇年代初頭、英語に導入された新語で、特にフランス百科全書派〔一八世紀フランスにおいて、『百科全書』の編集・執筆に協力した、ディドロ、ヴォルテール、ルソーなど一群の啓蒙思想家を指す〕の、審美的かつ危険なまでに民主主義的な哲学とされるものを指していた。ポルウィールに言わせれば、ロビンソンの詩は健全であったが、小説はフランスの悪徳に染まっていた。

> ロビンソン夫人の詩には独特の繊細さがある。しかし小説に文学作品としての価値はほとんどない――えせ哲学《フィロソフィズム》の教義を含んでいるので、それらは最大限厳しい検閲を受けてしかるべきである。彼女とその美しい令嬢（彼女の身体的魅力に匹敵するのは、その優雅な精神だけである）のために、そして公共の道徳のために、ロビンソン夫人が陰鬱な破壊の亡霊を捨て去り、将来の劫罰を真剣に考えて、軽薄から生まれ快楽の手で育てられた過ちの取り消しを、世間に伝える気にならんことを望む。私は彼女が「明けの明星のように光り、命と輝きと喜びに溢れる」のを見てきた。そのような彼女に、あ

るいはさらにもっと輝かしい彼女に、もう一度会いたいものだと思う。そのときには、正義が「天空の光輝のように、また星のように、永遠に輝き出るであろう」[31]。

ポルウィールにとって、メアリの急進主義は女性に対する犯罪であり、彼女の永遠の魂に天罰が下されかねない代物であった。ロビンソン夫人がその美しい娘を堕落させていると懸念しているあたりには、特に驚かされる。

メアリの強さは、一貫して、諷刺のペンで上流社会を暴露することにあったが、今回は、実在の人物と架空の人物とを可能な限り類似させることで、さらに世間の目を惹こうとした。彼女は性治療医のジェイムズ・グレアムをドクター・ピンパネルの名で、ロバート・メリーをドールフル氏の名で登場させ、諷刺の対象としたばかりでなく、友人をモデルにした登場人物も幾名か書き込んでいる。慈悲深く信頼できるオプティック氏は眼科医のジョン・テイラー、放埒だが愛嬌のあるケンカース卿はバリモア卿、哲学者・批評家・作家のナットはゴドウィンがモデルになっている。親友のサミュエル・ジャクソン・プラットは、『自由な意見』と『家族の秘密』の作者として、本人のまま登場する。ただ、名前だけは彼の別名の「メルモス」に変えてある。ある登場人物は、誰か自分の友人が出てくるのではと、『家族の秘密』を読みたがる。メアリがパロディ化している女性の賭博師は皆、実在の人物を踏まえている。それゆえ、この小説は、社交界においてたいへんな醜聞の種となった。そこには肥満したファロの胴元アルビニア・ホバート（後のバッキンガムシャー伯爵夫人）、レイディ・サラ・アーチャー、決闘屋のリンボーン卿をはじめとする人たちが、すぐにそれとわかる特徴とともに描き出されている。

メアリは、己れの人生の細部を、平気で創作の中に盛り込んだ。ウォルシンガムの冒頭の手紙は、彼女が一七八〇年半ばに住んだエクス・ラ・シャペルから書かれており、大陸旅行の思い出が充満している。また、ある場面はココア・ツリーが舞台になっている。ココア・ツリーはセント・ジェイムズ・ストリートの有名なコーヒー・ハウスで、賭けごとも盛んに行われる、タールトン行きつけの場所であった。登場人物の中には、彼女自身に引き比べられることを承知で出してきた人物もいる。その一人は(詩、小説、喜劇、韻文悲劇を書く)女流作家で、その喜劇は彼女の評判を落とそうとする身分の高い女性たちによって投げ捨てられる。彼女たちは、劇を非難する嫌がらせの手紙を、作家と主演女優に匿名で送る。『無名の人』において起こったことと同じである。この女流作家は「ペチコートをはいた衒学者」とみなされ、嫉妬深い批評家たちによる悪意に満ちた書評にさらされる。「どれだけ洗練された作品であっても、不当で情け容赦のない非難を受ける。それはただ、無慈悲な心をもってペンを振るう人々が、自分の不機嫌を晴らすためでしかない。その無慈悲さといったら、血に飢えた野蛮人が、まさかりの致命的な一撃を加えるときとなんら変わるところがない」。ここにあるのは、「理不尽にも他人の希望を破壊し、才能と勤勉と真実から立派な生計の道を奪う」批評家に対する、激しい非難だ。[*32]『テレグラフ』誌は、メアリ・ロビンソン夫人を「新聞で褒めそやされるために金を払う」四二人の人々のリストの最上位に置いた。[*33]そのようなことをする人間は批評家や書評家から残酷に扱われても文句を言う権利がない、という主張もありえよう。だが『ウォルシンガム』の受容に関して印象的なのは、批評が、とりわけ政治に動機づけられていたことである。パーディタは、『モーニング・ポスト』紙が正当にも「哲学的」作家と呼ぶところのものに変身した。それは伝統主義者には受け入れがたい変容だったのである。

一七九七年遅く、メアリ・ロビンソンとサミュエル・テイラー・コールリッジは、「詩の常任寄稿者」として、『モーニング・ポスト』紙と正式契約を結んだ。このことはメアリにとって途方もない展開を意味した。セレブになりたての頃、『モーニング・ポスト』紙は彼女の顔に泥を塗った。だがいまや、時代も編集者も変わった。彼女のいちばんの支持者は、ダニエル・ステュアートという如才のないスコットランド人であった。彼はすべての人に信用されていたわけではない。日記作家のヘンリー・クラブ・ロビンソンは、コールリッジに、彼とステュアートとの関係について「気まずい質問」をしたことがあった。コールリッジはこう答えた。「ダンは本当の意味で誠実な人間と言えるかどうか。そんなことは訊かれたくないが、もしどうしてもというなら、こう答えよう。ダンはお金があって清潔なリネンを着られる場合は、痒いのを我慢しないで、さっさと汚れた下着は脱ぎ捨てるスコットランド人である」。[*34] しかし彼は穏やかな気性で知られ、編集者として大いに成功した。彼は一七九五年に『オラクル』紙を買収し、一日の発行部数を一〇〇〇部近くに保ちながら、『モーニング・ポスト』紙をも買収し、その運命を激変させた。一七九五年夏に『モーニング・ポスト』紙の事務所と版権を購入したとき、発行部数はわずか三五〇部であった。一七九八年までに、それを二〇〇〇部に上げ、一八〇三年には四五〇〇部にした。三〇〇〇部を超える新聞はほかにはなかった。[*35]

彼は以前にもこの新聞の編集者だったことがあった。それは一七八〇年代のことで、当時この新聞はピット支持、反皇太子の立場を採っていた。しかし『モーニング・ポスト』紙が皇太子とフィッツァーバート夫人との貴賤相婚――それは世間では公然の秘密であったが、活字にはなっていなかった――を公表したとき、皇太子派はさらなる攻撃を防ぐため、すみやかに新聞を買収した。ステュアートは編集者をクビになり、ジョン・テイラーが劇批評家から編集者に格上げされた（同時に皇太子の検眼医に指名された）。このような経緯があったので、ステュアートは、この新聞の衰退と、その所有者兼編集者に収まれたことを、とりわけ喜んだに違いない。今回、彼は新聞の政治的位置づけに細心の注意を払った。『モーニング・ポスト』紙は、コールリッジの言葉によれば、「脱政府、反―反対派、反ジャコバン派、反フランス至上派」になった。[*36] トーリーでもなく、ホイッグでもなく、ジャコバン的でもない。独立独歩が編集方針であった。

これがメアリに適していた。彼女はこの頃には、自分自身を過激なまでに自立した作家と位置づけ、政治体制の放埒と堕落を遠慮なく諷刺するのはもちろんだが、急進的過激派の恐怖に対しても目をつぶらないという立場を採っていた。また、メアリを雇うことは、ステュアートの意にも適っていた。メアリの詩のおかげで、何年にもわたって『オラクル』紙の売れ行きが維持されていたことを、ステュアートは承知していた。また、彼は「詩部門」に、かつての『モーニング・ポスト』紙にはなかったような高い地位を与えたいと願っていた。ロビンソン夫人の定評ある才能と、コールリッジ氏という売り出し中のスターは、彼には理想的な組み合わせに思えた。「モーニング・ポストの詩は、これからは、批評的に見て選りすぐりのものになるであろう。一流の作品しか、われわれの詩欄には掲載されないだろう。そしてわれわれには、当代最も優れた複数の作家から、協力が約束されている」。[*37] 一七九七年から亡くなるまでの三年間、メアリは『モーニング・ポスト』紙に、一週間に一篇から三篇の詩を規則正しく寄稿した――ただし、一七九八年から九九年にかけての冬、重病に陥った期間を除いて。この寄稿に対して、彼女は少なくとも一週間に一ギニーの支払いを受けた。[*38] 一七九九年末、彼女はロバート・サウジーの跡を襲って詩の編集者となり、「MR」、「タビサ・ブランブル」、「タビサ」、「TB」、「T」、「ラウラ・マリア」、「LM」、「サッポー」、「ブリジェット」、「オベロン」、「ジュリア」、「レズビア」といったさまざまな筆名で（ときには匿名で）、自身の詩を発表し続けた。[*39]

新しい詩人としての「顔」のうち、最も挑発的なのが「タビサ・ブランブル」であった。この名前は、トバイアス・スモーレットの小説『ハンフリー・クリンカー』の登場人物で、セックスに飢えた、ある独身婦人から取ってきたものである。やせこけ、胸は平べったく、一生懸命努力したにもかかわらずまだ独身、というスモーレットのタビサは「四五歳の処女で、がちがちに強張っているうえに、うぬぼれが強く、滑稽な存在」。かつてイギリスで最も美しく、性的に最も悪名高い女性と評された女性にとって、これほど機智に富んだ筆名はないであろう。マライア・エリザベス・ロビンソンは、タビサ・ブランブルの詩を「軽い作品で、詩集に収録するにはふさわしくないと作者は考えていた」[*40]と言ったが、メアリは、彼女が最も誇りとする詩集『リリカル・テイルズ』に六篇を入れている。

タビサ・ブランブルは、一七九七年一二月八日、「首都を訪れる」というオードで『モーニング・ポスト』紙に初登場した。ダニエル・ステュアートは新人の登場をこのように紹介した。「われわれはタビサ・ブランブルによる一連のオードの最初の一篇を受け取った。導入の役割を果たすこのオードには、様式の優雅さ、想像力の豊かさが示されていて、この新しい寄稿者の作品から多大な喜びを得ようと期待して待つ読者が、その期待を裏切られるようなことはけっしてないだろう」[*41]。社交界《トン》の弱点を部外者の目で斜《はす》に眺めることにより、ロンドン上流社会の生活を諷刺するというのが、ロビンソンの手法だった。彼女は、別の筆名で発表された初期の詩を、ときにタビサ・ブランブル名義で料理し直すことも厭わなかった。

一方『ウォルシンガム』は、『モーニング・ポスト』紙でこれでもかと褒めそやされた。当作品によって、メアリは「文壇の最前列」の位置を確実なものにしたとされた[*42]。小説に織り込まれた詩はとくに讃美された。コールリッジは「フランシーニ」の筆名で「究極のかたち、もしくはスノードロップ」を寄稿した。「あの美しい詩、『スノードロップ』を読んだ後、ただちに」書いたというふれこみだった。

もう恐れることはない。内気な花よ!
冬の威力をもう恐れることはない。
押し潰されそうな雪解けも、しとどに降る雨も、
凍える夜の静寂も!
ラウラがおまえの葉につぶやいたのだから、
強力な魔法の歌を。
か弱き花よ、優しい風も、

雲一つない空も、おまえのものだと。
穏やかな気持ちを胸に、
涙溢れる思いを眼に込めて、
彼女はおまえを見つめた、全身が震えるまで見つめた。
それは魂の思いを表していた。
いま彼女はおまえの震える茎に合わせて身を震わし
おまえが寝床にしだれるとき、
それに共鳴するようにして、
彼女も首を垂れるのだ。*43

コールリッジはここでロビンソンを、強力な詩の魔術師で、自然界と絶妙に共感する者として表現している――友人のワーズワスにも、まったくひけを取らないのではなかろうか、と。『ウォルシンガム』のために書かれ、『モーニング・ポスト』紙に再掲載された「スノードロップ」は、実際メアリの最高の抒情詩の一つである。

冬の臆病な子供、スノードロップは
命に目覚め、涙に濡れる。
そして柔らかな香りを周りにふり撒く、
競い合う花が咲かないところ、
がらんとして、冷え冷えとした薄闇に、
美しい宝石のように姿を現す!

弱々しく、青ざめて、頭を垂れている、
その親の胸は、漂う雪。
無慈悲な風に、細い体を折り曲げられて
震えおののく。嵐が近づくと、
エメラルドの目が水晶の雨を降らす、
下の冷たい寝床の上に……
おまえをどこに見つけようと、優しい花よ、
おまえはいつも愛らしく、いとしい花！
それは私が陰気な時を知っているから、
冷たく青白い太陽の光を見たことがあるから、
身を凍らす冬の風を感じたことがあるから、
そしておまえのように縮こまって泣いたから！*44

スノードロップは、たとえば「華やかな」クロッカスをはじめ、「競い合う」花よりも先に、早春の重たい露の中で咲き出し、実際その頭を垂れているように見える。まさに早く花を咲かせたが、やがて憂鬱にうなだれることになったメアリ自身に、ぴったりのイメージである。

ダニエル・ステュアートは、サマーセットのネザー・ストーウィにいるコールリッジに、『ウォルシンガム』の贈呈本を送ったが、そこには詩に応答してくれたことを感謝するメアリの手紙が同封されていた。おなじ包みに、もう一組の『ウォルシンガム』四巻本が同封され、近くのブリッジウォーターにいるチャブ氏にまわしてくれるようコールリッジに頼んであった。これはブリストル出身の画家兼商人ジョン・チャブのことで、ダービー一家の友人であった。彼は、ペンとインク壺を用意して書き物机に

座っているメアリの水彩画を描いたことがあった。絵の中の彼女は、皇太子の肖像を描いた細密画を眺めている。まるで彼に拒否されたことが、作家の道に進むきっかけになったとでも言うように。

一七九八年の初め、メアリは「神経熱」に苦しんだ。この病には「精神の落ち込みが伴い、友人がどんなに看病しても癒すことができなかった」[*45]。彼女は、死ぬ前に若いときの記録を正しておきたいと考えて、回想録を書き始めた。「憂鬱状態は『ウォルシンガム』の頁に蔓延しているが」と『オラクル』紙は言った。「それは精神の不安定を物語っており、彼女がいま患っている病気の原因を、ある程度まで明らかにしている」[*46]。

『モーニング・ポスト』紙は、「『存命中の作家の生涯』の出版者が、ロビンソン夫人に英国のサッポーという名誉ある称号を与えた。しかし、この称号は英国の文学法廷によって、ずいぶん前から彼女に与えられていたものであった」と読者に伝えた[*47]。二月の終わりには、娘の看病のおかげで、「先の病気も、文筆業を再開できるまでに回復した」[*48]。『モーニング・ポスト』紙は、彼女のあらゆる動静に目を光らせ、彼女の本を売り込み、彼女の健康について報告し、彼女の娘の美しさ、礼儀正しさ、高い学識、魅力的な服装を讃えた。「ジプシー帽を初めて身に着けたのはロビンソン嬢だが、彼女はまた、二年前の冬、ギリシア風の髪飾りを紹介した最初の人間でもあったのだ」[*49]。メアリは回想録を書き、新しい小説に着手する。また『モーニング・ポスト』紙のために、さまざまな声とスタイルを駆使して新作の詩を量産した。それに加えて、これまでの詩を集大成した作品集の出版準備にも取りかかっていた。英国のサッポーにいかにもふさわしいものになる予定だった。計画では、「予約形式による八折り版の分厚い三巻本」を出版することになっていた[*50]。

デヴォンシャー公爵夫人は、真っ先にこの出版に支援の手を差し伸べたと言われた。[※] だが、『オラクル』や『モーニング・ポスト』紙がこの声明の数週間後にあわてて誇大宣伝を繰り広げたことから判断人の新詩集は、予約者限定の出版である。そして予約を開始し次第、英国において、階級才能の両面で傑出した人士が、ずらりと一堂に会する見込みである」。「ロビンソン夫人は、新詩集の出版を予約者限定にすることで、本を手に入れたいという欲求に火を点けた。これによって、かつて文学作品を飾った最も輝かしく、また最も掲載人数の多いリストが誕生する見込みである。文学の法廷から英国のサッポーという威厳のある称号を与えられた女流詩人を、すべての党派、階級、政治思想が結束して後援しているのだ」。[*51]

するると、この詩集への関心をかき立てるのは、そう簡単ではなかったのかもしれない。「ロビンソン夫

これでは、必要な名前はすべて確保したと、あまりにくどくど吹聴しているようで、まるで例の王妃の口ぶりそのままではないか(『ハムレット』三幕二場のガートルードの台詞を踏まえている)。一か月後には、こう報道された。「ロビンソン夫人の詩集の新しい予約者リストは掲載者を順調に増やし、輝かしい成功を収めている。彼女は最も輝かしく最も好意に満ちた庇護を得た。文学作品がこれほどの栄誉に浴したことはかつて一度もなかった」、と。[*52] また、この本は予約限定なので巡回図書館では手に入らないこと、読者は本を手に入れるためには登録(そして支払い)をしなくてはならないことが強調された。貴族の庇護を強調するのは、メアリが以前、自分の真の庇護者は普通の読者層だと吹聴したことを考えれば、皮肉と言うほかはない。頭の痛い問題は次の点だった。中間階級の読者、特に自分の自由になる収入をほとんど持たない女性は、新聞に載る彼女の詩を読み、巡回図書館から彼女の小説を借り出すことに熱心だった。しかし、これではメアリと家族を維持するのに十分な収入が生み出されなかったのだ。どうやら名前の募集は行き詰まってしまったようである。予約版は出版されなかった。『詩集』は、メアリの死後六年経ってようやく、彼女の娘によって出版された。

メアリと『オラクル』紙編集者とのすばらしい関係に照らしてみると、この頃彼女の元恋人が同紙でひどい非難の的になったことは偶然とは思われない。タールトンは、フランスに登場した新しい人物、

ナポレオン・ボナパルトを支持したことで批判された。いまやメアリに演説原稿を書いてもらえなくなったので、タールトンの議会演説がさまになっていないのは明らかだった。はっきり言って「眠気を催させる」ような演説だった。タールトンは奴隷制賛成の立場を取っていた。と同時に「普遍的自由」の支持者であると表明してもいた。この二つを、彼はいかに融和させられるのかと各紙は問うた。タールトンの名のもとでは軍史の書物はもう書かれないだろうという辛辣な言葉もあった。ステュアートの新聞のメアリ支持は留まるところを知らなかった。彼女の『シシリアの恋人』が「今世紀最高の劇作品」の一つであるにもかかわらず上演されなかったことに疑義を呈した。作品の質に鑑みて、これはいささか誇張された主張である。*53

メアリはいまや、田舎に引き籠もる計画を立てていた。「ロビンソン夫人は新しい詩集が出版され次第、田舎に蟄居するつもりである。この引退計画のために、こぢんまりしたコテージがすでに用意されつつある」。*54 彼女とマライア・エリザベスはこのコテージで夏を過ごした。ウィンザー・グレイト・パークの外れのエングルフィールド・グリーンにコテージは建っていた。エングルフィールド・グリーンは最近流行の場所で、紳士階級が好んで夏を過ごした。ロンドンに近くて仕事に便利なうえに、田舎の快適さを併せ持ち、ウィンザーに近いことから来る高級感もあった。緑地周辺や少し離れたあたりに新しい別荘が次々と建てられていた。そこからの眺望はすばらしかった。マグナ・カルタが調印されたラニミードや、一七世紀、サー・ジョン・デナムによって、英国景観詩の伝統の基礎を築いた詩の一篇が書かれた場所、クーパーズ・ヒルも望まれた。

以降、この年は、新しい小説の執筆に費やされることが多かった。この作品はメアリの小説中最長のもので、その長さは他を圧していた。

※この頃ジョージアナは、メアリの詩に大いに影響されて、自分自身でも詩を書き始めていた。

一二月、バナスター・タールトン少将が、アンカスター公爵の非嫡出の娘スーザン・バーティと結婚することが報じられた。彼女は高い教育を受けていた。身長は中背よりやや低く、歳は二〇代前半、年二万ポンドの財産があった。タールトンは報償としてポルトガルに配属され、皇太子からは結婚祝いとして儀礼用の剣を下賜された。タールトンは剣を「甘き唇」と命名し、それは今日まで家宝として受け継がれている。一五年にわたるメアリとの関係が終焉して一八か月後、彼はメアリが小説『アンジェリーナ』の中で「昔ながらの便法——金持ちの妻」と呼んだところのものに屈服したのであった。

第二三章　フェミニスト

男性は生まれつき圧制者である。対等の関係は我慢できない。そして女性の力を恐れている。

メアリ・ロビンソン『イギリスの女性たちへの手紙——精神的従属の不当性について』

われわれは精神を拘束してきた破壊的な呪いを打ち破った。われわれはもはや尊大な連れ合いの僕ではない。われわれは考える勇気を持った。そしてついに、生得の権利を主張する。

メアリ・ロビンソン『偽りの友』

タールトンが結婚して二か月が経った頃、メアリの新しい小説が出版された。一七九一年には、「勇気に寄せるオード」の末尾で、タールトンを「忠実なる友」と呼んだこともあったが、それもいまは昔のことだった。メアリの閲歴とタールトンの最近の動向を知るすべての人々にとって、『偽りの友』という題は、実に含意に溢れるものであったろう。『モーニング・ポスト』紙は、タールトンと花嫁がリスボンに向けて出航したことを報道した後、小説の中でメアリが、「主人公をリスボンへの航海の途中、死なせた」ことを知らせた——詩人は総じて予言者である、と記事は付け加える。「そして、ロビンソン夫人は一度ならず正確な予言を行っている」、と。[*1]

現実には、タールトンは無事にポルトガルに到着した。唯一の嵐と言うべきは故国の新聞記事だけで、メアリの小説に関する報道は、自伝的と推定される内容に焦点を定めていた。「ロビンソン夫人が偽りの友を偽装するのに用いた陰鬱な色の衣装の下から、彼女が描こうとする人物の隠しようのない本性が透けて見えている」。「ロビンソン夫人の新しい小説に登場するトレヴィルなる人物は、実在の人物をもーとにしたと言われる。人間性の名誉のためにも、われわれはその逸話が真実でないことを願う」[2]。タールトンとの長い情事の終わりが、この本が書かれるきっかけになったというのは、大方の意見の一致するところだった。「ある実在の少将は、いずれ完全に忘れ去られるであろうが、『偽りの友』はいつまでも記憶されるであろう」と『モーニング・ポスト』紙は語り、月刊誌では、書評家たちが作者に共感して、こんなふうに書いた。「家庭内の物語として作者が自身の悲哀を語るこの小説に、われわれは心からの同情をかき立てられずにはいない」。「この作品に漂う悲しみが虚構であってほしいと願う。だが実際には、あまりにも痛ましく見紛うかたのない痕跡が刻み付けられている。この小説を読んで何の興味もかき立てられないとしたら、その人は冷酷な心の持ち主である。同情に心動かされることがないとしたら、その人は残酷な人間に決まっている」[3]。

タールトンに対する怒りと恨みから書かれた部分があることは明らかである。

これが、われわれを隷属状態に置いている暴君たちである。彼らはわれわれの崇拝者を自称するが、やがて気まぐれな性質が露呈し、背信行為が裏付けられる。本来なら守ってくれなければならないのに、逆にわれわれをあらゆる危険にさらす。判断を誤りがちなわれわれを支えてくれることもできるのに、つねにわれわれを間違った道へと導きたがる。おお、男性よ。おまえは愛想が良く、狡猾、媚びへつらうのが得意の、勝ち誇った敵。従順なる圧制者! 尊大なる奴隷! どんな言葉を使ったらおまえを言い表すことができるだろうか。[4]

とはいえ、多くの点で、トレヴィルという人物はタールトンの肖像と言うより文学的な類型であると言うほうが当たっている。サミュエル・リチャードソンの『クラリッサ』に出てくるラヴレイス型の放蕩者なのである。「信心深くなるには礼儀正しすぎ、学問を身に着けるには機智に富みすぎ、まじめになるには若すぎ、思慮深くなるにはハンサムすぎる。四つの単語で言うなら、当世風に神々しく、神々しいほど当世風」。彼は「最も危険な種類の道楽者であり、人を欺くへつらい者である。金持ちや生まれの良い者の周りをうろつく輩……勉強をして伊達男となり、実地練習を積んで詐欺師となった。職業はおべっか遣いで、生まれつきの放蕩者[*5]」。

トレヴィルよりもはるかに興味深い人物は、ヒロインのガートルード・サン・レジェだ。彼女は自称メアリ・ウルストンクラフトの弟子で、ウルストンクラフトを「女性の擁護者」と呼んでいる[*6]。ウルストンクラフトやロビンソン夫人自身と同様、ガートルードは過度に鋭い感受性の犠牲者であるとともに、大胆で慣習に囚われない自由な精神の持ち主でもある。『マンスリー・ミラー』誌は、賢明にも、彼女をゴドウィンの『ケイレブ・ウィリアムズ』の主人公になぞらえた。「彼女はウィリアムズの女性版とも言うべき存在である。おそらくロビンソン夫人は、ゴドウィンの高名な主人公に伴侶を与えるのにやぶさかではなかったのだろう[*7]」。

一七九〇年代に書かれた多くの小説に見られるように、プロットには近親相姦の気配が漂う。ガートルードはデンモア卿に恋をする。デンモア卿は彼女の中に危険な情熱を掻き立てるが、最後になって実はデンモア卿こそ彼女の父親だったことがわかるのである。もしこの小説が隠された自伝のように読めるとすれば、この作品はタールトンに棄てられた苦しみや怒りについてだけではなく、父ニコラス・ダービーに対する相反する感情についても多くを語っていると言えるかもしれない。加えて、メアリの執筆動機は個人的な憤懣ではなく、情熱の本質を探究し表現したいという欲求である。ガートルードはみずからの強い感受性を、容赦のない審問に付す――

> デンモア卿はほかの女性に惹かれていることを認めた。彼は私の悲しみを無視し、誇りを踏みにじり、感受性を傷つけているのだ。心がときおり激しく動揺し、理性を失ってしまいそうになる。混沌とし

た感情に少しでも秩序を与えようと努力した。心に誇りと軽蔑の念を喚起することで抵抗を試みるが、いかんせん私の火照った脳は冷めてはくれない。それどころか、脳細胞をかき乱してほとんど狂乱状態に追い込んでしまう……おお、感受性よ！　おまえは女性にとって呪いだ！　それはわれわれのすべての希望を破滅させるもの。女の中にこんなものがあるからこそ、圧政的な男性は凱歌を挙げるのだ。どれほど高邁な精神であろうと、おまえの手にかかれば惨めにされてしまう。おまえはしっかりと五感に取り憑いて離れない。威厳に満ちた高貴なもののことごとくを、おまえは例外なく抹殺してしまう……感受性は恍惚状態にあってさえ苦痛を惹き起こしているのではないか。喜びから来る興奮も度を過ぎれば心を激しく揺さぶり、ついには苦痛を惹き起こすのではないか。寛大な行為も、脳の中で感動として経験されれば、涙を呼び起こし、胸を震わせ、あらゆる細胞を通して責め苦となるような恍惚をもたらすのではないか。……心に安らぎを与える鎮静剤は無感覚しかない。感じることは惨めなことなのだ。[*8]

メアリの小説に共通するのは、女性から惜しみのない愛情を注がれる男性が、結局はそれだけの値打ちのない人間だったことがわかってしまう点だ。ガートルードは男性の女性支配について考える。「すべての思考に影響を与え、すべての感情を思いのままに操作し、簒奪者として、服従状態に置かれた諸能力を完全な支配下に置くこと。もしわれわれがある相手にこうしたことを許すならば……その相手が恋人であるか友人であるかは重要ではない。彼はわれわれの五感に対する支配権を手中に収めてしまうのである」。「私は、あるときはデンモア卿を憎む。またあるときは、魂がもう一度悲しみに満たされ、理性の要求が情愛によってすべて一蹴される……同じ相手なのに、同時に愛しかつ憎むことができるとはとても信じられないだろう」[*9]。

『アンチ・ジャコバン・レヴュー』誌は、「この作家は情熱、特に愛の情熱が、美徳や理性に優るような状況を設定することに喜びを見出している」と主張するが、これは間違っている。[*10]次の小説の中で、メアリは〈愛〉と〈理性〉とが雌雄を決する闘いをし、〈時間〉を味方につけた理性が、結局勝利するという詩を書いている。小説家としてメアリが興味を抱いたのは理性と情熱の闘いであり、和解ではなかった。彼女のヒロインたちは、しばしば分別と感受性のあいだで苦闘している。『アンチ・ジャコバン・レヴュー』誌が、『偽りの友』には「病的な感受性」に対する関心が描き出されていると言っているのは正しい。だが、ガートルードを滅ぼしたのは彼女の感受性だという点を認識できなかった。メアリ・ロビンソンは、『回想録』においても同様に、自分のことを「あまりに鋭い感受性」の犠牲者として描いている。「心は愛さねばならない。さもなければ、あらゆる気高く、崇高なものを、心は感受できなくなってしまう」。しかし、その一方、男性社会で生き残るために、女性は「冷静に思考する存在となり、理性と情愛を秤にかけることができる」ようにならなければならない。[*11]この矛盾をどう解決するか。それがメアリに突きつけられた課題だった。

トレヴィルはガートルードの政治的な理想を嘲る。「あなたがもうじき両性具有の哲学者になるのは間違いない。あなたは女性の潜在的な理解能力と、性による従属の愚かしさについて、新説を唱えようとするでしょう……あなたは両性が平等な権威を持つことを願う。そして女性は、本来思考するように造られ、男性の理性的伴侶になるべく創られていることを証明したいと願うことでしょう。とはいえ、女性がわれわれを楽しませるために創造されたにすぎないことは、皆知ってますがね」。ガートルードは自分がメアリ・ウルストンクラフトになぞらえられることを誇りに思うと答える（ウルストンクラフトは著者の脚註において名指しで讃えられている）。

「私は説くでしょう。そしていまは墓に眠っている人から教えられた教義を、かならずや実感しないではいないでしょう……その人の碑は、女性の権利を支持する不滅の基盤の上に建っているのです」。

「馬鹿げている！」とトレヴィル氏は叫んだ。「女性は家庭を守る者でしかない。それをその慎ましい仕事から外せば、女性は――」

「あなたと同等になります！」と私は口を挟んだ。「そして、いま、このとき、一個人として言わせてもらえるなら、こう付け加えるでしょう――あなたより優れた人に」[*12]。

これはタールトンの女性に対する態度ではなかった。彼はメアリを家庭的な領域に閉じ込めようとしたことはけっしてなかったし、つねに彼女の執筆を手助けした。しかし、おそらくとどのつまりは、メアリの許を去ることで、彼女に恩恵を施したのである。メアリが男性を必要としないことを、タールトンは示してくれたのだ。「知識の頁を開くのは逆境のみである」と彼女は『偽りの友』に書いた。「精神を支えるのは真実のみである」。それよりこのかた、精神だけが――同様の精神を持った友人仲間、そして自己犠牲を厭わない娘から励まされ――メアリを支えたのであった。

情事の終わりは彼女をフェミニストにした。『偽りの友』をタールトンについて心情を吐露した作品とみなすのは不正確だ。むしろ、いろいろな点から見て、メアリ・ウルストンクラフトの死に対する反応と考えたほうが正鵠を射ている。『ジェントルマンズ・マガジン』誌のあるコラムニストは、まもなく、憂いを表しながら、こう書くことになる。「R夫人は自分がウルストンクラフト一派に属することを認めた。品位、秩序、分別を少しでも尊ぶ人間なら、これだけで夫人とのおつきあいはご免こうむりたくなる」[*13]。

妻を亡くしてちょうど四か月後の一七九八年一月、ウィリアム・ゴドウィンは、メアリ・ウルストンクラフトが生前書き残した文章の一部を『遺稿集』として刊行した。同時に『「女性の権利の擁護」の著者の回想録』と題した伝記も出版した。メアリ・ロビンソンが自身の回想録を書き始めるきっかけになったのも、同書の刊行だったかもしれない。俗離れしたゴドウィンは、自分以外の人間がスキャンダルまみれの伝記を書いて、彼女の思い出に泥を塗られてしまう前に、先手を打ってウルストンクラフトについての真実を語りたいと思った。こうしてゴドウィンは、彼女の恋愛、妊娠、自殺未遂、無神論を公にした。この本はトーリー陣営の出版界に嵐を巻き起こした。ゴドウィンは女衒、ウルストンクラフトは娼婦、と嘲られた。

これを見たメアリが、いま皇太子との情事物語を公表するのは、自身にとって得策ではないと認識したことはほぼ疑いない。自分の回想録はとりあえず中断し、代わりに詩選集の準備と『偽りの友』執筆に専念した。彼女はウルストンクラフトの衣鉢を継いだが、当初は自分のフェミニスト的心情を、虚構の人物の口を借りて語った。もしみずからの声で語ったなら、過去のスキャンダルを持ち出され、非難されるだろうことがわかっていたからである。とはいえ一七九九年の春には、論争の的となるようなフェミニスト論の発表準備が、すでにできていた。過去の振る舞いをめぐって個人攻撃をされれば、自分の思想に泥を塗られることになる。これを避けるため、メアリはアン・フランシス・ランドルなる筆名で出版した（おそらくアン・ランドルが念頭にあったのだろう。職業は娼婦とされ、万引きをして投獄された。アン・ランドルの記事は一六年前、『モーニング・ヘラルド』紙に掲載され、メアリの目にも留まったと考えられる）。

この本は『イギリスの女性たちへの手紙――精神的従属の不当性について』と題された。『偽りの友』の中で開陳されたフェミニスト感情の多くを踏襲、発展させたものである。法律上、結婚すると女性の財産は夫の手に渡る。メアリはこの法律を糾弾する。金銭からセックス、運動に至るまで、ありとあらゆるものに対して、二重基準と言うべき、ものの見方が存在する。これがメアリによって暴き出される。男性は決闘によってみずからの名誉を守れるかもしれないが、女性はその美徳を防御し、「汚れのない評判を保」たなければならない。だが、もし誤って中傷されても、女性には名誉を守る手立てがない（『ウォルシンガム』のサー・シドニーは、男性に変装していたおかげで、己れの名誉を守ることができた）。女性関係が華やかな男性は、その男らしさゆえに肯定的な評価を受ける。それにひきかえ、女性は一度その評判を失ったら、もはや上流社会には受け入れてもらえない。メアリ自身は元恋人の有名人たちと友好的な関係を保ち続けることができた。とすると、これがメアリ自身にも厳密な意味で当てはまるどうかは議論の余地のあるところだ。

メアリはこう提唱する。「女性は家庭生活の単なるお飾りであってはならない。男性のパートナーであり、対等の仲間であるべきである」。「強いられた服従は」とメアリは書く、「家庭生活の喜びを害する毒のようなものである」と。彼女は直接みずからの経験に立って議論を進める。そして「法螺吹きで横柄な態度をした相棒、すなわち男性から与えられうるあらゆる侮辱や危害を経験した」女性のことを考えてみよ、と読者に要請する。「そうした女性のことを想像してみよ。社会から追放され、親しい者から棄てられ、世間の人たちからは嘲笑され、貧困に晒され、悪意に襲われ、軽蔑の対象になることを。彼女には救いはないのだ[*14]」。

メアリとその作品はフランスやドイツで尊敬をもって迎えられた。彼女が祖国英国の女性が置かれた境遇の非道さに特別な注意を向けたのも、そのことがきっかけであった。

いまの時代、地球上の人間の住むところで、イギリスほど気高く、また傑出した（知的に、という意味で）女性を数多く輩出できる国はない。それでいて、われわれの目にはそうした女性の多くが人知れず暮らし、書いたものによってしか知られていない……国民的栄誉も、世間からの称讃の声も、地位も、称号も、気前良く豪華な報償も、英国の女性文学者に与えられるのを聞いたことがない！　彼女たちは有名になろうとしたら異国へ飛んでいかねばならない。異国でなら、才能に性差はないことが認められる[*15]。

女性が不公正にも議会から排除されているという事実、これもメアリのもう一つの重要なテーマだった。メアリはフォックスおよび一七八四年の選挙運動と密接な関わりを持った。したがって、この問題について意見を述べるうえで、特に有利な立場にあった。彼女はまた、独自の観察技法を駆使して、男性が女性に優るのは肉体的に強いからであるという見解に疑義を呈する。

もし女性がか弱い生き物なら、なぜ女性は体力の必要な仕事に雇われるのか。なぜ家庭内の単調な仕事の疲労に耐え、朝早くから夜遅くまで、こすり、磨き、あくせくと働くことを強いられるのか。その一方、白粉を塗った従僕は椅子の側に、あるいは主人の馬車の後ろに、ただ控えているだけだ。王国の至るところで、女性が農業に携わり、骨の折れる酪農の仕事をし、工場でものを洗い、醸造し、パンを焼く仕事に就くことを許されるのは、なぜなのか。それなのに、男性はレースやリボンを測り、ガーゼをたたみ、造花の花束を作り、羽根飾りを考案し、美しさを維持するための化粧品を調合する仕事に雇われている。私は夏の季節のあいだ、頑健なウェールズの少女たちが、苺や他の果物を、ロンドン近郊からコヴェント・ガーデンの市場まで、頭の上に載せて運ぶのを見たことがある。首都に住む者なら誰でも見たことがあるだろう。彼女たちはそれをわずかな報酬のために一日に三回、四回、五回と繰り返すのである。その一方で、貴族に雇われた男性の使用人は、彼らの主人でさえ経験したことのないような贅沢な酒宴に浸っている。女性はこのように労働を強いられている。それは彼女たちが弱き性、すなわち女性だからと言うのか[*16]。

女性は男性に知的な意味で劣っているという非難、メアリは特にこれに応えようと執心しており、女性の知識人と公務員の長いリストを引き合いに出してくる。彼女は男性が知的な女性を軽蔑し、恐れていると論じる。

男性から見て望ましい相棒となれる女性は、たった三種類しかいない。美しい女性、淫らな女性、家事のうまい女性である——最初の女性は男の虚栄を満たしてくれる。第二の女性は楽しみのため。そして最後の女性は家庭の雑用を采配してくれるからである。考える女性は男を楽しませない。学問のある女性は、自分が劣等だと認めて男の自己愛にへつらうことをしない。そして真に才能のある女性は、その優秀さで男を見劣りさせてしまう。[*17]

メアリはウルストンクラフトのような他の女性知識人より有利な位置にいる。それは彼女が美しい女性と淫らな女性の典型であると同時に、真の才能を備えた、考える女性だったからである。『イギリスの女性たちへの手紙』の中で最も大胆な提案は、「女性のための大学」を設立すべきというものであった。「おお、いまだ蒙を啓かれていない田舎の女性たちよ。理性の忠告に従って、読み、そして啓発されなさい。つまらぬ、きらびやかな拘束具は振り落としなさい。それはあなたがたを貶めているのです」とメアリは高揚しながら書いている。「あなたがたの娘に、自由で、古典的で、哲学的で、ためになる教育を与えなさい。彼女たちに自分の意見を自由に語らせ、書かせなさい。理性的な人間のように読み、考えさせなさい。彼女たちには、その高度な知性に合った勉強をさせなさい。彼女たちの精神を拡張させなさい」[*18]。メアリはまた、能力に応じて名誉が与えられる制度の導入を提案した。このシステムでは、業績を挙げた女性は「文学的メリット勲章」を授けられる。彼女は後半生において、貴族的な階級制度を「才能の貴族階級」によって置き換える必要があるとしばしば書いているが、これはそこに一貫して流れる主張とも一致する。

同書を締めくくるのは、「一八世紀に生きた英国の女性文学者リスト」である。三九人の女性の名前が載っており、メアリ・ウルストンクラフト、メアリ・ヘイズのようなフェミニスト、シャーロット・スミス、エリザベス・インチボールド、「ロビンソン嬢——小説家」といった女性文筆家が含まれている。そして、ほかの誰よりも数多くのジャンルで活躍した文筆家として、「ロビンソン夫人——詩、ロマンス、小説、悲劇一作、諷刺詩、その他」という記載もある。[*19]『アンチ・ジャコバン・レヴュー』誌は、三〇〇〇を超す発行部数を持ち、あっという間に同時代で最も影響力のある右翼雑誌になってしまったが、この『アンチ・ジャコバン・レヴュー』がアン・フランシス・ランドルを、ウルストンクラフト軍団の一人であるとして非難した。[*20]その一方で、『モーニング・ポスト』紙は、売れ行き好調な（その後まもなく再版された）『偽りの友』から、女性の従属に関する一節を掲載した。また、メアリが、ゴドウィンの衣鉢を継いで「自由の進歩」と題した、初期フランス革命讃美の長い無韻詩を執筆中であるという報道もなされた。

政治的に両極化していた一七九〇年代の英国において、ロビンソン夫人はたいへん重要な文学者とみなされていた。一五年前、嘘で塗り固めたパーディタの「回想録」や「書簡」で、彼女の名前は汚された。いま彼女は反ジャコバン派からウルストンクラフト派の一人だと非難されていたが、その一方で『存命中の作家の文学的回想録』をはじめ、複数の書物の中で称讃を与えられた。自由主義寄りの月刊誌の一部は、彼女が作家として尊敬に値することを強調した伝記的小品を掲載し、彼女のモノディ、『当代の作法』の「諷刺力」、サッポー風ソネットを褒め称えた。また彼女の小説が過剰に感傷的でゴシック調のものから「日常生活のスタイル」へと進歩したことを讃美し、「目覚ましい想像力、人間性に対する理解、鋭い調査力、人物描写のうまさが発揮されているとともに、滑稽で馬鹿々々しい類の場面ではユーモアの才能が示された」とした。[*21]

メアリはゴドウィンとふたたび親しく付き合うようになった。彼をお茶や夕食に定期的に招待した。

そこにはほかのいろいろな作家たちも呼ばれた。ほとんどは女性だった。一七九九年七月までに、もう一作の小説が完成した。この作品は八月の終わり、『自然の娘、およびレドンヘッド〔無気力〕一家の肖像』という題で、ロングマン・アンド・リーズ社から出版された。『モーニング・ポスト』紙は出版に先立って関心をかき立てるため、次のように書いた。レドンヘッド一家のモデルとなった実在の家族の正体をめぐり、「期待が高まっている」。[*22]

二〇世紀になって、タールトンの自伝作家は、この題はバナスターの結婚相手スーザン・バーティが非嫡出子であることを当てこすったものだとした。が、それを証明する同時代の証拠はなく、スーザンの生涯と、小説中の非嫡出の子供の物語とのあいだには何の類似も見られない。[*23]『自然の娘』はメアリの最も自伝的な小説であるが、タールトンとの関わりはほとんど見出せない。

この小説は三人称で書かれていて、メアリがしばしば用いる一人称の書簡体ではない。小説は批評家からいっせいに非難されたが[*24]――彼らは作品のウルストンクラフト的傾向に心乱され、メアリに詩に専念するよう勧めた――スタイルには真の成熟と自信が見られる。物語は、フランス革命が「話題の中心」であった一七九二年に設定されている。女性による小説の多くが求愛物語であるのとは異なり、この作品ではヒロインのマーサ・モーリーは、金持ち男性と早くに結婚している。彼女は男に棄てられ、生計を立てるために、女優、詩人、小説家としてのキャリアを追求する。この点で、マーサはメアリの虚構の分身である（聖書において、マーサとメアリ〔姉のマルタと妹のマリア〕が一緒に出てくるのはよく知られている）。文学史家は普通、英語で書かれた女性作家の作品で、ヒロイン自身が職業作家なのは、エリザベス・バレット・ブラウニングの英雄詩『オーロラ・リー』をもって嚆矢とすると説明する。だが、この『自然の娘』はそれに五〇年以上も先立っている。[*25]

ヒロインは、親しくなった非嫡出の子供のために自分の評判を犠牲にする。少女フランシスは、パリの監獄で身籠られた（実人生でメアリ・ウルストンクラフトも、非嫡出の娘ファニー・イムレイを革命初期の動乱期に身籠っている)。マーサの夫は、フランシスがマーサの子だとばかり勘違いしたため、マーサを棄てるのである。小説の最後で、少女は実は彼の子であることが明らかになる。マーサにはまた、ジュリアという妹がいる。ジュリアは父親のお気に入りの娘である――だが彼女は母親を精神病院に閉じ込め、自分自身の非嫡出の子供を毒殺し、最後にはロベスピエールのベッドで自殺する。ジュリアは、伝統的ロマンスの感傷的なヒロインのように振る舞うが、見栄っ張りで嘘つきである。マーサは、「えくぼでいっぱいの顔」をして、騒がしく、強健で、「男っぽいおてんばにすぎないと考えられている」が、この物語の真のヒロインである。夫に誤って糾弾され、叩き出されるが、彼女はウルストンクラフト型の生気に満ちた独立した女性である。それゆえ題名は二重の意味を持つ。少女フランシスは、非嫡出の子であるという意味では「自然の〔庶出の〕娘」であるが、マーサは、金銭的には恵まれているが道徳的には自然の理に背いている妹とは対照的に、理性的で寛大であるという意味で「自然の娘」なのである。

ロビンソンは歴史上実在する人物を大胆に用いている。革命の指導者であるジャン＝ポール・マラが登場している。彼は「若き日のシドンズ」を想像して造型された悲劇女優、セジリー夫人を誘惑しようとする。マーサは「生まれつきの女優」で、「ファレンの気取らない優雅さ」と「微笑の女王――魅力的なジョーダン――の持つ真にお茶目な上品さ」とを兼ね備えている。[*26] 彼女の女優業の経験は、メアリ自身の経験を反映している。彼女は魅惑的な人物であると同時に、立派な社会では疑惑の目で見られる女性になる。

小説の副題にあるレドンヘッド一家は、滑稽でグロテスクな人々である。一家は奴隷売買で財産を作ったが、息子が軍人の名誉を得ることを望んでいる。彼らは金持ちの俗人で、称号が欲しいのである。ジュリアは息子と結婚するが、二人は間もなく別れる。ここにあるのは、徹頭徹尾タールトン家に対する当てこすりだとも考えられる。

一方、マーサは劇場の支配人に解雇され、身を立てるために文学へと向かう。彼女が書くのは、「名声と利益」のため、それに貧しく後援者もいない女性にはほとんど立身の機会もないためである。このあたり、ほぼ間違いなく、メアリ自身の小説執筆技術の片鱗を明らかにしている。マーサは座って、現代の流行に照らしてどんな種類の小説が人を惹きつけるかとあれこれ計画を練る。書き終わると、「物語は憂鬱で、人物像は現存の人物から引き出され、題は興味深くも魅力的であった」。出版に漕ぎ着けるのがまた大変なのだが、最終的には威勢のいいインデックス氏と契約が結ばれる。このあたりに、出版界に対するみごとな諷刺が看て取れる。とりわけインデックス氏という人物に、それは凝縮されて現れている。「われわれはすでに倉庫いっぱいの売れない感傷小説を抱えています」、と彼は言う。「それはちり紙用にしか売れません」。彼はマーサに、感傷小説ではなく醜聞を巻き起こすような作品を書くように勧める。「あなたの創造力に富んだペンで、最近世間を騒がせている事件から物語を……あるいは有名人でも悪名高い人でもよいのですが、その実生活から何か作り上げることができるなら、あなたは金持ちになること請け合いです。作品は売れ、あなたは社交界の読者集団全体から、尊敬されるか恐れられることでしょう」。インデックス氏はまた、作者が本の宣伝に貢献しなければならないことを、はっきりと示している。「あなたは、献辞を書かなければなりません、それも美しい言葉と苦心した書いた讃辞でいっぱいの」[*27]。

メアリは巧みに転調し、諷刺から強烈な感情へと移行する。きわめて感動的な一節の中で、自分が慌ただしい世間から孤立しているという感覚を明らかにする。マーサはウェスト・エンドのアパートの窓から外を眺め、人生について考える。

彼女は窓から、通り過ぎる群衆を観察した。それは夏の昼のきらきらした蜉蝣《かげろう》のようであり、一時間ほどまばゆく光った後、小さくなって消えてしまう輝く原子のようであった。彼女は哲学的な微笑を浮かべながら、気まぐれな人生という雑然とした幻影について考えた。軽い蜘蛛の巣のような一日の幻は、風に乗り、盛運という温暖地帯で大きく聳えるか、貧困という身を切るような突風によって縮み、ゆっくりと忘却へ移ろっていくかする。[*28]

一七九九年夏、小説が完成した直後、『モーニング・ポスト』紙はメアリ自身について同じような内容の報道をした。「ロビンソン夫人はピカデリーの仮住まいから小さく見える有名人を見下ろしている。彼らのはかない栄誉をうらやむこともない」。そして同様に一週間後、「ロビンソン夫人はピカデリーの窓から眺め、実人生をモデルに人物像を描く機会を得ている。彼女の筆は、主題の多様さに十分対応することができる」。[*29]

この小説の中に出てくる描写は、まこと、メアリ自身を如実に表している——かつてロンドンで最も引く手あまただった女性が、いまや病気のため窓の内側に閉じ込められている——物語のマーサよりもずっとメアリにふさわしい描写である。

彼女はたびたび目にしてきた。去っていく友人のよそよそしく冷ややかな表情、心も凍える儀礼的で取って付けたようなお辞儀、自分のほうが偉いと言わんばかりの慇懃無礼な会釈……そのとき、彼女は心底理解したのである。運命の最盛期、その暖かな光線を浴びて一緒に浮遊した俗世間の仲間たちの正体を。彼女が羽振りが良かった頃、彼女の知性に押しつけがましい讃辞を与え、媚びるようにして彼女とのお付き合いを乞うたあの連中が、いまでは急に気難しくなり、彼女の存在などほとんど無視。[*30]

メアリはここで書くことに没頭するあまり、自分の登場人物が知性に讃辞を与えられたり、媚びるようにして交際を乞われたことなど一度もなかったことを失念している。

マーサの執筆活動は、メアリの場合と同様、彼女の健康を脅かす。「休む間もなく仕事をして稼いだが」、それでも「永続的な独立を手に入れるためには十分な額ではなかった」[*31]。「そして裕福な道楽者」が、手付け金二〇〇〇ポンド、年三〇〇〇ポンドで自分の愛人にならないかと申し出るが、誇り高い彼女は首を縦に振らない。

マーサはベルギーのスパ〔鉱泉で有名な保養地〕に赴き、そこで優しいチャッツワース公爵夫人ジョージナと出会い「夫人に強烈な印象を与える」。それは「彼女の気取らない、慎ましやかな上品さ」のゆえであった。マーサは着の身着のままの状態だったが、ジョージナが自分の衣類を貸してくれたうえ、当地に留まるよう求められる。

チャッツワース公爵夫人は並大抵の人物ではなかった。迫害された子供の声を聴き取ることができたし、これに同情することもできた。モーリー夫人の物腰と飾らない物語は、美徳と善意が放つ繊細な活力に支えられ、霊感を与えられ、また和らげられてもいる魂を、間違いなく動かすことができた。彼女には女性が不運な生き物であり、世間は有罪の判決を下すことにばかり汲々として、しっかりとした調査は二の次であることがわかっていた。彼女は過ちと悪意とを区別することができた。彼女はあまりにも信じやすい心が経験する悔恨の痛みを癒すことで、その心にもう一度希望を、誇りの念を、取り戻させることができた。それこそが、将来その心にとって、最良で最強の防衛手段となるのだ[*32]。

一方俗物で頭が空っぽのレイディ・ペネロピ・プライヤーは、「どうして淑女の鑑のようなチャッツワース公爵夫人が、いかがわしい人物を受け入れ、外国でよそ者の世話をし、才能しか身を支えるものを持たない女の庇護者になると公言して憚らないのか、理解できなかった」。己れの文学的経歴も終わりに近づいたいま、メアリは、その出発点でジョージアナが手を差し伸べてくれたことを回顧し、彼女に敬意を表しているのである。

第二四章　リリカル・テイルズ

いまわれわれが話しかけているご婦人を見て、それがかつて美しいロビンソン夫人と呼ばれていたその人であると、誰が信じられるだろうか。

『故ロビンソン夫人の回想録、彼女自身の手になる』

ブリストルにも（ビッグズ・アンド・コトゥルという美しい出版社に）、一巻本のリリカル・テイルズが置いてあります。私のお気に入りの子供です。

ロビンソン夫人からジェイン・ポーターへ、一八〇〇年八月

メアリの体調不良は長引いた。緊張感の持続が原因だったが、『モーニング・ポスト』紙はそれを、彼女の「知的労働」と呼んだ。彼女はエングルフィールド・コテージに滞在したが、危険な状態が続き、「一日に二度医者が往診した」。彼女は「必要な出費さえ」切り詰め、「ほとんど社会から隔絶された」。[*1] 彼女は一か月以上も寝たきりであった。ある夜、ひどい高熱を発したため、医者は臨終を予期したが、彼女はこれを乗り越え、朝には安らかに寝入った。突然ドアが押し開けられ、コテージ全体を揺るがした。無法者のように見える二人の男がメアリの寝室に侵入してきた。彼女はかすかな声で誰かと尋ねた。一人は弁護士で、もう一人はその依頼人であった。彼らは、メアリの兄を相手取って起こしている訴訟に証人として出廷するよう、召喚状を持ってやって来たのであった。彼らは部屋を出ることを拒否し、執拗に個人的な質問を繰り返した。依頼人は嘲るような口調で弁護士に言った。「いまわれわれが話しかけているご婦人を見て、それがかつて美しいロビンソン夫人と呼ばれていたその人であると、誰が信

じられるだろうか」。さらに「残酷で容赦のない」言葉を口にした後、彼らは召喚状をベッドに投げつけて去った。メアリは嘆きのあまり激しい痙攣を起こした。[*2]

　筆を執ることができるようになるまで回復するとすぐ、彼女はふたたび書き始めた。『モーニング・ポスト』紙は、ロビンソン夫人がラウラ・マリアという筆名をふたたび用いることにしたと報じた。それは「彼女の美神が最初にその名を高めた筆名であり、当紙の詩部門にしばしば登場することになるであろう」。[*3]一七九九年九月、彼女は本名で、表題を少し変えたフェミニスト論文、『女性の置かれた状況と精神的従属の不当性についての考察』を出版した。序文の説明では、初版は「アン・フランシス・ランドルという虚構の筆名のもとに」すでに二月に出版されていたが、同様の主題の作品が最近パリで出版されたため、ロビンソン夫人は「自分がパンフレットの著者であることを宣言する」ことにしたのだという。自分が著者であると認めることには、マイナス面も伴った。末尾に掲載したイギリスの主要な女性作家リストに彼女の名前が入っていることが、利己的に見えてしまうことであった。そこで序文は説明を付け加える。「ロビンソン夫人の著作への言及は、パンフレットの真の著者が彼女ではないかと疑っている読者を迷わそうとして挿入されたにすぎない」[*4]。

　その年の終わり、健康状態が悪かったにもかかわらず、彼女はロバート・サウジーの後任として『モーニング・ポスト』紙の、詩を担当する編集者になった。彼女の詩は新聞の「主要な装飾および柱」の一つとみなされていた。彼女の役割は、主たる寄稿者であるだけでなく、他の詩人からの投稿を選別し編集することであった。彼女は引き続き、さまざまな声や様式で書いた。今日、詩の中で「現代の男性の流行」や「現代の愛を構成する材料」について、機智に富んだ語り口で語る「タビサ・ブランブル」であったかと思えば、次の日には、深みにはまって何もかも失ってしまう「賭博師」について、警告的な物語詩を書く「ラウラ・マリア」に早変わりし、また数日後には、「モーニング・ポスト紙の新しい活字（新聞の新しいレイアウトの優雅さを保証するために導入された）に寄せて」オードを書く「ＭＲ」になったりした。[*5] その一方で、彼女が以前に書いた詩のいくつかに曲が付き、女優のドラ・ジョーダンに歌われて、新しい生命を獲得した。

『モーニング・ポスト』紙にファッション欄が導入される際、重要な役割を果たしたのもメアリだったと言ってよかろう――紙面を見て、読者は、髪粉は流行遅れである（「白い頭はゴシック的愚劣の極致とみなされた」）が、簡素な白いモスリンのドレスをときにヴェルヴェットやサテンのリボンで縁取りして着るのは、いまだに流行りであることを教えられた。マライア・エリザベスが彼女のトレードマークにした、ターバンへの言及もあった。[*6]

エングルフィールド・グリーンからロンドンに戻ると、メアリはサウス・オードリー・ストリート六六番地の部屋に住んだ。そこはグローヴナー・スクエアの外れで、バークリー・スクエアやクラージズ・ストリートほど格式はないが、それでもファッショナブルなメイフェア地区の範囲内であり、ハイド・パークやセント・ジェイムズ界隈に近かった。『モーニング・ポスト』紙で新しい地位を得たにもかかわらず、メアリは金に困っていた。そのため仕事を求めて、さまざまな雑誌出版社に同じ内容の手紙を書いた。

拝啓

現在はいかなる文学的営みにも従事しておりませんので、文筆で収入を補いたいと思っております。したがいまして、どんな月刊誌でもけっこうです、どうか書かせていただきたいと願っております。もし貴殿が雑誌の経営者であられるのならば、散文でも韻文でもかまいません、文筆の仕事を見つけていただけるかどうか、またどのような条件で私を待遇していただけるのか、お教えいただければ幸いです。[*7]

け加えた。

彼女はみずから「メアリ・ロビンソン、詩、小説、その他の作者」と署名し、返事を求める追伸を付け加えた。

コールリッジは一七九九年一一月末、『モーニング・ポスト』紙で政治記事を執筆する仕事に就くため、ロンドンを訪れていた。彼はクリスマス・イヴにメアリ、マライア・エリザベスとともに夕食に出かけた。ゴドウィンも同席していた。新年になって、メアリはたびたびゴドウィン、コールリッジ、彼女の編集者のダニエル・ステュアートをお茶や夕食に招いた。ゴドウィンの日記は、動けないにもかかわらず、彼女がときには劇場へも出かけたことを明らかにしている。

コールリッジは友人のサウジーに、彼女の「ジャスパー」という詩を、彼が編集している新しい詩の『年刊選集』にぜひ収録するよう説得した。

あなたの選集のためにとロビンソン夫人から渡された詩を同封します――彼女は紛うかたなき天才的な女性です。この『モーニング・ポスト』紙上に彼女の詩が載って、韻律においても題材においても、その詩は私の気に入りました――彼女はすべてにおいて過剰な人です。が、彼女ほど豊かな精神を持った人間に出会ったことがありません。精神の内実は玉石混淆です。それは認めます。だが、その精神が、溢れんばかりの豊かさを持っていることに変わりはありません。あなたに収録をお願いするのもこの詩なのです。理由は、韻律が刺激的で――そしていくつかの連は本当にすばらしい――と、そう考えたからです――もっと出来の悪い詩でも、第一二連の最初の行があるだけで、その詩は救われることでしょう――これにはあなたも同意してくださると思います。しかしもし同意していただけなくても、それでもなおこの作品を入れていただきたい。友よ。どうか私に免じて、そして女性詩人の感情に敬意を表して。*8

コールリッジがこれほど讃美した詩行は、「青い月よ！　汝、空の妖怪よ！」であった。彼は後に、「見知らぬ吟遊詩人」というメアリを讃える詩でそれを引用した。数週間後、彼はふたたび彼女の別の詩についてサウジーに手紙を書いた。

モーニング・ポストにメアリ・ロビンソン作の、すばらしい韻律の詩が載っていました――二月二六日水曜付です――「亡霊のいる浜」という題名です。私はとても感動しましたので、彼女のところに人を遣って［それを］詩選集に収録したいと申し入れました。彼女はこの提案に大喜びでした。それというのも彼女はあなたと、そしてあなたの仕事を偶像視していますから。というわけで、もし遅すぎないならば、それを収録していただくようお願いします……イメージは新しくとても独特です――「銀の絨毯」という表現はツボにはまりすぎていて、逆にひどく凡庸に見えてしまうのは残念です――というのも、それは本当はすばらしいからです――しかし韻律ときたら――そう！　この婦人は実に良い耳をしています。[*9]

「亡霊のいる浜」は、なるほど力強く独創的な韻律を持っており、コールリッジの「老水夫行」を髣髴させる。

妖怪の群れ、その勇敢な仲間たちが、
大きく口を開けた海に沈んでいくとき、
彼はマストに勢いよく取りつき
激しい嵐をものともしなかった。
冬の月は、砂浜に

銀色の絨毯を広げ、
水夫が陸に辿り着くさまを示し、
彼の殺人者が手を洗う様子を示す、
緑色の大波が揺らぐところで。[*10]

冬も去り、メアリの健康は少し持ち直した。馬車に乗って戸外に出る姿が目撃された。これには危険も伴わないわけではなかった。ある日彼女は、大きな交通事故に遭った。彼女の馬車が別の大型馬車と衝突して「かなりの損傷をこうむった」。「幸いロビンソン夫人に怪我はなかったが、足が不自由なため、この事故には衝撃を受けた」。ある日の『モーニング・ポスト』紙は、ハイド・パークが「昨日はすばらしい光景を呈した。散歩道は美しいファッショナブルな人々で混み合った」と報じた――当然ながら、ロビンソン夫人も、目撃された有名人の中に含まれていた。だが、彼女はいまや傍観者だった。かつては最新のドレスや帽子を身に着けて歩道を歩いたであろう。しかし、いま彼女は馬車の窓からただ眺めるだけであった。数日後、彼女は「オベロン」の筆名で、「先週の日曜日、ハイド・パークを歩いたすべての美しい女性たちに思いを馳せつつ、オベロンによってハイドパークで書かれた詩」と題する痛切な詩を発表した。[*11]この詩の中で彼女は、逍遙する美しい人々を「英国の奇跡」と表現している。もはや自分はそこにいる人々の群れの一人に数えられることはない。でも、いまや文学界における英国の奇跡と、誰もが認めてくれていることが慰めになった。

文筆からの収入を最大限にするために、彼女は、詩人であるだけではなくジャーナリスト業にも乗り出すことにした。一七九九年一〇月から一八〇〇年の二月までのあいだ、『モーニング・ポスト』紙に「シルフィド」と題した一連のエッセイを書いた。それらはすべて、目に見えないシルフ〔空気の妖精〕の声で、編集者に宛てて書かれた手紙の形式を取っていた。「私には情況に合わせて変幻自在に姿を変える才能がある」と、彼女は最初のエッセイに書いている。「恋人の誓言と宮廷人の告白には、同じ懐疑心をもって耳を傾けます」。この役割は、彼女の融通無碍の個性にぴったりだった。

　シルフィド・エッセイは彼女のお気に入りのテーマのいくつかをふたたび取り上げている。文学的才能の無視については、こう書いている。「私は世間から無視された天才の家に通いました。私が目にしたのは、紛れもない美神の息子たち娘たちが、世に知られることなく貧困にあえぎ、乏しい収入を得るためたえず働いているところです」。流行の移ろいやすさについては、「流行はすばらしい外見を持ったシルフであり、気まぐれの庶子です（流行には性別がないので）……流行は形のゆがんだシルフで、花、羽根、安ピカ物、宝石、数珠をはじめ、堕落した空想から溢れ出すけばけばしいものばかりで飾られています」。いかがわしい女については、「いかがわしい世界《ドゥミ・トン》の女性は、とにかく有名になりたがる。が、それに劣らず、人前では格好をつけたがるというのも大きな特徴です」。高級娼婦を、華やかに自家用馬車を乗り回し、劇場ではいちばん良い席に座り、いつも流行のドレスを着ている女性と描写するとき、彼女は若い頃の自分をやんわりと戯画化しているのだ。その一方で、ロンドンの流行りの場所を洒落た格好でうろつく「女たらしの男」について書くとき、彼女が当てこすっている対象はタールトンである。シリーズの最後を飾るのは、「えせ伊達男」やおしつけがましいうぬぼれ屋の「著名夫人」といった、メアリのいつもの攻撃の的の数々だ。しかしそこまでの過程で、新たに話題になった事象、たとえば対仏海戦での「英国水兵」の勇気を取り上げてもいる。*12


　四月初め、コールリッジはメアリに別れを告げ、北の湖水地方へと旅立った。彼は自作の劇『オソリオ』の原稿を彼女のもとに残し、読み終えたらゴドウィンに渡すよう依頼した。

　メアリは二年前に着手し、中断していた『回想録』をもう一度書き始めた。『モーニング・ポスト』紙は、その出版に向けて読者の興味をそそったが、メアリは英国皇太子との恋愛の時点で話を中断した。

夏が訪れ、「大陸旅行中またイギリス国内における、著名人たちの逸話の数々、および社会と風習に関する考察」と題して、後半生に関わる素材を文章にし始めた。「著名人たちの逸話の数々」――ローザン、シャルトル公爵、マリー・アントワネットの短い伝記――は、リチャード・フィリップスの手で『マンスリー・マガジン』誌に掲載された。フィリップスはゴドウィンの出版者でもあり、ロビンソン夫人のことをイギリスで最も興味を惹く女性と呼んだ人物だった。

メアリは、首都におけるファッショナブルな関心事について、四部からなるエッセイを書いているが、これもフィリップスの『マンスリー・マガジン』誌に載った。おそらくこれは、彼女が『回想録』に入れようと思っていた「社会と風習に関する考察」を先取りして収録したものであろう。フィリップスは、彼女が死去した一年後に『回想録』をきちんと出版した。第一部は彼女自身の口から語られ、誕生から皇太子との恋愛までを扱っているが、これは彼女のオリジナル原稿にもとづいている。その手稿原本は現存し、個人コレクションに収められている。第二部あるいは「続篇」は、マライア・エリザベス――そしておそらくはフィリップス――の手で、マライア・エリザベス自身の回想と亡母の、いまは散佚したさまざまな断片的原稿を合体させて作り上げたものである。

メアリ・ロビンソンの『回想録』は、イギリス作家の自伝の最初期の一例である。彼女の意図は、作者不詳の『パーディタの回想録』のような、醜聞を目的とした伝記作品を無効にすることであった。同時に、彼女は己れ自身の文学的感受性の起源を辿りたいと考えた。ウィリアム・ワーズワスが詩において、ドロシー・ワーズワスが日記において、サミュエル・テイラー・コールリッジがノートブックにおいて、ジョン・キーツが手紙において、そしてリー・ハントが『自伝』においてそうしたように、彼女は自身の人生や感情、また情緒的かつ知的な成長を、自分の文章の中心に据えた。

メアリの『回想録』は、もちろん、常識が許す範囲内で懐疑的に扱われねばならない。当時最も性的な噂の種になった女性の一人からの貞淑の誓いには、失笑を禁じえない。大衆を操作することで悪名高かった彼女は、己れの名誉を弁護するため、世論という法廷において自意識的に抗弁している。彼女の記憶はあてにならず、彼女の物語は矛盾する点やありえない点を多く含んでいて、少なくとも一人の演劇史家に『回想録』は「虚構作品」だと言わせている。[*13] 彼女の使命は、男性の不誠実とみずからの感じやすい心の情熱双方の犠牲者として、また同時に誤解された天才として、自分自身を描き出すことであった。この書に頻発する自己弁護は、過剰に感傷的なスタイルや、著者が語る物語が、本人がまじめな作家としての経歴をスタートさせる以前に中断してしまったという不幸な事実とも相俟って、ロビンソンの名声を傷つけた。その結果、後年のロマンス作家たちが、傑出した作家「ロビンソン夫人」というよりは、王室の愛人「パーディタ」として彼女を描くことになってしまった。一九九四年になっても依然、『回想録』が再出版される際の題名は『パーディタ』だったのだ。

一八〇〇年春と夏、『回想録』以外にメアリが行った主要な文学活動は、新しい詩選集の準備であった。彼女はそれを「お気に入りの子供」[*14]と呼んだ。彼女はワーズワスとコールリッジによる一七九八年の『リリカル・バラッズ〔抒情歌謡集〕』に魅せられ、同じ様式の一巻を編むことにした。そのほとんどは、『モーニング・ポスト』紙や月刊誌に発表した物語詩からなるものであった。ワーズワスとコールリッジの詩集をとても崇拝していたので、同じロンドンの出版社（ロングマン・アンド・リーズ）、同じブリストルの印刷所（ビッグズ・アンド・コトル）と契約したほどだった。彼女は『リリカル・テイルズ〔抒情物語集〕』という題を選び、『リリカル・バラッズ』と同じ書体で印刷するよう求めさえした。

メアリが文学編集者をしていた際、ワーズワスの詩「狂った母」が『モーニング・ポスト』紙に掲載された。その際、彼女が書いた紹介文の一節からも、彼女のワーズワスに対する尊敬の念はすでにして明らかである。「私たちは、『リリカル・バラッズ』という小さな書物に収録された以下の美しい作品にとても魅了され、みずから課した規則〔すでに出版された詩は印刷しない〕を破りたい誘惑に駆られた。実際、詩集全体が、明らかに異なる手で書かれた冒頭の作品を除けば、真正なる自然への讃辞となっている」。[*15]

『リリカル・バラッズ』の、明らかに異なる手で書かれた「冒頭の作品」とは、コールリッジの「老水夫行」を指していた。それ自体はきわめて雄勁な作品であるものの、不釣り合いに長く、詩集の残りの部分と相容れないと思ったのはメアリだけではなかった。『リリカル・バラッズ』を批評した何人かが同じ点を指摘している。おそらくそのことを考慮して、彼女は「老水夫行」にあたる自分の「ゴルフル」という長いゴシック調の物語詩を、『リリカル・テイルズ』の最初ではなく最後に置いて、反感を招かないようにしたのであろう。

ロビンソン夫人が『リリカル・テイルズ』と題された一巻の書物を準備しているという。この話を耳にしたとき、当のワーズワスは『リリカル・バラッズ』の第二巻を制作中だった。彼は、有名なロビンソン夫人にお株を奪われることを恐れ、本気で題の変更を考えた。これは彼の不安を示していた。匿名で出版した『リリカル・バラッズ』第一巻の売れ行きは芳しくなく、批評家の反応もさまざまだったのである。今日『リリカル・バラッズ』は英語で書かれた詩集のうち最もよく知られた数冊のうちに入る。そうであってみれば、メアリがこれを真似ることによって、詩の新しい流行に便乗しただけだと考えるのはたやすい。だが当時は、メアリのほうがワーズワスよりはるかに有名な文学者であり、彼女のほうがワーズワスを真似ることで彼の名声を助けたというのがより真実に近い。ワーズワスの出版者は、有名なロビンソン夫人から「ワーズワスのリリカル・バラッズのような手法で、多彩な主題について、まじめで楽しい物語からなる」新しい詩集の出版に興味がおありか、と尋ねる手紙を受け取って、驚き喜んだはずである。*16

「まじめで楽しい物語」というのは、当を得た説明である。詩集は貧困や悲しみの物語とユーモラスな物語とを並列している。『リリカル・バラッズ』の影響は、冒頭の詩（実際には最後に書かれ、印刷直前に挿入された）から明らかである。それは、「ひとりぼっち」と題された、墓場をうろつく少年についての詩であり、ワーズワスの「私たちは七人よ」に非常によく似ている。だが、ワーズワスでは地に眠るのは二人のきょうだいであるのにたいし、メアリの詩ではそれは母親である。ワーズワスの詩は大人が子供の心を理解できないことについてである。死んだきょうだいをいまだに身近に感じていて、いまは五人しか生きていないのに「私たちは七人よ」と言う少女を、詩人の語り手は理解できない。一方ロビンソンの語り手は、孤児になった少年に同情し、彼女が見守っているあいだは、少年は「ひとりぼっち」ではないと主張する。ワーズワスは、沈黙と、人と人とのあいだの痛ましい溝に興味を持っているが、ロビンソンの関心は、「感受性」が仲間意識を吹き込む共感する力を持っていることに向けられている。

二人の詩人は、主題の選択においては、きわめて似通っている。ワーズワス同様、メアリも、どこにでもいるような普通の人に威厳を与えることを仕事としたが、それは王や英雄についてではなく貧しい者、追放された者について悲劇的な詩を書くことによってであった。戦死した兵士の未亡人（「未亡人の家」）、革命時のフランスの恐怖から逃げてきた牧師（「逃亡者」）、大洋を渡って船で運ばれる若い女性の奴隷（「黒人の少女」）、子供たちを失った老人（「見捨てられた小屋」）、恋人に死なれた自殺指向の少女（「かわいそうなマルグリット」）。こうした悲壮な題材のあいだに、「デボラの鸚鵡――村の物語」といったより軽快な作品がちりばめられている。その多くは『モーニング・ポスト』紙が初出で、タビサ・ブランブルの快活な声で語られたものである。

詩集中、最も出来栄えの良い作品は、おそらく、虐げられた東インド人水兵の物語である「インド人水兵《ラスカー》」であろう。彼の存在は大英帝国の政体の傷である。「ここで、この微笑む土地で／軽視と悲惨がわれわれの種族に痛みを与える」。メアリは、社交界の繁栄と彼女がかつて喜んで身にまとった絹の衣装のような贅沢品が、他者の苦しみを通じて得られたものであることを暴露する。

このためなのか、私が大海原で

猛烈な大嵐に遭いながらも、
前へ前へと、波のあいだを追い立てられるように
水の平原上で船を進めたのは？
このためなのか、勇敢なインド水兵が
惨めなインド人の奴隷のようにこつこつと働き、
苦労してあなたの宝を守り、
この豊かな土地に触れてため息をつくのは？
このためなのか、物乞いをして、死ぬのは？
豊かな富が微笑み、空から
涼しい空気が吹き降りてくる地で。熱病の激痛が
飢えたインド人水兵の頭を狂おしくさせているというのに。[*17]

メアリは詩集の中で、未亡人や孤児とともにインド人水兵にも同情した。それはこのときすでに、自分が上流階級の除け者であり、貧困と苦痛の中で「ひとりぼっち」で死につつあると感じていたからにほかならない。そのような詩の一つが「哀れな歌う婦人」である。それは「こざっぱりした小さなあばらや」に住む「老婦人」の物語で、彼女の住まいは「古い城を取り巻く」壁の小塔のすぐ下にあり、城に住む高慢な領主は、彼女の陽気な歌に苛立っていた。詩の終盤で、読者は女性の名前を知る――「そうして歌を唄う哀れなメアリは、墓の中に横たえられた」。彼女が死んで間もなく、領主は耳障りな泣き方をするフクロウにつきまとわれ、それが原因で彼自身、あっけなく死を迎えることになる。メアリが生涯の最後の二年間を、ウィンザー城がそびえ立つグレイト・パークの端の小さなコテージで何か月も過ごしたことを考えると、どうしても伝記的な解釈をしないではいられなくなる。

コールリッジから見れば、メアリの秀逸さは、物語ることにはなく、詩的な「耳」に、とりわけその韻律の技法にあった。語りはむしろメアリの弱点と感じることが多かった。『リリカル・テイルズ』の無韻詩は、『リリカル・バラッズ』中のワーズワス作品に比べると全般的に柔軟さに欠けている。しかしメアリの詩集では、スタンザやバラッドの形式で書かれたさまざまな詩の中に、驚くべき範囲にわたる韻の革新や変化が認められる。それは英詩の韻律の進歩に大きな貢献をした。「テニソンの『マリアナ』は、英詩の新しい抒情形式を創造しようとしたメアリ・ロビンソンの実験なしには書きえなかった」と、一九九〇年代、彼女の詩の再発見に寄与した現代の批評家の一人は書いている。[*18]

一八〇〇年四月、彼女は公衆へのお目見えの、最後となるもののうちの一回を行った。「ある高貴なるチチズベオに付き添われていたが……体調が優れないため、見るからに大儀そうにして」オペラ劇場へ出かけたのであった。[*19] チチズベオとは、〈女性をエスコートする騎士〉を意味するイタリア語であるが、公認の愛人か熱心な求愛者のいずれかを意味していた。健康状態を考えれば、メアリが生涯の最後の時期に、貴族となんらかの恋愛関係を持ったというのはとてもありそうにないことである。それゆえこの特定の付き添いは、欲望からではなく儀礼と情愛に動機づけられていたと考えるべきである。彼の正体は謎であるが、この時期、エッセイと詩の両方において、彼女がモイラ伯爵の絶えざる寛大さに感謝の意を表していることは注目に値する。[*20] タールトンの同僚の士官で、英国皇太子と親しく、ローザンの最も近しいイギリス人の友である、この威勢のよいアイルランド人は、最終的にはインド総督になるのだが、彼女を財政難から助け出し、オペラ劇場に付き添っていったとしてもなんら不思議なことではない。

奇妙な偶然で、メアリの家からほど遠くないアルバマール・ストリートに、もう一人のロビンソン夫人が住んでいた。彼女は新聞に報道されるほどの社交的な集まりを主催していた。メアリにとって、彼女は過去の自分自身の影、彼女が失った世界における奇妙な分身のように見えたに違いない。これとは対照的に、メアリ自身の社交生活は、文学仲間の輪を中心にして展開していた。ある日、『モーニング・ポスト』紙は、もう一人のロビンソン夫人の舞踏会を豪華絢爛に描写した後で、メアリの小さな晩餐会のことを記した。「日曜の晩、ロビンソン夫人は談話会を開き、多くの文学者が出席した」[*21]。

二日後、同紙は、メアリが恐るべき結核の兆候を見せたと報じた。これは誤診であったが、彼女は急激に衰弱していった。侍医は、ブリストル・ウェルズの名水を試すため、西方への旅を勧めた。メアリにとって、これは故郷の町を訪れる最後の機会でもあった。そこで死ぬことこそふさわしいという気持ちにさえなった。しかし彼女には旅費がなかった。気は進まなかったが、かつて彼女を支えた富裕な男性たちに訴えた。皇太子もモールデン卿も、年金の支払いは滞りがちだった。メアリは双方に手紙を書いたと思われる。この件に関して、一通の手紙が残っている。これは皇太子に宛てたものと考えられてきたが、宛名の「閣下」から判断すると、モールデン宛てと考えるべきではないだろうか（メアリは皇太子の宛名を「殿下」としている）。

閣下

医者より急速に衰弱しているとの宣告を受け、閣下が私への負債の一部から親切にもご援助してくださることを当てにしております。あなたの援助なしには、わが生存を保つ望みをいくらかでも与えてくれる唯一の治療薬であるブリストルの水を、試してみることができません。だれかを恨みながら死ぬのは残念なことです。そして閣下、私があなたに対しては微塵も恨みを抱いていないことを保証いたします。あなたのご来訪をお願いしても甲斐のないことでしょう。でも、もしご来訪の栄誉に与れるのであれば、私の大切な閣下であるあなたにお目にかかることを幸いと、この上ない幸いと、思うことでしょう。

愛しい閣下、

忠実なる、メアリ・ロビンソン[*22]

モールデンからは何の返答もなかった。皇太子へも、年金の延滞に関して同様の手紙を出したが、こちらは、返事をいただく栄誉に与ることができた——だが資金は同封されていなかった。

健康状態や財政状態がどんなに悪くても、メアリは、文学や絵画の世界の教養ある友人を相変わらずもてなそうとした。サー・ジョシュア・レノルズのかつての弟子で、画家のジェイムズ・ノースコットにこんな手紙を書いた。

拝啓

床に就いているため、来週金曜日の夜に友人をご招待できないことは残念至極です。健康状態が不安定なので、いつとは申し上げられませんが、遠からずあなたにふたたびお目にかかれることを望んでおります。いともやすやすとそうした機会が訪れるはずだと、どうぞ信じていてください。[*23]

メアリはいまだに、芸術家仲間であるコズウェイ夫妻とも親交があった。マライア・コズウェイは、彼女の詩「冬の日」の挿絵用に、一連の情景を描いた。

メアリはいまなお、『モーニング・ポスト』紙のみならず、月刊誌向けにも、詩作を続けていた。五月、『レイディーズ・マンスリー・ミュージアム』誌に掲載された詩を読むと、メアリに軽妙なタッチの抒情詩を書く才能があったことがよくわかる。今回は、ブリジットという筆名が用いられていた。

彼を留めておく方法

恋する男が初めて
相手の女性のこころを手に入れようとするとき、
甘い恐怖の数々を露わにし、
嫉妬の苦しみを吐露する！
日がな一日彼は溜め息をつき、溜め息をつきながら誓う、
愛が、希望が、懸念が、
心の平和を打ち砕き、安眠を奪い、
「感じやすい心」を苦悩させると！
信じてもらえなくても、彼は熱い言葉で
従順な讃辞を語り続ける！
そしてありたけの優しい思いやりを示し、
彼女の気持ちを満足させようとする。
彼女が行くところ、彼は忠実についていく。
そして彼女が逃げても、彼は追う。
彼女が顔をしかめても——彼はなお熱愛する。
彼女が軽蔑しても——彼はそれだけいっそう溺愛する！
彼女が別の男性《ひと》に優しくするなら、
彼は絶望の苦しみにため息をつく。
彼の目に冷たいまなざしを向け、
見つめられたなら、軽蔑を込めて見つめ返すこと。

彼のことを避け、わがままに振る舞って、
ほかのすべての男性に優しくせよ、彼以外のすべての男性に！
ほかの人の前ではいつも幸福そうに振る舞うこと、
でも彼の前では――つねに悲しそうにしていること！
以上見たとおり、もし恋人をとりこにしておきたいのなら、
薄情でぞんざいな態度をするように。
なぜなら、男は謙虚になるから――邪険にされると！
そして冷淡な態度こそが愛を育むのだ！
乱暴に拍車をかければ、男は溜め息をつく。
思い通りにならないほど、男は従順になる。
優しさで報われたが最後――男は一目散に逃げ出してしまう！
熱愛などもってのほか――男を失うこと請け合いである！[*24]

これは一八世紀に人気を博した劇、アーサー・マーフィの『彼を留めておく方法』で説かれた忠告を茶化したものである。この劇は、女性が恋人を幸福にする方法として、従順と熱愛を推奨していた。メアリは自分の長く苦しい男性経験をもとに、まったく正反対のことを提案している。邪険に扱えば、男は永遠に彼女を愛するが、こちらから熱愛などしたら、男は逃げてしまうだろう、と。

このような詩をひっきりなしに書き続け、その見返りに受け取った数ギニーでは、彼女の負債を解消するには十分ではなかった。彼女に対して訴訟が起こされた。彼女は逮捕され、拘留された。これは彼女の体が不自由だったことを考えると、きわめて辛く痛ましいことだったに違いない。彼女が連行された先はわかっていない――おそらくは執達吏の事務所であろう――が、この頃書かれた手紙の機智に富

んだ説明から、そこが薄暗い場所だったことが窺われる。「この薄暗い環境が、体に障らないことを願っています。私は、この数年の間ほとんど陽の目を見ていないので、完全に忘れ去られるのでさえなければよいという気持ちです」。

旧友ウィリアム・ゴドウィンへの手紙で説明しているように、彼女はきわめて厄介なジレンマに陥っていた。彼女のユーモアは、拘禁状態で書いているときでも、輝いている。「あなたがおっしゃる『雲』によって、私の感情は傷つけられていませんし、精神もくじかれてはいません――そして、私は日光のように雲を射通すことはできませんが、最も価値ある友のあなたが与えてくださる配慮を、暖かく感じることはできます」。ジレンマとは、メアリとロビンソンのあいだには「いかなる法的離別も存在しない」ので、彼女は「既婚婦人として」訴訟を無視し、夫に負債を負わせることもできたということである。だが彼女は夫を巻き込みたくはなかった。と同時に、友人から借金するのも沽券に関わることと感じていた。

> 私は多くの友人から、問題を解決するためのさまざまな提案をいただいています――しかし自尊心が借金をすることを許しません。皇太子からの年金のうち、当然支払われるべき未払いの金額だけで、逮捕理由となった金額の、優に二倍は弁済できるでしょう。それなのに、皇太子の答えは「カールトン・ハウスには金はない」です！　あなたの置かれた状況は気の毒だが、自分自身の状況も同様に悲惨なのだ、と!!　こんなくだらない言い訳には、あなたも私と同じく失笑してしまうでしょう。でも自分の要求は貫徹する決意です。半年分の年金の支払期限が近づいていて、額は二五〇ポンドになります。なのに、私はたった六三ポンドのために拘留されているのです。そのような状況でも、私は借金することも、物乞いをすることも、盗むこともいたしません。私がこの世で負っている負債はほんのわずかです。そしてこの世に対して負っているものはさらに少ないのです――そして私が日々を過

ごしている場所では、そんなことは重要ではありません。私に評価と友情を与えてくださる、最も名誉ある方々の、その中でも最も親愛なるあなたへ[25]——

六三ポンドは支払われた——おそらくはゴドウィンによって——、そして負債者監獄長期拘留という脅威は取り払われた。

七月の初め、メアリはロバート・カー・ポーターに手紙を書いた。彼も画家の友人で、メアリはしばらく前に知り合い、尊敬してもいた。[26]ポーターは、小説家ジェイン・ポーターの弟で、一七九九年の春、英国擲弾兵の小隊によるインドのセリンガパタム襲撃（ウィルキー・コリンズの『月長石』のプロローグに影響を与えた事件）を描いて有名になった。メアリはリチャード・フィリップスの下で刊行される別の書物のために、ポーターの略伝を書くよう依頼されていた。そのため彼女は、伝記的な情報を必要としていた。

拝啓

名声というものは、人々を導く才能を持つすべての人が、遅かれ早かれ昇らねばならない梯子を持っています。そして、あなたがこの梯子の頂点まで大股で昇るに際して、私はあなたの服の裾につかまりたいと願っております。服の裾とは、『著名人の生涯』という八つ折り本の書物に付す「セリンガパタムの画家」の伝記的素描のことです。それによって私は、あなたの美しく優雅なご姉妹の額の周りに、花を撒き散らす機会を与えられることにもなるでしょう——なお、伝記には著者名は付きません。したがいまして、（もしよろしければ）ご経歴の大雑把な輪郭だけでもいただければ、たいへん有難く思います。空白部分は、私の力の許す限り、満たす所存です。[27]

彼女はさらに、当の書物には「きわめて著名な文人が現在執筆中の」彼女自身の「伝記的素描」も含まれていることを明らかにしている。ロバート・ポーターの描写は、はっきりとメアリのものとわかるスタイルで書かれていて、その年の終わり、主要な著名人の伝記的素描からなる年刊誌『一八〇〇年から一八〇一年の公的人物』に予定どおり掲載された。ポーターに関するメアリの記述では、彼の有名な絵が詳細にわたりいきいきと描写されている。また「文学に対する感性を世間に大いに証明した、美しく才能溢れる彼の二人の姉妹〔上記の姉ジェイン・ポーターと妹のアン・マライア・ポーター（詩人・小説家）〕」にも言及している。[*28]

『公的人物』のその年の版には、二人の女性しか含まれていなかった。作家のシャーロット・スミスとメアリ・ロビンソンである。それでは、ロビンソン夫人の略伝を請け負った「きわめて著名な文人」とは誰だったのか。エッセイの冒頭部分で読者にはおおよその見当がつく。

現代は英国女性作家の時代であり、以下の伝記の主題となる女性が、女性の名誉、それはいまや紛れもなく「女性の権利」の一つであるが、この、女性の名誉の数多くの擁護者の中でも特に際立っている人々の一人であることは、われわれが以下に指摘する、感性と才能のさまざまな証拠を、虚心坦懐に読むすべての読者にとって明らかであると信じる。[*29]

「女性の権利」という用語は、著者がメアリ・ウルストンクラフトの夫ウィリアム・ゴドウィンであることを示唆する。彼はこの時期、フィリップスのために定期的に書いていた。彼の日記には「ロビンソン夫人の人格」への言及がある。そして彼は、メアリがその年『回想録』を書いている頃、彼女と多くの時間を過ごした最も著名な「文人」であった。

『公的人物』中のエッセイは、死後出版の『回想録』に先立って現れたものの中で、最も詳細で正確な伝記的記述であった。たとえばそれは、彼女の先祖のリチャード・セイズには大英帝国高等大法官と結婚した姉がいたこと、メアリはジョン・ロックの傍系の子孫であること、大法官ノーシントンは彼女の名づけ親であること、彼女は一五歳で結婚したこと、彼女と皇太子の関係は「一年ほどしか」続かなかったこと、彼女はデヴォンシャー公爵夫人の庇護を二〇年にわたって受けていたこと、彼女を二度描いたサー・ジョシュア・レノルズは彼女の作品を温かく称讃していたことを記している。読者は、レノルズの最初の肖像画の写しを、ショールヌ公爵がロシア皇妃のために依頼していたことさえ知ることになる。レノルズの二枚目の絵とゲインズバラの全身肖像画は、皇太子が所有していた。

エッセイに含まれている情報はほかに、メアリの父親が、旧友のグレッグ海軍大将に付き添われ、最高の軍事的名誉を与えられて埋葬されたこと、彼女の兄がリヴォルノで最も尊敬された商人であったこと、ロビンソン氏は存命であり、「裕福な東インド人であるウィリアム・ロビンソン准将のただ一人の兄弟」であることなどである。エッセイには、執筆時点において、ロビンソン夫人は「尊敬すべき社交仲間たち」と交友があり、その中には「男性女性双方の、一級の文人が含まれる」と記されていた。ゴドウィンはこの時代の傑出した知識人の一人であるが、この仲間たちの中心にいて、メアリとも親しく交際していた。彼が『回想録』の草稿を見ていた可能性は十分にある。

エッセイはメアリのひどい健康状態と執筆活動の労苦に関する、胸を打つ記述で終わっている。そして、彼女は「リューマチという病に一一年以上も苦しめられてきた。そのため、この最も優れた能力を持つ人物の身体的自由は失われた。また、執筆という労働に精力を傾注しているため、病状はすこぶる悪化している。にもかかわらず、収入は限られ、健康も救い難い状況にあるため、やむなく働かざるをえないのである」と描写している。しかしゴドウィンは、咲き誇る五月の花のような魅力を備えたどんな女性と比べても、より多くの「個性的な美しさ」が彼女には残っていると付け加える。「彼女は思いやりがあり、貧しく不幸なものを歓待する。そして自分が選んだ友人たちを温かい愛情でもてなす。会話は、情緒豊か、溌剌とした機智に溢れている。物腰は、上品さと礼儀正しさの点で際立っている」[*30]。
亡くなるまでの数か月は、メアリの生涯のうちで、かなりの数の手紙が残っている唯一の時期である。それらの手紙を読むと、小さくとも忠実な友人仲間における彼女の位置がはっきりわかる。ポーター姉妹の一人に宛てた次の手紙も例外ではない。

魅力的でかわいらしいお友達のあなたと、火曜日にお会いするのを楽しみにしています——私はその後すぐにロンドンを離れます。というのもロンドンの暖かい空気のわりには、体が良くなっていないし、ぶり返しも怖いので——この世には、一緒に過ごすことで人生を生きがいあるものにしてくれる人々がいることを、私はよく知っています！　だから、あなたに会うのが楽しみなのです。あなたの愛らしい頬が、了解の笑みを浮かべていると確信しています……

あなたの愛しいご家族皆に、愛をまとめて捧げます。いつまでも心からあなたのものなる

メアリ・ロビンソン[*31]

別の手紙では、有名な彫刻家ジョン・フラクスマンにこんな依頼をしている。「私の胸像を制作してはいただけないでしょうか。多くの文学仲間から、完全なものが欲しいと熱心に頼まれているものですから」。数年前、彼のモデルになったときに制作された彼女の顔のマスクをもとに制作できるのでは、と提案している[*32]。
七月の終わり、『モーニング・ポスト』紙は、「ロビンソン夫人はサリーの美しいコテージで夏を過ごすつもりである」と報じた。そして彼女の『リリカル・テイルズ』が印刷に入ったことを付け加えた[*33]。

タールトンはといえば、もはや歴史の単なる脚註と化しつつあった。彼はウェールズ山中のささやかな国内任務に配属されていた。『モーニング・ポスト』紙は茶化してこう書いている。ウェールズ山中で「彼は、人跡未踏の岩山を急襲し、平和な農民たちのあいだで軍事行動に邁進することであろう」[*34]。

第二五章「小さくとも輝かしい仲間」

ああ、なんということでしょう。もし一つの選ばれた社会を形成できるなら——知的な能力を持つ人の小さなコロニー、才能ある人の世界が、一つにまとまって、小さくとも輝かしい仲間になるのなら——それはなんとすばらしい輝きを放つことでしょう。

メアリ・ロビンソンからジェイン・ポーターへ、一八〇〇年九月

短い期間でも、それは私の精神の体系に変化を及ぼし、休息をもたらすと信じています。というのも、感受性の悲しみはそれがある頂点に達すると、不屈の精神に高まるか、和らいで諦念に変わるからです。

メアリ・ロビンソン『偽りの友』

『リリカル・テイルズ』を完成させた後、メアリは娘が所有するウィンザー近くの、装飾の施された《オルネ》小さなコテージに引きこもった。マライア・エリザベスによれば、彼女はしばし、幸福であった。「田舎の暇つぶしや楽しみ、静かで清らかな空気は、しばらくは彼女の精神を元気づけ、ぼろぼろになった体を回復させた」[*1]。メアリは同時代のドイツの叙事詩の一つ、フリードリヒ・クロプシュトックの『救世主』を翻訳しようと計画し、無韻詩に直すつもりだったが、衰えていく健康のために計画は断念せざるを得なかった。

一八〇〇年八月五日、メアリはエングルフィールド・コテージから、友人のジェイン・ポーターへ宛てて手紙を書いた。「もっと早くあなたのお手紙にお返事したかったのですが、とても体の調子が悪かったものですから、できませんでした。温暖な天候で私の心と体は無気力になってしまい、ほとんどペ

ンを持つこともできませんでした」。彼女は共通の友人たちの健康を気遣い、それから文学的な問題に話頭を転じた。「あなたのお兄様に、マンスリー・マガジン三五頁に掲載された「英国帝都における社会と風習」に関する私の初めての論文を読むよう勧めてください。また、三七頁、第五コラムのgusto（喜び）という単語をgust（突風）に置き換えるよう言ってください――指摘するには及ばないかもしれませんが、ほかにも誤植がいくつかあります」。『モーニング・ポスト』紙の詩の編集者としての仕事は、たゆみなく続けられていた。「ストックデイル氏の詩について書いたあなたのすてきな作品は、ステュワートに渡しておきました。ですから間違いなく掲載されるはずです。とても魅力的な作品です！」。それから彼女はこう結んでいる。「こんな短い手紙ですが、どうかお許しください。神経性の頭痛で半死半生の状態なものですから[*2]」。

手紙はメアリの生涯最後の数か月の雰囲気をよく示している。健康不良は相変わらずだった。また、夏中続いた例外的に暑い天候の中で、不快感とも戦い続けなければならなかった。それにもかかわらず、執筆活動を維持し、職業意識を堅持し続けたのである。「イギリスの首都における社会と風習」に関する一連のエッセイは、彼女の散文作品の最良の見本と言ってもよい。その一方で、細部に対する気配り（誤植に対する苛立ちに見られるような）と、同胞の作家に対する励ましは、彼女の編集者としての優秀さの徴でもある。

ポーター嬢への手紙には追伸がある。「マライアがご多幸を祈っています――そしてフェンウィック夫人がよろしくと言っています」。マライアとはもちろん彼女の娘のことで、変わらぬ友であり、最後の数か月間看護をし、メアリの死後も長年エングルフィールド・グリーンのコテージに留まった。フェンウィック夫人はイライザ・フェンウィックのことで、『秘密』という非常に成功した小説と多数の子供向けの本の著者であった。イライザの結婚は一八〇〇年に暗礁に乗り上げ、娘とともに八月のまるまる一か月近くを、ロビンソン家で過ごした。その後数週間にわたってコテージには数々の訪問者が訪れ、文人――多くは女性――の溜まり場となったが、彼女はさしずめその先触れであった。
われわれがエングルフィールド・コテージとその周辺のいきいきした描写を読むことができるのは、イライザ・フェンウィックのおかげである。彼女はそれを友人でフェミニスト作家のメアリ・ヘイズに送った。

> ロビンソン夫人のコテージはレイディ・シャルダム、アクスブリッジ卿、フリーマントル夫人のより広壮な邸宅を遠く臨める場所に建っています。その正面の窓は、フォックス氏の隠居所であるセント・アンの丘を見下ろし、裏手は森の高い木々に守られています。コテージの中に入ると、至るところにロビンソン夫人の趣味の良さが発揮されています。部屋には極上の壁紙が美しく張られ、建物や周囲の雰囲気にマッチしています。家具は、私の趣味からはちょっと装飾が多い気もしますが、それでも上品で控え目で――けばけばしくて場違いというものは全然ありません。*3

メアリの最晩年を知る者が誰でもそうするように、イライザ・フェンウィックも自分をもてなしてくれる主《あるじ》の知性と気質を、最大限に讃美している。「彼女の人を喜ばす能力はつねに多彩かつ上品で、それが鋭い感性と寛大な気質と一つに結びついています。そんな女性の客となれたことは、私にとって幸せなことでした」。

かつて皇太子と逢瀬を重ねたウィンザー・グレイト・パークは　コテージのすぐ背後にあり、フォックスの田舎屋敷も正面の窓から見えたので、心にはたえず昔の思い出が甦ってくるのだった。八月の終わり頃と九月の初め、長い、そして、いつになく暴露的な手紙を何通か書いた。最初のものはジェイン・ポーター宛だった。後年、文学者になってからの女性たちとの交友を、セレブだった頃に経験した上流婦人との関わりと比較することから始めている。

長く退屈な人生の旅路で、尊敬できる女性にはめったに会ったことがないものですから（特に美しい女性の場合は）、あなたには称讃の念を禁じえないばかりか、ついつい褒めちぎってしまいがちです。もし同性とのあいだに真の友情を育てることができなかったとすれば、それは、女性がほぼ例外なしに私に対して意地悪で敵意を抱いていると感じたからなのです。見え透いた美徳のヴェールの向こうにはっきり見えていました。偽りの上品さというものの正体が。それは陰惨極まりない、唾棄すべき体のものでした。そういう女性たちは、他人にはこうるさいまでに厳格ですが、ご自分の生活ときたら、こっそりと愚行に耽り、体裁を取り繕うことに汲々としています。私が最も尊敬した女性たちは、けっして人を非難したりせず、また、自身、けっして人から非難されるようなことのない人たちでした――あなたもこの特筆すべき人々の一人であると、そう私は考えています。*4

メアリは続けて、この何週間か、二人の不愉快な連れを相手に、蟄居を強いられたことを述べている。一つ目は、くるぶしのひどい腫れで、メアリもこれには驚き慌てるばかりだった（「有難いことに腫れは引きました。足の切断は願い下げですからね」）。もう一つは、文学の請負仕事のことを指している――ヨーゼフ・ハーガーの『パレルモの絵』という二〇〇頁の本を、ドイツ語から翻訳する仕事だった。この仕事は一〇日間で完成させた。健康状態が悪いにもかかわらず、メアリが驚くべき仕事能力を持っていた何よりの証拠である。ものを書く仕事でより楽しかったのは、なんと言っても『リリカル・テイルズ』を完成させることだった。

ジェイン・ポーターとその母親が招待されて滞在し、イライザ・フェンウィックは去った。たとえばポーター家の人々のような「二、三の人たちとの付き合い」のおかげで、かつて同性相手に抱いていた嫌悪感をなんとか克服できたとメアリは述べている。書き手の現状に対する正直かつ感動的な洞察を述べて、手紙は結ばれている。

どうやら転地療養はほとんど役に立たないようです。あまりにも執筆で忙しく、急速な回復は望み薄です。それに、正直言って、命などどうでもよいという気持ちです。だから、少しでも長生きさせようという配慮も無視しがちなのでしょう。心から愛する娘は、つききりで看護してくれます――今後私は、彼女の中に生きることになるでしょう――そう信じています。私がいま生きているのが、彼女の愛情溢れる気遣いのおかげであるように。

仕事が命取りになるとしても、書くのをやめるわけにはいかなかった。「見習い植字工《プリンターズ・デビル》のために書くことにすっかり慣れてしまって、もはや天使に読んでもらうためには、一頁も書くことができなくなってしまいました」。例によって、娘が唯一の救いであると述べている。娘は、メアリが手紙を書いている最中、「大洗濯!!」に余念がなかった。

ロビンソンの文学活動と社交生活は、その数日後に書かれた詩人仲間ジャクソン・プラット宛の手紙にいきいきと描写されている。

親愛なる友よ

私はMP〔『モーニング・ポスト』〕に掲載した自分の詩に序文が必要だと思ったことは一度もありません。だから、あなたの詩にもそれが必要だとは、当然考えませんでした。あなたの詩の価値は、詩そのものを読めば一目瞭然です……私は毎日『ポスト』の仕事を続けています。オベロン名義、タビサ名義、MR名義の詩は全部私の作品ですし、実際あなたが目にするほとんどの詩は私が書いたのです。

一一月までは引きこもっています――秋になったらおいでになって、何日か一緒にお過ごしになりませんか。ロングマン・アンド・リースでいま印刷中の私のリリカル・テイルズについて、感想をお聞かせいただきたいのです。私はいまだに具合が悪くて悩まされていますが、コテージに来てからというもの、いつも来訪者でいっぱいです。その中には魅力的な文人たち――女性作家たち――も含まれています。あなたも会いに来てくだされればと思っております――ポーター家のお嬢さんたち、あのセリンガパタムの絵の作者の美しい姉妹たちが〔お母様と一緒に〕おいでくださることになっています。今月はここに、「秘密」の作者で、気品に溢れるフェンウィック夫人をお迎えました。明日はゴドウィンが来ることになっています――そして彼の友人で博愛主義者のマーシャル氏も。二人は一日か二日しかいられません……

神のご加護がありますように。そして、さようなら。私はいつでも親友たちのために、余分のベッドを用意しています。ですから、娘も私もあなたにお会いできれば嬉しいです。私たちは詩人のコールリッジと、その愛らしい小柄な夫人を訪ねるために、カンバーランドまで駆け足で旅行をすることを考えています。でも、こればかりは体調と相談してみないことには、どうなることやら。[*5]

メアリがこの時期文通していたもう一人の「女性作家」は、小説家として名声を博していたエリザベス・ガニングであった。プラットへの手紙と同じ日に、彼女はガニングに手紙を書いている。家族の喪に悔やみの言葉を送り、大切な人を失ったことから少しでも気を紛らわせるために、こちらに逗留してはどうかと招待している。そして「あなたの才能、あなたの愛すべき、とびきりの美徳」について激励の言葉をかけている。[*6]

プラットにはまた、みずからの苛立ちについても語った――古今、作家が抱え続けてきた悩みの種――すなわち、出版者がぐずぐずしていて、自分の本をなかなか印刷してくれないという不満である。彼女は『リリカル・テイルズ』が秋（聖ミカエル祭〔九月二九日〕）の出版リストに載るのか、クリスマスまで待たねばならないのか、はっきりしたことがわからなかった。

本屋は私を待たせて、自分の誤植と私自身の愚かな書き間違いを直していますーー聖ミカエル祭のガチョウとなって批評家のまな板に載ることになるのか、われらが文学処刑人のクリスマスの宴会でミンス・ミート〔挽き肉、乾燥果実、スパイス、ブランデーなどを混ぜ合せたもの〕になるという細切れの屈辱を経験することになるのか、いまはわかりません！[*7]

『リリカル・テイルズ』は、結局クリスマス直前に印刷に入った。と同時に、メアリの詩作品三巻本の出版が「輝かしい予約者リスト」付きで告知された。[*8] しかし、実際の出版はメアリの死後、かなりの時間が経過して後のことだった（予約者リストなしで）。

ジェイン・ポーターへの手紙でも言及されていた『マンスリー・マガジン』誌掲載の「英国帝都における風俗、社会その他の現況」に関する四部からなるエッセイーーこれを読むと、メアリが、詩人、劇作家、小説家としての才能に加え、エッセイストとしても本物の才能を持っていたことがよく伝わってくる。この広範囲にわたるエッセイは、最晩年の健康状態がすこぶる悪いときに書かれているが、メアリのものの見方が集約されており、価値あるものとなっている。

エッセイの論旨はこうである。「洗練された生活」は「高位」の人々の暮らしぶりを範型としている。これと同じように、世間一般は「王国の首都における」趣味や快楽を模範としている。ロンドンは「商業の中心」であるばかりでなく「ここでなら持てる才能を思い切り発揮したい、学問芸術を飾るいっさいを惜しみなく開示したい、人をそんな気持ちにさせる場所」である。ただし、同時に「最も尖鋭な知性、最も誇るべき知的営為というものは、えてして鄙《ひな》びた場所で活動する一握りの人々の中から現れ出た。ブリストルとバースからは、それぞれ、天才的人物が輩出してきた」。デヴォン州だけでも「サー・ジョシュア・レノルズ、卓越した詩人コールリッジ、比類なき諷刺家ウォルコット、ノースコット、コズウェイ、ケンダル、タスカー、カウリー夫人をはじめ、名声に値する数多くの人々を生み出したことは誇ってよい」。メアリは、己れ自身の名前を口にすることなく、綺羅星のごときイングランド西部地方の才能（そのすべてが彼女の個人的な知人である）の中に、自分を位置づけている。

次に演劇に注意を向け、己れの生涯に目撃した偉大な才能についてもう一度思いを巡らす。劇場は「公的な礼儀作法を教える公開学校であった。それは、あらゆる時代を通じて公的な精神の規範を示してきた」。ギャリックが一つ前の世代を支配したように、いまの時代を支配するのは「シェリダンに見られるような輝かしい機智である」。しかし同時に「劇場はしばしば演劇芸術の最も崇高な努力を示し、比類なき優位な立場を占めていた。ケンブルやシドンズが持っていたような驚くべき才能、ジョーダンのそれのような魔法のような魅惑は、首都を訪れたすべての国民のうちでも、特に鑑賞力のある人々にとっては、驚きと喜びの源泉であった」。メアリは、「英国の演劇」が当時、世界のどこにおいても比類なきものであった、といみじくも主張する。また、戦時において劇場は貴重な避難所であり、国民の慰めであったとも述べている。

女性にとって、もう一つの慰めは、流行の変化に由来していた。

衣服もまた、外国との交流によってかなりの向上が図られた。この国の女性はいまやゆったりとしていながら、なおかつ気品のある衣装を身に着けるようになった。自然が復権し、人工的なものはみるみる衰退している。堅く締めつけたコルセット、ハイヒール、白粉、鯨骨で膨らませたペティコート、多色をちりばめた意味のないひだ飾りなどの不格好なものは、いまや亜麻布やモスリンといった布地の簡素な美しさに取って代わられた。かくして、体が自由に動かせるようになり、健康にも良い。そして、体が本来持つ均整のとれた美しさが失われずにすむこととなった。

メアリはここで、こうした革新については、自分もその功績を認められてしかるべきだと暗に主張している。「イギリス女性の服装革命は、わが国の最も著名な女優たちから、大変な恩恵をこうむっている」。

また、自分の生きた時代が、絵画（とりわけレノルズ、加えてフラクスマンや彼女の友人ロバート・カー・ポーターのような新星）、建築、公共サービスの向上（「ロンドンの通りはヨーロッパのどの首都よりもよく舗装され、照明されている」）、女性の業績など、それぞれの分野における黄金時代であったとも示唆している。「イギリス女性は、その文学活動によって、他のどの国の女性をもはるかに凌駕する知的卓越の高みに到達した」。だが彼女らは、連帯して活動することはできなかった。偉大な女性作家たちが「社会から無視されたり、敬遠されたり、疎外されたりした」。おのおのが、独自に名声を追求した。「天才がこうした孤高の満足を求めるときの失望感はいかほどであることか。もし思いを一つにし、共感し合いながら活動するならば、そのような同志の集まりはなんと力強くなることだろうか。そこに公的な名声が加わるならば、後世の称讃は、末代に至るまで保証されよう」。

『イギリスの女性たちへの手紙』における主張を踏襲してメアリは、世間が芸術的才能を無視するのはイギリス特有の弊害であると論じている。偉大な作家、俳優、女優、画家は上流社会から排除されていると彼女は言う。「かかる惨めな差別は、現代が生み出した産物であり、この島国に生息する怪物である」。フランスでは状況は異なる。「専制政治時代にあってさえ……ヴェルサイユには錚々たる女性たちが群れ集っていた」。どの論点においても、みずからの個人的経験にもとづいて一般論へと展開されていることは明らかだ。とはいえ、メアリの波瀾万丈の生涯を考えれば、彼女にはそうする権利があった。エッセイは仲間たちの連帯を求めて書かれていた。もしも女性のための大学設立という彼女の提案を国が受け入れていたなら経験できたかもしれないような、女性同士の連帯を希求する思いが原動力になっていた。この点では最晩年の私信とも共通している。[*9]
メアリはまた新たな小説を書き始めていた。『ジャスパー』という題で、断片しか残っていない。作品はド・スタンハイム夫人が船の難破で死んだところから始まる。ジャスパーという名の水夫が、彼女の六歳の息子を救助し、苦労して岸に辿り着く。そして崖の頂に一軒のあばらやを見つける。そこには小さな恋文の束と一房の髪の毛があって、「一七六六年九月一日に難破」という言葉が書かれていた。手紙はヘンリー宛で、セシルと署名されていた。署名の主はインドに住む一八歳の少女で、父親の命令でヘンリーと別れ、彼はイギリスに帰されたのであった。水夫のジャスパーは、スタンハイム夫人の息子とともに、数年前後にした生まれ故郷コーンウォールに戻る。子供が熱を出したとき、彼は子供の飲み物を手に入れようと必死になり、あるパーティに押し入る。彼はただちに厩《うまや》に縛りつけられるが、レイディ・ストリックランドという女性が哀れに思い、子供を引き取る。実は彼女はジャスパーの、長いこと消息不明になっていた恋人だった。彼女が金持ちの男性と結婚することになっていたので、ジャスパーは故郷を棄てたのである。ヘンリーとセシルの物語とジャスパーとレイディ・ストリックランドの物語が並行して進み、これに孤児で養子になった子供が加わるあたりを見ると、こうした多重プロットが、二重生活や人違いといった手法を介して、一つに収斂していったであろうことが予想される。だが、書かれたのはたった一〇〇頁ほどでしかない。したがって、メアリが抱いていた、作品のより大きな構想に関しては何一つわからない。残された断片が、『自然の娘』の特徴である政治的、フェミニスト的痛烈さまで帯びることができたかどうかは予断を許さない。
九月初め、不運な事故があった。メアリは「頭を激しく強打し、人事不省に陥りそうになった」状況を描写している。[*10] そして自分自身の不運をもののみごとに笑い飛ばしている。

友よ、私のこの哀れな頭を気遣う言葉は一言もいりません！　頭は危うく破壊を免れたばかりでなく、ここ一〇日ほどは激痛のため、ほとんど狂乱の体《てい》です。あなたが出立された日、御者はたぶん私を干し草の束と間違えたのでしょう、眠っていた斜めになっている部屋から私を抱き上げたのですが、低い屋根、というか差し掛け屋根と言ったほうが当たっているのですが、それがあることをすっかり忘れていたのです。そして、私を腕に抱え、かなり激しい力で放り投げたので、私の頭のてっぺんが、もろに天井にぶつかってしまったのです。

天井が漆喰でできていたおかげで命拾いしたのだろうと、彼女は冗談を言っている。

もし脳の出くわした敵が、本来の材質（木か鉛）に近いものであったならば、私は生きてこの手紙を書くことはなかったでしょう。でも木摺を下地にした漆喰が介入してくれたのです。その瞬間気絶しましたが、めまいは残りました——その後数日間。でも冗談ではなく——本当に頭蓋骨が砕けるところだったのです。瀉血の治療でかなり楽になったのですが、頭——ほとんど心と同じぐらい柔らかで——ともに軟弱な代物だと思うのですが——は、これからもなお、人生の悪に、哲学的な態度で耐えなければならないようです。[*11]

冗談めかしてはいるが、この手紙を読むと、寝起きも含め、メアリがどこへ行くにも人の手を借りなければならなかったことがわかって、笑ってはいられない気分にさせられる。

頭を強打したことをメアリは、「最近、頭蓋骨の厚さを試してみた」などと機智を利かせた言い方で表現している。とはいえ、そのおかげで、彼女の「哀れな頭」は、その後も数日間ひどく痛んだ。それでも彼女はジェイン・ポーターに宛てて、社交界——彼女が若い頃馴染んだ世界——の気まぐれや悪意と、同じ精神を共有した友人たちの「小さくとも輝かしい仲間」の支援網とを比較対照する、堂々たる手紙を書くことができた。

コールリッジはこの時期、メアリの心の中に大きな位置を占めていた。新世界アメリカはサスケハナ川のほとりに、自由を愛し、文学的な精神を持つ若い男女の小さなグループを、「万民平等の理想社会」というかたちで結集するという、あの名高い計画をコールリッジは胸に温めていた。もしかしたらそれが、彼女のこうした仲間像にヒントを与えていたのかもしれない。メアリにとって、エングルフィールド・コテージはまさにそのような場所であった。だがそこは〔新世界アメリカに比べたら〕故郷ともはるかに近く――テムズ川の岸辺にあって、彼女が失った世界からも目と鼻の先に位置していた。

私は完全な人間嫌いになりました。二度と繁華な世界とは交わるまいと、おおよそ決意を固めました。そもそも、愛しい友よ、社交界の日常そのものが、刺に満ち雑草だらけなので、思索的な旅人は、苦労をしても嫌悪が増すばかりだとわかってしまうのです。ああ、なんということでしょう。もし一つの選ばれた社会が形成できるなら――知的な能力を持つ人の小さなコロニー、才能ある人の世界が、一つにまとまって、小さくとも輝きを放つことでしょう。その分、人間生活の退屈で味気ない情景は、その周りにある闇の中に、深く没することになるでしょう！　夢みたいな考えです。実現は無理でしょう。悪意に満ちた闘争精神――嫉妬や中傷や虚栄という悪魔が、気まぐれという小悪魔や亡者のような想像力に導かれて、魂の調和を邪魔しにかかることでしょう。そして魂が空想の天国を享受しているときでさえ、その領域は依然として現世のものなのだと思い知らせることでしょう。美しく、才能に溢れているので、あなたは社交界という陽気な迷路に誘い込まれるでしょう。でもそれはほんの一時です。というのもあなたの魂はあまりに繊細につくられているし、あなたの精神はあまりにも感受性豊かなので、そこで出会う人工的な存在、――流行という狐火に導かれていて、あてにならないものですが、同時に魅力的でもある社交界というものを、長いあいだ享受するには無理があるのです。[*12]

メアリ自身、上流社会の「陽気な迷路」という魅惑的ではあるが欺瞞的な世界から、知的な人々の小集団たる「小さくとも輝かしい仲間」への道のりを辿った。自分が辿ったそうした道のりを、メアリはここでジェイン・ポーターに投影しているのである。こうした仲間たちに囲まれ、メアリはいま安堵していたが、同時にいささか窮屈にも感じていた。

九月の半ばから一〇月の半ばにかけて病状が悪化し、メアリは死を覚悟した。現存する最後の手紙をジェイン・ポーターへ宛てて書いた。

一か月近くを床の中で過ごし、日々「もう一つの、より善き世界がある」ことを証明することになりそうだと予感しています――そういうわけで、あなたの心優しいお見舞いの言葉にも、お礼を申し上げる力がほとんど残っていない始末です。病気は実際ひどく危険な状態で、医者からもほとんど見放されているに違いありません。娘があなたのお手紙を受け取ったときは、言葉で言い表せないくらいひどい状態でした――疱疹が一つ肩に、もう一つは頭にできていて――これはひらき針や瀉血でたえず血を出しているので、私はまるで亡霊のように痩せ細ってしまいました。病気は主に頭を冒していて――脳に断続的に熱があり――これに、きわめて危険な合併症も伴っています……

医者の命令に逆らって、この手紙を書いています――でも、あなたに感謝せずにはいられなかったのです。まだ衰弱が激しく、ちょっとした疲れでも耐え難く感じられます。

あなたと、あなたにとって最も大切な方々に、神の祝福を。

真にあなたのものなる、

メアリ・ロビンソン

追伸。私たちの友人トマスの完治を願っています。どう見ても、いつ「本来の自分に戻れる」のかわかりません――この世にいられるのも、もうわずか。どうか許してやってください。そう信じるしかありません。私がこんな状態ですから、娘がお便りできないのも、どうか許してやってください。[*13]

この手紙は、メアリの四三歳の誕生日の六週間前に書かれた。事故の後、あの悪意に満ちた諷刺画(『ランブラーズ・マガジン』一七八四年八月号掲載の「パーディタ進退きわまれり」(口絵⑱)と題された諷刺画のこと)が出た。それから一六年が経ち、その間に何千頁にもわたる文学的な著述を行ってきた。そうしていま、パーディタは文字どおり「進退きわまって」いた。だが彼女の礼儀正しさと他人に対する気遣いはまったく失われていなかった。自分自身、死に瀕していたにもかかわらず、「私たちの友人トマス」の健康を気遣うことをやめなかった。

この時期文通していたもう一人の人物は、友人ウィリアム・ゴドウィンであった。二人は喧嘩をし、激しい内容の手紙を山ほど取り交わしていた。ズケズケものを言いすぎるという評判の二人だったが、メアリの病状が悪化の一途を辿った八月終わり頃、彼らの友情は、その限界が試されていた。二人はたぶんこれまでも、つねに波乱含みの関係にあり、心の内を互いにぶちまけ合ってきた。ゴドウィンへ宛てたメアリの手紙は、亡くなるまでの数か月間の彼女の精神状態を詳細に示す、もう一つの資料となっている。ゴドウィンに対しては、礼儀もかなぐり捨て、肉体的な災難を冗談めかして語ることもない。妥協を排した率直さと驚くような胸の内の吐露があるだけなのだ。

喧嘩の経緯を正確に再現するのは不可能だが、ゴドウィンがメアリの借金に対して、なんらかのかたちの担保を要求したことから、それは始まったと思われる(借金とは、おそらく彼女の保釈に要した六三ポンドを指している)。メアリはこれを要求する彼の口調に反発した。「さも重大であるかのような、切羽詰まったものの言い方をするかと思うと、大したことを要求しているわけではない、結局どうでもいいことだというようなことをおっしゃる」[*14]。ゴドウィンはまたメアリが古い友人をないがしろにして新しい友人に乗り換えたと非難したようである。

　ゴドウィンはメアリの「気まぐれ」を非難する手紙で応酬した。メアリは「耐え難い頭痛」に悩まされながらも、「愛しい哲学者」に長い手紙でしっぺ返しをした。手紙は「熱い思いの中で」書かれた。そして、「……［それは］心から発せられた言葉を語っています」。四年前、初めて出会ったときに感じた喜びを回想することから始まる。「精神の教師としてあなたに会いました。でもあなたが魂の友になろうとは思ってもみませんでした」。また、ゴドウィンが人前で「彼女の虚栄をおとしめ」たり、彼女とその「慎ましい才能」とを馬鹿にしたりして楽しんでいると責める。さらにはゴドウィンの偽善も非難の的にした。「あなたは誠実さを愛しています、愛しい哲学者さん。それなのに、私が女性じみた怒りの中ですら、あえて誠実であろうとすると、あなたは不機嫌になるのです。卑屈で媚びへつらう偽善者は、軽蔑するのではありませんか。……私は気まぐれなどではありません。新しい友に魅了されて、かつて愛した友からそちらに乗り換えたりはいたしません」。

　この後手紙はメアリ自身の人生哲学に関するエッセイとなり、ゴドウィンの社会進歩理論の擬人化版といった趣を呈する。「私は自分なりに思い描く完璧な存在に少しでも近い何ものかを探し求めて、さすらいの旅を続けてきました」。しかし探し求めたものは見出せず、人生は著名な男たちからの、手ひどい裏切りの連続だった。「私が虚栄心の塊であるとすれば――また、私が軽薄な人間に見えるとすれば、世間がやたらと甘やかしてくれたことを感謝しなければなりません。一方シェリダンやフォックスのような男性は非難しないわけにはいきません。ちょっとした自惚《うぬぼ》れなしにはとうてい信じる勇気も持てないようなことを、ぬけぬけと公言して憚らないのですから」。自分の問題は、その断固たる正直さにある、とゴドウィンに語る。「私には偽ることなど絶対に無理です」。自分はすぐに心の内を明かしてしまう。これがある状況においては命取りになったこともわかっている。「平気で嘘を言える人間だったら——今頃は金持ちになり、俗世間からも評価されていたでしょう。羨望の的になっていたかもしれません！」

『回想録』では入念に作り上げた自分の像を提示している。だが、この手紙では、がらりと異なる女性像が示されている。そこにいるのは、みずからの性格と過去を掘り下げ、自分自身になんの幻想も抱いていない女性だ。「私は気性の激しい女です——それに気位もすごく高い。こうしたことが仇となって、運には見放されてしまいました。結果、人生にはたえず陰が投げかけられてきました」。ゴドウィンには「あばらや」訪問を求めているが、幼い娘（将来のメアリ・シェリー）は、自分のズタズタになった神経を逆なでするといけないので、連れて来ないよう頼んでいる。「衰弱がひどいだけならいいのですが、大変苛立ちやすくなってもいるので、わずかな疲労でも耐え難いのです。あえて言わせてもらうと、激しい不安に苛まれており、ちょっとしたことですぐに恐怖をかき立てられてしまうのです。精神は焦燥のために混乱し、心は悲しみに打ちひしがれているので、感覚を鎮めたり宥めたりしてくれるもの以外は——とうてい楽しむことができないのです」。イライザ・フェンウィックとその幼い娘が、何週間かメアリのコテージに滞在して帰ったばかりだった。そこから来たストレスが、あえてこんな警告めいたことを言う背景にはあるのかもしれない。

メアリはゴドウィンに「余命いくばくもないという予感を、身にしみて感じています」と述べている。でも、自分は以前より幸福で、「苦しい人生が長引くことを恐れていた頃と比べ、いまのほうが心静かで、陽気です」とも述べている。病気の重さを考えれば苛立って当然だが、彼女の手紙は、いまなお、大いなる魅力と温かさに溢れている。ゴドウィンがジェイムズ・マーシャルに紹介してくれたことをメアリは感謝する。「私のとっても不機嫌な哲学者さん、この優秀な方に紹介してくださったことは感謝に堪えません！——そして心からお礼申し上げます。どうぞオリーヴの枝〔和解の申し出を表す〕を受け取りに来てください――私がいくらかでも、あなたに対して敵意を感じたり、それにもとづいて行動したりしたとお思いになるのなら」[*15]。

だが、どうやらゴドウィンは怒りに満ちた、そしてメアリのそれと同じくらい率直な、返事を書いたようである。ゴドウィンは語る。メアリは「優しいと思うとそっけなく」、「冷たい心」と「偽りの顔」を持ち、友情にも一貫性がない、と。――この非難は、彼女にはひどくこたえた。「あなたの非難はなんと不当で、なんと厳しいことでしょう！」と彼女は返答し、衝動的であることと率直であることは自分の持ち味であると繰り返した。「私は自分の気持ちをぶちまけてしまう癖があります。嫌なものは、嫌と言います――愛するものは、それこそ心の底から愛します」。メアリは、友情が一貫しないなどと非難するのは偽善のそしりを免れないのでは、と述べる。あなたのほうこそ私に友情を示しておきながら、ウルストンクラフトと結婚したらすっかりご無沙汰だったではないか、と。ゴドウィンは、若さ、美しさ、文学的名声を享受しながら、メアリが不満を抱いているのは理屈に合わないと非難した。これがどうやらメアリにはいちばんこたえたようだ。

私が不満をくすぶらせていると非難なさいます！　悲しいことです！　私ほどの試練に遭ったら、たとえあなたの哲学だって――そう、あなたが青春の真っ盛りに病に冒され、老人のように老けてしまったとしましょう。洋々たる前途も露と消え、お先真っ暗、望みの綱は死ぬことだけ。そんな状況に追い込まれたら、あなただって、私同様、人生が嫌になってしまうのではありませんか。私が「若さと美しさ」を持っているとおっしゃいます。ああ！　哲学者さん、私は両方とも失ってしまったのです。これほど確かなことはありません！　また、私が「文学的名声」を持っているともおっしゃいます。だとしたら、罵倒され、無視され――名誉も与えられず――報いも得られないというのは、いったいどうしたわけでしょう。

私の不満が不当だなんて、もう言わないでください。幸福になろうと思えばなれる、それだけの手段は持っているなんて、もう言わないでください。苦痛と失望ばかりのいまの私に同情できるのは、昔の、希望に満ちた若い頃の私を知る者だけです！　あなたが見ているのは、ただの残骸です。少しばかり人生に執着しているといっても、そんなものはいつでも捨てられます。さようなら──私の愛しい哲学者さん。さようなら。

追伸。愛しく優しい私の分身が、どうかよろしくと言っています。私たちのコテージへは、いつお出でいただけます？[*16]

メアリは同名の自分の娘を「私の分身」と、愛らしい呼び名で呼んでいる。数日後、ゴドウィンはメアリと和解するため、エングルフィールド・グリーンを訪れた。その晩は一泊したものの、朝食は摂らずに立ち去った。これにメアリは、またもや腹を立てた。

メアリはもう一度ゴドウィンに手紙を書き、訪問に謝意を表した。そして彼の「賢明な」友人ジョン・フィルポット・キュランの訪問を断ったことを詫びた。耐乏生活を送っている関係上、コテージに知らない人を招くのはプライドが許さないのだと、ゴドウィンに言い訳した。でも、わざわざメアリに会うためだけに、ロンドン中心部から一七マイルも旅をする価値があるとは思わないとキュランが認めたのには、自尊心を傷つけられたとも述べた。「私が注目の的になるほどの重要人物ではないことは承知しています──でも、こちらから関心を惹こうとするような真似は、私の中の誇り高い精神が許しません……この上ない知識教養を持った人々からなる社会で、世の一級の才能と交わることにより、私がたびたび享受してきたもの、これを恩恵として恭しく頂戴するというような卑屈なことは、そういうわけで私にはできません」。ゴドウィンの友人の一人が道端で彼女に紹介されるのを断るという出来事もあった。メアリはこの社会的屈辱に対しても悔しさを表している。「こちらが大通りで待っているというのに、あの方が私に紹介されるのを嫌がるものですから、昨日はとてもばつの悪い思いをしてしまいました。私にはもう耐えられません」[*17]。

実のところメアリは、知らない人だけではなく知人にさえ、自分が尾羽打ち枯らしているのを見られることに極度の不安を感じていたのである。九月になると彼女は、金が底を尽きかかっていて、食べるものにもこと欠いているとジェイムズ・マーシャルに告白した。

> 私はますます人間嫌いになるばかりです。そのせいで、人に会う楽しみも失われつつあります。もうじき完全に隠遁してしまうことでしょう――世の中から。もはや昔の私の孤独な影でしかありません。貧乏も極まり、友人たちを迎えてもてなすという栄誉に浴することもできません。かろうじて残った乏しい食料では、皆に楽しく食べていただけないだろうことは経験からわかっています。それゆえ孤独〔倹約〕へと引き籠もり、「理性の祝宴」からはかならずしも「魂の流れ」〔どちらも、アレグザンダー・ポープ「ホラティウスに倣って」より〕は生まれないことを嘆くのです。私は世の中を憎み始めています！　感じるのは嫌悪のみ――過去の幸福を振り返ることだけが、唯一の楽しみです。健康、若さ、幸福はもう過去のものでしかありません――だから孤独と「物思いに耽る憂鬱」〔ジョン・ミルトン『コーマス』より〕を歓迎するのです[*18]。

彼女はまた、大切にしてきた「仲間たちの小さな輪」が萎んでいき、自分がますます孤独と絶望に直面していることを認めている。

> あなたを尊敬しています――ゴドウィン氏もまた尊敬しています。あなたが友人であることはよく承知していいます――ゴドウィンも友人であると思います、でも、そうした友人の数が増えていくことは、

もう諦めています。それゆえ、賑やかな社交の場には永遠に訣別する決心をいたしました。だから私はここにいるのです、友よ——孤独な隠遁者として、世を憎む者として——愛そうとは思ったのだけれど——世の中のあらゆるものから離れて！ もしそんな人物と一緒にいて楽しいと思うなら、どうぞおいでください——いらしてください——暇なときは何度でもいらして、私たちのコテージでお過ごしください。頭痛が激しくて、新聞もろくすっぽ読めない始末です。

メアリはマーシャルが夕食にと持ってきてくれた鳥の贈り物に感謝した。また、匿名の人物から、リンゴその他の果実が入った籠をいくつも頂戴していることを彼に打ち明けている。一〇月、ゴドウィンから贈り物が届いた。メアリは衰弱が激しく、「精神的にも落ち込んで」いたが、礼状をしたためた。

話すのにも努力がいり、倒れてしまいそうになります。考えると、いっそうくたくたに疲れてしまいます。病の苦痛は、永遠に続く悲しみのように重くずっしりのしかかってきて、耐えていられるのも時間の問題だと感じています。もし会っても、私だと見分けがつかないでしょう——でも、正気を保っている限り、私の心は変わらず、あなたへの尊敬の念もまったく以前のままです。もう書く気にはなれません——頭はふらつき、手でペンを動かすのも困難になっています——神の祝福を——かしこ。*19

いまなお『モーニング・ポスト』紙には寄稿していたが、定期的な原稿提出は大きな負担になっていた。娘が『回想録』続篇で説明しているように、メアリとステュアートとの関係は悪化していた。「まだ執筆活動は継続していたとはいえ、困難が伴ったし、たびたび間を置かなければならなかった。苦痛や衰弱のため、執筆の制限を余儀なくされると、酷薄な雇い主は、怠慢だと非難した。この思いやりを欠いた言葉にも不平はほとんどを言わなかったものの、それは彼女の精神に影響を及ぼし、心を蝕んだ」。

マライア・エリザベスはまた、曖昧な言い方ながら、母親が「高潔さを犠牲にせざるをえないような援助の申し出に、当然の怒りをもって」対処したことも仄めかしている。[20] メアリは相変わらず多作で、彼女の最良の詩のいくつかは、この最後の数か月に書かれている。その中には「ロンドンの夏の朝」、「故郷の収穫」が含まれている。後者を読むと、メアリがどちらかと言えば都会の詩人でありながら、田園詩の伝統に政治的な色合いを与えることもできたことが明らかになる。

　　畑では
そばかすのある落ち穂拾いがわずかな束を集め、
多くのため息をつきながら、十分の一税の山を見る、
増長して、驕り高ぶった牧師の![21]

これら挑発的な詩行は、後に人気の詞華集『日々の書物』に再録された際、検閲を受けて削除された。[22] 一〇月、『モーニング・ポスト』紙は、メアリの詩を掲載するに留まらず、執筆のテーマまで提供した。同紙は「アヴェロンの野生児」と呼ばれる、野生化した子供の発見を報道した。「彼はジャガイモ、栗、ドングリを食べて生きていた……顔つきは普通だったが、表情はなかった。体中が傷だらけだった。これらの傷は、彼を捨てたと思われる人物の虐待によるものと考えられる。もう一つの原因としては、年端もいかないのに、荒野にたった一人で生きていかなければならなかったため、数々の危険に遭遇したということが想定される」。[23] 時代は自然回帰やルソーの「高貴な野蛮人」の思想に魅了されていた。野生児の物語はその中に組み込まれていった。メアリはただちにこの新聞記事を物語詩にし、コールリッ

ジの「クーブラ・カーン」を思わせるいきいきしたリズムで書いた。

慢性的な体調不良のため、湖水地方にコールリッジを訪ねることは不可能だった。その代わり、詩の交換が行われた。

コールリッジは一〇月の初め、ダニエル・ステュアートに手紙を出し、「ロビンソン夫人の病気のことを聞くにつけ、気の毒で胸が痛みます」と書いた。手紙には「アルカイオスからサッポーへ」という詩を同封した。詩の大部分はワーズワスの手になるものだが、仕上げはコールリッジが行った。この詩は『モーニング・ポスト』紙に掲載され、「サッポー」——明らかにメアリを指している——を「地上で最も美しい顔」と描写している。*24

「ビノリーの孤独」と題されたワーズワス作の詩が、一週間後、『モーニング・ポスト』紙に掲載された。これには序文が付いていて、数か月前に掲載されたメアリの「亡霊のいる浜」にその韻律を負っていると説明されていた。

拝啓
以下の詩の韻律は「ロビンソン夫人の亡霊のいる浜」から借りてきたものです〔折り返し句を除いて〕。これを認めるのは作者として当然の義務と考えます。「亡霊のいる浜」は、記憶違いでなければ、あなたの新聞で初めて発表され、後にサウジー氏の年刊詩選集に再収録された、この上なく精妙な詩です。このことを認めるのは、もとの詩のきわめて独創的なスタンザから放たれる魅惑的な効果を味わったことがある人や、ある韻律〔サッポー詩体〕の創出がサッポーの名を広め、アルカイオス〔古代ギリシアの抒情詩人で、サッポーと友愛関係にあったとされ、アルカイオス風韻文の創案者であると考えられている〕の今日の名声がほぼ築かれたことを思い出す人には、無用であるとは思えないことでしょう。*25

メアリはおそらく、詩がコールリッジの手になるものと思ったことだろう。コールリッジほど優れた技量を持つ詩人に、まったく独創的な韻律を創案したと褒められたら、彼女もさぞかし喜んだことだろう。前章で見たように、仲間の湖水詩人たちに「亡霊のいる浜」を紹介したのは、コールリッジであった。

コールリッジを訪問することはできないので、代わりに二篇の詩を彼のために書いた。「オード、S・T・コールリッジの幼い息子に捧げる」は、彼の三番目の子供であるダーウェント誕生の知らせを聞いて書かれた。コールリッジはメアリに、自分が住んでいるグリータ・ホールという家が、スキドーと呼ばれる山の大きな湾曲部の下に抱かれるようにして建っていることを話したに違いない。彼女はダーウェントが「野生の山の赤子」として育っているさまを想像し、ウインザーの森に幽閉された自分自身と、丘を自由に駆け回るダーウェントの姿とを引き比べている。

私はあなたに歌いかける！　スキドーの高みに登って――……
山々よ！　その崇高な頂から
想像力は熱狂へと姿を変えるだろう……
大滝よ……
静かなる湖よ……
そして汝、穏やかな天球よ、おまえはその銀色の弓を持ち上げる、
凍った谷の上に、また雪を戴いた丘の上に――
汝らは例外なく驚異を用意している――それらすべてが力を合わせて
赤子に挨拶を送るだろう、神聖なる活力をもって！……

かわいい坊やよ！　まれびとの歌をどうか聴いてくれ、
きみのために歌うのは喜びなのだ、
森のすみかでただ一人、
野生の森がハーモニーを奏でる住処の中で！[*26]

メアリの脳裏には、コールリッジとその息子が手に手を取って「楽しく会話しながら、山の頂を」辿っている、美しい情景が思い描かれていた。彼女はダーウェントが、いつか父親と同じように詩人になってほしいと願う――「お父さんが歌ったのと同じ歌を歌うだろう」。コールリッジの息子のことを考えながら、自分の娘の文学者としての経歴についても思いを巡らしている。

ダーウェントに捧げるオードには、コールリッジが長男ハートリーのために書いたすばらしい詩「真夜中の霜」に対する意図的な言及が数多く見出される。ゆえにたとえば「スキドーが曙光に挨拶をしようとしまいと……ロドアの滝がきみにその白い波を投げかけようと投げかけまいと」は、「夏が大地一面に衣服をまとわせようとまとわせまいと……軒のしずくが落ちようと落ちまいと」という「真夜中の霜」に見られる修辞的構造をそのまま踏襲している。「真夜中の霜」の中心的な思想はこうだ。自分は「大都会で」育った。でも息子ハートリーには「湖のほとりや砂浜を、太古の山の／ごつごつとした岩の下を／そよ風のようにさまよい歩く」ことを望む、と。メアリはこれに応答して、コールリッジとダーウェントが、まさにそのような場所を歩き回っているさまを思い描いている。

なかでも最も興味深い言及は、「まれびとの歌をどうか聴いてくれ」という一節の中にある。「真夜中の霜」にはこんな不思議な数行が見出される。

どれだけたびたび……私は火格子を眺めたことだろう、

ひらひらと動くまれびとを見つめて……
そしていつでも私の胸は踊った、
というのも、まれびとの顔を見たいと、いつも願っていたから、
たとえば、町の人、叔母さん、もっと愛らしい姉か妹。*27

このまれびとという語は、暖炉の火格子の上でひらひらとはためく煤の膜を意味する。またそこには、はやく来客が来てほしいというコールリッジの願望も示されている。彼はこのイメージの起源を詩の脚注で説明している。「英国各地で、このような煤の膜はまれびとと呼ばれ、不在の友人の来訪を予兆すると考えられている」。まれびと（stranger）と名乗ることで、メアリは自分が赤ん坊のダーウェンに会ったことがないという事実を仄めかしているだけではない。みずからを「真夜中の霜」の中のまれびと（stranger）、つまり、不在の友人、「姉か妹」に擬してもいるのである。体の自由が利かないため、コールリッジの三番目の息子誕生の喜びにその場で与ることはできないが、詩を通してそれは実現しているのだ。

同じ頃、メアリはコールリッジに、「詩人コールリッジへ」という素っ気ない表題の一篇の詩を送った。もしかしたら、先の詩とこの詩を一緒に送っていた可能性もありえよう。この詩は『回想録』と一緒に死後、発表された。「サッポー」名義で、一八〇〇年一〇月の作とある。後に『詩作品集』に（わずかな字句の異同はあるが）再録された。コールリッジが原稿の状態で彼女に見せた「クーブラ・カーン」からの引用が見られるのは、この詩である。

私には彼女の声が聞こえる！　あなたの陽光に輝く宮殿、
あなたの氷の洞窟、繰り返す叫び、

気が狂うほどの甘いおののき、
それらが幻視する放浪者を故郷へと呼ぶ。
彼女は歌う、あなたの歌を、おお、吟遊詩人の寵児よ、
崇高なまでに野生的な！
彼女は歌う、あなたの歌を、そしてあなたの魂は感じ取れる、
はかない夢にあなた独自の魔法をかける音を。[28]

コールリッジは、「見知らぬ吟遊詩人」という詩をもって応答した。この詩もメアリの『回想録』に「ロビンソン夫人に捧ぐ、死の数週間前に」という副題付きで収録された。詩の表題がダーウェントへ捧げるオード中の「まれびとの歌をどうか聴いてくれ」という句への応答になっているのは明らかだ。詩の中でコールリッジは、ウィンザーを離れ、グリータ・ホールへ来るようにと懇願している。彼は自分がスキドーの山を半分登ったところで「あおむけに」横たわり、ロビンソン夫人のことを考えて、「ゆっくりと零れ落ちる涙を」流すところを想像する。「なつかしいスキドーよ、彼女がここにいてくれたならば！」と歌う。山はそれに対して、彼女の精神はここにいる、なぜなら「彼女のこの上なく神聖なる調べ」が彼女の魂を解放し、「彼女はいたいと思うところにいる／死すべき運命に妨げられずに！」、と応じる。メアリが敬意を込めて自分の詩から引用してくれたので、コールリッジもお返しをする。

いまや「亡霊のいる浜」へと飛んで行くこともできる、
波に打たれる戸口のそばまで、
そして今度は、狂人が声を張り上げて
「青い月よ、汝、空の亡霊よ！」と喚き散らすところへも。[29]

最後の行はコールリッジのお気に入りで、ロビンソンの「狂人」から引用してきたものである。この「狂人」も「クーブラ・カーン」同様、阿片から霊感を受けて書かれたものであろう。

コールリッジは、メアリが死の床で手紙を書いた最後の友人たちの一人であった。手紙は失われたが、その内容の一部は、コールリッジが友人トム・プール宛の手紙で引用したおかげで、いまでも残っている。コールリッジは「最も感動的かつ痛ましい手紙」と呼び、その中でメアリは「彼女のいわゆる死に臨んでの私への愛情と尊敬」を表明している、と説明する。「手紙の最後の一節は、実に崇高である」とコールリッジは続けている。

私の小さなコテージは人目につかず快適です。ここにはクリスマスまで留まるつもりです（それまで生きていられれば、の話ですが）。でも、ここはあなたの選り抜きの隠遁所みたいに、ロマンティックな景色に囲まれてはいません。ここは、あなたの隠遁所と違って、崇高な思想の育つ場所――平和の住処――自然の驚異に満ちた地の果てでは残念ながらないのです。ああ！　スキドーの山！――もし一度でもその頂を眺めることができたなら、この目が永遠に閉じるときまで、その眺望から目を背けることはないでしょう！[*30]

一二月初め、メアリは自身の『詩作品集』の構成を完了した。『リリカル・テイルズ』はその二週間後に出版され、見本の詩（「ひとりぼっち」）が『モーニング・ポスト』紙に掲載された。盛大な讃辞に飾られていた。

ロビンソン夫人の詩集『リリカル・テイルズ』が出版されました。悲哀に満ちているとともにユーモラスでもある、かくも多彩な作品の数々は、最近出版されたものの中にはほとんど見出すことができないものであります。万感の思いを込めて書かれた優雅な作品ばかりで、豊かでいきいきとした色彩に富み、真の才能が発露しています。われわれはここに、イギリスで最近出版された中では最も感動的な作品の一つである、次の詩を選んで掲載することにします。[*31]

友人のジョン・ウォルコット（「ピーター・ピンダー」）は手紙を何通も続けて書いてきた。手紙はサッポーの名で彼女に呼びかける詩《ソング》がちりばめられていた。その中の一つにこう書かれている。「親愛なる友よ。健康状態がひどく悪いと聞きました。後生ですから、まだ死ぬような愚かなまねはしないでください。あなたは一〇〇年分のスタミナと、余人をもって代え難い詩的精神をお持ちなのですから」。[*32]自分が余命いくばくもないことはメアリにはわかっていた。だが、娘のために気丈に振る舞っていた。彼女の知性は最後の最後まで鋭敏であった。「刻々と衰弱しながら、彼女の知性は、体が弱まるのとひきかえに力を得ているように思われた」と娘は回想した。

もはや部屋から抱えて運ばれる疲労に耐えられなくなっても、彼女は精神の完全な平静を保ち、極度の肉体的苦痛の合間に、娘が読み聞かせてくれるものには興味と落ち着きをもって耳を澄ました。そして、たびたび、そこから戻った旅人が一人もいない「境界」〔『ハムレット』三幕一場からの引用〕を自分が越えたらいったい何が起こるのだろうか、ということについて所見を述べた。[*33]

最後の願いの一つは、残りの著作が遅滞なく出版されるのを見届けることであった。回想録の原稿を娘に託し、「これはかならず出版するようにと指示した。そして付け加えた。『回想録は現在のところまで書き続けるはずでした――でも書けなくなって、たぶんこれで良かったのでしょう。あなたの手で出版すると約束してちょうだい！』[34]。マライア・エリザベスは、もちろんそのような要求を拒むことはできなかった。彼女が同意すると、メアリは平静を取り戻した。娘は約束を守り、数か月のうちに本が印刷されるのを見届けた。

　マライア・エリザベスは、コテージに同居していた友人エリザベス・ウィールとともに看病していた。ある日マライア・エリザベスが不在のとき、メアリはここぞとばかりにエリザベスに埋葬に関する指示を与えた。「娘にはかわいそうでこんな悲しい話は切り出せません」。それから、落ち着いた様子で、きっぱりと、この上なく簡素な葬儀にしてほしいと言った。「彼女は、聴き取りにくかったものの、印象的な声音でこう言った。『オールド・ウインザー教会の墓地に埋葬してください』。その場所を選んだことに、彼女は特別な理由を挙げた」。その理由とは、もちろんその場所が、皇太子と恋人同士であったとき過ごした場所に近いことであった。

　ほとんど一文無しだったメアリは「二、三のささやかな形見」を友人たちに遺した。髪の毛は「ある特定の二人」に贈ることを希望した。それは皇太子とタールトンに違いなかった。しかしメアリの最後の思いは娘、「愛しく優しい私の分身」に向けられていた。マライア・エリザベスとエリザベス・ウィールが、回復の見込みはあると言って慰めようとすると、メアリは首を振って、自分をごまかさないでと言い、「娘を胸に抱きしめた。娘はベッドのかたわらに跪《ひざまず》いていたが、その頭を自分の胸に何分間か押し当てた。胸は、内心の苦しい葛藤を表すかのように脈打っていた――『かわいそうに』と彼女は、深い、くぐもったような声音でつぶやいた。『私が死んだらあなたはどうなるのでしょう！』[35]。彼女は黙り、すすり泣きを押しころし、二人の若い女性たちのどちらかに本を読んでほしいと頼んだ。

　その夜、彼女は持ち直したように見えた。そして、「多大の時間と労力をかけ、長大な作品」を書く計画まで口にした。どの著書も、もっとじっくり時間をかけて書くべきだったのに、急ぎすぎたことを後悔しているとも述べた。

病気の末期症状の一つが、胸に水が溜まることだったので、窒息の恐れがあった。マライア・エリザベスとエリザベス・ウィールはメアリを腕や枕で支え、窒息が起こらないようにした。メアリはこの状態で一五日間生き永らえた。クリスマス・イヴの日に、クリスマスまで後何日かと訊いた。教えると、こう応えた。「でもそれまで保《も》つことはないでしょう」。真夜中近く、彼女は声を上げた。「おお、神よ。正しく慈悲深い神よ。この苦しみを耐えぬく力をお与えください」。クリスマスの日も「ひどい苦痛」を耐える状況が続いた。その晩、「ある種の意識の混濁状態が訪れた」。マライア・エリザベスは母親に、話ができるなら話してくれと頼んだ。母親の最後の言葉は、「私の愛しいメアリ」であった。*36 この後、彼女は昏睡状態に陥った。そして一八〇〇年一二月二六日、正午過ぎに死去した。

遺体はかかりつけの内科医であるポープ医師とチャンドラー医師の求めで、解剖に付された。死因は「胸部浮腫」――心不全――であった。二人の医師はまた、胆嚢に六個の大きな胆石を発見した。

願いどおり、メアリはエングルフィールド・グリーンからほど近いオールド・ウィンザー教会墓地の隅に埋葬された。立ち会ったのは二人だけだった。棺の後ろに付き従ったのは、文学上の友人二人、「ピーター・ピンダー」とウィリアム・ゴドウィンであった。

エピローグ

ロビンソン夫人のことが気の毒でなりません！　夫人が亡くなられたことは聞いたでしょう……ああ、プールよ、もし貴いご身分のお方と結婚していたなら、あの人自身、どんなにか貴い方となっていたことでしょうに。最近、彼女はこのことを身にしみて感じていました――ああ、それにしても！――

彼女の墳墓の上で、夕暮れの風が溜め息を漏らす。

その草むす斜面は、やがて花々で覆われることだろう。

私は眼を曇らす涙をぬぐう――

冷たい墓にさえ、天使の希望が宿っているのだ！

サミュエル・テイラー・コールリッジからトマス・プールへ
一八〇一年二月

あの卓越したパーディタほど、女性作家として文名を高め、揺らぐことのない永続的な名声を保った女性は、ほかにまずいない。その才能には限りがなかった。文学の分野で彼女が手がけた領域の広さに、どんな明敏な人でも瞠目した。またそれは、上品で優雅な人士を楽しませた。それだけではない。厳格な鑑識眼を持つ批評家たちからも称讃を引き出したのであった。

ピアス・イーガン『王の愛妾』一八一四年

一八〇〇年一二月二九日（木曜日）発行の『モーニング・ポスト』紙には次のような記事が掲載された。

文学界はロビンソン夫人を失ったことを悼まずにはいられない。彼女は金曜日の朝八時、エングルフィールド・グリーンのコテージで逝去した。数か月前から健康を損ねていたが、病状は憂き世の悩みもあって、ひどく悪化していた。しかしながら最期を迎える前は、娘や多くの友人たちの手厚い看護のおかげで慰めを得ていた。彼らは、この優れた才能、優雅な趣味、豊かな詩的想像力をそなえた婦人が、知的には絶頂にあるいま、天国に旅立ったことを深く嘆いている。ほとんどはラウラ・マライア名義で書かれた、いくつかの人気小説や詩作品の著者として、彼女は一般によく知れわたっていた。もし健康に生き永らえていたなら、世の人々は彼女のペンからさらに恩恵をこうむったに違いない。

ついにこのような追悼記事を書いてもらうことになるとは、一七八六年には想像もできないことであった。その年『モーニング・ポスト』紙は、「ロビンソン夫人こと、往年のあの有名なパーディタが、数日前パリで死去した」と誤報していた。メアリは、王の愛妾から当代で最も尊敬された作家の一人へと、空前絶後の変貌を遂げたのであった。

一八〇一年、メアリの死後まもなく、皇太子は年金――二〇〇ポンドに減額されたが――を、彼女の娘に支給し続けると確言した。マライア・エリザベスと王室とのあいだには、母親への年金支給の遅れに関してなんらかのやりとりがあった。マライア・エリザベスはゴドウィンとも文通していた。ゴドウィンには母親の葬儀に列席してもらった礼状を書いた。「生きた人間の行為で、母の御霊が慰められるとすれば、それは彼女の「永久《とわ》の」眠りに、あなたがたのように立派で才能を持った方々が立ち会ってくださったと知ることでありましょう」[*1]。ゴドウィンには「母からの――あなたへの――手紙のうち、彼女の評判に資するとあなたがお考えの手紙」[*2]を返却してくれるよう頼んでもいる。たぶん母親の『回想録』を完成させる仕事との関連で、この依頼はなされたのであろう。だが、彼女が母親の「生涯と手紙」を書くという、より野心的な企てを心に秘めていた可能性も否定はできない。一八〇四年、マライア・エリザベスの手許には母親の「手稿原本」[*3]が存在していた。だが、現在これらはすべて散佚している。偶然残ったわずかなものから判断すると、メアリの手紙の集成――彼女が友人、恋人、出版者から受け取った手紙は言うまでもなく――は、すばらしく読み応えのするものとなっていたことであろう。

一部の人々のあいだで、彼女の名前はいまだ汚れたままであった。ジェイン・ポーターは、この小説家仲間についての回想録を公にしなかった。なぜなら、もしロビンソン夫人との友情が広く知れわたれば、「世間から爪はじきにされるだろう」と警告を受けていたからであった。同じ小説家のクレスピニー夫人から、「あなたとは縁を切らなければならなくなる。上品な人たちからはそっぽを向かれることになるでしょう[*4]」と言われていたのである。

メアリの生涯の物語がそれからも数年間、人々の記憶から消え去らなかったことは間違いない。一八〇八年、摂政政治が危機に瀕した際、皇太子はある「歴史」小説によって諷刺された。それは「フロリゼルとパーディタ」の恋愛を、中世に舞台を移して描き出したものだった。作者不詳の『王家の伝説』には「カールトン中佐」や「ルポ《きつね》（フォックス）」といった、すぐにそれとわかる登場人物が含まれていた。その中で、メアリに相当する人物像は、『回想録』に対する深い知識にもとづいて描かれており、多少は好意的に扱われている。

> 女性の名はパーディタと言い、まだ若かった。だが若さに似合わず、感受性溢れる気質がすでに表れていた。陰鬱な修道院の廃墟を、昼間はよく訪れた。そこに漂う孤独な雰囲気の中で、彼女の心は知的な霊感を与えられ、それは後年、きわめて鮮やかに輝いたのであった。[*5]

似通った小説がもう一つ出版された。『英国宮廷内幕史』は、男装してハムレットを演じるパーディタは、とりわけ魅力的だったと、楽しい空想をしている。

皇太子に対する公衆の関心もあって、メアリの名前は摂政時代が終わるまで生き永らえた。一八一四年、ジャーナリストのピアス・イーガンが『王の愛妾、あるいは燦然たる人士と著名な女性とのあいだの恋文に描かれたフロリゼルとパーディタの恋』を出版した。どのジャンルに入るかわからない、この珍妙な本は、どうやら手紙が捏造とは気づかないまま、一七八四年の『ほとばしる愛』を再録することから始めている。そしてロビンソン夫人の資質の並外れた称讃へと記述を進めていく。すなわち、彼女はあまりに美しかったので、その肖像画は、遠くはロシアに至るまで、ヨーロッパの最上の宮廷を飾った。彼女はつねに愛想がよく礼儀正しかった。「含蓄のある機智」を伴う、「この上なく洗練された優雅な会話」をした。困窮した晩年においても、精神の平穏はけっして乱れることがなかった。彼女の小説は、「人間性の最も正確な描写に満ち満ちている」。マリー・アントワネットに関するパンフレットは、「軽妙な知性」の産物である。あらゆる点で「無類の才能」を持ち、欠けているものはただ一つ——貞節だけだった。[*6] 皇太子は一八二〇年、ついに国王ジョージ四世になった。六年後、メアリの最後の出版者であるサー・リチャード・フィリップスが、彼女が生涯取っておいた皇太子の髪の房を王室に買い取らせようとした。

フィリップスは『故ロビンソン夫人の回想録、彼女自身の手になる』を、一八〇一年、四巻本で出版した。それには数点の「没後出版作品」、すなわち「ピーター・ピンダー」の手になるメアリの死に寄せるエレジー、完全な著作目録、最後の一二か月のあいだに書かれた新聞詩のリスト、「シルフィド」名義のエッセイ群、『ジャスパー』という小説の断片、「アヴェロンの野生児」、「自由の進歩」、そして「亡霊のいる浜」、が収録されていた。さらに、ピンダー、プラット、テイラー、メリー、ボーデン、コールリッジ、ロバート・カー・ポーター、レノルズ、その他大勢の人々による献詩や書簡も収録された。五年後フィリップスは、マライア・エリザベスが出版の準備をしていた、遅れに遅れたメアリの『詩作品集』三巻をようやく印刷に付した。

『回想録』出版と『詩作品集』出版とのあいだに、『野草の花輪』という小さな詩集が編纂された。これはメアリの詩を中心に、彼女の周辺に集まったさまざまな作家たちの手になる作品も加え、マライア・エリザベスが編集した詩集である。母親の詩を仲間たちの詩とともに出版するというのは、文学者たちの「小さくとも輝かしい仲間」に囲まれていたいという母親の願いに敬意を表する、一つの方法であった。マライア・エリザベスはこのアンソロジーに自分自身の詩も数点収録した。だが、自分の作品だけからなる詩集を別途出版するという試みは成功しなかった。タールトンの妻スーザンは、何点かの優雅な銅版画を寄せてくれた。彼女は夫の元恋人の娘と親しくなったに違いない。「ある偽りの友へ」を含む同書収録のいくつかの詩は、「スーザン」によって書かれている。タールトンがふたたび女漁りの生活を始めたので、妻はメアリが長く耐え忍んだ立場にいま自分が置かれていることを自覚したということであろうか。仮にそうだったとしても、二人は和解した。二人の結婚生活は、一八八三年、タールトンが亡くなるまで続いた。どうやら後年はとても仲睦まじかったように見える。スーザンは、変わり者の寡婦として、八〇歳を超えるまで長生きした。

マライア・エリザベスから『野草の花輪』のために詩を寄せてほしいと依頼されると、コールリッジは長々とした回りくどい返事を返してきた。まず、もう詩を書くのはやめたと述べている。それから、メアリのことを愛情を込めて回想しつつ、そこに突然、教訓を交えたりする。

あなたのお母上は、私がいまこの手紙を書いている紙以上に、私の眼にはありありと現前しています——現にお母上は目の前でゆらゆら漂っています。なぜなら、彼女のことを思うと涙が止まらないからです。私の言葉でお気を悪くなさらないように——あなたの大切なお母様の名においてお願いします！　そのようなことのなきようにと。皆彼女を褒め讃えました——私も彼女を崇拝したという点では人後に落ちません——とても尊敬してもおりましたし、心の底からまるごと尊敬したいと願っていました。花は夕暮れにこそ最も甘く匂う、と言われています。お母様の晩年が輝かしく、また償いとなるものであることが、私の希望であり、心からの願いであり、祈りであり、信仰でありました——若い頃の才能と寛やかな美徳に、見識と思慮とを——女性詩人として正しくまた品位あることすべてを、さらに女性としての円熟すべてを、付け加えますようにと。それこそが、あなたがいちばんご存じのように、お母様ご自身の願望でもありました――お母様が病床で書いた詩の一つはそれらの願いをきわめて巧みに、感動的な言葉で表現しており、読むたびに苦悩と慰めの混じった不思議な気持ちにさせられます。この思いを胸に、私はお母様の知己を求めました。もし私が彼女の悲しみを慰めることができ、私の友情のかすかな灯が一筋の希望と導きの光を生み出すことができたとしたら、それはきわめて幸福なことでした。お母様は、それはもう立派な、実に立派な心をお持ちでした――そして私の目には、また私の信ずるところによれば、晩年は非の打ちどころのない女性でした。――お母様の回想録は見ておりません――書いたこともまったく忘れていたようなとても馬鹿げた詩は、私と書物にとって恥ずべきものであったことが、私にはわかりました――私信をあのように公にするのは（まったく正当化することのできない行為で、その性質からしてすべての社会的信用を覆すものですが）、この本を出版した出版者のせいです――私はあのように馬鹿げた詩が出版されたことをまったく残念に思います――私自身のためというより、あなたのお母様のために――でも私の名前がお母様の名前とともにあることを、不愉快に思ったわけではありません――私はどんな場所でも声を大にしてお母様の才能と心を高く評価していること、さらにもっと高く評価したいと望んでいることを口にしてきました。お母様の擁護者、弁明者、称賛者として前面に立つことを余儀なくされる場面も多々ありましたが、そうした機会を嘆いたことはありませんでした。[*7]

なんという複雑な思いがここには表明されていることか。コールリッジのような男性にとって、メアリの魅力がかき立てた激しい追慕の念と、彼女の評判につきまとう負の連想との折り合いをつけることが、いかに困難であったかが伝わってくる。

自分の作品が、すでに詩の寄稿を約束していたゴシック小説家「マンク」・ルイスのような作家たちと同じ本の中に掲載されたなら、それはどんな意味を持つことになるか。コールリッジが真に懸念していたのはそこだった。「ピーター・ピンダーについては」と彼は続ける。「お母様の思い出に対して抱くすべての愛と名誉にかけて、また、心の奥底に潜む苦悩と怒りにかけて、誓って申します。私は彼の名前を聞いただけで身の毛がよだちます!!」。ピンダーは「金に目がない破廉恥娼婦」を描いた詩を「ギリシアのか、か、か、ロビンソン夫人」[*8]と題して出版したことがある。あなたはこのことをお忘れか。あなたはどうしてお母上の思い出をそんな男と結びつけることができるのか。だがコールリッジも最後には折れて、「狂った僧」というゴシック調の詩を『野草の花輪』に寄稿してくれた。

マライア・エリザベスの晩年については何も知られていない。母親と同じくらいの年齢まで生き、一八一八年に亡くなった。故人の希望により、メアリの墓に一緒に埋葬された。地元の言い伝えによると、オールド・ウィンザー墓地には、彼女の悲しげな幽霊が明け方と夕方に出るという。[*9] 彼女は遺言で「いま私と同居している」[*10]エリザベス・ウィールにいっさいのものを遺贈した。すでに見たように、ウィール嬢はエングルフィールドにおいてメアリの看護婦でありマライア・エリザベスの話し相手でもあった。想像にすぎないが、二人の未婚の女性は、マライア・エリザベスが亡くなるまで、そこで一緒に暮らし続けたのであろう。母親の波乱万丈の男性遍歴に加え、H＊＊氏との婚約破棄という出来事もあった。こうしたことが原因となって、マライア・エリザベスは女性との交わりのほうにどちらかと言えば積極的だったのかどうか。そのあたりの事情は不明だ。

皇太子自身の結婚はさんざんな結果になった。ウェストミンスターでの戴冠式に、招かれざる王妃が現れて最悪の事態に至った。フォックスはエリザベス・アーミステッドといたって幸福な生活を送った。だが、ある腹心宛の手紙で、ロビンソン夫人が生涯の恋人であったことを認めている。この手紙は、ある私的な書類の中に挟み込まれていた。[*11] モールデン卿には多数の愛人と、愛情を注いだ庶出の娘が一人いた。[*12] 八一歳になって、自分の半分の年齢の最後の愛人、キャサリン・スティーヴンズと結婚した。彼女は摂政時代、ロンドンで最も美しい女優と称讃された人物であった（特に、モーツァルトの『フィガロの結婚』に出てくるスザンナのような役柄をやらせると、その歌唱力はみごとで、評判も高かった）。モールデン卿は結婚の翌年に死去したが、キャサリンはそれからさらに四〇年、エセックス伯爵夫人として生きた。モールデン卿は女優と結婚して、相手の女性を貴族の身分にまで引き上げた。そうすることで最終的にメアリに対する振る舞いの罪滅ぼしをしたのであろうか。晩年、モールデン卿の心には、メアリが一八〇〇年、死の数か月前に出した手紙が取り憑いて離れなかったのではないか。

ワーズワスの長寿に、キーツ、シェリー、バイロンの夭折が呼び覚ました強力な神話が加わって、ヴィクトリア朝になると、メアリ・ロビンソンの詩も、シャーロット・スミスのような彼女と同時代の才能ある女性の詩も、ともに忘れ去られてしまった。ゴシック小説や感傷小説は流行遅れとなり、メアリの小説も読まれなくなった。一九九〇年代になってようやく、女性作家に対する学界の関心の高まりとともに（特にアメリカにおいて）、学者たちが彼女の作品をまともに取り扱うようになった。そして、一七九〇年代の文壇における彼女の重要性にも気がつくようになった。

メアリと皇太子との恋愛物語は、二〇世紀になってもなお、通俗的歴史小説の華麗な文章で語り直されることがあった。ジーン・プレイディの『パーディタの皇太子』（一九六九年）がその典型的な例である。「英国皇太子は、キュー・グリーンのダウアー・ロッジにある自分の部屋をしきりと歩き回り、弟のフレドリック王子に鬱憤をぶちまけた。『いいか、フレッド、よく聞けよ』と彼は言い放った。『私はもううんざりしているんだ』」。また、G・P・パトナムのアメリカ版宣伝広告にはこうある。「二人の情熱的恋愛は、イギリス王室を彩ってきたどの恋愛にも劣らず、不運かつ艶めかしいものであった。『パーディタの皇太子』は、政界を二分し、国家的醜聞になる惧れもあった、心に残る激しい愛の物語である」。

ゲインズバラ、レノルズ、ロムニーによる彼女の肖像画は、ウォレス・コレクションでいまなお人々を振り向かせる。ホップナーの肖像画は、現在、ジェイン・オースティンの裕福な親戚の家である、ハンプシャーのチョートン・ハウス玄関に懸かっている。チョートン・ハウスは現在、初期女性作家研究のメッカとなっている。コレクションの中でも、訪れる人の質問が集中するのがこのホップナーの絵である。二一世紀初頭、ふたたびメアリ・ロビンソンの時代が訪れた。彼女はみずからの手で自分のイメージを作り出した。メディア操作術も心得ていた。セレブリティの世界に生きたが、その世界を鋭く、そしてしばしば面白おかしく分析することができた。

エングルフィールド・グリーンのコテージは、もはや存在しない。それが建っていたと思われる場所には現在、高級住宅街があり、厳重に警備された鉄製の門が、新古典主義を模した建物や装飾的な噴水を囲んでいる——小さくとも輝かしい文学仲間を集めたいと願ったメアリの思いとはかけ離れた光景だ。だが、道路を数百ヤード行った先にはロイヤル・ホロウェイ・コレッジの巨大なヴィクトリア朝風ゴシック様式の建物が建っている。これは、女性が大学教育を許されるべきだというメアリの主張を実現させた、イギリス最初の学校の一つである。これを見たら、メアリもさぞかし喜んだことであろう。

メアリの墓はオールド・ウィンザーの教会墓地にある。多くの歳月が経過し、風雪にも晒されて、当初墓碑に刻まれた言葉はほとんど消えてしまったが、墓石の両側の詩はいまだに読むことができる。一つは、メアリの友人サミュエル・ジャクソン・プラットによるソネットである。

〈美〉の娘たちは〈美〉の島について、次のように宣言しなければならない、
ここに眠る女性は美女の中の美女であると。
しかし、ああ！　〈自然〉が自分の寵児に微笑みかけ、
〈天才〉が〈美〉の申し子に自分も一枚嚙んでいることを主張し、

〈自然〉と〈天才〉が彼女のために花輪を編んでいる、まさにそのあいだにも、
〈悲しみ〉は着々と、柳で嘆きの輪を作っていた。
恐ろしい夜闇と五月の新芽を混ぜ合わせ、
手持ちのいちばん黒い糸杉と月桂樹をより合わせた。
カビで汚れた涙に、咲きかけの花という花を浸し、
甘い菓子を食らって、潰瘍に力を与えた。
しかし、憐れみの天使よ、墓の中から
若くして逝った不幸の犠牲者を救い出してくれますように！
そして彼女が起きて、永遠に続く朝を迎えるときには、
色褪せることのない栄光の冠が、その魂を飾りますように！

もう一つは、メアリ自身が彼女の最良の小説『ウォルシンガム』に挿入するために作った碑文である。
以下、その最後の二連である。

彼女には富も、振るうべき権力もなかった。
しかしその資質と学識は豊かであった。
夏のあいだは泣き暮らし、
冬の嵐はもう耳に届かない。
けれど、この静寂に包まれた窪地も、
春には花のつぼみで覆われ、吹く風に揺れることだろう。
彼女はと言えば、ただ一人を除くほかの誰からも忘れ去られ、

墓の彼方で花輪を一つ手に取ることだろう！*13

私はある晴れた春の日に墓を訪れた。そこから歩き去ろうとして、最後の一瞥をと、もう一度墓まで戻った。片側に跪くと、やっとメアリの名前と日付を読むことができた。それらを指でなぞっていたところ、驚いたことに、すぐ下にもう一つの名前が彫られているのを発見した。「パーディタ」。メアリが、王家の愛人パーディタではなく、作家ロビンソン夫人として生まれ変わろうと、あれほど努力したというのに、娘は、不名誉な名前が世々に残ることを、本当に許容できたのだろうか。

おそらくそんなことは望まなかったはずだ。後に地元の書店主から聞いた話では、弟ジョージ・ダービーの子孫で、メアリの二世代隔てた姪に当たる人が、一九五二年、墓を再建したのだという。「パーディタ」という名前を付け加えたのはおそらくその女性だろう。しかし、すでにそこに彫られていた名前を彫り直してもらった可能性もまったくないとは言えない。真相は不明だ。悲しいことに、墓地はメアリ自身の碑文にあるような「静寂に包まれた」場所ではない。オールド・ウィンザー教会墓地は、ヒースロー空港から数マイルしか離れていないうえに、空路の真下に当たっている。飛行機は数秒ごとに彼女の墓の上を轟音を立てて低く飛び、その騒音で地面を揺るがさんばかりである。

補遺

ロビンソン夫人の年齢をめぐる謎

メアリ・ロビンソンの墓石と出版された『回想録』本文によると、彼女の誕生日は一七五八年一一月二七日である。彼女に言及している伝記や参考文献は、一様に、メアリ・ロビンソン、旧姓ダービーの生涯を、一七五八年から一八〇〇年としている。しかしセント・オーガスティン小教会の教区登録簿の原本は、彼女が一七五八年七月一九日に洗礼を受けたとしている。七月に洗礼を受けた子供が、それから数か月経った一一月に生まれるということが、どうしてありうるだろうか。

メアリが女優の伝統的特権を行使し、年齢について嘘をついたのであろうか。本来の年齢より若いふりをするのは、おそらく彼女の自己イメージに適っていたのかもしれない。後に『回想録』では、純粋無垢な少女、幼妻としてのイメージを前面に打ち出している。「結婚まであと三か月というときになっても、まだお人形さんと遊んでいた」[*1]と彼女は書いている。友人であるジェイン・ポーターは、メアリは「まだ幼児といっていい年齢で」結婚したと述べた。[*2] さらに、彼女の読者は、メアリが一七八〇年、英国皇太子とまことに公然たる情事を持ったことをご存じだろう。皇太子はそのとき、わずか一七歳であった。生まれ年を一七五八年とすることで、メアリは一〇代の王子の二一歳の恋人であるふりをしたということだろうか。実際は、それより一、二歳上であったのだが。本当は海千山千の「年増女」だったのに、王族の豪奢によって足をすくわれた、ただの無邪気な乙女というイメージを演出しようとしたのだろうか。ロビンソン夫人に乾杯、と言わずにはいられない。

だがこの話には、もう一つひねりがある。イギリスで最も厳重に警護された邸の一つで、しっかりした造りの一巻の書物が書斎に埋もれていた。その中から見つかったのは、「メアリ・ロビンソンの回想録」、彼女自身の手になる手稿原本だった。その四頁の下段には、こう述べられている。「一一月二七日の嵐の夜、この不誠実と悲しみの世界に向かってはじめて眼を開いた」、と。[*3] メアリは生まれた年を明記していない。自分が一七五八年に生まれたという偽りの主張はしていなかったのである。日付は、手稿が彼女の死後に出版されたとき、書き加えられた。もし、誤った情報が故意のものだとすると、犯人は、『回想録』の出版を見届けた彼女の娘であった。マライア・エリザベス・ロビンソンは墓石上の記録にも責任があるのだが、可能性としてより考えられるのは、彼女が母親の生まれた年を間違えて記憶していたか、初めから知らなかったということである。

手稿は、メアリが年齢について故意に嘘をついたのではなかったという証拠を提供している。彼女は後に『回想録』で、トマス・ロビンソンと結婚したとき、自分は一五歳だったと述べているが、結局われわれは、これを受け入れるべきなのであろう。二人は一七七三年四月一二日に結婚した。この記録から逆算すると、メアリは一七五七年一一月二七日に生まれたことになるだろう。

メアリがその名声の頂点にいたとき、『モーニング・ヘラルド』紙に、「姿なき間諜」という署名で、ある手紙が掲載された。それは「編集長殿」で始まった。「われらが名高いご婦人たちの年齢をめぐって多くの論争が起こっていますが、私はかなりの苦労をして、彼女たちが本当は若いふりをしていることを発見いたしました。次の表によって、どうぞご判断ください」。それに続いて、八名の悪名高き女性のリストがあり、その中に「ロ＊＊＊ン夫人。一七五七年ブリストル生まれ」とある。その姿なき間諜は、注意を喚起しつつ、こう付け加えた。「上記の表は信用するに足るものと考えていただいてさしつかえない」。[*4]

これだけではない。相反する証拠がジグソーパズルのように錯綜し、メアリが実は墓石に記された日付よりも二年早く生まれたかもしれない可能性も出てきている。セント・オーガスティン小教会の洗礼登録簿の余白に書かれたメモは、彼女が一七五六年一一月二七日に生まれたことを明記している。だがこれは公式記録の範疇には入らない（この記録は〈主教謄本〉〔記録はまとめて製本されたが、その際写しが作られて主教のもとに送られた〕に転記されていない）ので、それ自体決定的証拠ではない。教区書記ないしはメアリの両親のミスや混同が原因と考えれば納得がいく。証拠を天秤にかけてみると、次の年に軍配が上がる。「彼女が一五歳か一六歳のとき」といった言葉をたえず繰り返さないですませるため、私は誕生日を一七五七年一一月二七日と仮定した。几帳面な読者は、メアリの年齢につねに一年が加算される可能性があることを念頭においてほしい！　洗礼記録、新聞記事、『回想録』の手稿原本を基にして言えるのは次のことだ。後世の人々が想定する一七五八年生まれというのは確実に誤りであること、そしてロビンソン夫人自身も彼女の読者層の一部も、彼女が一七五七年生まれだと信じていたということである。

註

プロローグ

＊1　文献目録冒頭の著作一覧を参照せよ。

＊2　Jacqueline M. Labbe, 'Mary Robinson's Bicentennial,' *Women's Writing*, 9:1 (2002), 'Special Number: Mary Robinson,' p. 4.

＊3　Cynthia Campbell, *The Most Polished Gentleman: George IV and the Women in his Life* (London, 1995).

＊4　とりわけ Judith Pascoe による以下の優れた二点の業績を参照せよ。*Romantic Theatricality: Gender, Poetry, and Spectatorship* (Ithaca, NY, 1997). *Mary Robinson: Selected Poems* (Peterborough, Ont., 2000).

＊5　Sir Richard Phillips（メアリの最後の出版者）, letter of Jan.8, 1826, in *The Correspondence of George, Prince of Wales 1770–1812*, ed. Arthur Aspinall, 8 vols. (London,1963–71), iii, p. 135.

第1章

＊1　Walpole, letter of Oct. 22, 1766; John Britton, *Bath and Bristol, with the Counties of Somerset and Gloucester* (1829), p. 5. これらの言及に関しては、以下のすばらしい未刊行論文に負うところが大きい。Diego Saglia,'Bristol Commerce and the Metropolitan Scene of Luxury in Mary Robinson's *Memoirs* and *The Progress of Liberty*'.

＊2　British Record Office, FCP/St Aug/R/1 (f) 2. もともとの登録では 'Polle' と綴られ、主教謄本には 'Polly' と綴られている。

＊3　*Memoirs of the late Mrs. Robinson, Written by Herself* (1801). M.J.Levy, *Perdita: The Memoirs of Mary Robinson* (London, 1994), p. 17–18 からの引用。読者の便宜上、これ以降の引用はすべてこの版に拠る。ただし、テクストについては初版と照らし合わせ、チェックをした。

＊4　The *Poetical Works of the Late Mrs. Robinson, including many pieces never before published*, ed. Mary E. Robinson (1806) の序文によると、メアリの父方の祖父はベンジャミンの姉妹の一人、Hester Franklin と結婚したことになっている。しかし、ベンジャミンの数多くの姉妹の中に Hester という女性はいない。

＊5　*Memoirs*, p. 18.

＊6　*Memoirs*, fol. 4v の原稿。刊行された版にはない。

＊7　メアリは彼が結婚二年後に誕生したと書いているが、洗礼記録（一七五二年六月九日）に従えば、三年後ということになる。

＊8　*Memoirs*, p. 21.

＊9　Anne Stott, *Hannah More: The First Victorian* (Oxford, 2003), p. 10.

＊10　*Memoirs*, fol.18 の原稿では、この一節は削除されている。

＊11　以下を参照せよ。Richard Jenkins, *Memoirs of the Bristol Stage* (1826), p. 86.

＊12　*Memoirs*, p. 22.

＊13　Hannah More, *The Search after Happiness* (1774). 以下に引用されている。Stott, *Hannah More*, p. 13.

＊14　The Piozzi Letters: *Correspondence of Hester Lynch Piozzi* (formerly Mrs. Thrale), ed. E. A. Bloom and L. D. Bloom, vol. iii (Newark, Del., 1993), p. 82.

＊15　*Memoirs*, p. 25.

＊16　*Memoirs*, p. 25.

＊17　*Memoirs*, p. 23.
＊18　*Memoirs*, p. 26.
＊19　*Memoirs*, p. 26.　一次資料にもとづき時代考証をするのであれば、以下の辞典の「ニコラス・ダービー」の項を参照せよ。*Dictionary of Canadian Biography*, vol.iv (Toronto, 1979), pp. 194–5.
＊20　Manuscript of *Memoirs*, fol.30v.
＊21　*Memoirs*, p. 28.
＊22　*Memoirs*, p. 29.
＊23　*Memoirs*, p. 29.
＊24　*The Memoirs of Perdita* (1784), p. iv.
＊25　*Memoirs of Perdita*, p. 11.
＊26　*Memoirs*, p. 30.
＊27　*Memoirs*, p. 31.
＊28　*Memoirs*, p. 33.
＊29　*Memoirs*, p. 34.
＊30　*Memoirs*, p. 34.
＊31　*Conversations of James Northcote R.A. with James Ward*, ed. E. Fletcher (London, 1901), p. 59.

第二章

＊1　以下を参照せよ。James Walvin, *Fruits of Empire: Exotic Produce and British Taste 1660–1800* (London, 1997). James Walvin, *The Birth of a Consumer Society: The Commercialization of Eighteenth-Century England*, ed. Neil McKendrick, John Brewer, and J.H.Plumb (London, 1982).
＊2　Wordsworth, *The Prelude*, book 7.
＊3　*Morning Post*, Aug. 1800に初出。以下に収録されている。*Poetical Works* (1806). *Selected Poems*, ed. Pascoe, p. 352.
＊4　*The Early Journals and Letters of Fanny Burney*, vol.i, 1768–1773, ed. Lars E. Troide (Oxford, 1988), p. 215.
＊5　*Memoirs*, p. 37.
＊6　Burney, *Early Journals*, vol. i, pp.151,322.
＊7　'Retaliation' (1774), in Oliver Goldsmith's *Collected Works*, vol. iv (Oxford, 1966).
＊8　*Memoirs*, p. 35.
＊9　*Memoirs*, p. 37.
＊10　*Memoirs*, p. 38.
＊11　*Memoirs*, p. 38.
＊12　*Memoirs*, p. 38.
＊13　*Memoirs*, p. 39.
＊14　*Memoirs*, p. 39.
＊15　[John King], *Letters from Perdita to a Certain Israelite* (1781), p. 7.
＊16　*Memoirs*, p. 41.
＊17　*Memoirs*, p. 42.
＊18　*Memoirs*, p. 42.
＊19　*Memoirs*, pp. 42–3.
＊20　*Memoirs*, p. 42.

第三章

＊1　*Memoirs*, p. 43.
＊2　*Memoirs*, p. 45.
＊3　*Memoirs*, p. 45.
＊4　*Memoirs*, p. 46.
＊5　*Memoirs*, p. 46.
＊6　*Memoirs*, p. 47.
＊7　*Memoirs*, p. 48.
＊8　*Memoirs*, p. 48.
＊9　以下に掲載する往復書簡の引用は *Letters from Perdita to*

a Certain Israelite, and his Answers to them（1781）, pp. 17, 19, 22–3, 24–5, 26, 28–9, 32, 34, 35–6, 38–9, 40 より。メアリの手紙が改竄してある可能性は高いが、「返信」のほうも、出版に際してあとから手を加えられていることが考えられる。ただ、日付その他詳細にわたる部分に関して往信と返信とのあいだで齟齬が見られないため、キングは自分の書いた返信の写しを手元に保管していたものと思われる。

＊10　John Taylor, *Records of my Life*, 2 vols（1832）, ii, p. 341.

＊11　*Memoirs*, p. 49.

＊12　*Memoirs*, p. 49.

＊13　*Memoirs*, p. 49.

＊14　*Memoirs*, p. 50.

＊15　*Memoirs*, p. 50.

＊16　*Memoirs*, p. 50.

＊17　*Memoirs*, p. 50.

＊18　*Memoirs*, p. 50.

＊19　*Memoirs*, p. 51.

＊20　*Memoirs*, p. 51.

第四章

＊1　*Letters from Perdita to a Certain Israelite*, pp.9–10.

＊2　*Memoirs*, p. 52.

＊3　以下からの引用。John Brewer, *The Pleasures of the Imagination*（London, 1997）, p. 62.

＊4　*Memoirs*, p. 52.

＊5　*Memoirs*, p. 52.

＊6　*London Magazine*（1774）. 以下からの引用。M. J. Levy, notes to *Memoirs*, p. 160.

＊7　*Memoirs*, p. 53.

＊8　*Memoirs*, p. 53.

＊9　*Memoirs*, p. 54.

＊10　*Memoirs*, p. 54.

＊11　*Memoirs*, pp. 54–5.

＊12　*Memoirs*, pp. 55–6.

＊13　*Memoirs*, p. 56.

＊14　*Memoirs*, p. 57.

＊15　*Memoirs*, p. 58.

＊16　*Memoirs*, p. 59.

＊17　*Memoirs*, p. 60.

＊18　*Memoirs*, p. 61.

＊19　*Memoirs*, p. 63.

＊20　*Letters from Perdita to a Certain Israelite*, pp. 10–11.

＊21　*Letters from Perdita to a Certain Israelite*, p. 11.

＊22　*Memoirs of Perdita*（1784）, pp. 21–3.

＊23　*Memoirs*, p. 64.

＊24　*Memoirs*, p. 64. 出版されたテクストでは斜字体になっているが、原稿ではそうなっていない。

第五章

＊1　*Memoirs*, p. 67. 同時代の小説家ファニー・バーニーの日記でもそうだが、対話の大部分が一字一句そのまま『回想録』に記録されている。メアリは抜群の記憶力を持っていた。だが、『回想録』が書かれたのは、そこに記された若年時の出来事が起こってから相当時間が経ってからのことだ。そうした事情を考えると、ある程度小説家的特権を利用し、記憶を対話へと脚色していたことは十分考えられよう。

＊2　*Memoirs*, p. 68.

＊3　*Memoirs*, p. 69.

＊4　*Memoirs*, p. 71.

＊5　*Memoirs*, p. 72.
＊6　*Memoirs*, p. 76.
＊7　*Memoirs*, p. 77.
＊8　*Memoirs*, p. 78.
＊9　Laetitia-Matilda Hawkins, *Memoirs, Facts, and Opinions*, 2 vols (1824), ii, p. 25. ホーキンズはロビンソンに毎週一ギニーを届けていた男から直接聞いた話として、このことを書いている。
＊10　*Memoirs*, pp. 79–80.
＊11　'The Nightingale, A Conversation Poem,' in Samuel Taylor Coleridge, *Poems*, ed.John Beer (London, 1993), p. 196.
＊12　*Monthly Review*, Sept. 1775.
＊13　*Poems by Mrs. Robinson* (1775), p. 48.
＊14　*Poems by Mrs. Robinson* (1775), pp. 79–82.
＊15　*Memoirs*, p. 79.
＊16　*Letters from Perdita to a Certain Israelite*, p. 13.
＊17　*Captivity, a Poem; And Celadon and Lydia, a Tale* (1777), pp. 20–21.
＊18　*Memoirs*, p. 80.
＊19　*Memoirs*, p. 81.
＊20　*Memoirs*, p. 82.
＊21　*Memoirs*, p. 83.
＊22　*Memoirs*, pp. 84–5.

第六章

＊1　*Memoirs*, p. 86.
＊2　*Memoirs*, p. 87.
＊3　*Poems* (1791), p. 72.
＊4　*Memoirs*, p. 87.
＊5　Fanny Burney, *Evelina* (1779), vol. i, letter 20.
＊6　*Memoirs*, pp.87–8.
＊7　Elizabeth Steele, *Memoirs of Mrs. Sophia Baddeley*, 3 vols (Dublin, 1878), ii, 114.
＊8　*Memoirs*, p. 88.
＊9　Drury Lane pay list, Folger Shakespeare Library manuscript W.b.319.
＊10　*Memoirs*, p. 89.
＊11　以下を参照せよ。*The London Stage 1660–1800. Part 5: 1776–1800*, vol. i, ed. C. B. Hogan (Carbondale, Ill.,1968), p. 43.
＊12　*Morning Post*, 11 Dec. 1779.
＊13　*Morning Post*, 13 Dec. 1779.
＊14　一七七九年一二月一一日付新聞各紙からの引用。
＊15　*Memoirs*, p. 89.
＊16　以下からの引用。Madeleine Bingham, *Sheridan: The Track of a Comet* (London, 1972), p. 150.
＊17　*Gazetteer and New Daily Advertiser*, 25 Feb., 1777.『モーニング・ポスト』紙のほうが、どちらかと言えば及び腰だった。
＊18　*Memoirs*, p. 90.
＊19　*Memoirs*, p. 91.
＊20　*Monthly Review*, 1 Oct. 777.
＊21　*Morning Chronicle*, 1 Oct. 1777.
＊22　*Morning Post*, 1 May, 1778; *Morning Chronicle*, 2 May, 1778.
＊23　*The Lucky Escape* (1778), p. 11.
＊24　*Memoirs*, p. 92.
＊25　*Morning Post*, 12 Nov. 1778.
＊26　*Memoirs*, p. 94.
＊27　*Morning Post*, 11 May 1779.
＊28　原作の残忍性は、ビッカースタッフの改作では和らげら

れている。
＊29　*The Laureate. Or, the Right Side of Colley Cibber, Esq. Not Written by Himself* (1740), pp. 92–3.
＊30　*The Letters of R. B. Sheridan*, ed. Cecil Price, 3 vols (Oxford, 1966), iii, pp. 296–7.
＊31　*Memoirs*, pp.101, 93.
＊32　*Memoirs*, p. 99.
＊33　*Angelina, a Novel, 3 vols* (1796), ii, pp. 79–80.

第七章

＊1　*Memoirs*, p. 94.
＊2　*Memoirs*, p. 96.
＊3　*Memoirs*, p. 97.
＊4　*Memoirs*, p. 100.
＊5　*Morning Post*, 25 and 27 Aug. 1779.
＊6　*Memoirs*, pp. 98, 100.
＊7　*Memoirs of Perdita*, p. 142.
＊8　*Memoirs*, p. 93.
＊9　*Gazetteer and New Daily Advertiser*, 9 Nov. 1779.
＊10　*Memoirs*, pp.100–1.
＊11　*Morning Chronicle*, 19 Sept. 1779; *Morning Post*, 20 Sept. 1779.
＊12　*Morning Post*, 11 Oct. 1779.
＊13　*Morning Post*, 3 Nov. 1779.
＊14　*Morning Post*, 22 Nov. 1779.
＊15　*Gazetteer and New Daily Advertiser*, 24 Nov. 1779.
＊16　*Morning Post*, 25 Nov. 1779.

第八章

＊1　*Memoirs*, p. 104.
＊2　*Court and Private Life in the Time of Queen Charlotte: Being the Journals of Mrs Papendiek*, ed. Delves Broughton and Mrs Vernon, 2 vols (1887), i, p. 132.
＊3　*Mary Hamilton at Court and at Home: From Letters and Diaries 1756–1816*, ed. Elizabeth and Florence Anson (London, 1925), pp. 83–4.
＊4　ソール・デイヴィッドのすばらしい伝記に引用されている。Saul David, *Prince of Pleasure: The Prince of Wales and the Making of the Regency* (London, 1998), p. 18.
＊5　*Memoirs*, p. 101.
＊6　*Florizel and Perdita. A Dramatic Pastoral, in Three Acts. Alter'd from The Winter's Tale of Shakespear. By David Garrick. As it is performed at the Theatre Royal in Drury-Lane* (1758), act three.
＊7　*Memoirs*, p. 102.
＊8　*Memoirs*, p. 102.
＊9　*Mary Hamilton*, pp.75–6.
＊10　Anson Papers, folder 2, Prince of Wales to Mary Hamilton, letters 73, 72.
＊11　Anson Papers, Prince to Mary Hamilton, letter 74.
＊12　Anson Papers, Mary Hamilton to Prince, letter 30.
＊13　Prince to Mary Hamilton, letter 76.
＊14　*Memoirs*, p. 103.
＊15　Prince to Mary Hamilton, letter 77.
＊16　Prince to Mary Hamilton, letter 78.
＊17　Mary Hamilton to Prince, letter 34.
＊18　*Memoirs*, p. 104.
＊19　*Morning Post*, 12 Feb. 1780.
＊20　*Memoirs*, p. 105. 書簡原本では「~~attachment~~ adoration（~~愛着~~崇拝の念）」となっている。

*21　*Morning Chronicle*, 28 Jan. 1780.
*22　'Anecdotes concerning His Royal Highness the Prince of Wales by Georgiana Duchess of Devonshire', in *Georgiana: Extracts from the Correspondence of Georgiana, Duchess of Devonshire*, ed. Earl of Bessborough (London, 1955), p. 290.
*23　*Memoirs*, p. 105.
*24　*Memoirs*, p. 106.
*25　*Morning Post*, 5 Apr. 1780.
*26　*Morning Post*, 19 Apr. 1780.
*27　*Memoirs*, p. 109.
*28　*Town and Country Magazine*, June 1780, p. 235.
*29　*Rambler's Magazine*, Apr. 1783, pp. 159–60.
*30　*Town and Country Magazine*, p. 236.
*31　*Georgiana: Extracts from the Correspondence*, p. 290.
*32　*Memoirs of Perdita*, p. 38.
*33　以下に記されている。*The Last Journals of Horace Walpole during the Reign of George III*, ed. A. Francis Steuart, 2 vols (London, 1910), ii, p. 361.
*34　*Morning Post*, 3 May 1780.
*35　*Memoirs*, p. 114.
*36　Letter in 'Continuation' of *Memoirs*, p. 112.
*37　リッチモンドの図書館司書A・A・バーカスの記述より。以下に引用されている。M. J. Levy, *The Mistresses of King George IV* (London, 1996), p. 24.
*38　*Memoirs*, p. 112.
*39　*Morning Chronicle*, 27 May 1780. 彼女の演技は以下の新聞でも絶讃された。*London Courant*, 29 May 1780.
*40　Letter of 28 May 1780, in *The Yale Edition of Horace Walpole's Correspondence*, ed. W. S. Lewis, vol.xxix (New Haven, 1955), p. 44.
*41　資料のいくつかは、たいていは正確な以下の辞典も含めて、メアリが一七八三年に舞台に復帰したと誤った主張をしている。*Biographical Dictionary of Actors, Actresses, Musicians, Dancers, Managers and Other Stage Personnel in London, 1660–1800*, ed. Philip H. Highfill Jr, K. A. Burnim, and E. A. Langhans, vol.xiii (Carbondale, III., 1991). これは、メアリをロビンソン夫人という同姓の女優（後にテイラー夫人となるので、*Biographical Dictionary*では、舞台歴はテイラーのところに記載されている）と混同したために生じた誤りである。
*42　*Memoirs*, p. 113.

第九章

*1　Letter of 1783 in 'Continuation' of *Memoirs*, p. 116.
*2　*Morning Post*, 18 July 1780.
*3　*Morning Post*, 20, 22 July 1780.
*4　*Memoirs*, p. 113.
*5　*Memoirs*, pp. 113–14.
*6　'Present State of the Manners, Society, etc. etc. of the Metropolis of England', *Monthly Magazine*, Aug. 1800, pp. 35,37（作者不詳で出版されたが、メアリは以下の手紙で自分が著者であると主張した。Letter to R. K. Porter, Pforzheimer Misc. MS 2290.）
*7　*Morning Post*, 9 Aug. 1780.
*8　*The Correspondence of George, Prince of Wales 1770–1812*, ed. A. Aspinall, i, p. 34.
*9　*Correspondence of George, Prince of Wales*, i, pp. 35–6.
*10　'Anecdotes concerning His Royal Highness', in *Georgiana: Extracts from the Correspondence*, p. 289.
*11　*Lady Bessborough and her Family Circle*, ed. Earl of Bessborough and A. Aspinall (London, 1940), p. 33.

＊12　徒弟のJ・T・スミスによって以下に記されている。J. T. Smith, *A Book for a Rainy Day* (1845), repr. in C. R. Leslie and T. Taylor, *The Life and Times of Sir Joshua Reynolds*, 2 vols (1865), ii, p. 346.

＊13　現在はHarvard Theatre Collectionに所蔵されている。

＊14　Laetitia-Matilda Hawkins, *Memoirs, Facts, and Opinions*, ii, p. 30.

＊15　Hawkins, *Memoirs, Facts, and Opinions*, ii, p. 31.

＊16　*Georgiana: Extracts from the Correspondence*, p. 290.

＊17　Elizabeth Steele, *Memoirs of Mrs Sophia Baddeley*, 6 vols (1787), vi, p. 175.

＊18　*Memoirs of Mrs Sophia Baddeley*, vi, pp. 178–9.

＊19　*Morning Post*, 27 Sept. 1780.

＊20　*Morning Post*, 28 Sept. 1780.

＊21　*Morning Post*, 30 Sept. 1780.

＊22　*Morning Post*, 2 Oct. 1780.

＊23　*Morning Post*, 9 Oct. 1780.

＊24　*Morning Post*, 7 Oct. 1780.

＊25　*Morning Post*, 11 Nov. 1780.

＊26　*Morning Post*, 6 Nov. 1780.

＊27　*Memoirs*, p. 117.

＊28　*A Satire on the Present Times* (1780), pp. 11–2.

＊29　*Morning Post*, 16 Nov. 1780.

＊30　*Morning Post*, 16 Dec. 1780.

＊31　*Correspondence of George, Prince of Wales*, i, p. 37.

＊32　*Memoirs*, p. 115.

＊33　*Memoirs*, p. 117.

＊34　*Memoirs*, p. 115.

＊35　*Memoirs*, p. 115.

＊36　*Memoirs*, p. 116.

＊37　*Memoirs*, p. 119.

第一〇章

＊1　*Town and Country Magazine*, Jan.1781, pp. 8–11.

＊2　*Georgiana: Extracts from the Correspondence*, p. 290.

＊3　*Memoirs*, p. 118.

＊4　*Morning Herald*, 3, 4 Apr. 1781.

＊5　*Memoirs*, p. 118.

＊6　*Morning Herald*, 30 Dec. 1780.

＊7　*Morning Herald*, 4 Jan. 1781.

＊8　*Morning Herald*, 5 Jan. 1781.

＊9　*Morning Herald*, 17 Jan. 1781.

＊10　*Morning Herald*, 4 Apr. 1781.

＊11　*Poetical Epistle from Florizel to Perdita: with Perdita's Answer. And a Preliminary Discourse upon the Education of Princes* (1781), pp. 1–25.

＊12　*Poetical Epistle*, p. 17.

＊13　*Morning Herald*, 15 Feb. 1781.

＊14　*Morning Herald*, 22 Jan., 8 Feb. 1781.

＊15　*Morning Herald*, 19, 20 Feb. 1781.

＊16　*Georgiana: Extracts from the Correspondence*, p. 292.

＊17　*Correspondence of George, Prince of Wales*, i, p. 55.

＊18　*Morning Post*, 16 Mar. 1781.

＊19　*Morning Herald*, 16 Apr. 1781.

＊20　*Morning Herald*, 21 Mar. 1781.

＊21　*Morning Post*, 29 Mar. 1781.

＊22　*Authentic Memoirs, Memorandums, and Confessions. Taken from the Journal of his Predatorial Majesty, the King of the Swindlers* (n.d.), pp.106–12.

＊23　*The Budget of Love; or, Letters between Florizel and*

Perdita (1781), p. vi.
＊24 *Budget of Love*, pp. 18, 35.
＊25 *Budget of Love*, pp. 37–8.
＊26 *Morning Herald*, 18 Apr. 1781.
＊27 以下の雑誌に、そう記されている。*Town and Country Magazine*, Apr. 1781, p. 210.
＊28 *Correspondence of George, Prince of Wales*, i, p. 56.
＊29 *Morning Post*, 14 Apr. 1781.
＊30 *Morning Herald*, 3 May 1781.
＊31 *Rambler's Magazine*, Jan.1783, pp. 17–9.
＊32 *Morning Herald*, 4 May 1781.
＊33 *Morning Herald*, 21 May 1781.
＊34 *Morning Herald*, 3 May 1781.
＊35 *Morning Herald*, 11 June 1781.
＊36 *Morning Herald*, 12 June 1781.
＊37 *Lady's Magazine*, June 1781, p. 287.
＊38 *Morning Herald*, 13 June 1781.
＊39 *Morning Herald*, 21 June 1781.

第一一章

＊1 *Morning Herald*, 21 June 1781.
＊2 *Morning Herald*, 2 July 1781.
＊3 *Memoirs of Perdita*, p. 165.
＊4 *Morning Herald*, 5 July 1781.
＊5 *Morning Herald*, 4 July 1781.
＊6 *Correspondence of George, Prince of Wales*, i, pp. 66–7.
＊7 Letter dated 17 July 1781.
＊8 *Morning Herald*, 12 July 1781.
＊9 *Morning Post*, 14 July 1781.
＊10 *Morning Post*, 18 July 1781.
＊11 *Morning Post*, 18 July 1781.
＊12 *Correspondence of George, Prince of Wales*, i, p. 60.
＊13 Colonel Hotham to Lord Malden, 31 July 1781, Capell Manuscript M274, Hertfordshire Archives and Local Studies.
＊14 Lord Malden to the Prince of Wales, 4 Aug. 1781, Capell M275.
＊15 Malden to the Prince of Wales, Capell M275.
＊16 Hotham to Malden, Capell M280.
＊17 Malden to Prince, Capell M277.
＊18 Hotham to Malden, Capell M282.
＊19 Southampton to Malden, Capell M289.
＊20 *Morning Post*, 4 Aug. 1781.
＊21 *Morning Herald*, 5 Aug. 1781.
＊22 Mary Robinson to the Prince of Wales, Capell M280.
＊23 Malden to Prince, Capell M284.
＊24 Malden to Hotham, Capell M285.
＊25 *Morning Herald*, 14 Aug. 1781.
＊26 *Morning Herald*, 16 Aug. 1781.
＊27 Hotham to Malden, 23 Aug. 1781, Capell M290.
＊28 Hotham to Malden, 28 Aug. 1781, Capell M294.
＊29 Mary Robinson to Lord Malden, 29 Aug. 1781, Capell M295.
＊30 *Correspondence of George III 1760–December 1783*, ed. Sir John Fortescue, 6 vols (London, 1927–8), v, pp. 269–70.
＊31 Lord Glenbervie's *Diaries*. 以下に引用されている。M. J. Levy, *The Mistresses of King George IV*, p. 38.
＊32 Hotham to Malden, Capell M295.
＊33 Mary Robinson to John Taylor, 5 Oct.1794, first printed in *Catalogue of the Collection of Autograph Letters and Historical Documents formed between 1865 and 1882 by Alfred Morrison*,

vol. v (1891), p. 286.
＊34 *Morning Herald*, 11 Sept. 1781.
＊35 *Morning Herald*, 25 Aug. 1781.
＊36 Jonathan Jones, 'The Hidden Story', *Guardian Weekend*, 19 Oct. 2002, p. 32. テイト・ブリテンでのゲインズバラ展覧会を評して（ウォレス・コレクションが所蔵絵画を貸与できないため、この肖像画は含まれていなかった）。
＊37 *Morning Herald*, 11 Sept. 1781.
＊38 *Morning Herald*, 18 Sept. 1781.
＊39 *Morning Herald*, 2 Oct. 1781.
＊40 *Morning Herald*, 9 Oct. 1781.
＊41 *Morning Herald*, 19 Oct. 1781.
＊42 *Morning Herald*, 21 Oct. 1781.
＊43 *Morning Herald*, 31 Oct. 1781.

第二章

＊1 *Memoirs*, p. 121.
＊2 以下を参照せよ。*Antonia Fraser, Marie Antoinette* (London, 2001), p. 153.
＊3 *Morning Herald*, 1 Dec. 1781.
＊4 *Memoirs*, p. 122.
＊5 以下を参照せよ。Fraser, *Marie Antoinette*, pp. 137–8.
＊6 *Memoirs*, p. 123.
＊7 *Monody to the Memory of Marie Antoinette Queen of France, written immediately after her Execution* (1793).
＊8 Jane Porter, 'Character of the Late Mrs Robinson', Pforzheimer Misc. MS 2296.
＊9 *Memoirs*, p. 121.
＊10 *Memoirs of the Duc de Lauzun*, trans. C .K. Scott Moncrieff (London, 1928), p. 211.
＊11 *Memoirs of Lauzun*, p. 211.
＊12 M.R., 'Memoirs of the late Duc de Biron', *Monthly Magazine*, Feb. 1800, p. 45.
＊13 'Additional Anecdotes of Philip Egalité late Duke of Orleans, by one who knew him intimately', *Monthly Magazine*, Aug. 1800, p. 39.
＊14 *Morning Herald*, 6 Dec. 1781.
＊15 *Morning Herald*, 12 Dec. 1781.
＊16 *Morning Herald*, 7 Dec. 1781.
＊17 以下に報じられた。*Morning Herald*, 29 Dec. 1781.
＊18 *Morning Herald*, 1 Jan. 1782.
＊19 *Morning Herald*, 9 Jan. 1782.
＊20 *Memoirs of Perdita*, p. 105.
＊21 Claire Brock, '"Then smile and know thyself supremely great": Mary Robinson and the "splendour of a name"', *Women's Writing*, 9 (2002), p. 112.
＊22 *Memoirs of Perdita*, p. 28.
＊23 *Morning Herald*, 18 Jan. 1781.
＊24 James Parton, *The Life of General Andrew Jackson* (1861). 以下に引用されている。Robert D. Bass, *The Green Dragoon* (New York, 1957, repr. Columbia, SC, 1973), p. 3.

第三章

＊1 一七八九年の諷刺パンフレットの一節。*Brother Tom to Brother Peter*, pp. 55–9.
＊2 *Ainsi va le Monde*.『詩集』からの引用。*Poems* (1791), pp. 200–1.
＊3 一七九〇年一二月一八日付の手紙。以下の書物からの引用。*Memoirs of the Late Mrs Robinson, Written by Herself, — with some posthumous pieces*, 4 vols (1801), iv, pp. 191–2.

＊4　James Northcote, *The Life of Sir Joshua Reynolds*, 2 vols (1818), i, p. 102. 私の記述は以下の書物に負うところが大きい。Nicholas Penny (ed.), *Reynolds* (Royal Academy exhibition catalogue, London, 1986).

＊5　以下の辞典は、メアリ・ロビンソンの項目の最後に八一枚の図像（少数の諷刺画もそこには含まれている）のリストを付している。*A Biographical Dictionary of Actors, Actresses, Musicians, Dancers, Managers and Other Stage Personnel in London, 1660–1800*, vol.xiii. それは研究の有益な出発点となるが、すべてを網羅していないうえ不正確な場合もある。ある特に興味深い図像は、当時の主導的な女流画家アンゲリカ・カウフマンの作とされる「イギリスのサッポー」である。その図像は Joseph Grego,"“Perdita”and her Painters: Portraits of Mrs Mary Robinson', *The Connoisseur*, Feb. 1903, pp. 99–107に掲載されているが、作者については不確実で、モデルがロビンソンであるかどうかすらはっきりしない。

＊6　*Public Advertiser*, 19 Apr. 1782.

＊7　*Conversations of James Northcote R. A. with James Ward*, ed. E. Fletcher (London, 1901), p. 59.

＊8　*The Widow* (1794), i, p. 158.

＊9　*Morning Herald*, 18 Jan. 1782.

＊10　*Morning Herald*, 25 Jan. 1782.

＊11　*Morning Herald*, 30 Jan. 1782.

＊12　*Morning Herald*, 4 Mar. 1782.

＊13　*Lady's Magazine*, July 1780, p. 363.

＊14　*Morning Herald*, 8 Mar., 9 Apr., 22 Apr. 1782.

＊15　*Morning Herald*, 20 Apr. 1782.

＊16　*Morning Herald*, 23 Mar. 1782.

＊17　*Public Advertiser*, 19 Apr. 1782.

＊18　Robert Huish, *Memoirs of George the Fourth*, 2 vols (1831), i, p. 74.

＊19　*Morning Herald*, 29, 30 May 1782.

＊20　*Memoirs of Perdita*, pp. 160–2.

＊21　*Morning Herald*, 4 June 1782.

＊22　*Morning Herald*, 7, 8, 10 June 1782.

＊23　*Morning Herald*, 23 July 1782.

＊24　*Morning Herald*, 31 July 1782.

＊25　*John Clarke, The Life and Times of George III* (London, 1972), p. 106.

＊26　Banastre Tarleton to Thomas Tarleton, Liverpool Record Office, 920 TAR 13 (11).

＊27　*Morning Post*, 7 Aug. 1782.

＊28　*Morning Herald*, 17 Aug. 1782.

＊29　*The Festival of Wit* (1783), p. 129.

＊30　*Last Journals of Horace Walpole,* ed. Steuart, i, p. 515.

＊31　*Morning Post,* 29 Aug. 1782.

＊32　*Morning Herald*, 3 Sept. 1782.

＊33　*Life and Letters of Lady Sarah Lennox*, ed. Countess of Ilchester, 2 vols (London, 1901), ii, pp. 25–6.

＊34　*Morning Herald*, 19 Sept. 1782.

＊35　*The Yale Edition of Horace Walpole's Correspondence*, ed. W. S. Lewis, vol. xxxv (New Haven, 1973), p. 523, letter of 7 Sept. 1782.

＊36　*Morning Herald*, 16 Sept. 1782.

＊37　*Morning Post*, 21 Sept. 1784.

＊38　*Morning Post*, 24 Sept. 1782.

＊39　*Morning Herald*, 30 Sept. 1782.

＊40　*Morning Herald*, 21 Oct. 1782.

第一四章

＊1　*Lady's Magazine*, Apr. 1782, p. 195.

＊2　たとえば、つねに頼りになる以下の書物を参照せよ。Aileen Ribeiro, *The Art of Dress: Fashion in England and France, 1780–1820* (New Haven, 1995), p. 71.

＊3　*Morning Herald*, 15 Oct. 1782.

＊4　*Morning Herald*, 20 Nov. 1782.

＊5　*Morning Herald*, 21 Nov. 1782.

＊6　Claire Brock, "'Then smile and know thyself supremely great": Mary Robinson and the "splendour of a name"', p. 114 (以下に引用されている。*Rambler's Magazine*, Jan.1783).

＊7　*Morning Chronicle*, 28 Nov. 1782.

＊8　*Lady's Magazine*, Apr. 1783, p. 187; May 1783, p. 268; July 1787, p. 331.

＊9　*Jane Austen's Letters*, ed. Deirdre Le Faye (Oxford, 1995), p. 70.

＊10　*Monthly Magazine and British Register*, Sept. 1800, p. 138. さらに以下の優れた書物の第五章も参照せよ。Judith Pascoe, *Romantic Theatricality: Gender, Poetry, and Spectatorship*.

＊11　*Lady's Magazine*, Mar. 1784, p. 154.

＊12　*Lady's Magazine*, Apr.–Dec. 1783, pp. 187, 268, 651.

＊13　*Lady's Magazine*, Dec. 1783, p. 650.

＊14　*Morning Post*, 28 Dec. 1799.

＊15　*Morning Post*, 3 Jan. 1800.

＊16　*Morning Post*, 23 Dec. 1782.

＊17　*Morning Herald*, 4 Dec. 1782.

＊18　*Morning Herald*, 5 Dec. 1782.

＊19　*Morning Herald*, 31 Dec. 1782.

＊20　*Morning Herald*, 23 Dec. 1782; *Morning Post*, 24 Dec. 1782.

＊21　*Morning Herald*, 2 Jan. 1783.

＊22　*Morning Herald*, 4 Jan. 1783.

＊23　'Amorous and Bon Ton Intelligence', 20 Jan. 1783, in *Rambler's Magazine*, Feb. 1783.

＊24　*Morning Herald*, 20 Jan. 1783.

＊25　*Rambler's Magazine*, May 1783.

＊26　*Morning Herald*, 5 Feb. 1783.

＊27　*Morning Herald*, 24 Feb. 1783.

＊28　*Morning Herald*, 2 Feb. 1783.

＊29　*Morning Herald*, 14 Mar. 1783.

＊30　*Morning Herald*, 5 Mar. 1783.

＊31　*Morning Herald*, 11 Mar. 1783.

＊32　*Morning Herald*, 25 Mar. 1783.

＊33　*Rambler's Magazine*, Jan. 1783, pp. 8–9.

＊34　*Rambler's Magazine*, Apr. 1783, p. 134.

＊35　*Morning Herald*, 21 May 1783.

＊36　*The Celestial Beds; Or, a Review of the Votaries of the Temple of Health, Adelphi, and the Temple of Hymen, Pall–Mall* (1781), p. 26. 以下も参照せよ。Tim Fulford, 'The Electrifying Mrs Robinson', *Women's Writing*, 9 (2002), pp. 23–35.

＊37　*Walsingham; or, the Pupil of Nature*, ed. Julie Shaffer (Peterborough, Ont.,2003), p. 222.

＊38　*Walsingham*, p. 223.

＊39　*Morning Herald*, 24 May 1783.

＊40　*Rambler's Magazine*: 'Amorous and Bon Ton Intelligence', 18 Mar. 1783.

＊41　Tarleton Family Papers, Liverpool Record Office, 920 TAR 13 (12).

＊42　*Morning Herald*, 9 May 1783.

＊43　*Morning Herald*, 16 June 1783.

＊44　*Morning Post*, 29 May 1783.
＊45　*The Vis-à-Vis of Berkley-Square* (1783), dedication dated 14 June, pp. 19, 24n.
＊46　*Morning Herald*, 24 June 1783.
＊47　Tarleton Family Papers, Liverpool Record Office, 920 TAR 13 (9).
＊48　Tarleton Family Papers, Liverpool Record Office, 920 TAR 14 (18).
＊49　Tarleton Family Papers, Liverpool Record Office, 920 TAR 14 (19).
＊50　*Morning Herald*, 12 July 1783.
＊51　Hawkins, *Memoirs, Facts, and Opinions*, ii, p. 33.

第一五章

＊1　*Eccentric Biography; or, Memoirs of Remarkable Female Characters* (1803), p. 290.
＊2　*Memoirs*, p. 123.
＊3　*Eccentric Biography*, p. 290.（それは冬の旅であったと誤って述べている）。
＊4　*Eccentric Biography*, p. 290.
＊5　*Memoirs*, pp. 123–4.
＊6　診断、および『手術実践の基礎』からの情報をご教示くださったことに対して、ドクター・クリス・クラークに深く感謝する。
＊7　*Poetical Works* (1824 edn), p. 4.
＊8　*Pembroke Papers* (1780–1794): *Letters and Diaries of Henry, Tenth Earl of Pembroke and his Circle*, ed. Lord Herbert, 2 vols (London, 1950), i, p. 227.
＊9　Banastre Tarleton to Jane Tarleton, 25 July 1783, Liverpool Record Office, 920 TAR 13 (25).
＊10　*Memoirs*, p. 121.
＊11　*The Correspondence of George, Prince of Wales 1770–1812*, i, p. 305.
＊12　23 Sept.1783, Liverpool Record Office, 920 TAR 13 (26).
＊13　*Morning Herald*, 22 Oct. 1783; 'Amorous and Bon Ton Intelligence', 30 Oct. 1783, in *Rambler's Magazine*.
＊14　'Amorous and Bon Ton Intelligence', Nov. 1783, in *Rambler's Magazine*.
＊15　*Rambler's Magazine*, Nov. 1783, p. 362.
＊16　*Memoirs*, p. 124.
＊17　*Morning Herald*, 21 Jan. 1784.
＊18　*Morning Herald*, 22 Dec. 1783.
＊19　*Morning Herald*, 26 Jan. 1784.
＊20　*Morning Herald*, 22 Jan. 1784.
＊21　*Morning Herald*, 27 Jan. 1784.
＊22　'Amorous and Bon Ton Intelligence', 4 Feb. 1784, in *Rambler's Magazine*.
＊23　*Morning Post*, 28 Mar. 1784.
＊24　*Oracle*, 30 Nov. 1793.

第一六章

＊1　*Memorials and Correspondence of Charles James Fox*, ed. Lord John Russell, 3 vols (1853–4), ii, p. 347.
＊2　*Morning Post*, 13 Apr. 1784.
＊3　*Morning Post*, 25 Apr. 1784.
＊4　*Morning Post*, 26 Apr. 1784.
＊5　*Morning Herald*, 15 Apr. 1784.
＊6　J. Hartley, *History of the Westminster Election, containing every material occurrence, from its commencement on the first of*

April, to the final close（1784）, p. 227.
＊7　Hartley, *History of the Westminster Election*, p. 231.
＊8　*Morning Herald*, 7 May 1784.
＊9　*Morning Herald*, 17 May 1784.
＊10　*Morning Herald*, 18 May 1784.
＊11　*London Chronicle*, 20 May 1784.
＊12　*Morning Herald*, 23 Apr. 1784.
＊13　*The Amours of Carlo Khan*（1784）, pp. 162–3.
＊14　*Morning Herald*, 10 May 1784.
＊15　*Morning Post*, 10 June 1784.
＊16　*Morning Post*, 29 June 1784.
＊17　*Morning Post*, 13 July 1784.
＊18　*Morning Post*, 19 July 1784.
＊19　*Rambler's Magazine*, Aug. 1784, p. 281.
＊20　『回想録』の手稿とともに綴じられた手紙（個人コレクション）。
＊21　*Morning Post*, 13 Aug. 1784.
＊22　*Morning Post*, 16 Aug. 1784.

第一七章

＊1　Tarleton Family Papers, Liverpool Record Office, 920 TAR 14（15）.
＊2　*Morning Post*, 10 Nov. 1784.
＊3　Westminster Archives, Broadley Haymarket Collection, 3, p. 187.
＊4　*Morning Herald*, 11 Feb. 1785.
＊5　*Morning Herald*, 15 Feb. 1785.
＊6　Maria Elizabeth Robinson, *The Shrine of Bertha: A Novel*, 2 vols（1794）, ii, pp. 127–8.
＊7　*Morning Herald*, 23 Nov. 1785.
＊8　*Morning Post*, 14 July 1786.
＊9　*Morning Post*, 4 Aug. 1786.
＊10　*Morning Herald*, 10 Jan. 1787.
＊11　*Memoirs*, p. 130.
＊12　*Memoirs*, pp. 130–1.
＊13　*Poetical Works*（1824 edn）, p. 189.
＊14　*The World*, 30 Oct. 1787.
＊15　*Morning Herald*, 24 Jan. 1788.
＊16　*Morning Post*, 31 Jan. 1788.
＊17　*Morning Herald*, 19 Apr. 1788.
＊18　'The Moralist', in *The English Lyceum, or, Choice of pieces in prose and verse, selected from periodical papers, magazines, pamphlets*, vol.1（Hamburg, 1787）, p. 376.
＊19　Pforzheimer Misc. MS 2296.
＊20　*The Promenade: or, Theatre of Beauty*（Dublin, 1788）, p. 24.
＊21　*Memorials and Correspondence of Charles James Fox*, ii, pp. 299–300.

第一八章

＊1　*Memoirs*, p. 131.
＊2　*Memoirs*, p. 131.
＊3　*Memoirs*, p. 132.
＊4　以下を参照せよ。W. N. Hargreves-Mawdsley, *The English Della Cruscans and their Time, 1783–1828*（The Hague, 1967）, p. 57. これは同派に関する最も良い解説である。
＊5　July 1787. 以下に再録されている。*The Poetry of the World*, 2 vols（1788）, i, p. 3.
＊6　*The World*, 31 Oct. 1788.
＊7　詩のこの一連の部分は、以下に再録されている。*The*

British Album, 2 vols (1790), ii, pp. 137–62.
＊8　メリーとカウリーとの出会いについては、以下を参照せよ。*The Life and Times of Frederick Reynolds written by himself*, 2 vols (1826), ii, pp. 187–8 .
＊9　*Morning Post*, 15 Apr. 1789.
＊10　*Memoirs*, pp. 136–7.
＊11　*Memoirs*, p. 137.
＊12　*Oracle*, 29 July 1789.
＊13　*Oracle*, 8, 13 Aug. 1789.
＊14　以下を参照せよ。Cowley, 'Armida to Rinaldo', *Oracle*, 5 Jan. 1791; Boaden,'To Mrs Robinson' ('But Laura still shall dress the lay'). 上記の詩は Robinson, *Poetical Works* (1806) における 'Tributary Poems' の中に再録されている。*Poems* (1791) に収録されている Robinson,'To the Muse of Poetry'も参照のこと。
＊15　*Memoirs*, p. 136.
＊16　*Memoirs*, p. 132.
＊17　*Memoirs*, p. 135.
＊18　*Memoirs*, p. 135–6.
＊19　*Morning Post*, 20 Aug. 1789.
＊20　*Authentic Memoirs, Memorandums, and Confessions, Taken from the Journal of his Predatorial Majesty, the King of the Swindlers*, pp. 215ff.
＊21　*Oracle*, 24 Aug. 1789.
＊22　*Ainsi va le Monde* (1790), p. 16.
＊23　*Oracle*, 19 July 1791.
＊24　*Monthly Review*, Apr. 1791, p. 223; *Critical Review*, Jan. 1791, pp. 73–5; *General Magazine*, 4 (1790), p. 548.
＊25　*The Baviad* (1794). 合本の再録からの引用。*The Baviad and Maeviad* (1811), pp. 9–10, 30.
＊26　スレイルは、三〇代前半で突然麻痺した女性に言及している。「恐ろしいことだ！ 気の毒なレイディ・ダービーや有名な高級娼婦パーディタの麻痺の発作がそうであったように、それは梅毒性のものとは言えない。私は彼女たちに対する非難ですら信じていない。それはディアハースト卿が私に言ったことで、彼の話は信憑性に欠けている」。*Thraliana*, ed. K. C. Balderston, 2 vols (Oxford, 1951), ii, p. 830.
＊27　*Baviad and Maeviad*, p. 56n.
＊28　*The Spirit of the Age* (1825: repr. Grasmere, 2004), p. 253 の中のWilliam Hazlitt, 'Mr Gifford'.
＊29　*Walsingham*, ed. Shaffer, pp. 228–9.
＊30　*Walsingham*, ed. Shafer, p. 230.
＊31　'To Mrs Robinson', 1 Feb. 1791 の日付。ロビンソンの死後出版された 'Tributary Poems' in *Poetical Works* (1806) の最初の作品として再録されている。
＊32　*Oracle*, 5, 9 May 1791.
＊33　*Oracle*, 16, May 1791.
＊34　*Oracle*, 17 May 1791.
＊35　16 June 1793, Bristol Central Library (分類されていない手稿).
＊36　*Critical Review*, 18 (1791), p. 353; *English Review*, 18 (1791), pp. 229–30.
＊37　*The Beauties of Mrs Robinsion. Selected and Arranged from her Poetical Works* (1791). pp. 279–83; *Monthly Review*, 6 (1791), pp. 448–50.
＊38　*Analytical Review*, 10 (1791), pp. 279–83; *Monthly Review*, 6 (1791), pp. 448–50.
＊39　*Critical Review*, 19 (1791), pp. 109–14.
＊40　*English Review*, 19 (1792), pp. 42–6.
＊41　*Poems* (1791), p. 60.

第一九章

＊1　*Memoirs*, pp. 137–8.

＊2　*Oracle*, June 1791. 以下に再録されている。'Tributary Poem' in Robinson's *Poetical Works*（1806）.

＊3　*Memoirs*, p. 138; Oracle, 12 July 1791.

＊4　*Oracle*, 12, 13 July, 9 Aug. 1791.

＊5　*Memoirs*, p. 138.

＊6　*Memoirs*, p. 139.

＊7　21 May 1800, *Collected Letters of Samuel Taylor Coleridge*, ed. E. L. Griggs, vol. i（Oxford, 1956）, p. 589.

＊8　Abinger Deposit, Bodleian Library, Oxford.

＊9　To John Thelwall, 13 May 1796, *Letters of Coleridge*,i, p. 215.

＊10　12 Mar.1796, *Letters of Coleridge*, i, p. 188.

＊11　以下に再録されている。*Selected Poems*, ed. Pascoe, pp. 122–6.

＊12　*Poems*（1791）, p. 14; *Poems*（1793）, p. 52.

＊13　Keats,'To a Nightingale'（1819）; Robinson, 'Ode to Apathy', *Morning Post*, 1 July 1800.

＊14　*Morning Post*, 6 Sept. 1800. メアリの阿片の詩については、さらに以下を参照せよ。M. J. Levy, 'Coleridge, Mary Robinson and *Kubla Khan*', *Charles Lamb Bulletin*, 77（1922）, pp.156–66.

＊15　*Angelina*, ii, pp. 270, 286, 107.

＊16　Edmund Burke, *Reflections on the Revolution in France*, ed. Conor Cruise O'Brien（Harmondsworlh, 1968）, pp. 169–70.

＊17　*Parliamentary History of England*（1806–20）, xxix, p. 248.

＊18　*Impartial Reflections on the Present Situation of the Queen of France by a Friend to Humanity*（1791）, pp. 6, 14, 24.

＊19　*Impartial Reflections*, pp. 17–8.

＊20　*Impartial Reflections*, pp. 19, 27.

＊21　*Vancenza; or, the Dangers of Credulity*, 2 vols（1792）, i, pp. 17–8.

＊22　*Jane Austen's Letters*, p. 335.

＊23　*Vancenza*, i, pp. 41–2.

＊24　*Vancenza*, i, p. 70.

＊25　*Vancenza*, i, pp. 70–1.

＊26　*Vancenza*, ii, pp. 85–6.

＊27　*Vancenza*, ii, pp. 26–7.

＊28　*Vancenza*, ii, p. 96.

＊29　*Oracle*, 15 Feb. 1792.

＊30　'Stanzas written on the Fourteenth of February, 1792, to My Valentine', *Poems*（1793）, pp. 138–9. 31 *Vancenza*, ii, p. 131.

＊32　*European Magazine*, 21（1792）, pp. 344–8. この批評は、エルヴィラとロビンソン夫人の娘も比較している。

＊33　*Monthly Review*, 7（1792）, pp. 298–303.

＊34　*English Review*, 20（1792）, pp. 111–13.

＊35　*Critical Review*, 4（1792）, pp. 268–72.

＊36　*Oracle*, 6 Mar. 1792. 37 Letter to John Taylor, 5 Oct.1794, repr. in *Selected Poems*, ed. Pascoe, p. 366.

＊38　Widener Library, Harvard University.（以下に部分的に収録されている。Percy Fitzgerald, *The Lives of the Sheridans*, 2 vols（1886）, i, p. 148n. だが完本は、それ以前にも未刊である）。

＊39　*Oracle*, 2 Aug.1792. 以下に再録されている。*Poems*（1793）, pp. 70–3.

＊40　*Memoirs*, p. 142.

＊41　Mary Elizabeth Robinson, *The Shrine of Bertha*, ii, pp.

107–10. 脚註は、「この逸話は事実である」と証言している。記念碑は後に古い埠頭の壁とともに壊された。
＊42　*Oracle*, 28 Aug. 1792.
＊43　*Memoirs*, p. 142.
＊44　*Oracle*, 30 Nov. 1792. 以下に再録されている。*Poems* (1793), pp. 62–4.
＊45　*Poems* (1793), pp. 221–6.

第二〇章

＊1　*Oracle*, 20 Oct. 1792.
＊2　*Oracle*, 26 Jan. 1793.
＊3　*Oracle*, 26 Jan. 1793.
＊4　*An Ode to the Harp of the late accomplished and amiable Louisa Hanway*. 一七九三年にパンフレットとして出版された。以下に掲載されている。*Oracle*, 15 Jan. 1793.
＊5　*Diary*, 19 Jan. 1793.
＊6　*Oracle*, 10 Jan., 23 Mar., 5 Apr., 30 Oct. 1793.
＊7　James Boadeh, *Memoirs of Mrs Siddons*, 2 vols (1827), i, p. 79.
＊8　Letter from Sarah Siddons to John Taylor, spring 1800.
＊9　John Taylor, *Verses on Various Occasions* (1795).
＊10　*Oracle*, 16 July, 29 Mar., 23 July, 28 Nov. 1793.
＊11　*Memoirs*, p. 144.
＊12　*Oracle*, 9 Nov. 1793.
＊13　*Modern Manners: a Poem in two Cantos*, by Horace Juvenal (1793), pp. 15–16.
＊14　*Monthly Review*, Sept. 1794; *Morning Post*, 3 Aug. 1794.
＊15　Joseph Farington's diary, 1 Dec. 1793.
＊16　*Poems* (1793), p. 205.
＊17　*Critical Review*, 10 (1794), pp. 382–4.
＊18　*English Review*, 23 (1794) 1 pp. 458–62.
＊19　Coleridge, *Collected Letters*, i, p. 562.
＊20　*Oracle*, 8 Jan. 1794.
＊21　一七九四年一月九日の日付である。以下に収録されている。'Tributary Poems' in *Robinson's Poetical Works*.
＊22　*Morning Post*, 13 Feb. 1794.
＊23　*The Widow, or a Picture of Modern Times: A Novel in a Series of Letters*, 2 vols (1794), i, p. 161.
＊24　*The Widow*, i, pp. 4–5.
＊25　*The Widow*, ii, p. 76; i, pp. 92, 168.
＊26　*The Widow*, ii, pp. 173–4.
＊27　*Monthly Review*, May 1794, p. 38; *Analytical Review*, 18 (1794), p. 453.
＊28　*The Widow*, i, p. 22.
＊29　*The Widow*, i, pp. 151–3.
＊30　*Oracle*, 2 May 1794; *Morning Post*, 14 Oct. 1794.
＊31　*Oracle*, 26 Feb. 1794.
＊32　Mary Elizabeth Robinson, *The Shrine of Bertha*, ii, p. 95.
＊33　Mary Robinson to John Taylor, summer 1794, private collection (Robert Woof).
＊34　*Oracle*, 22 Sept. 1794.
＊35　*Monthly Review*, Sept. 1794, p. 108.
＊36　Charles Pigott, *The Whig Club; or, a Sketch of Modern Patriotism* (1794), p. 208.
＊37　Charles Pigott, *The Female Jockey Club; or, a Sketch of the Manners of the Age* (1792), p. 84.
＊38　*Oracle*, 10 Sept. 1794.

第二一章

＊1　Robinson to Taylor, 5 Oct. 1794, in *Selected Poems*, ed.

Pascoe, pp. 365–7.
＊2　Robinson to Taylor, 13 Oct.1794, in *Catalogue of the Collection of Autograph Letters and Historical Documents formed between 1865 and 1882 by Alfred Morrison*, v, p. 287.
＊3　Robinson to Taylor, 14 Oct.1794, Folger Shakespeare Library, W. b. 112.
＊4　William Hazlitt, *Works*, ed. P. P. Howe, 21 vols (London, 1930–4), v, p. 252; John Genest, *Some Account of the English Stage 1660–1830*, 10 vols (Bath, 1832), vii, p. 431.
＊5　*Nobody* からの引用はすべて以下に拠る。Larpent manuscript, Huntington Library, San Marino, California.
＊6　*Memoirs*, p. 143.
＊7　プロローグとエピローグは以下に掲載されている。*London Chronicle*, 1 Dec. 1794.
＊8　*Memoirs*, p. 143.
＊9　*The London Stage 1660–1800, Part 5*, vol.iii, ed. C. B. Hogan (Carbondale, Ill.,1968), p. 1707.
＊10　以下に引用されている。Claire Tomalin, *Mrs Jordan's Profession* (London, 1994), p. 146.
＊11　*London Chronicle*, 1 Dec. 1794.
＊12　*London Chronicle*, 1 Dec. 1794.
＊13　*London Chronicle*, 2 Dec. 1794; *Morning Post*, 8 Dec. 1794.
＊14　*London Chronicle*, 9 Dec. 1794.
＊15　'January, 1795', *Morning Post*, 29 Jan. 1795.
＊16　Letter of 4 July 1795, in *Collection of Autograph Letters*, v, p. 288.
＊17　*Oracle*, 4 Sept. 1795.
＊18　*Oracle*, 16 Oct.1795.
＊19　*Angelina*, i, pp. 55, 56, 155; ii, pp. 71–2.
＊20　*Oracle*, 23 Jan.1796; *Critical Review*, 16 (1796), p. 397.
＊21　*Critical Review*, 16 (1796), p. 398.
＊22　*Monthly Mirror*, 1 (1795–6), p. 290.
＊23　*Angelina*, i, p. 86.
＊24　*Angelina*, i, pp. 204, 219.
＊25　*Angelina*, ii, pp. 79–80.
＊26　*Angelina*, ii, p. 49; iii, p. 102.
＊27　*Analytical Review*, 23 (1796), pp. 293–4.
＊28　*Angelina*, i, pp. 56, 84.
＊29　Preface to *Poetical Works* (1806).
＊30　以下に収録されている。'Tributary Poems' in *Poetical Works* (1806).
＊31　次を参照。Jan Fergus and J. F. Thaddeus, 'Women, Publishers, and Money, 1790–1820', *Studies in Eighteenth–Century Culture*, 17 (1987), pp. 191–207.
＊32　*The Sicilian Lover: a Tragedy in Five Acts* (1796), 2. 3; 3. 1.
＊33　*Monthly Review*, 19 (1796), p. 312.
＊34　*Oracle*, 27 Aug. 1796. *The Widow* は、*Julia St Lawrence* と改題され、ライプツィヒであらためて出版された。
＊35　Hawkins, *Memoirs*, ii, p. 34.

第三章
＊1　C.Kegan Paul, *William Godwin: His Friends and Contemporaries*, 2 vols (London, 1876), i, p. 154.
＊2　『詩作品集』の二巻目の最後にある。*Poetical Works* (1824 reprint), p. 176. これはメアリの最後の詩の一つで、彼女のゴドウィン主義が長続きしていたことの証拠である。
＊3　Paul, *Godwin*, i, p. 162.
＊4　ゴドウィンの日記は、現在以下に収められている。

Abinger Deposit, Bodleian Library, Oxford.
＊5　Preface to *Sappho and Phaon, a series of legitimate Sonnets, with Thoughts on Poetical Subjects, & Anecdotes of the Grecian Poetess* (1796).
＊6　'To the Reader', in *Sappho and Phaon*.
＊7　Sonnet IV, in *Sappho and Phaon*.
＊8　Sonnet XIII, in *Sappho and Phaon*.
＊9　'Anthony Pasquin' (John Williams), *The New Brighton Guide* (London, 1796), p. 53.
＊10　*Hubert de Sevrac: A Romance of the Eighteenth Century*, 3 vols (1796), i, p. 14.
＊11　メアリ・ウルストンクラフトの言葉。小説に対する彼女の批評の中にある。
＊12　*Walsingham*, ed. Shafffer, p. 218.
＊13　*Critical Review*, 23 (1798), p. 472.
＊14　*Analytical Review*, 25 (1797), p. 523.
＊15　*Oracle*, 12 Dec. 1796.
＊16　*Monthly Magazine*, 4 (1797), p. 121.
＊17　Wollstonecraft to Godwin, 12 Dec.1796, *Collected Letters of Mary Wollstonecraft*, ed. Janet Todd (London, 2003), p. 383.
＊18　Wollstonecraft to Godwin, 13 Dec.1796, *Letters*, pp. 383–4.
＊19　Wollstonecraft to Hays, Jan.1797, *Letters*, p. 393.
＊20　Wollstonecraft, *Letters*, p. 387.
＊21　*Fleetwood* (1805), in *Collected Novels of William Godwin*, vol. v, ed. Pamela Clemit (London, 1992), pp. 220–1.
＊22　*Oracle*, 30 May 1797.
＊23　『オラクル』紙は、彼女が四月六日にロンドンを発ち五月八日になってもまだバース・ロードに留め置かれていると報じられている。
＊24　'Lines written on a sick–bed, 1797'.
＊25　*Oracle*, 17 Oct. 1797.
＊26　*Walsingham*, ed. Shaffer, p. 119.
＊27　*Walsingham*, ed. Shaffer, p. 129.
＊28　*Anti–Jacobin Review*, 1 (1798), pp. 160–4.
＊29　T. J. Mathias, *Pursuits of Literature* (9th edn, revised, Dublin, 1799), p. 58.
＊30　Richard Polwhele, *The Unsexd Females: A Poem* (London, 1798), p. 16.
＊31　Polwhele, *Unsex'd Females*, p. 17n.
＊32　*Walsingham*, ed. Shaffer, p. 216.
＊33　*Telegraph*, 11 Feb. 1797.
＊34　以下に引用されている。*Essays on his Times in the Morning Post and the Courier*, ed. David V. Erdman, *The Collected Works of Samuel Taylor Coleridge*, 3 vols (Princeton and London, 1978), i, p. l xvii.
＊35　以下の死亡記事を参照せよ。Stuart, *Gentleman's Magazine*, ns 28 (1847), pp. 322–4.
＊36　以下に引用されている。Coleridge, *Essays on his Times*, i, p. l xxii.
＊37　*Morning Post*, 17 Apr. 1798.
＊38　これが、コールリッジが毎週寄稿していた「詩と政治論文」に対するお抱え料である。その名声がより高かったことを考えると、ロビンソンはそれ以上の額を断固として要求できる立場にいただろう。
＊39　以下を参照せよ。Robert Woof, 'Wordsworth's Poetry and Stuart's Newspapers: 1797–1803', *Studies in Bibliography*, 15 (1962), pp. 149–89.
＊40　*Memoirs*, p. 146.
＊41　*Morning Post*, 7 Dec. 1797.

＊42　*Morning Post*, 9 Jan. 1798.
＊43　*Morning Post*, 3 Jan. 1798.
＊44　*Walsingham*, ed. Shaffer, pp. 59–6o; *Morning Post*,. 26 Dec. 1797.
＊45　*Morning Post*, 18 Jan. 1798.
＊46　*Oracle*, 25 Jan. 1798.
＊47　*Morning Post*, 20 Jan. 1798.
＊48　*Morning Post*, 28 Feb. 1798.
＊49　*Morning Post*, 19 May 1798.
＊50　*Morning Post*, 23 Apr. 1798.
＊51　*Oracle*, 22 May; *Morning Post*, 30 May 1798.
＊52　*Morning Post*, 21 June 1798.
＊53　*Oracle*, 7, 28 Apr.; *Morning Post*, 15 May 1798.
＊54　*Morning Post*, 2 May 1798.

第二三章

＊1　*Morning Post*, 18 Feb. 1799.
＊2　*Morning Post*, 22 Feb.; *Oracle*, 28 Feb. 1799.
＊3　*Monthly Magazine*, 7 (1799), p. 541; *Analytical Review*, NS 1 (1799), p. 209.
＊4　*The False Friend, a Domestic Story*, 4 vols (1799), i, p. 158.
＊5　*The False Friend*, i, p. 42; ii, p. 177.
＊6　*The False Friend*, ii, p. 78.
＊7　*Monthly Mirror*, 7 (1799), p. 166.
＊8　*The False Friend*, iv, pp. 91–2.
＊9　*The False Friend*, ii, p. 181; iii, p. 115.
＊10　*Anti-Jacobin Review*, 3 (1799), p. 39.
＊11　*The False Friend*, ii, pp. 284, 198.
＊12　*The False Friend*, ii, pp. 77–8.
＊13　*Gentleman's Magazine*, Apr. 1799, p. 311. *A Letter to the Women of England*の批評。
＊14　*A Letter to the Women of England and The Natural Daughter*, ed. Sharon Setzer (Peterborough, Ont, 2003), pp. 74, 72, 69–70.
＊15　*Letter to the Women*, p. 43.
＊16　*Letter to the Women*, pp. 48–9.
＊17　*Letter to the Women*, p. 65.
＊18　*Letter to the Women*, p. 83.
＊19　*Letter to the Women*, p. 87.
＊20　*Anti-Jacobin Review*, 3 (1799), pp. 144–5.
＊21　*Monthly Mirror*, Mar. 1799, p. 133.
＊22　*Morning Post*, 30 July 1799.
＊23　Bass, *The Green Dragoon*, p. 392. これは、バスの馬鹿々しいほどタールトン中心の記述において、メアリのすべてに対してなされた主張のうちの典型的なものである。
＊24　「ヒロインは疑いなく軽薄な女性で、明らかにウルストンクラフト派に属する」。*British Critic*, 16 (1800), p. 327.「作者が詩作に専念しないのは残念である」。*European Magazine*, 37 (1800), p. 138.
＊25　これは、小説に付した優れた序論の中で、シャロン・セッツァーが主張した点である。p. 28.
＊26　*Natural Daughter*, ed. Setzer, p. 180.
＊27　*Natural Daughter*, ed. Setzer, pp. 208–10.
＊28　*Natural Daughter*, ed. Setzer, p. 218.
＊29　*Morning Post*, 1, 7 June 1799.
＊30　*Natural Daughter*, ed. Setzer, pp. 218–19.
＊31　*Natural Daughter*, ed. Setzer, p. 221.
＊32　*Natural Daughter*, ed. Setzer, p. 255.

第二四章

＊1　*Morning Post*, 13 Dec. 1799; *Memoirs*, p. 144.

＊2　*Memoirs*, p. 145.

＊3　*Morning Post*, 7 Aug. 1799.

＊4　Preface to *Thoughts on the Condition of Women, and on the Injustice of Mental Subordination*, 2nd edn (1799).

＊5　これらの例はすべて以下に拠る。*Morning Post*, Jan. 1800.

＊6　*Morning Post*, 2 Jan. 1800.

＊7　To John Sewell, bookseller Cornhill, British Library Add. MS 78689, fol.9. 確認されていない出版者への同一内容の手紙がGarrick Club Libraryに残されている。

＊8　To Southey, 25 Jan.1800, *Collected Letters of Coleridge*, i, pp. 562–3.

＊9　28 Feb.1800, *Collected Letters of Coleridge*, i, pp. 575–6.

＊10　*Morning Post*, 26 Feb. 1800.

＊11　*Morning Post*, 20 Mar., 3 Mar., 7 Mar. 1800.

＊12　メアリは生前、シルフィド・エッセイを本のかたちで出版するために改訂していた。マライア・エリザベスは、それらを一八〇一年出版の「没後の作品」に『回想録』とともに入れた。引用はpp. 4, 19, 22, 23–4, 36より。

＊13　John Fyvie, *Comedy Queens of the Georgian Era* (London, 1906), p. 275.

＊14　Letter to Jane Porter, 27 Aug. 1800, Pforzheimer Misc. MS 2295.

＊15　*Morning Post*, 2 Apr. 1800.

＊16　Letter of 17 June 1800, Garrick Club Library.

＊17　'The Lascar' in *Selected Poems*, ed. Pascoe, p. 198. この書物には『リリカル・テイルズ』のすべての詩が収録されているので役に立つ。

＊18　Stuart Curran, 'Mary Robinson's Lyrical Tales in Context', *Re-visioning Romanticism: British Women Writers, 1776–1837*, eds Carol Shiner Wilson and Joel Haefher (Philadelphia, 1994) pp. 17–35 (p. 22). これは重要な論文である。

＊19　*Morning Post*, 15 Apr. 1800.

＊20　彼女のローザンの伝記的小品と、以下を参照せよ。'Sappho ——To the Earl of Moira', *Morning Post*, 3 July 1800.

＊21　*Morning Post*, 19 Apr. 1800.

＊22　23 Apr. 1800. *Memoirs*, pp. 148–9に再録されている。

＊23　Letter of Apr.1800, Montagu MSS, Bodleian Library, Oxford.

＊24　*The Wild Wreath* ed. Mary E. Robinson (1804) に'A receipt [i.e. recipe] for modern love'〔現代の愛のレシピ〕として再録されている。

＊25　Robinson to Godwin, 30 May 1800, Bodleian Library, Abinger Deposit, c.810/2.

＊26　遡ること一七九七年四月、彼女は数篇の詩と一枚の絵のことで彼に礼状を書いた。「彼女はその両方にとても感心した」。そして、社交的な訪問を計画した——「ロビンソン夫人は、天気がこれほど悪くなかったら、今日訪れていたことだろう」(Pforzheimer Misc. MS 2289)。

＊27　To R. K. Porter, 3 July 1800, Pforzheimer Misc. MS 2450;

＊28　*Public Characters of 1800–1801* (1801)) p. 179.

＊29　*Public Characters of 1800–1801*, pp. 333–4.　しばらく経って、彼女の死後に同書が再版されたとき、メアリに関するもとの八頁のエッセイは、彼女の『回想録』を二〇頁に要約したものに置き換えられた。

＊30　*Public Characters of 1800–1801*, pp. 336–41.

＊31　おそらくはジェイン・ポーターに宛てたものだろう。
Pforzheimer Misc. MS 2294.

＊32　Robinson to Flaxman, 18 July 1800, British Library Add. MS 39781, fol.27.

＊33　*Morning Post*, 26 July 1800.

＊34　*Morning Post*, 2 Aug. 1800.

第二五章

＊1　*Memoirs*, p. 149.

＊2　Pforzheimer Misc. MS 2290.

＊3　Eliza Fenwick, *Fate of the Fenwicks: Letters to Mary Hays* (1798–1828), ed. A. F. Wedd (London, 1927), p. 10.

＊4　27 Aug. 1800, Pforzheimer Misc. MS 2295.

＊5　31 Aug. 1800, Pforzheimer Misc. MS 2294.

＊6　31 Aug. 1800, Pforzheimer Misc. MS 2291.

＊7　Robinson to Pratt, MS in Harvard Theatre Collection, TS940.6, 1, p. 89.

＊8　*Monthly Magazine*, Aug. 1800, p. 48 は、両方の選集とも、冬に刊行予定と報じている。同誌 Dec. 1800, p. 450 は、『リリカル・テイルズ』の出版を報じている。一一月号は、ハーガーの翻訳の刊行を告げた。

＊9　'Present State of the Manners, Society, etc. etc. of the Metropolis of England', *Monthly Magazine*, 10 (1800), pp. 35–8 (Aug.), 138–40 (Sept., signed MR), 218–22 (Oct.), 305–6 (Nov., signed MR).

＊10　11 Sept.1800, Pforzheimer Misc. MS 2292.

＊11　Robinson to James Marshall, 10 Sept.1800, Abinger Deposit, Bodleian Library, Oxford, b.215/2.

＊12　Pforzheimer Misc. MS 2292.

＊13　To Jane Porter, 15 Oct. 1800, Pforzheimer Misc. MS 2293.

＊14　Robinson to Godwin, 16 Aug. 1800, Abinger Deposit, Bodleian Library, Oxford, c.8101/2.

＊15　Robinson to Godwin, 24 Aug. 1800, Abinger Deposit, Bodleian Library, Oxford, b.215/2.

＊16　Robinson to Godwin, 28 Aug. 1800, Abinger Deposit, Bodleian Library, Oxford, b. 215/2.

＊17　Robinson to Godwin, 2 Sept.1800, Abinger Deposit, Bodleian Library, Oxford, c.507.

＊18　Robinson to Marshall, 10 Sept.1800, Abinger Deposit, Bodleian Library, Oxford, b.215/2.

＊19　Robinson to Godwin, 10 Oct.1800, Abinger Deposit, Bodleian Library, Oxford, c.8101/2.

＊20　*Memoirs*, p. 149.

＊21　*Morning Post*, 30 Aug. 1800.

＊22　*Every-Day Book* (1827), pp. 1174–5.

＊23　*Morning Post*, 3 Oct. 1800.

＊24　Coleridge to Stuart, 7 Oct.1800, *Collected Letters of Coleridge*, i, p. 629.

＊25　*Morning Post*, 14 Oct. 1800.

＊26　*Morning Post*, 17 Oct.1800. 改変された詩は、メアリの死後出版された『詩作品集』の中で発表された。それには「丘よ！　汝の祖の歌によって神聖なり」といった行が含まれている。

＊27　Samuel Taylor Coleridge, *Poems*, ed. John Beer (London, 1993), p. 189.

＊28　*Poetical Works* (1806) からの引用。一八〇一年の詩は以下で読むことができる。Levy, 'Coleridge, Mary Robinson and *Kubla Khan*', pp. 165–6.

＊29　Coleridge, *Poems*, ed. Beer, p. 326.

＊30　Coleridge to Poole, *Collected Letters of Coleridge*, ii, p. 669.
＊31　*Morning Post*, 18 Dec. 1800.
＊32　18 Dec. 1800. 以下に再録されている。*Memoirs with posthumous pieces*, 4 vols (London, 1801), iv, p. 189.
＊33　*Memoirs*, p. 150.
＊34　*Memoirs*, p. 150.
＊35　*Memoirs*, p. 151.
＊36　*Memoirs*, p. 152. マライア・エリザベスはもちろん、死の床の一連の場面にちょっとした文学的装飾を施すことを楽しんでいる。

エピローグ

＊1　Maria Elizabeth Robinson to Godwin, 8 Jan. 1801, Abinger Deposit, Bodleian Library, Oxford, b.215/1.
＊2　Undated letter to Godwin, Abinger Deposit, Bodleian Library, Oxford, b.214/3.
＊3　Maria Elizabeth Robinson to Cadell and Davies, 11 June 1804 (private collection).
＊4　Jane Porter's Manuscript Diary, 1801, Folger Shakespeare Library, Mb. 15, fols. 2–3. ポーターは己れのメアリに関する回想録について、以下のように記している。'Character of the Late Mrs Robinson, who is usually stiled the British Sappho, extracted from a letter to a lady'〔一般に英国のサッポーと称されていた故ロビンソン夫人の人物像、ある婦人への手紙にもとづく〕.
＊5　*The Royal Legend. A Tale* (1808), p. 34.
＊6　Pierce Egan, *The Mistress of Royalty; or, the Loves of Florizel and Perdita* (1814), pp. 124–42.
＊7　Coleridge to Maria Elizabeth Robinson, 27 Dec. 1802, *Collected Letters of Coleridge*, ii, p. 904.
＊8　*Collected Letters of Coleridge*, ii, pp. 905–6.
＊9　*Windsor, Slough and Eton Express*, 27 Aug. 1971.
＊10　以下を見よ。*Selected Poems*, ed. Pascoe, p. 35n.
＊11　Fox to Mary Benwell. この手紙は Sheridan papers に収められている。以下を参照せよ。Walter Sichel, *Sheridan*, 2 vols (London, 1909), ii, p. 52.
＊12　モールデンが娘の家庭教師とのあいだでやりとりした魅惑的な手紙は、以下に保存されている。Surry Records Office (3677/3/28–154).
＊13　*Walsingham* (ed. Shaffer, p. 56) に 'Penelope's Epitaph' として収録されている。この詩とプラットの詩はいずれも『回想録』(pp. 153–4) に収録されている。

補遺

＊1　*Memoirs*, p. 42.『回想録』の原稿に後になって挿入された細部。
＊2　Jane Porter, 'Character of the late Mrs Robinson',. 未刊手稿。Pforzheimer Misc. MS 2296.
＊3　『回想録』の自筆原稿。個人コレクション fol.4.
＊4　*Morning Herald*, 29 June 1781.

文献目録

【メアリ・ロビンソンの著作】

Poems by Mrs Robinson（London: C. Parker, 1775）.

Captivity, a Poem; And Celadon and Lydia, a Tale（London: T. Becket, 1777）.

The Songs, Chorusses, etc. in The Lucky Escape, a Comic Opera（London: printed for the Author, 1778）. ドルーリー・レインで上演。完本は未刊。

Ainsi va le Monde, a poem inscribed to Robert Merry, as Laura Maria（London: John Bell, 1790）, 2nd edn, 1791.

Poems by Mrs Robinson, vol. i（London: J. Bell, 1791）, vol. ii（London: printed by T. Spilsbury and sold by J. Evans, 1793. *Poems: A New Edition* と改題されて一七九五年頃出版）。

The Beauties of Mrs Robinson. Selected and Arranged from her Poetical Works（London: H. D. Symonds, 1791）.

Impartial Reflections on the Present Situation of the Queen of France by a Friend to Humanity（London: John Bell, 1791）.

Vancenza; or, the Dangers of Credulity, 2 vols（London: printed for the Authoress and sold by J. Bell, 1792）. 一七九四年までに五版を数える。一巻本のダブリン版も存在する。一七九三年にフランス語とドイツ語の翻訳版が出版された。

Monody to the Memory of Sir Joshua Reynolds, Late President of the Royal Academy（London: J. Bell, 1792）.

An Ode to the Harp of the late accomplished and amiable Louisa Hanway（London: J. Bell, 1793）.

Sight, The Cavern of Woe, and Solitude（London: printed by T. Spilsbury and sold by J. Evans, 1793）.

Modern Manners: a Poem in two Cantos, by Horace Juvenal（London: printed for the Author and sold by James Evans, 1793）.

Monody to the Memory of Marie Antoinette Queen of France（London: printed by T. Spilsbury and sold by H. Evans, 1793）.

The Widow, or a Picture of Modern Times: A Novel in a Series of Letters, 2 vols（London: Hookham and Carpenter, 1794）. 一巻本のダブリン版も存在する。一七九五年にフランス語とドイツ語の翻訳版が出版された。また、*Julia St Lawrence* と改題され、ライプツィヒにて一七九七年に出版された。

Nobody. ドルーリー・レインで一七九四年に上演。未刊。

Angelina, a Novel, 3 vols（London: printed for the Author and sold by Hookham and Carpenter, 1796）. 二巻本のダブリン版も存在する。翻訳ではフランス語版（出版年不詳）とドイツ語版（一七九九―一八〇〇年）が出版された。

The Sicilian Lover: a Tragedy in Five Acts（London: printed for the Author by Hookham and Carpenter, 1796）.

Hubert de Sevrac: A Romance of the Eighteenth Century, 3 vols（London: printed for the Author and sold by Hookham and Carpenter, 1796）. 二巻本のダブリン版（一七九七年）も存在する。翻訳ではフランス語版（一七九七年）とドイツ語版（一七九七―九八年）が出版された。

Sappho and Phaon, a series of legitimate Sonnets, with Thoughts on Poetical Subjects, & Anecdotes of the Grecian Poetess（London: printed by S. Gosnell for the Author, and sold by Hookham and Carpenter, 1796）.

Walsingham; or, the Pupil of Nature, a Domestic Story, 4 vols（London: Longman, 1797）. 二巻本のダブリン版（一七九八

年）も存在する。翻訳ではフランス語版（一七九八—九九年のあいだに二度）とドイツ語版（一七九九年）が出版された。

The False Friend, a Domestic Story, 4 vols（London: Longman and Rees, 1799）; 2nd edn, 1799. 翻訳ではフランス語版（一七九九年）とドイツ語版（一八〇〇—〇一年）が出版された。

A Letter to the Women of England, on the Injustice of Mental Subordination. With Anecdotes, by Anne Frances Randall（London: Longman and Rees, 1799）. 後に、同年、ロビンソン自身の名前で *Thoughts on the Condition of Women, and on the Injustice of Mental Subordination* と題を改め再刊された。

The Natural Daughter, with Portraits of the Leadenhead Family, a Novel, 2 vols（London: Longman and Rees, 1799）. ダブリン版（一七九九年）も存在する。

Joseph Hager, *Picture of Palermo*（London: Phillips, 1800）. メアリ・ロビンソンによるドイツ語からの翻訳。

Lyrical Tales（London: printed for Longman and Rees by Biggs & Cottle, Bristol, 1800）.

The Mistletoe, a Christmas Tale, by Laura Maria（London: Laurie and Whittle, 1800）.

Memoirs of the Late Mrs Robinson, Written by Herself, with some posthumous pieces in verse, ed. Mary Elizabeth Robinson, 4 vols（London: R. Phillips, 1801）; New York and Philadelphia edns, 1802.; フランス語の翻訳版が一八〇二年に出版された。第三巻には、'The Sylphid' という連続エッセイ、*Jasper* という小説の断片、'The Savage of Aveyron' という詩が収められている。第四巻には、'The Progress of Liberty' という二巻に分かれた詩、称讃詩と詩的書簡、「ピーター・ピンダー」（ジョン・ウォルコット）とサー・ジョシュア・レノルズからの手紙が収められている。*Memoirs* は、'posthumous pieces' 抜きで一八〇三年と一八二七年に出版された。

The Wild Wreath, ed. Mary E. Robinson（London: Richard Phillips, 1804）.

The Poetical Works of the Late Mrs Robinson, including many pieces never before published, ed. Mary E. Robinson, 3 vols（London: Phillips, 1806）. 以下のように改題されて出版された。*Poetical Works of the Late Mrs Robinson, including the pieces last published. The three volumes complete in one*（London: Jones, 1824）.

新聞や雑誌に掲載された多くの個別の詩やエッセイは未刊行のままであるが、その中には連載記事の 'Present State of the Manners, Society, etc. etc. of the Metropolis of England' および、ローザン、シャルトル、マリー・アントワネットに関する 'Anecdotes' も含まれている。それらはすべて、一八〇〇年の二月から一一月のあいだに『マンスリー・マガジン』誌に掲載された。

【現代の刊本】

A Letter to the Women of England and The Natural Daughter, ed. Sharon Setzer（Peterborough, Ont., 2003）. 以下のファクシミリ版も存在する。A *Letter*, with intro. by Jonathan Wordsworth（Oxford, 1998）.

Lyrical Tales, facsimile with intro. by Jonathan Wordsworth（Oxford, 1989）.

Memoirs, ed. M. J. Levy, as *Perdita: The Memoirs of Mary Robinson*（London, 1994）.

The Natural Daughter, see A *Letter*, above.

Poems, 1791, facsimile with intro. by Jonathan Wordsworth（Oxford, 1994）.

Poetical Works of the late Mrs Robinson, facsimile with intro. by

Caroline Franklin (London, 1996).
Sappho and Phaon, Jonathan Wordsworth (Oxford, 2000) と Terence Hoagwood and Rebecca Jackson (Delmar, 1995) による序論の付いた二つのファクシミリ版が存在する。
Selected Poems, ed. Judith Pascoe (Peterborough, Ont., 2000).
Walsingham; or, the Pupil of Nature, ed. Julie Shaffer (Peterborough, Ont., 2003). Peter Garside (London, 1992) による序論の付いた二つのファクシミリ版が存在する。
Selected 'Laura Maria' poems are repr. in *British Satire 1785–1840*, vol. iv: *Gifford and the Della Cruscans*, ed. John Strachan (London, 2003).

【インターネット刊本】

1791 *Poems:*
http://digital.library.upenn.edu/women/robinson/1791/1791.html
A Letter to the Women of England:
http://www.rc.umd.edu/editions/contemps/robinson/cover.htm
Lyrical Tales:
http://www.lib.ucdavis.edu/English/BWRP/Works/RobiMLyric.htm
Sappho and Phaon:
http://etext.lib.virginia.edu/britpo/sappho/sappho.html
Memoirs:
http://digital.library.upenn.edu/women/robinson/memoirs/memoirs.html
The Wild Wreath:
http://www.lib.ucdavis.edu/English/BWRP/Works/RobiMWildW.htm

【手稿と文書館資料】

メアリ・ロビンソンの手書きの文書は、残念なことにわずかしか現存していない。本書を書くに当たって参照した手稿は、以下のとおりである。

Anson Papers. サー・ピーター・アンソン少将とレイディ・エリザベス・アンソンが所有している、ロビンソン夫人に関して、英国皇太子とメアリ・ハミルトンのあいだで取り交わされた手紙。
Bodleian Library, Oxford. モンタギュー手稿とアビンジャー寄託資料の中の手紙。ウィリアム・ゴドウィンの日記手稿におけるもろもろの言及。
Bristol Central Library. 手紙。
British Library, London. 手紙。*The Lucky Escape* のための歌その他の手稿。備忘録に書き留められた詩。
British Museum, London. 版画素描部門における銅版画と諷刺画、手書きで注釈が付けられたものもある。
Folger Shakespeare Library, Washington DC. 手紙。備忘録に書き留められた詩。ジェイン・ポーターの日記手稿におけるもろもろの言及。
Garrick Club, London. 手紙。
Harvard Theatre Collection. 手紙。
Hertfordshire Archives and Local Studies, County Hall, Hertford. 金銭的取り決めに関して、メアリ・ロビンソン、英国皇太子ジョージ、モールデン卿、サウサンプトン卿のあいだで取り交わされた手紙（キャペル・コレクション Capell Collection）。
Houghton Library, Harvard University. 手紙。
Huntington Library, San Marino, California. 宮内府侍従卿のオ

フィスに提出された芝居のラーペント・コレクション Larpent Collection に収められている *The Lucky Escape* と *Nobody* の手稿。

Liverpool Record Office. タールトン家族文書。

Pforzheimer Collection, NewYork Public Library. ジェイン・ポーターの 'Character of the late Mrs Robinson' を含む、手紙や他の文書。

Private Collections. 二人の個人収集家が所蔵している手紙。個人コレクションに収められている『回想録』手稿および他の文書。

Royal Archives, Windsor. メアリ・ロビンソンと、死後は彼女の娘に支払われるべき年金に関する会計簿と手紙。

Westminster Archives Centre. 手紙。

【新聞と雑誌】

Analytical Review
Annual Register
Annual Review
Diary
English Review
European Magazine
Gazetteer and New Daily Advertiser
General Evening Post
General Magazine
Gentleman's Magazine
Lady's Magazine
Lady's Monthly Museum
London Chronicle
London Courant
London Gazette
Anti-Jacobin Review
British Critic
Critical Review
Monthly Review
Morning Chronicle
Morning Herald
Morning Post
Morning Review
New Annual Register
Oracle
Poetical Register
Public Advertiser
Quarterly Review
Rambler's Magazine
Star
London Magazine
Monthly Magazine and British Register
Monthly Mirror
Sun
Telegraph
Town and Country Magazine
The World

【他の伝記的資料】

一九〇〇年より前の書物は、特に言及がない限り、出版地はロンドンである。

The Amours of Carlo Khan（1784）.

Authentic Memoirs, Memorandums, and Confessions. Taken from the Journal of his Predatorial Majesty, the King of the Swindlers [John King]（n. d.）

Bass, Robert D., *The Green Dragoon: The Lives of Banastre Tarleton and Mary Robinson*（1957; repr. Columbia, SC, 1973）

A Biographical Dictionary of Actors, Actresses, Musicians, Dancers, Managers and Other Stage Personnel in London, 1660–1800, 16 vols（Carbondale, Ill., 1984–）.

Biron, Armand Louis de Gontaut, Duc de Lauzun, *Memoirs of the Duc de Lauzun*, trans. C. K. Scott Moncrieff（London, 1928）.

Boaden, James, *Memoirs of the Life of John Philip Kemble*, 2 vols（1825）.

——, *Memoirs of Mrs Siddons*, 2 vols（1827）.

The Budget of Love; or, Letters between Florizel and Perdita（1781）.

Cameron, K. N., ed., *The Shelley Circle*, 2 vols（Cambridge, Mass., 1961）.

Campbell, Thomas, *The Life of Mrs Siddons*（1832）.

Coleridge, Samuel Taylor, *Collected Letters*, ed. E. L. Griggs, vols i-ii (Oxford, 1956).

——, *Poems*, ed. John Beer (London, 1993).

Court and Private Life in the Time of Queen Charlotte: Being the Journals of Mrs Papendiek, ed. Delves Broughton and Mrs Vernon, 2 vols (1887).

David, Saul, *Prince of Pleasure: The Prince of Wales and the Making of the Regency* (London, 1998).

Devonshire, Georgiana, Duchess of, *Georgiana: Extracts from the Correspondence of Georgiana, Duchess of Devonshire*, ed. Earl of Bessborough (London, 1955).

Douglas, D., *The Letters and Journals of Lady Mary Coke* (Edinburgh, 1888–9)

The Effusions of Love: being the Amorous Correspondence between the Amiable Florizel, and the Enchanting Perdita, in a series of letters, faithfully transcribed from the original Epistles and Billets-doux in Possession of the Editor (1784).

Egan, Pierce, *The Mistress of Royalty; or, the Loves of Florizel and Perdita* (1814).

Elliott, Grace Dalrymple, *Journal of my Life during the French Revolution* (1859).

Fenwick, Eliza, *Fate of the Fenwicks: Letters to Mary Hays (1798–1828)*, ed. AF. Wedd (London, 1927).

Fergus, Jan and J. F. Thaddeus, 'Women, Publishers, and Money, 1790–1820', *Studies in Eighteenth-Century Culture*, 17 (1987), 191–207.

The Festival of Wit (15th edn, 1789).

Fitzgerald, Percy, *The Lives of the Sheridans*, 2 vols (1886).

Fyvie, John, *Comedy Queens of the Georgian Era* (London, 1906).

Garrick, David, *Florizel and Perdita. A Dramatic Pastoral, in Three Acts. Alter'd from The Winter's Tale of Shakespear* (1758).

Genest, John, *Some Account of the English Stage* 1660–1830, 10 vols (Bath 1832).

George III, King, *Correspondence of George III 1760–December* 1783, ed. Sir John Fortescue, 6 vols (London, 1927–8).

——, *The Later Correspondence of George III*, ed. A. Aspinall, 5 vols (Cambridge, 1938).

George IV, King, *The Correspondence of George, Prince of Wales* 1770–1812, ed A. Aspinall, 8 vols (London, 1963–71).

——, *The Letters of King George IV* 1812–1830, ed. A. Aspinall, 3 vols (Cambridge, 1938).

George, M. Dorothy, ed., *Catalogue of Political and Personal Satires Preserved in the Department of Prints and Drawings in the British Museum*, vols v-vii (London, 1938–42).

Grego, Joseph, '"Perdita" and her Painters: Portraits of Mrs Mary Robinson', *The Connoisseur*, February 1903, 99–107.

Griggs, Earl Leslie, 'Coleridge and Mrs Mary Robinson', *Modern Language Notes*, 45 (1930), 90–5.

Hamilton, Mary, *At Court and at Home: From Letters and Diaries 1756–1816*, ed. Elizabeth and Florence Anson (London, 1925).

Hanger, Colonel George, *The Life, Adventures and Opinions of Colonel George Hanger*, ed. W. Combe, 2 vols (1801).

Hargreaves-Mawdsley, W. N., *The English Delia Cruscans and their Time*, 1783–1828. (The Hague, 1967).

Hartley, J., *History of the Westminster Election, containing every material occurrence, from its commencement on the first of April, to the final close* (1784).

Hawkins, Laetitia-Matilda, *Memoirs, Facts, and Opinions*, 2 vols (1824).

Hibbert, Christopher, *George IV: Prince of Wales* (London, 1972).

Huish, Robert, *Memoirs of George the Fourth*, 2 vols (1831).

Ingamells, John, *Mrs Robinson and her Portraits* (London, 1978).

Leslie, C. R. and T. Taylor, *The Life and Times of Sir Joshua Reynolds*, 2 vols (1865).

Letters from Perdita to a Certain Israelite, and his Answers to them (1781).

Levy, M. J., 'Coleridge, *Mary Robinson and Kubla Khan*' *Charles Lamb Bulletin*, 77 (1992), 156–66.

——, 'Gainsborough' s *Mrs Robinson*: A Portrait and its Context', *Apollo*, 136 (1992), 152–5.

——, *The Mistresses of King George IV* (London, 1996).

The London Stage 1660–1800, ed. William van Lennep, Emmett L. Avery, A. H. Scouten, G. W. Stone Jr, and C. B. Hogan, 12 vols (Carbondale, Ill., 1965–79).

The Memoirs of Perdita (1784).

Paul, C. Kegan, William Godwin: *His Friends and Contemporaries*, 2 vols (1876).

Pigott, Charles, *The Female Jockey Club; or, a Sketch of the Manners of the Age* (1792).

——, *The Whig Club; or, a Sketch of Modern Patriotism* (1794).

Poetical Epistle from Florizel to Perdita: with Perdita's Answer. And a Preliminary Discourse upon the Education of Princes (1781).

Polwhele, Richard, *The Unsex'd Females: APoem* (1798).

Porter, Roy, *Quacks: Fakers and Charlatans in English Medicine* (Stroud, Glos, 2000).

Rivers, David, *Literary Memoirs of Living Authors of Great Britain*, 2 vols (1798).

Robinson, Mary Elizabeth, *The Shrine of Bertha: A Novel*, 2 vols (1794; 2nd edn, 1796).

Russell, Lord John, ed., *Memorials and Correspondence of Charles James Fox*, 3 vols (1853).

St Clair, William, *The Godwins and the Shelleys: The Biography of a Family*. (London, 1989).

A Satire on the Present Times (1780).

The School for Scandal, A Comedy in Five Acts, As it is Performed by His Majesty's Servants, etc. [anonymous satire] (1784).

Sheridan, R. B., *Letters*, ed. Cecil Price, 3 vols (Oxford, 1966).

Steele, Elizabeth, *Memoirs of Mrs Sophia Baddeley*, 6 vols (1787); 3 vols (Dublin, 1878).

Taylor, John, *Records of my Life*, 2 vols (1832).

Thrale, Hester, *Thraliana*, ed. K. C. Balderston, 2 vols (Oxford, 1951).

Timbs, J., *Clubs and Club Life in London* (London, 1908).

*The Vis-à-Vis of Berkley-Square. Or, A Wheel off Mrs W*t**n's Carriage. Inscribed to Florizel* (1783).

Walpole, Horace, *Correspondence*, ed. W. S. Lewis, vols xxv-xxxv (New Haven 1955–73).

——, *The Last Journals of Horace Walpole during the Reign of George III*, ed. A. Francis Steuart, 2 vols (London, 1910).

Waterhouse, E. K., 'A Gainsborough Bill for the Prince of Wales', *Burlington Magazine*, 88 (1946), 276.

Wollstonecraft, Mary, *Collected Letters*, ed. Janet Todd (London, 2003).

Woof, Robert, 'Wordsworth's Poetry and Stuart's Newspapers: 1797–1803', *Studies in Bibliography*, 15 (1962), 149–89.

【作家としてのメアリ・ロビンソン――現代の批評精選】

Bolton, Betsy, 'Romancing the Stone: "Perdita" Robinson in Wordsworth's London', *ELH*, 64 (1997), 727–59.

Craciun, Adriana, 'Violence against Difference: Mary Wollstonecraft and Mary Robinson', *Bucknell Review*, 42 (1998), 111–41.

—— and Kari E. Lokke, eds, *Rebellious Hearts: British Women Writers and the French Revolution* (Albany, NY, 2001).

Cross, Ashley, 'From *Lyrical Ballads* to *Lyrical Tales*: Mary Robinson's Reputation and the Problem of Literary Debt', *Studies in Romanticism*, 40 (2001), 571–605.

Cullens, Chris, 'Mrs Robinson and the Masquerade of Womanliness', in Veronica Kelly and Dorothea von Mucke (eds), *Body and Text in the Eighteenth Century* (Stanford, 1994), pp. 266–89.

Curran, Stuart, 'The I Altered', in Anne K. Mellor (ed.), *Romanticism and Feminism* (Bloomington, Ind., 1988), pp. 185–207.

——, 'Mary Robinson's *Lyrical Tales* in Context', in Carol Shiner Wilson and Joel Haefher (eds), *Re-visioning Romanticism: British Women Writers*, 1776–1837 (Philadelphia, 1994), pp. 17–35.

Ford, Susan Allen, '"A Name More Dear": Daughters, Fathers, and Desire in *A Simple Story. The False Friend,* and *Mathilda*', in Carol Shiner Wllson and Joel Haefner (eds), *Re-visioning Romanticism: British Women Writers*, 1776–1837 (Philadelphia, 1994), pp. 51–71.

Fulford, Tim, 'Mary Robinson and the Abyssinian Maid: Coleridge's Muses and Feminist Criticism', *Romanticism on the Net*, 13 (Feb. 1999)

Kelly, Gary, *The English Jacobin Novel*, 1780–1805 (Oxford, 1976)

Labbe, Jacqueline M., 'Selling One's Sorrows: Charlotte Smith, Mary Robinson and the Marketing of Poetry', *Wordsworth Circle*, 25 (1994), 68–71

——, ed., *Women's Writing*, 9: 1 (2002), 'Special Number: Mary Robinson', Lee, Debbie, '*The Wild Wreath*: Cultivating a Poetic Circle for Mary Robinson', *Studies in the Literary Imagination*, 30 (1997), 23–34.

Luther, Susan, 'A Stranger Minstrel: Coleridge's Mrs Robinson', *Studies in Romanticism*, 33 (1994), 391–409.

McGann, Jerome, *The Poetics of Sensibility: A Revolution in Literary Style* (Oxford, 1996), especially 'Mary Robinson and the Myth of Sappho', pp. 97–116.

Mellor, Anne K., 'British Romanticism, Gender and Three Women Artists' in Ann Bermingham and John Brewer (eds), *The Consumption of Culture 1600–1800* (New York, 1995), pp. 121–42.

——, 'Mary Robinson and the Scripts of Female Sexuality', in Patrick Coleman, Jayne Lewis, and Jill Kowalik (eds), *Representations of the Self from the Renaissance to Romanticism* (Cambridge, England, and New York 2000).

Pascoe, Judith, *Romantic Theatricality: Gender, Poetry, and Spectatorship* (Ithaca, NY, 1997).

Perry, Gill, '"The British Sappho": Borrowed Identities and the Representation of Women Artists in late Eighteenth-Century British Art', *Oxford Art Journal*, 18 (1995), 44–57.

Peterson, Linda H., 'Becoming an Author: Mary Robinson's *Memoirs* and the Origins of the Woman Artist's

Autobiography', in Carol Shiner Wilson and Joel Haefner (eds), *Re-visioning Romanticism: British Women Writers, 1776–1837* (Philadelphia, 1994), pp. 36–50.

Robinson, Daniel, 'From "Mingled Measure" to "Ecstatic Measures": Mary Robinson's Poetic Reading of "Kubla Khan"', *Wordsworth Circle*, 26 (1995), 4–7.

——, 'Reviving the Sonnet: Women Romantic Poets and the Sonnet Claim', *European Romantic Review*, 6 (1995), 98–127.

Setzer, Sharon, 'Mary Robinson's Sylphid Self: The End of Feminine Self-Fashioning', *Philological Quarterly*, 75 (1996), 501–20.

——, 'The Dying Game: Crossdressing in Mary Robinson's *Walsingham*', *Nineteenth-Century Contexts*, 22 (2000), 305–28.

Ty, Eleanor, *Empowering the Feminine: The Narratives of Mary Robinson, Jane West, and Amelia Opie*, 1796–1812 (Toronto, 1998).

断っておかねばならないが、これらの現代の批評には、ささやかなものであれ深刻なものであれ、伝記的事実の誤った叙述が含まれていることがある。

【フィクション】

Anon., *The Royal Legend: A Tale* (1808).

Barrington, E., *The Exquisite Perdita* (1926).

[Green, Sarah], *The Private History of the Court of England* (1808).

Makower, Stanley, *Perdita: A Romance in Biography* (1908).

Plaidy, Jean, *Perdita's Prince* (1969).

Steen, Marguerite, *The Lost One* (1937).

メアリ・ロビンソン略年譜

一七五七年 一一月二七日、ブリストルのコレッジ・グリーンに生まれる。父ニコラス・ダービー、母ヘスター・ダービーの次女。モア姉妹が経営する寄宿学校で学ぶ（自宅通学）。
一七六五年 父ニコラス、ラブラドール地方沿岸に漁業基地を建設。
一七六七年 漁業基地がイヌイットにより破壊される。
一七六八年 父親の事業失敗で資産売却を余儀なくされ、母、一番下の弟（ジョージ）と共にロンドンに転居。
一七六九年 両親が離別。チェルシーの寄宿学校に入り、メリバー・ロリントンに学ぶ。
一七七〇年 母ヘスター、リトル・チェルシーに学校を創立。
一七七二年 このころ、デイヴィッド・ギャリックに会う。
一七七三年 デイヴィッド・ギャリックに演技指導を受け、女優デビューの準備。四月一二日、セント・マーティン・イン・ザ・フィールズ教会でトマス・ロビンソンと結婚。年末からトマス・ロビンソンの故郷サウス・ウェールズ訪問。
一七七四年 贅沢な暮らしを始める。社交界デビュー。サウス・ウェールズ再訪。一〇月一八日、長女マライア・エリザベス・ロビンソンを出産。
一七七五年 五月三日、夫トマス、フリート債務者監獄に収監される。メアリも幼い娘を連れて一緒に入る。夏、『メアリ・ロビンソン詩集』を処女出版。デヴォンシャー公爵夫人ジョージアナと会う。
一七七六年 八月三日、夫トマス、出獄。ドルーリー・レイン劇場の支配人に就任間もないリチャード・ブリンズリー・シェリダンと会う。一二月一〇日、ドルーリー・レイン劇場で、女優デビュー。役柄は『ロミオとジュリエット』のジュリエット役。
一七七七年 二月、ナサニエル・リー『アレグザンダー大王』でスタティラ役。同じく二月、シェリダン『スカボローへの旅』(サー・ジョン・ヴァンブラ『ぶり返し』の改作)でアマンダ役。四月、コールマン&ギャリック『秘密結婚』でファニー役。五月二四日、次女ソファイア・ロビンソンを出産するも、数週間後に死亡。九月、詩「囚われの身」を出版。九月末から翌年にかけてのシーズンに、『ハムレット』のオフィーリア、『リチャード三世』のアン、ウィリアム・コングリーヴ『老独身者』のアラミンタ、ハンナ・カウリー『家出人』のエミリー、ミルトン『コーマス』改作版の貴婦人役、ヘンリー・フィールディング『ジョーゼフ・アンドリューズ』戯曲版のファニー役、ドライデン『すべては愛のために』のオクテイヴィアなどを演じる。

一七七八年

四月、『マクベス』でマクベス夫人役。同じ晩、メアリ作の音楽付笑劇『間一髪』上演。一〇月、シェリダン『野営地』でプリューム夫人役。一一月、ヴォルテール『マホメット』(ミラー&ホードリー改作版)でパルミラ役。

一七七九年

四月、『リア王』でコーディリア役。五月、ベンジャミン・ホードリー『疑い深い夫』でジャシンタ役(はじめての男役)。同じく五月、ウィリアム・ウィッチャリー『率直な男』(アイザック・ビッカースタッフ改作版)でフィディーリア役(同じく男役)。九月からのシーズンでは、『ハムレット』のオフィーリア、『リチャード三世』のアン、『率直な男』のフィディーリア、『十二夜』のヴァイオラ、『野営地』のナンシー、『お気に召すまま』のロザリンド、ジョージ・ファーカー『気まぐれな恋人』のオリアナ、ギャリック『アイルランド人の寡婦』のブレイディ未亡人、エリザベス・クレイヴン夫人『細密画』のイライザ・キャンプリーなどを演じる。一二月三日、御前上演。ギャリック版『冬物語』(『フロリゼルとパーディタ』)でパーディタ役を演じる。ほどなくして英国皇太子から恋文(フロリゼルの署名入り)が届き始め、皇太子との情事が始まる。

一七八〇年

四月、『お気に召すまま』でロザリンド役。五月、『細密画』で、イライザ・キャンプリー役。六月、皇太子の要請を受け、女優を廃業。夏、夫トマス・ロビンソンと離別(ただし、法律上は婚姻関係を継続)し、皇太子の愛人となる。一二月、皇太子と離別。

一七八一年　春、モールデン卿、ドーセット公爵、チャムリー伯らと情事。九月、皇太子の手紙と引き換えに、ジョージ三世から五〇〇〇ポンドを受け取る。年金の支払いも約束される。一〇月、フランス訪問。マリー・アントワネットと会う。

一七八二年　バナスター・タールトンとの情交が始まる。チャールズ・ジェイムズ・フォックスとも関係。

一七八三年　夏、妊娠説が流れる。このころ、おそらく流産。秋、リューマチの兆候が表れ、その後、生涯にわたって完治せず。このころから体が一部麻痺する。

一七八四年　春、台所事情が逼迫。夏、タールトンと共に大陸へ。

一七八五年　夏、ベルギーの温泉地スパへ。一二月五日、父ニコラス・ダービー死去。

一七八六年　ドイツのアーヘン（エクス・ラ・シャペル）などで療養。七月一四日、ロンドン各紙でメアリ死去の誤報。

一七八八年　一月、帰国。一〇月、ラウラの筆名で『ワールド』紙に詩の寄稿を開始。デッラ・クルスカ派と親交。

一七八九年　『オラクル』紙に詩を寄稿。

一七九〇年　夏、『世界はかく進めり』を発表し、フランス革命に共感を示す。一二月七日、兄ジョン・ダービー死去。

一七九一年　『詩集』第一巻、出版。バース訪問。アヘンの影響下、詩を書く。八月、『人類の友によるフランス王妃の現在の状況についての公平な省察』（パンフレット）を出版。

一七九二年　一月三〇日、最初の小説『ヴァンチェンツァ』を出版。七月、フランス訪問。九月上旬、帰国。カレーで危うく逮捕を免れる。

一七九三年　八月一三日、母ヘスター・ダービー死去。一二月、『フランス王妃マリー・アントワネットの思い出によせるモノディ』を発表。

一七九四年　一月、『詩集』第二巻を出版。二月、小説第二作『未亡人』を出版。一一月、女性賭博師を題材にした笑劇『無名の人』をドルーリー・レイン劇場で初演。

一七九六年　一月、小説『アンジェリーナ』出版。二月、悲劇『シシリアの恋人』出版。同月、ウィリアム・ゴドウィン、メアリ・ウルストンクラフトと会う。一〇月、連作ソネット『サッポーとパオーン』を出版。一一月、小説『ユベール・ド・セヴラック』を出版。

一七九七年　タールトンと離別。一二月、小説『ウォルシンガム』出版。『モーニング・ポスト』紙に詩の寄稿を開始。

（九月、メアリ・ウルストンクラフト死去）

一七九八年　一月、『回想録』執筆開始。一時疎遠になっていたウィリアム・ゴドウィンとの交際を再開。夏、エングルフィールド・グリーンで療養。

（一二月、バナスター・タールトン、スーザン・プリシラ・バーティと結婚）

一七九九年　二月、小説『偽りの友』出版。三月、『イギリス女性たちへの手紙』出版。八月、小説『自然の娘』出版。一〇月、『モーニング・ポスト』紙に「シルフィド」と題しエッセーの寄稿を開始。一二月頃、サミュエル・テイラー・コールリッジと会う。

一八〇〇年　二月、『マンスリー・マガジン』誌に寄稿を開始。五月、六三ポンドの負債のため、逮捕、一時的に拘留される。夏、ヨーゼフ・ハーガー『パレルモの絵』をドイツ語から翻訳、一〇月に出版。八作目の小説『ジャスパー』に着手するも、未完に終わる。九月、エングルフィールド・グリーンの自宅で、頭部に怪我。一一月、『リリカル・テイルズ（抒情物語集）』出版。一二月二六日、エングルフィールド・グリーンの自宅で死去。一二月三一日、オールド・ウィンザー教会墓地に埋葬。

訳者あとがき

大方の読者にとって「メアリ・ロビンソン」という名前はあまりなじみのない名前かもしれない。メアリの祖国である英国の読者にとっても、事情はそれほど変わりあるまい。彼らがこの名前を聞いて、真っ先に頭に思い浮かべるのは、アイルランド共和国第七代大統領を務めたメアリ・ロビンソンではないだろうか。だが、本書で取り上げられているのは、そのメアリ・ロビンソンではなく、一八世紀後半の英国で波瀾万丈の生涯を生きた、もう一人のメアリ・ロビンソンのほうなのだ。

こちらのメアリ・ロビンソンは、四〇代前半でその波瀾に満ちた生涯を閉じると、ほどなくして人々の記憶から消え去り、ほとんど顧みられることもない状況が二〇〇年近くにわたって続いた。だが、光の当たり方次第で風景は一変するものだ。見る角度によってもそれは異なった様相を示す。それまで見えなかったものが見え、注目を惹かなかったものが人々の注目を集めるようになる。変化は一九九〇年代に起こった。メアリ・ロビンソンが（再）可視化されたのだ。というより、一八世紀から一九世紀初頭に生き、一定の足跡を残した女性たちの一群が、澎湃として、文学史的・文化史的風景の中に姿を現し、存在感を示すようになってきたのだ。そうした状況（の変化）の中で、メアリ・ロビンソンにも大きな関心が寄せられるようになった。これを受け、二〇〇〇年代になって立て続けに、数冊の「メアリ・ロビンソン伝」が出版されることにもなった。これまでメアリ・ロビンソンに関して書かれることの絶えてなかった、「真面目な」伝記である。本書はそのうちの一冊であり、なかでも、巷間最も高い評価を与えられている一冊である。

とはいえ、こうした状況の変化が、研究者の枠を越え、広く一般読者層にまで浸透したかといえば、必ずしもそうとは言えまい。生前（とりわけ、その一時期）、「セレブ」の名をほしいままにし、また一七九〇年代には、文学者としても名声を博したメアリ・ロビンソンだが、いまだ「再発見」の途上にあることに変わりはない。本書が書かれた意図も、一つには、その流れに掉さすことだと言っていいだろう。著者自身、「プロローグ」の最後で次のように述べている。「とはいえ、この本のために調査をしている最中、いろいろな領域の人から尋ねられたのは、誰についての本を書いているのか、という質問だった。一八世紀のメアリ・ロビンソンについて書いている、と答えると、たいていの人がきょとんとした顔をした。そういうわけで、私はこの伝記の中で、メアリの生涯、その生きた世界、行った仕事を、再構築しようと試みた。と同時に、メアリが同時代人の一人から、『同時代で最も興味を惹かれた女性』と呼ばれるに至った事情を、説明しようとしたのである」。

メアリ・ロビンソンは一八世紀後半の一時期、イギリス社交界を、よい意味でも悪い意味でも席巻し、「セレブ」としてもてはやされた。名優デイヴィッド・ギャリックの手で発掘され、女優として舞台に立って高い評価を得た。当時の代表的劇作家リチャード・ブリンズリー・シェリダンからもその才能を認められた。だが、一七歳の英国皇太子（後の国王ジョージ四世）に見初められて愛妾となり、舞台を去ることを余儀なくされる。一五歳で結婚した夫とも、離別するほかなかった。だが、ことはそれだけですまなかった。皇太子との情事は、皇太子側の一方的な事情で、一年に満たずして終止符を打たれてしまうのである。しかしメアリ・ロビンソンの手許には皇太子の恋文の数々が残った。これを材料に、メアリは皇太子に対し、その振る舞いの、いわば「落とし前」をつけてもらおうとした。ゆすり、恐喝である。と同時に、皇太子との仲を取り持ったモールデン卿やホイッグ党のリーダー、チャールズ・ジェイムズ・フォックスをはじめとする、複数の男たちと浮名を流した。このあたりから、彼女にはスキャンダラスなイメージがまとわりついてゆく。「パーディタ」という名前に、それは凝縮された形で表象された。

極めつきはアメリカ独立戦争のイギリス側の英雄バナスター・タールトンとの、一五年にわたる情事であろう。イギリス側からは英雄視されるタールトンだが、アメリカ人にとってみれば、悪逆非道の限りを尽くした、残酷極まりない司令官だった。ローランド・エメリッヒ監督の『パトリオット』(二〇〇〇年)では、残虐なウィリアム・タヴィントン大佐のモデルにもなっている。タールトンとメアリ・ロビンソンとの波瀾に満ちた(離別と和解をいくども繰り返した)愛人関係は、メアリが旺盛な文学活動を行っている時期まで続いた。

ファッション・アイコンとしてのメアリ・ロビンソンの功績として忘れてならないのは、のちにリージェンシー・スタイル(摂政時代風)と呼ばれて一世を風靡する、女性のゆったりとした服装の、いわば先鞭をつけたことであろう。胴の部分をコルセットできつく締め付けない、腰高の流れるようなスタイル。フランス仕込みという側面はあるものの、のちにフランス革命の精神と結びついて、女性解放の象徴ともされた。

おそらくはリューマチ熱が原因で体の麻痺が進むと、すでに一〇代の頃から始めていた文学活動のほうに軸足を移し、七作の小説を完成させ、数多くの詩、そして劇を書いた。政治的・文化的発信も旺盛に行った。手が麻痺しなかったのは、文学者メアリ・ロビンソンにとって、幸いだったと言わなければならない。一七九〇年代には文学者として大いに名声を博し、「英国のサッポー」の異名を取った。詩壇にデビューしたてのコールリッジやワーズワスよりも、彼女の知名度のほうがはるかに高かった。とはいえ、晩年、「セレブ」の頃に注がれたような羨望や憧憬や讃嘆(そして嫉妬の)「まなざし」と、熱気に満ちた「ざわめき」とは、もはや彼女の周囲にはなかった。より精神性にあふれた、静謐な雰囲気に取り囲まれていた。この世を去ったとき、埋葬に参列したのは、ウィリアム・ゴドウィンと「ピーター・ピンダー」という、文学上の友人二人だけだった。

そんな静かな雰囲気の中で、最晩年、執筆を開始した『回想録』。著者によれば「晩年、メアリ・ロビンソンが自伝を書き始めたとき、そこには二つの相反する衝動が作用していた。一方には、若い頃のスキャンダラスな自分自身を見つめ直してみたいという思いがあった。自分はイギリスで最もひどい目にあった女だ。だから、英国皇太子との関係でも、自分の側からの見方で、これを記録に残しておきたかった。しかし、同時に、まったく違った自分自身の姿も、憶えておいてもらいたかった。つまり、文学者としての自分の姿だ」。とはいえ、回想するまなざしには、どうしても自己の「人生」をロンダリングしてしまう面があることは否定できない。メアリ・ロビンソンにもそれがないとは言えない。というより、著者ポーラ・バーンもしばしば指摘しているように、けっこうな頻度でそれは行われているというべきかもしれない。その際、時代を彩る舞台装置や道具立て、神話などがたびたび活用されている。たとえば、当時もてはやされた「感受性」という道具立ては、メアリ・ロビンソンら女性文学者を引き立て、スポットライトを当てさせるための舞台装置でもあった。一方でメアリは、自分をその犠牲者ともみなしている。時代の道具立てを、フルに活用しているというほかない。著者はこうも述べている。「文筆家メアリは、つねに読み手を強く意識していた。『回想録』の中では自分を感受性の強い子供として描いているが、これはゴシック小説や感傷小説の読者層にアピールするのが狙いだった。同時にこの自己イメージは、ロマン主義的な文学者神話にも訴えかけた。生まれながらの天才で、早熟児としてめきめき頭角を現すものの、一方では孤独で、想像世界に逃避しがちな子供時代を送るという、あの文学者神話だ」。また、メアリが幼い頃の自分を、色が浅黒く、あまり美しいとはいえなかったように語っているのも、彼女が無意識のうちに、「醜いアヒルの子」神話に依拠しているせいだとは言えないだろうか。

＊

一時期、「英国一の美女」とも呼ばれたメアリ・ロビンソン。あえて逆説を弄するなら、過度の美貌というのは、一つの異形性と言っていいのではあるまいか。それは、よきにつけあしきにつけ、周囲に大きな波紋を呼び起こし、ときには情念（と情欲）の嵐を巻き起こす。いろいろな意味で逸脱の契機ともなろう。ついには本人を、本当に異形にしかねない危険をもはらんでいる。メアリ・ロビンソンの場合、英国皇太子に見初められ、その愛妾となる以前から、多くの男たちに言い寄られてきた。夫の父親からの遺産相続を当てにして、十代後半から派手で贅沢な暮らしを送るようになり、社交界にもデビューした。多くの伊達男たちの欲望を刺激し、付き纏われた。彼女がみずからの美貌の威力に気がつかないはずがない。だが、そこに潜在する危うさ、危険性には気がついていただろうか。

あくまでも、あとから振り返って見ればの話だが、メアリ・ロビンソンは平穏無事とは縁遠い生活を送るべく、運命づけられていたように思える。自身、『回想録』の中で自分の人生を振り返り、激しい嵐の晩にこの世に生を受けた事実に事寄せて、同様の思いに捉われてもいる。

激動の——波瀾万丈の——「人生」というものは、やがて「メビウスの輪」のような様相を呈し、どちらが表で、どちらが裏なのか、区別がつかなくなってくるのではないだろうか。どれが「正しい」ありようで、どれが「正しくない」ありようなのかという区別が。

彼女の「人生」について考えるとき、いくつかの「もしも」を想定してみたい気持ちに駆られる。「もしも」女優にならなかったら？　そうしたら、英国皇太子に見初められ、彼の愛人第一号になることもなかったろう。皇太子の愛妾になったがゆえに、女優の道は諦めるほかなかった。ここで再び「もしも」と問おう。「もしも」彼女が女優の道を歩み続けていたなら？　メアリ・ロビンソンの女優としての評価は決して低くはなかった。したがって、もし女優の道を断念することなく、精進を続けていたなら、一流の女優の地位も夢ではなかったかもしれない。そして最後に、「もしも」バナスター・タールトンとの爛れた関係がなかったなら？　と問わずにはいられない。

ここでもう一度だけ言おう。メアリ・ロビンソンの過度の美貌は、一つの異形性として、妖しい光彩を放ったのではあるまいか。それは彼女にとって、逸脱の――「運命」の転変の――契機として作用した。ついには本人を、本当に異形にしかねない危険をもはらんでいた。

＊

大雑把な言い方をすれば、「セレブ」とは、好むと好まざるとに拘らず、光輝《オーラ》に包まれ、衆目を引き寄せてしまう存在のことだ。輻輳する「まなざし」はすべて自分に集中し、周囲には心地よい「ざわめき」が広がっている。メアリ・ロビンソンも、自分がその中心にいることの愉悦を幾度となく味わったに違いない。その虚しさ、また「まなざし」と「ざわめき」が自分から離れて行く不安もまた。「選ばれてあることの、恍惚と不安」（ヴェルレーヌ）とでもいうべきか。

こういう言い方がある。"**Poeta nascitur, non fit.**" 誰でも、なろうと思って詩人になれるわけではない。生得の才能がなければ、詩人にはなれない、と。「セレブ」にも、そんなところがあろう。いったん「セレブ」としての地位を確立してしまった人間について、人はなぜ彼／彼女が「セレブ」なのかを説明しようとする。どんな説明もぴったり当てはまらないような気がして、最後に思い当たるのが、「持って生まれた才能」だ。あとからの牽強付会の匂いがするこの説明。だが、ほかにどう説明したらいいというのか。たとえば美しさ。しかし、人は美しいだけで「セレブ」になれるだろうか。確かにメアリ・ロビンソンは美しかったとされる。「英国一の美女」とも呼ばれた。前にも述べたとおり、異形なまでに美しかったと言ってもいいかもしれない。だが、美貌ということに関していうと、メアリ・ロビンソンの美しさには、どこか捉えがたいところがあったと言われる。著者も次のように記している。「だが、メアリの美しさには、つねに捉えがたいところがあった。サー・ジョシュア・レノルズの弟子ジェイムズ・ノースコットが言うには、師の手になる肖像画ですら失敗作で、なぜなら、メアリの『至上の美しさ』は『とうていレノルズの手に負えない』ものだったからだ」。

当時の画壇の寵児ともいうべき、著名な画家たちが、こぞってメアリ・ロビンソンの肖像画を描いた。サー・ジョシュア・レノルズ、トマス・ゲインズバラ、ジョン・ホップナー、ジョージ・ロムニーといった面々だ。彼らの描いた肖像画を見比べてみると、確かに、彼女の顔つきや漂う雰囲気は、別人ではないかと思うくらいに、互いに大きく異なっている。それぞれの画家の個性の違いを差し引いても、その印象は消えない。この曖昧さ、捉えどころのなさは、彼女の魅力や「セレブ」たるゆえんの曖昧さにも、そのままつながっているように思われる。

社交界を沸かせ、多くの男たちを魅了したメアリ・ロビンソンの魅力とは那辺にあったのか。美貌、セックスアピール、スキャンダル、知性、話術、先進性、これらをすべて総合しても、そこには何かが欠けているような気がする。やはり同時代の空気の中に身を置き、彼女を目の前にしたとき、はじめてメアリ・ロビンソンの魅力や「セレブ」たるゆえんは実感できるものなのかもしれない。

なぜ今メアリ・ロビンソンなのかと自問する際にも、考慮しなければならないポイントであろう。

＊

「エピローグ」にも記されているように、本書の著者ポーラ・バーンは「ある晴れた春の日」、オールド・ウィンザー教会墓地にメアリ・ロビンソンの墓を訪ねている。一通りの検分を終え、その場を立ち去ろうとしたものの、思い直し、「最後の一瞥」をと、もう一度墓まで取って返した。立方体の形状をした墓碑の片側に跪き、そこに刻まれたメアリの名や日付を何気なく指でなぞっていたところ、思いがけない発見が彼女を待ち受けていた。すぐ下に「パーディタ」というもう一つの名前が刻み付けられていたのだ。

文学者として生まれ変わったメアリ・ロビンソンは、スキャンダルにまみれた王家の愛妾メアリ・

「パーディタ」・ロビンソンという往昔の自分を、できれば脱皮したかった。『回想録』執筆も、そんな昔の自分を脱ぎ捨てようという試みの一環に違いなかった。だが、「パーディタ」のイメージは執拗に彼女に纏わりついて離れなかった。どこまでもそれは追ってきた。そしてついに、本人がいかんともしがたい形で、彼女自身に刻印されてしまったのだ。つまり、彼女の墓へと。いつ、誰の意志で、この名前が墓に刻まれたのかは杳としてわからない。だが、もしメアリの娘マライア・エリザベスの意志で刻まれたのだとすると、マライアは「不名誉な名前が世々に残ることを、本当に許容することができたのだろうか」と、そんなふうに著者は疑義を呈している。

だが、その同じ疑問は、そのまま本書の著者ポーラ・バーンにも投げ返すことができるのではなかろうか。本書にも「パーディタ」の名が冠されていることを忘れてはならない。もちろんそんなことは指摘されるまでもないこと、先刻承知のことだと言われるかもしれない。メアリ・ロビンソン自身、イメージ戦略やメディア戦略にたけ、流行をうまく利用したり、汚名を逆手に取ったりすることも厭わなかったと、著者は比較的肯定的なニュアンスで記している。そうであってみれば、著者自身、「パーディタ」の名をうまく利用——有効活用——したとしても、なんら不思議なことではあるまい。仮に書肆の要望で「パーディタ」の名を書名に冠しているのだとしても、それは納得ずくのことで、別にいやいやながらそうしているわけではないのだと、そんなふうに言われそうである。が、たとえそうであるにせよ、皮肉な状況がここにあることには変わりない。メアリが脱皮しようとした「パーディタ」の名は、ここにもしっかり刻印されてしまっているのだ。おそらくはこれからも、「パーディタ」の名は、影のようにメアリ・ロビンソンに付き纏って離れないのではないだろうか。

では、「パーディタ」の名（綽名）はいつ、どんなふうにしてメアリ・ロビンソンと結びつくことになったのか。それは、シェイクスピアの『冬物語』でパーディタを演じ、英国皇太子に見初められたことが、そもそものきっかけとなっている。出演した芝居の正確な題名は『フロリゼルとパーディタ』。

デイヴィッド・ギャリックが一七五六年、シェイクスピアの『冬物語』の最初の三幕を省略し、最後の二幕だけ残して、これを改作した作品だ。当時シェイクスピアの作品は、観客の嗜好や劇場の規模、形式の変化などから、改作して上演されることは多々あった。

原作で、シシリア王レオンティーズは、王妃ハーマイオニとボヘミア王ポリクシニーズとの仲を疑い、王妃が獄中で産んだ女児さえ、ポリクシニーズとの不義の結果と信じて、廷臣アンティゴナスに対し、国外に遺棄してくるよう命じる。赤子を連れたアンティゴナスが辿り着いた先が、ボヘミアの海岸だった（実際にはボヘミアは海に面していない）。夢に現れたハーマイオニの言葉に従い、アンティゴナスは赤子に、いかにも彼女にふさわしい「パーディタ（Perdita）」の名をつける。すなわち、「失われた者（娘）」という意味だ。

『フロリゼルとパーディタ』はレパートリーから消えて久しかったが、当時盛名を馳せていた劇作家リチャード・ブリンズリー・シェリダンによって、再び陽の目を見ることとなった。作品は、世を去って間もないデイヴィッド・ギャリックに捧げられた。メアリ・ロビンソンの演技は大好評を博し、再演を重ねた。弱冠一七歳の英国皇太子の目に留まったのも、そんなメアリの、パーディタを演じる舞台上の姿だったのである。

原作では、言うまでもなくハーマイオニが最も重要な女性役だが、改作版ではボヘミアのフロリゼル王子、そして美しい娘に成長したパーディタという、二人の若い恋人たちに主役の座をとってかわられている。パーディタは、本当は王女なのだが、そうとは知らないまま、今は女羊飼いをしている。むしろ最後には正体がわかり、フロリゼルとパーディタはめでたく結婚する。したがって、パーディタはいつまでも失われたままではなく、ついには「発見される」のであるが、この役柄を機に、メアリ・ロビンソンは、この世を去って二〇〇年以上経た今日でもなお、「パーディタ」（「失われた者」）のまま留まることになったのである。また、Perdita と語源的に近い、フランス語の perdu には、「堕落した、身を持ち崩した、自堕落な」という意味もあることから（ガートルード・スタインの言葉として知られる'une génération perdue'という言い方の中にも、そのニュアンスが込められていよう）、「パーディタ」の名前にはどこかスキャンダラスな香りが付き纏う。いまだ再発見の途上にある、スキャンダルにまみれた女性メアリ・ロビンソンに、いかにもふさわしい綽名というほかない。

＊

翻訳は、「謝辞」「プロローグ」「第一部　女優」を桑子が、「第二部　有名人」を正岡が、「第三部　女流文学者」「エピローグ」「補遺」を時実が、それぞれ分担して行い、のちに共同で点検・調整を行った。

作品社の増子信一氏には、出版のすべてのプロセスにわたり、全面的なご助力をいただいた。氏の存在なしには、この翻訳が陽の目を見ることもなかったであろう。訳者一同、心より感謝申し上げたい。

なお、本訳書出版に当っては、千葉大学文学部学部長裁量経費の補助を得た。

二〇一二年二月

桑子利男

【ワ行】

【ヤ行】

【ラ行】

【マ行】

『イギリスの阿片常用者の告白』*Confessions of an English Opium-Eater* 374
ドーセット公爵 Dorset, Duke of 176, 188, 206
トパム大尉、エドワード Topham, Captain Edward 347
トマス、「紳士」ウィリアム Thomas, 'Gentleman' William 145
ドライデン、ジョン Dryden, John 119, 156
『すべては愛のために』*All for Love* 119

【ナ行】

ナポレオン・ボナパルト Napoleon Bonaparte 37, 473
ネイピア、レイディ・セアラ Napier, Lady Sarah 263
ノーシントン卿（ロバート・ヘンリー）Northington, Lord（Robert Henley） 21, 35, 72–4, 80, 91, 93, 163, 512
ノース卿 North, Lord 220, 257–58, 288, 290–92, 302, 304, 308, 310, 318–19
ノースコット、ジェイムズ Northcote, James 36, 246

【ハ行】

バイロン卿 Byron, Lord 430, 552
ハーヴィ、ジェイムズ Hervey, James 44
『墓場の瞑想』*Meditations among the Tombs* 44
ハーヴィ夫人 Hervey, Mrs 35
パウエル、ウィリアム Powell, William 24, 55, 434
パウエル、エリザベス Powell, Elizabeth 24
ハーガー、ヨーゼフ Joseph Hager 518
『パレルモの絵』*Picture of Palermo* 518
バーク、エドマンド Burke, Edmund 271, 321, 349, 378–79, 412
『フランス革命についての省察』*Reflections on the Revolution in France* 378–90
『崇高と美の観念の起原に関する哲学的考察』*Philosophical Enquiry into the Origins of our Ideas of the Sublime and the Beautiful* 321
バーク、トマス Burke, Thomas 243
バーク、リチャード Burke, Richard 349
『バークレー・スクエアの馬車』（パンフレット）*Vis-à-Vis of Berkley-Square* 294
バーゴイン中将 Burgoyne, Lieutenant General 357
バス、ロバート Bass, Robert 14
『緑衣の竜騎兵』*The Green Dragoon* 14
ハズリット、ウィリアム Hazlitt, William 356, 430
パーソンズ、イライザ Parsons, Eliza 448
パーソンズ、ウィリアム Parsons, William 342
バーティ、スーザン Bertie, Susan 474, 486
バーティ、ヘンリー Bertie, Henry 10
『パーディタの回想録』*Memoirs of Perdita* 32–33, 81, 132, 164, 210, 236, 254–55, 320, 379, 499
バデリー、ソファイア Baddeley, Sophia 71, 112, 178–79, 192, 203, 334

ダービー、ジョージ（メアリの弟）Darby, George　21, 27, 29, 45–46, 58–59, 68, 75, 82, 101, 279, 393, 423, 440, 555
ダービー、ジョン（メアリの兄）Darby, John　21, 27, 68, 125, 279, 353, 420, 512
ダービー、ニコラス（メアリの父親）Darby, Nicholas　18, 20–21, 25–29, 33–36, 46–47, 54, 120, 125–26, 194, 224, 332, 335, 407, 441, 477
ダービー、ヘスター（旧姓ヴァナコット）（メアリの母親）Darby, Hester (nee Vanacott)　18, 121, 26–29, 33–36, 42–47, 51–55, 58–59, 64, 67, 82, 87, 89, 92, 125, 333, 342, 407
ダービー、メアリ Darby, Mary →ロビンソン、メアリ Robinson, Mary
ダービー伯爵 Derby, Earl of　134, 188, 212, 430
ダービー伯爵夫人 Derby, Countess of　176
ダリー（のっぽの）（グレイス・ダルリンプル・エリオット）Dally the Tall (Grace Dalrymple Eliot)　204–05, 208, 210, 222, 225, 234, 266, 290
タールトン、ジェイン（母）Tarleton, Jane　237, 296, 301
タールトン、ジョン（弟）Tarleton, John　259, 328, 448
タールトン、スーザン（妻）Tarleton, Susan　549
タールトン、トマス（兄）Tarleton, Thomas　259, 293, 303
タールトン、バナスター Tarleton, Banastre　11, 223, 233, 237–39, 243–44, 249–50, 254–66, 278–83, 292–93, 296–303, 304, 308–09, 316, 318, 321, 323, 328–29, 331, 333, 335, 337, 341–42, 345, 350–52, 357, 360, 366, 368, 381, 387–88, 391–93, 395–98, 403, 07, 409–10, 420–22, 427, 437, 441, 446–49, 454, 456, 465, 473–76, 480, 486–87, 498, 504, 514, 543, 549
ダンキャノン、レイディ Duncannon, Lady　312, 330, 366
ダンス、ジョージ Dance, George　410
チャタートン、トマス Chatterton, Thomas　19, 24, 361
チャブ、ジョン Chubb, John　470
チャムリー伯爵 Cholmondeley, Earl of　133, 171, 206, 210, 360
ディキンソン、ウィリアム Dickinson, William　246
テイト、ネイアム Tate, Nahum　41
テイラー、ジョン Taylor, John　61, 356–57, 360, 405–06, 411, 419–20, 423–25, 427, 454, 464, 466, 548
デヴォンシャー公爵夫人ジョージアナ Devonshire, Georgiana, Duchess of　31, 100–02, 107, 118, 125, 330, 337, 360, 366, 417, 471–72, 491, 512
デッラ・クルスカ派 Della Cruscans　343, 346, 348–48, 355–57, 364–65, 411, 449
デナム、サー・ジョン Denham, Sir John　473
テニソン、アルフレッド Tennyson, Alfred　504
「マリアナ」'Mariana'　504
デルフィーニ、シニョール Delphini, Signor　250
『テレグラフ』誌 *The Telegraph*　465
『天上の寝台』（パンフレット）*The Celestial Beds*　289
トウィス、フランシス Twiss, Francis　447
『当世を諷刺する詩』*A Satire on the Present Times*　182
ド・クインシー、トマス De Quincey, Thomas　374–05

シドンズ、セアラ Siddons, Sarah　24, 105, 404–05, 426–27, 429–30, 454, 487
シバー、スザンナ Cibber, Susannah　40
シャーウィン、ジョン・キーズ Sherwin, John Keyes　176–77
シャトレ、公爵および公爵夫人 Chatelet, Duke and Duchess of　332
シャルトル公爵（後にオルレアン公爵）Chartres, Duke of (Duke of Orleans)　226–29, 231, 233, 234, 282, 323, 359, 499
シャーロット王妃 Charlotte, Queen　142, 192
ジョージ三世、国王 George III, King　142, 174, 186, 198, 213, 220, 248, 257, 263, 285, 304, 311–12, 339–40
ジョーダン、ドラ Jordan, Dora　360, 404, 420, 429–30, 432–35, 487, 494
ショールヌ公爵 Chaulne, Duke of　512
ジョーンズ夫人 Jones, Mrs.　86–7
ジョンソン博士、サミュエル Johnson, Dr Samuel　36, 41, 121, 124, 133, 177, 330, 355
ジョンソン、ベン Jonson, Ben　260
『気質くらべ』*Comedy of Humours*　260
スタンリー、シャーロット Stanley, Charlotte　207
スティーヴンズ、キャサリン Stephens, Catherine　551–52
ステュアート、ダニエル Stuart, Daniel　435, 465–70, 473, 495, 516, 534, 536
スミス、シャーロット Smith, Charlotte　92, 450, 462, 485, 511, 552
スモーレット、トバイアス Smollett, Tobias　467
『ハンフリー・クリンカー』*Humphry Clinker*　467
スレイル、ヘスター Thrale, Hester　25, 330, 355
スレイル、ヘンリー Thrale, Henry　132
セイズ、リチャード Seys, Richard　512
『世界の詩』*The Poetry of The World*　346
『摂政夫人の死と解剖、葬列と遺言』*Death and Dissection, Funeral Procession and Will, of Mrs Regency*　340
セルウィン、ジョージ Selwin, George　264
『一八〇〇年から一八〇一年の公的人物』誌 *Public Characters of 1800–1801*　511–12
ソーンダーズ師、エラズマス Saunders, Dr Erasmus　48

【タ行】

『タウン・アンド・カントリー・マガジン』誌 *The Town and Country Magazine*　161, 191–92
タウンゼンド卿、ジョン Townshend, Lord John　337
ダウンマン、ジョン Downman, John　245
タウンリー師、ジェイムズ Townley, Reverend James　186
『階段の上と下』*High Life Below Stairs*　186
『妙なるパーディタ』*The Exquisite Perdita*　12
ダシュリー、エリザベス D'Achery, Elizabeth　259
ドーセット公爵 Dorset, Duke of　188
ダービー、ウィリアム（メアリの弟）Darby, William　21, 27
ダービー、エリザベス（メアリの姉）Darby, Elizabeth　21

コールリッジ、ハートリー（長男）Coleridge, Hartley　93–95, 538
コワニー夫人 Coigny, Madame de　231–32
コーンウォリス卿 Cornwallis, Lord　231, 238, 296, 308, 331
コングリーヴ、ウィリアム Congreve, William　119
　『老独身者』*The Old Bachelor*　119
ゴントー夫人 Gontault, Madam de　232

【サ行】

サウサンプトン卿 Southampton, Lord　214, 216
サウジー、ロバート Southey, Robert　19, 467, 493, 496, 536
サッポー Sappho　306, 356, 364, 449–51
『散歩道、または美の劇場』*The Promenade: or, Theatre of Beauty*　339
サン・レジェ大佐 St Leger, Colonel　198
シェイクスピア、ウィリアム Shakespeare, William　11, 40, 106, 119, 123, 136–38, 142, 145, 153, 258, 335, 352, 381, 418, 461
　『アントニーとクレオパトラ』*Antony and Cleopatra*　119
　『お気に召すまま』*As You Like It*　136, 158
　『十二夜』*The Twelfth Night*　123, 136, 168
　『ジョン王』*King John*　381
　『シンベリン』*Cymbeline*　265
　『ハムレット』*Hamlet*　118, 164
　『冬物語』*The Winter's Tale*　138, 145, 147, 156, 319
　『ヘンリー四世』*Henry IV*　258
　『リア王』*King Lear*　41, 122
　『リチャード三世』*Richard III*　119, 135
ジェネスト、ジョン Genest, John　19, 430
『ジェネラル・アドヴァタイザー』紙 *The General Advertiser*　113
シェリー、メアリ Shelley, Mary　447, 458, 460–61, 530
　『フランケンシュタイン』*Frankenstein*　460
シェリー、パーシー・ビッシュ Shelley, Percy Bysshe　19, 552
シェリダン、フランシス Sheridan, Frances　122, 142
『暴露』*The Discovery*　122
シェリダン、リチャード・ブリンズリー Sheridan, Richard Brinsley　74, 105–07, 110, 112, 114–24, 131, 134–05, 146, 157, 168, 175, 261, 319, 360, 378, 391–92, 404, 417, 429, 432, 529
　『輝かしい六月一日』*The Glorious First of June*　420
　『恋敵』*The Rivals*　105, 107, 420
　『スカボローへの旅』*A Trip to Scarborough*（ヴァンブラの『ぶり返し』の改作）114–15
　『野営地』*The Camp*　122, 136
　『悪口学校』*The School for Scandal*　74, 116, 134, 185, 319, 432
シェルバーン卿 Shelburne, Lord　258–59, 285
『ジェントルマンズ・マガジン』誌 *The Gentleman's Magazine*　480

クロップストック、フリードリッヒ Klopstock, Friedrich　515
『救世主』*Messiah*　515
ゲイ、ジョン Gay, John　187
『乞食オペラ』*The Beggar's Opera*　187
ゲインズバラ、トマス Gainsborough, Thomas　12, 221–25, 244–45, 248, 252–53, 284, 306, 324, 512, 553
ゲーテ Goethe　306, 331
『若きウェルテルの悩み』*Sorrows of Young Werther*　305–06, 331, 461
ケント、ウィリアム Kent, William　256
ケンブル、ジョン・フィリップ Kemble, John Philip　24, 105, 404, 423, 427, 429
ケンブル、ファニー Kemble, Fanny　447
コズウェイ、マライア Cosway, Maria　252, 506
コズウェイ、リチャード Cosway, Richard　245, 245
コックス、サミュエル Cox, Samuel　35–36, 43
ゴドウィン、ウィリアム Godwin, William　13, 328, 372–73, 438, 446–49, 454, 456–58, 464, 477, 480–81, 485, 495, 498, 509–11, 520, 528–34, 544, 546
『遺稿集』（ウルストンクラフトの）*Posthumous Works*　480
『回想録』（ウルストンクラフトの）*Memoirs*　480
『ケイレブ・ウィリアムズ』*Caleb Williams*　438–48, 477
ゴードン卿、ジョージ Gordon, Lord George　170
コニングズビー、レイディ・フランシス Coningsby, Lady Frances　192
コリンズ、ウィリアム Collins, William　347
コリンズ、ウィルキー Collins, Wilkie　510
『月長石』*The Moonstone*　510
ゴールドスミス、オリヴァー Goldsmith, Oliver　42, 65, 274, 330
『負けるが勝ち』*She Stoops to Conquer*　65, 274
コールマン、ジョージ Colman, George　52, 121
『自殺者』*The Suicide*　121
コールリッジ、サミュエル・テイラー Coleridge, Samuel Taylor　13–14, 19, 36, 93–95, 342, 351, 371–74, 378, 411, 429–30, 446, 448, 452, 459, 465–70, 495–500, 504, 520, 526, 537–41, 545, 548–51
『オソリオ』*Osorio*　498
『年刊選集』（編集）*Annual Anthology*　495
「究極のかたち、もしくはスノードロップ」（フランシーニの筆名で）'The Apotheosis, or the Snow-Drop'　468
「クーブラ・カーン」'Kubla Khan'　371–72, 536, 539, 541
「狂った僧」'The Mad Monk'　551
「ナイチンゲール」'The Nightingale'　93
「真夜中の霜」'Frost at Midnight'　538
「見知らぬ吟遊詩人」'A Stranger Minstrel'　540
「老水夫行」'Ancient Mariner'　496, 501
コールリッジ、ダーウェント（三男）Coleridge, Derwent　95, 537–38

【カ行】

カウリー、ハンナ Cowley Hannah　41, 119, 161, 344, 346, 348–49, 355
　『家出人』*The Runaway*　119
　『美女の策略』*The Belle's Stratagem*　161
『ガゼティーア・アンド・ニュー・デイリー・アドヴァタイザー』紙 *The Gazetteer and New Daily Advertiser*　115, 138
ガニング、エリザベス Gunning, Elizabeth　520
カーペンター、レイディ・アルメリア Carpenter, Lady Almeria　71
『カルロ汗の情事』*The Amours of Carlo Khan*　321
カンバーランド公爵 Cumberland, Duke of　115, 159, 175, 178, 198, 204, 239, 438
キーツ、ジョン Keats, John　19, 375, 499, 552
　「ナイティンゲールによせるオード」'Ode to a Nightingale'　375
ギフォード、ウィリアム Gifford, William　354–56, 424, 456
　『バヴィアド』*The Baviad*　355, 357, 424
　『メヴィアド』*The Meviad*　355, 357
キャヴェンディッシュ卿、ジョージ Cavendish, Lord George　188-89
キャペル、ジョージ Capel, George →モールデン卿 Malden, Lord
ギャリック、デイヴィッド Garrick, David　10–11, 23–24, 36, 39–42, 47–48, 51–52, 104–13, 116, 121, 124, 131, 136, 138, 145, 154, 183, 248, 420, 426
　『アイルランド人の寡婦』*The Irish Widow*　136, 169
　『田舎娘』*The County Girl*　420
　『秘密結婚』（共作）*The Clandestine Marriage*　52, 53, 116
　『フロリゼルとパーディタ』*Florizel and Perdita*　138, 145, 323
キャロライン（ブランズウィックの）Caroline of Brunswick　424, 435, 451
キャンベル、レイディ・オーガスタ Campbell, Lady Augusta　171
キュラン、ジョン・フィルポット Curran, John Philpot　532
ギルレイ、ジェイムズ Gillray, James　260–61, 263, 288, 462
キング、シャーロット（後にデイカー）King, Charlotte（Dacre）　65
キング、ジョン King, John　56–63, 69, 78–81, 99, 200–02, 205, 352
　『パーディタがあるユダヤ人に宛てた書簡』*Letters from Perdita to a Certain Israelite*　57, 79, 99, 200, 352
グィン、ネル Gwyne, Nell　178, 181
『クォータリー・レヴュー』誌 *The Quarterly Review*　354
クラレンス公爵 Clarence, Duke of　359, 404, 420, 430, 434
『クリティカル・レヴュー』誌 *The Critical Review*　364, 389, 439
グリマルディ、ウィリアム Grimaldi, William　245
クレイヴン、レイディ・エリザベス Craven, Lady Elizabeth　136, 170
　『細密画』*The Miniature Picture*　136, 168
グレアム、ドクター・ジェイムズ Graham, Dr James　210, 252, 289–92, 332, 463–64
グレイ、トマス Gray, Thomas　427
グレイトヒード、バーティー Greatheed, Bertie　342
グロスター公爵 Gloucester, Duke of　198, 211, 359

『ウォッチマン』紙 *The Watchman* 373
ウォルコット、ジョン（ピーター・ピンダー）Wolcot, John（Peter Pindar） 253, 357, 424, 427, 542, 544, 548, 551
ヴォルテール Voltaire 122, 462
『マホメット』*Mahomet* 122
ウォルポール、シャーロット Walpole, Charlotte 135
ウォルポール、ホラス Walpole, Horace 18, 261, 264
『失われた者』*The Lost One* 12
ウルストンクラフト、メアリ Wollstonecraft, Mary 13, 379, 385, 432, 438, 442, 447–48, 453–58, 461, 477, 479–81, 484–85, 487, 511, 531
『マライア、または女性の不当な待遇』*Maria, or the Wrongs of Woman* 438
『女性の権利の擁護』*Vindication of the Rights of Woman* 379, 442, 462
エイキン、アンナ Aikin, Anna → バーボールド、アンナ・レティシア Barbauld, Anna Laetitia
『英国宮廷内幕史』*The Private History of the Court of England* 547
英国皇太子（後にジョージ四世）Wales, Prince of（George IV） 10–12, 36, 143–60, 164–206, 209–25, 234, 239, 249–50, 258, 260, 265–66, 279–80, 283–93, 302, 304, 306, 310, 311–12, 314, 316, 318, 321–25, 329, 333, 339–42, 359, 381, 383, 402–404, 417, 420, 423–24, 431, 435, 449, 451, 466, 471, 481, 499–99, 505–06, 509, 543, 546–48, 551, 556
『英国のアルバム』*The British Album* 346
エスト師、チャールズ Este, Reverend Charles 347
エセックス卿 Essex, Lord 164
エセックス、レイディ Essex, Lady 282
エドワーズ、モリー Edwards, Molly 66–67, 83
エリオット、グレイス・ダルリンプル Eliot, Grace Dalrymple →ダリー（のっぽの）Dally the Tall
エリオット、サー・ジョン Eliott, Sir John 306
エングルハート、ジョージ Engleheart, George 245
オウイディウス Ovid 306, 449
『名婦の書簡』*Heroides* 306
オーウェン、ウィリアム Owen, William 245
『王家の伝説』*The Royal Legend* 547
オースティン、ジェイン Austen, Jane 22, 271, 278, 292, 370, 382, 413, 563
『マンスフィールド・パーク』*Mansfield Park* 413
『エンマ』*Emma* 278, 292
『ノーサンガー・アビー』*Northanger Abbey* 382
『分別と多感』*Sense and Sensibility* 22
オバーン大尉 O'Byrne, Captain 74, 91
オーピィ、アミーリア Opie, Amelia 457
『アデリン・モウブレイ』*Adeline Mowbray* 457
『オラクル』紙 *The Oracle* 347–48, 357, 359–61, 368–69, 381, 386, 388, 390–93, 395, 403–04, 406, 410–12, 420, 437, 439, 454, 457, 459, 466–67, 471, 473
オーウェン、ウィリアム Owen, William 245

主要人名・作品名索引

本文に現れる主要な人名と作品名を採った。メアリ・ロビンソンは全篇にわたって頻出するので、書名でのみ拾ったことをお断りする。

【ア行】

『愛の束、あるいは、フロリゼルとパーディタの間で交わされた数々の書簡』*The Budget of Love, or, Letters between Florizel and Perdita* 222
アスキュー大尉 Ayscough, Captain George 73, 91
『アナリティカル・レヴュー』誌 *The Analytical Review* 364
『アニュアル・レジスター』誌 *The Annual Register* 349
アビントン、ファニー Abington, Fanny 74, 115
アーミステッド、エリザベス Armistead, Elizabeth 109, 188-89, 197, 199, 203, 204, 206, 208, 210, 212, 279, 285-86, 291, 311, 319, 321, 339-40, 410, 551
アルバネージ、アンジェリーナ Albanesi, Angelina 102-03
アルバネージ、アンジェロ Albanesi, Angelo 95, 100, 102-03, 176
アンカスター公爵 Ancaster, Duke of 88
『アンチ・ジャコバン・レヴュー』誌 *The Anti-Jacobin Review* 462, 478-79, 485
『アントニーナの回想録』*Memoirs of Antonina* 379
イェイ、レイディ・ジュリア Yea, Lady Julia 74
イェイツ、メアリ・アン Yates, Mary Ann 115
イーガン、ピアス Egan, Pierce 545, 547
　『王の愛妾』*The Mistress of Royalty* 545, 547
イムレイ、ギルバート Imlay, Gilbert 447
イムレイ、ファニー Imlay, Fanny 456, 486
『色事の年代記』*Annals of Gallantry* 320
『イングリッシュ・レヴュー』誌 *The English Review* 365, 389
インチボールド、エリザベス Inchbald, Elizabeth 447-48, 485
ヴァイゲル、エヴァ・マリア Veigel, Eva Maria 40
ヴァレンシア卿 Valentia, Lord 74, 80
ヴァンブラ、サー・ジョン Vanbrugh, Sir John 114
　『ぶり返し』*The Relapse* 114
ウィッチャリー、ウィリアム Wycherley, William 123, 448
　『率直な男』*The Plain Dealer* 123, 135, 448
ウィリス、フランシス Willis, Francis 339
ウィール、エリザベス Weale, Elizabeth 543-44, 551
ウィルモット、ハリエット Wilmot, Harriet 76-7
ウィンダム、チャールズ Wyndham, Charles 198
ウェスト、ベンジャミン West, Benjamin 311
ウェルズ、オーソン Welles, Orson 248
　『市民ケーン』*Citizen Kane* 248
ウェルティー Weltje 296, 300

ポーラ・バーン（Paula Byrne）
一九六七年、イギリス北西部の港湾都市バーケンヘッドに、労働者階級の大家族の三女として生まれる。カレッジで英語と神学を学んだ後、グラマー・スクールや公立カレッジで教え、リヴァプール大学で英文学の修士号と博士号を取得する。その後作家として文筆活動を開始。三冊の著書があり、いずれも評判になった。第一作は『ジェイン・オースティンと劇場』（二〇〇二年）で、シアター・ブック・プライズの最終候補となる。第二作は『パーディタ――メアリ・ロビンソンの生涯』（二〇〇五年）で、『サンデイ・タイムズ』紙のベストセラー上位一〇作に選ばれ、権威あるサミュエル・ジョンソン賞の候補にもなった。第三作は『狂った世界――イーヴリン・ウォーとブライズヘッドの秘密』（二〇〇九年）で、同じくベストセラー・リストに載る。他にも多数のエッセイや書評がある。現在はジェイン・オースティンの伝記を執筆中である。著名なシェイクスピア学者ジョナサン・ベイトと結婚しており、三人の子供がいる。

桑子利男（くわこ　としお）
東京大学大学院人文科学研究科博士課程単位取得退学。早稲田大学教育学部教授。著書に、『英国批評研究序説』（音羽書房鶴見書店）、『批評的な触手』（七月堂）、『諸縁を放下すべき時なり』（七月堂）などがある。

時実早苗（ときざね　さなえ）
東京教育大学大学院文学研究科修士課程修了。筑波大学文学博士。千葉大学文学部教授。著書に、*Faulkner, and or Writing* (Liber Press)、*The Politics of Authorship* (Liber Press)『手紙のアメリカ』（南雲堂）などがある。

正岡和恵（まさおか　かずえ）
東京大学大学院人文科学研究科博士課程単位取得退学。成蹊大学文学部教授。著訳書に、『英語教育への新たな挑戦』（共著、英宝社）、『異言語と出会う、異文化と出会う』（共著、風間書房）、『フランシス・イェイツとヘルメス的伝統』（共訳、作品社）などがある。

パーディター―メアリ・ロビンソンの生涯―

2012年3月25日　初版第1刷印刷
2012年3月30日　初版第1刷発行

著者　ポーラ・バーン
訳者　桑子利男・時実早苗・正岡和恵
装幀　小川惟久
発行者　髙木 有
発行所　株式会社作品社
〒102-0072　東京都千代田区飯田橋2-7-4
TEL：03-3262-9753　FAX：03-3262-9757
http://www.tssplaza.co.jp/sakuhinsha/
振替口座　00160-3-27183

印刷・製本　シナノ印刷株式会社

ISBN978-4-86182-374-9　C0023

定価はカバーに表示してあります
落・乱丁本はお取替えいたします